KB083388

정전
김유정 전집

2

엮은이
유인순(柳仁順, Yoo In-soon)
강원대학교 국어교육과를 거쳐 이화여자대학교 대학원 국어국문학과에서 석사 및 박사학위를 받았다. 일본 텐리대학교 교환교수로 근무했고, 강원대학교 명예교수다. 김유정학회 초대 회장으로 일했고, 현재 김유정학회 대표, 한국현대소설학회 및 한중인문학회 고문이다. 단독저서로 『김유정문학연구』, 『김유정을 찾아가는 길』, 『김유정과의 동행』, 공저로 『김유정과 동시대 문학연구』, 『김유정문학의 전통성과 근대성』, 『김유정문학의 재조명』, 『한국의 웃음문화』, 『한국의 이야기판 문화』, 『궁예의 나라 태봉』, 『구조와 분석』, 『국어국문학의 탐구』, 『현대소설론』, 『한국현대문학의 이해』, 『문장의 이론과 실제』 등이 있다. 편저로 김유정 단편선 『동백꽃』, 이태준 단편선 『석양』, 춘천 배경소설선 『춘천에서 만나다』가 있고, 여행일기로 『세상의 문을 열다』 1~2, 『실크로드의 나그네』 1~3이 있다.

표지화 : 이정수 화백(강원대 명예교수), 〈고향산하 F〉 부분, 혼합재료, 2020

정전 김유정 전집 2
초판인쇄 2021년 11월 5일 **초판발행** 2021년 11월 20일
엮은이 유인순 **펴낸이** 박성모 **펴낸곳** 소명출판 **출판등록** 제13-522호
주소 서울시 서초구 서초중앙로6길 15, 2층
전화 02-585-7840 **팩스** 02-585-7848
전자우편 somyong@daum.net **홈페이지** www.somyong.co.kr

값 36,000원

ISBN 979-11-5905-640-6 03810
ISBN 979-11-5905-644-4 (세트)

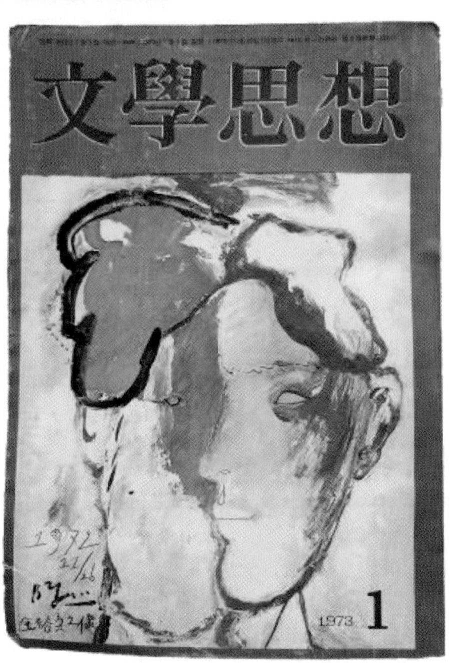

월간 『문학사상』 표지화, 1973.1

월간 『문학사상』 표지화, 2008.3

김유정 채색 초상화

김유정의 어린시절

휘문고보 시절의 김유정

『조선일보』(1935.11.2)에 실린 신춘문예 당선 축하연 사진(화살 표시가 김유정)

新春懸賞短篇 一等當選

金裕貞氏 祝賀會

本社에서 募集한 新春懸賞文藝에 一等으로 當選한 「소낙비」作者 金裕貞氏의 當選 祝賀會를 지난二十日午後五時市內雅敍園에서 여렷섯는데 (寫眞은 祝宴에모힌이들)

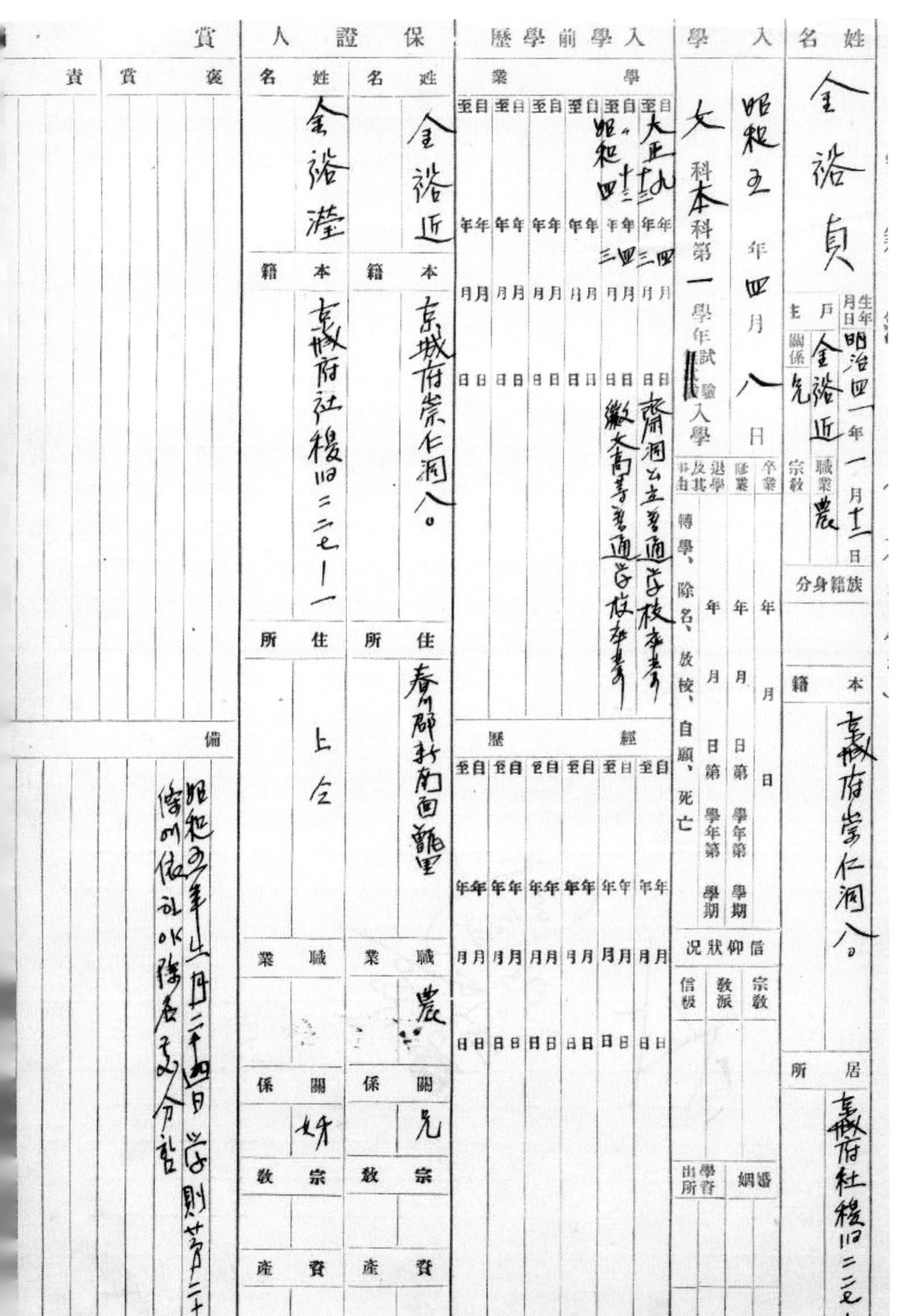

姓名	金裕貞
生年月日	明治四一年一月十一日
戶主	金裕近
關係	兄
職業	農
宗教	
族籍身分	
本籍	京城府崇仁洞八。
居所	京城府社稷洞二二七-一
入學	昭和五年四月八日 文科本科第一學年試驗入學
卒業	年 月 日
修業	年 月 日第 學年第 學期
退學及其事由	年 月 日第 學年第 學期 轉學、除名、放校、自願、死亡
信仰狀況	宗教 教派 信級
婚姻	
學資出所	

入學前學歷

自	至	學業
大正九年四月 日	十三年三月 日	齋洞公立普通學校卒業
〃十三年四月 日	昭和四年三月 日	徽文高等普通學校卒業

經歷

自	至	經歷
年 月 日	年 月 日	

保證人

	保證人 1	保證人 2
姓名	金裕近	金裕瀅
本籍	京城府崇仁洞八。	京城府社稷洞二二七-一
住所	春川郡新南面甑里	上仝
職業	農	
關係	兄	姊
宗教		
資產		

褒賞 賞 責

備考

昭和五年五月二十四日 學則第二十[illegible]條ニ依リ [illegible]

김유정 학적부 | 김유정문학촌 제공

學籍簿

番號	

生徒	金裕貞
生年月日	[illegible] 年 月 日
族籍	
職業	
原籍	京城府[illegible]仁相公0
現住所	
戶主	金裕近
生徒トノ關係	
戶主 生年月日	年 月 日
戶主 原籍	仝右
保證人	仝右
保證人 生徒トノ關係	
保證人 生年月日	年 月 日
保證人 族籍	兩班
保證人 職業	農
保證人	
保證人 生徒トノ關係	
保證人 生年月日	年 月 日
入學	大正十二年四月九日第一學年入學
無試驗、檢定	檢[illegible]
入學前ノ學歷	私相公普四年
入學前賞罰	
退學	年 月 日第 學年第 學期
退學 事由	
轉學	年 月 日第 學年第 學期
轉學 事由	
卒業	[illegible]二年三月 日卒業
卒業後狀況	

學年 / 事項	第一學年	第二學年	第三學年	第四學年
家族狀況	11人 [illegible]			
資產狀況	[illegible]			
性質及長短所	[illegible]			
嗜好及志望	[illegible]			
風采及言語	流暢ナラズ			
既未婚及子女	未婚			
家庭宗教 本人信仰	無し			
身體狀況 體格	[illegible]	[illegible]	中	
身長	5尺.	5.24尺	5.4尺	
體重	9.55貫	11.9貫	14.4貫	
胸圍 常時	2.3尺	2.5尺	2.65尺	
胸圍 最大ノ差	4寸	3.6寸	3.6寸	
脊柱	[illegible]	[illegible]	[illegible]	
視力 左	1.2	2.0	1.5	
視力 右	1.2	2.0	1.5	
色盲 左				
色盲 右				
眼疾				
聽力				
耳疾				
齒牙				
皮膚病				
其他				

學籍簿

徽文高等普通學校

學業及勤怠表

學年/科目	第一學期	第二學期	第三學期	第一學年
修身	8		10	9
國漢	9	9	9	9
朝漢	7		8	8
英語	7	6	9	7
歷史	8		8	8
地理	7	4	7	6
數學	9	6	10	8
博物	10	10	10	10
圖畫	8		8	8
唱歌	9		9	9
體操	8		9	8
總點	90			90
平均	8.2			8.2
操行				乙
判定				及
授業日數				
出席日數				203
缺席日數				
缺課時數				-
遲刻度數				5
席次順序	/	/	/	27/160
學級主任				

大正13年 3月 23日

學年/科目	第一學期	第二學期	第三學期	第二學年
修身	80		90	85
國漢	71		72	72
朝漢	84		82	83
英語	85		85	85
歷史	88		70	79
地理	80		64	72
數學	95		65	80
博物	60		72	66
圖畫	80		80	80
體操	80		75	77
總點	803		753	779
平均	80		75	78
操行				乙
判定				及
授業日數				
出席日數				176
缺席日數				9
缺課時數				
遲刻度數				8
席次順序	/	/	/	83/193
學級主任				

大正14年 3月 25日

學年/科目	第一學期	第二學期	第三學期	第三學年
修身	70	70	70	70
國漢	62	69	66	66
朝漢	64	78	71	71
英語	77	70	70	72
歷史	69	47	50	55
地理	50	55	55	53
數學	70	80	52	67
博物	77	93	85	85
理化	70	64	44	59
圖畫	85	70	75	77
體操	70	60	77	69
總點	764	753	715	744
平均	69	68	65	68
操行				乙
判定				及
授業日數				
出席日數				225
缺席日數				17
缺課時數				
遲刻度數				14
席次順序	/	/	/	89/[illegible]
學級主任				

大正15年 3月 30日

學年/科目	第一學期	第二學期	第三學期	第四學年
修身	60	70	70	67
國漢	48	60	44	51
朝漢	65	78	90	78
英語	55	81	70	69
歷史	44	80	60	61
地理	78	90	75	81
數學	57	73	38	56
博物	76	93	43	71
理化	51	73	45	56
圖畫	85	95	95	92
體操	88	80	90	86
敎練	90	90	90	90
總點	747	963	810	858
平均	66	80	68	72
操行	乙	乙	乙	乙
判定	及	及	落	及
授業日數				
出席日數		22	52	131
缺席日數		49		86
缺課時數				4
遲刻度數				12
席次順序	/	10/40	25/35	42/103
學級主任				

昭和3年 3月 20日

學年/科目	第一學期	第二學期	第三學期	第五學年
修身	90	85	50	92
國漢	50	33	75	53
朝漢	95	92	68	85
英語	42	40	57	46
歷史	55	45	60	53
地理	58	80	75	74
數學	44	13	65	40
理化	42	17	60	40
法經	53	51	73	64
圖畫	80	56	68	68
體操	80	75	65	73
敎練	93	98	98	93
總點		685	830	776
平均		57	69	65
操行		乙	乙	乙
判定		及	及	及
授業日數	39	41	30	100
出席日數	43	57	37	137
缺席日數	46	36	83	90
缺課時數		17	19	[illegible]
遲刻度數	3			
席次順序	/	94/96	77/95	84/95
學級主任	[illegible]			

昭和4年 3月 6日

備考	
第一學年	
第二學年	
第三學年	
第四學年	昭和二年三月四年[illegible]
第五學年	第一學期[illegible]

在學中賞罰	
第一學年	
第二學年	
第三學年	
第四學年	
第五學年	

김유정 성적표 | 김유정문학촌 제공

김유정 가족사진

23세 때의 유정, 둘째누님(유형), 조카 김영수, 둘째 누님은 유정의 소설 「따라지」와 「생의 반려」의 실존 인물이다

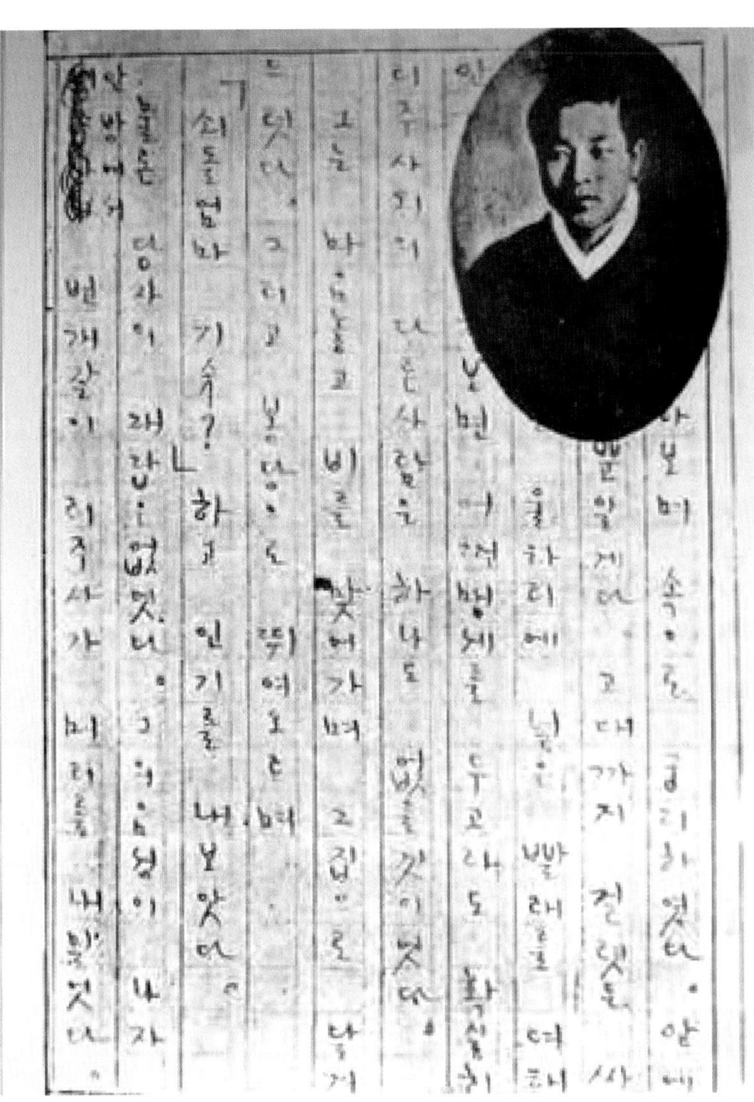

1938년 삼문사에서 발간된 작품집 『동백꽃』에 수록된 「소낙비」 원고지,
그 위에 들어간 김유정 사진.
원고지의 글씨는 김유정의 육필로 추정.
원고 내용을 보면 『조선일보』에 발표된
「소낙비」와 일부 차이가 보인다.

김유정의 문우들

채만식 소설가. 김유정에게 호감을 갖고 있었고, 김유정 사후 추모글을 두 편 남겼다.

김문집 문학평론가. 김유정을 위해 「병고작가 구조운동」을 하고 그에 따른 글들, 추모글들을 썼다.

이석훈 소설가, 방송인. 안회남의 소개로 김유정과 교류, 김유정 등단에 적극 협조했다.

이태준 철원 출신의 소설가. 김유정이 문학적 경쟁 상대로 삼던 휘문고보 선배 작가였다.

박태원 소설가, 구인회원.

김환태 문학비평가, 박봉자의 남편

안회남 소설가. 김유정의 휘문고보 시절의 친구.
김유정의 문단 등단에 적극협조.
김유정 사후 실명소설 「겸허- 김유정 전」을 썼다.

자 소설가 이상. 수필도 남겼다.
생존 시에 실명소설 「김유정」, 「실화」 등을 썼다.

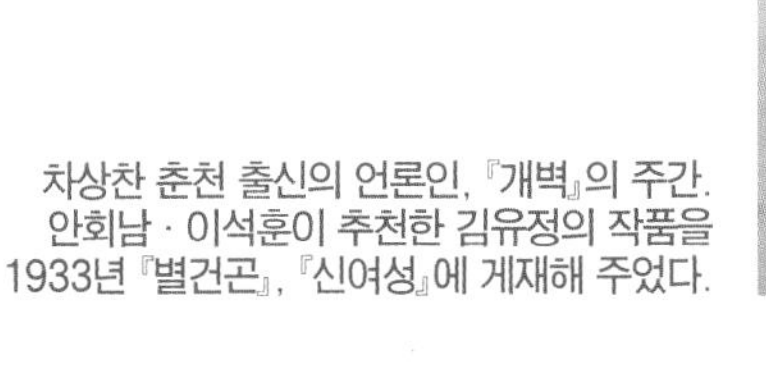

차상찬 춘천 출신의 언론인, 『개벽』의 주간.
안회남 · 이석훈이 추천한 김유정의 작품을
1933년 『별건곤』, 『신여성』에 게재해 주었다.

김유정의 여성친구들

박녹주. 경북 선산 출신의 동편제 판소리 국창(國
김유정의 첫사랑으로, 박녹주는 김유정 소설 「두꺼비」, 「생의 반려」의 실제 모델이

박봉자. 이화여전 영문과 출신, 김환태의 아내, 김유정이 박봉자에게 30여 통의 편지 테러를 가했다. 유정의 서간문 「병상의 생각」의 상대역으로 추정된다.

김유정 셋째누님(유경). 유경 누님이 손에 든 수저와 팔뚝에 걸친 두루마기는 생전에 유정이 사용하던 수저와 두루마기다

주기 김유정 추모제에서 김진웅 씨(가운데). 청색 코트의 왼쪽은 김진웅 씨 차남 김동성 씨로, 청풍김씨 족보에는 김유정
자로 올라가 있다.

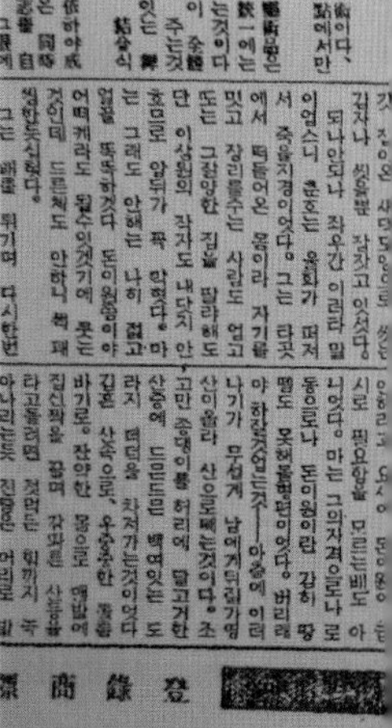

「봄 · 봄」 소설 속 등장인물은 당시 실레에 살던 실존인
점순과 사위는 김씨만과 최순일.

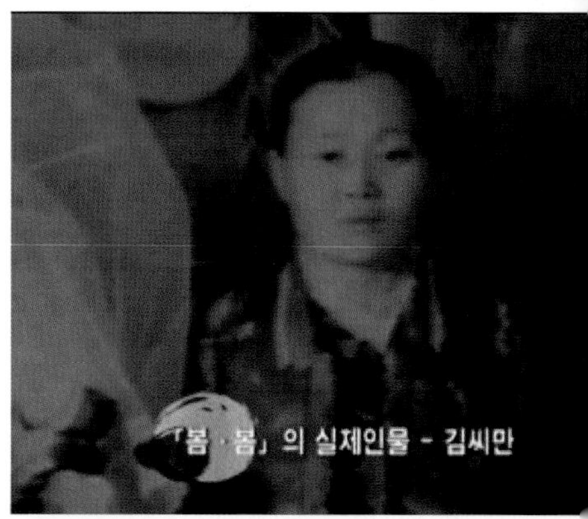

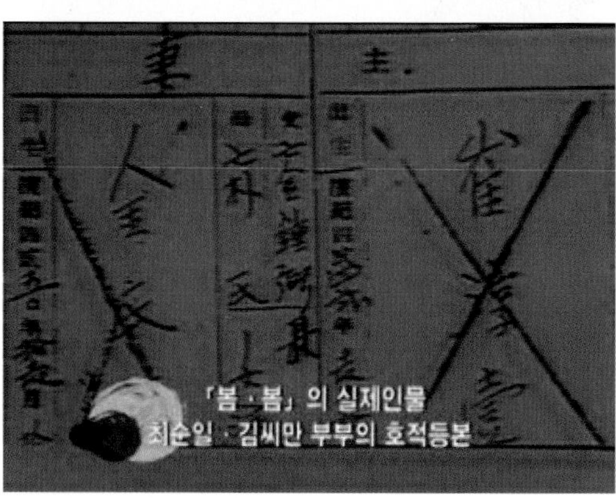

이들 사이를 증명하는 호적등본,
이들 사이에서 태어난 최금자 씨. | 김유정문학촌 홈페이지

「소낙비」 [1]

金裕貞 作

宋秉敦 畫

「소낙비」, 『조선일보, 1935.1.29~2.4

—110—

短篇小說 정분

故金裕貞

鄭玄雄畫

「정분(초고본)」, 『조광』, 1937.5

은식이는 귀를 기우려 방의말을 엿드렸다。몽래가 들어오며「오늘도 그놈왔었나」하드니 계집이「아무도 안왔다닌까 그자식 웨 요새 바람이 나서 지랄이야」하며 된통비웃는다。그놈이란 자기다。이밤치 맘한참을 주인부언 지꺼리드니 자기가 동리의평판이 나쁜다는등 안해까지 돌아다니며 미워남편을 숭본다는등 혹은 계숙이를 집안망할 도적년이라고 갖은 방자를 다하드라는등 자기에대한 흉집은 모조리 들추어낸는것이었다。

은식이는 분이올라 숨도 거츠렀다。마는어재볼 도리가없다。계숙이쫓아 핀잔도 안주고 한몽이 되는못야속하기 이를데없다。그는노기와 추움으로 팔미아마 팔짜을끼고는 떨떨떨었다。농창이난 바선어귀 눈을 밟고섰으니 쓰시도록 저며다。안해생각이 문득 떠오른다 집으로만 가면 따스한 품이 기다리련만 왜이고생을 하누 하지만 인해는 싫였다。아리랑타령하나 못하는 병신、돈한푼 못버는천치、하긴 초작에야 돌돌을 모르도록 정이 두터웠으나 인제는 다삭었다。뭇사람의 품으로 옮아안기며 에쏴어리는 들뱅이가 천하다할망정 힘안드리고 먹으니 얼마나 부러운가、칩들을 게제흘리고 덤벼드는 뭇놈을

다。그럴적마다 계집은 눈실난실 여신이 할으며 가치 웃는다。그러끈 낭뭇드줄만치 멍아리소리로들 속은거리

「만무방」, 『조선일보』, 1935.7.1

農村小說

봄·봄

金裕貞

金熊超 畵

「장인님! 인젠 저——」

내가 이렇게 뒤통수를 긁고 나히가 찼으니 …를 시켜줘야 하지 않겠느냐고 하면 그대답이 …「이자식아! 성례구뭐구 미처 자라야지!」하고 …

이 자라야 한다는것은 내가 아니라 장차 내 …가 될 점순이의 키 말이다.

내가 여기에 와서 돈 한푼 안받고 일하기를 … 하고 꼬박이 일곱달동안을 했다. 그런데도 미처 못자랐다니까 이키는 언제야 자라는겐지 짜증 영문모를 일을 좀더 잘해야 한다든지 혹은 밥을 (많이 먹는다고 노상 걱정이니까) 좀덜 먹어야 한다든지 하면 나드 얼마든지 할말이 많다. 허지만 점순이가 안죽 어[illegible]…

「봄·봄」, 『조광』, 1935.12

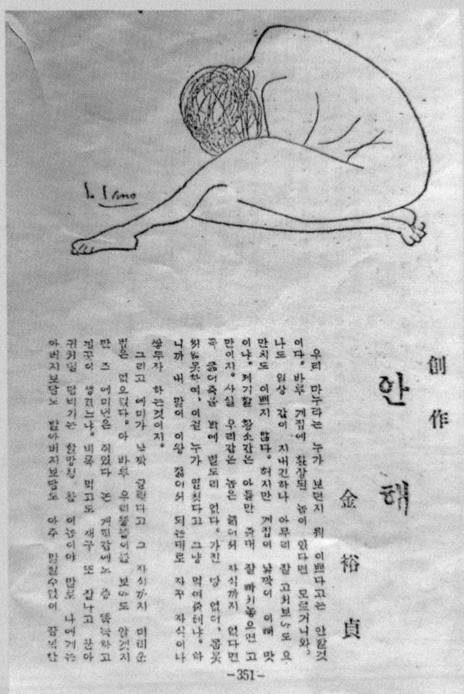

創作

안해

金裕貞

우리 마누라는 누가 보던지 뭐 이쁘다고는 안할것이다. 바루 계집에 환장된 놈이 있다면 모르거니와, 나도 일상 같이 지내긴하나 아무리 잘 고쳐보아도 요만치도 이쁘지 않다. 허지만 계집이 낯짝이 이뻐 맛이냐. 제기할 황소같은 아들만 줄대 잘 빠쳐놓으면 고만이지. 사실 우리같은 놈은 늙어서 자식까지 없다면 고 족 굶어죽을 밖에 별도리 없다. 가진 땅 없어, 돈 없어, 몸이 못하여, 이걸 누가 엽치다고 그냥 먹여줄테냐. 하니까 내 말이 이왕 젊어서 되는대로 자꾸 자식이나 쌓두자 하는것이지.

그리고 에미가 낫작 곱다고 그 자식까지 미끈 법은 없으렸다. 아 바루 우리 똘똘이놈 보아도 알겠지만 즈 에미년은 쥐였다 논 개떡같에도 좀 똑똑하고 잘꾸이 생겼느냐. 비록 먹고도 재주 또 잘나고 끔아 귀커딤 덥비기는 한망칭 참 이놈이야 말로 나에게는 아버지보담도 할아버지보담도 아주 말할수없이 끔찍한

-351-

「아내」, 『사해공론』, 1935.12

農村小說

동백꽃

金裕貞

鄭鎭岐 畵

「동백꽃」, 『조광』, 1935.5

夜櫻

金裕貞

安夕影 畵

향기를 좋은 보드라운 바람이 이따금식 불을 스처간다. 그럴적마다 꽃닢새는 하나, 둘, 팔파당팔파당 공중을 날으며 혹은 머리우로 혹은 옷고롬고에 사뿐 앉이기도 한다. 가지가지 나무들 새에 킨전등도 밝거니와 그 광선에 아련히 빛이어 연분홍 막이나 버려논듯, 활짝 피어버러진 꽃들도 곱기도하다.

(아이구— 꽃두 너머 피니까 어지럽군!)

경자는 여러사람 틈에 끼어사구라나무 밑을 거닐다가 우연히도 꽃동에 스치려는꽃 한송이를 뚝 따 들고 한번 느긋하도록 맡아본다. 맡으면 맡을수록 가슴속은 후련하건서도 저도 모르게 하는듯 싶다. 뭐서너번 더 코에 디려대다가 이번에는

「얘! 이 꽃좀 맡아봐」하고 옆에 따르는 영애의 코스밑에다 디려대이고

「어지럽지?」

「어지럽긴 얘가 어지러워, 이까진 꽃냄새좀 맡고——」

「그럴께지!」

경자는 호박같이 뚱뚱한 영애의 몸집을 한번 흘쳐보고 속으로 저렇게 더둑더둑하니까 코청도 아마, 하고는

「너는 꽃두 볼줄 모르는구나!」

혼잣말로 이렇게 탄식하지 않을수 없었다.

「그때 네가 꽃볼줄 몰나, 얘두 그럼왜 이렇게 창경원일 찾아왔드람?」하고 눈을 똑바로 뜨니까

「얘! 눈 무섭다 저리 치어라」하고 경자는고개를저 티 돌리어 웃음을 날려놓고.

「눈만 있으면 꽃보는거냐, 코루 냄새를 맡을줄알아야지」

「보자는 꽃이지 그럼, 누가 얘들같이 꿔어들고 그러되」

「넌 아주 모르는구나, 아마 코양이 없어서 그런가부다.」

꽃은 이렇게 맡아보고야 비로소 존ᄃᆞ 아는거야!」하면서 경자는 짓궂지 아까의 그 꽃송이를 두 손바닥으로 으깨어 가지고는 다시 맡아보고

「아! 취한다, 나

「야앵」, 『조광』, 1936.7

生의伴侶

金裕貞

생의 반려」, 『중앙』, 1936.8~9

「정조」, 『조광』, 1936.10

短篇小說

따라지

金裕貞
嚴大變 畵

쪽대문을 열어놓으니 사직원이 환하게 나려다보인다。

인제는 봄도 늦었나부다, 저 건너 돌담안에는 사구라꽃이 벌겋게 벌어졌다。 가지가지 나무에는 싱싱한 싻이 퓌고 새침하게 옷깃을 핥고드는 요놈이 꽃샘이겠지 까치들은 새끼칠 집을 장만하느라고 가지를 입에물고 날아들고──

「따라지」, 『조광』, 1937.2

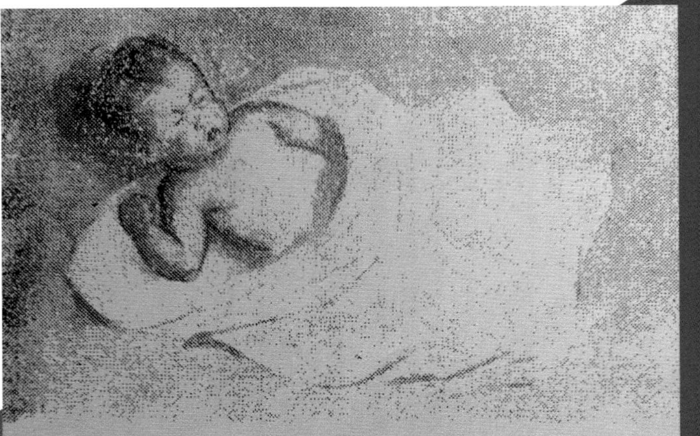

山中奇談

두포전

金裕貞
金奎澤 · 畵

一 · 난데 없는 업둥이

옛날 저 강원도에 있었던 일입니다。

강원도라 하면 산 많고 물이 깨끗한 산골입니다。하자면 험하고 끔찍끔찍한 산들이 줄레줄레 어깨를 대고、그 사이로 맑은 샘은 곳곳이 흘러 있어 매 아름다운 경치를 가진 산골입니다。

장수꼴이라는 조그마한 동리에 늙은 두 양주가 고 있었습니다。

그들은 마음이 정직하여 남의 물건을 탐내는 법 없었습니다。그리고 개 새끼 한번 때려보지 않었드니 치 그렇게 마음이 착하였습니다。

그러나 웬 일인지 늘 가난합니다。그건 그렇다

「두포전」, 『소년』, 1939.1~5

短篇小說

땡볕

金裕貞

우람스러 생긴 덕순이는 바른 팔로 뒤면 소맷자락을 끌어다 콧등의 땀방울을 훑고는 통안네거리에 와 다리를 딱 멈추었다. 더위에 익어 얼골은 벌거히 사방을 둘러본다. 중복허리의 뜨거운 땡볕이라 길 가는 사람은 저편 처마 끝으로만 때앵땡 몰고 있다. 지면은 번들번들이 닳아 자동차가 지날적마다 숨이 ...

덕순이는 아무리 찾아보아도 자기가 길을 물어 좋을 만치 그렇게 여유있는 얼골이 보이지 않음을 알자, 소맷자락으로 또 한번 땀을 훑어본다. 그리고 거북한 표정으로 벙벙히 섰다. 때마침 옆으로 지나는 어린 깍쟁이에게 공손히 손짓을 한다.

「얘! 대학병원을 어디루 가니?」

으로 가르킨대로 그길을 북으로 접어들며 다시 내걷기 시작한다. 내딛는 한발자마다 무거운 지게는 어깨에 박이고 등줄기에서 쏟아져 나리는 진땀에 궁둥이는 쓰라릴만치 물었다. 속 타는 불김을 입으로 불어가며 허덕지덕 올라오다 엄지손가락으로 코를 헝 풀어 그 옆 전봇대 허리에 쓱 문댈 때에는 그는

른 그늘에 가 나자빠지고 싶은 생각이 굴뚝 같으련만 그걸 못하니 짜증이 안날수 없다. 골미를 찌프리어 데퉁스러

「빌어먹을거! 왜 이려 무거―」

하고 내뱉을따 하였으나, 그러나 지게우에서 무색하야질안해를 생각하고 꾹 참아버린다 제 속으로만 궁궁거리다 겨우

「에이 더웁다!」

「땡볕」, 『여성』, 1937.2

小說

총각과 맹꽁이

金裕貞

입입이 비를바라나 오늘도그럿타 풀입은 먼지가보얏케 나흙거린다。말뚱한 하늘에는 불덤이가튼 해가 눈을 크게떳다。

땅은달아서 뜨거운김을 턱밋헤다 품긴다。호미를옴겨 찍을적마다 무더운숨을 헉헉 돌는다。가물에 조닙은앤생이다。가슴 업드려 김매은 코며 눈퉁이를 씨른다。

호미는뒹저지며 쨍소리를 쎠쎠로 내인다。곳곳이 백인돌이다。떼사밧터면 한번씩어넘길걸 세네번안하면 흙이 일지안는다。콧등에서 턱에서 땀은 물흐르듯 떠러지며 호밋자루[illegible]적시고 또흙에 숨인다。

그들은 묵묵하엿다。조밧고랑에쑥 느러백여서 머리를숙이고 기여갈쑨이다。마치 땅을파는 두더지처럼— 입을벌리면 땀한방울이 더흐를것을 염려함이다。

그러자 어되서 말을부친다。

「어이 뜨거 돌을좀 밟엇다가 혼난네」

「이놈의것도 밧이라고 도지를 바다처먹나—

「이제는 죽어도 너와는 품아시안한다」고 한친구가 열을내드니

「씻갑으로 골치기나 하자구 도루줘버려라」

「이나마업스면 먹을게잇서야지—」

—(127)—

「총각과 맹꽁이」, 『신여성』, 1933.9

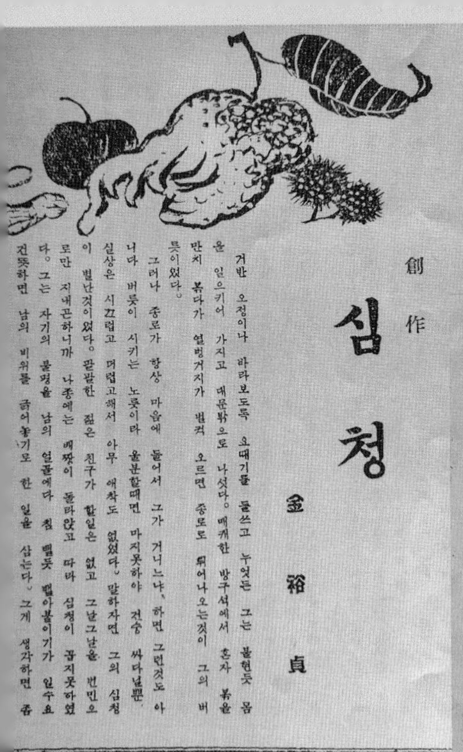

創作

심청

金裕貞

거반 오정이나 바라보도록 오때기를 둘쓰고 누엇든 그는 불현듯 몸을 일으키어 가지고 대문밖으로 나섯다。매캐한 방구석에서 혼자 볶을만치 볶다가 열벙거지가 벌컥 오르면 종로로 튀어나오는것이 그의 버릇이엇다。

그러나 종로가 항상 마음에 들어서 그가 거니느냐、하면 그런것도 아니다。버릇이 시키는 노릇이라 울분할때면 마지못하야 전숭 싸다닐뿐。실상은 시끄럽고 더럽고해서 아무 애착도 없었다。말하자면 그의 심청이 별난것이엇다。괄괄한 젊은 친구가 할일은 없고 그날그날을 번민으로만 지내곤하니까 나중에는 배짱이 돌라앉고 따라 심청이 곱지못하엿다。그는 자기의 불평을 남의 얼굴에다 침 뱉듯 뱉아붙이기가 일수요 건뜻하면 남의 비위를 긁어놓기로 한 일을 삼는다。그게 생각하면 좀

226

★콩으로메주를쑨다해도고지든지않는다★

「심청」,『중앙』, 1936.1

短篇小說

슬픈이야기

金裕貞

암만 때렸단대도 내 게집을 내가 쳤는데야 네가, 하고 덤비면 나는 참으로 할말 없다. 허지만 아무리 제 게집이기로 개 잡는 소리를 가끔 치게 때가지고 옆집 사람까지 불안스럽게 구는, 이것은 넉넉히 내가 꾸짖을 수 있다는 말이다. 그것두 일테면 내가 안해를 가졌다 하고 그리고 나도 저와같이 안해와둑숙어뎀수 있다면 혹 모르겠다. 장가들 쯤되어도 얼마든지 좋을 수 있을만치 나이가 그토록 지났는데도 어쩌는 수 없이 사홀셋방에서 이렇게 홀로 뭉굴뭉굴 지내는 놈을 옆방에다 두고 즈이끼리만 내외가 두닥닥 두닥닥, 하고 또 끼익, 끼익, 하고 이러는것은 썩 잘못된생각이다. 요즘같은 쓸쓸한 가을철에는 된 셈인지 자꾸만슬퍼지고, 외로워지고, 이때서 밤잠이 제대로 와주지않는것이 결코나의 죄는 아니다.

자정을 넘어서서 새루 두점이나 바라 보련만도 그때로 고생고생 하다가, 이제야 거우 눈꺼풀이 어지간히 맞어들어올라 하는때다 잡작스레 쿵, 하고 방이 울리는 서슬에 잠을 고만 놓지고 마는 것이다. 이것은 재론할 필요 없이 요 옆집의 거는방과 세들어 있는 이 내방과를 구분하기 위하야 때막아논, 벽이라기 보다는 차라리 울섭으로 보아 좋을듯 싶은, 그 벽에 필연 육중한 몸이 되는데도 더떠받고 나가 떨어지는 소리일것이 분명하다 이렇게 혁을 더떠받고, 떨어지고, 하는것은 일상 말아놓고 그 안해가 해줌으로 이번에도 그랬었음에 별루 틀리지 않을것이다. 그러기에 들떨가말가 한 낮욱한, 그러면서도 잡아먹을듯이 앙크러뜻는 소리로 그 남편이 뚱얼거리다 팩, 하는 이것은 밥짐이 허구리로 들어온게고, 그때 안해가 어구구, 하니까 그바람에 옆에서 자든 세살짜리 아들이 어아, 하고 놀래깨는것이 두루 불안스럽다 허 이놈 또 텄구나, 싫어서 나는 약이 안오를 수 없으니까 벌떡 일어나서 큰 일을 칠거따두 잡이 제법 눈을부라린것만은 됐으나 그렇다고 벽 넘어 저쪽을 향하야 꾸쭝을 한다든가 하는것이 점잖은 나의 체면을 상하는 것쯤은 모를리 없을것이다. 이렇게 되면 잠 자기는 영 글른 공사기로 권연 하나를 피어 물었든것이나 아무리 생각하여도 놈의 소행이 괘씸하야 그냥 배기기 어려우므로 캐액, 하고 요강뚜껑을 펜스리 열었다가 깨지지만 않을만침 아무렇게나 나

「슬픈이야기」,『여성』, 1936.12

短篇小說

솥 (一)

金裕貞 作

「솥(퇴고본)」,『매일신보』, 1935.9.3~9.14

創作

이런音樂會

金裕貞

내가 저녁을 먹고서 종로거리로 나온것은 그럭저럭 여섯점반이넘었다
너접대는 우와기 주머니에 두 손을 꽉 찌르고 그리고 휘파람을 불며
올라오자니까
「애!」 하고 팔을 뒤로 잡아채며
「너 어디 가니?」
이렇게 황급히 묻는것이다。
나는 깨끗하는 몸을 고르잡고 돌려보니 코모를 쭉 늘려는 황철이다
뒤시 성미가 짐짐한 놈인 줄은 아나 그래도 이토록 씨근거리고 긴
달려들에는, 하고
「왜 그러니?」
「너 오늘 홍줄음악대회거 아니냐?」
「홍줄음악대회?」하고 나는 좀 머뭇하다가 그제서야 그 속이 뭔인줄
을 알았다。
이 황철이란 참으로 수리학교의 큰 공로자이다。 왜냐면 학교에서

「이런 음악회」, 『중앙』, 1936.4

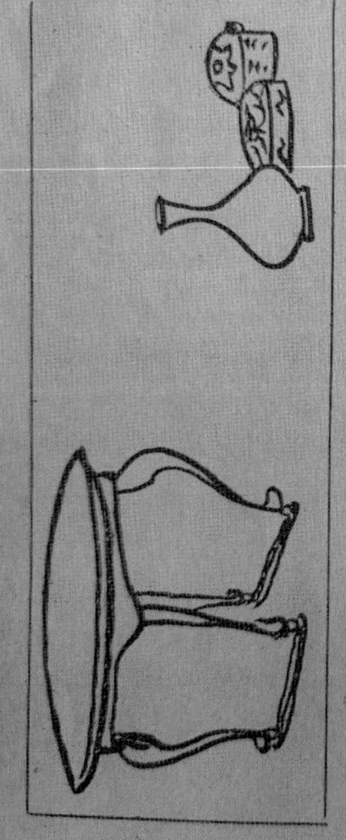

애기 (未發表遺稿)

金裕貞

애기는 이땅에 떨어지자 무럭대고 귀염만 받을려는 그런 특권을 가집니다。 그리고 악을 지르며 울수있는 그런 재조도 타고납니다。 그는 가끔 명령을 나립니다。 응아! 응아! 이렇게 소리를 지르고 눈물을 흘리며 우는것입니다。 우리는 이걸 귀아프다 아니합니다。 다만 그의 분부대로 시행할 따름입니다。 겸하여 오、우지마、우리 아가야、하고 그를 얼싸않으며 빰도 문대고 뽀뽀도하고 할수있는、 그런 큰 행복과 아울러 의무를 우리는 흠씬 즐길수있는것입니다。

허나 이런 악아는 더이 좀 달음니다。 어머니가 시집온지 뒤달만에 심심히 빠친 악아요。 그는 바루 개밥의 도토립니다。 뉘라고 제법 다정스러운 시선한번 돌려주는 이 없읍니다。

악아는 고집이 뒨통 세입니다。 그래도 제권리를 마우 행사하고자 기를 까륵、까륵、씁니다。 골치를 찌프리고 어른은 외면합니다。 울

「애기」, 『문장』, 1939.12

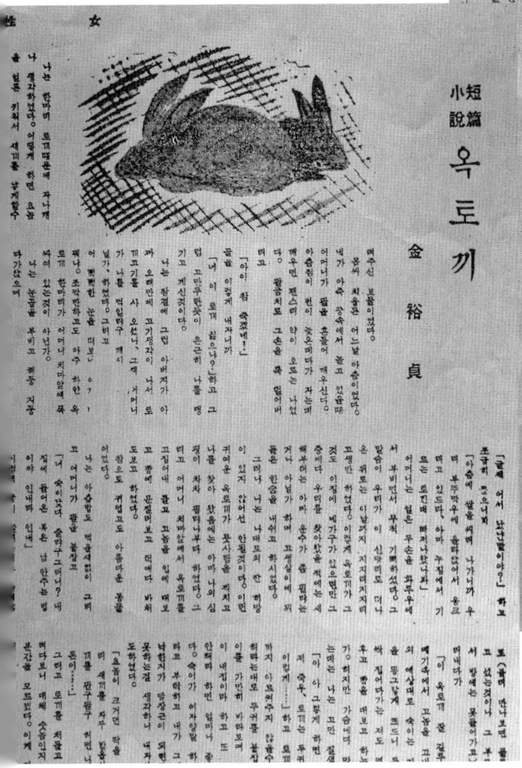

短篇 연기

金裕貞

「연기」, 『창공』, 1937.3

短篇小說 옥토끼

金裕貞

「옥토끼」, 『여성』, 1936.7

洪吉童傳

金裕貞

李承萬 畵

一、길동이 운이 천하다

二、길동이 슬퍼하다

「홍길동전」, 『신아동』, 1935.10

김유정 작품 및 관련 책들

김유정 편, 『동백꽃』 조선문인전집 7,
삼문사, 1938.12.17 발행.
경성부 관훈정 121 삼문사 전집간행부.
발행인 : 고경상.
정가 : 1원 50전.

『동백꽃』, 세창서관, 1938.12.17 초판발행.
발행인 : 고경상. 정가 ?(1940.12.30 재판발행.
주소 : 경성부 관훈정 121. 발행인 : 고경상. 정가 3원.

『동백꽃』, 왕문사(旺文社), 1952.10.25 발행.
발행인 : 신정희, 주소 : 서울 마포구 신공덕동 146.
임시정가 15원.

『동백꽃』, 왕문사, 1953.11.15 재판발행. 발행인 : 신정
주소 : 서울 마포구 신공덕동 146 . 임시정가 300환.

『동백꽃』, 장문사, 1957.12.15 발행. 발행인 : 신태희. 주소 : 서울 마포구 신공덕동 146. 정가 1,000환.

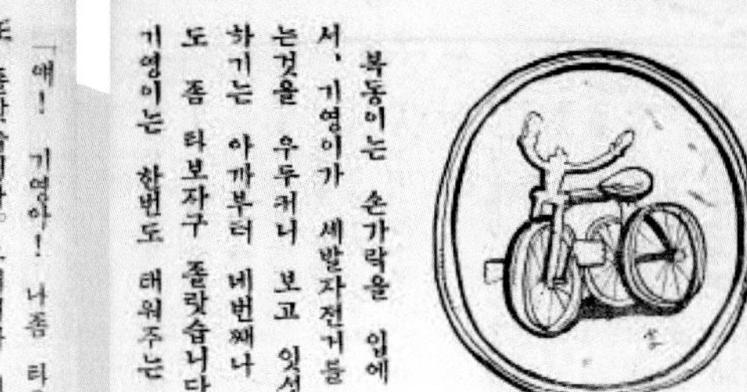

세발자전거

金 裕 貞

鄭 玄 雄·畵

복동이는 손가락을 입에 물고 서서, 기영이가 세발자전거를 타고 노는것을 우두커니 보고 잇섯습니다。 하기는 아까부터 네번째나 벌서 저도 좀 타보자구 졸랏습니다。 그러나 기영이는 한번도 태워주는 법 업습니다。

기영이가 세발자전거를 타고서

「찌링! 찌링! 찌링찌링! 비켜라 비켜!」

이러케 입으로 소리를 치며 다라날때 복동이는 그 엽으로 달겨들어서

「얘! 기영아! 나좀 타?」하고 또 졸랏습니다。 그러니까 기영이는, 눈을 딱부르뜨고,

「이자식이 왜 이래? 치여죽을랴구」

하고 손으로 밀어버리고는 그냥 다라납니다。

그런데도 복동이는 그 세발자전거를 잠시도 떠나질 못합니다。 그뿐아니라 시키지도 안컨만 제가 쫓아와서 뒤도 밀어주고 혹은 손잡이를 잡고 끌어도주고 합니다。 왜냐면 타진 못할망정 자전거를 만저만보아도 마음이 퍽 기뻐서 그럽니다。

그러나 한번은 잘못 되어서 기영이와 세발자전거를 한꺼번에 모루쓰러트렷습니다。 기영이는 담박 골을 내가지고 일어나드니 사정업시 복동이의 뺨을 때렷습니다。

「이자식아! 널더러 끌랫서?」

「응아ㅡ」하고 복동이는 두손으로 눈을 덮고는 울지 안흘수 업섯습니다。

만판 울다가 조 언니가 와서

「얘! 울지마라, 내 자전거타게해주마」하고 귀속으로 달래는 바람에 그제서야 울음을 끄첫습니다。

복동이언니는 동리로 돌아다니며 조고만 아이들을 엳아문이나 모아왓습니다。 그리고 대운동을 한다고 창가들을 부르며 법썩입니다。 첫번이

골목안을 세바쿠 돌아오는 경주입니다。 여기에서 일등하는 사람은 그 상으로, 신문지 오린 조히쪼각 한장식 주는것입니다。 아이들은 대운동이라고 신바람이 나서 다름질을 칩니다。

기영이가 한편에 서서 이걸 가만히 보고잇스니까 저도 신이 납니다 혼자 자전거만 타는것보다는 여러동무와함께 대운동이 퍽 하고싶읍니다。 그래서 복동이언니를 보고

「나두 해, 응? 응?」하고 졸랏드니「관둬 이자식아! 너 자전거 혼자만 탓지?」

「그럼 내 집에 가서 자전거 가저올께 나두 끼워줘」

이러케 하고나서야 기영이도 경주에 한목 끼게 되엿습니다。 그런데, 기영이는 둘찌로 와도 첫찌라구 조히쪼각 한장 주고, 세찌로 와도 또 첫찌라구 한장 주고, 하엿습니다。 그러니까 기영이는 이마에 땀이 흐르는것도 모르고 자꾸만 경주를 할랴고 덤빕니다。

이런 동안에 복동이는 그 세발자전거를 타고서 저도

「찌링! 찌링! 찌링찌링! 비켜 비켜」하며 골목안을 연방 돌아다닙니다。(끝)

「세발자전거」, 『목마』, 1936.6

『조광』(1937.5)에 실린 김유정 추모 특집

九人會會員編輯 月刊

詩와小說

—內容—

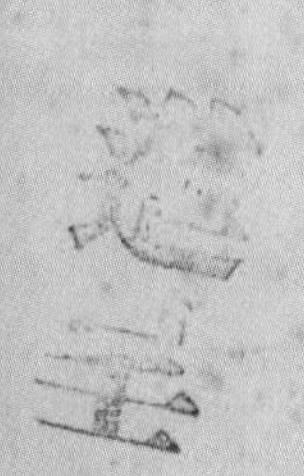

創刊號

昭和十一年三月 五日 印刷
昭和十一年三月十三日 發行

定價 十錢

株式會社彰文社出版部刊行

월간 구인회회보, 『시와 소설』, 1936.3.13(창간호이자 종간호가 되었다)

김유정기념사업회편, 『김유정전집』, 1969

김유정기념사업회편, 『김유정전집』, 1994.3

전신재 편, 『원본김유정전집』, 1987 · 1997 · 2007

유인순 편집, 『동백꽃』, 2005

유인순, 김유정학술연구단행본, 1988 · 2003 · 2014

유인순 외, 『김유정과 동시대 문학 연구』, 김유정학술연구단행본, 2013

유정의 귀환』, 2012.3.
정학회 최초 학술연구단행본

정학회 편,
정학술연구단행본들(2012~)

김유정 관련 문학비 사진 및 해설

김유정 문인비 : 1968년 5월 29일 춘천시 칠송동 의암호 옛 경춘국도변에 건립되었다. 대한민국 최초의 문인비이다. 소설가 김동리 선생이 글씨를 썼고 이운식 교수가 제작했다.

김유정 기적비 : 1978년 3월, 춘천시 실레마을 옛 금병의숙 자리 옆에 자연석으로 건립되었고 글씨는 소설가 김동리 선생이

김유정동상 : 1994년 10월, 김유정기념사업회에서 주관, 김유정의 전신상을 이운식 교수가 제작하고 황재국 교수가 글씨를 썼다. 처음, 춘천문화예술회관 건물 옆에 세웠던 것을 2002년 8월 춘천시 실레마을 김유정문학촌 생가 안으로 이전했다.

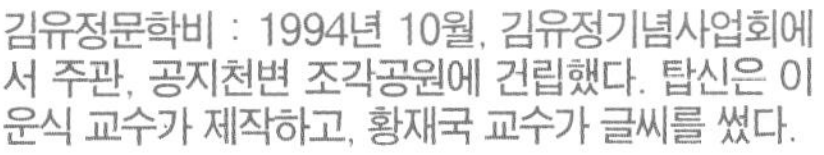

김유정문학비 : 1994년 10월, 김유정기념사업회에서 주관, 공지천변 조각공원에 건립했다. 탑신은 이운식 교수가 제작하고, 황재국 교수가 글씨를 썼다.

영원한 청년작가 김유정 : 2014년 10월, 검정 자연석 전면에 영원한 청년작가 김유정, 후면에는 수필 '오월의 산골짜기' 전문이 새겨져 있다. 이 문학비는 춘천시 서면 금산리, 서면 문학공원 안에 있다.

김유정문학촌 및 문학촌 행사

1970년대 금병의숙 자리와 느티나무

2000년대 금병의숙 자리와 느티나무

김유정문학촌 전면

김유정문학촌 측면

김유정 동상과 복원된 김유정 생가

문학촌 뜨락

소설 속 「솥」 형상화

동백꽃과 김유정문학촌

김유정역

김유정우체국

김유정 추모제

김유정 추모제

추모제에서 저서 봉정

문학기행열차, 청량리 역에서
참가자들과 단체사진

제3회 문학기행열차

제6회 문학기행열차

김유정문학제 입체낭독대회에 참석한 대학생들

김유정문학제 입체낭독 – 입체낭독대회 참석자 단체사진

김유정탄생 100주년 행사 – 이어령 교수 선포식

김유정탄생 100주년 행사 – 탄생 100주년 기념 케이크 자르기

김유정탄생 100주년 행사 – 기자회견장

김유정탄생 100주년 행사 – 100주년 기념 KBS 'TV 책을 말하다' 김유정 편

김유정탄생 100주년 행사 – 실레이야기마을 선포식 참가한 한중일 작가들

김유정탄생 100주년 행사 – 실레이야기마을 선포식에 참가해서 휘호를 쓰고 있는 노벨문학상 수상작가 모옌(중국)

100주년 기념 김유정의 한을 푸는 진오기 새남굿

100주년 기념 진오기 새남굿의 한 장면

김유정학회 활동사진

제1회 김유정학술세미나(2010.10.8 김유정 생가 대청마루)

세미나 참석인들 단체사진

산중 학술세미나 2013년

잣나무숲 학술세미나 2014년

제1회 김유정학술연구발표회 및 창립총회(2011년 4월 16일 강원대학교 단체사진)

제1회 김유정학술연구발표회 – 기조발제 조남현 교수

제1회 김유정학술연구발표회 – 발표회장 사진

김유정 관련 문화콘텐츠

100주년 연극, 극단 연극사회 〈금따는 콩밭〉 | 김유정문학촌 홈페이지

100주년 연극, 극단 혼성 〈동백꽃〉 | 김유정문학촌 홈페이지

100주년 연극, 극단 굴레 〈봄 · 봄〉 | 김유정문학촌 홈페이지

100주년 연극, 극단 도모 〈소낙비〉 | 김유정문학촌 홈페이지

100주년 연극, 극단 Art-3Theater 〈아내〉 | 김유정문학촌 홈페이지

연극 극단 연극사회 〈총각과 맹꽁이〉(2010) | 김유정문학촌 홈페이지

영화 〈봄 · 봄〉(1969) | 김유정문학촌 홈페이지

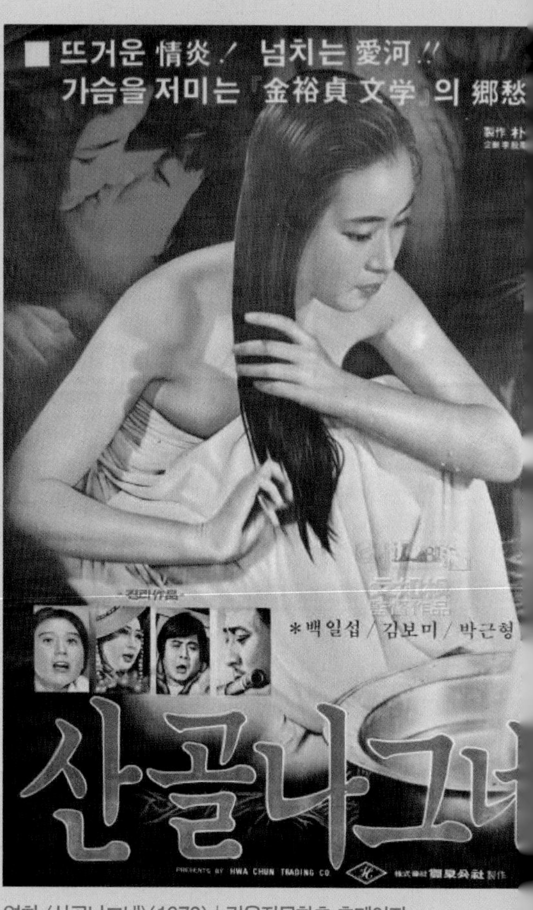

영화 〈산골나그네〉(1978) | 김유정문학촌 홈페이지

영화 〈땡볕〉(1984) | 김유정문학촌 홈페이지

영화 〈소낙비〉(1995) | 김유정문학촌 홈페이지

영화 〈떡〉(1998) | 김유정문학촌 홈페이지

애니메이션 〈봄 · 봄 그리고 동백꽃〉 | 김유정문학촌 홈페이지

발레,백영태 안무, 김유정 〈아 미친 사랑의 노래〉(2017) | 인터넷 자료

발레, 백영태 안무, 김유정 〈아 미친 사랑의 노래〉(2017) | 인터

발레, 백영태 안무,
김유정 〈아 미친 사랑의 노래〉(2019) | 인터넷 자료

오페라, 이건용 작곡, 〈봄봄〉(2011) | 인터넷 자

정전

김유정 전집

2

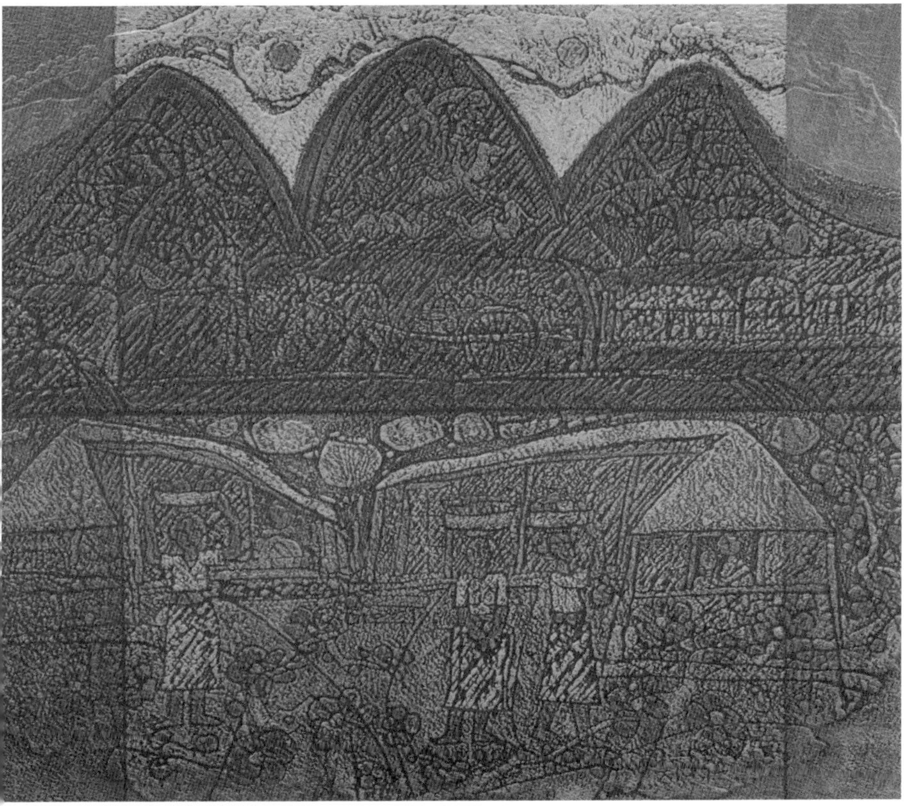

The Complete Works of Kim You-Jeong

유인순 엮음

일러두기

『정전 김유정 전집』 1부에는 김유정의 소설 작품 32편과 김유정 작품 어휘사전을 수록했다. 소설 작품들은 원칙적으로 최초 발표지의 원전(1차 자료)을 인용했고 여의치 못한 경우에만 2차 자료를 인용, 그 출처를 밝혔다.

『정전 김유정 전집』 2부에서는 김유정의 수필, 서간, 일기, 작시, 번역소설, 동화, 김유정의 지인들이 쓴 실명소설, 김유정 추모글, 김유정 조카 남매 및 박녹주·박봉자의 회고담을 수록했다.

1. 『정전 김유정 전집』의 표기는 현대어 맞춤법에 따르는 것을 원칙으로 하였다. 소설의 지문은 가능한 현대식 맞춤법에 따라 표기하되, 김유정문학의 묘미가 토속어와 서민들의 언어를 생생하게 묘사하고 있다는 점에 주목, 가능한 김유정의 어휘와 어감을 그대로 사용하기로 했다. 더불어 독자들의 이해를 돕기 위해 김유정 작품 어휘사전을 첨가하였다.
2. 1인칭 소설의 경우, 지문에 해당되는 부분은 가능한 현대식 표기를, 직접대화나 간접대화의 부분은 대화 자체를 발음기호로 생각하여 소리나는 그대로 두었다.
3. 3인칭 소설의 경우, 지문에 해당되는 부분은 가능한 현대식 표기를, 대화 부분은 역시 대화자체를 발음기호로 생각하여 소리나는 그대로 두기로 했다.
4. 지문에서 현대 표준어로 교체시킬 수 있는 것은 모두 교체시키는 방향으로 진행했다.
5. 대화를 표시하는 원문의 「 」는 모두 " "로 바꿨다. 말줄임표는 '……'로 통일시켰다.
6. 김유정 작품에 유난히 많이 나오는 가운뎃줄은 '—'로 통일시켰다.
7. 어휘나 구절에 대한 부가적 설명이 필요한 경우 모두 각주로 달아놓았다. 동일한 어휘라 해도 작품의 상황에 따라 그 의미가 달라질 수 있기 때문에 각각의 작품에 따라 의미의 차이가 있거나 중복되는 경우도 있음을 미리 밝혀둔다.

제2부_ 김유정을 말하다

1. 실명소설

2. 유정 생존시 지인의 글

3. 유정을 추모하는 지인들의 글

4. 김유정을 그리다

수필

잎이 푸르러 가시던 님이

잎이 푸르러 가시던 님이

백설이 흩날려도 아니 오시네

이것은 강원도 농군이 흔히 부르는 노래의 하나입니다. 그리고 산골이 지닌 바 여러 자랑 중의 하나라고도 볼 수 있습니다. 화창한 봄을 맞아 싱숭거리는 그 심사야 예나제나 다를 리 있으리까마는 그 매력에 감수感受되는 품이 좀 다릅니다.

일전 한 벗이 말씀하되 나는 시골이, 한산한 시골이 그립다 합니다. 그는 본래 시인이요, 병마에 시달리는 몸이라 소란한 도시생활에 물릴 것도 당연한 일입니다. 허나 내가 생각건대 아마 악착스러운 이 사파娑婆에서 좀이나마 해탈하고자 하는 것이 그의 본의일 듯싶습니다. 그때 나는 그러나 더러워서요, 아니꼬워 못 사십니다, 하고 의미몽롱意味朦朧한 대답을 하였습니다. 그리고 너무 결백한, 너무 도사류道士流인 그의 성격에 나는 존경과 아울러 하품을 아니 느낄 수 없었습니다. 시골이란 그리 아름답고 고요한 곳이 아닙니다. 서울사람이 시골을 동경하여 산이 있고 내가 있고 쌀이 열리는 풀이 있고…… 이렇게 단조로운 몽상으로 애상적哀傷的 시흥詩興에 잠길 그때 저 — 쪽 촌뜨기는 쌀 있고 옷 있고 돈이 물밀 듯 질벅거릴 듯한 서울에 오고 싶어 몸살을 합니다.

퇴폐頹廢한 시골, 굶주린 농민, 이것은 자타 없이 주지周知하는 바라 이제 새삼스레 뇌일 것도 아닙니다. 마는 우리가 아는 것은 쌀을 못 먹은 시골이요 밥을 못 먹은 시골이 아닙니다. 굶주린 창자의 야릇한 기미는 도시都是 모릅니다. 만약에 우리가 본능적으로 주림을 인식했다면 곧바로 아름다운 시골, 고요한 시골이라 안 합니다.

시골의 생활감을 적실適實히 알려면 그래도 봄입니다. 한겨울 동안 흙방에서 복대기던 울분, 내일을 우려하는 그 초조, 그리고 터무니없는 야심, 이 모든 불온不穩한 감정이 엄동嚴冬에 지질리어 압축되었다 봄과 맞닥뜨리어 몸이라도 나른히 녹고 보면 단박에 폭발되고 마는 것입니다. 남자란 워낙 뚝기가 좀 있어서 위험이 덜합니다. 그것은 대체로 부녀 더욱이 파랗게 젊은 새댁에 있어서 그 예가 심합니다. 그들은 봄에 덧들리어 방종放縱하는 감정을 자제自制치 못하고 그대로 열熱에 뜹니다. 물에 빠집니다. 행실을 버립니다. 나물 캐러 간다고 요리조리 핑계 대고는 바구니를 끼고 한 번 나서면 다시 돌아올 줄은 모르고 춘풍에 살랑살랑 곧장 가는 이도 한둘이 아닙니다. 그러나 붙들리며는 반쯤 죽어날 줄을 그라고 모르는 바도 아니련만 —

또 하나 노래가 있습니다.

잘 살고 못 살 긴 내 분복이요
하이칼라[1] 서방님만 얻어 주게유

이것도 물론 산골이 가진 바 자랑의 하납니다. 여기에 하이칼라 서방님이란 머리에 기름 바르고 향기 피는 매끈한 서방님이 아닙니다. 돈 있고 쌀 있고 또 집 있고 이렇게 푼푼하고 유복한 서울 서방님 말입니다. 언뜻 생각할 때 에이 더러운 계집들! 에이 우스운 것들! 하고 혹 침을 뱉으실 분이 있을지는 모르나 이것은 좀 덜 생각한 것입니다. 님도 좋지만 밥도 중합니다. 농부의 계집으로서 한평생 지지리 지지리 굶다 마느니 서울 서방님 곁에 앉아 밥 먹고 옷 입고 그리고 잘 살아보자는 그 이상理想이 가질 바 못되는 것도 아닙니다. 밥 있고 이러한 곳이라야 행복이 깃들입니다.

내가 시골에 있을 제 나에게 봄을 제일 먼저 전해주는 것은 무엇보다도 술상의 달래입니다. 나는 고놈을 매우 즐깁니다. 안주로 한 알을 입에 물고 꼭꼭 씹어보자면 매낀매낀한 그리고 알싸한 그 맛, 이크 봄이로군! 이렇게 직감으로 나는 철을 알게 됩니다. 뿐만 아니라 봄에 몸달은 큰애기, 새댁들의 남다른 오뇌懊惱를 연상케 됩니다. 나물을 뜯으러 갑네 하고 꾀꾀 틈틈이 빠져나와 심산유곡深山幽谷 그윽한 숲속에 몰려 앉아서 넌지시 감춰두었던 곰방대를 서로 빨아가며 슬픈 사정을 주고받는 그들은 —차마 못하고 이럴까 저럴까 망설이는 울적鬱寂한 그 심사를 연상케 됩니다. 그리고 노래를—

잎이 푸르러 가시던 님

1 서양식 남자 머리 모양을 본따거나, 서양식 유행을 따르던 멋쟁이를 이르던 말.

백설이 흩날려도 안 오시네

그러나 술이 좀 취하면 몇 해 후에는 농촌의 계집이 씨가 마른다. 그 때는 알총각들만 남을 터이니 이를 어째나! 제멋대로 이렇게 단정하고 부질없이 근심까지도 하는 버릇이 있습니다.

(1935.2.28)

『조선일보』, 1935.3.6.

조선의 집시

들병이 철학

아내를 구경거리로 개방할 의사가 있는가, 혹은 그만한 용기가 있는가, 나는 가끔 이렇게 묻고 싶은 충동을 느낀다. 물론 사교계에 용납容納한다는 의미는 아니다. 아내의 출세와 행복을 바라지 않는 자가 누구랴—

그러나 내가 하는 말은 자기의 아내를 대중의 구경거리로 던질 수 있는가, 그것이다. 그야 일부러 물자를 들여가며 이혼을 소송하는 부부도 없지는 않다. 마는 극진히 애지중지하는 자기의 아내를 대중에게 봉사하겠는가, 말이다.

밥! 밥! 이렇게 부르짖고 보면 대뜸 신성치 못한 아귀餓鬼를 연상케 된다. 밥을 먹는다는 것이 딴은 그리 신성치는 못한가 보다. 마치 이 사회에서 구명도생求命圖生하는 호구糊口가 그리 신성치 못한 것과 같이 — 거기에는 몰자각적 복종이 필요하다. 파렴치적 허세가 필요하다. 그리고 매춘부적 애교 아첨도 필요할는지 모른다. 그렇지 않고야 어디 제가 감히 사회적 지위를 농단壟斷하고 생활해 나갈 도리가 있겠는가—

그러나 이것은 그런 모든 가면 허식을 벗어난 각성적 행동이다. 아내를 내놓고 그리고 먹는 것이다. 애교를 판다는 것은 근자에 이르러서는 완전히 노동화하였다. 노동하여 생활하는 여기에는 아무도 이의가 없을 것이다.

이것이 즉 들병이다.

그들도 처음에는 다 나쁘지 않게 성한 오장육부五臟六腑가 있었다. 그리고 남만 못하지 않게 낄끌한 희망으로 땅을 파던 농군이었다.

농사라는 것이 얼른 생각하면 한가로운 신선 노릇도 같다. 마는 실상은 그런 고역苦役이 다시 없을 것이다. 땡볕에 논을 맨다. 김을 맨다. 혹은 비 한 방울에 갈급渴急이 나서 눈 감고 꿈에까지 천기天氣를 엿본다. ─ 그러나 어떻게 해서라도 농작물만 잘 되고 추수 때 소득만 여의如意하다면 이에 문제 있으랴.

가을은 농촌의 유일한 명절이다. 그와 동시에 여러 위협과 굴욕을 겪고 나는 한 역경이다. 말하자면 그들은 지주와 빚쟁이에게 수확물을[1] 주고 다시 한 겨울을 염려하기 위하여 한 해 동안 땀을 흘렸는지도 모른다.

여기에서 한 번 분발한 것이 즉 들병이 생활이다.

들병이가 되면 밥은 식성대로 먹을 수 있다는 것과 또는 그 준비에 돈 한 푼 안 든다는 이것에 그들은 매혹된다. 아내의 얼굴이 수색秀色이면 더욱 좋다. 그렇지 않더라도 농촌에서 항상 유행하는 가요나 몇 마디 반반히 가르치면 된다.

남편은 아내를 데리고 앉아서 소리를 가르친다. 낮에는 물론 벌어야 먹으니까 여가가 없고 밤에 들어와서는 아내를 가르친다. 재조才操 없으면 몇 달도 걸리고 총명하다면 한 달포 만에 끝이 난다. 아리랑으로부터 양산도, 방아타령, 신고산 타령에 배따라기 ─ 그러나 게다 이 풍진 세상

1 원전에서는 '수확물로 주고'라고 되어 있다.

을 만났으니 나의 희망을 부르면 더욱 시세時勢가 좋을 것이다.

이러면 그때에는 남편이 데리고 나가서 먹으면 된다. 그들이 소리를 가르친다는 것은 예술가적 명창名唱이 아니었다. 개 끄는 소리라도 먹을 수 있을 만치 세련되면 그만이다.

아내의 등에 자식을 업혀 가지고 이렇게 남편이 데리고 나간다. 산을 넘어도 좋고 강을 몇씩 건너도 좋다. 밥 있는 곳이면 산골이고 버덩을 불구하고 발길 닿는 대로 유랑하는 것이다.

이것을 다른 데 예를 잡으면 애급埃及의 집시—유랑민적 존재다.

한창 낙엽이 질 때이면 추수는 대개 끝이 난다. 그리고 궁하던 농촌에도 방방곡곡이 두둑한 볏섬이 늘어 놓인다.

들병이는 이때로부터 자연적 활동을 시작한다. 마치 그것은 볏섬을 습격하는 참새들의 행동과 동일시하여도 좋다. 다만 한 가지 차이라면 참새는 당장의 충복充腹이 목적이로되 그들은 포식 이외에 그 다음해 여름의 생활까지 지탱해나갈 연명延命 자료가 필요하다. 왜냐면 농가의 봄, 여름이란 가장 궁할 때이요 따라 들병이들의 큰 공황기이다.

이리하여 가을에 그들은 결사적으로 영업을 개시한다. 영업이라야 적수공권赤手空拳으로 유랑하며 아무 술집에고 유숙留宿하면 그뿐이지만—

촌의 술집에서는 어디고 들병이를 환영한다. 아무개 집에 들병이 들었다 하면 그날 밤으로 젊은 축들은 몰려든다. 소리를 조금만 먼저 해보라는 놈, 통성명만으로 낼 밤의 밀회를 약속하는 놈, 혹은 데리고 철야하는 놈…… 하여튼 음산하던 술집이 이렇게 담박 활기를 띠인다.

술집 주인으로 보면 두 가지의 이득을 보는 것이다. 들병이에게 술을 팔고 밥을 팔고—

들병이가 보통 작부와 같은 점이 여기다. 그들은 남의 술을 팔고 보수를 바라는 것이 아니라 주막 주인에게 막걸리를 됫술로 사면 팔 때에는 잔술로 환산한다. 막걸리 한 되의 원가가 가령 17전이라 치면 그것을 20 여전에 맡는다. 그리고 손님에게 잔으로 풀어 열 잔이 났다치고 50전, 다시 말하면 탁주 1승[2]의 순이익이 30전이라 할 것이다.

그러나 한 잔에 반드시 5전씩만 받겠다는 선언은 없다. 10전도 좋고 20전도 좋다. 취객의 처분대로 이쪽에서 받기만 하면 된다. 그럴 리야 없겠지만 한 잔에 1원씩을 설사 쳐준다고 해도 결코 마다지는 않는다. 다만 그 대신 객의 소청所請이면 무엇을 물론하고 응락應諾할 만한 호의만 가질 것이다.

들병이는 무엇보다도 들병이로서의 수완이 있어야 된다. 술 팔고 안주로 아리랑 타령만 하면 되는 것이 아니다. 아리랑쯤이면 농부들은 물릴 만치 들었고 또 하기도 선수다. 그 아리랑을 들으러 3, 40전의 대금을 낭비하는 농군이 아니었다. 술 몇 잔 사먹으면서 의례히 딴 안주까지 강요하는 것이다. 또 그것이 여러 번 거듭하는 동안에 아예 한 개의 완전한 권리로서 행사케 된다.

만약 들병이가 여기에 응치 않는다면 그건 큰 실례다. 안주를 덜 받은데 그들은 담박 분개하여 대들지도 모른다. 혹은 지불하였던 술값을 도로 내달라고 협박할는지 모른다.

이런 소박한 농군들을 상대로 생활하는 들병이라 그 수단도 서울의 작부들과는 색채를 달리한다. 말하자면 작부들의 애교는 임시변통으로

2 1승은 한 되.

도 족하나 그러나 들병이는 끈끈한 사랑 즉 사랑의 지속성을 요한다. 왜냐면 밤바다 오는 놈들이 거의 동시에 몰려들기 때문에 일정한 추파秋波를 보유치 않으면 당장에 권비백산拳飛魄散의 수라장이 되기가 쉽다.

들병이가 되려면 이런 화근을 없애도록 첫째 눈치가 빨라야 할 것이다. 그러나 그렇다고 현금으로 청구해서는 또한 실례가 될는지도 모른다. 보통 외상이므로 떠날 때쯤 하여 집으로 찾아다니며 쌀이고 벼고 콩밭, 조 이런 곡식을 되는 대로 수습함이 옳을 것이다.

그리고 두 내외 짊어지고 그다음 마을로 찾아간다.

들병이를 객관적으로 평가하여 빈궁한 농민들을 잠식하는 한 독충이라 할는지도 모른다. 사실 들병이와 관련되어 발생하는 춘사椿事가 비일비재다. 풍기문란은 고사하고 유혹, 사기, 도난, 폭행 — 주재소에서 보는 대로 축출을 명령하는 그 이유도 여기에 있을 것이다.

그러나 이것은 일면만을 관찰한 편견에 지나지 않는다. 들병이에게는 그 해독을 보가報價하고도 남을 큰 기능이 있을 것이다.

시골의 총각들이 취처娶妻를 한다는 것은 실로 용이한 일이 아니다. 결혼 당일의 비용은 말고 우선 선채금先綵金을 조달하기가 어렵다. 적어도 4, 5십 원의 현금이 아니면 매혼시장賣婚市場에 출마할 자격부터 없는 것이다. 이에 늙은 총각은 삼사 년간 머슴살이 고역에 부득이 감내한다.

그리고 한편 그들이 후일의 가정을 가질 만한 부양 능력이 있느냐 하면 그것도 한 의문이다. 현재 처자와 동락同樂하는 자로도 졸지에 이별되는 경우가 없지 않다. 모든 사정은 이렇게 그들로 하여금 독신자의 생활을 강요하고 따라서 정열의 포만상태를 초래한다. 이것을 주기적으로 조절하는 완화작용을 즉 들병이의 역할이라 하겠다.

들병이가 동리에 들었다 소문만 나면 그들은 시각時刻으로 몰려들어 인사를 청한다. 기실 인사가 목적이 아니라 우선 안면만 익혀두자는 심산이었다. 들병이의 용모가 출중나다든가, 혹은 성악聲樂이 탁월하다든가 하는 것은 그리 문제가 못 된다. 유두분면油頭粉面에 비녀 쪽 하나만 달리면 이런 경우에는 그대로 통과한다. 연래의 숙원을 성취시키기 위하여 그 호기好機를 감축感祝할 뿐이다.

들병이가 들면 그날 밤부터 동리의 청년들은 떼난봉이 난다. 그렇다고 무모히 산재散財를 한다든가 탈선脫線은 아니한다. 아모쪼록 염가廉價로 향락하도록 강구하는 것이 그들의 버릇이다. 여섯이고 몇이고 작당하고 추렴出斂을 모여 술을 먹는다. 한 사람이 50전씩을 낸다면 도합 3원 — 그 3원을 가지고 제각기 3원어치 권세를 표방하며 거기에 부수되는 염태艶態를 요구한다. 만약 들병이가 이 가치를 무시한다든가 혹은 공평치 못한 애욕 남비濫費가 있다든가, 하는 때에는 담박 분란이 일어난다. 다 같이 돈은 냈는데 어째서 나만 떼놓느냐, 하고 시비조로 덤비면 큰 두통거릴 뿐만 아니라 돈 못 받고 따귀만 털리는 봉변도 없지 않다. 하니까 들병이는 이 여섯 친구를 동시에 무마하며 3원어치 대접을 무사공정히 하는 것이 한 비결일지도 모른다.

이렇게 결산하면 내긴 50전을 냈으되 그 효용가치는 무려 18원에 달하는 셈이었다. 이런 좋은 기회를 바라고 농군들은 들병이의 심방尋訪을 저으기 고대하는 것이다.

그러나 들병이로 보면 빈농들만 상대로 하고 있는 것도 아니다. 때로는 지주댁 사랑에서 청한 적도 있다. 그러면 들병이는 항아리나 병에 술을 넣어가지고 찾아간다. 들병이가 큰돈을 잡는 것은 역시 이런 부잣집 사랑이다. 그리고 들병이라는 명칭도 이런 영업수단에서 추상된 형용사일지도 모른다.

일반 농촌부녀들이 들병이를 선망과 시기로 바라보는 까닭도 여기에 있다. 자기네들은 먹지도 잘못하거니와 의복 하나 변변히 얻어 입지 못한다. 양반 사랑댁에 기탄 없이 출입하며 먹고 입고 또는 며칠 밤 유숙하다 나오면 지전紙錢 장을 만져보니 얼마나 행복이랴 —

들병이가 들면 남자뿐 아니라 아낙네까지 수군거리며 마을에 묘한 분위기가 떠돈다.

들병이를 처음 만나면 우선 남편이 있느냐고 묻는 것이 술군의 상투적 인사다. 그러면 그 대답은 대개 전일前日에는 금슬이 좋았으나 생활난으로 말미암아 이혼했다 한다.

들병이는 남편이 없다는 이것이 유일의 자본이다. 부부생활이 얼마나 무미건조하였던가를 역력히 해몽解蒙함으로써 그들은 술군을 매혹케 한다.

그러나 들병이에게는 언제나 남편이 수행하고 있는 것이다. 아내가 술을 팔고 있으면 남편은 그 근처에서 배회하고 있다.

들병이의 남편이라면 흔히 도박자요 불량하기로 정평이 났다. 그들은 아내의 밥을 무위도식無爲徒食하며 일종 우월권을 주장한다. 아내가 돈을 벌어 놓으면 가끔 달려들어 압수하여 간다. 그리고 그걸로 투전상鬪牋霜을 한다. 술을 먹는다 — 이렇게 명색 없이 소비되고 만다.

그러나 아내는 이에 불평을 품거나 남편을 힐책하지 않는다. 이러는 것이 남편의 권리요 또는 아내의 직무로 안다. 하기야 노름에 일확천금하면 남편뿐이 아니라 아내도 호사로운 생활을 가질 수 있다. 잡담 제하고 노름 밑천이나 대주는 것도 두량斗量 있는 일인지도 모른다.

들병이로 나서면 주객접대酒客接對도 힘들거니와 첫째 남편공양이 더 난사難事다. 밥만 먹일 뿐 아니라 옷뒤도 거둬야 된다. 술팔기에 밤도 새우지만 낮에는 빨래를 하고 옷을 꿰매고 그래야 입을 것이다. 게다 젖먹이나 딸리면 강보襁褓도 늘 빨아 대야 하는 것을 잊어서는 안 된다.

그러나 그것만도 좋다. 엄동설한에 태중胎中으로 나섰다가 산기가 있을 때에는 좀 곡경曲境이다. 술을 팔다 말고 술상 앞에서 해산하는 수밖에 별도리 없다. 물론 아무 준비가 있을 까닭이 없다. 까칠한 공석 위에서 덜덜 떨고 있을 뿐이다. 들병이 수업중 그중 어렵다면 이것이겠다.

이런 때이면 남편은 비로소 아내에게 밥값을 보답한다. 희색이 만면해서 방에 불을 지피고 밥을 짓고 국을 끓이고 지성으로 보호한다. 남편은 이 아해가 자기의 자식이라고 믿지 않는다. 다만 자기소유에 속하는 자식이라는 그 점에 만족할 뿐이다.

상식으로 보면 이런 아해가 제대로 명을 부지할 것 같지 않다마는 들병이의 자식인 만치 무병無病하고 죽음과 인연이 먼 아해는 다시 없을 것이다. 한 칠일만 겨우 지나면 눈보라에 떨쳐 없고 방랑의 길로 나선다.

들병이가 유아를 데리고 다니는 것은 기이한 현상이 아니다. 대개 하나씩은 그 품에 붙어 다닌다. 고생스런 노동에도 불구하고 자식만은 극진히 보육하는 것이다.

그러나 누가 그들을 동정하여 아해를 데리고 다니기가 곤란일 테니 길러주마 한다면 그들은 노할지도 모른다. 이것은 고생이 아니라 생활취미다.

그러다가도 춘궁春窮 때가 돌아오면 들병이는 전혀 한가롭다. 그들은 고향으로 돌아가 옛집에 칩거한다. 품을 팔아먹어도 좋고 땅을 파도 좋다. 하여튼 다시 농민생활로 귀화하는 것이다.

그리고 그담 가을을 기다린다.

들병이는 어디로 판단하든 물론 정당한 노동자이다. 그러나 때로는 불법행위가 없는 것도 아니니 그런 때에도 우리는 증오감을 갖기보다는 일종의 애교를 느끼게 된다. 왜냐면 그 법식이 너무 단순하고 솔직하고 무기교라 해학미가 따르기 때문이다.

예를 들면 남편이 간혹 야심하여 아내의 처소를 습격하는 경우가 있다. 이때에는 방에 들어가 등잔의 불을 대려놓고 한구석에 묵묵히 앉았다. 강박하거나 공갈은 안 한다. 들병이니까 그럴 염치는 하기야, 없기도 하거니와 — 얼마 후에야 남편은 겨우 뒤통수를 긁으며

"머릴 깎아야 할 텐데 —"

이렇게 이발료가 없음을 장탄長歎하리라.

그러면 이것이 들병이의 남편임을 비몽사몽간 깨닫게 된다. 실상은 죄가 못 되나 순박한 농군이라 남편이라는 위력에 압도되어 대경실색하는 것이 항례恒例다. 그러나 놀랄 건 없고 몇십 전 희사하면 그뿐이다. 만일 현금이 없을 때에는 내일 아침 집으로 오라 하여도 좋다. 그러면 남편은 무언으로 그 자리를 사양하되 아무 주저도 없으리라. 여기에 들병이 남편으로서의 독특한 예의가 있는 것이다. 절대로 현장을 교란하거나 가해하는 행동은 안 한다.

들병이에게 유혹되어 절도를 범하는 일이 흔히 있다. 기십 원의 생활비만 변통하면 너와 영구히 동거하겠다는 감언이설에 대개 혹하는 것이다. 그들은 들병이를 도락적道樂的 대상으로서가 아니라 아내로서의 애정을 요망한다. 늙은 홀애비가 묘령 들병이를 연모하여 남의 송아지를 끌

어냈다든가, 머슴이 주인의 벼를 퍼냈다든가, 이런 범행이 빈번하다.

들병이가 내방하면 그들 사이에는 암암리에 경쟁이 시작된다. 서로 들병이를 독점하기 위하여 갖은 방법으로 그 환심歡心을 매수한다. 데리고 가서 국수를 먹이고, 닭을 먹이고, 혹은 감자도 구어다 선사한다. 그러나 좀 현명하면 약간의 막걸리로 그 남편을 수의隨意로 이용하여도 좋을 것이다.

들병이가 되려면 이런 자분自分의 추세를 민감으로 파악하여야 할 것이다. 소리는 졸렬할지라도 이 수단만 능숙하다면 호구糊口는 무난일 게다. 그리고 남편은 배후에서 아내를 물론 지휘조종하며 간접적으로 주객酒客을 연락하여야 된다. 아내는 근육으로 남편은 지혜로, 이렇게 공동전선을 치고 생존경쟁에 처한다.

들병이는 술값으로 곡물도 받는다고 전술前述하였다. 그러나 사실은 곡물뿐만 아니라 간혹 가장집물家藏什物에까지 이를 경우도 없지 않다. 식기, 침구, 의복류—생활상 필수품이면 구태여 흑백을 가리지 않는다.

들병이이게 철저히 열광熱狂되면 그들 부부 틈에 끼어 같이 표박漂迫하는 친구도 있다. 이별은 아깝고, 동거는 어렵고, 그런 이유로 결국 한 예찬자로서 추종하는 고행이었다. 이런 때에는 들병이의 남편도 이 연애지상주의자의 정성을 박대하지는 않는다. 의좋게 동행하며 심복같이 잔심부름이나 시켜먹고 한다. 이렇게 되면 누가 본남편인지 분간하기 어렵고 자칫하면 종말에 주객이 전도되는 상외想外의 사변事變도 없는 것이 아니다.

『매일신보』, 1935.10.22~29.

나와 귀뚜라미*

폐결핵에는 삼복 더위가 끝없이 얄궂다. 산의 녹음도 좋고 시원한 해변이 그립지 않은 것도 아니다. 착박窄迫한 방구석에서 빈대에 뜯기고 땀을 쏟고 이렇게 하는 피서는 그리 은혜로운 생활이 못 된다. 야심하여 홀로 일어나 한참 쿨룩거릴 때이면 안집은 물론 벽 하나 격한 옆집에서 끙 하고 돌아눕는 인기人氣를 나는 가끔 들을 수 있다. 이 몸이길래 이 지경이라면 차라리 하고 때로는 딱한 생각도 하여 본다. 그러나 살고도 싶지 않지만 또한 죽고도 싶지 않은 그것이 즉 나의 오늘이다. 무조건하고 철이 바뀌기만 가을이 되기만 기다린다. 가을이 오면 밝은 낮보다 캄캄한 명상의 밤이 귀엽다. 귀뚜라미 노래를 읊을 제 창밖의 낙엽은 온온穩穩히 지고 그 밤은 나에게 극히 엄숙한 그리고 극히 고적孤寂한 순간을 가져온다. 신묘한 이 음률을 나는 잘 안다. 낯익은 처녀와 같이 들을 수 있다면 이것이 분명히 행복임을 나는 잘 알고 있다. 그러나 분수에 넘는 허영이려니 이번 가을에는 귀뚜라미의 부르는 노래나 홀로 근청謹聽하며 나는 건강한 밤을 맞아 보리라.

『조광』, 1935.11.

---

* 『조광』 1935년 11월호에 '나와 동식물'이라는 공동제목 아래 수록된 것이다.

오월의 산골짜기*

나의 고향은 저 강원도 산골이다. 춘천읍에서 한 이십 리 가량 산을 끼고 꼬불고불 돌아 들어가면 내닫는 조고마한 마을이다. 앞뒤 좌우에 굵직굵직한 산들이 빽 둘러섰고 그 속에 묻힌 아늑한 마을이다. 그 산에 묻힌 모양이 마치 옴푹한 떡시루 같다하여 동명洞名을 실레라 부른다. 집이라야 대개 쓰러질 듯한 헌 초가요 그나마도 오십 호밖에 못 되는 말하자면 아주 빈약한 촌락이다.

그러나 산천의 풍경으로 따지면 하나 흠잡을 데 없는 귀여운 전원이다. 산에는 기화이초奇花異草로 바닥을 틀었고, 여기저기에 쫄쫄거리며 내솟는 약수도 맑고 그리고 우리의 머리 위에서 골골거리며 까치와 시비是非를 하는 노란 꾀꼬리도 좋다.

주위가 이렇게 시적詩的이니 만치 그들의 생활도 어디인가 시적이다. 어수룩하고 꾸물꾸물 일만 하는 그들을 대하면 딴 세상 사람을 보는 듯하다.

벽촌이라 교통이 불편함으로 현사회와 거래가 드물다. 편지도 나달에 한 번씩밖에 안 온다. 그것도 배달부가 자전차로 이 산골짝까지 오기가 괴로워서 도중에 마을 사람이나 만나면 편지 좀 전해달라고 부탁

* 『조광』 1936년 5월호에 공동주제 '내가 그리는 新綠鄕' 편에 수록된 작품이다.

하고는 도로 가기도 한다.

이렇게 도회와 인연이 멀므로 그 인심도 그리 야박지가 못하다. 물론 극히 궁한 생활이 아닌 것은 아니나 그러나 그들은 아직 악착한 행동을 모른다. 그 증거로 아직 나의 기억에 상해사건으로 마을의 소동을 일으킨 적은 없었다.

그들이 모이어 일하는 것을 보아도 퍽 우의적友誼的이요 따라서 유쾌한 노동을 하는 것이다.

오월쯤 되면 농가에는 한창 바쁠 때이다. 밭일도 급하거니와 논에 모도 내야 한다. 그보다는 논에 거름을 할 갈이 우선 필요하다. 갈을 꺾는 데는 갈잎이 알맞게 퍼드러졌을 때 그리고 쇠기 전에 부랴사랴 꺾어내려야 한다.

이러한 경우에는 일시에 많은 품이 든다. 그들은 여남은씩 한 떼가 되어 돌려가며 품앗이로 일을 해주는 것이다. 이것은 일의 권태를 잊을 뿐만 아니라 또한 일의 능률까지 오르게 된다.

갈때[1]가 되면 산골에서는 노유老幼를 막론하고 무슨 명절이나처럼 공연히 기꺼웁다. 왜냐면 갈꾼을 위하여 막걸리며, 고등어, 콩나물, 두부에 이팝—이렇게 별식別食이 벌어지기 때문이다.

농군하면 얼뜬 앉은 자리에서 밥 몇 그릇씩 치는 탐식가貪食家로 정평이 났다. 사실 갈을 꺾을 때 그들이 먹는 식품食稟은 놀라운 것이다. 그리고 그렇게 먹지 않으면 몸이 감당해 나가지 못할 만치 일도 역 고된 일이다. 거한 산으로 헤매이며 갈을 꺾어서 한 짐 잔뜩 지고 오르내리

1 갈을 꺾을 무렵. 갈을 꺾을 때.

자면 방울땀이 떨어지니 여느 일과 노동이 좀 다르다. 그러니만치 산골에서는 갈꾼만은 특히 잘 먹이고 잘 대접하는 법이다.

개동開東부터 어두울 때까지 그들은 밥을 다섯 끼를 먹는다. 다시 말하면 조반, 점심 제누리, 점심, 저녁 제누리, 저녁—이렇게 여러 번 먹는다. 게다가 참참이 먹이는 막걸리까지 친다면 하루에 무려 여덟 번을 식사를 하는 셈이다. 그것도 감투밥으로 쳐올려 담은 큰 그릇의 밥 한 사발을 그들은 주는 대로 어렵지 않게 다 치고 치고 하는 것이다.

"아 잘 먹었다. 이렇게 먹어야 허리가 안 휘어—"

이것이 그들의 가진 지식이다. 일에 과로하여 허리가 아픈 것을 모르고 그들은 먹은 밥이 삭아서 창자가 홀쭉하니까 허리가 휘는 줄로만 안다. 그러니까 빈 창자에 연실 밥을 메꿔서 꼿꼿이 만들어야 따라 허리도 펴질 걸로 알고 굳이 먹는 것이다.

갈꾼들은 흔히 바깥뜰에 멍석을 펴고 쭉 둘러앉아서 술이고 밥이고 한테 즐긴다. 어쩌다 동리 사람이 그 앞을 지나가게 되면 그들은 손짓으로 부른다.

"여보게 이리 와 한잔 하게—"

"밥이 따스하니 한술 뜨게유—"

이렇게 옆 사람을 불러서 같이 음식을 나누는 것이 그들의 예의다. 어떤 사람은 아무개 집의 갈 꺾는다 하면 일부러 찾아와 제 몫을 당당히 보고 가는 이도 있다.

나도 고향에 있을 때 갈꾼에게 여러 번 얻어먹었다. 그 막걸리의 맛도 좋거니와 웅게중게 모이어 한 가족같이 주고받는 그 기분만도 깨끗하다. 산골이 아니면 보기 어려운 귀여운 단란團欒이다.

그리고 산골에는 잔디도 좋다.

산비알에 포곤히 깔린 잔디는 제물로 침대가 된다. 그 위에 바둑이와 같이 벌룽 자빠져서 묵상하는 재미도 좋다. 여길 보아도 저길 보아도 우뚝우뚝 섰는 모조리 푸른 산임에 잡음 하나 들리지 않는다.

이런 산속에 누워 생각하자면 비로소 자연의 아름다움을 고요히 느끼게 된다. 머리 위로 날아드는 새들도 각가지다. 어떤 놈은 밤나무 가지에 앉아서 한 다리를 반짝 들고는 기름한 꽁지를 회회 두르며

"삐죽 삐죽! 삐죽 삐죽!"

이렇게 노래를 부른다. 그러면 이번에는 하얀 새가

"뺑!" 하고 내려와 앉아서는 고개를 까땍까땍 하다가 도로

"뺑!" 하고 달아난다. 혹은 나무줄기를 쪼며 돌아다니는 딱따구리도 있고. 그러나 떼를 지어 푸른 가지에서 유희를 하며 지저귀는 꾀꼬리도 몹시 귀엽다.

산골에는 초목의 내음새까지도 특수하다. 더욱이 새로 튼 잎이 한창 퍼드러질 임시하여 바람에 풍기는 그 향취는 일필一筆로 형용하기 어렵다. 말하자면 개운한 그리고 졸음을 청하는 듯한 그런 나른한 향기다. 일종의 선정적 매력을 느끼게 하는 짙은 향기다.

뻐꾸기도 이 내음새에는 민감인 모양이다. 이때로부터 하나 둘 울기 시작한다.

한 해만에 뻐꾸기의 울음을 처음 들을 적만치 반가운 일은 없다. 우울한 그리고 구슬픈 그 울음을 울어 대이면 가뜩이나 한적한 마을이 더욱 늘어지게 보인다.

다른 데서는 논이나 밭을 갈 때 노래가 없다 한다. 그러나 산골에는

소모는 노래가 따로히 있어 논밭 일에 소를 부릴 적이면 의례히 그 노래를 부른다. 소들도 세련이 되어 주인이 부르는 그 노래를 잘 이해하고 있다. 그래서 노래대로 좌우로 방향을 변하기도 하고 또는 보조의 속도를 늘이고 줄이고 이렇게 순종한다.

먼발치에서 소를 몰며 처량히 부르는 그 노래도 좋다.

이것이 모두 산골이 홀로 가질 수 있는 성스러운 음악이다.

산골의 음악으로 치면 물소리도 빼지는 못하리라. 쫄쫄 내솟는 샘물소리도 좋고 또는 촐랑촐랑 흘러내리는 시내도 좋다. 그러나 세차게 콸콸 쏠려 내리는 큰 내를 대하면 정신이 번쩍 난다.

논에 모를 내는 것도 이맘때다. 시골서는 모를 낼 적이면 새로운 희망이 가득하다. 그들은 즐거운 노래를 불러가며 가을의 수확까지 연상하고 한 포기 한 포기의 모를 심어나간다. 농군에게 있어서 모는 그야말로 그들의 자식과 같이 귀중한 물건이다. 모를 내고 나면 그들은 그것만으로도 한해의 농사를 다 지은 듯싶다.

아낙네들도 일꾼에게 밥을 해내기에 눈코 뜰 새 없이 바쁘다. 그리고 큰 함지에 처담아 이고는 일터에까지 나르지 않으면 안 된다. 아이들은 그 함지 끝에 줄레줄레 따라다니며 묵묵히 제 몫을 요구한다.

그리고 갈때 전후하여 송아松花[2]가 한창이다. 바람이라도 세게 불 적이면 시냇면에 송아가루가 노랗게 엉긴다.

아낙네들은 기회를 타서 머리에 수건을 쓰고 산으로 송아를 따러 간다. 혹은 나무 위에서 혹은 나무 아래에서 서로 맞붙어 일을 하며 저희

2 소나무 꽃가루. 춘천지역에서는 이를 '송아'라고 부른다.

도 모를 소리를 몇 마디 지껄이다는 포복졸도抱腹卒倒할 듯이 깔깔대고 하는 것이다.

이것이 오월경 산골의 생활이다.

산 한 중턱에 번듯이 누워 마을의 이런 생활을 내려다보면 마치 그림을 보는 듯하다. 물론 이지理智 없는 무식한 생활이다. 마는 좀더 유심히 관찰한다면 이지 없는 생활이 아니고는 맛볼 수 없을 만한 그런 순결한 정서를 느끼게 된다.

내가 고향을 떠난 지 한 사 년이나 되었다. 그동안 얼마나 산천이 변했는지 모르겠다. 그러나 금쟁이의 화를 아직 입지 않은 곳임에 상전벽해의 변은 없으리라.

내내 건재하기 바란다.

『조광』, 1936.5.

어떠한 부인을 맞이할까*

나는 숙명적으로 사람을 싫어합니다. 다시 말하면 사람을 두려워한다는 것이 좀 더 적절할는지 모릅니다. 늘 주위의 인물을 경계하는 버릇이 있습니다. 그 버릇이 결국에는 말없는 우울을 낳습니다.

그리고 상당한 폐결핵입니다. 최근에는 매일같이 피를 토합니다.

나와 똑같이 우울한 그리고 나와 똑같이 피를 토하는 그런 여성이 있다면 한번 만나고 싶습니다. 나는 그를 한없이 존경하겠습니다. 왜냐하면 나는 내 자신이 무엇인가를 그 여성에게 배울 수 있으리라고 기대하기 때문입니다.

이렇게 되면 이건 연애가 아닐지도 모릅니다. 단순히 서로 이해할 수 있는 한 동무라 하겠습니다. 마는 다시 생각건대 이성의 애정이란 여기에서 비로소 출발하는 것이 아닐까 합니다.

그리고 나에게 그런 특권이 있다면 나는 그를 사랑하겠습니다. 결혼

---

* 『여성』 1936년 5월호 '그분들의 결혼 플랜, 어떠한 남편 어떠한 부인을 맞이할까'라는 공동제목 아래 게재된 것이다. 김유정의 글이 발표된 란의 바로 옆에 박봉자의 글이 실려 있었다. 이후 김유정은 박봉자에게 일방적으로 30통 가까운 글을 보냈다고 한다. 박봉자는 시인 박용철의 누이동생이고 구인회원이며 문학비평가인 김환태의 아내다. 이 글이 발표될 무렵(1936년 4월 중순에서 5월 초순) 박봉자는 미혼이었다. 그러나 한 달 뒤인 6월 1일 박봉자는 양주삼의 주례로 김환태와 결혼했다. 이 결혼식에 안창호 선생도 참석했다. 졸저, 「김유정문학의 독서지평을 위하여」, 『김유정과의 동행』, 소명출판, 2014, 124면.

까지 이르게 된다면 더욱 감축할 일입니다. 그러면 그 담에는

이몸이 죽어져서 무엇이 될고하니
봉래산 제일봉에 낙락장송 되었다가
백설이 만건곤할 제 독야청청하리라

그 봉래산蓬萊山 제일봉이 어딜는지, 그 위에 초가삼간 집을 짓고 한번 살아보고 싶습니다. 많이도 바라지 않습니다. 단 사흘만 깨끗이 살아보고 싶습니다.

그러나 한 가지 큰 의문입니다. 서로 사람을 싫어하는 사람끼리 모이어 결혼생활이 될는지 모릅니다. 만일 안 된다면 안 되는 그대로 좋습니다.

『여성』, 1936.5.

전차가 희극을 낳아*

첫여름 밤의 해맑은 바람이란 그 촉각이 극히 육감적이다. 그러므로 가끔 가다가는 우리가 뜻하지 않았던 그런 이상스러운 장난까지 할 적이 있다.

청량리역에서 동대문으로 향하여 들어오는 전차선로 양편으로는 논밭이 늘어 놓인 퍼언한 버덩으로 밤이 들면 얼뜬 시골을 연상케 할 만치 한가로운 지대다. 더욱이 오후 열한 점을 넘게 되면 자전차나 거름 구루마[1] 혹은 어쩌다 되는 대로 취하여 비틀거리는 주정꾼 외에는 인적이 끊어지게 된다.

퀭하게 터진 평야는 그대로 암흑에 잠기고 보는 사람으로 하여금 허전한 고적孤寂을 느끼게 한다. 그리고 어디서부터 불어오는지 나긋나긋한 바람이 연한 녹엽綠葉을 쓸어가며 옷깃으로 스며드는 것이다.

이런 배경에서 마치 자다가 눈부신 사람 모양으로 꾸물거리며 빈 전차가 오르내린다. 왜냐면 기차시간 때나 또는 손님이 많은 때라면 물론 승객으로 차복車腹이 터질 지경이나 그렇지 않고 이렇게 늦어서는 대개

* 『조광』 1936년 6월호의 '車船 중에서 맺어진 로맨스'라는 공통주제하에 발표된 글이다.

1 분뇨를 실어나르는 수레. 푸세식 화장실을 사용하던 시절, 인적이 뜸한 심야 혹은 새벽에 분뇨를 퍼내 분뇨수레를 이용해 교외로 내보내 처리했다.

가 공차空車다. 이 공차가 운전수 차장 두 사람을 싣고 볼일 없이 왔다갔다 하는 것이다.

전차도 중앙지中央地의 그것과 대면 모형도 구식이려니와 그 동작조차 지배를 여실히 받는다. 허나 전차가 느린 것이 아니라 실상은 그놈을 속에서 조종하는 운전수가 하품을 하기에 볼 일을 못 본다. 그뿐 아니라 자칫하면 숫제 눈을 감고는 기계가 기계를 붙잡고 섰는 그런 병괘病卦까지 있는 것이다. 그러면 차장은 뒤칸에서 운전수 못지않게 경쟁적으로 졸고 섰는 것이 통례다.

내가 말하는 그 차장도 역시 팔짱을 딱 지르고 서서는 한창 졸고 있었다.

새벽부터 줄창같이

"표 찍읍쇼—"

"표 안 찍으신 분 표 찍읍쇼—"

이렇게 다년간 외어 오던 똑같은 소리를 질러가며 돌아다니기에 인둘리어[2] 정신이 얼떨떨 했을 게다. 게다가 솔솔 바람에 빰이 스치고 봄에는 압축되었던 피로가 고만 오짝 피어올랐을지도 모른다. 차가 뙬뙬 뙬뙬 가다가 우뚝 서면 그는 눈도 뜨지 않고 신호줄만 흔드는 이골난 차장이었다. 하기야 동대문으로 향하여 올라가는 종차終車이니까 얼른 차고에 부려놓고 집으로 가면 고만이다.

영도사永導寺 어구 정류장에 다다랐을 때 여전히 졸면서 발차신호를 하자니까

"여보! 사람 안 태워요?" 하고 뾰로진 소리를 내지르는 사람이 있다.

2 인둘리다 : 많은 사람의 운김에 취하여 정신이 어지러워지다.

여기에는 맑은 정신이 안 날 수 없었는지 다시 차를 세워놓고 돌아보니 깡뚱한 머리에 댕기를 드린 열칠팔 되어 보이는 여학생이 허둥지둥 뛰어오른다. 그리고 금년에 처음 입학한 듯싶은 사각모자에 말쑥한 세루 양복을 입은 청년이 뒤따라 올라온다.

그들은 앉을 생각도 안 하고 손잡이에 맞붙어 서서는 소군소군 하다가 한 번은 예약이나 한 듯이 서로 뻥긋 웃어보이고는 다시 소곤거리기 시작한다. 이걸 보면 남매나 무슨 친척이 되지 않는 것만은 확실하였다. 다만 젊은 남녀가 으슥한 교외로 산책하며 여지껏 자미滋味스러운 이야기를 맘껏 지껄였으나 그래도 더 남았는지 조금 뒤에 헤어질 것이 퍽 애석한 모양이었다.

그러나 차장에게는 그 사정쯤 알 것이 없고 도리어 방해자에게 일종의 반감을 느끼면서 콘토라통에 기대어 다시 졸기로 하였다. 그리고 머릿속에는 이따 냉면 한 그릇 먹고 가서 푹신한 자기의 침구 위에 늘어지리라는 그런 생각이 막연히 떠오를 뿐이었다.

신설리新設里 근방을 지났을 때까지도 차장은 끄떡거리기에 여념이 없었다.

"표 찍어 주서요—"

"여보서요! 이 표 안 찍어줘요?"

색시가 돈을 내대고 이렇게 요구를 하였으나 그래도 차장은 눈 하나 떠보려 하지 않으므로

"아니 여보! 표 안 찍우?"

이번에는 사각모가 무색해진 색시의 체면을 세우기 위하여 위엄 있는 어조로 불렀으나 그래도 역 반응이 없다.

"표는 안 찍구 졸고만 있으면 어떻게?"

"어젯밤은 새웠나?"

"고만 두구려 이따 그냥 나리지—"

그들은 약간 해어진 자존심을 느끼면서 이렇게들 투덜거리지 않을 수 없었다.

차장은 비록 눈을 감고 졸고 있었다 하더라도 이런 귀 거친 소리는 다 들을 수 있었다. 그의 생각에는 표 찍을 때 되면 어련히 찍으려고 저렇게 발광들인가 속으로 썩 괘씸하였다. 몸이 늘척지근하여 움직이기도 싫거니와 한편 승객의 애 좀 키우노라고 의식적으로 표를 찍어주지 않았다.

그러나 색시가 골을 내가지고

"돈 받아요!" 거반 악을 쓰다시피 하는 데는 비위가 상해서라도 그냥 더 참을 수가 없었다. 그리고 그들도 이때 표만 찍어받지 않았더라면 아무 봉변도 없었을지 모른다.

차장이 어슬렁 어슬렁 들어와서 하품을 한번 터치고는

"어디로 가십시까?"

"종로로 가요. 문안 차 아직 끊어지지 않았지요?"

"네. 아직 멀었습니다."

그리고 이구표二區表 두 장과 돈을 거슬러준 다음 돈가방을 등뒤로 슬쩍 제쳐 메고 차장대車掌帶로 나오려 할 때이다.

손잡이에 의지하여 섰던 색시가 별안간

"아야!"

비명을 내지르더니 목매 끌려가는 송아지 모양으로 차장에게 고개가 딸려가는 것이 아닌가. 사각모는 이 의외의 돌발사突發事에 눈이 휘둥그래서 저도 같이 소리를 질러야 좋을지 어떨지 그것조차 모르는 모양이었다. 꿀먹은 벙어리처럼 덤덤이 서서는 색시와 차장을 번갈아 보고 있을 뿐이다. 왜냐면 어쩌다 그렇게 되었는지 차장의 돈가방이 공묘功妙하게도 색시 댕기의 한끝을 물고 잡아챈 까닭이었다.

색시는 금세 안색을 변해 가지고 어리둥절하여 돌아섰는 차장에게

"이런 무례한……."

이렇게 독설을 날리려 하였으나 고만 말문이 콱 막힌다. 이것은 너무도 도를 넘는 실례라 호령도 제대로 나오지를 못하고 결국 주저주저하다가

"남의 머리를 채는 법이 어디 있어요?"

"잘못 됐습니다. 그런데 나도 모르는 길에 그렇게 됐습니다."

"몰르긴요!" 하고 색시는 무안한 생각 분한 생각에 눈에 눈물까지 핑그르 돌며

"몰랐으면 어떻게 댕기가 가방 틈으로 들어가요?"

"몰랐길래 그렇게 됐지요. 알았다면 당신께서라도 그때 뽑아냈을 게 아닙니까? 그리고 또 잡아채면 손으로 잡아 채이지 왜 가방이 물어 차게 합니까?"

차장은 표표漂漂히 서서 여일如一같이 변명하였다. 따는 돈가방이 물어들였지 결코 손으로 잡아들인 건 아니니까 조금도 꿀릴 데가 없다.

이렇게 차장과 승객이 옥신각신하는 서슬에 전차도 딱 서서는 움직이길 주저하였다. 운전수도 졸렵던 차에 심심파적으로 돌아서서는 재미로운 이 광경을 이윽히 바라보고 있는 것이다.

이때 처지가 몹시 곤란한 것은 사각모였다.

연인이 모욕을 당하였을 때에는 목이라도 베어 내놓고 대들려는 것이 젊은 청년의 열정이겠다. 마는 이 청년은 그럴 혈기도 보이지 않거니와 차장과 시비를 하다가 파출소에까지 가게 된다면 학생의 신분이 깎일 것을 도리어 우려하는 모양이었다. 색시가 꺾인 자존심을 수습하기 위한 단 하나의 선후책으로 전차가 동대문까지 도착하기 전에 본권本券과 승환권承換券을 한꺼번에 차장에게로 내팽개치고

"나 나릴 테야요. 차 세 주서요."

그리고 쾌쾌히 내려올 제 사각모도 묵묵히 따라 내려와서는

"에이 참! 별일두 다 많어이!" 하고 겨우 땅에 침을 배앝았다.

×

이것이 어떤 운전수가 나에게 들려준 한 실담實談이었다. 그는 날더러 그러니 아예 차장을 업신여기지 말라 하고

"아 망할 놈 아주 심술궂인 놈이 아니야요?" 하고 껄껄 웃는 것이다.

그러나 나는 생각건대 그 행동이 단순히 심술궂은 데서만 나온 것이 아닐 듯싶다. 물론 저는 새벽부터 밤중까지 시달리는 몸으로 교외로 산보를 할 수 있는 젊은 남녀를 볼 때 시기猜忌가 전혀 없을 것도 아니요 또는 표 찍고 종치고 졸고 이렇게 단조로운 노동에 있어서 때때로 그런 유머나마 없다면 울적한 그 감정을 조절할 길이 없을 것이다. 허지만 그보다 더 큰 이유를 찾는다면 그것은 이성異性에 대한 동경과 애정의 발로일는지 모른다. 누군 말하되 사랑이 따르지 않는 곳에는 결코 참된 미움이 성립되지 못한다 하였다. 그럼 이것이 그 철리哲理를 증명하는

한 개의 호례好例이리라.

여기에서 차장이 그 색시에게 욕을 보이기 위하여 그런 흉계凶計를 꾸몄다 하는 것은 조금도 해당치 않은 추측이다.

말하자면 첫여름 밤 전차가 바람을 맞았다. 하는 것이 좀 더 적절한 표현일는지 모른다.

「조광」, 1936.6.

길*

며칠 전 거리에서 우연히 한 청년을 만났다. 그는 나를 반기어 다방으로 끌어다 놓고 이 이야기 저 이야기 하던 끝에 돌연히 충고하여 가로되

"병환이 그러시니만치 돌아가시기 전에 얼른 걸작을 쓰셔야지요?"

하고 껄껄 웃는 것이다.

진정에서 우러나온 충고가 아니면 모욕을 느끼는 게 나의 버릇이었다.

나는 못들은 척하고 옆에 놓인 얼음냉수를 들어 쭈욱 마시었다. 왜냐면 그는 귀여운 정도를 넘을 만치 그렇게 자만自慢스러운 인물이다. 남을 충고함으로써 뒤로 자기 자신을 높이고 그러고 거기에서 어떤 만족을 느끼는 그런 종류의 청춘이었던 까닭이다.

얼마 지난 뒤에야 나는 입을 열어 물론 나의 병이 졸연猝然히 나을 것은 아니나 그러나 어쩌면 성한 그대보다 좀더 오래 살는지 모른다, 그리고 성한 그대보다 좀 더 오래 살 수 있는 이것이 결국 나의 병일는지 모른다, 하고 그러니 그대도

"아예 부주의 마시고 성실히 사시기 바랍니다" 하였다. 그러고 보니 유정이! 너도 어지간히 사람은 버렸구나. 이렇게 기운 없이 고개를 숙

* 『여성』 1936년 8월호에 공동주제 '아무도 모를 내 비밀' 아래 수록된 글이다.

였을 때 무거운 고독과 아울러 슬픔이 등위로 내려침을 알았다. 그러나 나는 아직 버리지 않았다.

작년 봄 내가 한 달포를 두고 몹시 앓았을 때 의사를 찾아가니 그 말이 돌아오는 가을을 넘기기가 어렵다 하였다. 말하자면 요양을 잘 한대도 위험하다는 눈치였다. 그러나 나는 술을 맘껏 먹었다. 연일 철야로 원고와 다투었다. 이러고도 그 가을을 무사히 넘기고 그담 가을 즉 올가을을 앞에 두고 이렇게 기다리고 있는 것이다. 과학도 얼마만치 농담임을 알았다.

가만히 생각하면 나의 몸을 좌우할 수 있는 것은 다만 그 '길'이다. 그리고 그 '길'이래야 다만 나는 온순히 그 앞에 머리를 숙일 것이다.

요즘에 나는 헤매던 그 길을 바로 들었다. 다시 말하면 전일前日 잃은 줄로 알고 헤매고 있던 나는 요즘에 이르러서야 비로소 나를 위하여 따로이 한 길이 옆에 놓여 있음을 알았다. 그 길이 얼마나 먼는지 나는 그걸 모른다. 다만 한 가지 내가 그 길을 완전히 걷는 날 그날까지는 나의 몸과 생명이 결코 꺾임이 없을 걸 굳게굳게 믿는 바이다.

『여성』, 1936.8.

행복을 등진 정열

인젠 여름도 갔나 보다. 아침저녁으로 제법 맑은 높새가 건들거리기 시작한다. 머지않아 가을은 올 것이다. 얼른 가을이 되어주기를 나는 여간 기다려지지 않는다. 가을은 마치 나에게 커다랗고 그리고 아름다운 그 무엇을 가져올 것만 같이 생각이 든다.

요즘에 나는 또 하나의 병이 늘었다. 지금 두 가지의 병을 앓으며 이렇게 철이 바뀌기만 무턱대고 기다리고 누워 있다. 나는 바뀌는 절서節序에 가끔 속았다.

지난겨울만 하여도 얼른 봄이 되어주기를 그 얼마나 기다리었던가. 봄이 오면 날이 화창할 게고 보드라운 바람에 움이 트고 꽃도 피리라. 만물은 씩씩한 소생蘇生의 낙원으로 변할 것이다. 따라 나에게도 보드라운 그 무엇이 찾아와 무거운 이 우울을 씻어줄 것만 같았다.

"오냐! 봄만 되거라."

"봄이 오면!"

나는 이렇게 혼잣소리를 하며 뻰질 주먹을 굳게 쥐었다. 한 번은 옆에 있던 한 동무가 수상스러워서 묻는 것이다.

"김 형! 봄이 오면 뭐 큰 수나 생기십니까?"

"그럼이요!"

하고 나는 제법 토심스리 대답하였다. 내 자신 역亦 난데없는 그 수라는 것이 웬놈의 순지 영문도 모르려만. 그러자 봄은 되었다. 갑자기 변하는 일기日氣로 말미암아 그런지 나는 매일같이 혈담血痰을 토하였다. 밤이면 불면증으로 시난고난 몸이 말랐다.

이렇게 병세가 점점 악화되어 갈 제 그 동무는 나를 딱하게 쳐다본다.

"김 형! 봄이 되었는데 어째."

"글쎄요!"

이때 나의 대답은 너무도 무색하였다. 그는 나를 데리고 술집으로 가더니

"인제 그렇게 기다리지 마십시오. 그거 안 됩니다"

하고 넘겨짚는 소리로 낯에 조소嘲笑를 띄는 것이다. 허나 그는 설마 나를 비웃지는 않았으리라. 왜냐면 그도 또한 바뀌는 철만 기다리는 사람의 하나임을 나는 잘 안다. 그는 수재秀才의 시인이었다. 거칠어진 나의 몸에서 그의 자신을 비로소 깨닫고 그리고 역정스리 웃었는지도 모른다.

바뀌는 철만 기다리는 마음 그것은 분명히 우울의 연장이다. 지척에 님 두고 못 보는 마음 거기에나 비할는지. 안타깝고 겹겹한 희망으로 가는 날짜를 부지런히 손꼽아 본다. 그러나 정작 제철이 닥쳐오면 덜컥하고 고만 낙심하고 마는 것이다.

행복의 본질은 믿음에 있으리라. 속으면서 그래도 믿는, 이것이 어쩌

면 행복의 하날지도 모른다.

사실인즉 나는 그 행복과 인연을 끊은 지 이미 오랬다. 지금에 내가 살고 있는 것은 결코 그것 때문이 아니다. 말하자면 행복과 등진 열정에서 삐쳐난 생활이라 하는 게 옳을는지.

그러나 가을아 어서 오너라.

이번에 가을이 오면 그는 나를 찾아주려니, 그는 반드시 나를 찾아주려니. 되지 않을 걸 이렇게 혼자 자꾸만 우기며 나는 철이 바뀌기만 까맣게 기다린다.

『여성』, 1936.10.

밤이 조금만 짧았더면

허공에 둥실 높이 떠올라 중심을 잃은 몸이 삐끗할 제, 정신이 그만 아찔하여 눈을 떠보니, 이것도 꿈이랄지, 어수산란散亂한 환각이 눈앞에 그대로 남아 아마도 그동안에 잠이 좀 든 듯싶고, 지루한 보조步調로 고작 두 점 오 분에서 머뭇거리던 괘종이 그 사이에 십오 분을 돌아 두 점 이십 분을 가리킨다. 요 바닥을 얼러 몸을 적시고 흥건히 내솟은, 귀축축한 도한盜汗을 등으로 느끼고는 고 옆으로 자리를 좀 비켜 눕고자 끙, 하고 두 팔로 상체를 떠들어보다 상체만이 들리지 않을 뿐 아니라 예리한 칼날이 하복부로 저미어 드는 듯이 무디게 치뻗는 진통으로 말미암아, 이를 꽉 깨물고는 도로 그 자리에 가만히 누워 버린다. 그래도 이 역경에서 나를 구할 수 있는 것이 수면일 듯 싶어, 다시 눈을 지긋이 감아 보았으나, 그러나 발치에 걸린 시계 종소리만 점점 역력히 고막을 두드려올 뿐, 달아난 잠을 잡으려고 무리를 거듭하여온, 두 눈 뿌리는 쿡쿡 쑤시어 들어온다. 이번에는 머리맡에 내던졌던 로—드 안약을 또한 번 집어 들어 두 눈에 점주點注하여 보다가는, 결국 그것마저 실패로 돌아갔음을 깨닫자 인제는 나머지로 하나 있는 그 행동을 아꼈음에도 불구하고, 그대로 드러누운 채 마지못하여 떨리는 손으로 낮추었던 램프의 심지를 다시 돋아 올린다. 밝아진 시계판에서, 아직도 먼동이 트기까지 세 시간이나 넘어 남았음을 새삼스레 읽어 보고는 골피를 찌푸리며 두 어깨가 으쓱하고 우그러들 만치, 그렇게 그 시간의 위협이 두려워진다. 시계에서 겁 집어먹은 시선을 천정으로 힘없이 걷어 올리며 생각해 보니, 이렇게 굴신屈伸을 못하고 누워 있는 것이 오늘째 나흘이 되어오련만 아무 가감加減도 없는 듯싶고, 어쩌면 변비로 말미암아 내치질이 발생한 것을 이것쯤, 하고 등한시하였던 것이, 그것이 차차 퍼지고 그리고 게다 결핵성 농창을 이루어 치질 중에도 가장 악성인 치루痔漏, 이렇게 무서운 치루를 갖게 된 자신이 밉지 않은 것은 아니나 그러나 다시 생각하면 나의 본병本病인 폐결핵에서 필연적으로 도달한 한 과정일 듯도 싶다. 치루 하면 선듯 의사의 수술을 요하는 종창腫脹인 줄은 아나, 우선 나에게는 그럴 물질적 여유도 없거니와 설혹 있다 하더라도 이렇게 쇠약한 몸이 수술을 받고 한 달포 동안 시달리고 난다면, 그 꼴이 말 못 될 것이니 이러도 못하고 저러도 못하고 진퇴유곡에서 딱한 생각만 하여 본다. 날이 밝는다고 거기에 별 뾰죽한 수가 있는 것도 아니로되, 아마 이것은 딱한 사람의 가냘픈 위안인 듯싶어 어떡하면 이 시간을 보낼 수 있을까, 하고 그 수단에 한참 궁하다가 요행히도 나에게 흡연술吸煙術이 있음을 문득 깨닫자, 옆의 신문지를 두 손으로 똘치똘치 말아서 그걸로다 저쪽에 놓여 있는 성냥갑을 끌어내려 가지고 궐련한 개를 입에 피어문다. 평소에도 기침으로 인하여 밤 궐련을 삼가왔던 나이매 한 모금을 조심스레 빨아서 다시 조심스레 내뿜어 보고는 그래도 무사한 것이 신통하여 좀 더 많이 빨아보고, 좀 더 많이 빨아보고 이렇게 나중에는 강렬한 자극을 얻어 보고자 한 가슴 듬뿍이 흡연을 하다가는 고만 아치, 하고 재채기로 시작되어 괴로이 쏟아지는 줄기침으로 말미암아 결리는 가슴을 만져주랴, 쑤시는 하체를 더듬어주랴, 눈코 뜰 새 없이 허둥지둥 얽매인다. 이때까지 혼곤히 잠이 들어 있었는 듯 싶은 옆방의 환자가 마저 나의 기침이 옮아가 쿨룩거리기 시작하니 한동안은 경쟁적으로 아래웃방에서 부지런히 쿨룩거리다 급기야 얼마나 괴로움인지, 어그머니 하고 자지러지게 뿜어 놓는 그 신음소리에 나는 뼈끝이 다 저리어온다. 나의 괴로움보다는 그 소리를 듣는 것이 너무도 약약하여 미안한 생각으로 기침을 깨물고자 노력을 하였으나 입 막은 손을 떠들고까지 극성스레 나오는 그 기침을 어찌할 길이 없어, 손으로 입을 가리고는 죄송스레 쿨룩거리고 있노라니 날로 더하여 가는 아들의 병으로 하여 끝없이 애통하는 옆방 그 어머니의 탄식이 더욱 마음에 아파온다. 아들의 병을 고치고자 협수룩한 이 절로 끌고 와 불전佛前에 기도까지 올렸건만 도리어 없던 병세만 날로 늘어가는 것이, 목이 부어 밥도 못먹고는 하루에 겨우 미음 몇 숟가락씩 떠넣는 것도 그나마 돌라놓고 마는 것이나, 요즘에 이르러서는 거지반 보름 동안을, 웬 딸꾹질이 그리 심악甚惡한지, 매일같이 계속됨으로 겁이 덜컥 나던 차에, 게다가 어제 아침에는 보꾹에서 우연히도 쥐가 떨어져 아차 인젠 글렀구나, 싶어 때를 기다리고 앉았는 그 어머니였다. 한때는 나도 어머니가 없음을 슬퍼도 하였으나 이 정경을 목도하고 보니, 지금 나에게 어머니가 계셨더라면 슬퍼하는 그 꼴을 어떻게 보았으랴, 싶어 일찍이 부모를 여윈 것이 차라리 행복이라고 없는 행복을 있는 듯이 느끼고는 후 — 하고 가벼이 숨을 돌리어 본다. 머리맡의 지게문을 열어젖히니 가을바람은 선들선들 이미 익었고, 구슬피 굴러드는 밤벌레의 노래에 이윽히 귀를 기울이고 있었던 나는 불현듯 몸이 아팠던가, 그렇지 않으면 무엇이

슬펐는가, 까닭 모르게 축축이 젖어오는 두 눈뿌리를 깨닫자, 열을 벌컥 내가지고는 네가 울 테냐 네가 울 테냐 이렇게 무뚝뚝한 태도로 비열한 자신을 을러본다. 그래도 그 보람이 있었는지 흥, 하고 콧등에 냉소를 띄우고 주먹으로 방바닥을 후려치고, 그리고 가슴 위에 얹었던 손수건으로 이마의 땀을 초조히 훑어본다. 너 말고도 얼마든지 울 수 있는 창두적각蒼頭赤脚이 허구 많을 터인데 네가 울다니 그건 안 되리라고 쓸쓸히 비웃어 던지고는, 동무에게서 온 편지를 두 손에 펼쳐들고 이것이, 네 번째이런만 또다시 경건한 심정으로 근독謹讀하여 본다.

김 형께

심히 놀랍습니다.

이처럼 사람의 일이 막막할 수가 없습니다. 울어서 조금이라도 이 답답한 가슴이 풀릴 수 있다면 얼마든지 울 것 같습니다.

이것은 나의 이 사실을 인편으로 듣고 너무도 놀란 마음에 황황히 뛰어오려 하였으나 때마침 자기의 아우가 과한 객혈喀血로 말미암아 정신없이 누웠고, 그도 그렇건만 돈 없어 약 못 쓰니 형 된 마음에 좋을 리 없을 테니 이럴까 저럴까 양난지세兩難之勢로 그 앞에 우울히 지키고만 앉았는 그 동무의 편지였다. 한편에는 아우가 누웠고, 또 한편에는 동무가 누웠고, 그리고 이렇게 시급히 돈이 필요하련만 그에게는 왜 그리 없는 것이 많았던지, 간교한 교제술交際術이 없었고, 비굴한 아첨이 없었고 게다 때에 찌들은 자존심마저 없고 보매, 세상은 이런 어리석은 청년에게 처세處世의 길을 열어줄 수 없어 그대로 내굴렸느니 드디어 말

없는 변질이 되어 우두머니 앉았는 그를 눈앞에 보는 듯하다. 아 나에게 돈이 왜 없었던가, 싫어 부질없는 한숨이 터져나올 때, 동무의 편지를 다시 집어 들고 읽어보니 그 자자구구字字句句에 맺혀진, 어리석은 그의 순정은 나의 가슴을 커다랗게 때려놓고, 그리고 앞으로 내가 마땅히 걸어야 할 길을 엄숙히 암시하여 주는 듯하여 우정을 저리고 넘는 그 무엇을 느끼고는 감격 끝에 눈물이 머금어진다. 며칠 있으면 그는 나를 찾아오려니, 그때까지 이 편지를 고이 접어두었다 이것이 형에게 보내는 나의 답장입니다, 고 그 주머니에 도로 넣어 주리라고 이렇게 마음을 먹고 봉투에 편지를 넣어 요 밑에다가 깔아둔다. 지금의 나에게는 한 권의 성서보다 몇 줄의 이 글발이 지극히 은혜롭고, 거칠어가는 나의 감정을 매만져 주는 것이니, 그것을 몇 번 거듭 읽는 동안에 더운 몸이 점차로 식어옴을 알자, 또 한 번 램프의 불을 낮추어 놓고 어렴풋이 눈을 감아 본다. 그러다 허공에 둥실 높이 떠올라 중심을 잃은 몸이 삐끗하였을 때 정신이 고만 아찔하여 눈을 떠보니 시계는 석 점이 되려면 아직도 오 분이 남았고, 넓은 뜰에서 허황히 궁구는 바람에 법당의 풍경風磬이 온온穩穩히 울리어 오는 것이니, 아 아 가을밤은 왜 이리 안 밝는가, 고 안타깝게도 더딘 시간이 나에게는 너무나 원망스럽다.

『조광』, 1936.11, 111~114면.

강원도 여성*

아리랑 아리랑 아라리요
아리랑 띠어라 노다가게
강원도 금강산 일만이천봉
팔만 구암자, 재재봉봉에
아들딸 날라고 백일기도두 말게우,
타관객리 나슨 손님을 괄세두마라

이것은 강원도 아리랑의 일절입니다.

여기에서 우리는 우선 그 땅의 냄새를 맡을 수 있으리라, 생각합니다.

산천이 수려하고, 험준하니만치 얼뜬 성 내인 범을 연상하기가 쉽습니다. 마는 기실 극히 엄숙하고 유창한 풍경입니다. 우리가 건실한 시인의 서정시를 읽는 거와 같이 그렇게 아련하고 정다운 풍경입니다. 멀찍멀찍이 내뻗은 표표漂漂한 산맥이며, 그 앞을 빙글뱅글 휘돌아 내리는 맑은 냇물이 곱고도 정숙한 정서를 빚어놉니다.

배경이 이러므로 그 속에 묻혀진 생활 역亦 나른한 그리고 아리잠직

* 『여성』 1937년 1월호 '十三道 女性巡禮' 중 '江原道篇'에 포함된 글이다.

한 분위기가 떠돕니다. 첩첩이 둘러싼 산록山麓에 가 여기 집 몇 채, 그리고 그 바닥에서 오고가고 먹고사는 그 생활 동정動靜이 마치 한 폭 그림을 보는 것 같습니다.

이래도 잘 모르실 듯싶으면 오뉴월 염천炎天에 늘어지게 밭 갈고 있는, 황소뿔에 가 졸고 앉았는 왕파리를 잠깐 생각하십시오.

강원도의 여성, 하면 곧 이 가운데서 밥 짓고, 애기 낳고, 물 긷고 하는 그런 아낙네의 말입니다.

여기에 이런 노래가 있습니다.

> 논밭 전토 쓸 만한 건 기름 방울이 두둥실
> 계집애 쓸 만한 건 직조간만 간다네.

교통이 불편하면 할수록 문화의 손이 감히 뻗지를 못합니다. 그리고 문화의 손에 농락되지 않는 곳에는 생활의 과장이라든가 또는 허식이라든가, 이런 유령이 감히 나타나질 못합니다.

뿐만 아니라 타고난 그 인물까지도 오묘한 기교니 근대식 화장이니, 뭐니 하는 인공적 협잡이 전혀 없습니다. 선천적으로 타고난 그대로 툽툽하고도 질긴 동갈색 바닥에 가 근실根實한 이목구비가 번듯번듯이 서로 의좋게 놓였습니다.

다시 말씀하면 싱싱하고도 실팍한 원시적 인물입니다.

아하, 그럼 죽통에 틀어박은 도야지 상이 아니냐고 의심하실 분이 계실지 모릅니다. 허나 그것은 엄청나게 잘못된 생각입니다. 일색一色이란 결코 퇴폐기적頹廢期的 심신으로 기함氣陷한 중병환자의 용모가 아닌 동시에 근대 미용술과 거리가 멀다고 곧 잡아 추물이라 할 건 아닙니다. 그럴래서는 어느 여성이고 미용사의 손에서 농간을 좀 당하고, 그리고 한 달포 동안 지긋이 굶어 보십시오. 어렵지 않게 안색이 창백해지고 몸매가 날씬한 것이 바람만 건듯 불면 고대로 호룩 날을 듯한 미인이 될 게 아닙니까.

그러나 이 땅의 아낙네가 가진 그것은 유현幽玄한 자연미랄까 혹은 천의무봉天衣無縫의 순진미라 하는 것이 옳을 듯합니다.

외양이란 대개 그 성격을 반영하나 봅니다. 그들의 생활에는 허영이라는 사邪가 일체 없습니다. 개명한 사람의 처신법과 같이 뚫어진 발꿈치를 붉은 낯이 치마 끝으로 가린다든가, 혹은 한 자 뜯어볼 수 없는 외국서적을 옆에 끼고 그렇잖아도 좋을 듯싶은 용기를 내어 큰 거리를 활보한다든가, 하는 이런 어려운 연극을 도시都是 모릅니다. 해어진 옷에 뚫어진 버선, 혹은 맨발로 칠떡칠떡 돌아다니며 어디 하나 꺼릴 데 없는 무관한 표정입니다.

하기야 그들이라고 이런 장난을 아주 모른대서야 역설이 되겠지요. 때로는 검붉은 얼굴에 분때기를 칠해서 마치 풀집 대문간에 광고로 매달린 풀바가지같이 된다든가, 허지 않으면 먼지가 케케 앉은 머리에 왜밀을 철떡거려서 우리 안의 도야지 궁둥이를 만든다든가, 이런 일이 더러 종종 있습니다. 허나 이걸 가지고 곧 허영에 들떴다고 보기는 좀 아깝습니다. 말씀하자면 어쩌다 이 산속에 들어오는 버덩사람이 그렇게 하니까 어찌 되나, 나도 한번 해보자는 호기심에서 더 지나지 않을 겝니다.

왜냐하면 그들은 갑갑한 산중에서만 생활하여 왔기 때문에 언제나 널찍한 버덩이 그립습니다.

아주까리 동백아 흐내지 마라
산골의 큰 애기 떼난봉 난다.

동백꽃이 필라치면 한겨울 동안 방에 갇혀 있던 처녀들이 하나 둘 나물을 나옵니다. 그러면 그들은 꾸미꾸미 외따른 곳에 한 덩어리가 되어 쑥덕공론입니다. 혹은 저희끼리만 들을 만치 나직나직한 음성으로 노래를 부르기도 합니다. 그 노래라는 것이 대개 잘 살고 못 사는 건 내 분복分福이니 버덩의 서방님이 그립다는 이런 의미의 장탄長歎입니다. 우리가 바닷가에 외로이 섰을 때 바다 너머 저편에는 까닭 없이 큰 기쁨이 있는 듯싶고, 다사로운 애정이 자기를 기다리는 것만 같아야 안타깝게도 대구 그립니다. 그와 마찬가지로 산골의 아낙네들은 넓은 버덩에는 그 무엇이 자기네를 기다리는 것만 같아야 그렇게도 동경憧憬하여 마지않는 것입니다.

네가두 날만치나 생각을 한다면
거리거리 노중에 열녀비가 슨다.

교양이라는 놈과 인연이 먼만치 무뚝뚝한 그들에게는 예의가 알 배 없습니다. 우선 길을 가시다 구갈口渴이 나시거던 우물두덩에서 물을 푸고 있는 아낙네에게 물 한 그릇을 청해 보십시오. 그는 고개도 돌려보는 법 없이 물 한 바가지 뚝 떠서 무심히 내댈 것입니다. 그건 고만두고 물을 다 자신 뒤에 고맙습니다, 인사하고 그 바가지를 도루 내놔 보십시오. 역시 그는 아무 대답도 없이 바가지를 턱 받아 제 물만 푸기가 쉽습니다.

그렇다 하더라도 예의를 모르는 식충이라고 속단하셔서는 도리어 봉변하시고 맙니다. 입에 붙은 인사치례로만 간실간실 살아가는 간배奸輩에 비한다면, 무뚝뚝하고 냉담하여 보이는 그들과 우리는 정이 들기가 쉬울 겝니다. 목마른 사람에게 물을 떠주고, 먹고, 하는 것은 의례히 또는 마땅히 있을 일, 그 무어가 고맙겠는가, 하는 그 태도입니다.

그건세로이 남편이 먼 길에서 돌아와 보십시오. 그래도 인사 한마디 탐탁히 없는 그들입니다. 이렇쎄, 저렇쎄, 하는 되우 늘어진 그들의 언어와 굼뜬 그 동작을 종합하여 보시면 어쩌면 생의 권태를 느낀 사람의 자타락自墮落으로 생각되기가 쉽습니다. 허나 그런 것이 아니라 도리어 생에 집착한 열정이 틀진 도량度量을 나이, 그것의 소치일지도 모릅니다. 일언이폐지一言以蔽之하고 다음의 노래가 그걸 소상히 증명하리라고 생각합니다.

> 네 팔자나 내 팔자나 잘 먹구 잘 입구 소라반자 미닫이 각장장판 샛별 같은 놋요강 온앙금침 잣모벼개에 깔구덥구 잠자기는 삶은 개다리 뒤틀리듯 뒤틀렸으니, 웅틀붕틀 멍석자리에 깊은 정이나 드리세—

『여성』, 1937.1.

병상영춘기病床迎春記

햇빛을 보는 것은 실로 두려운 일이었다.

햇살이 퍼질 때이면 밤 동안에 깊이 잠재하였던 모든 의욕이 현실로 향하여 활동하기 시작한다. 만일 자유를 잃어 몸이 여기에 따르지 못한다면 그건 참으로 우울한 일이다. 뼈가 저릴 만치 또한 슬픈 일이었다.

햇살!

두려운 햇살!

머리 위까지 이불을 잡아 들쓰고는 암흑을 찾는다. 마는 두터운 이 이불로도 틈틈이 새어드는 광선은 어째 볼 길이 없다. 두 손으로 이불을 버쩍 치올렸다가는 이번에는 베개까지 얼러 싸고 비어진 구멍을 꼭 여미어 본다. 간밤에 몇 번 몸을 축여놓았던 도한盜汗으로 말미암아 퀴퀴한 냄새는 코를 찌른다. 감으려고 감으려고 무진히 애를 써보았던 눈에는 수면 대신의 눈물이 솟아오른다. 그뿐으로 눈꺼풀이 아물아물 할 때에는 그래도 필연 틈틈으로 광선이 새어드는 모양이다. 열둥쩍은 빛도 빛이려니와 우선 잠을 자야 한다. 한밤 동안을 멀거니 앉아 새고 난 몸이라 늘쩍지근한 것이 마치 난타를 당한 사람의 늘어진 몸과도 같다. 무엇보다도 건강에는 잠을 자야 할 것이다. 잠이다 잠. 몸을 이쪽으로 돌려 눕히고 네 보란 듯이 탐스럽게 코를 골아본다. 이렇게 생코를 골다가 자칫하면 짜장 단잠이 되는 수도 없지 않다. 잠을 방해하는 것으로 흔히 머리에 얽힌 환상과 주위의 위협 그리고 등을 누르는 무거운 병마, 그놈이었다. 이 모든 걸 한 번 털어보고자 되도록 소리를 높이어 코를 골아본다.

그러나 에헤, 이건 다 뭐냐, 객쩍은 어린애의 짓이 아닐까. 아무리 코를 곤대도, 새벽물을 길러오는 물장사의 물지게 소리보다 더 높일 수는 없을 것이다. 누구에게 화를 내는 것도 아니련만 눈을 뚝 부릅뜨고 그리고 벌떡 일어나 앉는다. 이불을 홱 제쳐 던지는 서슬에 찬바람이 일며 땀에 무른 등허리에 소름이 쭉 끼친다. 기침을 쿨룩거리며 벽께로 향하고 앉은 채

"뒤, 뒤."

이렇게 기함氣陷한 음성으로 홀로 숭얼거린다. 그러면 옆에서 자고 있는 조카가 어느 듯 그 속을 알아차리고 밖으로 나가 얼른 변기를 들고 들어온다. 그 위에 신문지를 깔고 소독약을 뿌리고 하여 방 한구석에 놓아주며

"지금도 배 아프서요?"

"응!"

왜 이리 배가 아프냐. 줄대어 쏟는 설사에는 몸이 척척 휜다. 어제는 낮에 네 번, 밤에 세 번, 낮밤으로 설사에 몸이 녹았다. 지금 잠을 못 잔다고 물장사를 탓할 것도 아니다. 어쩌면 터지려는 설사를 참으려고 애를 써 이마에 진땀을 흘린 것이 나빴는지도 모른다.

아, 아, 너무나 단조로운 행사. 어떻게 이 뒤를 안 보고 사는 도리가 없을까. 치루에 설사는 크게 금물이다. 그러나 종창의 고통보다는 매일

똑같은 형식으로 치르지 않으면 안 될 단조로운 그 동작에 고만 울적하고 만다. 그렇다고 마달 수는 없는 일, 남의 일이나 해주듯이 찌르퉁이 뒤를 까고 앉아서

"애, 오늘 눈 오겠니?" 하고 입버릇 같이 늘 하는 소리를 또 물어본다.

조카는 미닫이를 열고 천기를 이윽히 뜯어본다. 삼촌에게 실망을 주지 않고자 하여 자세히 눈의 모양을 찾아보는 것이나 요즘 일기는 너무도 좋았다.

"망할 날 같으니 구름 한 점 없네—"

이렇게 혼자서 쓸데없는 불평을 토하다가는

"오늘두 눈은 안 오겠어요" 하고 풀 죽은 대답이었다.

눈이 내리는 걸 바라보는 것은 요즘 나의 유일한 기쁨이었다. 눈이 내린다고 나의 마음에 별반 소득이 있을 것도 아니다.

눈이 내리면 다만 검은 자리가 희게 되고, 마른 땅에 가 얼음이 얼어붙는 그뿐이다. 요만한 변동이나마 자연에서 찾아보려는 가냘픈 욕망임에 틀림없으리라.

이렇게 기다리고 보니 눈도 제법 내려주질 않는다. 이제나 저제나 하고, 이불 속에 누워 눈만 멀뚱멀뚱 굴리고 있는 것이다. 아침나절에는 눈이 곧바로 내릴 듯이 날이 흐려들다가도 슬그머니 벗겨지고 마는 건 애타는 노릇이었다. 이십여 일 전에 눈발 좀 날리고는 그 후에는 싹도 없다.

날이 흐리기를 초조히 기다리며 미닫이께를 뻔질 쳐다본다. 그러다 앞집 용마루를 넘어 해는 어느 듯 미닫이에 퍼지고 만다. 제—기 왜 이리 밝은가 빌어먹을 햇덩어리 깨지지도 않으려나. 까닭 없이 홀로 역정을

내다가도 불현 듯 또한 걱정이 남아 있음을 깨닫는다. 자고 나면 낯을 씻는 것이 사람들은 좋은 일이란다. 나도 팔을 걷고는 대야 앞에 가 쭈그리고 앉지 않을 수 없다. 그리고 이 손으로 물을 찍어다 이마에 붙이고는 이 생각이요 저 손으로 콧등에 물을 찍어다 붙이고는 저 생각이다.

이리하여 세수 한 번에 삼사십 분, 잘못하면 한 시간도 넘는다.

간신히 수건질을 하여 저리 던지고 이불 속으로 꾸물꾸물 기어들려니 "아주 아침 좀 잡숫고 누시지요" 하고 성급한 명령이다. 그래도 고역이 또 한 가지 남은 것이다. 밥이 참으로 먹고 싶지 않다. 마는 그러자면 못 먹는 이유를 이리저리 둘러대야 할 게니 더욱 귀찮다. 다시 뚱싯뚱싯 일어나 상전에다 턱을 받쳐 놓는다. 조카는 이것저것 내 비위에 맞을 듯싶은 음식을 코 밑에다 끌어대어 준다. 그러면 나는 젓가락을 뻗쳐들고 지범지범 들어다는 입속에 넣어 명색만으로라도 조반을 치르는 것이다. 이렇게 밥을 먹는 것에까지 권태를 느끼게 되면 사람은 족히 버렸다. 눈을 감고 움질움질 새김질을 하고 있다가 문득 생각나는 것이 있어 문밖에서 불을 피고 있는 형수에게

"오늘 편지 없어요?" 하고 물어본다. 그도 그제서야 생각난 듯이 아까 대문간에서 받아 두었던 엽서 몇 장을 방안으로 들이민다. 좋다, 반갑다. 편지를 받는 것은 말할 수 없이 반가운 일이다. 하나씩 하나씩 정성스레 뒤적거린다. 연하장, 원고 독촉장. 아따 아무거라도 좋다. 하얀 빈 종이가 날아왔대도 이때 나에게는 넉넉히 행복을 갖다 줄 수 있나. 밥 한 술 떠넣고는 다시 뒤져 보고, 또 한 술 더 넣고는 또 한번 뒤져 본다. 새해라고, 그러니 병을 고만 앓으란다. 흐응, 실없는 소리도 다 많고, 언제 해가 바뀌었다고 나도 모르는 새해가 바뀌는 수도 있는가. 공

연스레 화를 내가지고 방 한구석으로 엽서를 내동댕이치고 나니, 느린 식사에 몸은 이미 기진氣盡하고 말았다.

식후 30분 내지 한 시간에 일시식一匙式 복용하라는 태전위산太田胃散이다. 상에서 물러앉자 한 너덧 숟갈 되는 대로 넣고는 황황히 이불 속으로 파고든다. 끄을꺽, 끄을꺽. 위산을 먹고는 시원스레 트림이 나와야 먹은 보람이 있단다. 아니 나오는 트림을 우격다짐으로 끄을꺽, 끄을꺽. 이렇게 애를 키다가는 이건 또 웬일인가. 갑작스레 아이구 배야, 아랫배를 쥐여 뜯는 복통으로 말미암아 이마에 진땀이 내솟는다. 냉수에 위산을 먹었더니 아마도 거기에 체했나 보다. 아이구 배야, 배야. 다시 일어나 온탕에 영신환靈神丸 십여 개를 꾸겨 넣고는, 이번에는 이불 속에서 가만히 엎드려 본다.

식후 직시直時로 이렇게 눕는 것도 결코 위생적이 못 된다. 하나 아무래도 좋다. 건강만으로 살 수 있는 이 몸이 아니니까. — 당장 햇빛만 안 보면 된다.

나에게 낮은 큰 원수였다. 정낮이 되어오면 태양은 미닫이의 전폭全幅을 점령하여 들어온다. 망할 놈의 태양. 쉴 줄도 모르느냐. 미닫이를 향하여 막을 가려치고 그리고 이불을 들쓰고 눈을 감고 이렇게 어둠으로 파고든다. 마는 빛이란 그리 쉽사리 막히는 것이 아니다. 눈꺼풀로 희미한 광선을 느끼고는 입맛을 다시며 이마에 주름을 잡는다.

다시 따져보면 나는 넉넉지 못한 조카에게 와 폐를 끼치고 있는 신세였다. 늘 그 은혜를 감사하여야 할 것이요 그 앞에 온순하여야 할 것이다. 허나 나는 요즘으로 사람이 더욱 싫어졌다 형수도, 조카도, 아무도 보고 싶지가 않다. 사람을 보면 발광한 개와 같이, 그렇게 험악한 성정을 갖게 되는 자신이 딱하였다. 윗목 쪽으로 사람 하나 누울 만큼 터전을 남기고는 사방으로 빙 돌리어 장막을 가려치고 말았다.

이것이 혹은 그들을 불쾌하게 했을지도 모른다. 그러나 은혜가 은혜이면 내가 싫은 건 싫은 것이다. 언제나 주위에 염증을 느낄 적이면 나는 이렇게 막을 둘러치고 그 속에 깔아놓은 이불로 들어가 은신隱身하고 마는 것이다. 이만하면 낮도 좋고 밤도 좋다.

눈에 비치는 형상은 임의로 하였거니와 귀로 들려오는 음향은 무얼로 막을 것이냐. 이불을 끌어올려 두 귀를 덮어보나 그 역亦 헛수고다. 모든 잡음은 얼굴 위로 역력히 들려오지 않는가. 자동차 소리 전차 소리 외치는 행상들의 목쉰 소리, 안집 아이들의 주책없이 지껄이는 소리도 듣기 싫거니와 서로 툭탁거리고 찍찍대는 소리는 짜장 귀 아파 못 견디겠다. 허나 그것도 좋다 하자. 입에 칼날 품은 소리로

“아니 여보, 오늘 낼 오늘 낼 밀어만 갈테요?” 하는 월수장이 노파의 악성惡聲에는 등줄기가 다 선뜩하다. 뻔질 이사를 다니기에 빚을 져놓고 갚기가 쉽지 않다. 물론 안 갚는 것이 아니라 못 갚는다. 형수는 한참 훅닥끼다가 종당終當에는 넉넉지 못한 그 구변口辯으로

“돈이 없는 걸 그럼 어떡해요?” 하고 그대로 빌붙는 애소哀訴였다.

“그러게 남의 빚이란 무서운 거야 — 애햄! 애햄!”

이것은 주인마누라의 비지 먹다 걸린 목성이었다. 그는 물론 이 월수月收에 알 배 있는 턱없다. 허나 월세 한 달치를 못 받는 것에 잔뜩 품어 두었던 감정이 요런 상대의 약점을 보아 슬그머니 머리를 드는 것이다. 이렇게 되면 형수는 두 악바리에게 여지없이 시달리고 섰다. 자기의 의견 한 마디 버젓이 표시 못하고 얼굴이 벌거니 서 계실 형수를 생각하니

이불 속에 틀어박은 나의 얼굴마저 화끈 달고 마는 것이다.

아이고 귀야, 귀야, 귀야. 월수장이를 모조리 붙들어다 목을 베는 수가 없을런가. 아이고 참으로 듣기 싫다. 허지만 아무래도 좋다. 즈이들이 뜯어먹기밖엔 더 못 하리니 음—음—음—신음소리를 높이어, 앞뒤로 몰려드는 잡음에 굳이 저항하련다. 하기야 몸이 아프지 않은 것도 아니다. 여섯 달 동안이나 문 밖 출입을 못하고 한 자리에 누워 있는 몸이매 야월대로 야위었다. 인제는 온 전신이 닫는 곳마다 쑤시고 아프다. 드러누웠으면 기침이 폭발하고 그렇다고 앉자니 치질痔疾이 괴롭다.

그렇더라도 먹은 것이 소화만 잘 되어도 좋겠다. 묽다란 죽을 한 보시기쯤 먹고도 끌꺽끌꺽하고 한 종일 볶이지 않는가. 이까진 병쯤에 그래 열이 벌컥 올라서 그저께는 고기를 사다가 부실한 창자에 함부로 꾸겨 넣었다. 그리고 어제 하루를 염주 설사로 줄대 뽑기에 몸이 착 까부러지고 말았다. 아직도 그 여파로 속이 끓는다. 아랫배가 꼿꼿한 것이 싸르르 아파 들어온다.

"재—약 좀—"

그러면 설사를 막는 산약과 함께 한 그릇의 밀즙蜜汁이 막幕 틈으로 들어온다. 그걸 받아들고 그리 허둥지둥 먹지 않아도 좋으련만 성이 가신 생각에 한숨에 훌쩍, 빈 그릇을 만들어서는 밖으로 도로 내보낸다. 그리고 다시 자리에 누워 손으로 기침을 막아가며 공손히 잠을 청하여 본다. 우울할 때 군찮을 때 슬플 때 아플 때 다만 잠만이 신효神效한 결과를 가져올 수 있으리라. 그러나 잠이란 좀체로 얻어 보기 어려운 권외圈外 사람의 행복일지도 모른다. 눈을 멀뚱이 뜨고는 가장 잠이나 자는 듯싶이 그대로 누워 있는 것이다.

저녁이 되어오면 모든 병이 머리를 들기 시작한다.

시간을 보지 않아도 신열이 올라 오한으로 뼈끝이 쑤시어 올 때이면 그것은 틀림없는 저녁이다. 오한에는 도한盜汗이 따른다. 도한을 한번 쭈욱 흘리고 나면 몸은 풀이 죽는다. 삼복 더위에 녹아 붙은 엿가락 같기도 하고 양춘陽春에 풀리는 잔설殘雪 같기도 하다. 이렇게 근력을 잃고 넋 없이 늘어져 있노라면

"작은 아버지 — 저녁 다 됐어요 — "

조카가 막 밖에 와서 가만히 귀를 기울인다. 그는 행여나 나의 기분을 상할까 하여 음성마다 주의를 게을리하지 않았다. 어쩌면 삼촌숙부인 나를 격외格外의 괴물로 여겼는지도 모른다. 때때로 언짢은 표정을 지어 가지고 살금살금 나의 눈치를 살펴보고 하는 것이다.

계집애니만치 잔상도 하려니와 요즘 나의 병으로 인하여 그는 몇 달 동안을 학교도 못갔다. 그리고 뒤를 받아내랴, 세수를 씻겨주랴, 탕약을 달여오랴, 이렇게 남다른 적심赤心으로 극진히 간호하여 준다. 그의 성의만으로도 넉넉히 병이 나았으련만 왜 이리 끄느냐. 나의 조카는 참으로 고맙다. 이 병이 나으면 나는 그에게 무얼로 이 은혜를 갚을 터인가. 가끔 이 생각에 홀로 잠기다가도 급기야엔 너무도 무력한 자신을 쓸쓸히 냉소하여 던지지 않을 수 없는 것이다. 그 대신에 나는 조카의 분부이면 그렇게 안 하여도 좋을 수 있는 이유를 갖고라도 그대로 잠잠이 맹종하고 하는 것이다. 이것이 그 은혜를 생각하는 나의 유일한 보답이겠다.

오한 뒤의 밥맛이란 바로 모래 씹는 맛이었다. 그러나 조카의 명령이라는 까닭만으로 꾸물꾸물 기어 나오면 방 한복판에 어느덧 저녁상이

덩그렇게 놓여 있다.

밥을 먹는 것은 진정으로 귀찮다. 어떻게 안 먹고 사는 도리가 없는가. 이런 궁리를 하여 가며 눈을 감고 앉아서 꾸역 떠넣는다. 그러다 옆을 돌아보면 조카가 나의 식사행동에 어이가 없었음인지 딱한 시선으로 이윽히 바라보고 있었다.

이렇게 하여 근근히 저녁을 때우고 궐련 하나를 피우고 나면 이럭저럭 밤이 든다. 밤, 밤, 밤이 좋다. 별이 좋은 것도 아니요 달이 좋은 것도 아니다. 그믐 칠야漆夜의 캄캄한 밤 그것만이 소용된다. 자정으로 석 점까지 그 시간에야 비로소 원고를 쓸 수 있는 것이 나의 버릇이었다. 그때에는 주위의 모든 것이 잠이 들어 있다. 두 주먹 외의 아무 것도 없고, 게다 몸에 병들어 건강마저 잃은 나에게도 이 시간만은 극히 귀중한 나의 소유였다. 자정을 넘어서면 비로소 정신을 얻어 아직도 살아 있는 자신을 깨닫는다. 이만하면 원고를 써도 되겠지. 원고를 책상 앞에 끌어다 놓고 강제로 펜을 들린다. 홀홀히 부탁을 받고, 몇 장 쓰다 두었던 원고였다. 한 서너 장 계속하여 쓰고 나면 두 어깨가 아프고 휘어든다. 그리고 가슴 속에 가, 힘없이 먼지가 낀 듯이 매캐하고 답답하여 들온다. 기침 발작의 전조, 미리 예방하고자 펜을 가만히 놓고 냉수를 마시어 본다. 심호흡을 하여본다. 궐련을 피어본다. 그러다 황망히 터져 나오는 기침을 어쩔 수 없어, 쿨룩거리다가는 결국에는 그 자리에 가로 늘어지고 만다. 어구머니 가슴이야, 이 가슴 속에 무엇이 들었는가, 날카로운 칼로 한 번 빼겨나 볼는지. 몸이 아프면 아플수록 나느니 어머니의 생각, 하나 없기를 다행이다. 그는 당신이 낳아놓은 자식이 이토록 못 생기겠스리 될 줄은 꿈에도 생각지 못하고 편히 잠드셨나. 만일에 나의 이 꼴을 보신다면 응당 그는 슬프려니. 하면 없기를 불행 중 다행이다. 한숨을 휘, 돌리고 눈에 고였던 눈물을 씻을 때에는 기침에 욕을 볼대로 다 본 뒤였다. 웅크리고 앉아서 궐련에 불을 붙이자니 이게 웬일일까. 설사가 나올 때도 되었을 텐데 입때 무사한 것이 암만해도 수상쩍다. 변비가 된 것이 아닐까. 아까에 설사 막힐 약을 먹은 것이 몹시 후회가 난다. 변비 변비,무서운 변비, 치질에 변비는 극히 위험하다. 치루로 말미암아 여섯 달째 고생을 하여 오는 나이니 만치 만의 하나를 염려 안 할 수 없고 종내는 하제下劑 '락사토울' 한 알을 입에 넣을 때까지 마음이 놓이지를 않는다. 이걸 먹었으니 낼 아침에는 설사가 터질 것이다. 한 번 터지면 줄 대서 나올 터인데 그럼 그 담에는 무슨 약을 먹어야 옳을는지 —

이러다 보니 시계는 석 점이 훨걱 넘었다. 눈알은 보송보송허니 잠 하나 올 듯싶지 않고. 머지않아 먼동이 틀 것이다. 해가 뜰 것이다.

그럼 낼 하루는 무얼로 보내는가?

탈출을 계획하는 옥중의 죄수와도 같이 한껏 긴장이 되어 선후책을 강구한다. 밝는 날 이 땅에 퍼질 광선의 위협을 느끼며 —

낼 하루를 무얼로 보내는가?

『조선일보』, 1937.1.29~2.2.

네가 봄이런가*

나에게는 아침이고 저녁이고 구별이 없는 것이다. 왜냐면 나는 수면을 잃어버린 지 이미 오랬다. 밤마다 뒤숭숭한 몽마夢魔의 조롱을 받는 걸로 그날그날의 잠을 때인다.

그러나 이나마 내가 마대서는 아니 되리라. 제때가 돌아오면 굴복한 죄인과도 같이 가만히 쓰러져서 처분만 기다린다.

이렇게 멀뚱히 누워 있노라니 이불 속으로 가냘픈 콧노래가 나직나직 흘러든다. 노래란 가끔 과거의 미적 정서를 재현시키는, 극히 행복스런 추억이 될 수 있다. 귀가 번쩍 띄여 나는 골독汨篤히 경청한다. 그러나 어느덧 지난 날의 건강이 불시로 그리워짐을 깨닫는다. 머리까지 뒤어쓴 이불을 주먹으로 차 던지며

"지금 몇 시냐?" 하고 몸을 일으킨다.

"열 점 사십 분이야요—"

그러면 나는 세 시간 동안이나 잠과 씨름을 하였는가, 이마의 진땀을 씻으며 속의 울분을 한숨으로 꺼본다. 그리고 벽을 향하여 눈을 감고는

* 『여성』 1937년 4월호에 '봄의 소야곡'이라는 공동제목 아래 수록된 것이다. 글의 내용으로 보아 1937년 설날 아침의 정경을 그린 글이다. 이 해의 설날은 양력으로 2월 11일이었다. 같은 해 3월 29일 김유정은 별세했다.

덤덤히 앉아 있다.

"가슴이 아프셔요?"

"응—" 하고 그쪽으로 고개를 돌리니 나의 조카는 오랜만에 얼굴의 화색이 보인다. 고대 들려온 콧노래도, 아마도, 그의 기쁨인 양 싶다. 웬일인가고 어리둥절하여 아하, 오늘이 설이구나, 설, 설. 설은 어릴 적의 모든 기쁨을 가져온다. 나도 가슴 속에서 제법 들먹거리는 무엇이 있는 듯싶다. 오늘은 설이라는 그것만으로 나의 생활에 변동이 있을 듯싶다.

조카가 먹여주는 대로 눈을 감고 앉아서 그럭저럭 아침을 치른다. 설, 설은 새해의 첫날이다. 지금 나에게는 새것이라는 그것이 여간 큰 매력을 갖지 않았다. 새것, 새것이 좋다.

새 정신이 반뜩 미닫이를 활짝 열어제친다. 안집 어린애들의 울긋불긋한 호사가 좋다. 세배주歲拜酒에 공으로 창취暢醉한 그 잡담도 좋다. 사람뿐만 아니라 날씨조차 새로워진 것 같다. 어제 내렸던 백설은 흔적도 없다. 앞집 처마 끝에는 물기만이 지르르 흘러 있다. 때때로 뺨을 지내는 미적微跡이 곱기도 하다. 그런데 이 향기는 분명히 이 향기는, 그러나, 나는 고만 가슴이 덜컥 내려앉고 만다.

나긋나긋한 이 향기는 분명히 봄의 회포懷抱려니 손을 꼽아 내가 기다리던 그 봄이려니 그리고 나는 이직도 이 병석을 걷지 못하였다. 갑작스레 치미는 울적한 심사를 어째볼 길이 없어, 장막을 가려치고 이불 속으로 꿈실꿈실 기어든다. 아무것도 보고 싶지가 않다. 나는 홀로 어둠 속에 이렇게 들어앉아 아무것도 안보리라, 이를 악물고 한평생의 햇빛과 굳게 작별한다.

그러나 동무가 찾아와 부를 때에는 안 일어날 수도 없는 것이다. 다시 꾸물꾸물 기어 나오면 그새 하루는 다 가고, 전등까지 불이 켜졌다. 나는 고개를 떨어뜨리고 묵묵히 앉아 있다. 참으로 나는 이 동무를 쳐다볼 만한 면목이 없다. 그는 나를 일으켜주고서, 그의 가진 바 모든 혈성血誠을 다 하였다. 그리고 이따금씩 이렇게 들여다보는 것이다. 아, 아, 이놈의 병이 왜 이리 끄느냐. 좀체로 나가는가 싶지 않으매, 그의 속인들 오죽이나 답답한 것인가 —

그는[1] 오늘도 찌부둥한 나의 얼굴을 보고 실망한 모양이다. 딱한 낯으로 이윽히 나를 바라보다

"올해는 철수가 한 달이나 이르군요—"

그리고 그 말이 봄 오길 그렇게 기다리더니 어떻게 되었느냐고, 오늘은 완전히 봄인데

"어떻게 좀 나가보실 생각이 없습니까?"

여기에 나는 무어라고 대답하여야 옳겠는가. 쓴 입맛만 다시고 우두커니 앉았다가 겨우 입을 연 것이

"나는 나가려는데 내보내줘야지요—" 하고 불현듯 내솟느니 눈물이다.

『여성』, 1937.4.

1 1937년 설날 김유정을 방문한 친구는 아동 문학가이며 소설가인 현덕(玄德, 1909~?)으로 추정된다. 현덕은 김유정의 문학적 제자로 1938 조선일보 신춘문예에서 「남생이」로 등단했다. 현덕의 본명은 현경윤, 아우는 아동문학가이며 화가인 현재덕이다.

소꿉질*

나는 어릴 적에 나처럼 조그만 누님들과 소꿉질을 하고 놀았습니다. 어머니께서 어쩌다 떡 한 조각을 주시면 그걸 가지고 한 스무나문 번이나 넘게스리 반기를 논습니다. 그러니까 조그마한 떡조각을 가지고라도 우리는 참으로 꽤 많이 오래토록 아껴 먹고 놀 수가 있습니다. 그런데 한 가지 나쁜 것은 누님들이 사알살 꼬여가며 자꾸만 먹자고 만드는 데에는 아주 질색입니다.

출전 : 『소년』 창간호, 1937.4.

* 『소년』 1937년 4월 창간호에 '어릴 때 하던 장난'이라는 공동제목 아래 수록된 것이다.

편지

강노향姜鷺鄉 전前*

날이 차차 더워집니다. 더워질수록 저는 저 시골이 무한 그립습니다. 물소리 들리고 온갖 새 지저귀는 저 시골이 그립습니다. 우거진 녹음에 번듯이 누워 한적한 매미의 노래를 귀담아 들으며 먼 푸른 하늘을 이윽히 바라볼 때 저는 가끔 시인이 됩니다. 아마 이 위에 더 큰 행복은 다시 없겠지요. 강 형도 한 번 시험해 보십시오. 그런데 여기에 하나 주의할 것은 창공을 바라보되 님을 대하듯 경건히 할 것입니다. 그래야 비로소 유類다른 행복과 그 무엇인가 알 수 없는 커다란 진리를 깨달으실 것입니다.

4월 2일 저녁 영도사에서

『조광』, 1937.5.

---

* 「요절한 김유정 군을 조함」(『조광』, 1937.5)이라는 특집글 가운데 강노향의 "유정과 나"에 소개된 글. 강노향이 1935년 우이동 봉황각에서 정양하고 있을 때 받은 편지라고 한다.

박태원朴泰遠 전前*

날사이 안녕하십니까.

박 형! 혹시 요즘 우울하시지 않으십니까. 조선일보사 앞에서 뵈었을 때 형은 마치 딱한 생각을 하는 사람의 풍모이었습니다. 물론 저의 어리석은 생각에 지나지 않을 게나 만에 일이라도 그럴 리가 없기를 바랍니다.

제가 생각건대 형은 그렇게 크게 우울하실 필요는 없을 듯싶습니다. 만일 저에게 형이 지니신 그것과 같이 재질이 있고 명망이 있고 전도前途가 있고 그리고 건강이 있다면 얼마나 행복일는지요. 5·6월호에서 형의 창작을 못 봄은 너무나 섭섭한 일입니다. 「거리距離」·「악마」의 그 다음을 기다립니다.

김유정 재배

『백광』, 1937.5.

* 김유정 요절 애도 특집 글모음 중 박태원의 "고김유정군과 엽서"에 소개된 글. 박태원이 1936년 5월 하순에 김유정에게서 받은 엽서이다.

문단에 올리는 말씀*

평상 폐결핵으로 무수히 신음하옵다가 이즈막에는 객증客症 치痔까지 병발併發하여 장근將近 넉 달 동안을 기거불능으로 중도重倒되어 있어온 바 원래 변변치 못하여 호구지방糊口之方에 생소한 저의 일이오라 병고 간군艱窘 양난에 몰리어 세궁력진勢窮力盡한 폐구癈軀로 간두竿頭에서 진퇴가 아득하옵더니 천행히도 여러 선생님의 돈후敦厚하신 하념下念과 및 벗들의 적성赤誠이 있어 재생의 길을 얻었삽거늘 그 은혜 무얼로 다 말씀 드리올지 감사무지에 황송한 마음 이를 데 없사와 금후로는 명심불망銘心不忘하옵고 다시 앓지 않기로 하겠아오니 이렇게 문단을 불안스레 만들고 가외加外 여러 선생님께 심려를 시키어 드린 저의 죄고罪辜를 두루두루 해용海容하여 주시기 복망복망伏望伏望하옵나이다.

병자 10월 31일

김유정 재배

『조선문학』, 조선문학사, 1937.1.

---

* 1936년 10월 김유정은 자신이 폐결핵으로 중환 중에 있음을 문학평론가 김문집에게 알린 바 있다. 김문집은 김유정을 위하여 '병고작가 원조' 운동을 벌인 바, 이에 대해 김유정이 "문단에 올리는 말씀"이란 감사의 글을 썼고 이 글은 『조선문학』 1937년 1월호에 게재되었다.

병상의 생각*

사람!

사람!

그 사람이 무엇인지 알기가 극히 어렵습니다. 당신이 누구인지 내가 모르고, 나의 누구임을 당신이 모르는 이것이 혹은 마땅한 일일지도 모릅니다. 나와 당신이 언제 보았다고, 언제 정이 들었다고 감히 안다 하겠습니까. 그러면 내가 당신을 한 개의 우상으로 숭배하고, 그리고 나의 모든 채색으로 당신을 분식粉飾하였던 이것이 또한 무리 아닌 일일지도 모릅니다.

이것이 물론 나의 속단입니다. 허나 하여간 이런 결론을 얻은 걸로 쳐두겠습니다.

나는 당신을 진실로 모릅니다. 그러기에 일면식도 없는 당신에게, 내가 대담히 편지를 하였고, 매일과 같이 그 회답이 오기를 충성으로 기다리었던 것입니다. 나의 편지가 당신에게 가서 얼만한 대접을 받는가, 얼마큼 이해될 수 있는가, 거기 관하여 일절 괘념하여 본 일이 없었습니다. 그러던 차 당신에게서

* 『조광』 1937년 3월호에 '사랑의 편지'라는 공동제목 아래 수록된 것이다. 편지의 대상이 되는 여성은 박봉자로 추정된다.

편지를 보내시는 이유가 나변那邊에 있으리요.

이런 질문이 왔을 때 나는 눈알을 커다랗게 뜨지 않을 수 없었습니다. 당장에 나는 당신의 누구임을 선뜻 본 듯도 싶었습니다.

우리는 사물을 개념概念할 때 하나로 열을 추리하는 것이 곧 우리의 버릇입니다. 예전 우리의 선배가 그러하였고 또 오늘 우리와 같이 살고 있는 모든 사람이 그러합니다. 내가 그 질문으로 하여금 당신의 모형을 떠온 것이 결코 그리 큰 잘못은 아닐 겝니다.

나는 당신을 실로 본 듯도 하였습니다. 나의 편지 수 통에 간신히 (그 이유가 나변에 있으리요) 이것이 즉 당신입니다. 그리고 나는 그 배후의 영리하신 당신의 지혜를 보았습니다. 당신은 나에게서 연모戀慕라는 말을 듣고 싶었고, 겸하여 거기 따른 당신의 절대가치를 행사하고 싶었던 것입니다.

그러나 나는 당신의 요구에서 좀 먼 거리에 있는 자신을 보았습니다. 우울할 때, 고적할 때, 혹은 슬플 때 나는 가끔 친한 동무에게, 나를 이해하여 줄 수 있는 동무에게 편지를 씁니다. 허나 그것은 동성同性끼리의 거래가 아니냐고 탄할지도 모릅니다. 그러면 나는 몸이 아플 때, 저 황천으로 가신 어머님이 참으로 그리워집니다. 이건 무얼로 대답하시렵니까. 모자지간의 할 수 없는 천륜이매 이와는 또 다르다 하시겠습니까. 그럼 여기에 또 한가지 좋은 실례實例가 있습니다. 우리는 맘이 울적할제 벙싯벙싯 웃기는 옆집 애기를 가만히 들여다보다가는 저마저 방싯하고 맙니다. 이것은 어쩐 이유겠습니까.

다시 생각하면 우리가 서로서로 가까이 밀접하노라 앨 쓰는 이것이 또는 그런 열정을 필연적으로 갖게 되는 이것이 혹은 참다운 인생일지도 모릅니다. 동시에 궁박한 우리 생활을 위하여 이제 남은 한 길이 여기에 열려 있음을 조만간 알 듯도 싶습니다. 그것은 마치 우리 머리 위에 늘려 있는 복잡한 천체, 그것이 제각기 그 인력에 견연牽連되어 원만히 운용되어 갈 수 있는 것에 흡사하다 할는지요. 그렇다면 이 기능을 실지 발휘하는 걸로, 언어를 실어가는 편지의 사명이라 하겠습니다.

그러나 그는 아무래도 좋습니다.

이것이 나의 본뜻은 아니로되, 다만 당신에게 실망을 주지 않기로 단출히 연모한다 하였습니다. 그리고 그때 갑작스레 공중으로 여남은 길씩이나 치올려 뜨신 당신의 태도를 보았습니다. 나는 또다시 눈알이 커다랗게 디굴려지지 않을 수 없었습니다. 여성이란 자기 자신이 남에게 지극히 연모되어 있음을 비로소 느꼈을 때, 어쩌면 그렇게 무작정 올라만 가려는가고 부질없는 탄식이 절로 나옵니다.

그러나 나는 당신 하나를 보는 걸로 모든 여성을 그 틀에 규정하여서는 안 될 것 입니다.

이것이 물론 당신에게 넉히 실례가 될 겝니다. 마는 나는 서슴지 않고 당신을 이렇게 생각하여 보았습니다.

— 근대식으로 제작되어진 한 덩어리의 예술품 —

왜 내가 당신을 하필 예술품에 비하였는가, 그 까닭을 아시고 싶을지도 모릅니다. 마는 여기에 별반 큰 이유가 있을 것도 아닙니다.

내가 당신에게 편지를 쓰는 그 동기를 따져보면 내가 작품을 쓸 때의 그 동기와 조금도 다름이 없습니다. 만일 그때 그 편지를 안 썼더라면 혹은 작품 하나를 더 갖게 되었을지도 모릅니다. 이것이 무슨 소리인지 당신에게 잘 소통되지 않을 겝니다. 그렇다면 따로이 얼른 이해하기 쉬운 이유를 드는 것이 옳을 듯싶습니다.

연애는 예술이라던 당신의 그 말씀, 연애로 하여금 인류 상호결합의 근본윤리로 내보인 나의 고백을 불순하다 하였고 더 나아가 연애는 연애를 위한 연애로 하되 행여나 다른 부조건副條件이 따라서는 안 되리라 그 말씀이 더 큰 이유가 될는지도 모릅니다. 나는 당신의 이 말씀을 듣고 전후 종합하여 문득 생각나는 무엇이 있었습니다. 현재 우리 사회의 일부를 점령하고 있는 예술을 위한 예술이 즉 그것입니다.

그러나 사실에 없는 일을 나의 생각만으로 부합시킨 것이 아닐 듯싶습니다. 실지에 있어, 그들과 당신은 똑같이 유복한 환경에서 똑같은 궤도를 밟아 왔기 때문입니다. 물론 이쪽이 저쪽의 비위를 맞춰가며 기생寄生되어 가는 경우도 없지는 않으나.

당신은 학교에서 수학을 배웠고, 물리학을 배웠고, 화학을 배웠고, 생리학을 배웠고, 법학을 배웠고, 그리고 공학, 철학 등 모든 것을 충분히 배운 사람의 하나입니다. 다시 말하면 놀라울 만치 발달된 근대 과학의 모든 혜택을 골고루 즐겨오는 그 사람들의 하나입니다. 그렇다면 당신은 근대 과학을 위하여 그 앞에 나아가 친히 예하여, 참으로 친히 예하여 그 영예를 감하지 않아서는 안 될 겝니다. 왜냐면 과학이란 그 시대, 그 사회에 있어 가급적 진리에 가까운 지식을 추출하여 써 우리의 생활로 하여금 광명으로 유도하는 곳에 그 사명이 있을 것입니다.

나는 여기에서 또 하나 생각지 않을 수 없게 됩니다. 그럼 근대 과학이 우리들의 생활과 얼마나 친근하였던가, 이것입니다. 이 대답으로 나는 몇 가지의 예를 들어 만족할밖에 없습니다.

근대 과학은 참으로 놀라울 만치 발달되어 갑니다. 그들은 천문대를 세워놓고, 우리가 눈앞에서 콩알을 고르듯이 천체를 뒤져 봅니다. 일생을 바쳐 눈코 뜰 새 없이 지질학을 연구합니다. 천품으로 타고난 사람의 티를, 혹은 콧날을 임의로 늘이고 줄입니다. 건강한 혈색을 창백히 만들고서 조석을 피하고 앨 키웁니다. 지저깨비[1]로 사람을 만들어 써먹노라 괜스레 속을 태웁니다. 소리 없이 공중으로 떠보고자 하여 그 실험에 떨어져 죽습니다. 두더지같이 산을 파고 들어가 금을 뜯어내다가 몇 십 명이 그 속에 없는 듯이 묻힙니다. 물속으로 쫓아가 군함을 깨뜨리고 광선으로 사람을 녹이고, 공중에서 염병을 뿌리고 참으로 근대 과학은 놀라울 만치 발달되어 있습니다.

이러한 고급 지식이 우리 생활의 어느 모로 공헌되어 있는가, 당신은 이걸 아십니까. 내가 설명하지 않아도 당신은 얼뜬 그걸 이해하여야 될 겝니다. 과학자 자신, 그들에게 불만을 묻는다면 그 대답이 취미의 자유를 말할 게고, 더 이어 과학에 있어 연구대상은 언제나, 그들의 취미 여하에 의하여 취택할 수 있다 할 겝니다. 다시 말하면 과학을 위한 과학의 절대성을 해설하기에 그들은 너무도 평범한 태도를 취할 겝니다.

과학에서 얻은 진리를 이지권내理智圈內에서 감정권내로 옮기게, 그걸 대중에게 전달하는 것이 예술이라면 그럼 우리는 근대 과학에 기초를 둔 소위 근대 예술이 그 무엇인가를 얼른 알 것입니다. 예술, 하여도 내가 종사하고 있는 그 일부분, 문학에 관하여 보는 것이 편할 듯싶습니다. 우선 꽤 많이 물의物議되어 있는 신심리주의문학부터 캐어 보도록 하겠습니다.

예술의 생명을 잃은 그들에게 가장 중요한 간판으로 되어 있는 것이

1 나무를 깎거나 다듬을 때에 생기는 부스러기나 잔 조각.

그 형식, 즉 기교입니다. 마는 오늘 그들의 기교란 어느 정도까지 모든 가능을 보이고 있습니다. 여기에서 그들이 더 나갈 길은 당연히 괴벽하여진 그 취미와 병행하여 예전보다도 조금 더 악화 만곡彎曲된 지엽적 탈선입니다. 그들은 괴망히도 치밀한 묘사법으로 인간심리를 내공內攻하여, 이내 산 사람으로 하여금 유령을 만들어 놓는 걸로 그들의 자랑을 삼습니다. 이 유파의 태두泰斗로 지칭되어 있는 제임스 조이스의 『율리시즈』를 한번 읽어보면 넉넉히 알 수 있을 겝니다. 우리가 그에게 새롭다는 존호尊號를 붙이어 대기는 하였으나, 다시 뜯어보면 그는 고작 졸라의 부속품에 더 지나지 않음을 알 것입니다. 졸라의 걸작인 『나나』는 우리를 재웠고, 그리고 조이스의 대표작 『율리시즈』는 우리로 하여금 하품을 연발시키고 있는 것입니다. 말하자면 그는 졸라와 같은 흉기로 한 과오過誤를 양면에서 범하고 있는 것입니다.

어느 누구는 예술의 목적이 전달에 있는가, 표현에 있는가, 고 장히 비슷한 낯을 하는 이도 있습니다. 이것은 마치 사람이 먹기 위하여 사는가, 살기 위하여 먹는가, 하는 이 우문愚問에 지나지 않습니다. 표현이란 원래 전달을 전제로 하고야 비로소 생명이 있을 겝니다. 다시 말하면 그 결과에 있어 전달을 예상하고 계략計略하여 가는 그 과정이 즉 표현입니다.

그리니 오늘 문학의 표현이란 얼마나 오용誤用되어 있는가, 를 내가 압니다. 그들이 가진 노력을 경주傾注한 치밀한 그 묘사가 얼뜬 보기에 주문의 명세서나 혹은 심리학 강의, 좀 대접하여 육법전서의 조문해석 같은 지루한 그 문자만으로도 넉히 알 수 있으리다. 예술이란 자연의 복사만도 아니려니와 또는 자연의 복사란 그리 쉽사리 되는 것도 아닙니다.

그렇게도 사실적인 사진기로도 그 완벽을 기치 못하겠거늘, 하물며 어떼떼의 문자로[2] 우리 인간의 복사란 너무도 심한 농담인 듯싶습니다.

좀 더 심악甚惡한 건 예술을 위한 예술을 표방標榜하고 함부로 내닫는 작가입니다. 이것은 바로 당신의 연애를 위한 연애와 조금도 다를 곳 없는 것이니 길게 설명하지 않아도 좋을겝니다. 그들은 썩 호의로 보아 중학생의 일기문 같은 작문을 내어놓고, 그리고 예술지상주의의 미명美名으로 그걸 알뜰히 미봉彌縫하려 드는 여기에는 실로 웃지 못할 것이 있을 줄 압니다. 그들의 생각에는 묘사의 대상 여하를 물론하고, 또는 수법手法의 방식 여하를 물론하고, 오로지 극도로 뻗친 치밀한 기록이면 기록일수록 더욱더 거기에 문학적 가치가 있는 것입니다. 이것은 그 작품이 예술이라기보다는 먼저 그 자신이 정말 예술가가 아님을 말하는 것에 더 나오지 못합니다. 마치 그 연애가 사랑이 아니라기보다는 먼저 당신 자신이 완전한 사람이 아닌 것과 비등比等할 겝니다. 당신이 화려한 그 화장과 고급적인 그 교양을 남에게 자랑할 때 그들은 자기의 작품이 얼마나 예술적인가, 다시 말하면 인류생활과 얼마나 먼 거리에 있는가를 남에게 자랑하고 있는 것입니다. 그 결과는 애매한 콧날을 잡아 늘리기도 하고, 또는 사람 대신의 기계가 작품을 쓰기도 하고 하는 것입니다. 그러므로 그들에게 예술가적 열정이 적으면 적을수록 좀 더 높은 가치의 예술미를 갖게 되는 것입니다.

예술가에게는 예술가다운 감흥이 있고 그 감흥은 표현을 목적하고 설레는 열정이 따릅니다. 이 열정의 도度가 강하면 강할수록 그 비례로

---

2 어떼떼한 문자로 → 변변치 못한 문자로.

전달이 완숙하여 가는 것입니다. 그리고 예술이란 그 전달 정도와 범위에 따라 그 가치가 평가되어야 할 겝니다.

기계에는 절대로 예술이 자리를 잡는 법이 없습니다. 예술가란 학교에서 공식적으로 두드려 만들 수가 없다는 말이 혹은 이를 두고 이름인지도 모릅니다.

그들은 모든 구실이 다하였을 때 마지막으로 새롭다는 문자를 번쩍 들고 나옵니다. 그러나 그 의미가 무엇인지, 그들의 설명만으로는 도저히 이해키가 어렵습니다. 새롭다는 문자는 다만 시간과 공간의 전환만에 그칠 것이 아니라, 좀 더 나아가 우리 인류사회에 적극적으로 역할을 가져오는 데 그 의미를 두어야 할 것입니다. 얼른 말하면 조이스의 『율리시스』보다는 저, 봉건 시대의 소산이던 『홍길동전』이 훨씬 뛰어나게 예술적 가치를 띠고 있는 것입니다.

그러면 당신은 여기에서 오늘의 예술이라는 것이 무엇인가를 자세치는 않으나마 얼추 알았으리라 생각합니다. 따라 당신의 연애는 예술이라니, 혹은 연애는 결코 불순하지 말지로되 다만 연애를 위한 연애로 하라니, 하던 그 말이 어디다 근저를 두고 나온 사랑인가도 대충 알았으리라 생각합니다. 겸하여 근대 예술이 기계의 소산인 동시에, 당신이라는 그 인물이 또한 기계로 빚어진 한 덩어리의 고기임을 충분히 알리라고 생각합니나.

— 근대식으로 제작되어진 한 덩어리의 예술품 —

내가 이렇게 당신을 불렀던 것도 얼마쯤 당신을 대접하여 있는 걸 알아야 될 겝니다. 당신은 행복인 듯싶이 불행한, 참으로 불행한 사람의 하나입니다. 자기의 불행을 모르고 속없이 주짜만 뽑는 사람을 보는 이

만치 더 딱한 일은 없을 듯합니다. 육도풍월肉跳風月에 날 새는 줄 모르는 그들과 한가지로 요지경 바람에 해 지는 줄 모르는 당신입니다.

당신에게는 생명이 전혀 없습니다. 그 몸에서 화장과 의장, 혹은 장신구를 벗겨내고 보면 거기에 남는 것은 벌건, 다만 벌건, 그렇고도 먹지 못하는 한 육괴肉塊에 더 되지 않을 겝니다.

그러나 재삼숙고하여 볼진댄 당신은 슬퍼할 것이 없을 듯싶습니다. 왜냐면 당신의 완전한 사람이 되고 못 되고는 앞으로 당신이 가질 그 노력 여하에 달렸기 때문입니다.

오늘은 순전히 어지러운 난장판일 줄 압니다. 마는 불행 중에도 행이랄까, 한쪽에서는 참다라운 인생을 탐구하기 위하여 자기의 몸까지도 내어버리는 아름다운 희생이 쌓여감을 우리가 봅니다. 이런 시험이 도처에 대두되어 가는 오는 날, 우리가 처할 길은 우리 머릿속에 틀지어 있는 그 선입관부터 우선 두드려 내야 할 것입니다. 그리고 나서 새로이 눈을 떠, 새로운 방법으로 사물을 대하여야 할 것입니다.

그러나 그 새로운 방법이란 무엇인지 나 역 분명히 모릅니다. 다만 사랑에서 출발한 그 무엇이라는 막연한 개념이 있을 뿐입니다. 사랑, 하면 우리는 부질없이 예수를 연상하고 또는 석가여래를 곧잘 들추어 냅니다. 허나 그것은 사랑의 일부 발현發現은 될지언정 사랑 거기에 대한 설명은 되지 못할 겝니다.

그 사랑이 무엇인지 우리는 전혀 알 길이 없습니다. 우리가 보았다는 그것은 결국 그 일부일부의, 극히 조꼬만 그 일부의 작용밖에는 없습니다. 그리고 다만 한 가지 믿어지는 것은 사랑이란 어느 시대, 어느 사회에 있어, 좀 더 많은 대중을 우의적으로 한 끈에 뀀 수 있으면 있을수록 거기에 좀 더 위대한 생명을 갖게 되는 것입니다.

오늘 우리의 최고 이상은 그 위대한 사랑에 있는 것을 압니다. 한동안 그렇게도 소란히 판을 잡았던 개인주의는 니체의 초인설超人說, 맬서스의 『인구론』과 더불어 머지않아 암장暗葬될 날이 올 겝니다. 그보다는 크로폿킨의 『상호부조론』이나 마르크스의 『자본론』이 훨씬 새로운 운명을 띠고 있는 것입니다.

다시 말하면 나는 여자에게 염서艶書 아닌 엽서를 쓸 수가 있고, 당신은 응당 그 편지를 받을 권리조차 있는 것입니다. 나의 머리에는 천품으로 뿌리 깊은 고질痼疾이 백여 있습니다. 그것은 사람을 대할 적마다 우울하여지는 그래 그 사람을 피하려는 염인증厭人症입니다. 그 고질을 손수 고쳐보고자 판을 걷고 나선 것이 곧 현재의 나의 생활이요, 또는 허황된 금점에서 문학으로 길을 바꾼 것도 그 이유가 여기에 있을 것입니다. 내가 문학을 함은 내가 밥을 먹고, 산보를 하고, 하는 그 일용생활과 같은 동기요, 같은 행동입니다. 말을 바꾸어보면 나에게 문학이란 나의 생활의 한 과정입니다.

그러면 내가 만일에 당신에게 편지를 안 썼더라면 그 시간에 몇 편의 작품이 생겼으리라던 그 말이 뭣인가도 충분히 아실 줄로 생각합니다.

그렇다고 내가 당신을 업신여긴 기억은 없습니다. 만일 그렇게 생각하신다면 그건 당신을 위하여 슬픈 일임에 틀림없을 겝니다. 나는 다만 그 위대한 사랑이 내포되지 못하는 한, 오늘의 예술이 바로 길을 들 수 없고, 당신이 그걸 모르는 한, 당신은 그 완전한 사랑을 이내 모르고 말리라는 그것에 지나지 않을 겝니다.

그럼 그 위대한 사랑이란 무엇일까. 이것을 바로 찾고 못 찾고에 우리 전인류의 여망餘望이 달려 있음을 우리가 잘 보았습니다.

(정축, 1937.1.10)

『조광』, 1937.3.

필승 전前*

필승아

나는 날로 몸이 꺼진다. 이제는 자리에서 일나기조차 자유롭지가 못하다. 밤에는 불면증으로 하여 괴로운 시간을 원망하고 누워 있다. 그리고 맹열猛熱이다. 아무리 생각하여도 딱한 일이다. 이러다는 안 되겠다. 달리 도리를 차리지 않으면 이 몸을 다시 일으키기 어렵겠다.

필승아

나는 참말로 일어나고 싶다. 지금 나는 병마와 최후 담판이다. 흥패興敗가 이 고비에 달려 있음을 내가 잘 안다. 나에게는 돈이 시급히 필요하다. 그 돈이 없는 것이다.

필승아

내가 돈 백 원을 만들어 볼 작정이다. 동무를 사랑하는 마음으로 네가 좀 조력助力하여 주기 바란다. 또다시 탐정소설을 번역하여 보고 싶다. 그 외에는 다른 길이 없는 것이다. 허니 네가 보던 중 아주 대중화되고 흥미 있는 걸로 한두 권 보내주기 바란다. 그러면 내 오십일 이내

* 필승은 안회남의 아명. 이 편지를 쓴 날짜는 1937년 3월 18일이다. 이 편지 말고도 유정은 임종 몇 시간 전까지 안회남에게 보내는 편지를 열 장 가까이 써서 남겼다고 한다. 그러나 김유정 생전에 안회남에게 전달된 편지는 이 편지뿐이다. 같은 해 3월 29일 김유정은 별세한다. 이 편지는 그가 별세하기 11일 전에 쓴 것이다.

로 역譯하여 너의 손으로 가게 하여주마. 허거든 네가 극력極力 주선하여 돈으로 바꿔서 보내다오.

필승아

물론 이것이 무리임을 잘 안다. 무리를 하면 병을 더친다. 그러나 그 병을 위하여 업집어 무리를 하지 않으면 안 되는 나의 몸이다.

그 돈이 되면 우선 닭을 한 삼십 마리 고아 먹겠다. 그리고 땅군을 들여 살모사, 구렁이를 십여 뭇[1] 먹어보겠다. 그래야 내가 다시 살아날 것이다. 그리고 궁둥이가 쏙쏘구리 돈을 잡아먹는다. 돈, 돈, 슬픈 일이다.

필승아

나는 지금 막다른 골목에 맞닥뜨렸다. 나로 하여금 너의 팔에 의지하여 광명을 찾게 하여다우.

나는 요즘 가끔 울고 누워 있다. 모두가 답답한 사정이다.

반가운 소식 전해다우. 기다리마.

3월 18일

김유정으로

이태준, 『서간문강화』, 박문서관, 1943.

1 생선 열 마리나 미역 열 장의 단위를 나타내는 말.

일기

일기*

아아, 나는 영광이다. 영광이다. 오늘 학교에서 '호강나게砲丸投'[1]를 하며 신체를 단련했다. 그런데 나도 모르는 사이에 호강이 나의 가슴 위에 와서 떨어졌다. 잠깐 아찔했다. 그러나 그것뿐으로 나는 쇳덩이로 가슴을 맞았는데도 아무렇지도 안했다. 나의 몸은 아버님의 피요, 어머님의 살이요, 우리 조상의 뼈다. 나는 건강하다. 호강으로 가슴을 맞고도 아무렇지 않다.

아아, 영광이다. 영광이다.

안회남, 김유정실명소설 「謙虛－金裕貞傳」, 『문장』, 1939.10, 36~37면.

---

* 김유정이 휘문보통학교 2학년 때 쓴 일기. 김유정 사후, 김유정의 일기 및 미발표 원고들을 안회남이 가져갔다고 한다. 안회남은 『문장』 1939년 10월호에 김유정을 주인공으로 한 실명소설 『겸허－김유정전』을 발표하면서 동 소설 속에 김유정의 일기 내용을 인용했다.

1 포환던지기.

작사

농우회가農友會歌*

〈농우회가〉

1. 거룩하도다 우리의 집 농우회
손에 손잡고 장벽 굳게 모이었네.

2. 흙은 주인을 기다린다
나서라 호미를 들고.
(이하불명)

김영수, 「김유정의 생애」, 『김유정전집』, 현대문학사, 1968, 409면.

거룩하도다 우리의 집 농우회
손에 손잡고 장벽 굳게 모이었네.

---

* 김유정이 썼다고 하는 운문은 모두 '농우회가'이다. 이들 가운데 김영수의 '농우회가'는 김영수 씨가 「김유정의 생애」에서 밝힌, 그가 브나로드 운동 당시에 김유정이 지어 가르친 것을 기억에 의해 복원한 것이다. 김영수 씨는 '농우회가'의 곡조는 '러브 인 아이들레스' 후장의 한 구절을 적용했다고 밝힌 바 있다. 그 외의 노래는 채록자들이 실레마을을 방문, 30년대 김유정의 제자였던 이들의 기억을 통해 재구된 것을 채록한 것으로 조금씩 차이를 보여주고 있다. 한편 조영학의 글에서 인용된 운문은 농우회가와는 다른 내용으로 보인다. 이들 김유정 작시 관련 모든 운문은 전신재 편, 『원본김유정전집』, 2007, 476~477면에서 인용했다.

흙은 주인을 기다린다
나서라 호미를 들고.

지난 엿새 동안에 힘 다해 공부하고
오늘 일요일 또 합하지 즐거워라

삼삼오오 작반하야 교외 산보를 나가
산수 좋은 곳을 찾아 시원히 씻어보세

김영기, 「농민문학론—김유정의 경우」, 신경림 편, 『농민문학론』, 온누리, 1983, 208면.

거룩하도다! 우리 집 농우회
흙은 우리를 기다린다.
나서라! 머리를 들고 그 호미를 믿으며……

박태상, 「김유정문학의 실재성과 허구성」, 『현대문학』, 현대문학사, 1987.6, 399면.

금병산 반락(半落)인데
붉은 안개 돌아오고
장사곶이 완연한데
용마 무덤 적적하다.

조영학, 「김유정문학의 전통성연구」, 인하대교육대학원, 1981.8, 15면.

번역소설

귀여운 소녀

찰스 디킨스 작 / 김유정 역*

옛날 저 영국에 있었던 일입니다. 어느 날 밤 한 신사가 서울거리를 걷고 있으려니까 웬 계집애가 귀여운 음성으로

"아저씨! 저 잠깐만……" 하고 앞으로 내닫는 것입니다. 봐하니 조고만 그리고 아름다운 계집애였습니다. 노란, 머리털은 복슬복슬하고 맑게 뜬 두 눈은 헐없이 별 같습니다.

(이렇게 귀여운 어린애가, 어째서 이 밤중에 나왔을까?)

신사는 이렇게 이상스레 여기고 계집애를 가만히 내려다보았습니다. 그보다도 더 놀란 것은 이 어린 계집애가 서울서 멀리 떨어져 있는 어느 동네를 찾는 것입니다.

---

* 「귀여운 소녀」는 김유정 사후인 1937년 4월 16일에서 21일까지 『매일신보』에 연재되었다. 그러나 번역자에 '고 김유정'을 밝혔을 뿐, 원작자의 이름은 생략되어 있었다. 이후 40년이 지난 2017년, 이만기 교수는 「귀여운 소녀」의 원작이 찰스 디킨스의 「오래된 골동품 상점」이고, 이것이 일본의 무라오카 하나코가 일본어로 축역 「소녀 네리」로 발표했다는 것을, 그리고 김유정이 일본어 축약 번역본 「소녀 네리」를 저본으로 「귀여운 소녀」라는 제목으로 중역했다고 밝혔다. 이만기, 「김유정의 '귀여운 소녀' 번역 저본의 발굴과 그 의미」, 『김유정의 문학산맥』, 김유정학회, 2017, 255~285면.

"제가요 저[1] 집에서 나온 길을 잊어버려서 이러구 있어요"
하고 가여운 낯을 하는 것입니다.

신사는 이 소녀가 낯도 모르는 자기를 뭘 믿고서 사실대로 죄다 이야기하는 데 적이 감동하였습니다. 그래 어린 이 소녀를 혼자 멀리 보낼 수가 없어서

"그러면 아저씨가 데려다주마 염려마라" 하고 소녀의 손을 이끌고 갑니다.

소녀는 따라오면서 여러 가지 이야기를 하였습니다. 그러나 어째서 이런 밤중에 혼자 나왔는지 거기 대하여는 일절 말이 없었습니다.

"아 여깁니다. 이 길이에요. 인제 다 왔어요."

눈에 익은 동네로 들어오자 소녀는 손뼉을 치며 기뻐합니다. 그리고 빨랑빨랑 앞을 서더니 어느 집 대문을 두드립니다.

집안은 아주 캄캄하였습니다. 소녀가 서너댓 번 두드렸을 때에야 비로소 삐걱 열리며 안에서 한 백발노인이 나타납니다.

"할아버지! 안 주무셨어요" 하고 소녀가 반기며 달려들었으나 노인은 낯모를 신사를 보고 깜짝 놀랍니다. 그러나 소녀에게 길을 가리켜주신 어른이라는 말을 듣고는 더욱 이상스런 눈을 뜨며

"너 그렇게 헤마리[2]가 없어서 어떡하니? 돌아오는 길을 모르다니? 그러나 네가 안 들어오는 나절에는 늙은 이 할애비가 어떻게 살려구 그래? 응 네리야!"

---

1 저 → 저의, 제.

2 헤마리 → 히마리 : 힘, 판단력, 기억력. 일 처리에서 다부지게 덤벼들지 못하고 어릿어릿하거나 아둔하게 대처할 때 '헤마리, 히마리 없다'고 한다. 전신재본에서는 '해□이'로 표시되어 있다. 이런 맥락을 고려하여 '헤마리'로 표기했다.

"아니에요, 할아버지! 제가 어떻게 하든지 그걸 못 돌아오겠어요? 염려마세요."

세 사람은 캄캄한 집 속으로 손으로 더듬으며 들어갑니다. 노인은 여기에서 고물상을 하고 있는 것입니다. 고물상이란 헌 물건을 몰아다 파는 가게이라 그러므로 귀중한 것이 곰팡내로 퀴퀴합니다. 거기를 지나가니 깨끗한 방이 있고 그 구석에는 천사가 잘 듯 싶은 그렇게 곱고 아름다운 침대가 하나 있습니다. 이것이 물론 네리의 침대입니다.

네리가 옷을 갈아입는 동안에 노인은 신사에게 다시 치사를 하였습니다. 그러나 신사는 거기에 대답하여 가로되

"이렇게 어린 계집애를 혼자 그런 먼 곳에 내보내면 가엽잖습니까? 앞으로는 주의하시는 게 어떻습니까?" 하니까 노인은 천만의 말이라는 듯이 눈을 동그렇게 뜨고

"언제 내가 네리를 구박했습니까? 나만치 이 애를 귀여워하는 사람은 이 세상에 하나도 없습니다."

둘이서 이런 이야기를 하고 있는 동안에 네리는 저녁을 차리기 시작합니다. 아무도 없는 살림이라 이렇게 늦게 돌아와서는 역시 네리가 하는 모양입니다.

네리가 바쁘게 돌아다니며 일하는 것을 보고 노인은, 신사에게 집안 이야기를 하기 시작합니다. 그 말을 들어보면 괴상한 노인과 네리는 매우 가난한 살림을 하여왔습니다. 그러나 그런 가련한 살림을 하여오면서도 노인은 언제나 희망을 잃지 않았습니다.

"나는 이런 가난한 살림을 하고 있으나 네리만은 반드시 부자가 됩니다. 반드시 부자가 돼서 귀부인의 생활을 할 겝니다. 저것의 에미—즉

나의 딸입니다마는—그, 에미라는 것이 네리가 핏덩어리 때 죽어버렸습니다. 네리는 제 어미와 얼굴이 똑같습니다. 나는 비록 고생을 할지라도 네리를 위하여 많은 돈을 벌어서 저것만은 편안히 살게 해주고 싶습니다[3]" 하고 자기의 속을 말하였습니다.

조금 있더니 네리가 따뜻한 저녁상을 받쳐 들고 옵니다. 그걸 세 사람이 둘러앉아서 먹고 있으려니까 어느덧 시계가 열두 시를 때립니다. 시간이 늦었으므로 신사가 황급히 일어서려 할 때 네리는 귀여운 눈을 뜨며

"우리 할아버지도 인제 나가실 터인데요"
하고 같이 나가기를 청하였습니다.

"응? 지금이 어느 땐데? 너는 그래 혼자서 집에 있구? 그래두 무섭지 않을까?"

신사가 이렇게 물으니까

"저는요, 혼자 집을 지켜도 괜찮아요"
하고 네리는 아무렇지도 않은 듯이 대답합니다.(이런 음산한 집에서 밤을 혼자 지키다니 참 이상도스러운 아이로군!)

신사가 이런 생각을 할 동안에 노인은 나갈 준비를 다 하고 나서

"네리야! 잘 자거라. 천사가 네 옆에 와 지키고 계실 거니까 안심하고 자거라. 그리고 자기 전에 하나님께 기도 꼭 드려야 한다" 하고 네리를 안아 들고 입을 맞추니

"네! 할아버지 다녀오셔요. 저도 꼭 기도 드릴 터이니 염려 마세요."

---

3 원전에는 '살게 해주십시오'로 되어 있으나 '살게 해주고 싶습니다'의 오기인 듯하다.

그리고 대문가까지 나와 손님과 할아버지에게 인사를 마친 뒤 먼지투성이인 전방을 지나 저의 침실로 왔습니다. 아무 소리는 없어도 네리는 적적하였습니다. 적적할 뿐만 아니라 실상은 어두운 밤중에 이렇게 혼자 있는 것이 몹시 무서웠습니다. 할아버지와 둘이서 매일 즐겁게 지낸 때가 아주 없는 것도 아닙니다. 그때에는 밤마다 글도 배우고 글씨도 배우고 했던 것입니다. 그런데 이즈막에는 어째서 그런지요? 할아버지는 늘 근심하는 낯을 하시고 밤마다 밤마다 출입을 하시는 겝니다. 대체 어디로 가시는 겐지 네리에게 전혀 알 길이 없습니다.

그날 밤 네리를 데리고 왔던 신사는 처지가 좀 이상한 듯한 네리가 어떻게 있는지 매우 궁금하였습니다. 기어코 더 참을 수가 없어서 일주일 후에 다시 그 고물상을 찾아갔습니다. 네리도 할아버지도 다 있었으나 그 외에도 보기에도 악한 같이 생긴 한 사나이가 있었습니다. 그 사나이는 어떻게 흉측스러운지 낄낄 웃을 때면 등이 선득하였습니다. 멋없이 큰 머리며 손, 그 꼴을 하고는 보기에 간지럽게 작은 발이었습니다. 이 사람이 즉 다니엘이라고 부르는 악한입니다. 배냇병신으로 태어난 다니엘은 마음도 곱지 못하여 그가 제일 좋아하는 게 남을 괴롭게 구는 것입니다. 그 무서운 다니엘은 지금도 돈을 가져와서 네리 할아버지에게 많은 돈을 꾸어주었습니다. 그리고 빙긋이 웃으면서 의기양양하게 돌아갑니다.

"요전에 오셨던 아저씰세. 어서 들어오세요. 이리 오세요."

다니엘이 있을 때에는 아무 말도 않던 네리는 신사를 보자 허겁지겁 맞아들입니다.

거기에는 네리가 꺾어온 들꽃들이 깨끗이 꽂혀 있습니다. 새장에서는 작은 새들이 귀여운 목소리로 지저귑니다. 네리는 반짇그릇을 꺼내 가지고 무엇인가 꿰매기 시작하였습니다.

그러자 매일 이 고물상의 심부름 하러 오는 키트라고 하는 사내아이가 나타납니다. 네리는 뭐라고 지껄이며 그애에게 분부하기에 바쁩니다. 그래서 신사는 오늘도 네리와 노인 사이에 있는 그 신변 이야기를 소상히 물어보지 못하고 그대로 돌아갈 수밖에 없었습니다.

다니엘이란 악한은 강 저쪽에 어떤 추접스러운 집에다 사무소라는 간판을 내걸고는 무언지 알 수 없는 사무를 보고 있었습니다. 신사가 네리의 집엘 두 번째로 찾아가던 그 담날 네리는 할아버지의 편지를 가지고 다니엘의 사무소로 갔습니다.

악한 다니엘도

(저 늙은이가 대체 뭘 하는 놈인가?) 하고 늘 수상히 여기던 차입니다. 왜냐하면 그 노인이 만날 저마다

"흥! 인제 보시오. 내가 횡재해가지고 큰 부자가 됩니다. 얼마 안 있어서요. 그때까지만 참으면 당신도 다……" 하고 혼잣소린지 혹은 누구 보고 들으라는 소린지 이렇게 큰소리를 평평하며 자기 사무소에 와서 돈을 취해 갔던 것입니다. 그게 무슨 소린가 하고 일상 궁금하다가 때마침 네리가 왔으므로 살살 꾀어가며 물어보았으나 뭐가 뭔지 도시 딴소리만 하고 마는 것입니다.

"네리야 이것 봐! 너 아저씨 집으로 놀러오지 않겠니? 아주머니가 있으니까 네가 가면 맛난 음식을 채려줄 게다."

이렇게 꾀어서 다니엘은 제 아내에게 네리를 달래도록 하였습니다. 그러나 집에 가서도 네리가 아내에게 한 말은 별로 새로울 것이 없습니

다. 다만 할아버지가 밤마다 어딜 나갔다가 들어올 때에는 반드시 창백한 얼굴로 들어온다는 그것뿐입니다.

그러나 그것만으로 눈치를 채인 다니엘은 노인 편지에 아무 화답도 해주지 않았습니다.

그런 지 이삼 일이 지난 뒵니다. 노인은 그 손녀딸 네리를 앞에 앉히고

"네리야! 오늘 밤엔 아무데도 안 가겠다. 너와 같이 있을 테야!"

이렇게 말하였습니다마는 그의 얼굴은 파랗게 질리고 숨쉬기조차 괴로운 모양입니다.

"할아버지! 저는 돈 같은 거 조금도 바라지 않습니다. 할아버지는 부자가 되려는 생각만 늘 하시기 때문에 그렇게 몸이 나빠지시지 않았어요? 저는 이렇게 지내는 거보담 거지가 돼서 빌어먹는 것이 얼마쯤 좋은지 모르겠어요. 네 할아버지! 시골로 가세요. 시골로 돌아다니며 밤이 되거든 들에서 자고 인제는 그 돈 생각 고만하세요. 네 할아버지?"

이렇게 네리가 열심으로 보채고 있을 때 누가 불쑥 들어옵니다. 그것은 욕심쟁이요 악한인 다니엘이었습니다. 그는 승낙도 없이 성큼성큼 방으로 들어와서 두 사람의 등 뒤에 서서는 얼룽궂은 웃음으로 그들을 내려다보고 있습니다.

이윽고 악한은 입을 열어

"아무리 감추려도 안 돼. 전자부터 알고자 하여 애쓰던 너의 행실은 밑바닥까지 알았다. 이 늙은이야! 너 이번 노름에 깝대길 벗었대더구나?"

"처 처 천만에! 그런 일 없습니다."

"암만 속일래도 안 돼. 지금까지 네가 몸만 남도록 깝대기를 벗고 있다는 걸 벌써 알고 있었다. 그렇게 되었으니까 일로부터는 한 푼도 최

줄 수 없어 — 그것보다도 이봐! 오늘까지 꾸어준 돈은 다 어떻게 할 작정인가?"

"네…… 그것은 제가 어떠한 짓을 하더라도 반드시……"

"네가 그런 나이에 뭘 할 텐가? 그보다는 집이다. 집과 세간을 나에게 내다우. 췬 돈을 못갚을 때에는 그 대신 집으로 떠맡는 것이 당연한 일이다" 하고 다니엘은 눈을 부라리고 빽빽 얼렀습니다.

물론 노인과 소녀가 눈물로 애원을 하여도 다니엘은 듣지 않았습니다. 집을 빼앗은 뒤 가게에 있는 물건은 물론 방에 노인 세간에까지 경매한다는 딱지를 붙여버렸습니다. 그리고 자기가 그 집으로 이사를 와서는 아침저녁으로 노인과 소녀를 개돼지같이 학대하였습니다.

네리의 아름다운 침대도 다니엘에게 뺏기고 말았습니다. 귀여운 소녀의 물건까지 다니엘에게 뺏긴 걸 생각하면 그 할아버지의 마음은 얼마나 괴로웠겠습니까? 나중에는 잠을 못 자고 밥을 못 먹고 하였습니다.

어느 날 아침 아직 채 다 밝기 전에 네리와 할아버지는 가만히 집을 빠져나왔습니다.

"할아버지! 이런 데서 더 계시다는 큰일 납니다. 자 저에게 의지하셔서 따라오세요."

네리는 할아버지 귀에 입을 갖다 대고 이렇게 속삭였습니다.

그들은 손을 맞붙잡고 멀고 먼 시골길로 떠나갑니다. 하루하루 시끄러운 도시를 떠나 방랑을 시작하였으나 먼 길을 못 걸어본 네리라 발이 부르트고 몸이 괴롭고 하였습니다. 그 아픈 다리를 질질 끌며 길을 걷고 있던 어느 날 저녁때 '판치'라는 극단 사람들을 우연히 만났습니다. 그래 그 사람들과 동행이 되어 다시 길을 걷기 시작하였습니다.

이 길에는 많은 사람이 끊일 새 없이 오고 가고 하였습니다. 그중에는 광대들의 패도 있고 곡마단 패도 있고 혹은 키 큰 사람과 난쟁이를 구경시키며 벌어먹고 다니는 사람들도 있었습니다. 다들 경마장을 목적으로 하고 몰려드는 사람들이었습니다.

그들은 낮에는 같은 길을 걷고 밤에는 같은 주막에 들고 하였습니다. 네리도 이 사람들 가운데 끼어 경마장까지 갔습니다. 그리고 구경하러 모여든 사람들에게 꽃을 팔아서 얼마간의 돈을 모았습니다.

그러나 네리는 그 도중에서 만난 '판치'극단 사람들과 같이 있고 싶지가 않았습니다. 왜냐면 그들은 어쩐지 불량한 사람들만 모인 것 같습니다. 그래 할아버지와 의론하고 살며시 그곳을 빠져서 다시 길을 걷기 시작하였습니다.

얼마 안 가서 두 사람은 어떤 촌락에 도착하였습니다. 이 마을 학교의 교장 선생님은 가여운 네리와 불쌍한 노인의 꼴을 보고 눈물로써 동정하며 자기 집에 이틀 밤이나 재워주었습니다. 그들은 교장 선생님의 은혜를 마음으로 고맙게 여겼습니다. 마는 언제까지든지 남의 신세를 이을 수는 없는 고로 두텁게 인사를 하고는 다시 방랑을 시작하였습니다.

"불쌍한 사람들이로군! 낭종에 어떻게 될랴나!"

교장 선생님은 눈을 꿈벅이며 두 사람의 등 뒤를 오랫동안 오랫동안 배웅하고 서 있었습니다.

바로 저녁나절이었습니다. 네리와 할아버지는 길바닥에 놓여 있는 방구루마를 발견하였습니다. 장난감만치나 아름답게 꾸민 집에다 구루마 바퀴를 달은 것입니다. 그 속에는 '자레이' 부인이라고 하는 아주머니가 살고 있습니다. 자레이 아주머니는 요술을 구경시켜 가며 방랑하고 있는 사람입니다. 아주머니는 두 사람을 반가이 맞아 들여서는 차를 먹이고 이야기를 듣고 하였습니다. 그리고 결국에는 두 사람을 권해 가지고 자기와 같이 돌아다니며 돈을 벌기로 하였습니다.

"네리야! 너는 나의 요술을 구경꾼에게 설명할 수 있지? 그리고 할아버지는 문간에서 표를 팔면 좋지 않아? 그렇게 아무 목적 없이 돌아다니는 것보다 얼마나 좋은 생활이야?"

자레이 아주머니는 네리와 할아버지를 위하여 이렇게 일을 주기로 되었습니다.

이렇게 하여 얼마 동안은 생활이 정돈되어 네리는 오랜만에 안심하였습니다. 그러나 그것은 며칠 동안이요 할아버지는 이전과 같이 또 노름을 하는 것이 아닙니까?

"할아버지! 인젠 지난날의 고생은 잊어버리셨겠지요? 네리가 두 손으로 빕니다. 제발 노름만은 말아주세요. 그런 것을 손에 대시면 전의 다니엘 같은 사람에게 또 혼이 납니다."

"아니야, 너는 모르는 소리다. 아무것도 염려할 게 없다. 할아버진 말이지, 인제 네가 깜짝 놀랄 만치 큰 부자가 될 게니 보아라. 나는 조금도 돈 같은 것 바라지 않는다. 다 너를 위해서 그러는 거야! 네리야! 할아버지는 어떤 짓을 하더라도 너를 부자로 만들어주지 않으면 죽어도 눈을 못 감을 게다!"

네리는 이 말을 듣고는 슬프고 슬프고 이내 눈물까지 나옵니다.

"저는 할아버지! 조금도 부자가 되고 싶지 않아요. 이렇게 둘이서 자레이 아주머니께 일해 드리고 얻어먹으면 굶진 않을 터이니 그걸로 만족합니다."

"너는 아직 모른다. 잠자코 있거라. 어른 하는 일에 참견을 하는 것은 좋지 않은 일이야."

이렇게 말할 뿐으로 할아버지는 밤마다 지팡이를 끌고는 출입을 하였습니다.

그런 것만도 좋으련만 차차 좋지 못한 축들과 어울리어 할아버지는 자레이 부인의 돈가방을 훔쳐내고자 하여 무서운 음모를 하였습니다. 할아버지에게 그런 악심을 품게 한 것은 '집시'라고 하는 정처 없이 떠돌아다니는 무리였습니다. '집시' 하면 춤 잘추고 노래 잘하는 무립니다. 그들은 물 위에 뜬 풀잎같이 정처 없이 흘러 다니며 되는 대로 살고 있는 무립니다.

이런 날탕패의 수중에 들어서 할아버지는

"음! 염려 마라. 그럼 낼 밤 꼭 없애버릴 터이다. 그 돈가방에는 지전이 반드시 들어 있다. 내 두 눈으로 자세히 보았다."

이렇게 내일 밤을 약속하고 있는 것을 네리는 귀결에 얼뜬 들었습니다.

(아이그머니! 우리 할아버지가 그런 무서운 짓을! 어떻게 해야 좋을까?)

네리는 한때는 어떻게 할 바를 몰라서 어린 가슴을 바짝바짝 죄었습니다. 그러다 정신을 차리어 다시 생각해보니 길은 다만 하나가 남았음을 알았습니다.

(그렇다. 우리 할아버지를 모시고 다른 데로 멀리 달아나는 수밖에 없을 게다. 여기서 내일까지 있게 된다면 큰일이 난다. 오늘 저 악한들이 자거든 도망을 하자.)

네리는 이렇게 궁리하고 밤이 깊기를 기다렸습니다.

그날 자정이 지났을 때 다들 자는 틈을 타서 네리는 넌지시 할아버지를 깨웁니다.

"음—음 왜 그래? 네리야."

"……"

"아 졸려워—말을 해—"

그제서야 할아버지는 눈을 떴습니다. 네리는 아무 대답 않고 제 입에 손가락을 대어 막아보였습니다. 그리고 상큼상큼 앞을 서서 방밖으로 나아갑니다. 할아버지는 뭐가 뭔지 영문 모르지만 끔직히 위하는 손녀딸이 나아가니까 가만히 있을 수가 없습니다. 자기도 급히 옷을 갈아입고 뒤를 따라 나갔습니다.

나와 보니 밖에는 달 밝은 밤이었습니다. 은빛 같은 정한 달이 노인과 소녀의 가는 길을 비추어줍니다.

그들은 새벽이 될 때까지 정신없이 길을 걸었습니다.

"할아버지! 이제는 안심입니다. 그 못된 사람들도 여기까지는 못 와요. 자 우리 조금 쉬어가세요."

네리와 할아버지는 강변 언덕에 다리를 늘이고 쉽니다. 그러나 하룻밤 동안 피로한 몸이라 어느 듯 쿨쿨 잠들이 들고 말았습니다.

귀 밑에서 떠드는 소리에 놀라서 두 사람은 눈을 번쩍 떠보니 강에는 배가 떴고 그곳에서 사공들이 기운차게 떠드는 것입니다. 그들은 심상치 않은 노인과 소녀를 불쌍히 여기고 배에 태워주었습니다. 이틀 동안이나 배에서 지난 뒤 어떤 커다란 동리에 도착하였습니다. 마는 그날 밤 공교로이 퍼붓는 비에 네리와 할아버지는 머리에서 발목까지 쪼루루 젖고 말았습니다. 그리고 생소한 거리를 이리저리 헤매다가 겨우 비를 거를 만한[4] 어느 집 초스마를 발견하자 하여튼 오늘 밤은 여기서 새우자 생각하고 그 속으로 기어들었습니다.

마침 그때 집 안으로부터 한 청년이 나왔습니다. 짜도 짜도 짜지 못할 만치 그렇게 비를 뒤집어 쓴 네리를 보고는

"음! 이게 웬일이야? 이토록 비를 맞았으니—" 하고 혼잣소리를 하다가

"이리들 들어오시오!" 하고 두 사람의 앞을 서서는 커다란 풀무간으로 인도하였습니다. 그는 여기에서 하룻밤 동안 불을 간수하고 있는 청년이었습니다.

친절한 이 청년은 네리를 따뜻한 잿더미 우에 눕히고 젖은 몸을 말리도록 하여주었습니다.

할아버지와 네리는 이곳에서 따스한 한 밤을 지냈으나 아침이 된즉 또다시 정처 없이 길을 떠나지 않으면 안 될 것입니다. 네리는 굶주림과 피로로 말미암아 점점 몸이 땅속으로 묻히는 듯하였습니다. 마는 그걸 되도록 아무렇지 않은 척하고 할아버지가 기운이 꺼지시지 않도록 웃는 얼굴을 보였습니다.

한 이틀을 길을 걷다가 이것도 운명이랄지 그 친절한 교장 선생님을 또 만났습니다.

선생님은 네리를 한번 보자 대번에

"가엾이도 벌써 틀렸구나!" 하고 생각하였습니다. 그리고 곧 어느 여관으로 데리고 가서 거기서 몸조리를 하게 하였습니다. 여관에서는 그 누구누구 할 것 없이 네리에게 친절하였습니다. 이렇게 정성을 다하여

4 원전에서는 '거닐 만한'이지만 문맥상 '그을 만한' 또는 '거를 만한'이 타당해 보인다.

간호를 하여주는 덕택에 얼마 후에는 다시 건강한 몸이 되어 길을 떠나게 되었습니다.

교장 선생님은 네리가 병을 앓을 동안 쭉 네리와 같이 여관에 계셔주셨습니다. 네리는 이제까지 아무에게도 이야기 않은 할아버지의 비밀 — 할아버지가 노름을 하시는 버릇이 있는 — 그래서 나쁜 친구들과 얼리시지 못하도록 먼 곳으로 할아버지를 모시고 가서 살고 싶다는 걸 이런 모든 것을 선생님에게 터놓고 이야기하였습니다.

얼마나 똑똑한 소녀입니까?

이 세상의 생활이란 결코 행복된 것이 아닙니다. 여러분도 이제 차차 나이를 먹고 머지않아 한 사람의 어른이 되어 세상에 섰을 때에는 반드시 이걸 느끼게 될 것입니다. 마는 네리는 아직 소녀의 몸으로 이미 이 세상 파란을 겪고 그날 그날의 생활을 어떻게 하여 나아갈까 하는 궁리 때문에 어린 가슴을 볶았던 것입니다.

나는 네리의 과거를 생각할 적마다 눈물이 앞을 섭니다.

그건 그렇다 하고 네리의 이야기를 듣고 있는 선생님은 다행히 그때에는 마을로 이사를 가려던 참이라 두 사람을 그리로 데리고 가서 거기에 살도록 하여주었습니다. 네리의 고생도 이제 겨우 끝이 나고 비로소 안심하고 살 자리를 얻은 것입니다.

며칠 후 선생님과 네리와 할아버지는 그들의 새로운 집에 도착하였습니다. 깨끗한 집이 하나 서 있습니다. 선생님은 그 동리 학교에 다니시며 아이들을 가르치십니다. 그리고 네리와 할아버지는 교회당의 소제부로서 일을 하게 되었습니다.

마을 사람들은 누구를 물론하고 노인과 소녀를 사랑하였습니다. 아이들은 네리를 끝없이 좋아하였습니다. 그 아이들 중에 특히 네리를 귀여워하는 사내애가 있었으니 하루는 그 애가 네리에게 와서

"네리야, 동네 아주머니들이 네리는 봄이 될 것 같으면 새들이 노래를 부르기 전에 하늘로 천사가 되어 올라간다구 그러드라. 그게 거짓말이지? 네가 하늘로 천사가 되어 가면 나는 어떻게 사니? 네리야! 언제든지 나와 같이 있어 주지 않으면 난 싫어" 하고는 그 손을 꼭 붙잡고 울었습니다.

그러나 동리 사람들의 예측은 조금도 틀리지 않았습니다.

네리는 오랫동안 할아버지 때문에 맘을 졸이던 그 근심과 연일 방랑으로 괴로운 추움과 굶주림 속에서 지낸 생활로 인하여 벌써 허약하였던 네리의 몸은 바싹 마르고 말았습니다. 그것은 할아버지의 눈에도 두드러지게 보이도록 되었습니다.

참으로 요즘의 네리는 아리따운 백합꽃이 시들어가는 것처럼 날로 날로 쇠약하여 갑니다. 이렇게까지 모든 사람들에게 사랑을 받고 귀염을 받고 하였지만 어떠한 사랑의 힘으로라도 네리를 이 세상에 좀 더 오래 있도록 할 수는 없었습니다.

그러나 이렇게 목숨이 다하여 가건마는 네리 자신은 조금도 슬퍼하는 빛이 없었습니다. 평화로운 동네 그리고 고요한 교회당 옆에서 친절한 동리 사람에게 싸이어 죽은 것이 네리는 마음으로 행복을 느끼는 듯하였습니다.

그렇다 하더라도 런던의 사람들은 대체 무엇들을 하는가? 두 사람이 안개에 싸인 듯이 없어졌건만 아무도 이상히 여기는 사람이 없는가? 물론 그럴 리는 없습니다.

첫째 다니엘, 그는 간악한 대금업자로 네리 두 사람의 행방을 매우 큰 호기심으로 알고자 생각하였습니다. 그리고 네리의 고물상에서 일을 하고 있던 아이 키트 모자, 그들은 네리를 퍽 사랑하였기 때문에 어떻게 되었는가 하고 주야로 염려를 마지않았습니다. 그리고 또 한 사람 이것은 런던 거리에는 아무도 아는 사람이 없는 신사인데 아마 이 사람이 네리의 두 사람을 찾고자 하여 제일 애를 썼을 것입니다.

네리가 죽던 날 마차를 휘몰아 가며 헐레벌떡하고 동네로 달려든 것이 즉 이 신사였습니다. 동리 사람들이 하도 이상스러워서 당신이 웬 사람이냐고 하니까 그는 말하되 자기는 네리 할아버지 동생인데 다년간 외국으로 돌아다니며 많은 재산을 모아가지고 왔으나 네리의 두 사람을 살리고자 하여 암만 찾아도 없어서 근심으로 지내다가 인제 겨우 거처를 알아가지고 왔노라 하고

"미안합니다. 마는 저를 거기까지 안내를 해주십쇼"

하고 허병저병 하는 것입니다.

동리 사람과 신사는 네리의 집엘 찾아갔습니다. 집안의 공기는 고요하고 등불만이 창으로 새어나오고 있었습니다.

(지금까지 누가 안 자고 있나?)

이런 생각들을 하고 들어와 보니 할아버지가 네리의 침대 옆에 꿇어앉아서 □□이야기를 하는 것입니다. 그러나 네리는 자는지 아무리 할아버지가 말을 붙여도 한마디의 대답도 없었습니다. 그는 아름답기보다는 엄숙한 얼굴이었습니다. 그 얼굴에서는 벌써 괴로움과 슬픔의 빛은 자취를 감추고 다만 행복만이 만족만이 떠돌고 있었습니다. 부드러운 애정이 두터운 그리고 거룩한 영혼은 천국을 향하여 올라가고 있는

것입니다.

그 담날 동네 사람들은 좋아하던 교회당 들 밑에다 묻어주었습니다.

손녀를 잃어버린 할아버지는 그 쓸쓸한 모양이 보기에도 가여웠습니다. 얼마 안 지나서 봄이 왔을 때 그도 역시 고요히 세상을 떠났습니다. 그래서 평화로운 이 동리 묘지에 네리와 나란히 그의 시체도 눕게 되었습니다.

『매일신보』, 1937.4.16~21.

잃어진 보석

반 다인 작* / 김유정 역

1. 발단

오늘날까지 아직도 세인의 이목을 놀래이고 있는 그날 아침, 즉 유월 열나흗날 아침 나는 '방소'의 집에서 그와 함께 아침을 먹고 있었다. 나로서는 그와 함께 이렇게 조반을 같이하기는 이번이 처음이었다. 그는 아침잠이 많은 사람으로 점심을 먹은 뒤가 아니면 사람을 잘 만나주지 않는 성질이었다.

이날 일찍이 만난 것은 다만 그림에 관한 일이었다. 그 전날 피방소가 미술전람회에서 보고 온 수채화 두 장을 나에게 사다 달라고 분부하

* 미국의 추리소설작가 반 다인(S.S.Van Dine, 1888~1939)이 1926년 파일로 밴스 시리즈의 첫 작품으로 발표한 「벤슨 살인사건」(1926)에는 인간심리학을 토대로 범죄인을 추적하는 탐정 '파일로 밴스,' 밴스의 의견을 경청하는 '존 마컴 경사'가 등장한다. 「벤슨 살인사건」의 피해자는 뉴욕 월 가의 주식 중개인. 그는 의자에 앉은 채, 무릎에 책까지 펼쳐놓은 채 총에 맞아 살해된다. 피해자와 살해자는 가까운 사이라는 것에서 밴스의 추리는 출발한다.
김유정이 번역한 「잃어진 보석」에서 탐정은 '피 방소', 뉴욕의 지방검사는 '조 막함'이다. 그런데 반 다인의 「벤슨 살인사건」은 먼저 일본에서 히라바야시 하쓰노스케(平林初之輔)가 「벤슨가의 慘劇」으로 번역했고 이후 김유정이 이 일본어 번역본을 저본으로 「잃어진 보석」을 重譯했다. 이만영, 「김유정의 '귀여운 소녀' 번역 저본의 발굴과 그 의미」, 김유정학회 편, 『김유정의 문학산맥』, 소명출판, 2017, 256면 참조.

기 위하여 일찍이 불렀던 것이다.

그러나 이 이야기를 좀 소상히 하려면 우선 피방소와 나와의 관계를 잠깐 말해둘 필요가 있을 것이다. 내가 그를 만난 것은 하바드 대학에서 법률을 공부하고 있을 때였다. 그는 입이 걸고 험상궂은 학생이었다. 그래 모든 동급생들은 그를 두려워하여 뒤로 슬슬 피하였다. 그런 중에도 그가 왜 나만을 좋아하였는지 그건 모른다. 다만 내가 그를 존경하여 따른 것은 그에게 범인으로 능히 입내 못 낼 무서운 재주가 있었기 때문이었다.

내가 학교를 졸업하고 오 년간의 봉급생활을 치르고 난 후 나의 명의로 비로소 사무소를 갖게 된 때였다. 그때까지 구주로 유람을 나갔던 피방소가 조금 뒤에 돌아와 자기 아주머니의 유산을 상속하기로 되었는 바 그 수속을 맡아달라고 나에게 부탁했던 것이다. 허나 나의 임무는 오로지 법률에 관한 일만이 아니었다. 본시 그는 가정상 잡사라든가 또는 모든 사물에 뇌를 쓰기를 좋아 않는 사람이라 그의 신변에 관한 일체 사무를 내가 맡아보지 않아서는 안 된다. 그리고 그는 나를 법률고문으로 쓸 만한 여유가 충분하였던 까닭에 나는 그의 사무실에다 나의 책상을 영구히 박아놓고 그의 필요와 그의 기분을 위하여 힘을 다하기로 되었었다.

그날 아침 내가 그의 하인에게 인도를 받아 들어갔을 때 그는 안락의자에 앉아 있었다. 그의 무릎에는 유명한 서화가 펼쳐져 있었다.

"오! 방군인가! 일어나지 않아 실례하네"

하고 그는 나를 반기며

"지금 나의 무릎에는 근대예술의 전폭이 벌려져 있네."

이렇게 그는 예술작품을 심히 사랑하였다.

내가 이런 이야기를 세세히 하는 데는 따로이 이유가 있을 것이다. 왜냐면 유월 열나흗날 아침에 돌발한 그 끔찍끔찍한 사건을 이해하려면 우선 우리는 피방소의 성격과 생활을 대략 알 필요가 있을 듯싶다.

그는 후리후리한 키에 훌륭한 골격과 건전한 정신을 가진 청년이었다. 게다가 검술가요, 골프 선수요, 또 승마에 능한 운동가였다. 그럼에도 불구하고 그는 선천적으로 타고난 놀라운 지혜가 있었다. 그는 문학, 철학, 인류학, 어학, 어느 것에고 정통하지 않은 곳이 없었다. 더욱이 인간심리에 관하여는 우리가 능히 상상도 하지 못할 만치 그렇게 무서운 지식을 갖고 있는 학자였다. 그러므로 그는 무식을 죄악 이상으로 싫어하고 온갖 방면의 지식을 얻고자 하여 일상 노력하고 있었다.

이러한 그가 사회에 나서서 유월 사건에 활동하게 된 것은 우연한 일이었다. 혹은 어떻게 생각하면 뉴욕의 지방검사가 그를 일찍이 찾아온 것이 이야기의 발단일지도 모른다.

그와 내가 마주 앉아서 커피를 마시고 있을 때 초인종이 울리며 뒤따라 지방검사가 나타났다.

“여! 이거 웬일이야!”

하고 그는 놀란 듯이 피방소와 악수를 하며

“오늘은 서쪽에서 해가 뜨려나 왜 이리 일찍 일어났어?”

“아 이 사람! 얼굴 붉어지네. 고만두세!”

하고 피방소는 대답하였다.

그러나 지방검사는 별로 유쾌한 낯이 아니었다. 조금 있다가 그의 얼굴에는 갑자기 엄숙한 빛이 떠올랐다.

"방소군! 내 지금 바쁜 길인데 다만 약속을 지키기 위하여 잠깐 들렀네…… 문제라고 할 건 저 알벤송이 급자기 살해를 당했다네."

방소는 지긋이 눈썹을 걷어 올렸다.

"응 그래"

하고 그는 성이 가신 듯이 입을 열더니

"하여튼 이리로 앉게 우리 커피나 한잔 먹어보세."

그리고 그는 초인종의 꼭지를 눌렀다.

지방검사 조막함은 잠깐 주저하였다.

"글쎄 일이 분이야 늦어 상관없겠지. 담배나 하나 피어 볼까"

하고 그는 우리를 향하여 자리를 잡았다.

2. 살인현장

조막함에 관하여 우리는 잘 알리라. 그는 사십을 좀 넘은 완강한 체격에 단정한 용모를 가진 신사였다. 호남자라 하기보다는 의지 강한 풍채이었고 우리의 행정당국자로서는 흔히 볼 수 없는 사회적 교양이 있었다. 그리고 그는 고집불통인 일면을 가졌으나 이것은 선량한 사람이 대개가 가질 수 있는 한 습관이었다.

그는 알벤송이 살해를 당한 사실에 여간 머리를 썩히는 모양이 아니었다. 그가 초조해하는 걸 보고 방소는 적이 비웃었다.

"아, 여보게. 알벤송이 하나 죽었기로 자네가 그렇게 슬플 게 뭐 있나? 설마 자네가 살인범인은 아닐 텐데!"

막함은 방소의 실없는 농담에는 못 들은 척하였다.

“내 지금 알벤송의 집으로 가는 길일세 자네도 같이 가보려나? 왜 요전에 자네가 그런 장소가 있거든 데려가달라 하였지. 그래 그런 약속이 있기로 잠깐 들렀네.”

그 언젠인가 사실 방소가 막함에게 그런 부탁을 한 적이 있었다. 그래 막함도 요담 중요한 사건이 있을 때 데리고 가마 하였다. 방소로 보면 인간심리학에 대한 흥미가 이 희망을 일으켰고 그리고 막함은 친한 우정으로써 이 희망을 이루어준 것이었다.

막함은 또다시 총총히 재촉하였다.

“자, 가려면 어서 가세. 그러나 자리옷째 데리고 갈 수는 없으니 꼭 오 분 안에 옷을 갈아입고 나오게.”

“이 사람 우물에 가 숭늉 달라겠네!”

하고 방소는 손으로 하품을 털며

“그건 죽은 걸세. 아나? 설마 달아나진 않겠지.”

“자, 어서 일어나게. 어린애 짓 말구”

하고 막함은 또 재촉하였다.

“문제는 이렇게 웃고 있을 일이 아닐세. 암만해도 이번에 봉변을 당하는 게야—”

방소는 그런대로 하인을 시키어 옷을 갈아입고 늘치렁늘치렁 일어섰다.

“하여튼 고마워이. 훌륭한 구경을 하게 되었으니”

하고 조그만 체경 앞에서 의관을 정제하다가 나를 돌아보며

“방군! 우리 오늘은 구경이나 가세 …… 같이 가도 관계 없겠지? 막함!”

“아 그야 자네 임의지”

하고 막함은 쾌히 승낙하였다.

택시를 타고 마지송 거리로 향할 때 나는 이 두 남자의 우정을 이상스레 여기었다. 왜냐하면 막함은 엄격한 그리고 인생에 대하여 늘 침착한 남자요 또 한편 방소로 말하면 황하고 예술가풍의 그리고 어떠한 우울한 현실에 대하여서도 기분 본위의 남자였다. 이런 기질의 상치가 두 사람의 우정을 맺어놓는 것이었다. 사실 그들의 우정은 우리가 보는 바와는 아주 딴판으로 두텁고 다정스러웠다. 그리고 막함은 상대의 태도며 지식을 입으로는 흉을 보았으나 기실 내심으로 방소의 두뇌를 극히 존경하였다.

택시를 타고 달릴 때 막함은 무엇인가 속으로 심려하고 있는 듯싶었다. 방소의 집에서 나와서부터 아무도 입 한번 열지 않았다. 그러다 사십팔 정목으로 골목을 접어들 때 방소가 비로소 입을 열었다.

"이제 송장 앞에서 모자를 벗어야 되나그래?"

"모자는 왜 또 벗는다구 이래!"

하고 막함은 속으로 중얼중얼하였다.

"그럼 발자죽이 혼란 안 되도록 구두까지 벗지나 않나?"

"천만에"

하고 막함은 대답하였다.

"손님들은 다 예복을 입었을 겔세. 자네가 모양을 화려히 내고 야회에 갈 때와는 다르이."

"허! 막함 선생"

하고 방소는 우울히 비웃는 빛이었다.

"자네의 그 놀라운 인도주의가 또 나오기 시작하네 그래."

그러나 막함은 다른 일에 마음이 팔린 듯싶어 방소의 조소에는 응치 않았다.

"저 잠간"

하고 엄격히 입을 열었다.

"말해둘 게 있는데 이 사건이 필연 복잡하게 벌어질 겔세. 그리고 내가 이 사건에 직접 간섭하는 걸 경찰 방면에서 좋아 않할 걸세. 부하의 말을 들어보면 경시부장이 이 사건을 히이스에게 일임했다는 것인데 히이스라는 사람은 살인범과의 경부로 현재 내가 이 사건을 맡아볼까 하여 은근히 시기를 하고 있을지 모르네."

"아 자네는 그 사람의 상관이 아닌가?"

"그야 물론이지. 그러기 때문에 문제가 더 성가스레 된다는 말일세 …… 알벤송이 참살을 당한 것은 오늘 아침 그 집 안잠재기의 고발이 있어 알았네. 그러자 한 시간쯤 뒤에 피해자의 친형인 벤담 소좌에게서 또 고발이 있었는데 그는 날더러 이 사건을 직접 맡아 처리해주기를 바란다고 간청을 하는 것일세. 그와 나와는 이십 년래의 친구라 거절도 할 수 없어 이렇게 나선 길인데 암만해도 일이 크게 벌어질 것 같아이."

"흥" 하고 방소는 한숨을 돌랐다.

"세상에는 히이스 같은 인간이 무데기로 있으니까 참으로 머릿살이 아플 일이야."

"자네는 나를 곡해하네 그래"

하고 막함은 그에게 주의를 시켰다.

"히이스는 인간으로서 퍽 좋은 사람일세. 그런 사람은 만나기가 드물리. 이번에 본청에서 그에게 명령을 내린 걸 보더라도 이 사건을 얼마나 중요시하는가를 알 수 있네. 그래 내가 이런 사건에 뛰어드는 것은 참으로 불쾌한 일인걸—"

그럴 동안에 우리는 알벤송의 집 문간에 닿았다. 거기에는 이 돌발사건에 놀라서 모여든 구경꾼들이 인성만성 둘러싸고 있었다. 계단 위에는 얼른 보기에 신문기자인 듯싶은 민활한 젊은 청년이 한 떼 모여 서 있었다. 택시의 문을 연 순사는 막함에게 공손히 경례를 하고 우리를 안내하기 위하여 구경꾼들을 뒤로 내몰았다.

"야 바로 굉장한걸!"

하고 방소가 조소 겸 탄식하였다.

막함은 은근히 맘을 졸이며 친구를 억제하였다.

"이 사람 인제 주의 좀 하게."

우리가 대청으로 올라섰을 때 지방부 검사가 나와 맞았다. 가무잡잡한 얼굴에 우울한 빛을 보이며

"이제 오십니까 각하"

하고 그는 막함에게 인사를 하였다.

"각하께서 와주셔서 비로소 기운이 납니다. 암만해도 성이 가시게 될 사건 같습니다. 무슨 단서라고는 조금도 없습니다."

막함은 우울한 낯을 하고 방으로 들어갔다.

"누가 왔던가?"

"경시부장이 와서 지휘를 하고 있습니다마는—"

하고 지방부 검사는 이것이 마치 일을 망쳐 놓을 징조라는 듯이 불평스레 대답하였다.

그러자 뚱뚱하고 붉은 얼굴을 가진 중년 남자가 하나 들어왔다. 막함을 보고는 그는 손을 내여보며 달가워 악수를 하였다. 나는 그것이 전

경찰부의 실권을 쥐고 있는 경시부장임을 얼른 알 수 있었다. 그는 무슨 의론이 있는지 막함을 데리고 저리로 갔다. 지방검사와 방소와 나와 세 사람은 그대로 방에 남아 있었다.

이 방은 내부가 화려히 장식하여 있었다. 벽에는 훌륭한 그림들이 걸려 있었고 마루 위에는 거진 다 동양풍의 모양을 가진 방석이 깔려 있었다. 방 한편에 서 있는 사물상의 옆으로 커다랗고 으리으리한 안락의자가 하나 놓여 있었다. 즉 이 의자에 알벤송의 시체가 앉아 있었다. 나는 세계대전 때 이 년 동안이나 송장을 보아왔다. 허나 살해당한 이 송장같이 등에 소름이 끼치도록 무서운 인상을 주는 송장은 아직 보지 못하였다. 알벤송의 시체는 마치 우리에게 무엇이라도 물을 듯싶을 만치 그렇게 자연스러운 태도로 의자에 걸터앉아 있었다. 그의 머리는 의자 뒤에 가만히 놓여 있었다. 바른 다리는 왼 다리 위에서 가장 편할 대로 단정히 쉬고 있는 것이다. 바른 팔은 중앙에 있는 탁자 위에 한가히 놓였고 왼팔은 의자 팔고임에 얹혀 있었다. 그는 권총으로 이마를 맞았다. 탄환이 뚫고 나간 구멍에는 피가 엉기어 시커멓게 되었다. 의자 뒤 방바닥에 흘러내린 검은 점들은 머리를 뚫고 나간 탄환으로 말미암아 얼마나 피가 나왔다는 것을 의미하고 있었다. 이런 징글징글한 표적만 없었다면 아무라도 그가 지금 책을 읽고 있다고 생각할지는 모른다. 그는 자리옷을 입고 단추도 따놓은 채로 그대로 있었다. 그의 머리는 여지없이 홀떡 벗겨졌고 살은 잘 쪄 보이나 암만해도 육체적으로는 아무 매력도 갖지 못한 사람이었다. 나는 지겨운 생각이 일어 몸서리를 치고는 시선을 옮기었다.

그때 두 사람의 장성이 바른쪽 들창에 박혀 있는 쇠창살을 세밀히 조사하고 있었다. 그중의 한 사람은 마치 자기의 다리를 시험이라도 하는 듯이 두 손으로 쇠창살을 붙들고 힘껏 흔들어본다. 탁자 저편에는 검은 사지복을 입은 훤칠히 생긴 한 남자가 뒷짐을 딱 지고는 시체의 탄환 구멍을 뚫어지라고 노리고 서 있었다. 그는 이렇게 서 있으면 이 살인의 원인을 알 수 있는 듯이 그렇게 열심히 보고 있는 것이다.

또 한 사람은 보석상이 갖는 커다란 화경을 가지고 손안의 무엇을 조사하고 있었다. 나는 조금 뒤에야 이것이 총기 감정가로 이름이 높은 헤지동 대위임을 알 수 있었다.

"막함 씨 나는 이 사건을 히이스 경부에게 일임했습니다"

하고 모리쓰 경시는 나직한 음성으로 설명하였다.

"아무리 봐도 조사도 착수하기 전에 곤란한 사건에 뛰어든 것 같습니다. 경시부장도 자신이 출장을 나오도록 이렇게 힘이 드는 사건입니다."

경시부장은 다시 방으로 들어와서 이번에는 정면 들창 앞에 가 침통한 낯을 하고 서서는 부하들의 활동을 감시하고 있었다.

"그래서요"

하고 모리쓰는 말을 계속하였다.

"나는 일곱 점 반부터 끌려와서 여지껏 조반도 못했습니다. 당신이 오신 이상 나는 더 있을 필요가 없겠지요. 그럼 먼저 실례합니다."

그가 나간 뒤 막함은 부검사에게 고개를 돌리었다.

"여보게, 이 두 사람 좀 잘 봐주게. 이런데 처음으로 구경 온 사람들일세. 내가 히이쓰 경부와 이야기를 하고 있는 동안에 이 사람들에게 잘 설명하여 주기 바라네."

우리 삼인이 피해자가 있는 쪽으로 다가섰을 때 나는 히이스의 데퉁스러운 음성을 들었다.

"막함 씨, 저는 당신이 관리하시리라 생각합니다마는—"

이때 부검사와 방소는 저쪽에서 무에라고 서로 열심히 지껄이고 있었다. 나는 막함과 히이스가 적대적 사이에 있음을 안 뒤라 자연 흥미를 가지고 막함의 태도를 지켜보고 있었다.

막함은 얕은 미소를 품고 히이스를 보고 있더니 머리로 부인하였다.

"천만에"

하고 그는 대답하였다.

"나는 자네와 협동하여 일을 하러온 것뿐일세. 이걸 처음부터 양해하여두게. 그리고 이 사건이 성공하여 명예를 얻을 때에는 나의 이름만은 제외하여 주기 바라네."

히이스가 뭐라고 속삭이었으나 그것은 나에게 잘 들리지 않았다. 그러나 그가 매우 안심한 것만은 그의 표정으로 능히 알 수 있었다. 그는 아무라도 그런 거와 같이 막함의 말이 언제나 옳은 것을 잘 안다. 그래서 그는 개인적으로 지방검사를 좋아하였다.

"이 사건으로 세상의 신뢰를 받는다 치면 그것은 자네의 것일세"

하고 막함은 이제 안심한 낯으로

"그 대신 잘못된다면 그것도 자네가 맡아야 하네."

"그야 물론이지요"

하고 그는 선뜻 동의하였다.

"자 그러면 어디 같이 일을 시작해보세"

하고 막함은 명령하였다.

3. 부인의 손가방

막함과 히이스는 시체가 있는 쪽으로 다가서서 그걸 이윽히 바라보고 있었다.

"보시는 바와 같이"

하고 히이스는 설명하였다.

"앞이마를 정면으로 때리고 나갔습니다. 그리고는 탄환이 걸상의 등을 뚫고는 저 벽에 가 맞아 떨어진 걸 제가 찾았습니다. 지금 헤지동 대위가 탄환을 갖고 있습니다."

그리고 그는 총기 감정가를 보았다.

"어떻습니까 대위, 뭐 특별한 게 보입니까?"

헤지동 대위는 유유히 고개를 들어 히이스 쪽으로 시선을 돌리었다. 그리고 천천히 입을 열어 대답하였다.

"이것은 사십오 형의 육군 권총 — 골트식 자동 권총이겠지 — "

"그럼 알벤송과 얼만한 거리에서 쏜 것 같습니까?"

하고 막함이 물었다.

"글쎄요 — "

하고 헤지동은 진중한 어조로 대답하였다.

"아마 오륙 척 — 그 거리에서 쏘았겠지요."

그러자 검사관 도점스 박사가 조수를 데리고 황황히 들어왔다. 그는 막함과 경시부장에게 악수를 한 다음

"늦어서 실례했습니다"

하고 말하였다.

그는 주름살 잡힌 얼굴에다 신경질적인 남자로 언듯 보기에 상인같

은 티가 있었다.

"이 어째 이렵니까?"

하고 그는 의자에 앉아 있는 시체를 보고는 눈살을 접었다. 그리고 조수와 덤벼들어 얼마 동안 시체를 주물러보다가는 수건에 손을 씻으며

"총 맞았을 때에는 피해자는 눈을 뜨고 있었습니다. 즉삽니다—자기 자신은 뭐가 있었는지 모르는 동안에 맞아 죽었습니다—그리고 죽은 지는 아마 여덟 시간, 그쯤 지냈을 것입니다."

"정확히 말하면 밤 열두 점 반가량이겠지요?"

하고 히이스가 물었다.

의사는 주머니에서 시계를 꺼내어보았다.

"음, 그쯤 되겠네…… 또 물으실 게?"

아무도 대답하는 사람이 없었다. 조금 있다가 경시부장이 입을 열었다.

"선생, 우리는 오늘 안으로 해부한 결과를 얻어야 할 텐데요—"

"되겠지요"

하고 의사는 손가방을 절꺽 닫아서 조수에게 내주며

"그럼 시체를 속히 시경실로 갖다주시오."

그리고 인사를 하고는 총망한 걸음으로 나가버린다.

히이스는 옆에 서 있는 자기 부하에게 명령하였다.

"여보게 파크 군, 본부에 전화를 걸어서 시체를 가지러 오라 하게. 얼른 오라구."

방소는 웬일인지 이때까지도 헤지동 대위의 뒤를 따라다니며 열심으로 뭘 묻고 있었다. 자세히는 들리지 않으나 총 속도 원동력이니 궤도니 이런 술어를 가끔 들을 수 있었다. 그리고 방소는 헤지동 대위에게

고맙다고 치하하고는 시체가 앉았던 걸상에 시름없이 앉아서 뭘 생각하고 있는 듯싶었다.

나는 이 집에 와서부터 방소의 행동에 큰 흥미를 느끼었다. 그는 이 방에 비로소 들어왔을 때 주머니에서 안경을 꺼내 썼다. 그의 행동은 표면적으로는 아무렇게도 보이지 않으나 속으로는 뭘 걸삼스레 탐구하고 있는 모양이었다. 내가 이상한 생각으로 방소를 유심히 바라보고 있을 때 방문이 열리며 한 순사가 들어왔다.

그는 뚱뚱한 몸집과 붉은 얼굴을 가진 아일랜드 지방의 사람이었다. 그는 히이스에게 경례를 하다가 그 옆에 지방검사가 앉아 있는 걸 알자 막함에게 그의 보고를 아뢰었다.

“저는 마크로린이라 합니다. 서사십칠 정목 근무하고 있습니다”

하고 자신을 소개하고는

“저는 어젯밤 당번이었습니다. 밤중에 커다란 재색 캐테락호의 자동차가 이 집 문전에 놓여 있었습니다. 제가 거기에 특히 주의한 것은 차 뒤에 낚시질 기구가 많이 쌓여 있었기 때문입니다. 등불은 다 켜져 있었습니다. 어젯밤 사건을 듣고 그걸 보고하려 왔습니다.”

“응 훌륭한 보고로군!”

하고 막함은 여기에 대하여 히이스의 의견을 물어보았다.

“글쎄요. 뭐가 있는 듯합니다”

하고 히이스는 약간 의심되는 듯한 낯으로 동의하였다.

“얼마 가량이나 그 차가 여기에 있었던가?”

“아마 이럭저럭 삼십 분가량은 될 겝니다. 열두 점에 여기에 있었는데 제가 열두 시 반에 순행을 돌아올 때에도 역시 있었습니다. 그렇다 그 담번에 돌 때에는 못 보았습니다."

"자동차 속에 사람이 있었든가?"

"아니요. 아무도 없었습니다."

"하여튼 고마우이!"

하고 히이스는 새 희망을 얻은 듯한 태도였다.

그러나 방소는 여기에는 아무 흥미가 없는 듯이 졸려운 낯을 하고 있었다. 순사의 보고가 있는 동안에 그는 하품을 하고 일어서서는 이리저리 서성거리다 우연히도 난로 속에서 궐련 꽁댕이 하나를 발견하였다. 손가락으로 그걸 집어들고 그는 얼마 동안을 세밀히 조사하고 있었다. 그러나 손톱으로 종이를 벗겨서 코밑에 들이대고 맡아보는 것이다.

그의 행동을 가만히 노려보고 있었던 히이스가 의자에서 돌연히 벌떡 일어섰다.

"그걸 왜 만지십니까?"

하고 그는 볼멘 어조로 물었다.

방소는 건성 놀라는 척하고 눈을 들었다.

"담배의 냄새 좀 맡았을 뿐이오"

하고 그는 싱둥싱둥 대답하였다.

"아 참 좋은 담뱁니다."

"그걸 거기에 도루 놓시는 게 좋겠습니다"

하고 그는 거칠은 표정을 보이다가

"당신은 담배 감정가입니까?"

하고 엇먹는 소리를 하는 것이다.

"오 천만에 —"

이때 막함은 중간에서 어색한 분위기를 가로막았다.

"방소군 자네는 여기에 있는 물건에 손을 대서는 안 되네. 이런 담배 끄트마리라도 나중에 훌륭한 증거가 될지 모르니까—"

하고는 그는 고개를 돌리어 히이스를 바라보며

"여기 안잠재기 안나 부인은 어디 있나?"

"이 우층에서 부하들이 지키고 있습니다. 그 여자는 이 집에서 살고 있습니다."

"그런데 자네가 시간을 열두 점 삼십 분이라 했는데 그건 어떻게 아나?"

"여기의 안나 부인이 그 시간에 요란한 소리를 들었댑니다."

"그럼 뭐 증거 될 만한 물건은 없었나?"

히이스는 같이 주저하는 눈치였다. 그러다 양복주머니에서 여자의 손가방과 하얀 가죽장갑을 꺼내어 그 앞에 내어놓는다.

장갑을 잠깐 조사한 뒤에 막함은 손가방을 열어 그 속에 든 것을 탁자 위에 쏟아 놓았다. 나까지도 그쪽으로 시선을 모았으나 방소만은 판평히 앉아 저쪽을 향하여 궐련만 피우고 있었다. 가방 속에서 담배갑과 향숫병과 호박으로 만든 담배 물뿌리, 한편 끝에다 구레아라고 수를 놓은 비단 손수건과 열쇠 하나가 나왔다.

"야, 이만하면 증거가 번뜻하군"

하고 막함은 그 손수건을 집어들어 보이며

"자네 여기에 대해서 잘 생각하여 봤나, 히이스 군?"

"네, 저는 이 손수건이 어젯밤 알벤송과 같이 외출하였던 그 여자의 물건이라 생각합니다. 안잠재기의 말에는 그는 먼저부터 약속이 있어 새옷을 입고 밖으로 저녁을 먹으러 나갔다 합니다. 그러나 그는 알벤송이 언제 돌아왔는지 전혀 모른다고요."

막함은 또 담배갑을 집어들고는 이리저리 뒤져보았다.

"필연코 이 궐련 꽁댕이도 여기에서 나온 걸세."

"네 분명히 그렇습니다."

"그런데 말일세"

하고 막함은 저저히 설명하였다.

"이 가방의 주인이 어젯밤 알벤송과 같이 왔었던 것과 또 궐련 두 개를 필 동안만큼 여기에 있었던 것이 확실하이."

"그리고 그는 얼굴이 가무잡잡한 얼굴을 가진 여잘세"

하고 방소는 예사로운 소리로 말귀를 달았다.

"만일 자네가 필요하다면 말이지!"

"어떻게 그걸 자네가 아나?"

"얼굴이 가무잡잡한 여자가 아니라면 이 라셀백분과 과렌의 짙은 연지를 사용할 필요가 없네."

"네 그렇습니다"

하고 히이스는 유쾌한 얼굴로 동의하였다. 그때는 그는 방소가 궐련 꽁댕이 뜯은 것을 완전히 용서하고 있는 듯싶었다.

"저도 꼭 그렇게 생각합니다."

4. 안잠재기의 말

"막함 씨, 저는 이렇게 생각합니다"

하고 히이스는 저의 의견을 공개하였다.

"알벤송을 죽인 사람은 반드시 이 정면으로 들어왔습니다. 왜냐면 알벤송은 혼자 몸으로 살고 있었기 때문에 도적을 몹시 두려워했던 모양입니다. 그러기에 들창마다 쇠창살이요, 게다 잠겨 있지 않습니까? 다른 데로는 들어올 곳이 없습니다."

"응, 따는—나두 그렇게 생각되네."

"그리고 이것이 만일 필요하다면"

하고 방소가 옆에서 또 말귀를 달았다.

"알벤송 자신이 그 범인을 끌어들였네."

이 말에는 아무도 주의하려지 않았다.

우리들은 윗층으로 올라가 알벤송의 침실을 조사하였다. 이것은 간단한 침구를 가진 소박한 침실이었다. 침대는 어젯밤 주인이 안 잤다는 걸 말하는 듯이 차근히 정돈되어 있었다. 에리오리의 칼라와 검은 넥타이는 분명히 알벤송이 돌아와 끌러 던진 채로 침대 위에 널려 있었다. 침대 옆 탁자에는 컵 물 속에 금니가 네 개 들어 있었다. 그리고 아름답게 만들어진 머리탈 바가지가 하나 놓여 있었다.

이 머리탈이 특히 방소의 흥미를 끌었다. 그는 가차이 다가서서 그걸 정성스레 조사하여 보았다.

"야, 재미있는 일도 많다"

하고 방소는 빙그레 웃었다.

"이 사람이 이 머리탈을 쓰고 다녔네 그럼 아마 대머리가 아니었을까?"

"음 나도 평소부터 그렇게 눈치채고 있었네"

하고 막함은 씸씸이 대답하다가 히이스를 돌아보며

"그럼 안잠재기 안나 부인을 좀 보게 해주게!"

하였다. 히이스는 부하에게 그 뜻을 명령하였다.

이 명령이 떨어진 지 일 분이 못 되어 머리가 허옇게 센 중년부인 하나가 사복한 순사에게 끌리어 들어왔다. 그 부인은 단순하고, 완고하고, 그리고 지혜로운 어머니의 얼굴을 가졌었다. 그러면서도 무식한 사람에게 흔히 있는 침착한 고집을 갖고 있는 듯싶었다.

"안나 부인, 이리 앉으십시오"

하고 막함은 친절히 대접하였다.

"나는 지방검삽니다. 잠깐 뭐 좀 여쭈어볼 게 있어서요!"

안나 부인은 문 앞에 있는 의자에 가 걸터앉아서 우리들을 초조히 훑어보고 있었다. 막함이 공손히 그를 동정하는 태도로 물으니까 그는 차차 유창히 대답하였다.

십오 분쯤 계속된 심문에서 얻은 사실은 대략 다음과 같았다.

안나 부인은 벌써 사 년 동안이나 알벤송 씨의 안잠재기로 있었고 그리고 이 집에는 주인과 그와 단 둘이었다. 그의 방은 이 집의 삼층 꼭대기에 있었다.

전날 오후 알벤송 씨는 그의 사무실에서 어느 때보다 일찍이 돌아왔다. 아마 넉 점쯤 되었을까 — 그리고 오늘은 집에서 저녁을 안 먹는다고 안나 부인에게 말하고는 여섯 점 반쯤하여 윗층으로 올라가 옷을 갈아입고는 일곱 점에 집을 나갔다. 오늘은 늦게 들어올지 모르니 기다릴 게 없다고 이렇게 다만 한마디뿐이었다.

그가 자다가 뭐 퍼지는 소리에 눈을 떴을 때에는 열두 점이었다. 그가 놀래어서 전등을 켜고 시계를 본 것이 열두 점 반이었다. 그래 시간이 아직 늦지 않았으므로 그는 안심하였다. 알벤송은 밤에 출입하면 두

점 전에 들어오는 법이 별로 없었다. 이 사실과 또는 집안이 고요한 것을 미루어 보아 그는 방금 자기를 놀라게 한 그 소리가 필연 옆 행길을 지나던 자동차에서 난 것이라고 생각하고는 다시 잠이 들었다.

오늘 아침 일곱 점에 일어나 언제와 같이 대문간으로 우유를 가지러 가다가 알벤송 씨가 죽어 있는 것을 발견하였다. 그래 그는 그길로 전화를 걸어 경찰서에 고발을 하고 또 알벤송 씨의 친형 벤담 소좌에게 전화를 걸었다. 벤담 소좌는 경찰서의 탐정과 거반 동시에 왔다. 그러나 안나 부인에게 이것저것 질문을 해본 다음 탐정들과 뭐라고 몇 마디 하고는 먼저 돌아갔다.

"그럼 안나 부인"

하고 막함은 자기의 청취서를 보며 물었다.

"요즘 알벤송 씨의 행동에 그가 뭐 번민하는 듯한 티가 없었습니까?"

"네, 별루 없었습니다."

"혹 도적놈 같은 게 들어올까봐 염려는 했지요?"

"네, 그건 아마 늘 조심하시나 보더군요."

이런 동안에 한 옆에서 종이에 뭘 쓰고 있던 방소는 히이스가 이야기하고 있는 틈을 타서 막함에게 그 종이를 주었다. 막함은 그 종이를 넌지시 읽어보고는

"안나 부인, 당신은 알벤송 씨를 좋아하십니까?"

"네, 저는 그 양반을 위해서 일하고 있었을 뿐입니다."

막함은 다시 손의 종이를 읽어보고는

"안나 부인, 알벤송 씨가 사무실에서 돌아와서 다시 나갈 때까지 이 방에 있었다지요. 그럼 그 동안에 누구 찾아온 사람 없었습니까?"

이때 나는 안나 부인을 이윽히 바라보고 있었다. 그의 입에는 약간 스쳐가는 파동이 있었다. 얼마 후 몸을 단정히 가지며

"네, 아무도 온 분이 없습니다."

"그럼 초인종 소리도 못 들었습니까?"

"네, 못 들었습니다."

막함은 안나 부인에게 인사를 말하고 먼저 있던 대로 내어 보냈다. 여자가 나가자 그는 의아한 시선으로 방소를 보았다.

"그런 질문은 왜 하나?"

"글세, 나의 눈에는 그가 주인을 얼싸주는 가운데 어덴가 마뜩지 않은 빛이 보인다 생각하는데 자네는 어떤가?"

"글세, 나의 눈에도 역—"

하고 막함은 뭘 궁리하는 듯하더니

"손님 온 건 또 물어 뭘하나? 아무도 안 왔던 것은 그대로 확실한데."

"그래도 한번 물어보는 게지."

히이스는 차차 흥미를 갖고 방소를 관찰하기 시작하였다. 처음에 생각했던 것과는 아주 딴판으로 영특한 두뇌를 가진 데 감탄하였다. 그는 잠깐 묵상 하다가 원기를 내이며

"그럼 우선 그 손가방의 주인과 또 캐딜락호의 자동차가 있는 곳을 찾아보기로 하겠습니다. 허고 피해자의 우정 관계를 알았으면 좋겠는데요. 필연 그에게는 친구가 많을 겝니다."

"아, 그건 내 벤담 소좌에게 물어봄세"

하고 막함은 선선히 약속하였다.

"벤담소좌는 내가 물으면 무엇이고 말할 게니까 알벤송의 사업관계

도 알 수 있네."

"그럼 있다 검사국으로 뵙겠습니다"

하고 그는 지방검사와 악수를 하고는 방소에게로 몸을 돌리었다.

"그럼 먼저 실례하겠습니다"

하고 그가 유쾌하게 인사를 하는데 나는 실로 의외였다. 막함도 놀랐다는 듯이 멀거니 바라보고 있었다.

히이스가 나간 지 얼마 있지 않아 우리도 밖으로 나섰다. 그리고 문간에서 감시하고 있는 경관에게 택시를 불러달라 하였다.

우리가 택시를 타고 큰 거리로 나섰을 때 방소는 침착한 태도로 "막함" 하고 불러가지고는

"누가 알벤송을 죽였는지 짐작하겠나?"

하고 물었다.

막함은 얼굴에 쓴 미소를 띠었다.

"그걸 알면 이 고생을 하겠나. 암만해도 사건이 퍽 복잡히 될 모양 같으이."

"흥, 공상력을 인제 활동시키게"

하고 방소는 차에서 내리며 말하였다.

"나는 이것이 기막히게 단순한 범죄라고 생각하였네."

5. 증거의 수집

알벤송의 살인 사건은 일반사회에 큰 파동을 일으키었다. 제각기 참담한 그 광경을 상상하여 보고는 몸이 으쓱하였다. 그러나 경찰의 아무러한 노력에도 사건의 단서는 쉽사리 잡을 길이 없었다.

알벤송은 뉴욕에 있는 부호들 틈의 한 친구였다. 그는 운동가요, 도박사요, 또는 직업적 난봉꾼이었다. 밤에는 항용 주사청루에서 세월을 보내는 것이 그의 생활이었다.

알벤송과 그 형 벤담 소좌는 형제상회라는 간판으로 중개업을 경영하고 있었다. 그러나 그들은 서로 성격과 취미가 다르므로 사무소 이외에는 둘이 잘 만나지 않았다. 알벤송은 그의 모든 여가를 도락삼매에 소비하였고 한편 전쟁에까지 종군해 본 경험이 있는 벤담 소좌는 침착한 보통생활에 밤에도 구락부 외에서 흔히 시간을 보냈다. 그러나 그들은 그들의 사교계에서 제각기 평판이 좋았다.

이런 아우가 살해를 당함에 이르러 벤담 소좌는 그 원수를 갚아주고자 일념으로 노력하였다.

막함은 부하를 시키어 알벤송과 친히 지내던 여자를 조사하게 하였다. 그리고 일방 심문할 때 방소가 흥미를 가졌던 관계로 그 안잠재기의 신변을 탐지하고자 따로 한 부하를 내놓았다.

그 조사한 바에 의하면 안나 부인은 본시 시골 태생으로 돌아간 그 양친은 다 독일 사람이었다. 그는 벌써 십육 년간을 과부 생활을 하여 왔다. 알벤송의 집에 오기 전에는 십이 년 동안이나 어느 가정에서 일을 보았으나 그 주인이 가정을 파하고 여관으로 가게 되어 서로 갈렸던 것이다. 그래 그 전 주인의 말을 들어보면 안나 부인에게로 확실히 딸이 있을 터인데 본 일도 없고 또 거기에 관하여 들은 적도 없다는 것이다. 막함은 이 사실을 별로 중요히 안 여기고 다만 형식적으로 적어 두었을 뿐이었다.

방소가 지방검사국에 전화를 걸어 일어선 것이 그날 아침이었다. 나는 그가 막함에게 스산도 구락부에서 점심을 같이 하자고 약속하는 걸 들었다.

나와 방소가 구락부로 갔을 때 막함은 아직 보이지 않았다. 우리가 마음에 드는 곳에 가 자리를 잡고 앉아서 차를 마실 때에야 그제서 설렁설렁 들어왔다.

"뭐 좀 생각해 보았나?" 하고 그는 걸상에 앉으며 방소의 눈치를 훑어본다.

"자네가 가장 긴급히 생각하는 걸 좀 들려주게."

"나의 어리석은 생각에는" 하고 방소는 대답하였다. "알벤송의 그 머리탈이 자네들에게 뭘 설명하리라 생각하네."

"머리탈, 응 그리고?"

"그리고 그 칼라와 넥타이가 있지 않었나?"

"그리고 또 저 금니도 있지 않은가?"

"아참, 자네는 두뇌가 참 좋아이" 하고 크게 감탄하였다.

"자네 같은 머리로 어째 범인을 못 찾었나?"

여기에는 막함은 들은 척도 안 하였다. 그는 잠깐 뭘 주저하는 듯하더니 "이것은 극히 비밀인데" 하고 그에 입을 열었다.

"자네가 아침에 전화를 걸 때 나는 부하에게서 보고를 듣고 있었네. 그 장갑과 가방을 놓고 간 여자에게 알벤송이 반했었던 내막을 알았다. 그리고 그날 밤 알벤송과 같이 만찬을 한 것도 그 여자였다네. 그는 유명한 희가극 배우로 구레아라는 이름을 가졌다는 이것까지도 알았다네."

"이건 불행한 일이로군!" 하고 방소는 한숨을 쉬었다.

"나는 그 여자를 위해 슬퍼할 수밖에 없네. 자네는 그래 그 여자를 가엾이 굴 터인가?"

"그건 무슨 의민지 모르겠네 죄만 있으면이야, 얼마든지 심문할 수 있으니까."

막함은 어딘가 마음이 팔리어 있는 듯싶었다. 그래 우리는 식사를 하는 동안에 아무 말도 건네지 않았다.

식후 유희실로 궐련을 피우러 갔을 때, 창앞에서 시름없이 서 있는 벤담 소좌와 마주쳤다. 그는 오십 전후의 큰 얼굴을 가진 사람으로 침착하고 친절한 태도와 곧은 체격을 가졌다. 그는 방소와 나에게 잠깐 인사를 하고는 곧 막함에게로 향하였다.

"막함 씨 또 하나 당신에게 말씀드릴 점이 있습니다. 알벤송의 친한 친구로 바이부라는 사람이 있습니다. 그는 이곳에서 살고 있지 않기 때문에 잠깐 그 이름을 잊었었습니다. 그는 아일랜든가 어딘가에 산다는 말이 있습니다. 지금 불시로 생각나기로 참고가 될까 하야 여쭈어 두는 겝니다."

그리고 무슨 말을 급히 할 듯하더니 깨물어버린다. 평소에는 진득한 성질임에도 불구하고 그는 마음이 매우 움직이고 있는 듯하였다.

"그건 참 고맙습니다" 하고 막함은 종이를 꺼내어 그걸 대충 적었다.

"낼로 곧 조사하야 보겠습니다."

이때 허심탄탄히 창밖만 내다보고 서 있던 방소가 몸을 돌리어 소좌에게 물었다.

"소토랑 대위는 어떻습니까? 나는 당신의 아우와 그와 한 좌석에 있는 걸 여러 번 보았는데?"

"서로 좀 알 뿐입니다. 별루 필요 없겠지요" 하고 그는 막함을 향하여

"나는 당신이 너머 일찍이 증거를 잡았다고 생각합니다마는."

막함은 입의 궐련을 뽑아 손가락으로 비벼가면서 어떤 생각에 곰곰 젖어 있었다.

"이건 말씀하지 않는 것이나" 하고 잠간 사이를 띄어 "나는 목요일날 당신의 계씨와 같이 식사를 한 사람을 찾았습니다". 그는 이 이상 더 말을 할까 말까를 망설이다가 다시 입을 열어 "이 이상 더 증거가 없더라도 넉넉히 판결을 요구할 수가 있습니다".

크게 놀라며 감탄하는 빛이 소좌의 이마를 지나갔다.

"너머나 고맙습니다" 하고 그는 막함의 어깨에 손을 얹고는 "나를 위하여 아모쪼록 힘써 주시기 바랍니다".

이렇게 치하를 하고 나서 밖으로 나가버렸다.

"아우가 죽었는데 소좌에게 이러니 저러니 물어서 안 된걸."

"그래도 세상은 거리낌 없이 끌고가는 걸세" 하고 방소는 하품을 하더니

"운명이라는 게 과연 있는 겐가?" 하고 입안으로 중얼거렸다.

6. 방소의 의견

우리는 얼마 동안을 담배만 피우면서 서로 묵묵히 앉아 있었다. 방소는 멀거니 한 곳을 바라보고 있었다. 막함은 이맛살을 접고서 난로 위쪽 벽에 걸린 그림에 눈을 주고 앉았다.

방소는 몸을 돌리어 비웃는 시선으로 지방검사를 보았다.

"여보게 막함" 하고 그는 점잖이 말하였다.

"자네는 이 살인 사건을 글짜 박은 그 손수건으로 해결하려 드는 셈인가? 그건 장난감으로 노는 어린애의 일일세!"

"그럼 자네는 범죄를 조사할 때 우리가 얻을 수 있는 그 증거를 무시한단 말인가?" 하고 막함은 안 될 말이라는 듯이 배를 탁 튀겼다.

"그야 물론일세" 하고 방소는 정숙하게 선언하였다.

"범죄는 영리한 사람의 손으로 대개 계획되는 것일세. 그러므로 나종 자기에게 유리한 기회를 주도록 만들어 놓는 것일세. 그런 가짜 증거를 자네네 탐정들은 진실로 알고 눈을 까뒤집고 덤벼드는 것이니 결과는 그 반대로 달아날밖에 별도리 있겠나."

"모를 소리야. 증거를 무시하고 범인을 어떻게 찾는단 말인가? 언제든 범죄란 제삼자가 있는 데서 시작되는 건 아니니까."

"자네는 근본적으로 오핼세" 하고 방소는 정색하고 말하였다. "모든 인상은 마치 예술작품의 그것과 같이 제삼자로 하여금 느낄 수 있게 되어 있네. 범인이나 예술가의 손으로 제작된 그걸 본다면 그리고 우리가 좀 명석하다면 얼른 그 사람의 개성과 천분을 호흡할 수 있네."

그리고 방소는 새로이 궐련을 피어 물고 천정을 향하여 내뿜었다.

"가령, 이 사건에 있어 자네의 결론을 생각하야 보게" 하고 그는 여전히 침착한 태도로 차근차근이 뙤여주었다.

"자네는 알벤송을 필연 이놈이 죽였으리라는 극히 삐뚫어진 상상 아래서 활동하고 있는 것일세. 자네는 벤담 소좌와 함게 그렇게 행동하고 있네. 그래 아무 죄도 없는 여자를 잡아다 욕을 보이고저 계획중이 아닌가?"

"욕을 보이다니!"

하고 막함은 펄쩍 뛰었다.

"나와 내 부하가 그 여자에 관하야 불리한 증거를 갖고 있는 이상, 자네가 그 여자를 무죄라는 그렇다는 설명이 있어야 할 게 아닌가?"

"응 그건 간단하이" 하고 방소는 조롱하는 듯이 입귀를 삐쭉 올리었다.

"이번 살인을 범한 사람은 자네나 자네 부하들의 눈에 뜰 만한 조고만 증거도 남기지 않을 만치 그렇게 흉악한 지혜를 가진 자라는 이유뿐일세."

이렇게 방소는 이번 사실을 확연히 파악한 사람같이 늠름히 암시하여 주고 있었다.

"자네들이 채용하고 있는 그 추리법은 황하기 짝이 없는 것일세. 예를 들라면 자네가 지금 욕을 보이고자 벼르고 있는 그 가엾은 여자를 알겠네."

지금까지 빙그레 웃는 낯으로 울화를 가리고 있던 막함이 방소를 향하여 눈을 크게 떴다.

"나는 직권으로 말을 하나" 하고 그는 떨리는 음성으로 내뱉었다.

"나는 확실한 증거가 있어 여자를 심문하랴는 것일세. 여기에 무슨 잘못이 있나?"

"그리고 말일세" 하고 방소는 거침없이 또 받았다.

"그 여자뿐만 아니라 어떠한 여자라도 결코 이런 범죄는 행치 못할 것일세."

"그럼 자네는 뭘로 범죄를 결정한단 말인가. 어디 한번 들어보세" 하고 막함은 열을 벌컥 내었다.

"인간의 죄와 벌을 결정하는 데는 다만 하나의 확실한 방법이 있는 것일세" 하고 방소는 조금 사이를 두어

"그것은 범죄의 심리적 동인의 분석과 그 개인에게 쓰일 수 있는 적

용성과에 의하야 알 수 있는 것일세. 다시 말하면 진실한 탐지법은 심리적 추리 그것일세.”

“자네가 암만 그래도 나는 그 여자가 알벤송을 살해한 범인이었다는 모든 재료를 갖고 있네.”

방소는 가장 놀랐다는 듯이 어깨를 으쓱하여 보이며 코웃음을 쳤다.

“흥, 그러면 어디 한번 들어볼 수 없겠나?”

“물론 이야기야 하지”

하고 막함은 네 보란 듯이 주짜를 뽑았다.

“첫째 그 여자는 알벤송이 살해를 당하던 때 그 집안에 있었네.”

“허, 그래 뭘로 그걸 알았나?”

“그 여자의 소유물인 장갑과 손가방이 알벤송의 방에서 발견되었다는 사실이 그것을 증명하고 있네!”

“오!”

하고 방소는 콧등에 다시 조소를 띠우며

“여보게 내 바지가 세탁소에 가 있으면 내가 세탁소에 있는 폭이 되겠네 그려?”

막함은 그래도 꽉 자신한 어조로 말하였다.

“나의 부하가 알벤송이 그 여자와 어느 요릿집에서 밤참을 먹었다는 걸 알아왔네. 또는 두 사람이 싸웠다는 것과 자정 가량하야 둘이 택시를 타고 거기를 나갔다는 것도 알았네 . 그 여자는 고 근처 강변에 산다는 것인데 그가 만일 알벤송의 집엘 안 들렸다면 그 동안에 뭘 했을까? 나의 부하는 그 여자의 집에 가서 그가 새루 한 점이 조금 넘도록 돌아오지 않은 것까지 알아왔다. 그럼 살인을 당한 것이 열두점 반이 아닌가”

하고 막함은 궐련에 다시 불을 붙이고는

“그리고 여자에게는 이곡구라는 약혼자가 있다네 그는 육군의 대위라 알벤송을 죽인 권총과 똑같은 권총을 가졌을 것일세. 게다 이곡구 대위는 그날 점심을 여자와 같이 먹었고 또 그 담날 일즉이 여자에게로 찾아간 일이 있었네.”

막함은 약간 앞으로 몸을 내밀었다. 그리고 손으로 탁자를 두드리며 어세를 높이었다.

“인제 알겠나? 이만했으면 자네는 우리가 그릇된 증거를 가졌다고 못하겠지? 그 동기와 기회와 그리고 그 수단을 알지 않었나?”

“여, 막함 선생” 하고 방소는 나직한 소리로

“소학교의 우등생이면 능히 알 수 있는 그렇게 쉬운 일에만 자네가 설명하였네. 그러나 그 속에 자네가 모르는 일점이 있다는 거야!”

여기에서 막함은 모욕을 느낀 사람의 노염이 얼굴에 떠올랐다. 마는 그는 자제하는 듯싶어 겉으로 토하지는 않았다.

우리는 그들의 우정을 잘 이해할 수 있을지 모르겠다. 그들은 서로 성격이 달라 가끔 논쟁이 생기고 때로는 그 말이 도를 넘을 적도 있으나 그것은 서로 존경하고 있는 결과에 지나지 않는다.

얼마 동안을 침묵에 싸이었다가 막함은 억지로 껄껄 웃어 보이었다. 그리고 유유히 입을 열어

“하여튼 삼십 분만 있으면 그 여자가 내게로 올 것이니 두고 보면 자네도 알겠지?”

“그건 이쪽에서 할 말인 듯싶은데!”

이렇게 그들은 서로 자기의 의견을 양보할 줄 몰랐다.

우리들은 그 길로 바로 나와 택시를 타고 형사재판소로 향하였다.

7. 그 여자의 대답

우리는 지방검사의 뒤를 따라 그의 사무실로 들어갔다.

방소는 실내의 구조를 태연히 둘러보고 있었다. 막함은 자기 책상 앞에 가 앉아서 그 위에 놓였던 조그만 종이쪽을 집어들고 읽어보았다.

"나의 부하가 둘이 지금 나를 면회하려고 기다리고 있네" 하고 그는 고개도 수그린 채 뭘 뒤지고 있었다.

"거기 앉아서 잠깐만 기다려주게. 나는 좀 더 기술적 관계를 조사할 필요가 있으니!"

그리고 그는 책상 모슬기에 달린 초인종을 눌렀다. 조금 있더니 두터운 안경을 쓰고 민활히 생긴 청년 하나가 문앞에 나타났다.

"스워카 군, 히푸스더러 이리 들어오라 하여주게."

비서가 나가자 뒤미쳐 키가 커다랗고 수리같은 머리를 가진 탐정이 들어왔다.

"뭐 보고헐 게 없나?"

"네, 각하, 저" 하고 언성을 낮추어 다가서며

"아침에 저 이곡구 대위의 집에 가보았습니다. 때마침 대위가 출입을 나가는 길이었습니다. 그래 따라 갔더니 그는 그 여자의 집에 가 한 시간 이상을 있다가 다시 수심이 만면한 얼굴로 나와 집으로 돌아갔습니다."

"응, 알았네 …… 나가다 스워카에게 도레시를 불러오라 하게."

도레시는 키가 작고 통통한 몸의 학식이라도 가진 듯싶은 온공한 탐

정이었다. 양복을 매끈히 입고 애교 있는 얼굴로 들어와

"안녕히 주무셨습니까, 각하" 하고 그는 예바른 태도로 허리를 굽신하였다.

"오늘 구레야가 여기 오리라고 생각합니다. 그래 각하께서 신문하실 때 필요할 듯싶은 몇 가지를 조사해왔습니다."

그는 호주머니에서 조그만 수첩을 꺼내들고 안경을 고쳐썼다.

"그 여자의 성악 선생으로 리날드라는 사람이 있는데 오늘 그를 만나봤습니다. 그는 자기가 구레야 양을 길러내다시피 했다고요. 그리고 죽은 알벤송도 잘 안다 합니다. 알벤송은 구레야 양의 음악회에는 언제나 찾아와서 자동차를 불러주고 물건을 사주고 했답니다. 작년 겨울에는 이리극장에서 구레야 양이 출연했을 때 알벤송은 그 방에 들여놓을 수 없을 만치 꽃을 보냈답니다."

도레시가 수첩을 접어 도로 넣고 돌아서 나올 때

"히이스 경부가 왔습니다" 하고 비서가 들어왔다.

"바쁘시지 않으면 잠깐 뵙겠다고 합니다."

"응, 아직 시간이 있으니 들오래게."

히이스는 나와 방소가 검사실에 있는 걸 보더니 좀 놀라는 기색이었다. 그는 막함과 판에 박은 듯이 악수를 하고는 경쾌한 낯으로 방소를 보았다.

"방소 씨, 많이 공부하셨습니까?"

"별루 배운 것이 없소이다" 하고 방소도 또한 가비여히 받았다.

"하긴 그보다도 나는 가장 홍미 있는 오해만 발견하였소."

히이스는 급자기 몸을 진중히 갖고

“각하” 하고 막함에게로 향하였다.

“이번 사건은 매우 난처합니다. 제가 부하 십여 인과 돌아다니며 알벤송의 친구들과 말을 해 보았으나 하나도 들어볼 만한 것이 없습니다. 그들은 저마다 그 선량한 알벤송을 누가 죽이리라고는 생각지 않았는지 꿈밖이라고 합니다. 그뿐입니다.”

“그럼 그 자동차에 대한 보고는 들었나.”

“거기에 대해서도 일절 무소식입니다.”

“그러나 경부, 실망치 말게” 하고 막함은 그의 기운을 돋아 주었다.

“나는 그 간에 일이 많었네. 그 손가방의 주인을 찾았고 또 그 여자가 그날 알벤송과 같이 밤참을 먹은 것까지도 알았네. 그리고 그 여자 자신이 머지 않어 나에게로 올 걸세.”

지방검사가 이런 이야기를 하고 있는 동안에 히이스의 얼굴에는 불쾌한 빛이 확 펴졌다. 마는 그는 곧 그것을 수습하여 질문으로 꾸려 막았다. 막함은 그에게 모든 걸 상세히 이야기하고 바이부에 관한 것까지도 그대로 고하였다.

“신문을 하고 나서 그 결과를 알려줌세” 하고 그는 말을 맺었다.

히이스가 나가자 방소는 실적은 웃음을 띠며 막함의 얼굴을 쳐다보았다.

“자네들의 일이란 그런 걸세. 나는 히이스가 이번 살인범을 적어도 한 대여섯 가량 잡아올 줄 알았더니!”

그러자 이때 막함의 비서가 들어와 구레야 양이 왔다고 알리었다.

나는 이때 우리 일동이 이 젊은 부인의 깨끗한 얼굴을 가지고 태연자약한 걸음으로 들어오는 태도를 보고는 좀 멈씰한 듯싶었다. 그는 작달

막한 키에 검은 눈과 날카로운 콧날을 가진 여자로 얼뜻 보아 놀랄 만치 아름다웠다. 그의 보드라운 입술을 곧게 다물렸고 그 무게가 알 수 없는 웃음이 떠도는 듯하였다. 그의 얼굴은 굳은 의지와 지혜를 표시하는 듯이 매우 단정하였다. 그러나 평온한 그 외면 밑에는 가릴 수 없는 한 감정이 숨어 있는 듯싶었다.

막함은 일어나 본때 있게 인사를 하고는 자기 앞에 놓인 안락의자를 손으로 가리키었다.

"이리로 앉으십시오."

"고맙습니다."

그의 음성은 마치 숙달된 성악의 노래와 같이 그렇게 고왔다. 그는 말할 때 입을 느스레히 열고 그 위에 쌀쌀한 미소를 보이었다.

"구레야 씨" 하고 막함은 점잖고 엄격한 태도를 취하였다.

"나는 당신에게 똑바루 말씀하도록 충고합니다. 터놓고 말씀하면 그것이 당신의 이익입니다."

그러나 여자는 비웃어 던지는 듯한 눈으로 그를 바라보았다.

"너무 친절히 충고하야 주셔서 무어라고 인사를 디릴지 모르겠습니다."

막함은 얼굴을 찌그리고 책상 위의 서류를 뒤져보자 다시 입을 열었다.

"당신은 당신의 장갑과 손가방이 알벤송이 살해를 당한 그 담날 그 집에서 발견되었다는 걸 아시겠지요?"

"전 여러분이 그 손가방을 내 거라고 아신 건 잘 양해합니다" 하고는 그는 좀 있다

"그러나 어째서 그 장갑이 내 거라고 생각하셨습니까?"

막함은 여자를 매섭게 쳐다보았다.

"그러면 그 장갑이 당신의 물건이 아니란 말씀입니까?"

"아니오. 저는 다만 여러분이 나의 장갑의 취미며 혹은 척수도 모르는 주제에 어떡해서 나의 물건으로 아셨는가 말입니다."

"그럼 당신의 것이 아니란 말입니까?"

"만일 그것이 내 손에 잘 맞고, 흰 가죽장갑이면 반드시 내 것입니다. 그렇다면 이리 내주시기 바랍니다."

"미안합니다마는 당분간 내가 보관하야 두겠습니다" 하고 엄격한 낯을 하여 보이며

"그런데 당신의 물건이 어째서 알벤송 씨의 방에 가 있었습니까?"

"그건 말씀하고 싶지 않습니다."

"당신이 대답을 거절하시면 그 결과가 좋지 않습니다" 하고 막함은 또 한번 은근히 을러 보았다.

"당신의 자신을 위하야 저저이 설명하시는 것이 좋습니다."

여자는 영문을 모르겠다는 듯한 태도로 눈썹을 걷어올렸다. 그리고 그 까닭 모를 미소가 입귀에 나타났다.

"저에게 살인혐의가 충분합니까?"

막힘은 기가 막혀서 대답도 없었다.

"구레야 씨, 밤 열두 점에 요릿집을 나와 집으로 돌아가실 때까지 어디 계셨습니까? 집에 가신 것은 한 점이 지났지요."

"참, 저는 놀랬습니다. 어쩌면 그렇게 많이 아십니까. 저는 그 동안에 집으로 가는 길이었습니다."

"거기까지 집에서 한 시간이 걸립니까?"

"네! 아참 한 일이 분쯤 더 걸립니다."

"당신의 태도는 당신을 점점 불리하게 만듭니다" 하고 막함은 화를 내며 여자에게 다시 주의를 시키었다.

"하여튼 고맙습니다" 하고 여자는 이상스러히 얼굴을 정색하더니

"바루 말씀이나 만일에 내가 알벤송 씨를 죽이러 들었다면 그는 벌써 예전에 죽었을 것입니다. 나는 그렇게까지 그를 싫어합니다."

"그럼 어째서 밤참을 같이 자셨습니까?"

"네, 제 자신도 그런 질문을 가끔 하야 봅니다" 하고 여자는 슬퍼하는 고백이었다. 그러다 무엇을 생각하였는지

"밤참을 같이 한 것은 아마 내가 그를 죽이려는 준비 행동일런지도 모르지요!"

여자는 이렇게 말을 하면서 한편으로는 화장갑을 꺼내어 그 속의 거울에다 얼굴을 비쳐보고 있었다. 그는 앞머리를 손으로 긁어 올리고 또는 눈썹까지도 손끝으로 매만져 놓는 것이다. 그러나 얼굴을 들어 인제는 헐 말 다했다는 듯이 지방검사에게로 시선을 던졌다.

막함은 노할대로 노하였다. 딴 지방검사만 같으면 그는 당장 여자를 어떻게 했을 것이다. 막함은 그런 위압적 수단을 연약한 여자에게 쓰는 것을 본능적으로 싫어하였다. 그러나 이번에는, 구락부에서 방소가 노래한 그 말이 없었더라면 혹은 좀 압박하는 티를 보였을지도 모른다.

얼마 동안 침묵에 싸였다가 우울히 물었다.

"당신은 알벤송의 형제상회를 통하야 투기사업을 해본 일이 있습니까?"

이 질문에 구레야는 방그레 웃으며 대답하였다.

"네 많이 했습니다."

"요즘 손해를 많이 보셨다지요? 그래 알벤송이 잔금을 받으러 왔다

가 결국 당신의 소유재산을 경매하였다는 것도 사실입니까?"

"거짓말은 아니겠지요!" 하고 그는 슬픈 얼굴로 탄식하는 듯하더니 "그래서 그 원수로 내가 죽였는지도 모릅니다" 하고 실없이 노는 모양이었다.

막함의 눈에는 차디찬 노염이 고이었다.

"알벤송이 맞어 죽은 그 총과 똑같은 권총을 리곡구 대위가 가졌다는 게 사실인가요?"

"그건 모르지요. 네 총이 어떠냐고 물어본 적이 없으니까요."

"그러면" 하고 막함은 긴장한 어세로 추궁하였다.

"리곡구가 그날 아침 당신 집에 갔을 때 그의 권총을 당신에게 빌렸다는 것이 정말입니까?"

"뭐요? 그런 실례의 말씀이 어딨습니까" 하고 여자는 얌전한 그러나 책하는 시선으로 그를 쳐다보았다.

"약혼한 두 사람의 사이를 묻는다는 건 너무도 말이 안 됩니다. 리곡구 대위는 나의 약혼자입니다."

막함은 자기의 감정을 가리고자 노력하였으나, 그래도 얼굴 한편에는 뜨거운 분노가 움직이고 있었다.

"당신은 나의 질문에 대답을 거절하였습니다. 이것은 즉 당신이 당신 자신을 위험히 만드는 증거입니다."

"네, 아무래도 좋습니다" 하고 여자는 유유히 대답하였다.

"나는 아무 것도 말씀하고 싶지 않습니다."

이때 지방검사의 눈에는 불덩어리가 그대로 쏟아질 듯이 보이었다. 그러나 여자는 거기에 조금치도 움직여지는 기색이 없었다. 쏘는 듯한 눈으로 흥미를 갖고 지방검사의 얼굴을 말끄러미 쳐다보고 있었다.

방안에는 거북한 침묵이 잠깐 지나갔다.

막함은 돌연히 책상 모슬기의 초인종을 누르려 하였다. 그러나 그 도중에 그의 시선이 방소와 마주치자 그는 우물쭈물 그 손을 중지하였다. 그의 시선과 마주친 방소의 얼굴에는 친구를 질책하는 불만이 있었다.

구레야는 정숙히 화장갑을 열어 들고 콧등에 분솜질을 하였다. 그것이 다 끝나자 그는 황홀한 눈으로 지방검사를 쏘았다.

"당신께서 여기서 나를 체포하고 싶으십니까?"

"오늘이 아닙니다."

막함은 이렇게 늠름이 뱉아놓았다. 그는 아직도 뭘 생각하는 듯이 창밖만 내다보고 서 있었다. 그러다 자기의 비서를 불러서

"여보게, 이 구레야 양에게 자동차 좀 불러드리게" 하고 명령하였다.

"안녕히 계십시오. 또 보입겠습니다."

여자가 밖으로 나가자, 막함은 다른 부하 하나를 불러서

"지금 그 여자가 나갔으니 곧 뒤를 밟아보게. 아예 잊어버리지 말아—" 하여 보내고는 방소를 돌아보며

"그 여자의 연극은 하여튼 하긴 잘하나 그러나, 자기의 죄를 아는 교활한 여자의 그 행동과는 조금도 다름없네" 하고 네 보란 듯한 태도로 오금을 박는다.

"자네는 그러나 아즉 멀었네" 하고 방소 역 비웃는 소리로 받았다.

"그 여자는 자네가 그를 유죄로 생각하였든 말었든 조금도 관계치 않었다는 걸 모르나? 그 여자는 자네가 그를 집으로 돌려보내는 데 오히려 섭섭히 생각했을지도 모르네!"

"모르는 말일세. 사람은 죄가 있건 없건 체포당하길 좋아 않는 것일세—"

"그건 그렇고 알벤송이 살해를 당하든 그 시간에 리곡구는 어디 있었을까?"

"내가 그걸 부주의했을까?" 하고 막함은 경멸하는 시선으로 방소를 보았다.

"리곡구 대위는 그날 밤 여덟시로부터 자기 집에 꽉 묻혀 있었네."

"응. 그래 매우 모범청년이로군!" 하고 방소는 스적스적 말만 붙이고 섰다.

막함은 또 다시 예리한 시선으로 방소를 노려보았다. 말은 없으나 거기에는 뭘 찾고자 속 졸이는 초조가 떠돌았다.

"나는 자네의 소망대로 그 여자를 임시로 보냈네" 하고 막함은 못할 걸 했다는 듯이 자기의 공을 보이며

"그럼 자네도 자네의 그 비결을 보여주어야 할 게 아닌가?" 하고 여지껏 참아왔던 울분을 겁겁히 쏟아 놓았다.

"낸들 뭘 아나? 내가 무슨 요술쟁이가 아닌 이상—"

방소가 이렇게 대답할 때에는 언제나 본 대답을 피하려는 전조이었다. 그래 막함은 그걸 눈치채고는

"결국 나는 내 이론에 체계도 없는 걸 알었네. 그러기에 입때껏 진상의 윤곽도 못 잡지 않었나."

막함의 어조와 표정은 확실히 도전적 태도를 보이고 있었다.

"죄 없는 한 사람이 현장에 있었다는 것은 말하자면 진범인의 보호물로 이용되었다 뿐일세. 지혜 있는 범인은 자기는 멀리 떨어져서 현장에

있는 사람으로 하야금 죄를 범하게 하는 것일세."

"자네는 허황한 이론뿐일세" 하고 막함은 멸시하는 듯이 입귀를 삐쭉하였다.

"만일에 자네의 이론이 진리라면?"

"흥, 그러나 내가 만일 자네의 처지에서 자네만큼 활약했다면 지금쯤은 범인이 감옥에 졸고 있을 것일세."

"그럼 어디, 자네가 찾아내놔 보게!"

"그야 이 사건을 나에게 일임한다면이야."

여기에서 막함은 입때까지 비웃어오던 도전적 태도를 갑작스리 고치어 정색하였다. 그의 눈에는 흡사히 그 말을 기다렸단 듯이 희망의 빛이 보이었다. 그는 방소에게 정중한 낯을 보이며

"응, 일임했네" 하고 꽉 결정한 뜻을 나타내었다.

"그러면 인제 어떡할 테인가?"

아무 대답 없이 방소는 얼마 동안 담배만 피우고 있었다. 그러나 버듬직이 자리에서 일어나서

"응, 그러면 제일 첫째" 하고 그는 천천히 입을 열었다.

"나는 범인의 키부터 조사하기로 하겠네."

"그런 걸 어떻게 아나?"

"하여튼 나를 그 현장으로 다시 한 번 데려다 주게."

막함은 이것이 농담이나 아닌가고 얼떨떨히 방소를 쳐다보았다.

"지금은 시체도 다 치웠네."

"응 그거 잘 됐네" 하고 방소는 여전히 확신하는 침착한 어조로 말하였다.

"나는 천승(천성)이 시체만 보면 소름이 끼쳐서 못 보는 걸!"

막함은 방소의 하자는 대로 하는 것이 이때의 자기 직무같이도 생각되었다. 왜냐하면 그는 방소를 비웃었고 또 자기의 이론을 고집하였으나 그러나 속으로는 방소의 존재만은 괄시 못 하리라고 믿고 있었던 까닭이었다.

그는 자기가 도리어 방소를 재촉하여 가지고

"암만해도 헷일하는 거 같으이!" 하고 자동차에 올라앉을 때 방소는 조금도 주저하는 빛 없이

"일이란 결과가 증명하니까" 하고 콧등으로 대답하였다.

8. 방소의 활약

우리가 알벤송의 살해당한 방으로 들어갔을 때 다만 방안이 깨끗이 소제되었을 뿐으로 그 담은 전에 볼 때와 다름이 없었다. 들창의 휘장이 걷어져 있고 늦은 오후의 광선이 아낌없이 흘러들고 있었다. 방의 아름다운 장식은 그 빛에 반사되어 더욱 으리으리하게 보이었다.

방소는 궐련의 불을 끄고 막함에게 기다란 칙량자(측량자)와 실패가 필요하다 하였다. 막함은 저쪽 대문간에 파수를 보고 섰던 경관을 불러

"여보게, 안나 부인에게 실패와 칙량자를 좀 빌려오게" 하고 명령하고는 방소를 수상스레 쳐다보며

"그래, 그걸로 뭘 헐랴구 그러나?"

"뭘 허든?"

방소는 저쪽으로 가서 알벤송이 앉아서 맞아 죽은 의자를 한복판으

로 끌고 나와 살인 당시에 놓였던 그 장소에다 갖다 놓았다. 그 자리는 의자의 바퀴자국이 있어 언제든지 알 수 있었다. 그리고 그는 의자 등에 뚫린 탄환 구멍에 실을 꿰어 탄환 맞은 벽과 반대쪽으로 그 한 끝을 가져가도록 나에게 분부하였다. 다음에는 칙량자로 그 구멍을 꿰어들고 알벤송의 이마가 있던 장소에서 오 척 육 촌의 거리를 재었다. 그는 그곳을 표적하기 위하여 실에 매듭을 짓고 실을 팽팽이 당기어 벽에 맞은 탄환 자리에서 의자의 탄환 구멍을 통하여 매듭까지 일직선이 되게 하였다.

"이 실의 매듭은" 하고 그는 설명하였다.

"알벤송을 죽인 총부리가 있었던 장소일세, 알겠나? 이 실은 총알이 나간 즉 탄돌세. 그리고 총알이 오륙 척 되는 거리에서 알벤송을 쏘았다는 건 어제 아침 헤지동 대위의 정확한 감정이니까 의심 없겠지?"

막함은 아무 대답 없이 바라보고만 있었다. 물끄러미 뜬 그의 눈에는 어여 그 다음을 가르치라는 강렬한 요구가 있을 뿐이었다.

"그러면 이 실을 팽팽이 잡아 다니고 있을 게니 자네가 이 매듭에서 방바닥까지의 거리를 재여보게."

"이건 무슨 어린애 장난도 아니구—" 하고 막함은 투덜거리긴 하였으나 역시 명령대로 순종하였다.

"너 자 일곱 치" 하고 그는 대답하였다.

방소는 실의 매듭에서 곧장 내려가 방바닥 그 위에다 궐련 하나를 놓았다.

"자, 우리는 지금 권총이 발사될 때 방바닥 위에서 얼만한 높이에 있었나 하는 걸, 즉 넉 자 일곱 치 알겠나?"

막함은 눈을 둥그렇게 뜨고 다만 벙벙히 서 있었다.

방소는 문밖에서 집을 감시하고 있는 탐정에서 권총을 빌리어 막함에게 주었다. 그리고 자기는 총 맞은 의자에 가 앉아 알벤송의 이마가 있었던 자리에 똑 그와 같이 이마를 대었다.

"자 막함" 하고 그는 명령하였다. "범인이 섰든 저 장소에 가서 서서 방바닥의 궐련 바루 그 우에 총부리가 있게 하고 나의 이마를 겨냥하고 있게" 하고 그는 징글징글한 미소를 띄우며 주의하였다.

"잘 하게 괜히 생사람 죽이리."

막함은 떨떠름한 얼굴로 잠자코 그대로 준비하였다. 그가 겨냥을 하고 있을 때 방소는 나에게 총부리로부터 방바닥까지 얼마나 되나 재보라 하였다.

그 높이는 넉자 여덟 치였다.

"그렇겠지" 하고 방소는 다시 일어나며

"알겠나? 막함, 자네의 키가 다섯 자 아홉 치지? 허니까 알벤송을 죽인 사람의 키도 자네와 별루 크게 틀리지 않을 걸세. 말하자면 다섯 자 여덟 치 이하는 결코 아닐세."

그의 실험은 이렇게 간단하고 명백하였다. 막함은 사실인즉 속으로 여간 크게 감동하지 않았다. 그의 태도는 점차로 경건하여지는 걸 알 수 있었다. 그는 잠시 뭘 생각하는 듯한 얼굴로 뚱하니 섰더니 방소를 바라보고 묻는 것이다.

"그러나 때로는 총을 올려 들고 쏠 수도 있지 않은가?"

"그건 모르는 소릴세. 익달한 사람이 총을 쏠 때에는 언제나 같은 높이에서 들고 쏘는 것일세."

"그렇지만 그 범인이 총에 익달한 사람인지 아닌지 어떻게 아나."

"익달한 사람이 아니라면 오륙 척이나 되는 거리에서 이마를 쏘았을 리가 없네. 그보다 실패가 적은 가슴을 쏘았을 게고 그리고 한 두어 방 더 쏘았을지도 모르네!"

이 말에 막함은 멈씰하여 꿀먹은 벙어리가 되었다.

"그 아름다운 구레야 양은" 하고 방소는 낯에 미소를 머금고 "어떠한 일이 있드라도 그 키가 다섯 자 네 치나 혹은 다섯 치, 고 가량밖에는 안 되네. 알겠나?"

막함은 어딘가 초조한 듯한 기미가 보이었다. 그리고 그의 초조는 그가 확신하고 있는 사실을 버릴 수 없는 사람의 그것이었다. 그는 자기가 방소의 심리적 추리에 좇지 않으면 안 될 걸 알고 있기 때문이었다. 그러나 그는 아직 그 고집이 버려지지 않을 만치 완고한 검사였다.

"그러나 나는 구레야 양에게 얼마든지 유리한 증거를 갖고 있는 게니까 그대로 둘 수는 없는 걸세."

"그 증거라는 것이 즉 자네를 망치는 걸세" 하고 방소는 막함에게 조롱하는 기색을 보이다가 "내 좀 안나 부인과 이야기 좀 하고 싶은데 자네가 허락할 수 있겠나?"

"맘대루 하게나."

막함의 안색은 회의적이었으나 그러나 매우 큰 흥미를 품은 것만은 어길 수 없는 사실이었다.

9. 안나 부인의 대답

안잠재기가 들어왔을 때 그는 막함이 먼저 신문할 때보다는 훨씬 침착하게 보이었다. 그의 태도는 시무룩허니 자기의 고집을 주장하는 티가 있었다. 막함은 그에게 잠깐 고갯짓만 할 뿐이었으나 방소는 난로 옆의 안락의자를 그에게 권하였다.

"안나 씨, 당신에게 잠깐 여쭤볼 말씀이 있는데요" 하고 방소는 그를 또렷이 바라보았다.

"당신이 바루 말씀하시는 게 피차의 이익입니다."

이 말이 끝나자 부인은 고개를 들었다. 그는 무심한 얼굴이었으나 꼭 다물은 눈 속에 초조하는 빛이 보이었다. 방소는 잠깐 사이를 두고는 한 마디 한 마디 힘을 주어 말하였다.

"알벤송이 죽든 날 그 부인이 몇 점에 여길 왔었습니까?"

부인은 당황함이 없으려 하였으나 그 눈에는 놀라는 빛이 완연하였다.

"아무도 안 왔었습니다."

"물론 왔었습니다" 하고 방소는 좀 더 어세에 힘을 주었다.

"그 여자가 몇 점에 왔었습니까?"

"분명히 아무도 안 왔습니다."

방소는 몸을 정중히 갖고 궐련에 불을 붙였다. 그의 눈은 부인을 뚫어지게 보고 있었다. 그리고 부인이 시선을 떨굴 때까지 잠자코 궐련만 피웠다.

"만일에 숨기시면 법률은 당신을 용서 안 할 겝니다" 하고 방소는 냉정한 목소리로

"그 여자가 몇 점에 왔었습니까?"

부인은 약간 떨리는 몸으로 손을 비볐다.

"정말입니다. 참 정말 맹세합니다."

"딱한 말씀입니다" 하고 방소는 답답하다는 표정을 보이며

"당신은 당신 자신을 불행히 맨들고 계신 걸 모릅니다."

"저는 똑바루 말씀했습니다."

"그러면 여기에 있는 지방검사에게 당신을 구류시키도록 할 필요가 생깁니다."

"저는 바른대로 말씀했습니다" 하고 여전히 고집이었다.

방소는 무엔가 결심한 바 있는 듯이 피우고 있던 궐련을 탁자 위의 재떨이에 버리었다. 막함은 큰 기대를 가지고 손가락에 궐련을 끼고 앉은 채 터럭 하나 삐끗 없었다.

"그럼 좋습니다. 안나 부인 당신이 그날 여기에 온 여자를 말하지 않으면 그럼 내가 대신 이야기하겠습니다."

그의 태도는 덥적덥적 한 것이 어딘가 두둥그러져 보이었다. 부인은 의아한 눈초리로 그를 보았다.

"당신의 주인이 살해당하던 날 오후 늦어서 문간의 초인종이 울렸습니다. 필연 당신에게 손님이 오리라는 주인의 말이 있었을 겝니다. 어떻습니까? 그리고 당신이 나가 그 젊은 부인을 맞어 드렸습니다. 당신은 그 여자를 이 방으로 인도했습니다. 그리고 — 그 여자는 지금 당신이 조마조마해서 앉어 있는 그 걸상에 앉어 있었습니다."

그는 여기에서 말을 잠깐 끊고 역 정다운 미소를 띠었다.

"그리고" 하고 그는 다시 계속하였다.

"당신이 그 젊은 부인과 알벤송에게 차를 갖다 주었습니다. 조금 있

다가 그 여자는 가고 주인은 출립옷을 갈아입으러 윗층으로 올라갔습니다…… 어떻습니까? 나도 조금 알지요?"

그는 다시 궐련 하나를 피워 물었다.

부인은 눈을 둥그렇게 뜨고 갑자기 동요되는 기색이 보였다.

"그 양반이 당신에게 여기 왔다고 바루 말했습니까" 하고 그의 음성은 어지러웠다.

"별루 그런 일도 없습니다" 하고 방소는 궐련 몇 모금을 피우다가

"그러나 아무래도 좋습니다. 그가 말 안 해도 이쪽에서 환히 다 알고 있으니까요."

"알벤송 씨가 사무실서 돌아온 지 삼십 분쯤 있다가 왔었습니다" 하고 부인은 여지껏 고집하여 오던 걸 그에 토설하였다.

"그러나 주인이 저에게 그 양반이 온다고 말한 적은 없었습니다."

막함은 몸을 앞으로 내대고

"그러면 어제 내가 물을 때에는 왜 그런 말이 없었습니까?"

여자는 대답 대신 거북한 낯으로 방안을 둘러보았다.

"내 생각에는" 하고 방소가 경쾌하게 옆으로 받았다.

"안나 부인이 자네가 그 젊은 부인에게 의심이나 안 둘까 하여 염려를 했었기 때문일세. 부인, 내 말이 맞습니까?"

"네, 그렇습니다. 그 양반은 얌전하고 아름다운 여자입니다. 다만 그 이유 뿐입니다."

"물론 그러실 터이지요" 하고 방소는 그를 위안하는 듯이 동의하였다.

"그러면 그 여자가 왔을 때 별일은 없었습니까? 우리에게 말씀하야 주시면 그를 위하야 유익합니다. 왜냐면 지방검사나 내나 그 여자가 무

죄라는 걸 잘 알고 있기 때문입니다."

부인은 흡사히 그의 본심을 알아내려는 듯이 방소의 얼굴을 빤히 쳐다보았다. 그리고 결국 안심하고는 서슴없는 대답을 하였다.

"이것도 필요하실지 모릅니다. 제가 빵을 가지고 들어갔을 때 알벤송 씨는 그분과 다투고 계셨습니다. 그분은 자기 신변에 일려는 그 무엇을 번민하는 듯했습니다. 그리고 약속한 것을 그렇게 어기지 말아 달라고 애원하고 있었습니다. 저는 방에 잠깐 다녀 나왔기 때문에 많이는 못 들었습니다. 그러나 제가 나올랴 할 때 주인은 껄껄 웃으면서 그건 한 번 을러본 거라고 말했습니다. 그리고 아무 일도 생기지 않었습니다."

부인은 이야기를 그치고 그래도 염려되는 눈치였다. 자기의 말이 그 여자를 위하기보다는 도리어 망쳐 놓지나 않았나 두려워하는 듯하였다.

"고것뿐입니까?" 하고 방소는 그것뿐이면 별 결과는 없으리라고 운을 띠는 듯이 말하였다.

부인은 잠깐 주저하였다.

"저는 고것밖에 못들었습니다. 그러나 저 탁자 우에 요 보석상자가 있는 것을 보았습니다."

"정말! 보석상자가! 당신은 그것이 누구의 것으로 아십니까?"

"그건 모릅니다. 그분이 가져온 것도 아니고 또 이 집에서도 전에 본 일이 없었습니다."

"그것이 보석이고 아닌 걸 어떻게 아십니까?"

"주인이 웃층으로 옷을 갈아입으러 갔을 때 제가 찻그릇을 치러 갔드니 그때도 탁자 우에 있어서……"

방소는 이 말에 미소하였다.

"오, 당신이 살짝 떠들어 보셨군요. 그렇지요? 관계없습니다. 나라도 그렇게 봅니다."

그리고 그는 일어나서 공손히 인사를 하였다.

"그것이 전부지요, 안나 부인. 그러면 그 젊은 부인에 대하야는 너무 염려하실 게 없습니다."

부인이 나가자 막함은 몸을 내대고 방소를 향하여 손을 내휘둘렀다.

"아, 어째 자네는 알고 있으면서도 나에게 말을 안 했나?"

"뭘 말인가?"

"우선 그날 오후에 구레야가 여기에 왔다는 것도—"

"응, 그건 나도 몰랐네. 난로 안에 있었든 궐련 꽁댕이로 다만 추리했을 뿐일세."

"그럼 그날 밤 그 여자가 여기에 안 왔다는 건 어떻게 알았나?"

"내가 맨 첨 여기에 왔을 때 칙량자(측량자)와 실패가 없었어도 범인의 키를 눈으로 대중할 수 있었네."

"응 그건 그렇다 하고 그 여자가 알벤송이 나가기 전에 먼저 돌아갔다는 건 어떻게 알았나?"

"그렇지 않다면 그가 어떻게 야회복으로 갈아입을 수 있었겠나? 귀부인은 오후의 단장으로 그대로 밤에 나가는 법이 없는 걸세."

"응" 하고 막함은 이렇게 쉬운 일에 자기는 어째 생각이 안 났던가 싶었다. 그는 호기심에 끌리어 방소를 똑바로 쳐다보며

"허나 이 안락의자에 앉았든 것은 뭘로 알았나?"

"어느 의자에 앉어서 저 난로에 담배를 버렸겠나? 여자라는 건 잘 겨냥할 줄 모르는 물건일세. 방안에서 비록 담배 꽁댕이라도 내던지는 법이

없는 걸세."

"자네면은 알겠지. 그 보석상자와 또는 구레야와 알벤송의 말다툼을 어떻게 생각하나?"

"자네 모르는 걸 낸들 알 수 있나?" 하고 방소는 그 대답을 피하더니

"하여튼 나는 그 성이 가신 담배 꽁댕이 하나를 죽였네. 말하자면 혐의자로써 구레야를 소약한 것만은 사실이지."

막함은 곧 대답하지는 않았다. 그는 완고히 반대는 하여왔으나 방소의 이론을 무시하지는 않았다. 그리고 그는 방소가 외면으로는 경솔한 듯이 행동하였으나 그 본심은 언제나 준비되어 있는 것을 알 수 있었다. 뿐만 아니라 그는 매우 발달된 정의감을 가진 사람이었다.

"자네는 자네의 주장을 성공하였네" 하고 그는 굽어들었다.

"나는 마음으로 자네에게 감사하네!"

방소는 못 들은 듯이 창께로 걸어가 밖을 내다보았다. 그러고 그대로 서서 공중을 향하여

"우리는 이번에 하여튼 키가 크고 냉정하고 총에 익숙하고 그리고 피해자와 잘 알고—알벤송이 구레야 양과 밤참을 먹으러 간 걸 짐작하고 있을 만한 그런 사람을 수색할 것이라는 데 도착하였네."

막함은 눈을 찌긋하고 방소를 바라보았다.

"알았네. 하여튼 해롭지 않은 생각일세. 나는 곧 히이스에게 부탁하야 리곡구의 그 당야의 행동을 조사시키겠네."

"응, 부디" 하고 방소는 피아노 쪽으로 걸어갔다.

10. 동기와 협박

그 담날 즉 일요일 날 우리는 구락부에서 막함과 같이 점심을 먹었다. 그 약속에 있어서는 방소가 전날 밤 말해 두었다. 왜냐면 그는 아일랜드에서 바이부가 나올 듯하면 자기도 그리로 가겠다고 부탁하여 있었기 때문이었다.

그러나 점심때에는 그는 범죄에 관하여 아무 말도 없었다. 그리고 흡사히 약속이나 있은 듯이 아무 입에서도 그 문제는 건드려지지 않았다.

경부는 우리가 유희장으로 나갔을 때 거기에서 우리를 기다리고 있었다. 그의 얼굴을 보면 사건 진행 상태에 만족지 않은 것은 분명하였다.

"막함 씨" 하고 그는 걸상을 우리들 편 쪽으로 가차히 끌고 와서 입을 열었다.

"구레야 양에 관해서는 무슨 단서를 못 얻으셨습니까."

막함은 머리를 흔들었다.

"그 여자는 이 사건에 아무 관계도 없네" 하고 그 전날 알벤송 집에서 지난 일을 간단히 설명하였다.

"당신께서 만족하시다면이야" 하고 히이스는 어딘가 의심스럽단 듯이 말하였다.

"저도 만족합니다. 그럼 리곡구는―?"

"응, 내 말이 그걸세. 키든지 모든 조건이 부합되네. 그는 그 여자와 약혼을 했으니까 동기는 알벤송과 여자 관계일지도 모르네."

"네, 그렇습니다. 대전쟁 이래로 육군들은 사람을 죽이는 데 길이 든 듯합니다."

"히푸스의 조사한 보고에 의하면 그는 그날 밤 여덟 시로부터 집에 있었다는 것일세. 물론 거기에는 협잡이 있을지 모르네. 그래 나는 자네가 부하를 보내어 다시 한 번 조사하야 보기를 바라네. 자정 반에 외출한 증거만 있으면 우리는 더 찾을 것이 없네."

"제가 직접 가보겠습니다."

제복 입은 소사가 들어와 막함에게 공손히 절을 하고 바이부 씨가 온 걸 고하였다. 막함은 그를 유희장으로 안내하라고 명령한 후 히이스를 돌아보았다.

바이부는 단정한 몸으로 점잖이 나타났다. 그의 길쭘한 다리는 떡 벌어진 상체를 받치고 있었다. 윤택 있는 머리는 뒤로 제쳤고 가는 수염은 비단같이 뻗치었다. 그의 가슴주머니에 꾹 찌른 손수건에서는 동양풍의 짙은 향내가 물큰거리고 있었다.

그는 은근한 도회식으로 막함에게 인사를 하였다. 그리고 막함이 우리를 소개한 즉 그는 역 격의 없이 우리에게 인사를 하였다. 소사가 갖다 놓은 의자에 앉자 그는 금테안경을 닦으면서 막함의 얼굴을 우울히 바라보았다.

"저 벤담 소좌로부터 들었습니다마는" 하고 막함은 먼저 말을 꺼내었다.

"당신은 알벤송과 퍽 친하시다지요? 그래서 조사에 도움이 될까 하고 오시랜 겁니다."

"네 매우 친합니다—나는 그의 비극적 최후를 듣고 얼마나 슬퍼하였는지요?"

바이부는 슬픈 빛으로 눈을 꿈벅이었다.

"나는 그날 카스킬 산지로 여행을 갔었습니다. 알벤송과 같이 가자고 권유해 보았으나 그는 바쁘다고 못 갔습니다"

하고 바이부는 풀 수 없는 인생의 운명을 원망하는 듯이 머리를 저었다.

"같이만 갔드라면 얼마나 좋았겠습니까?"

"매우 짧은 여행이었군요?"

"네 — 그러나 실로 뜻밖에 일이 — "

그는 잠깐 동안 안경을 닦고 있었다.

"나의 자동차가 부서져서 다시 돌아올밖에 없었습니다."

"어떤 길로 가셨습니까?" 하고 히이스는 옆으로 삐졌다.

바이부는 곱게 안경을 쓰고 경부에게 쓰디쓴 겸손을 보이었다.

"당신이 거길 가시려면 아메리카 자동차구락부의 도로지도를 하나 얻으시기 바랍니다."

그리고 그는 자기와 지위 동등한 사람과 이야기하기를 원하는 듯이 막함에게로 시선을 돌렸다.

"바이부 씨" 하고 막함은 물었다.

"알벤송 씨에게 무슨 적이 있었습니까?"

"아니요. 저의 추측에 의하면 그에게는 아무도 적이 되질 않었습니다."

"그럼 그 점에 관해서 좀더 자세히 말씀해 주실 수 없겠습니까?"

바이부는 버듬직이 수염을 쓰다듬었으나 대답의 어찌할 바를 모르는 듯싶었다.

"당신의 요구이면 — 그러나 이런 건 이야기하기가 좀 뭣헙니다만 — 허나 나는 신사답게 말하겠습니다. 알벤송은 다른 영웅들과 마찬가지로 한 약점 — 뭐라고 말해야 좋을지요 — 여자에게 대하야 한 결점을 갖고 있었습니다."

그는 추접스러운 사실을 어떻게 설명할 수 있을지 몰라 막함의 얼굴을 뻔히 쳐다보았다.

“아시겠습니까?” 하고 그는 상대의 동정인 듯싶은 고갯짓에 다시 계속하였다.

“알벤송은 결코 여자에게 호감을 줄 수 있는 특징을 갖지 못하였습니다. 그래 때때로—이건 너무도 슬픈 일입니다만—그는 여자에게 대하야 때때로 음험한 수단을 쓸 수 있었을 만치 좀 비겁한 점이 있는 친구였습니다.”

바이부는 친구의 이런 비난을 하지 아니치 못하는 자기의 처지를 슬퍼하는 듯하였다.

“당신은 범인으로서 알벤송에게 이런 무례한 취급을 받은 여자를 혹 생각해보신 일이 있습니까?”

“아니요. 여자 자신이 아닙니다” 하고 바이부는 대답하였다.

“그 여자에게 흥미를 가진 남자입니다. 이런 걸 말씀하는 게 좀—하나 나는 그가 알벤송을 협박하는 것을 보았습니다.”

“뭐 그걸 당신이 말씀하신다고 법률상 어떻게 되거나 하지 않습니다.”

바이부는 상대가 양해하여 주므로 잠깐 눈을 던져 감사한 뜻을 보이었다.

“그건 불행히 내가 초대한 연회석상에서 일고 말았습니다” 하고 그는 서슴서슴 토설하였다.

“그게 누굽니까?”

막함의 어조는 부드러웠으나 그러나 엄격하였다.

“말씀하기가 좀 어렵습니다만” 하고 바이부는 가장 비밀을 누설하는 때와 같이 몸을 앞으로 끌어내었다.

"그의 이름을 감추는 것은 알벤송으로써 불공평한 일입니다. 그는 리곡구 대위였습니다." 그는 감동한 듯싶은 한숨을 토하였다.

"여자의 이름은 묻지 말아주십시오."

"그럴 필요는 없습니다" 하고 막함은 선뜻 응락하였다.

"허나 그 이야기를 조금만 더 자세히 말씀해주실 수 없겠습니까?"

바이부는 겨우 결단한 듯한 표정이었다.

"알벤송은 그 부인에게 저분저분이 굴고 있었습니다. 마는 여자로서는 그에게 호감을 가질 수가 없었습니다. 리곡구 대위는 그의 이 행실에 반감을 품고 있었습니다. 그러자 나에게 와 그여코 충돌하였습니다. 물론 술들이 몹시 취하였다고 생각합니다. 왜냐면 알벤송은 은제든 예의 단정한 사람으로—게다 교제상 매우 닦여난 사람이니까요. 한편 대위는 감정을 노골적으로 나타내는 성격으로 그때도 알벤송에게 네가 만일 여자에게서 손을 안 떼면 목숨을 걸고라도 떼게 할 테다고 말하였습니다. 그와 동시에 대위는 주머니에서 육혈포를 반쯤 내대기까지 하였습니다."

"그건 보통 권총이었습니까? 혹은 자동식 권총이었습니까?" 하고 히이스가 옆에 섰다 물었다.

바이부는 경부편에는 눈도 안 보내고 지방검사를 향하여 얕은 미소를 보이었다.

"잠깐 잊었습니다만, 그것은 여느 총이 아니라 자동식의 육군에서 쓰는 권총이었다고 기억합니다."

"다른 사람들도 그걸 본 사람이 있습니까?"

"네. 그 외에도 몇몇의 손님이 있었습니다" 하고 바이부는 얼른 대답하였다.

"허나 그 성명만은 말씀하기가 어렵습니다."

이러는 동안에 방소의 얼굴에서는 무취미에서 나온 조소의 빛이 가득하였다. 그는 한편 구석에 가 앉아서 담배만 피우고 있었다.

"그럼, 저 소토랑 대좌를 아십니까?" 하고 그는 말끝을 옆으로 채갔다.

"네, 압니다."

"소토랑 대좌도 그때 그 좌석에 있었습니까?"

방소의 어조는 확실히 무엇을 파고 있었다.

"네, 분명히 있었다고 생각합니다" 하고 바이부는 거침없이 승인하였다. 그리고 의아히 눈썹을 걷어 올렸다.

그러나 방소는 다시 아무 일도 없었던 듯이 무심히 창밖을 내다보고 있었다.

방소의 부질없는 말참섭을 거북히 생각하고 있는 막함은 말끝을 좀더 실제적 방면으로 끌어오려 하였다. 그러나 넌덕스러운 바이부였으나 이 이상 더는 이야기를 하려지 않았다. 그는 다만 리곡구 대위에 관하여만 같은 이야기를 하고 앉았을 뿐이었다. 그리고 표면으로는 그 반대로 설명하는 듯하면서도 기실 그는 대위의 위협을 자못 중대히 생각하고 있는 모양이었다. 막함은 무려 한 시간을 그에게 물었으나 그러나 그 외에는 별로 쓸 만한 것이 없었다.

바이부가 돌아나가려 할 때 그때까지 창밖만 바라보고 있었던 시선을 이쪽으로 돌리며 방소는 부드럽게 인사하였다.

"바이부 씨, 아마 당신은 조사가 끝날 때까지 여기에 계시게 되겠지요?"

바이부의 교양이 있어 듬직하던 태도는 갑자기 커단 놀람으로 변하였다.

"그렇게도 생각해보지 않았습니다."

"그럴 형편이 되시거든" 하고 방소가 암시하여 줄 때까지 그런 준비는 조금도 없었던 막함이 그에게 요구하였다. "조사가 끝날 때까지 이 뉴욕에 계서야 되겠습니다."

바이부는 조금 주저하다가 급기야 결심의 빛이 보였다.

"그러면 뉴욕에 있기로 하겠습니다."

그가 나가고 나서 방소는 얹눌리었던 희열의 시선을 막함에게 던졌다.

"어떤가? 좀 훌륭한 수완을 가졌나?"

"만일 당신이 저 남자를 교묘한 위선가라 하시면" 하고 히이스가 곁을 달았다.

"나는 당신에게 동의할 수 없습니다. 대위의 위협 신견이 어디로 보던 진실이리라 생각합니다."

"아, 그것 말이요? 그야 정말이겠지. 그렇지 않은가, 막함?"

이렇게 인제 이야기가 벌어지랴 할 때 벤담 소좌가 불쑥 들어왔다. 막함은 그에게 우리의 자리로 불러들였다.

"바이부가 막 자동차에 오르는 걸 보았습니다" 하고 그는 자리에 앉자마자 곧 말하였다. "당신은 그에게 심문하셨겠지요? 뭘 좀 쓸 만한 게 있었습니까?"

"글쎄요" 하고 막함은 여낙낙하게 대답하였다.

"참, 저 소좌, 당신은 리곡구 대위에 대하야 뭐 아시는 것이 없습니까?"

"아, 모르셨습니까? 리곡구는 내가 있든 연대에 같이 있었든 남자로 훌륭한 사람입니다. 그러나 그 남자를 의심하십니까?"

막함은 그 대답은 귓등으로 흘렸다.

"당신은 바이부 집 연석에서 대위가 계씨를 위협할 때 거기 계셨습니까?"

"네. 있었습니다."

"리곡구 대위가 육혈포를 끄냈었습니까?"

"아마 그런 듯싶습니다."

"그 총을 보셨습니까" 하고 히이스가 물었다.

"꼭 보았다군 할 수 없습니다. 다들 술이 취하였기 때문에요."

막함은 그 다음을 물었다.

"당신은 리곡구 대위가 살인을 범할 수 있는 사람으로 생각되십니까?"

"아니요, 결단코" 하고 소좌는 언성에 힘을 주었다.

"리곡구는 그런 냉혈한이 아닙니다. 그렇다 치면 오히려 그 부인 편이 그보다 가능성이 많습니다."

얼마 있다가 방소가 침묵을 깨뜨렸다.

"당신은 저 바이부의 생활을 아십니까?"

"바이부" 하고 소좌는 말하였다.

"그는 근대의 도락자의 대표적 인물입니다. 젊다고는 하지만 한 사십은 되었겠지요. 그는 생장하는 동안에 자기 멋대로의 생활을 하야 왔습니다. 그리고 물릴 만치 온갖 도락에 젖어난 사람입니다. 그는 이 년간이나 남아프리카에서 맹수사냥을 하고 그 모험담이 유명합니다. 그 후는 자세히 모르겠습니다. — 말인즉은 수 년 전 그는 부잣집 색씨와 결혼하였다지요. 물론 돈 때문이라고 합니다만 여자의 아버지가 돈주머니를 꽉 쥐고 있기 때문에 그의 자유로는 못 된다 합니다. 바이부는 본디 낭비자요 또 해태한 사람이라는 이것이 그의 특징입니다."

소좌의 이야기에는 요점도 없고 별로 생각 있이 이야기하는 것도 아니었다. 그는 마치 현재 문제와 관계없는 일을 이야기할 때와 같이 그렇게 되는 대로 말하였다. 그러나 우리는 그가 바이부를 좋아하지 않는 듯한 인상을 크게 받았다.

"쓸 만한 인물이 못 되는군요 그렇지요?" 하고 방소는 말하였다.

"게다 그는 농간을 좀 부리지요."

"네 좀 그런 티가 있지요" 하고 히이스는 거북한 듯한 표정으로 받았다.

"맹수를 잡은 사람은 강한 기력을 가졌습니다. 그 기력이라 하면 소좌 선생 당신의 계씨를 쏜 놈은 실로 냉정한 신조를 가진 놈입니다. 그는 상대가 눈을 뜨고 있고 또 웃층에 안잠재기가 있는데 그랬으니까요."

"경부군, 자네는 실로 두뇌가 명석하이!" 하고 방소가 부르짖었다.

11. 살인 권총의 주인

다음 날 방소와 나와 아홉 점쯤 하여 검사국으로 갔더니 대위는 이십 분 전에 와 기다리고 있었다. 막함은 비서에게 그를 곧 안내하라고 명령하였다.

리곡구 대위는 대표적 사관으로 여섯 자 두 치의 훨썩 큰 키를 가진 청년이었다. 수염을 깨끗이 깎고 몸은 쪽 고르게 좋은 체격이었다. 그의 얼굴에는 움직일 수 없는 위엄이 있어 그는 지방검사의 앞에 가 상관의 명령을 기다리는 거와 같이 경건히 서 있었다.

"대위 그리로 앉으시오" 하고 막함은 우선 형식적으로 예를 지켰다.

"당신도 아실 듯합니다마는 알벤송 씨의 사건에 관하야 두서너 가지

물어볼 게 있어 오시라 했습니다."

"내가 그 범죄에 무슨 관련이 있다고 생각하십니까?"

리곡구 대위는 남방 사투리로 이렇게 말하였다.

"봐한즉 의심되는 점이 있어서" 하고 막함은 냉냉히 대답하였다.

"내가 당신에게 질문하고 싶은 것은 그 점이요."

막함은 면구적을 만치 그의 얼굴을 뚫어보았다.

"최근에 당신은 알벤송을 위협했다지요. 정말입니까?"

리곡구는 놀라며 무릎 위에 손을 쥐었다. 그러나 그의 대답이 있기 전에 막함은 다시 말을 계속하였다.

"그때의 일을 내가 이야기하리다. 그것은 바루 바이부의 집에서입니다."

청년은 주저하였으나 문득 얼굴을 들었다.

"네, 나는 그 사실을 인정합니다. 알벤송은 나쁜 놈입니다. 총 맞을 만한 자격이 충분합니다."

그는 이그러진 미소를 띠우며 지방검사의 어깨 너머로 창밖을 내다보았다.

"그러나 죽인 건 내가 아닙니다. 나는 그 담날 신문을 보고서야 그가 맞은 걸 비로소 알았습니다."

"그는 육군에서 쏘는 그 권총에 맞었소. 당신들이 전쟁에 가지고 나갔든 그런 총이요."

"네, 압니다. 신문에서 잘 보았습니다."

청년은 다시 주저하였으나

"아니요" 하고 들릴 듯 말 듯한 대답이었다.

"어떻게 되었습니까?"

청년은 막함을 쳐다보더니 그대로 눈을 내려깔았다. “나는 — 나는 불란서에서 잊어버렸습니다.”

막함은 조용히 미소하였다.

“그럼 위협하든 때 바이부 씨가 보았다는 사실은 어떻게 되는 거요?”

“권총을 봐요?”

“그렇소. 게다 육군식 권총이라는 것까지도 보았소” 하고 막함은 같은 어조로 말을 이어 “그리고 벤담 소좌도 당신이 그걸 끄내는 걸 보았다는 것이요.”

청년은 한숨을 크게 돌리고는 쓰디쓴 침을 삼키었다.

“정말 나는 총을 갖지 않었습니다.”

“아니오. 잊어버릴 리 없소. 당신이 그걸 누구에게 빌렸소.”

“빌린 일 없습니다” 하고 예리한 어조로 그는 단연히 선언하였다.

“당신은 방문을 하였습니다. — 전 날 — 그 여자에게 — 아마 당신은 그걸 가지고 갔으리다.”

방소는 그때까지 주의하여 듣고 있었다.

“오! 간교한 지혜!” 하고 더 견딜 수 없어 중얼거리는 것이 내 귀에까지 들리었다.

리곡구 대위의 얼굴은 볕에 그을렸으나 그런 대로 창백하였다. 그는 탁자 위의 그 무엇을 보고 있는 걸로 질문자의 거북한 시선을 피하려 하였다. 그가 다시 입을 열 때 지금까지 힘 있던 그의 목소리에 애걸하는 빛이 보이었다.

“나는 총이 없습니다. 그러니까 누구에게 그걸 빌릴 수도 없습니다.”

“당신은 총을 누구에게 빌렸습니까?”

"나는 결코 빌린 일이 없습니다" 하고 말을 끊고는 얼굴을 붉혔다. 그리고 겁겁이 말을 이어

"없는 총을 어떻게 빌릴 수가 있습니까?"

"그럼 좋소" 하고 막함은 꽉 잘라 말하였다.

"당신은 총을 갖고 있소. 분명히 갖고 있소. 대위 지금도 갖고 있습니까?"

청년은 입을 열 듯하다가 그대로 꽉 다물어버렸다.

"당신은 알벤송 씨가 구레야 양에게 추군추군이 군 걸 알았소?"

여자의 이름이 나오자 대위는 온몸이 꼿꼿이 되었다. 그의 두 볼은 벌겋게 되어 지방검사를 무서운 낯으로 노려보았다. 그리고 숨을 크게 한 번 돌리더니 떨리는 입으로 말하였다.

"구레야 양은 이 사건에 관계가 없다고 생각하는데요" 하고 그는 막함에게 곧 대들 듯한 어세였다.

"불행히도 관계가 되어 있소. 우선 그의 손가방이 담날 아츰 알벤송 방에서 발견된 걸 알겠구려?"

"그건 괜한 소립니다."

"구레야 양 자신이 인정하고 있소" 하고 막함은 이때 대위가 뭐라고 하려는 걸 손으로 제지하며

"그렇다고 그 여자를 고발하려는 것이 아니요. 다만 당신과 사건과의 관계를 똑바루 할려는 것이요."

대위는 이 말을 어디쯤 믿어야 좋을지 몰라 막함의 눈치를 살펴보았다. 그러다 그는 입을 열어 결단한 어조로 말하였다.

"이 문제에 관하야 나는 아무 것도 말할 것이 없습니다."

"알벤송이 그날 구레야 양과 밤참을 먹은 걸 당신은 아오?"

“그게 어쨌단 말씀입니까?” 하고 탁 퉁기는 대답이었다.

“두 사람은 열두 점에 요릿집을 나왔소. 그리고 한 점까지 집에 돌아가질 않었소. 아오?”

대위의 얼굴에는 심각한 표정이 떠돌았다. 그리고 깨끗이 결심한 거와 같이 지방검사를 보려지도 않고 또는 입을 열려지도 않았다.

“당신은 물론” 하고 막함은 단조로운 어조로 또 계속하였다.

“알벤송이 열두 점 반에 맞은 걸 알겠구려?”

대위는 역시 아무 말이 없었다. 그리고 일 분 가량의 무거운 침묵이 계속되었다.

“인제는 아무것도 헐 말이 없소, 대위?” 하고 막함은 뒤이어 물었다.

“인제는 나에게 설명할 여지가 없소?”

대위는 냉정하게 자기의 앞만 바라보고 있었다. 인제는 입을 꽉 다물고 더 말을 안 하리라고 결심한 모양이었다.

막함은 벌떡 일어섰다.

“그러면 질문은 이걸로 끝을 막읍시다.”

리곡구 대위가 밖으로 나가자마자 막함은 부하 한 사람을 불러 그의 뒤를 밟게 하였다.

우리들만 남았을 때 방소는 막함에게 조롱 반으로 칭찬하였다.

“과연 훌륭하이 …… 그러나 여자에 대한 질문은 좀 어색하였네.”

“확실히 그랬네” 하고 막함은 동의하였다.

“그러나 우리는 리곡구가 전혀 결백하다는 인상을 못 받았네.”

“못 받았다? 그건 모르는 소릴세.”

“내가 총 이야길 헐 때 그는 낯이 파래지질 않든가.”

"자네의 생각은 아즉 유치허이, 막함. 죄를 범할 수 있는 기력이 있고 또는 자네같은 법률가에게 허둥지둥 보이다가는 죄인으로 인정되리라고 깨닫고 있는 범인보다 죄 없는 사람이 더 신경질이 되기 쉬운 걸 자네는 모르는 모양일세."

막함이 대답할 수 있기 전에 히이스 경부가 만족한 얼굴로 날을 듯이 들어왔다. 그리고 그는 그의 상관에게 인사를 하기조차 잊고

"그여코 일을 성공하였습니다. 저는 어젯밤 리곡구 대위의 집에 가서 사실대로 알아왔습니다. 그는 그날 밤 자정이 좀 지나서 서쪽을 향하야 출입을 했었습니다. 그리고 한 시 십오 분까지 집에 돌아오지 않었습니다."

"급사의 첫말이 뭐래든가?"

"그것이 제일 중요한 점입니다. 대위가 돈으로 그의 입을 쌌었습니다. 그래 내가 돈을 주고 살살 꼬여 물으니까 바른대로 자정을 넘어 나갔다 합니다."

막함은 유유히 고개를 끄덕이었다.

"음, 자네의 보고는 고대 내가 리곡구를 만나보고 얻은 사실에 결론을 지었네. 낼로 곧 끝이 날 겔세. 그럼 경부 아츰에 잠간 만나세."

히이스가 나가자 막함은 두 팔로 머리를 괴고는 만족한 낮으로 의자에 걸터앉아 있었다.

"이, 이젠 해답을 얻었다고 생각하네"

하고 막함은 방소를 보았다.

"여자는 알벤송과 같이 밤참을 먹고 그의 집으로 같이 돌아갔다. 그걸 의심한 대위는 찾아나갔다가 여자가 거기에 있는 걸 보자 두 말 없이 알벤송을 쏘았다. 즉 이렇게 된 일일세. 그것은 여자의 장갑과 손가

방과 또는 요릿집에서 집에까지 한 시간 걸렸다는 그 의문이 해결하야 주는 걸세.”

“흥, 자네는 아즉 물적 증거 그 버릇을 못 버렸네그려!” 하고 방소는 어이가 없다는 듯이 막함을 바라보았다.

“내 자네에게 보여줄 게 있네. 같이 안 갈려나?”

“어디로 가?”

“오늘 내가 소토랑 대좌와 점심을 같이 하기로 되었네. 그래 자네두 같이 안 갈려나 묻는 말일세.”

“자네가 일이 있다면 같이 가보세” 하고 막함은 떨떠름히 대답하였다. 그러나 그는 방소의 두뇌가 자기보다 훨씬 탁월한 것과 그러므로 그의 지도대로 순종하는 것이 언제나 실수가 적으리라고 속으로 믿고 있는 것만은 어길 수 없는 사실이었다.

12. 재색 자동차의 출현

열두 시 반, 우리는 은행가 구락부의 식당으로 들어갔을 때 소토랑 대좌는 이미 와 있었다. 방소는 지방검사국에 있을 때 전화로 그더러 이리 와달라고 말해 두었었다. 그리고 대좌도 쾌히 승낙했던 것이다.

방소는 우리에게 그를 소개하고 미식가요, 낙천주의자요, 겸하여 잠이 많은 친구라 하였다. 대좌는 막함에게 자기가 조금이라도 도움이 될 수 있다면 영광이리라고 인사하였다.

우리가 좌석을 잡자, 방소는 다짜고짜로 그에게 묻기 시작하였다.

“대좌 자네는 알벤송 일당을 잘 알겠지? 리곡구 대위에 관하여 이야기 좀 안 해 줄려나. 대관절 어떤 사람인가?"

"아하, 자네는 그 염복가, 대위를 주목하고 있나?"

소토랑 대좌는 으젓하게 그의 흰 수염을 쓰다듬었다. 그는 진한 눈썹과 조그맣고 파랗게 생긴 눈을 가진, 붉은 얼굴이었다. 그리고 그의 태도는 마치 가극에 잘 나오는 거만한 장교와 같았다.

"응, 그렇지, 저 대위, 그는 죠자 출신으로 대전에 참가하고, 무슨 훈장까지 받았지. 승급하고 질투심이 강하고—말하자면 감상적 인간이나 그 반면에 무사의 기질이 있네."

"그와 알벤송과 얼마나 친했나?"

"조곰도 친하지 않었을 걸!"

대좌는 아니라는 뜻을 몸을 저어 알으켰다.

"굳이 말하면 그들의 교제는 형식뿐이었네. 서로 좋아하지 않었어—"

"그러면 리곡구 대위는 노름은 잘 허나?"

"노름—흥"

하고 대좌의 태도는 조소하는 듯하였다.

"못한다 못한다 해야 그렇게 못하는 놈은 처음 봤네. 그런 건 계집애보다 더 못하네. 곧 홍분 해가지고 제 감정을 건잡질 못하는 인물일세, 뒷일 같은 건 생각지 않는—"

그리고 잠깐 동안 사이를 두어

"아, 그렇지 나는 자네의 목적을 알었네…… 자기가 싫어하는 놈을랑 쏘는 것은 대개 이런 답치기에 있는 걸세."

"그는 자네의 친구, 바이부와는 아주 딴판일세그려 그래?"

하고 방소가 물으니까 대좌는 잠깐 생각하는 듯싶었다.

"응, 그렇지"
하고 대좌는 단정하였다.

"바이부는 냉정한 도박자라고—할 수 있네. 놈이 아일랜드에서 도박장을 제가 경영하고 있었든 일이 있네. 그리고 한참 동안은 아프리카에서 맹수사냥을 돌아다닌 일도 있었네. 그러나 바이부에게도 감상적 일면이 있어 저와 경쟁하는 놈에게는 한 맘 먹고 대들 수 있네. 허나 나는 놈이 사람을 쏘아죽이고도 단 오 분만 지나면 깨끗이 잊을 수 있는 인간이라고 생각하네—"

"그와 알벤송은 꽤 친했었지?"

"친허다마다…… 늘 같이 붙어다녔네. 그래 예전부터 유쾌한 술동무리는 평판이 있지. 바이부가 결혼하기 전까지 같이 살고 있은 일도 있네."

"그건 그렇고 알벤송과 구레아의 관계는 어땠나."

"그걸 내가 알 수 있나?"
하고 대좌는 새삼스러운 낯으로 반문하였다.

"계집이란 참으로 묘한 동물이니까—"

"그러길래 말일세"
하고 방소는 물린 듯이 동의하였다.

"여자가 알벤송을 어떻게 생각했든가?"

"아, 자네 말 알었네, 폐일언하면 계집이 그를 내찼나 말이지? 그야 내차다마다 말씀 아니었지."

그는 돌연히 태도를 변하고 눈을 꿈벅이었다.

"계집이란 참으로 묘한 동물이여!"
하고 그는 무심중간의 감탄이었다.

"그런데도 알벤송과 그날 밤 같이 밤참을 먹으러 간 걸 내가 봤네그래—"

"응, 정말인가?"

하고 방소는 그리 대단치 않게 물었다.

"이왕 말이 났으니, 자네 자신은 알벤송과 얼마나 친한가?"

대좌는 좀 놀랐으나 방소의 아무렇지도 않은 태도가 그를 안심시켰다.

"나 말인가? 나는 그와 십오 년간이나 친히 지냈네. 이 마을이 이렇게 번창하지 않을 때부터 그를 내가 구경터로 안내하고 그랬네—뭐든지 묻게. 다 이야기할 테니—아—그리고 그는 훤히 밝기 전에는 집에 돌아갈 줄 모르는 때도 있었군—"

방소는 또 그의 객담을 피하였다.

"자네는 벤담 소좌와 얼마나 친한가?"

"소좌와? 그건 별문젤세. 그와 나와는 별종의 인간이야. 취미도 틀리고, 서루 이야기도 잘 통하지 않네그래 별루 만나지도 않고—"

그는 좀 더 설명이 필요할 듯싶어서 방소의 입이 열리기 전에 보충하였다.

"소좌는 말이지, 생활을 모르는 사람일세. 우리들 축에는 잘 끼지 않었네. 그는 나든지 알벤송을 아주 가엾은 인간으로 생각하고 있네. 바루 장님이야!"

방소는 잠시 먹고 있다가 급자기 툭 터놓고 물었다.

"자네, 저, 알벤송의 형제상회를 통하야 투기사업에 손을 댄 일이 있었나?"

대좌는 처음에는 대답을 망설이는 듯하였다. 그는 면구적은 듯싶어

수건으로 입귀를 씻었다.

"아, 조곰 해보았지"

하고 쾌활히 승인하였다.

"허나 운이 좋지 못해서 우리는 알벤송 상회를 위하야 이용만 당한 폭일세—?"

대좌의 이렇게 주책없이 지껄이는 이야기에는 방소도 물리지 않을 수 없었다. 처음에는 그런 양하다가는 좀 더 이야기를 들어 보면 들어 볼수록 잡을 것이 막연하여지는 객담이었다.

방소는 대좌에게 이렇게 와주어 많이 도움이 되리라고 인사하여 보냈다. 그리고 만족한 듯이 안락의자에 몸을 던지었다.

"아, 재밌다. 막함—어떤가?"

하고 그는 막함의 눈치를 살펴보며

"그는 피에 굶주리지 않었든가? 그는 누구고간 그 범죄로 인하야 투옥시키고저 결심한 사람이 아니든가?"

"그러나 그가 리곡구에게 대하야 헌 말은 적확한 의견으로 생각할 수 있네. 그리고 리곡구 대위에게 불리한 사실을 확증하였네"

하고 막함은 웬 영문인지 가릿속을 몰라 방소를 비스듬히 바라보았다.

방소는 멸시를 표시하기 위하여 들어내어 웃었다.

"오, 과연 그러이. 그리고 그가 구레야 양에 대하여 이야기한 것도 그 여자에게 불리한 사실을 확증할 것이고—또는 그가 바이부에 관하야 말한 것도 역시 그 남자에게 불리한 사실을 확증하였네. 자네 생각에는 어떤가?"

방소는 얼떨떨하게 서 있는 막함에게 이렇게 오금을 박다가는

"자네의 소위 물적 증거란 아무에게나 그를 범인으로 만들 수 있는 선물일세, 알겠나?"
하고 준절히 깨우쳐 주었다.

방소의 말이 끝나자마자, 비서가 들어와 히이스 경부에게서 한 탐정이 왔다고 하였다.

방소와 나를 힐끗 보더니 탐정은 곧장 막함에게로 갔다.

"그 재색 카레지호 자동차를 찾았습니다. 히이스 경부가 그걸 곧 전하라는 명령이 있어—그것은 칠십사 정목에 있는 어느 자동차 곳간에 사흘 전부터 있었습니다. 그걸 그 근처 경찰서의 경관이 본부로 전화를 걸어서 제가 직접 가보았습니다. 틀림없는 문제의 바루 그 차입니다. 낚싯대만 없을 뿐으로 다른 도구는 다 있습니다. 지난 금요일 날, 정오경에 한 남자가 운전하야 왔답니다. 그리고 곳간지기에게 돈 이십 불을 주어 입을 씻었답니다. 그 곳간지기를 때렸드니 제대로 다 불었습니다."

탐정은 조그만 수첩을 꺼냈다.

"저는 차의 번호를 조사하야 보았습니다. 그것은 롱아일랜드 포트와싱톤 이십사 호인데 바이부의 명의로 되어 있습니다."

막함은 이 뜻하지 않았던 보고에 어리둥절하여 있는 모양이었다. 그는 퉁명스리 탐정을 보내놓고 무릎을 두드려 가며 곰곰 생각하였다.

"나의 생각에는"
하고 막함은 방소에게 의견을 말하였다.

"바이부는 그날 밤 뉴욕에 있었던 것이 확실하이. 그가 리곡구 대위의 알벤송 협박 사실을 누설한 것은, 우리로 하여금 대위를 주목하도록 만든 한 간책일지도 모르네. 그리고 이렇게 발로된 바에야 아무 이야기고 간 없지 못할 테지?"

"그야, 무슨 말이고 있겠지"

하고 방소는 대답하였다.

"될 수 있는 한정에서는 질기어 거짓말을 하는 남자일세—"

"자네는 예언자니, 그가 나에게 뭐라고 할 걸 미리 말할 수 있겠지?"

"내가 무슨 예언잔가? 허지만"

하고 방소는 그 말을 경쾌하게 받아주었다.

"나의 생각에는 그는 자네에게 필연코 그날 밤 알벤송 집에서 노기충천한 리곡구 대위를 보았다구 말하리—"

막함은 웃었다.

"흥, 그래! 자네도 같이 안 가려나?"

"내가 빠져 되겠나?"

하고는 방소는 새삼스레 낯을 정색하여

"또 하나 청이 있네. 자네 부하를 하나 포트와싱톤에 보내어 바이부의 경력—즉 그의 행동과 사교에 관하야 조사하야 주게, 특히 여자관계에 주의하도록 시키어…… 나는 결코 자네를 실망시킴이 없으리—"

"자네의 청이면 곧 보내겠네—"

13. 사건의 관계자

우리는 그날 오후, 미술전람회에 가서 담날 경매에 부칠 몇 장의 그림을 구경하며 이럭저럭 한 시간가량을 보냈다. 그러다 다섯 점 조금 전에 구락부로 갔다. 막함과 바이부가 온 것은 이십 분 지난 뒤였다. 우리는 곧 회의실의 한 방으로 들어갔다.

바이부는 처음 만날 때와 같이 훌륭히 모양을 차리었다. 그의 찌르르하게 입은 옷에서는 향수 냄새가 풍풍 나고 있었다.

"이렇게 곧 뵙게 되어 유쾌합니다"

하고 바이부는 회의의 좌장이나 되는 듯이 우리에게 인사하였다.

막함은 거북한 얼굴을 하고 그에게 무뚝뚝하게 인사하였다. 방소는 다만 고개만 끄덕했을 뿐으로 그의 얼굴에 구멍이 뚫어지도록 들여다보았다.

막함은 주저 없이 문제의 요점을 건드리었다.

"바이부 씨 당신의 자동차를 금요일 오후, 어떤 차고에 맡기고 그 차고지기에게 돈 이십 불을 주어 입을 막은 사실이 발견되었습니다."

바이부는 모욕을 당한 얼굴을 하고 막함을 쳐다보았다.

"나는 매우 오해를 받고 있습니다"

하고 그는 슬픈 듯이 불평을 말하였다.

"나는 그 남자에게 오십 불을 주었습니다."

"그러면 당신은 신문에서 알벤송이 죽든 날 밤, 그의 집 문간에 당신의 차가 있었다는 걸 아십니까?"

"그렇지 않다면 내가 왜 자동차를 숨기기 위하야 그 많은 돈을 씁니까?"

그의 어조는 상대의 둔감이 딱하다는 걸 표시하고 있었다.

"그러면 당신은 곧 아일랜드로 타고 갔으면 고만이 아닙니까? 여기서 차를 맡기고 돈을 주고 하느니—"

바이부는 슬픈 듯이 고개를 저었다. 그리고 알 만한 것을 왜 모르느냔 듯이 딱한 표정을 하였다.

"막함 씨 저는 이미 결혼한 남자입니다"

하고 그는 그것이 마치 큰 의미나 가진 듯이 이렇게 말하였다.

"나는 목요일 저녁 후에 카스컬 산지를 향하야 떠났습니다. 그래 하루 뉴욕에 들려서 모모한 친구에게 작별을 할 작정이었지요. 내가 여기에 닿은 것은 매우 늦었습니다. — 열두 점쯤 지났을까요 — 우선 알벤송 집 문간에 차를 댔을 적에는 집안이 캄캄하였습니다. 그래서 초인종을 누르지 않고 사십삼 정목에 있는 피에로 상점으로 나이트캡을 사러 갔었습니다. 그러나 거기도 문이 닫겼습니다. 나는 다시 어실렁어실렁 자동차께로 돌아왔습니다. …… 아마 지금 생각하면 내가 걷고 있는 동안에 그 가여운 알벤송이 맞어죽었습니다."

그는 말을 끊고 안경을 닦았다.

"그래 이런 일은 꿈에도 생각지 못하고 그길로 호텔로 가서 하룻밤을 쉬었습니다. 다음 날 아침 신문에서 살인 기사를 보았을 때는 고만 — 뭐라고 형언해야 좋을지요 — 고만 슬펐습니다. 그런데 거기에 나의 자동차가 있는 것을 보고 곧 그 차고로 끌고가서 비밀을 지키기로 하고 돈을 먹였습니다. 그렇지 않으면 자동차의 발견이 당신네 범인 수색의 활동을 복잡히 만들 염려가 있어서요 — "

막함은 그의 말을 귓등으로 흘렸다.

"여행은 어째 계속 안 했습니까? 그러면 차가 발견될 염려가 없을 것이 아닙니까?"

바이부는 불쌍하게 슬픈 빛을 보였다.

"나의 가장 친한 친구가 그렇게 참담하게 죽었는데 여행을 하다니 말이 됩니까? …… 의 아내에게도 차가 부서져서 못 갔다 했습니다."

"당신은 차를 타고라도 집으로 갈 수 있지 않습니까?"

바이부는 상대의 눈치를 들여다보는 눈으로 긴 한숨을 돌랐다. 그것은 상대의 이해력이 너무 빈약함을 슬퍼하는 듯하였다.

"만약 그대로 갔다면 나의 아내는 내가 여행을 중지한 것을 매우 수상히 여길 겝니다. 당신도 부인이 계시니까 이런 사실을 아시겠지요?"

막함은 그의 위선적 응변에 고만 물리고 말았다. 그는 한동안 침묵하였다가 다짜고짜로 물었다.

"그날 밤 당신의 차가 알벤송 집 문간에 있었다는 사실과 당신이 이 사건에 리곡구 대위를 끌어널랴고 앨 쓴, 그것과는 어떠한 관계가 있습니까?"

바이부는 어설피 놀래다가 진중히 항의하였다.

"그것은 당신이"

하고 그는 상대를 원망하는 듯한 어조였다.

"만일 어저께 내 말에 리곡구 대위를 불리하게 만든 점이 있다면 그것은 그날 밤 알벤송 집에 갔을 때 거기에 리곡구 대위가 서 있었던 까닭입니다."

막함은 영문 모를 시선을 방소에게 힐끗 던졌다. 그리고 다시 바이부를 향하여

"당신이 리곡구를 봤다는 것이 사실입니까?"

"확실히 보았습니다. 만일 그것이 내 입장을 불리하게 안 한나면 나는 어저께 말씀했을 것입니다."

"당신은"

하고 막함은 바이부를 노려보았다.

"여느 지방검사라면 지금의 당신을 당장 체포할 수 있다는 것을 아십니까?"

바이부는 자못 공손히 대답하였다.

"그렇다면 나는 선량한 지방검사를 만난 걸 행복으로 알겠습니다."

막함은 벌떡 일어섰다.

"바이부 씨, 오늘은 이만 하겠습니다. 허나 나의 허가가 있을 때까지는 이 뉴욕에서 나가서는 안 됩니다."

바이부는 나중에 별일이 없도록 해달라고 어리눅는 태도를 보이었다. 그리고 우리들에게 깎듯이 작별을 남기고 나갔다.

우리들만 남았을 때 막함은 참된 얼굴로 방소를 바라보았다.

"사네의 예언이 바루 맞었네. 그의 증언은 대위를 최후까지 결박하였네."

방소는 아무 말 없이 나른한 몸으로 담배를 피우고 있었다.

그러자 옥상 식당에서, 우리는, 홀로 앉아 있는 벤담 소좌를 발견하였다. 막함은 그에게 우리와 자리를 같이하도록 하였다.

"소좌, 당신에게 반가운 소식이 있습니다"

하고 그는 음식 주문을 시킨 다음에

"나는 범인을 확정하였습니다. 낼이면 끝장이 나겠지요."

소좌는 막함에게 의아한 낯을 찌그렸다.

"나는 잘 안 들립니다. 어제 말씀하—신 결로는 나는 거기에 여자가 관계한 듯싶었는데—"

막함은 묘한 웃음을 보였다. 그리고 방소에게 되도록 시선을 피하여

"여러 가지 일이 그 후에 있었습니다. 내가 생각했든 부인은 조사한 결과 문제 밖으로 나왔습니다. 그러나 그곳을 통해서 남자가 나왔습니

다. 그가 당신의 계씨가 살해를 당하기 조곰 전에 그 집 앞에 있었든 걸 본 사람이 있습니다."

"나에게 말씀해 주실 수 없겠습니까?"

하고 소좌는 조마증이 이는 모양이었다.

"그야 별루, 낼 아츰이면 전 시민이 다 알게 될 게니까요…… 그는 리곡구 대윕니다."

소좌는 믿어지지 않는 시선으로 그를 익혀 보았다.

"그럴 리 없을 겝니다. 나는 그를 잘 압니다. 아마 여기에 무슨 곡해가 있을지 모릅니다."

"모든 증거가 그걸 결정하는 겝니다."

소좌는 아무 대답도 없었다. 그러나 그의 침묵은 그 마음의 의혹을 나타내고 있었다.

이때 마른 얼굴에 붕어같은 눈을 가진 한 탐정이 들어왔다. 그는 어울리지 않는 걸음으로 쭈뼛쭈뼛 검사 앞에 와 섰다.

"거기 앉어서 보고하게"

하고 막함은 또 말하였다.

"여기 계시는 손님은 이번 사건을 조력하야 주시는 분들일세."

"저는 리곡구 대위가 승강기를 기다리고 섰는 걸 발견하였습니다"

하고 그는 교활하게 막함을 쳐다보았다.

"그는 지하철도로 강변 구십사 호의 아파트로 들어갔습니다. 이름도 대지 않고 승강기로 오층으로 올라갔습니다. 거기에서 두 시간 가량을 있다가 나와서 택시를 탔습니다. 저도 다른 차를 타고 곧 뒤를 밟았습니다. 그는 중앙공원을 지나서 동쪽으로 오십구 정목까지 나왔습니다.

거기서 차를 나리어 그는 퀴인 다리의 난간에 가 의지하야 오륙 분을 있었습니다. 그러나 조고만 뭉텅이를 주머니에서 끄내어 강으로 떨어뜨렸습니다."

"그 뭉텅이가 얼마나 크든가?"

하고 막함이 질문할 제 일동은 숨을 죽이었다.

탐정은 손으로 그 부피를 가리켰다.

"두께는?"

"한 치가량쯤 되겠지요."

"권총 같은가—골트식 자동의?"

"확실히 그만했습니다. 그리고 무거운 것 같었습니다.—저는 그가 그걸 끄내는 동작과 그것이 물에 떨어지는 소리를 알았습니다."

"응, 그리고?"

하고 막함은 즐거운 낯으로 담말을 재촉하였다.

"그리고 또?"

"그는 그렇게 권총을 버리고는 지금 집에 돌아와 있습니다."

탐정이 나갔을 때 막함은 자양자득한 기세를 가지고 방소를 돌아보았다.

"이것이 바로 자네가 찾고 있든 그 흉길세, 이외에는 무엇을 생각하겠나?"

"허, 아즉도 많어이."

방소는 이렇게 한마디로 개탄하였다. 소좌는 아무리 해도 이해할 수 없다는 얼굴을 뻔히 올리었다.

"암만해도 알 수 없군요"

하고 그는 떠름한 어조로

"어째서 리곡구 대위가 자기의 총을 강에 넣었을까요?"

14. 문서

그 다음 날—탐사를 시작하여 나흘째 되던 날—그것은 알벤송 살해 사건의 비로소 열쇠를 얻게 된, 특히 기억되는 날이었다.

방소와 나와 지방검사를 찾아간 것은 아직 아홉 시였다. 그러나 그는 벌써 와서 서류들을 정리하고 있었던 모양이었다. 우리가 들어갔을 때 그는 전화를 떼어 히이스 경부를 대달라 하였다.

이때 방소는 실로 놀라운 짓을 하였다. 그는 날래게 지방검사에게로 달려들어 그 손에서 수화기를 받자, 그걸 도로 전화에 달았다. 그러고 전화기를 한쪽으로 밀어 버리고는 두 손을 상대의 어깨 위에 놓았다. 막함은 너무도 졸지의 일이라 멀거니 되어 반항도 못하였다. 그가 정신을 차리어 그 속을 묻기 전에 방소는 나직하고 꿋꿋한 음성으로 설명하였다. 그것은 무엇보다도 첫째 그 음성의 침착한 결로 사람을 찌르는 것이 있었다.

"내가 있는 동안에는 자네는 리곡구를 형무소로 못 보내네—나는 그것 때문에 오늘 일즉이 자네를 찾아왔네. 바루 자네가 순사를 불러서 나를 묶어내라 하게. 그러면 자네는 리곡구를 그대로 범인으로 처리할 수 있을 것일세—"

막함은 방소의 말이 농담이 아님을 얼뜬 알 수 있었다.

"자네가 만일 리곡구를 체포한다면"

하고 방소는 우정이 넘치는 어조로

"자네는 일주일이 못 가서 세상의 조롱거리가 되고 말 것일세, 왜냐면 그때는 누구가 알벤송을 정말 죽였는지 알 게니까—"

"이렇게 나의 사무를 방해하면 나는 자네 말대로 순사를 부를밖에 없네"

하고 막함의 어조에는 가시가 돋쳤다. 그는 방소의 짐작과 같이 그의 신념에 의하여 또는 방소 앞에 네 보란 듯이 오늘은 리곡구를 체포하여 오려 하였다. 그러던 것이 그걸 못하니 그는 자존심이 꺾여도 요만조만 한 것이 꺾이지 않았다. 그는 방소를 이윽히 노려본다.

"자네는 무슨 이유로 리곡구에게 역성을 드나?"

하고 물었다.

"에이, 이 사람아 그것도 말이라고 하나?"

하고 방소는 겉으로는 냉정히 보이려고 애를 쓰는 모양이었다.

"리곡구쯤은 세상에 늘려 놓였네. 내가 고집하는 것은 다만 자네를 위해서일세. 나는 자네가 리곡구를 해하는 것 같은, 그런 실수를 범하는 것이 그냥 보기 어려워이—"

막함은 노하였던 그 눈이 차차 부드러워지고 있었다. 그는 방소의 동기를 잘 이해하자 그를 용서하였다. 그러나 그는 대위의 죄를 확신하여 움직이지 않았다. 잠시 그는 무엇을 생각하고 있다가 결심한 빛으로 초인종을 눌러 비서에게 히푸스를 들여보내라 하였다.

"나는 이 사건을 맺일 수 있는 한 계획을 가졌네"

하고 그는 엄중한 기색으로

"그리고 방소, 그건 자네도 어찌할 수 없을 만치 명백한 것일세."

히푸스가 들어오자 막함은 곧 그에게 명령하였다.

"지금 곧 가서 구레야 양을 면회하고 오게, 그리고 어제 리곡구 대위가 뭘 가지고 나와서 강에다 버렸나 그걸 물어가지고 오게."

이때 비서가 들어와서 벤담 소좌의 심방을 알리었다.

소좌는 이십이삼 세의 누런 단발과 푸른 눈을 가진 아름다운 부인을 하나 데리고 들어왔다. 그 여자는 나이가 젊음에도 불구하고 침착한 그 태도가 보는 사람으로 하여금 곧 신뢰를 갖게 하였다. 벤담 소좌는 그를 자기의 비서라고 소개하였다. 그리고 막함은 자기 앞의 걸상을 그에게 권하였다.

"호우망 양이 나에게 당신들에게 극히 중요한 사실을 이야기했습니다" 하고 소좌가 말하였다.

"부리나케 찾아온 것입니다."

그리고 그는 의심을 품은 눈으로 그 여자를 바라보았다.

"호우망 양, 나에게 말한 대로 막함 씨에게 말씀하시오."

여자는 여낙낙히 머리를 올리어 참다운 어세로 말하기 시작하였다.

"한 일주일 전이었습니다. 바이부 씨가 알벤송 씨를 그 사무실로 찾아와 역정스리 다툰 일이 있습니다. 나는 그때 옆방에서 사무를 보고 있었습니다. 두 분은 퍽 친하신 사인데 웬일인가 하였습니다. 옆방의 일이라 자세하게는 모르나 '소절수'라는 말을 몇 번 들었습니다. '장인께서'라는 말도 몇 번 들었습니다. 또 알벤송 씨가 '안 된다' 하고 한 번 크게 질렀습니다. 그리고 벤송 씨가 나를 불러서 금고 속에 있는 '바이부 개인용'이라고 쓴 봉투를 가져오라 하였습니다. 그 후 십오 분 가량 있다가 바이부 씨는 돌아가셨습니다. 벤송 씨는 그 봉투를 도루 갔다두라 하시고 날더러 만일 바이부 씨가 오시드라도 당신이 있는 동안에는 들여보내지 말라 하였습니다. 그리고 누가 편지를 가지고 와서 봉투를 내달라도 아예 내주지 말라고 분부하였습니다. 그래 이 이야기를 소좌께 말씀 했드니 여기에 와서 하라고 데리고 오셨습니다."

이런 동안에 방소의 태도는 심히 이상하였다. 처음에는 심심히 앉았더니 불현듯 여자에게로 심각한 시선을 옮기었다. 그리고 여자의 일정일동이며 그 태도의 열 가지를 두릿두릿 관찰하였다.

이야기가 끝나자 소좌는 주머니에서 긴 봉투를 꺼내어 막함에게 내놓았다.

"이것입니다. 이 사건의 중대한 물건입니다."

막함은 보아 좋을지 어떨지를 몰라 잠깐 주저하였다.

"펴 보십시오."

막함은 그걸 펼쳐 보았다. 거기에는 바이부가 떼고 알벤송이 서명한 일만 원짜리 수형과 알벤송에게로 가는 바이부가 서명한 일만짜리 소절수와 게다 소절수는 위조라고 증명한 바이부 자백서가 들어 있었다. 소절수는 그해 삼월 이십일 날 것이고 자백서와 수형은 그걸로부터 이틀 뒤의 것이었다. 구십일 기한의 수형은 유월 이십일일 금요일, 즉 삼일 뒤이면 무효가 될 것이다.

막함은 오 분가량이나 이것을 가만히 조사하였다. 이것들이 사건 중에 나타난 것은 그로 하여금 큰 의혹을 품게 하는 것이었다. 그는 여자에게 다시 몇 번 거듭 질문하였다. 그러나 아무것도 꽉 잡을 곳이 없는 듯이 종당은 소좌 편을 돌아보았다.

"그것은 당분간 나에게 맡겨 두십시오."

벤담 소좌와 그의 비서가 나간 다음에 방소는 벌떡 일어나 다리를 폈다.

"인제 결말이다"

하고 그는 중얼거렸다.

"자네 그건 무슨 의민가?"

하고 막함은 좀 알려 달라는 듯이 이윽히 바라보았다.

"막함, 나는 문제를 이론적으로 제출하였네. 바이부의 위조 소절수는 그 자백서와 단기간의 수형을 아울러 알벤송을 칠 만한 매우 좋은 동기가 되네."

"그럼 바이부를 범인으로 아나?"

"물론, 그에게 관한 모든 증거를 종합하야 보게. 자네의 증거니까 자네가 알겠지—"

"그럼 자네의 의견을 좀 들어볼 수 없겠나?"

"자네가 나를 믿는다면 대위를 잡기 전에 바이부와 한 번 더 만나세"

하고 말을 끊고는 담배를 피우다가

"또 하나 청이 있는데 모든 사람의 아리바이(현장 부재증명)를 또 한 번 작성하야 보여주게—즉 구레야 양, 리곡구 대위, 소좌, 바이부, 호우망 양—이렇게 하야 주게."

"자네의 청이면 하겠지마는 그건?"

하고 막함은 그 속이 무엇인지 알아채려는 듯이 뻔히 쳐다보았다.

방소는 심심이 앉아 담배만 피일 뿐이었다.

"낼이면 범인이 결정될 걸세—"

15. 보석

한 시간 뒤에 구레야를 조사 보냈던 히푸스가 희색이 만면하여 돌아왔다.

“각하 잘됐습니다”

하고 매우 크게 생각한 어조였다.

“제가 벨을 누르니까 구레야가 나왔습니다. 그래 따라 들어가서 질문을 하니까 짐작대로 그는 대답을 거절하였습니다. 내가 그 뭉텡이가 뭐냐 하니까 그는 다만 웃드니 문을 열고는 ‘나가시오’ 합니다. 그래 곧 나려와서 전화선의 스위치가 있는 곳으로 가서 들어 봤습니다. 그는 리곡구에게 전화를 걸었습니다. ‘벌써들 당신이 강에 버린 걸 알고 있습니다.’ 놈은 깜짝 놀랬는지 아무 대답도 없다가 죽 부드러운 음성으로 ‘염려할 거 없습니다. 낼 아침 안으로 끝을 내겠습니다’ 하고 여자에게 낼 아침까지 침묵을 지켜 달라 하고 끊었습니다.”

막함은 긴장한 표정으로 듣고 있었다.

“그래 자네의 인상은?”

“십중팔구는 리곡구 대위가 범인이고 그 여자는 사정을 잘 알고 있는 듯합니다.”

이때 바이부가 예에 없었던 불안스러운 낯으로 호출되었다.

“잠깐 앉으시오”

하고 막함은 무뚝뚝히 말하였다.

“몇 가지 여쭈어 보겠습니다.”

막함은 봉투를 꺼내어 그 속의 것을 책상 위에 펼쳐놓았다.

“이것들에 관하야 이야기를 좀 해주십시오.”

"네, 하지요"

하고 그의 음성에는 힘이 없었다.

"이건 먼저 말씀 했드면 좋았을 걸, 저에게는 너무 괴로운 일이어서—우리 가정은 보통 가정과 좀 다릅니다. 나의 장인은 웬일인지 나를 극히 싫어합니다. 그리고 나에게 경제적 원조를 해주는 것에 노염을 갖고 있었습니다.—물론 돈은 아내의 것이지만, 몇 달 전에 나는 일만 원 가량의 돈을 없앴습니다. 나종에서야 그것이 내게 오는 것이 아님을 알었습니다. 장인은 그걸 알았을 때 그는 나와 아내와의 의가 상하지 않도록 그걸 충당해 놓으라고 날더러 말했습니다. 그래 나는 하릴없이 알벤송의 이름을 소절수에서 사용하였습니다. 그러나 그다음 즉시 알벤송에게 그 말을 하고 수형과 나의 자백서를 써주었습니다. 그것뿐입니다."

"지난 주일에 싸운 것은 그것 때문입니까?"

"아, 그것까지 아십니까? …… 그렇습니다. 계약상에 어긋나는 일이 있어서요."

"알벤송이 기일 안에 갚으라고 했습니까?"

"아니요"

하고 그의 태도는 열심이었다.

"내가 그날 밤 알벤송 집에 그 이야기를 하러 간 것만은 사실입니다. 그러나 말씀한 바와 같이 집안이 캄캄해서 호텔로 가 잤습니다."

"실렵니다마는 바이부 씨"

하고 옆에서 방소가 말하였다.

"알벤송 씨는 당신의 수형을 저당 없이도 받았습니까?"

"물론—친한 친구니까요—"

"그러나 암만 친하더라도 다액일 때에는 저당을 받는 것입니다."

"그는 날 믿었으니까요."

방소는 비웃는 낯으로 쳐다보았다.

"아마 당신의 자백서가 있기 때문이겠지요—"

"네, 그렇습니다"

하고 얼른 받았다.

바이부는 귀둥대둥 모조리 지껄였다. 마는 알벤송과 싸운 데 관하여는 깊이 들어가길 되도록 피하였다.

막함은 그를 돌려보낸 다음

"별루 대단치 않은 걸—"

하고 입맛을 다셨다.

"아니, 자네는 모르는 소릴세—"

방소는 딱한 듯이 막함을 바라보았다.

"바이부의 일만 원에 관한 이야기는 사실일세, 그러나 저당 없이 교섭됐을 리가 없네. 알벤송이란 그런 사람이 아니야. 돈을 받을랴고 했으나 사람을 형무소에 보내기는 바라지 않았네—그 저당, 그 저당이 이 사건을 풀 수 있는 열쇠가 될는지 모르네"

하고는 한참 무엇을 생각하다가

"그리고 하나 이상한 것은 이 사건에는 제각기 모다 그 배후에 무엇을 을싸안고 있는 것 같지 않은가. 제각기 한 사람씩 보호하고 있는 그런 눈치를 아나?"

그러자 전화의 종이 따르르 울었다. 수화기를 떼어든 막함의 얼굴에는 놀라는 빛이 떠돌았다. 전화를 끊자, 그는 방소의 편을 돌아보며 빙긋 웃었다.

"자네의 예언이 또 맞었네"

하고 그는 기뻐하였다.

"호우망 양이 더 좀 비밀 이야기할 게 있다네. 이따 다섯 점 반에 이리 온다구—"

방소는 별로 이상히 여기지 않았다.

"나는 점심시간에 전화가 올 줄 알았더니—"

우리가 점심을 먹으러 막 나가려 할 때 아일랜드로 조사를 보냈던 탐정이 들이닿았다.

탐정은 검은 수첩과 안경을 손에 들고는 싱글벙글이 들어왔다.

"손쉽게 알았습니다"

하고 그는 자기의 수완을 뽐내었다.

"바이부는 와싱톤에서는 매우 인기 있는 남자입니다. 그의 소식을 듣는 것은 아주 쉬운 일입니다."

그는 안경을 쓰고 수첩을 펼쳐 들었다.

"바이부는 이십구 세 때 모우송 양과 결혼하였습니다. 여자는 부자이나 그 아버지가 돈주머니를 꽉 쥐고 있는 까닭에 바이부에게는 별루 이익은 없다 합니다."

"여보게 탐정"

하고 옆에서 방소가 가로챘다.

"그건 바이부 자신이 와 이야기하야 다 알았네. 저 묻는 건 바이부에게 또 한 여자가 있지 않은가?"

탐정은 어쩡쩡하게 막함을 보다가 그가 고갯짓을 하므로 다시 수첩을 들고 이야기하였다.

"또 한 여자가 있습니다. 그는 뉴욕에 있어서 때때로 바이부 집 근처에 있는 약국으로 전화를 걸어서 그를 불러냅니다. 그도 그 집의 전화를 빌리어 그 여자와 이야기를 합니다. 그는 물론 그 주인을 매수한 것인데 나는 여자의 전화번호를 조사하였습니다. 그래 여기에 와서 교환국에 가 찾아봤더니 그는 포우라라는 과부입니다. 주소는 서 칠십오 정목 이백육십팔 번지에 살고 있습니다."

탐정의 보고는 이것뿐이었다. 그가 물러가자, 막함은 미소하며 방소를 보았다.

"뭐 별루 신통한 일이 없네그려!"

"허나 훌륭히 신통한 일일세."

"신통하다니? 나는 바이부의 연애에 관한 보고쯤은 기다리지 않었네."

"그러면서도 이 바이부의 연애가 지금 알벤송의 살인사건을 해결하러 드는 것일세"

하고 방소는 입을 꽉 다물고는 만족한 낯이었다.

방소와 내가 점심을 먹고서 돌아다니다가 다시 지방검사국으로 돌아온 것은 다섯 시 반 조금 전이었다.

우리가 도착한 지 조금 지나서 호우망 양이 들어왔다. 그리고 그는 이야기의 나머지를 툭 터놓고 사무적으로 하기 비롯하였다.

"나는 아침에 다 말씀하지 않었습니다. 그러나 지금 나는, 당신께서 비밀을 지켜주신다면 다 말씀하겠습니다. 그렇지 않으면 나는 직업을 잃습니다."

"반드시 비밀은 지켜드리겠습니다"

하고 막함이 선뜻 약속하였다.

여자는 잠깐 주저하다가 말을 계속하였다.

“오늘 아침에 그 이야기를 했더니 벤담 소좌께서 저를 보고 여기에 와서 이야기하라 하셨습니다. 그런데 도중에서 그 냥반의 말씀이 이야기의 일부만은 하지 말라고 하셨습니다. 들어내어 하지 말라는 것이 아니라 그것은 조사를 혼란히 할 뿐으로 별 필요가 없으니 말 않는 것이 좋다 하셨습니다. 그래서 않었는데 나종에 생각하니까 중요한 일인 듯 싶어서 왔습니다.”

여자는 다시 주저하더니

“정말 그날 벤송 씨가 금고에서 가져오라 하신 것이 봉투만이 아니고요. ‘바이부—개인용’이라고 쓴 네모 번듯하고 묵직한 궤짝이 있었습니다. 그리고 두 분이 싸운 것은 이 궤짝 까닭인 듯합니다.”

“아침에 소좌께서 봉투를 끄내줄 때 금고 안에 그대로 있었습니까?”

“아니요, 그 궤짝만은 지난 목요일날 알벤송 씨가 당신이 댁으로 가지고 가셨습니다.”

“고맙습니다. 그런데 …… 알벤송과 소좌의 사이는 어떻습니까?”

그는 방소를 향하여 방긋 웃어보였다.

“좋지 않습니다. 성격이 다르니까요. 손님이 와서 무슨 의론이라도 있으면 서로 엿듣고 그랬습니다.”

“아하, 가만히 듣는군요”

하고 방소는 웃다가

“그럼 엿듣는 걸 최근에 보신 일이 있습니까?”

여자는 갑자기 정색하였다.

"알벤송 씨가 살아 있든 맨 끝날입니다. 소좌가 문 뒤에서 엿듣고 있는 걸 보았습니다. 그때 알벤송 씨가 웬 여자와 이야기하고 있었습니다. —소좌는 몹시 흥미를 가진 듯하였습니다."

"그 여자는 누굽니까?"

"모르겠습니다. 이름도 모릅니다."

방소는 두서너 가지 질문한 다음 그를 보냈다.

우리들은 구락부 유희장에 자리를 잡을 때까지 아무도 말이 없었다. 그러자 방소는 유유히 궐련에 불을 붙이고 입을 열었다.

"내가 호우망 양이 또 한 번 오리라든 그 속을 알았나? 알벤송은 저당 없이 위조 소절수를 그냥 둘 사람이 아닐세. 왜냐면 바이부는 자기의 친구 때문에 감옥에까지는 안 가리라고 생각하고 있는 까닭일세. 나는 바이부가 수형을 지불하기 전에 저당을 도로 가져갈려고 했던 것이 분명허이. 그래 거기에 '안 된다' 하는 말이 나왔네. 이러니까 말다툼이 되기는 여반장이지."

"참 자네는 천잴세"

하고 막함은 몇 번 감탄하였다.

"그런데 소좌가 그 궤짝이 이 사건에 관계가 없다 할 때에는 우리보다도 이 사건의 내용을 잘 아는 게 아닌가?"

"나는 처음부터 그가 스스로 이야기한 거보다는 훨씬 많이 안다고 생각하였네. 그는 우리의 주의를 바이부에게로 돌려놓고 리곡구 대위를 얼싸 주었다는 걸 자네는 잊어서는 안 되네."

"응, 자네의 의밀 알았네"

하고 막함은 잠깐 무엇을 생각하다가 천천히 말하였다.

"그 보석상자가 이 사건의 중대한 역할을 가진 것 같어이…… 소좌를 만나서 물어보겠네."

16. 위조 소절수

다음 날 아침 우리가 검사국으로 찾아가니 막함은 어제와 같이 사무에 골몰하여 있었다. 방소는 그에게 인사를 하기 전에

"막함, 오늘 열두 시쯤 해서 시간을 좀 비어두게."

"왜?"

하고 막함은 손의 펜을 놓고 방소를 쳐다보았다.

"오늘 포우라 부인의 정부 말일세—자네의 대리로 내가 아까 전화를 걸어두었네."

"내 대리로?"

하고 그는 얼굴에 노기를 띠었다.

"이 관청 일은 내가 처리를 하는 걸세."

그는 암만 말해도 소용이 없음을 알았는지 말을 끊었다. 그리고 포우라 부인과의 면회는 그로도 희망하는 바였다.

"자네가 약속했다면 한 번 만나보세, 허나 이런 걸 바이부가 알면 우리의 일이 좋지 않을 걸—"

"응, 그건 염려 말게"

하고 방소는 중얼거렸다.

"내 오늘 놈에게 전화해서 아일랜드로 가도 좋다고 하였네."

"자네 맘대로 전화를—?"

막함은 이렇게 다시 찌르퉁해지는 걸 방소가 껄껄 웃으며

"소좌가 어째서 보석상자에 대하야 말이 없었는지 아나? 그 속을 알랴면 여기에 사람을 보내어 그의 사무실의 장부를 조사하게."

막함은 소좌의 체면을 생각하는 듯이 애써 거절하였으나 방소의 끈끈한 요구에는 결국 동의치 않을 수 없었다. 그는 전화실로 가서 소좌를 불러내었다.

"그는 그런다고 쾌히 승낙하였네"

하고 막함은 수화기를 걸며

"시방 한껏 우리의 조력을 하구퍼 하는 모양일세."

우리는 지하철도로 칠십이 정목까지 가서, 거기서부터 포우라 부인 집까지 큰 거리를 걸었다. 그는 칠십오 정목 모퉁이에 있는 조그만 아파트먼트에 살고 있었다. 우리가 벨을 누르고 문간에 섰으려니까 지나의 향수가 물큰 하고 코를 찔렀다.

포우라 부인은 키가 크고 퉁퉁히 생긴 중년 여자였다. 누르스름한 머리와 볼그레한 흰 얼굴이, 침착하고 젊어 보였다. 부드러운 하관에 턱이 괴인 것은 몇 해 동안이나 계속하여 온 나태한 생활을 잘 알리고 있었다.

우리가 자리를 잡자, 막함이 우선 심방한 이유를 말한 뒤에 방소가 대미쳐 묻기 시작하였다. 그는 친절한 태도로 미소하여 보이고는 의자에 가 번듯이 몸을 기댔다. 그리고 여자가 대답할 적마다 만강의 동정을 표하였다.

"바이부 씨는 열심히 당신이 이 사건에 끌리지 않도록 애 쓰시느나 보드군요"

하고 방소가 말을 계속하였다.

"그러나 우리는 사건의 기미를 다 알고 왔습니다. 믿고 말씀하야 주시기 바랍니다. 바이부 씨에게도 유익합니다."

"알벤송 사건에 바이부는 아무 관계도 없습니다. 그는 그 담날 여덟시 기차로 뉴욕에 왔습니다."

그는 완전히 믿고 있는 듯이 참되게 이야기하였다. 바이부가 그에게 능글차게 거짓말을 하였다는 것이 확실하였다.

방소도 그런 양으로 듣고는 그의 대답만으로 만족하였다.

"네, 그건 다 알았습니다"

하고 방소는 어떻게 물어야 좋을지 몰라 좀 머뭇거리다가

"바이부 씨가 알벤송의 명의로 일만 원 소절수를 위조했다지요. 당신도 아십니까?"

"네. 바이부 씨가 다 이야기했습니다."

"그래 알벤송이 노해서, 바이부 씨에게 수형과 자백서를 요구했다지요?"

여자는 원망한다는 듯이 보이는 노염을 품고 대답하였다.

"네, 그렇습니다. — 요구대로 해주었습니다. — 알벤송은 맞어 죽어 쌉니다. 갭니다. 친구끼리 돈 좀 쇠는데 자백서가 다 뭡니까? 더러운 계책입니다."

그는 얌전한 태도에도 불구하고 알벤송을 극히 저주하였다. 방소는 이걸 기화로 그를 위안하여 주는 듯이 고개를 끄덕끄덕 하였다.

"그러나 결국, 알벤송이 게다가 저당까지 요구 안 했드라면 좀 낫겠지요!"

"저당이요?"

"네, 그가 죽든 날 그는 사무실에서 파란 보석상자를 가지고 집으로

왔습니다."

여자는 숨을 죽이었던 것이나, 그러나 달리 감동의 빛을 보이지 않았다.

"보석요? 그건 모릅니다."

"바이부 씨에게 보석을 빌린 것은 매우 아름다운 일입니다."

이걸 듣자, 여자는 낯을 외면하였다.

그의 얼굴에는 핏기가 멎어서 해쓱히 되었다.

"그럼, 내가 그 보석을 빌렸다구?"

방소는 손을 들어 여자의 말을 막았다. 그리고 잠잠히 담배를 피우며 여자를 바라보았다.

여자는 의자에다 기운 없이 몸을 의지하여 있었다.

"어째서 내가 바이부에게 보석을 빌렸다고 생각하십니까?"

여자의 음성은 떨렸다. 그러나 방소는 그 질문을 잘 이해하였다. 이것이 여자의 거짓말의 최종이었다. 얼마를 침묵에 싸였다가 여자는 넋을 펵 잃고 "바이부가 그걸 가져갔습니다" 하고 바로 토하였다. "그렇지 않었다면 알벤송은 그를 죄인으로 몰았겠지요"
하고 그의 어조에는 바이부를 위하여 자기를 희생했다는 뜻이 가득하였다.

"지난 목요일 날, 그와 알벤송이 사무실에서 싸웠다는 걸 알고 계십니까?"

"네, 그건 제가 잘못했었습니다"
하고 여자는 탄식하였다.

"기한이 절박해 와도 그에게는 돈이 없었습니다. 그래 나는 그에게, 알벤송에게 가서 주머니의 돈을 다 털어놓고 보석을 내주나, 안 주나,

시험해 보라 했습니다. ― 물론 거절입니다 ― 먼저부터도 그럴 줄 알았건만 ―"

방소는 잠시 동안은 그를 동정하는 낯으로 언짢게 앉아 있었다.

"또 한 가지 ― 당신은 알벤송에 대하야 대단히 분개하신 모양인데 그 이유를 듣고 싶습니다."

"내가 그를 미워하는 것은 무리가 아닙니다"

하고 그는 불쾌히 눈을 이그렸다.

"보석 내주길 거절하는 그 담담 오후 그는 나에게 전화를 걸었습니다. 그는 말하되 자기도 집에 있고, 보석도 집에 있다고 말했습니다 ― 이만하면 그 말이 무엇인지 아시겠지요 ― 금수 같은 놈입니다. 그래 나는 바이부에게 그 말을 전화로 했습니다. 그는 담날 아홉 점쯤 하야 와서, 둘이서 알벤송이 죽었다는 신문을 읽었습니다."

"고맙습니다. 막함 군은 벤담 소좌의 친구입니다. 나는 그에게 말하야 오늘로 그 소절수와 자백서를 찢어버리도록 하겠습니다."

17. 범인의 자백

우리가 거리로 나왔을 때, 방소는 막함을 향하여 쌀쌀히 탄식하며

"막함, 이 사건은 자네에게 너머도 많은 상식을 넣어주었네. 그걸 아나?"

"나는 정신을 잃었네"

하고 막함은 머리를 흔들었다.

"머리가 아파!"

그리고 침통한 낯으로 무엇을 궁리하는 듯하였다.

우리가 검사국으로 들어갔을 때 히이스 경부는 매우 찌부둥한 낯을 하고 기다리고 있었다.

"막함 씨 인전 결말이 났습니다"

하고 그는 보고하였다.

"당신이 안 계신 동안에 리곡구 대위가 찾아왔습니다. 당신이 안 계심으로 그는 본부로 가서 '나는 자백하러 왔습니다. 내가 알벤송을 죽였습니다'라고 말하였습니다. 나는 그의 자백을 스와카에게 필기를 시켜 서명까지 받았습니다."

그리고 그는 막함에게 타이프로 찍은 종잇장을 내주었다.

막함은 의자에 털썩 주저앉아서, 며칠 동안의 긴장이 급자기 풀렸음인가, 긴 한숨을 돌렸다.

"아, 아, 이걸로 끝일세."

방소는 답답한 듯이 그를 바라보며 머리를 저었다.

"나는 자네의 일이 인제 시초가 잡혔다고 생각하네—"

하고 그는 고단한 듯이 하품을 하였다.

막함은 자백서를 한 번 훑어보고는 그걸 방소에게 내주었다. 방소는 그걸 흥미 있는 시선으로 차근차근 읽고 있었다. 그리고 지방검사의 책상 앞으로 가서, 거기에 버듬이 기대었다.

"나는 아즉 자네의 일을 망쳐논 적은 없었네. 그리고 이번에 다시 한 번 제의하겠네. 지금이라도 이리로 벤담 소좌를 부르게. 자네가 범인의 자백서를 얻었다고 그게 누구라는 말은 말게—"

"나는 그럴 필요가 없다고 생각하네"

하고 막함은 반대하였다.

"그래서는 아무것도 안 되네"

하고 그는 다시 주장하였다.

"만일 소좌가 우리의 곡해를 깨쳐준다면 나는 히이스 경부도 여기에서 같이 들을 필요가 있다고 생각하네."

"나는 곡해를 깨쳐 받을 필요가 없습니다"

하고 경부도 매우 불만이었다.

"놀라운 사람이로군 ! 뭐! 괴테만 하여도 좀 더 광명을 하고 부르짖었네. 그런데 자네는 광명에 이렇게 포화되어 있나? 실로 놀라운 일일세."

입으로는 반대를 하였으나 막함은 잘 생각하였다. 과거 며칠 동안의 경험으로 보아 그는 방소의 충고는 그대로 용인해야 좋은 걸 깨달았다. 그래서 마지못하여 뿌루퉁한 낯으로 전화를 떼어 소좌에게 오라는 뜻을 전하였다.

벤담 소좌는 놀랄 만치 빨리 뛰어왔다. 막함이 자백서를 내준 즉 그는 열중한 표정으로 읽고 있었다. 그러나 읽는 동안에 그의 얼굴은 흐리고 의혹의 빛이 눈에 나타났다.

드디어 그는 씁쓰름한 얼굴로 눈을 들었다.

"나는 영문을 모르겠습니다. 참으로 놀랐습니다. 리곡구 대위가 알벤송을 죽이다니 그건 말이 안 됩니다."

그는 자백서를 막함의 책상 위에 놓고 실망한 듯이 의자에 가 몸을 던졌다.

"당신은 이걸로 만족하십니까?"

"아즉 확실치가 못합니다"

하고 막함은 고개를 들었다.

"만약 그자가 범인이 아니라면 어째서 그가 자진하야 자백합니까? 벌써 이틀 전에 체포할랴고 했든 것입니다."

"그가 확실히 범인입니다"

하고 히이스는 자기의 수완을 못 뵌 것이 아깝단 듯이

"나는 처음부터 그를 주목했습니다."

"나에게는 허황한 일같이 생각되오, 경부"

하고 방소는 말하기 싫은 것을 억지로 반대하였다.

"사랑하는 여자를 위하야 희생한다는 건 그 어디로 보면 죄가 아니오."

그리고 벤담 소좌를 향하여 질문하는 시선을 돌리었다.

"당신은 리곡구 대위가 어째서 이렇게 죄를 쓰고 나온다고 생각하십니까?"

소좌는 딴 소리만 할 뿐으로 대위의 행동에 관한 방소의 암시에는 순종치 않았다. 방소는 한동안 그에게 물었으나 말로는 그를 움직일 수 없었다.

이때 비서가 문앞에 나타났다.

"신문통신원들이 문밖에서 들끓습니다."

"자백서에 대하야 눈칠 챈 거든가?"

하고 막함이 히이스에게 물었다.

"아즉 모를 겝니다. 당신이 허락하시면 제가 나가서 공포하겠습니다."

막함이 고개를 끄떡인즉 히이스는 문 쪽으로 몸을 돌리었다. 그러나 방소는 잽싸게 그의 걸음을 막았다.

"자네, 낼까지 비밀 못 지켜주겠나? 막함."

막함은 어찌할 바를 몰라 어리둥절하였다.

"나의 자유로 할 수는 있네. 그러나 그게 어쨌단 말인가?"

"다만 자네를 위하야서일세. 자네의 허영심을 이십사 시간만 억제하야 주기 바라네"

하고 방소는 슬픈 표정을 하여 보이며

"막함 자네의 죄수를 보여주지 못하겠나?"

"그건 관계 없지"

하고 막함은 호기심에 눈을 뜨고

"나도 리곡구와 이야기할 것이 좀 있다고 생각하네."

그는 얼굴 붉은 비서를 불러서

"리곡구 대위의 범인 인도 청구서를 좀 써주게. 그리고 그걸 보내어 속속히 수속하게 하게!"

하고 명령하였다.

십 분쯤 지나서 형무소에서 전옥대리가 범인을 끌고 들어왔다.

18. 방소의 신문

리곡구 대위는 모든 걸 결단했다는 얼굴로 들어왔다. 어깨는 축 쳐지고 두 팔은 되는 대로 늘어져 있었다. 며칠 동안 잠도 못잔 듯싶어, 눈은 멀거니 흐려 있었다. 벤담 소좌를 보자 그는 자세를 바로 잡아 그 앞에다 손을 내대었다. 그는 알벤송을 심히 미워했으나 벤담 소좌를 친구로 생각하고 있는 것이 확실하였다. 그러나 돌연히 자기의 처지를 깨닫고 얼굴을 붉히며 뒤로 몸을 거두었다.

소좌는 그에게로 얼른 다가서며 그 팔을 잡았다.

"인제 차차 알 겔세"

하고 그는 애석해서 말하였다.

"나는 자네가 알벤송을 죽였다고는 생각지 않네—"

"물론 내가 죽였습니다."

대위의 음성은 단호하였다.

"나는 그에게 예고하야 두었었습니다."

방소는 앞으로 나가 의자를 권하였다.

"이리 앉으시지요. 지방검사가 살해하든 모양을 듣고 싶답니다. 다 알겠지만 법률은 확적히 증거가 없는 범인의 자백서는 수리할 수가 없습니다."

그리고 리곡구와 대좌하여 자백서를 집어들었다.

"여기에는 알벤송이 당신에게 대한 행동을 분개하야 십삼 일 밤 열두 점 반쯤 하야 정문으로 들어갔다 하였는데 …… 그럼 그때 대문 밖에 재색 카데릭호 자동차가 있는 걸 보셨소?"

"네, 보았습니다."

"거기에 탄 사람을 보셨습니까?"

"자세하겐 모르나 아마 바이부라는 사람인 것 같습니다."

"알벤송 씨는 그때 어딨었소?"

"막 탁시에서 나려오는 길이었습니다."

"알벤송 씨와 바이브 씨와 동시에 보았소?"

"아니오 내가 그 집엘 다녀나온 후에 바이부 씨를 보았습니다."

"그럼 당신이 집 안에 있는 동안에 그가 왔구료?"

"네, 그런 것 같습니다."

"그럼 대위, 집에 들어가서 헌 일을 이야기하야 주시오."

"우리는 곧 그의 사랑으로 들어갔습니다. 그는 의자에 걸터 앉었습니다. 나는 서서 이야기하였습니다. 그리고 나는 총으로 그를 쏘았습니다."

방소는 주의하여 그를 보았다. 막함은 열심히 몸을 내대고 듣고 있었다.

"당신과 그는 곧 사랑으로 들어갔습니까? 집으로 들어가자 마자—"

"네, 그렇습니다."

"하면 그는 죽었을 때 자리옷을 입고 있었는데—그건 어떻게 설명하겠소?"

리곡구는 허병저병 사방을 둘러보았다. 그는 타는 입술을 혀끝으로 적신 뒤에 대답하였다.

"알벤송은 먼저 한 이삼 분 우층에 다녀왔습니다. 아마 그때 갈아입은 듯합니다."

"그렇겠지요"

하고 방소는 동정하는 어조였다.

"그러나 그가 나려왔을 때 그의 머리에서 이상한 걸 못 보았습니까?"

리곡구는 얼떨떨하여 눈을 들었다.

"머리요? 모르겠습니다."

"혹 머리빛이 변한 걸 못 보셨소?"

"아니요, 잘 기억이 안 납니다"

하고 그는 눈을 감고는 그 현장을 다시 생각하는 듯하였다.

"그럼 탁자 위에 보석상자를 혹 보았소?"

"눈에 띄지 않었습니다."

"그를 죽이고 나올 때 전등은 껐겠지요?"

하고 묻다가 곧 대답이 없는 걸 보자 방소는 넘겨짚어서

"필연 그랬을 겝니다. 왜냐면 바이부가 갔을 때 집안이 캄캄했다 하니까—"

리곡구는 비로소 긍정하는 듯이 고개를 끄덕이었다.

"네, 그렇습니다…… 잠깐 생각이 안 나서."

"불을 어떻게 껐습니까?"

"저—"

하고 말문이 막혔다가 한참 후에

"스위치를 눌러 껐습니다."

"스위치는 어디 있었습니까?"

"잘 생각이 안 납니다."

"가만히 생각하야 보시오."

"방문 옆에 있는 듯합니다."

"들어가서 바른 편? 왼편?"

"왼편—"

"아하, 그럼 책장 있는 곳이구려?"

"네, 그렇습니다."

방소는 만족한 낯으로 또 물었다.

"그럼 권총의 문젭니다. …… 강에 내던진 권총에는 총알이 하나 비었겠지요?"

"네, 그래서 내버렸습니다."

"하, 참 이상합니다. 우리가 강에서 끄낸 권총에는 탄환이 일제히 들어 있었습니다. 그러면 총이 둘이래야 할 텐데—"

리곡구는 곧 대답할 용기가 없는 듯하였다. 그가 다시 입을 열 때에는 그의 태도는 허둥지둥하였다.

"둘이 있을 리 없습니다…… 내 손으로 탄환을 바꿔 끼었습니다."

"아하, 자세히 알았습니다"

하고 방소는 매우 유쾌한 낯이었다.

"당신은 어째서 오늘 여기에 와 자백하였습니까?"

리곡구는 얼굴을 번쩍 들었다. 이때 그의 눈에는 신문 전후를 통하여 처음으로 생기를 띠었다.

"그것이 정당한 일이기 때문입니다. 당신들은 부당히도 죄 없는 사람을 의심합니다."

범인 회견은 이렇게 대충 끝을 막았다. 막함은 한 마디도 묻지 않았다. 그리고 대위는 다시 전옥대리에게 끌리어 감옥으로 호송되었다.

그가 나가고 문이 닫히자 방안에는 기묘한 분위기가 떠돌았다. 막함은 함부로 담배를 빨며 천정을 바라보고 있었다. 소좌는 의자에 털썩 주저앉아서 방소를 상찬한다는 눈치로 바라보고 있었다. 방소는 막함 쪽을 가끔 곁눈질을 해가며 미소하였다. 이렇게 사람의 표정과 태도는 이 회견에서 받은 인상을 제각기 나타내고 있었다.

비로소 침묵을 깨뜨린 것은 방소였다. 그는 경쾌하게 거반 농담 비슷한 소리를 하였다.

"우스운 자백도 다 보았네. 자네도 들었겠지. 놈은 어떻게 집에 들어갔는지 그것조차 모르지 않나? 바이부가 밖에 있었다는 사실은 피해자 같이 들어갔다는 설명을 어긋내고 게다 알벤송의 머리탈이며 금니에 관하야 일절 본 일도 없는 모양이니 —"

"네, 그렇습니다"

하고 옆에서 소좌가 대답하였다.

"알벤송은 금니를 뽑으면 말소리가 달라집니다—리곡구는 이 속을 전혀 모릅니다."

"뿐만 아니라 전기 스위치의 장소도 틀리고 권총에 대한 설명도 귀둥대둥 하는 걸 보면 어린애라도 그가 진범이 아닌 걸 알 겔세. 이것은 놈이 구레야 양이 혐의를 받고 있다 생각하고 자기가 죄를 들쓰고 나온 것이 분명허이."

"나두 그렇게 생각됩니다"

하고 소좌도 거기에 동의하였다.

"허나"

하고 방소는 궁리를 하며 말하였다.

"대위의 행동은 다소 의심되는 점이 없지 않어이. 그가 이 범죄에 아주 관계가 없다면 어째서 자기의 총을 구레야 양의 집에다 감출 필요가 있겠는가?"

그는 궐련에 불을 붙이고 그 연기를 들여다보고 있었다.

"그러나 나는 이렇게도 말할 수 있네. 그는 실행에까지 나왔다고. 그리고 한 사람이 이미 처치한 걸 알고 그만둔 것, 아마 그쯤 되었을 걸세. 바이부가 그를 봤다는 사실과 또는 그가 자기의 권총을 구레야 양에게 가져다 감추었다는 사실이 그걸 증명하네!"

"그런 거 같으이!"

막함은 이렇게 대답하자 음울한 미소를 띠었다. 그리고 그것은 그가 리곡구를 범인으로 알았던 그 생각을 완전히 버리는 걸로 방소에게 사과

하는 표정이었다.

소좌는 막함에게 우울한 미소를 던지며 모자를 들었다.

"나는 사무실로 갑니다. 또 소용이 되시거든 불러주십시오."

방소는 막함을 데리고 구레야 양을 방문하여 강변으로 떠났다.

"지금 구레야 양을 만나 볼 필요가 없지 않은가?"

하고 막함은 따라오며 의아해 하였다.

"필요라니? 자네에게 좀더 보여줄 것이 있네. 자네의 머리에는 아직도 물적 증거라는 괴물이 남았으니까—"

19. 구레야 양의 설명

우리가 도착하자마자 막함은 실내전화로 긴급한 일이 있어 온 것을 말하였다. 조금 있다가 구레야 양이 내려왔다. 그는 리곡구 대위가 어디 있는지 몰라, 매우 번민한 자리가 있었다. 결상에 가 힘없는 그의 얼굴은 창백하고 꽉 모아 쥔 두 손은 떨고 있는 듯이 보였다.

방소는 확확 쏟아 말하였으나 그 어조는 매우 경쾌하였다. 그래 일장의 공기는 자연히 부드러운 것이었다.

"리곡구 대위가 알벤송을 죽였다고 자수한 것을 아십니까? 그러나 우리는 증거가 불충분하야 그대로 수리할 수가 없습니다. 그래 리곡구 대위의 결백한 걸 막함 씨에게 보여주기 위하여 데리고 왔습니다. 법률가의 머리란 우스운 것이 돼서 한 번 의심하면 내리 생각을 못 고칩니다. 왜 한때는 당신이 알벤송과 같이 있었다는 이유로 막함 씨가 당신을 의심하지 않었습니까?"

그는 막함 쪽으로 견책하는 미소를 던지고는 다시 말을 이었다.

"리곡구 대위가 얼싸고 있는 것은 확실히 당신입니다. 그러나 나는 적어도 죄인이 아님을 환히 압니다. 그러니 당신과 알벤송과 관계를 좀 더 자세히 하여주실 수 없겠습니까? 이것은 대위의 결백을 막함 씨에게 보여주는 데 가장 필요합니다."

방소의 태도는 여자를 제법 안심시켰다. 허나 막함은 골피를 잔뜩 찌푸리고 있었다.

구레야는 잠시 동안 방소의 얼굴을 들여다보고 있었다.

"뭘 물으시는 겝니까?"

"우선 당신의 장갑과 손가방이 어째서 알벤송 집에 있었나 말씀해주십시오. 그것이 불행히도 지방검사의 맘을 결박을 지었습니다."

여자는 솔직한 격의 없는 시선을 막함에게로 보냈다.

"나는 알벤송 씨에게 끌려서 밤참을 먹으러 갔습니다. 두 사람 사이에는 불유쾌한 일이 많았는데 돌아올 때에는 나는 더욱이 그를 불쾌히 생각했습니다. 참다 못하여 타임스 광장에서 운전수에게 정차를 명하였습니다—혼자 걸어가고 싶었습니다. 나는 노하고 승급해서 그랬든지 나의 장갑과 가방을 그 속에 놓고 나온 걸 몰랐습니다. 그리고 돈이 없어서 거기서 집에까지 터덜터덜 걸어갔습니다."

"나두 그렇게 생각했습니다" 하고 방소는 웃으며 "거기에서 걷자면 참 멉니다."

그는 막함을 조롱하는 듯이 힐끗 쳐다보았다.

"어떤가, 구레야 양이 한 시 전에 가실 수 있었겠나?"

막함은 우울히 웃는 낯을 하고 아무 대답도 없었다.

"그리고"

하고 방소는 물었다.

"어떡해서 밤참을 같이 자시게 되었는지요?"

여자는 얼굴을 흐렸으나 목소리는 여전히 평온하였다.

"나는 알벤송의 사무실을 통하야 투기사업에 많이 손해를 보았습니다. 그러다 그가 일부러 나에게 손을 보이지 않었나 하는 의심을 품게 되었습니다. 왜냐면 그는 나에게 너머도 추군추군이 굴어왔기 때문입니다. 그래 그런 이야길 토파할려고 그의 사무실로 찾아갔습니다. 그의 대답이 자기와 밤참을 먹으러 가면 거기에서 다 말하겠다는 것입니다. 물론 나는 그 목적을 알았습니다. 마는 자포자기한 마음으로 따라갔습니다."

방소는 잠깐 생각하다가 또 물었다.

"밤참을 같이 자시기로 되었는데 어째서 그날 또 벤송 집으로 가셨습니까?"

여자는 얼굴을 붉히었다.

"그의 사무실을 나오다 생각하니까 어째 그와 같이 밤참을 하기 싫었습니다. 그래 후회하고는 약속을 파하러 사무실로 다시 찾아갔드니 그때는 그가 없었습니다. 나는 일부러 그의 집에까지 찾아갔습니다. 그랬드니 그는 굳이 약속을 어기지 못한다 하고 자기의 마음대로 모도를 행했습니다."

"그럼 당신이 거기에 계실 때에 보석 상자는 웬 겁니까?"

"아마 뇌물인가 봐요"

하고 멸시하는 미소로 끝없이 알벤송을 저주하였다.

"그는 그걸로 나의 마음을 좌우할랴 하였습니다. 날더러 밤참에 따라 오라 하고 그 보석을 끄내 보였습니다. 그러나 나는 튀겨버렸습니다. 그리고 그는 이십일일에는 그 보석을 나에게 줄 테니 생각 잘 하라 하였습니다."

"물론 이십일일입니다"

하고 방소는 막함에게 시선을 돌렸다.

"자네 알겠나? 이십일일은 바이부의 수형의 기일일세. 그걸 못 갚는 날이면 이 보석은 뺏기는 걸세."

그는 다시 구레야 양에게 몸을 돌리어 물었다.

"그 보석은 밤참으로 갈 때 가져왔습니까?"

"아니요. 내가 배를 튀기니까 그는 실망하는 모양이었습니다."

"그러면 그 총에 관한 것인데 당신의 의향은 어떻습니까? 대위가 강에 던진 총 말입니다."

"그 담날 아츰 리곡구 대위가 와서 알벤송을 죽일 목적으로 어젯밤 열두 점 반에 그 집엘 갔었다고 말했습니다. 그러나 바이부 씨가 문밖에 있어서 고쳐 생각하고 그냥 왔다는 것입니다. 나는 바이부 씨가 그를 보았으면 어찌나 하고 애를 태웠습니다. 그래 권총을 나에게 맡기고 만일 찾거든 불란서에서 잃어버렸다고 하도록 일렀습니다. …… 나는 참으로 대위가 알벤송을 죽인 줄 알았어요. 그리고 그가 다시 총을 가질러 왔을 때 나는 속으로 아하 갖다버릴 작정이로군 하였습니다."

여자는 막함에게 얕은 미소를 보였다.

"그래 나는 당신의 질문을 거절하였습니다. 내가 혐의를 받드라도 리곡구를 구하고 싶었습니다."

"그러나 그는 당신을 조금도 속이지 않었습니다."

"네, 지금 저도 잘 압니다. 만일 그가 범인이었으면 권총 같은 거 안 가지러 왔습니다."

"참으로 머리 아플 일입니다. 그는 당신이 살인한 줄 압니다."

"나는 군인을 많이 압니다. 그의 친구며 벤담 소좌의 친구들이요. 작년에는 산에 가서 사격을 연습까지 했습니다. 그가 내가 죽인 걸로 생각할 것도 무리는 아닙니다."

방소는 일어나서 공손히 예를 하였다.

"고맙습니다"

하고 그는 말하였다.

"슬픈 일입니다. 막함 씨는 아즉도 당신네를 범인으로 생각하고 있습니다. 그래 나는 무리로 당신의 입에서 나올 아름다운 말로 이야기를 들려 주고저 하야 데리고 왔습니다."

그리고 그는 입을 꽉 다물고 노려보며 섰는 막함에게로 가까이 갔다.

"막함, 인제는 다 알았겠지? 내가 말한 대로 대위를 석방하게—"

막함은 더 견딜 수 없을 만치 노하였다. 그러나 일어나서 여자 편으로 나아가 악수를 청하였다.

"구레야 양"

하고 그는 친절히 말하였다.

"내가 곡해를 하였습니다. 당신의 대위를 지금 곧 당신에게로 돌려보내겠습니다."

여자는 뜻밖의 기쁨을 못 이기어 얼굴이 발개졌다. 그리고 흥분한 가슴에서는 거친 숨이 펄떡거리었다.

우리가 거리로 나왔을 때 막함은 시원한 낯으로 방소를 보았다.

"따는…… 그 여자의 대위를 잡은 것은 나고 놓은 건 자넬세 그려!" 하고 그는 한숨을 토하였다.

방소는 탄식하였다.

"자네는 자네의 역할을 모르나?"

"그 여자 앞에서 개대접을 받은 것이? …… 대관절 인젠 어디로 가나?"

"하여튼" 하고 그는 크게 부르짖었다.

"자네는 오늘 범인을 고발하기에 유리한 증언을 들었네. 뿐만 아니라 그 장갑과 손가방도 알았고 알벤송 사무소에서 왔든 여자도 알았고, 구레야 양의 자정으로 한 시까지의 행동도 알았고, 또는 어째서 알벤송과 밤참을 먹은 것을 알았고, 그가 알벤송 집에 왜 갔든 것도 알았고, 보석이 거기 있었든 것도 알었고, 어제 대위가 권총을 그에게 갖다 두었나 혹은 강에 버렸나 하는 것도 그리고 자수한 이유도 다 알지 않었나? 알았지? 막함."

"그리고 자네는 지금 누가 범인인지 말할 수 있겠지?" 하고 막함은 비웃는 어조로 엇먹었다.

방소는 궐련을 빽빽 빨아 올렸다.

"물론 누가 쏘았는지 벌써 알았네."

막함은 커다랗게 코를 올렸다.

"은제 알았나?"

"맨 첨 날 아츰 알벤송의 방에 들어가서 오 분 안에 알았네—" 하고 방소는 잠깐 무얼 생각하다가

"자네는 지금 다섯 사람의 범인을 갖고 있네. 말하자면 제일 구레야

양, 제이에 리곡구 대위, 제삼에 안나 부인, 제사에 바이부, 제오에 소토랑 대좌…… 이렇게 다섯을 가졌네. 그들의 자네의 그 물적 증거로 비치어 다들 시간 장소 기회 흉기 동기…… 그런 조건에 부합하는 행동을 가졌네."

그리고 그는 막함의 얼굴을 한참 쳐다보다가

"그러면서도 내가 데리고 다닌다면 그들이 다 범인이 아닌 것을 넉히 보여줄 수가 있네. 그러나 그럴 시간이 없으니 우선 그들의 행동을 증명하기 위하야 벤담 소좌의 아리바이를 조사하야 보기로 하게. 자네가 가져온 그건 믿을 수가 없으니까 내 눈으로 즉접 보고 조사하세."

막함은 필요 없다고 반대를 하면서도 떠름한 낯으로 방소의 뒤를 따랐다.

20. 진범수사

벤담 소좌가 살고 있는 집은 사십육 정목에 있는 아파트였다. 입구는 단조하고 무게 있는 정면에 있어 곧 거리로 통하였다. 그리고 보도보다 두 단이 좀 높을 뿐이었다. 문간에서 곧 조그만 응접실이 있는 낭하를 통하여 저쪽에 승강기가 있었다. 그 옆에는 승강기를 돌아 올라간 쇠로 된 계단, 그 아래 전화의 배전판이 붙어 있었다.

우리가 갔을 때 제복을 입은 두 젊은 사람이 일을 하고 있었다. 한 사람은 승강기 문 속에 섰고 또 한 사람은 배전판 앞에 앉아 있었다.

방소는 입구에서 막함을 붙잡았다.

"내가 아까 전화로 두 사람 중의 한 사람이 십삼일 날 밤 당번이라는 걸 알았네. 그 한 사람을 자네가 가서 지방검사라고 위협하야 가지고 내게로 데리고 오게."

막함은 낭하로 들어갔다. 소년들에게 잠깐 물어가지고 그는 그 중의 하나를 데리고 응접실로 들어왔다.

방소는 상대가 무슨 소리를 하든지 꽉 믿는다는 너그러운 태도로 질문을 시작하였다.

"그의 아우가 죽든 날 밤 벤담 소좌는 몇 점에 들어왔어?"

소년은 눈을 크게 해가지고 보았다.

"열한 점 — 극장 파할 때쯤 해서 왔어요."

"그가 너에게 뭐라고 그러디?"

"구경을 갔었다고요. 그런데 아주 재미가 없어서 지금 두통이 난다고요."

"그런데 너는 일주일 전 걸 어떻게 그렇게 넉넉히 기억허니?"

"그날이 그 아우가 죽은 날이 아니야요."

"응, 그날 밤 돌아와서 그는 너에게 날짜에 관하야 무슨 말이 없었니?"

"자기가 나쁜 구경을 간 것이 아마 열사흗 날이기 때문인가 보다구 했습니다."

"또 그담에는?"

"저에게 열사흗 날을 저의 복날로 정해야겠다 하고 주머니에 있는 은화를 다 끄내주었습니다" 하고 소년은 빙글빙글 웃었다.

"전부가 얼마?"

"삼 원 사십오 전입니다."

"그러고는 그는 자기 방으로 갔니?"

"네, 제가 그를 올렸습니다. 그는 삼층에 있습니다."

"그 뒤에 그는 또 나갔었니?"

"아니요."

"너는 그걸 어떻게 아니?"

"나갔으면 제가 보았게요. 제가 승강기를 운전하고 배전판에 대답하고 합니다."

"당번은 너 하나였었니?"

"네, 열 점 후에는 언제든지 혼자 있습니다."

"여기는 이 대문간 말고 달리 나갈 데는 없니?"

"네, 나갈 수 없습니다."

"그럼 벤담 소좌를 본 것은 언제냐?"

"저 ―" 하고 소년은 잠깐 생각하다가

"그가 얼음주머니를 해오라 해서 제가 가져갔습니다."

"몇 점이었나?"

"글쎄요, 자세하겐 모르나…… 아마 열두 점 반쯤 되겠습니다."

"그럼" 하고 방소는 코로 웃더니

"그는 시간을 안 묻디?"

"물었습니다."

"어떻게."

"제가 얼음을 가져가니까 그는 누워 있었습니다. 그리고 나에게 사랑에 있는 대야에 놓고 가라 했습니다. 내가 그걸 허구 있으려니까 선반우의 시계를 좀 보아달라구요. 주머니의 시계가 쉬어서 시간을 좀 맞춘다고 그랬습니다."

"그러고 또 뭐래디?"

"별루 말이 없었습니다. 누가 오든지 벨을 누르지 말라구요. 졸려워서 자겠다고 했습니다."

"그걸 크게 말하지 않디?"

"네, 그랬습니다."

"또 다른 말은 없었니?"

"잘 자거라 하고 전등을 껐습니다. 그래 저는 알로 나려왔습니다."

"어느 전등을?"

"침실의 전등을 껐습니다."

"사랑에서 침실이 보이니?"

"아니요. 침실은 저 마루 끝에 있습니다."

"그럼 어째서 전등을 끄고 안 끄고를 아나?"

"침실이 문이 열려 있어서 그 빛이 마룻바닥에 비취입니다."

"네가 나올 때 침실 옆을 지났니?"

"네, 그리 지나지 않으면 나려올 수가 없습니다."

"문은 열려 있었니?"

"네 열려 있었습니다."

"침실의 문은 그거 하나냐?"

"네—"

"네가 들어갔을 때 그는 어딨었니?"

"침대에 있었습니다."

"어떻게 아니?"

"제가 그를 보았습니다" 하고 소년은 낯을 찌푸렸다.

"그리고 다시 나려오는 건 못 보았지?"

"네, 못 보았습니다."

"네가 승강기로 올라올 때 너에게 보이지 않도록 층계로 걸어 나려올 수가 있지?"

"네, 그렇게는 됩니다. 그러나 나는 그에게 얼음을 갖다 준 때로부터 몬테익 씨가 오든 두 점 반까지 아무도 승강기를 올리지 않었습니다."

"그러면 몬테익 씨가 오든 두 점 반까지 아무도 올리지 않었구나?"

"네—"

"그동안에 너는 어딨었니?"

"여기 앉어 있었습니다."

"네가 최후로 침대에 있는 그를 본 것이 열두 점 삼십 분이었구나?"

"네, 아침 일즉이 여자로부터 그의 아우가 죽었다는 전화가 올 때까지 그를 못 보았습니다. 그때 그는 십 분쯤 뒤에 나려왔습니다."

방소는 그에게 돈 일 원을 주었다.

"그리고 우리들이 왔다는 것을 아무에게도 말 말어라."

소년이 저쪽으로 가자 방소는 막함에게 냉정한 시선을 던졌다.

"나는 지금 소좌의 거처를 수색해 보고 싶으이."

"그게 무슨 소리냐?" 하고 막함은 부르짖는 듯이 반대하였다.

"자네가 환장했나? 소년의 증언에는 아무 것도 의심할 것이 없지 않은가?"

"과연 진실을 말하였네" 하고 방소는 동의하였다.

"그러기 때문에 내가 올라가 보자는 것일세—지금쯤 소좌는 올 염려가 없네. 그리고" 하고는 그는 충이는 낯으로 미소하였다.

"자네는 나에게 아무 조력도 아끼지 않는다는 약속이 있지 않은가?"

막함은 열심히 반대하였으나 방소의 고집에는 당할 길이 없었다. 몇 분 뒤에는 우리는 열쇠를 위조하여 소좌의 처소로 들어갔다.

방소는 곧장 뒷방으로 들어갔다. 바른 벽에는 선반이 있고 그 위에는 오래 묵은 시계가 놓여 있었다. 난로에 가까운 한 구석에 조그만 테이블이 있고 위에는 은으로 만든 빙수도구가 얹혀 있었다.

그는 창께로 가서 거기로부터 삼십여 척 되는 뒤뜰을 내려다보았다.

"여기로는 못 나갈 테고—"

그리고 몸을 돌리어 낭하 편을 보고 있었다. 소년의 말과 같이 침대의 전등이 낭하에 비추이게 되어 있었다. 그는 바로 침실로 들어갔다. 거기에는 문쪽을 향하여 침대가 있고 그 옆 조그만 탁자 위에 전등이 얹혀 있었다. 그는 침대 전에 앉아서 전등의 줄을 잡아당겨 불을 켜보았다. 그리고 그는 막함에게 시선을 돌리어

"소좌가 소년에게 보이지 않도록 어떻게 나갔다고 생각하나?"

"공중으로 걸어나갔겠지" 하고 막함은 신지무의하게 대답하였다.

"글세, 그렇게도 보이네" 하고 방소는 침착한 얼굴로

"참으로 교묘허이! 막함, 열두 점이 지나서 소좌는 소년에게 얼음 주문하였네. 소년이 가져왔을 때 그는 문 앞을 지나서 소좌가 들어누워 있는 걸 보았네. 소좌는 옆방에 있는 빙수도구에 넣어두라 하였네. 그리고 시간이 얼마나 되었나 봐달라 하였네. 소년이 본 즉 그것은 열두 점 반이였네. 소좌는 아예 깨우지 말라 하고 잘 자거라 하고는 전등을 끄자 곧 침대로부터 뛰어나왔네. 물론 의복은 미리부터 입고 있었으니까—그리고 소년이 얼음을 깨뜨리고 있는 동안에 낭하로 뛰어나왔네, 소좌는 승강기가 나려오지 않는 동안에 계단을 뛰어나리어 거리로 빠

져 나왔네. 소년이 침실 앞을 지나 나올 때에는 방안이 캄캄허니 거기 소좌가 있는지 없는지 설사 들여다보았대도 모를 것일세 — 알겠나?"

"허긴 그럴 듯 싶군 — " 하고 막함은 말하였다.

"그러나 돌아올 때에는 어떻게 올라왔나?"

"그건 간단하이. 그는 대문 밖에서 아무라도 오기를 기다렸네. 소년의 말에는 몬테익 씨가 두 점 반에 돌아왔네. 그는 승강기가 우로 올라가는 동안에 계단을 걸어올라 갔네."

막함은 미소할 뿐으로 아무 말도 없었다.

"소좌가 앨 써서 날짜를 만들고 소년에게 그걸 인상시킨 것도 알겠지? 나쁜 연극 — 두통 — 불행한 날 — 왜 ? 십삼 일이기 때문에 — 그러나 소년에게는 좋은 날이었다. 은화를 받았다. — 매우 곰상스러운 염려가 아닌가 — "

막함의 안색은 흐렸으나 음성은 역시 무관심하게 들리었다.

"나는 여기서 그 권총이 나오리라 생각하네."

"그렇게 되면 귀신이 곡하지."

"아니 꼭 나오지" 하고 방소는 의장 서랍을 열어보기 시작하였다. "소좌는 총을 알벤송의 집에 놓고 왔을 리가 없네. 또는 허둥지둥 내버릴 바보두 아니네. 대전에 참가한 소좌이면 총 가진 거쯤 이상히 여길 것이 없네, 오히려 없다면 그것이 수상한 일이지."

그리고 그는 침대 아래에 있는 트렁크를 열어 속을 뒤져 보았다. 그는 방을 가로 질러가 옷장의 문을 열었다. 그 위 선반에 권총갑이 달린 군대용 혁대가 있었다.

그는 그걸 조심히 떼어가지고 들창 가까이 왔다.

"자세히 보게" 하고 그는 허리를 구부리었다.

"총갑을 보면 모두가 먼질세, 뚜껑만이 좀 청결한 것은 최근에 사용한 증결세 — 자네는 증거를 좋아허니 — "

그는 갑에서 권총을 조심스리 꺼내었다.

"자, 보게 총에는 먼지가 안 묻었네 — 최근에 닦은 것이 분명허이 — "

그는 탄환을 탁자 위에 쏟아 놓았다. 전부가 일곱 개였다. 그는 총에서 제일 먼저 나온 탄환을 가리켰다.

"이 탄환을 보게 — 맨 나종에 끼인 것일세. 다른 것보다 훨씬 빛나지 않나? 말하자면 최근에 끼인 것일세 — "

막함은 머리를 들어 쓴 미소를 보이었다.

"일로부터 비로소 시작일세" 하고 방소는 다시 설명하였다.

"자, 들어보게. 소좌는 알벤송이 열두 점 반에 집에 있는 걸 어떻게 알았나? 그는 알벤송이 구레야 양을 밤참에 가자 청하는 걸 들었네 — 호우망 양이 엿들은 이야기를 하지 않든가 — 그리고 구레야 양이 반드시 열두 점에는 작별할 것을 알았네. 그래 그는 알벤송이 열두 점 반쯤 하야는 집에 있을 줄 알았네. 그는 들창을 두드렸네. 그의 음성임을 알고 있는 알벤송이 나와 맞어드렸네. 알벤송은 형의 앞이라 제 모양에 주의 안 했네. 머리탈과 금니를 빼놓고도 넉넉히 그를 대할 수가 있었네 …… 소좌의 키는 바로 범인의 신장일세. 나는 은제 그 옆에서 서서 내 키와 대중하야 보았네 .그는 거의 정확한 범인의 킬세 — "

막함은 더 할 말이 없는지 무언으로 권총만 내려다보고 있었다.

"이번에는 보석일세" 하고 방소는 계속하였다.

"나는 그가 가졌다고 생각하네. 알벤송이 십삼 일 오후 보석을 가지고 집으로 돌아갔네. 소좌는 그걸 알았네. 생각하면 그날 밤 알벤송을 죽이게 한 원인이 여기 있을지 모르네—"

그는 기세 좋게 일어나서 들창 쪽으로 걸어갔다. 그리고 한 구석에 있는 책상 앞으로 가서 모든 서랍을 열어보았으나 다 잠겨 있지 않았다. 탁자의 서랍을 열어보았으나 거기도 열려 있었다. 그래 침실로 들어가려할 때 그의 눈에는 탁자 밑에 쳐싸놓은 헌 잡지들 틈에 끼어 있는 담배상자가 얼른 띄었다. 그는 즉시 달려들어 뚜껑을 열어보았으나 거기에는 쇠가 채여 있었다. 그는 탁자 위의 창칼을 집어들고 빼기기 시작하였다.

"아, 아 그건 안 되네" 하고 막함은 소리를 질렀다. 그의 얼굴에는 질책과 번민이 가로질러 있었다.

그러나 그의 손이 들어와 방소를 제지할 수 있기 전에 예리한 소리와 아울러 뚜껑이 열리었다. 그 속에는 파란 보석상자가 들어 있었다.

막함은 너무도 절망하여 의자에 가 털썩 주저앉았다.

"아아, 이게 뭔가!" 하고 그는 탄식하였다.

"나는 뭘 믿어야 좋을지!"

막함은 두 손으로 머리를 보태고는 고개를 숙였다.

"그러나 동기는?" 하고 그는 간신히 입을 열었다.

"사람은 보석에 눈이 어두워 제 아우를 죽일 수는 없네—"

"그야 그렇지—" 하고 방소는 동의하였다.

"보석은 제이의 조건일세. 그보다는 더 큰 움직일 수 없는 큰 동기가 있을 것일세. 장부를 조사 보낸 공증인이 오면 인제 차차 알 겔세—"

막함은 뜻을 결정한 듯이 벌떡 일어났다.

"자, 얼른 나는 사건의 결말을 짓고 싶어이."

21. 범인 체포

우리가 돌아와 십오 분쯤 기다리는 동안에 막함은 자기 사무에 열중하였다. 그때에야 공증인은 돌아와 방소에게 성공한 듯이 미소하였다.

"당신의 덕택에 살았습니다. 소좌가 게 있는 동안에는 옆에 꼭 붙어 앉어서 일을 할 수가 있어야지요."

"나는 힘껏 다 하였네" 하고 방소는 탄식하였다.

"공증인이 장부를 조사할 때 방해가 될까봐 범인의 자백서를 들으러 오라고 소좌를 끌어낸 것일세."

"자네는 뭘 찾아냈나?"

"너머 많습니다."

그는 주머니에서 종이쪽을 꺼내어 책상 위에 펼쳐놓았다.

"간단히 보고하면, 나는 방소 씨의 분부에 따라 현물 목록과 회계의 부속 공부를 보고 또 진찬 전표를 조사하였습니다. 나는 원부 관계는 차치해 두고 상회주 자신의 투기 상태를 보았습니다. 벤담 소좌는 자기 수중에 있는 저당을 모두 이중 저당으로 그는 매우 위험한 내면을 갖고 있습니다. 그게 얼마냐 하면 상당한 액숩니다."

"알벤송은?" 하고 방소가 물었다.

"꼭 같은 짓을 하는데 이건 어쩐지 세월이 좋습니다. 이삼주일 전만 해도 큰돈을 잡았습니다."

"그러니까 소좌가 금고의 열쇠만 잡는다면" 하고 방소가 암시하였다.

"아우의 변사가 그에게는 행운이로군—"

"행운이요?" 하고 공증인은 반문하였다.

"소좌는 징역을 갈 겐데 이제 살았습니다."

공증인이 나가자 막함은 부처님같이 앉아 있었다. 그의 눈은 저쪽 벽에 가 꽉 붙어 있었다. 그는 소좌의 범죄를 부인하기 위하여 찾고 있던 한 줄기의 지푸라기까지 빼기고 말았다. 그는 비서를 불러서

"소좌에게 전활 걸고 범인을 찾았으니 곧 오라고 말해 주게—" 하였다.

그리고 막함은 히이스에게 몇 마디 분부하여 두었다. 그는 일어나서 자기 앞에 있는 책상 주위에다 걸상 몇 개를 늘어놓았다.

히이스가 히푸스를 데리고 와 같이 걸상에 앉았을 때 방소는 주의하였다.

"주의하시오. 소좌는 진상이 발로된 걸 알면 당신들을 차 내던지리다—"

히이스는 콧등으로 비웃었다.

"뭐 그게 처음인가요?"

소좌가 들어왔을 때 막함은 탄평히 대하였으나 악수를 피하기 위하여 서랍을 열었다. 그러나 히이스는 매우 유쾌하였다. 그는 소좌에게 걸상를 권하랴 천기를 말하랴 아주 즐거웠다. 방소는 법률서적을 덮어놓고 똑바로 고쳐 앉았다.

소좌는 대단히 갖은체를 하고 있었다. 그는 막함을 힐끗 보았으나 거기에 설혹 의심을 품었대도 결코 내색하지 않았다.

"소좌, 나는 당신에게 둬서너 가지 물을 것이 있습니다" 하고 막함의 나직한 음성은 몹시 긴장하였다.

"아무거라도 좋습니다" 하고 그는 가볍게 대답하였다.

"당신은 육군용 권총을 가지셨습니까?"

"네, 가졌습니다" 하고 왜 그러냔 듯이 눈썹을 찌끗이 올리었다.

"최근에 은제 그걸 닦고 탄환을 끼셨습니까?"

소좌의 얼굴은 조금도 움직임이 없었다.

"자세히는 모릅니다" 하고 그는 대답하였다.

"여러 번 닦았습니다. 그러나 해외에서 와서는 탄환을 다시 낀 적은 없습니다."

"최근에 누구에게 빌리셨습니까?"

"그런 기억 없습니다."

막함은 공증인의 보고를 집어들고 잠시 들여다보고 있었다.

"만일 손님이 갑자기 와서 저당물건을 찾을 때 당신은 어떡허실 작정입니까?"

"응, 그러냐. 느히들이 나의 장부를 조사하러 보냈지?" 하고 그의 목줄띠가 갑자기 빨개졌다.

"그리고는 나는 포우라 부인의 보석을 발견하였습니다."

"응, 너는 친구의 가택을 침입했구나?" 하고 그는 떨리는 손가락을 막함에게 들이대었다.

"이 나쁜 놈."

비방과 저주의 수많은 욕이 그 입으로부터 터져 나왔다. 그의 분노는 극도에 달하였다. 그는 방금 졸도할 사람처럼 자기의 감정을 걷잡지 못하였다.

막함은 꾹 참고 앉아 있었다. 그러다 소좌의 분노가 어째 볼 수 없는 경우에 이르렀을 때 그는 히이스에게 눈짓을 하였다.

그러나 히이스가 미처 움직이기 전에 소좌는 벌떡 일어났다. 그와 동시에 그는 날쌔게 몸을 돌리자 그 무서운 주먹이 히이스의 얼굴을 갈기었다. 경부는 의자에 가 털뻑 떨어졌으나 다시 마룻바닥으로 내려 굴러 기절되고 말았다. 히푸스가 대들었으나 소좌의 다리가 올라가자마자 불두덩을 채키웠다. 그는 마룻바닥에 가 떨어져 허비적거리며 신음하였다.

그리고 소좌는 막함에게로 달겨들었다. 그의 눈은 광인같이 되고 입술은 무섭게 다물려 있었다.

"이번에는 너다—"

그는 이렇게 소리를 지르자 날아들었다.

이 광경을 멀거니 바라보며 고단한 듯이 담배를 피우고 있던 방소가 홱 일어났다. 그는 한 손으로 소좌의 바른팔 손목을 잡고 또 한 손은 그 팔꿈치를 꺾었다. 그리고 그는 날래게 몸을 뒤틀었다. 소좌는 뒤로 팔을 꺾인 채 꼼짝 못하였다. 괴로움을 못 이기는 부르짖음과 함께 소좌는 돌연히 전신의 힘이 풀리었다.

이때 히이스 경부가 겨우 정신을 차렸다. 그는 급히 일어나 덤벼들었다. 수갑 채이는 소리가 떨꺽하자 소좌는 의자에 가 떨어져 괴로운 듯이 가슴이 벌떡이었다.

히이스는 암말 없이 걸어와 방소에게 악수를 청하였다. 그 행동은 잘못됐다는 후회요 동시에 사례였다.

히이스가 범인을 데리고 나가고 히푸스가 안락의자로 운반되었을 때 막함은 그 손을 방소의 어깨에 얹고

"자, 가세. 나는 피로했네" 하고 감사한 뜻을 보이고는

"범인을 알았으면 왜 진시 말 안 했든가?"

"내가 말한들 자네가 곧이 들었겠나?" 하고 방소는 아이를 달래는 어머니와 같이 친절하였다.

"소좌가 범인이라면 완고한 고집덩이 자네가 어떻게 생각했겠나? 그래 간접적으로 자네가 맘대로 필연적으로 깨달을 만치 멀찌기 보여준 것 일세—" 하고 좀 사이를 떼어

"인젠 좀 알겠나?"

"응, 알겠네."

막함은 이렇게 고개를 끄덕끄덕 하였다.

『조광』, 1937.6~11.

동화

세발자전거

복동이는 손가락을 입에 물고 서서, 기영이가 세발자전거를 타고 노는 것을 우두커니 보고 있었습니다. 하기는 아까부터 네 번째나 벌써 저도 좀 타보자구 졸랐습니다. 그러나 기영이는 한 번도 태워주는 법 없습니다.

기영이가 세발자전거를 타고서 "찌링! 찌링! 찌링찌링! 비켜라 비켜!"

이렇게 입으로 소리를 치며 달아날 때 복동이는 그 옆으로 달겨들어서

"얘! 기영아! 나 좀 타?" 하고 또 졸랐습니다. 그러니까 기영이는, 눈을 딱 부르뜨고,

"이 자식이 왜 이래? 치여 죽을려구" 하고 손으로 밀어버리고는 그냥 달아납니다.

그런데도 복동이는 그 세발자전거를 잠시도 떠나질 못합니다. 그뿐 아니라 시키지도 않건만 제가 쫓아와서 뒤도 밀어주고 혹은 손잡이를 잡고 끌어도 주고 합니다. 왜냐면 타진 못할말정 자전거를 만져만 보아도 마음이 퍽 기뻐서 그럽니다.

그러나 한번은 잘못 되어서 기영이와 세발자전거를 한꺼번에 모로 쓰러트렸습니다. 기영이는 담박 골을 내가지고 일어나더니 사정없이 복동이의 빰을 때렸습니다.

"이 자식아! 널더러 끌랬어?"

"응아—" 하고 복동이는 두 손으로 눈을 덮고는 울지 않을 수 없었습니다.

만판 울다가 즈 언니가 와서 "얘! 울지 마라. 내 자전거 타게 해주마" 하고 귓속으로 달래는 바람에 그제서야 울음을 끄쳤습니다.

복동이 언니는 동리로 돌아다니며 조꼬만 아이들을 열아문이나 모아 왔습니다. 그리고 대운동을 한다고 창가들을 부르며 법석입니다. 첫 번이 골목 안을 세 바퀴 돌아오는 경주입니다. 여기에서 일등 하는 사람은 그 상으로 신문지 오린 종잇조각 한 장씩 ○는 것입니다. 아이들은 대운동이라고 신바람이 나서 달음질을 칩니다.

기영이가 한편에 서서 이걸 가만 혼자 보고 있으니까 저도 신이 납니다. 혼자 자전거만 타는 것보다는 여러 동무와 함께 대운동이 퍽 하고 싶습니다. 그래서 복동이 언니를 보고

"나두 해, 응? 응?" 하고 졸랐더니 "관둬 이 자식아! 너 자전거 혼자만 탔지?"

"그럼 내 집에 가서 자전거 가져올게. 나두 듸려줘."

이렇게 하고 나서야 기영이도 경주에 한몫 끼게 되었습니다. 그런데, 기영이는 둘째로 와도 첫째라구 종잇조각 한 장 주고, 셋째로 와도 또 첫째라구 한 장 주고, 하였습니다. 그러니까 기영이는 이마에 땀이 흐르는 것도 모르고 자꾸만 경주를 할려고 덤빕니다.

이런 동안에 복동이는 그 세발자전거를 타고서 저도

"찌링! 찌링! 찌링찌링! 비켜 비켜" 하며 골목 안을 연방 돌아다닙니다.

『목마』, 1936.6.

설문 · 기타

설문

1. 새로운 文學의 目標

우리의 정조情調

이 시대의 풍상風霜을 족히 그리되 혈맥血脈이 통하야 제물로는 능히 기동起動할 수 있는 그런 성격을 천착穿鑿하는 곳에 우리의 숙제가 놓여 있는 듯도 하오니 위선爲先 그 무엇보다도 우리의 정조와 교배할지니 제일 아직 품品 부족이라면 그 전통으로 하여금 망신을 시키기에 수유須臾의 주저躊躇이나마 지닐 수 있을 만치 고만치라도 예의를 찾는 것이 곧 우리의 급무急務라 하겠나이다.

「새로운 文學은 무엇을 목표로 할 것인가」,

『風林』 제1집, 1936.12, 34~35면.

2. 新人의 直言

1. 무슨 현상에 당선된 적이 있습니까?

재작년 조선일보 현상문예에 입선한 일이 있었습니다.

2. 그때의 감상은?

상금을 다달이 한 번씩 주었으면 참으로 좋겠다고 생각했습니다.

3. 그 후 자기 작품의 소신은 어떠했나?

졸작에 관하여는 한평생 자신을 가져보지 못하고 죽을 듯 싶습니다. 하나를 쓰고나서 속을 졸이고 둘을 쓰고 나서 애를 키웁니다.

『풍림』, 제3집, 1937.2, 23~25면.

3. 文化問答

1. 조선문화에 관한 서적을 몇 권이나 가지셨습니까?

별루 없습니다.

2. 조선 고적지 중 가보신 곳?

개성 선죽교가, 기억에 떠오릅니다.

3. 세계역사상, 어느 시대, 어느 민족의 문화가 훌륭하다 보십니까?

아직은 없었는 듯합니다. 허나 앞으로 장차 노서아露西亞에 우리 인류를 위하여 크게 공헌될 바 훌륭한 문화가 건설되리라고 생각합니다.

4. 조선에 새 문화를 건설할 방법은?

도금식 허식渡金式 虛飾을 벗어나 건실한 방법을 취해야겠지요.

『조광』, 1937.2, 192~193면.

4. 취미문답

1. 실내를 어떻게 장식하셨습니까?

장마통에 스며든 빗물이 환을 친 데다가 요즘에는 거미줄이 선까지 둘렀습니다.

2. 화초분은 무엇을 두셨습니까?

개나리, 목단.

3. 오락은 무엇입니까?

궐련 피는 것.

4. 무슨 레코―드를 좋아하십니까?

육자배기 같은 건 자다 들어도 싫지 않습니다.

『조광』, 1937.2, 195~197면.

5. 도세문답(度世問答)

1. 무엇으로 처세훈處世訓을 삼으십니까?

자신에게 늘 이르되 다 살고 나서 부끄럼이 없으라고.

2. 돈 모우실 생각은 없으십니까?

별루 없습니다.

3. 생사를 같이할 만한 친구가 있습니까?

친한 치구가 있지요.

4. 선생은 세상에 무엇을 남기고 가시렵니까?

글쎄요, 생각은 간절합니다만 암만해도 결핵균 외의 남을 것이 없는 듯합니다.

5. 아주 조선을 떠나고 싶지는 아니합니까?

한 시간에도 몇 번을 떠났다 되돌아서고 또 떠나고 이럽니다.

『조광』, 1937.2, 217~220면.

6. 생활문답

1. 이상적 결혼의 상대 이성은 어떤 이입니까?

   한번 보지 않으면 알 수 없습니다. 처방서와 질이 좀 다르니까요.

2. 자녀에게 무엇을 가르치고 싶습니까?

   울지 않도록 가르치고 싶습니다. 궁상을 떠는 것도 운다 하더군요.

3. 토산土産으로 만든 조선옷을 입으십니까?

   네, 일상 조선옷을 입습니다.

4. 조반은 어떻게 잡수셨습니까?

   오늘 아침은 밥을 먹었습니다. 내일 아침에는 옆집에서 죽을 갖다 주기로 되어 있습니다.

『조광』, 1937.2, 267~270면.

7. 독서설문

1. 조선문단의 문학서 중 감명 깊게 읽으신 것?

   『홍길동전』.

2. 외국문학 중 감명 깊게 읽으신 것?

   제임스 조이스의 『율리시—스』.

3. 한 달에 독서하시는 항수項數?

대중이 없습니다. 망녕이 나면 30여 항項, 또 망녕이 나면 한 항項도 없습니다.

4. 장서藏書 중의 보배는 무엇입니까?

더러 있던 걸 돈으로 바꾸었습니다.

『조광』, 1937.3, 259~261면.

8. 애정설문(愛情設問)

1. 친구나 애인에게 배반당한 일이 있습니까?

배반을 당하기 전에 이쪽에서 미리 제독制毒하고 맙니다.

2. 우정이나 연정 때문에 괴로운 일을 당한 일은 없습니까?

더러 있습니다. 그것이 가끔 무서운 추억을 가져옵니다.

3. 세상에서 가장 아끼고 사랑하는 게 무엇입니까?

사람의 무서운 정情입니다.

4. 선생의 동창(소, 중, 전, 대)중에서 가장 먼 곳에 가 있는 분이 계십니까?

자세히 알 수 없습니다.

5. 국제결혼을 어떻게 보십니까?

국제결혼은 하면 좋고 안 해도 좋고 그렇습니다.

『조광』, 1937.4, 391~394면.[1]

1 잡지에서 시행한 설문지 조사에서는 공동제목 아래 공동의 문의항이 주어지고 이에 따라 설문지를 작성하게 되어 있다. 본고에서는 편의상 각 문항 아래 즉답 형식으로 편집했다. 전신재 편에서는 18항에 이르는 설문들이 있었으나 본고에서는 김유정의 문학관과 인생관이 좀 더 드러난 항목만 취했다.

기타

문인끽연실

팔라당 팔라당 수갑사댕기
곤때도 안 묻어 쥔애비 오네
아리랑 아리랑 아라리요
아리랑 띄어라 노다가게

시에미 죽어선 춤추드니
방아를 찔적엔 생각나네
아리랑 아리랑 아라리요
아리랑 띄어라 노다가세

—『중앙』, 1936.2.

벌거숭이 알몸으로 가시밭에 둥그러져 그님 한번 보고지고

—『시와 소설』, 구인회 창문사 출판부, 1936.3.

전신재 편, 『원본김유정전전집』, 493면.

김유정 실명소설

김유정*

소설체로 쓴 김유정론

이상

암만해도 성을 안 낼 뿐만 아니라 누구를 대할 때든지 늘 좋은 낯으로 해야 쓰느니 하는 타입의 우수한 견본이 김기림金起林이라.

좋은 낯을 하기는 해도 적敵이 비례非禮를 했다거나 끔찍이 못난 소리를 했다거나 하면 잠자코 속으로만 꿀꺽 업신여기고 그만두는 그러기 때문에 근시안경을 쓴 위험인물이 박태원朴泰遠이다.

업신여겨야 할 경우에 "이놈! 네까진 놈이 뭘 아느냐"라든가 성을 내면 "여! 어디 뎀벼봐라"쯤 할 줄 아는, 하되, 그저 그럴 줄 알다뿐이지 그만큼 해두고 주저앉는 파派에, 고만 이유로 코밑에 수염을 저축한 정지용鄭芝溶이 있다.

모자를 홱 벗어던지고 두루마기도 마고자도 민첩하게 턱 벗어던지고 두팔 훌떡 부르걷고 주먹으로는 적의 벌마구니를 발길로는 적의 사타

* '소설체로 쓴 김유정론'은 그 내용으로 보아 1936년 8~9월 사이에 쓰인 것으로 보인다. 이 작품은 『청색지』, 1939년 5월호에 게재. 『청색지』는 1938년 6월 3일 구본웅이 창간. 문학·연극·영화·음악·미술을 아우른 예술종합잡지. 1940년 2월 통권 4호를 내고 종간했다.

구니를 격파하고도 오히려 행유여력行有餘力에 엉덩방아를 찧고야 그치는 희유稀有의 투사가 있으니 김유정金裕貞이다.

누구든지 속지 마라. 이 시인 가운데 쌍벽雙璧과 소설가 중 쌍벽은 약속하고 분만分娩된 듯이 교만하다. 이들이 무슨 경우에 어떤 얼굴을 했댔자 기실은 그 교만에서 기출算出된 표정의 떼풀메이션deformation 외의 아무것도 아니니까 참 위험하기 짝이 없는 분들이라는 것이다.

이분들을 설복說服할 아무런 학설도 이 천하에는 없다. 이렇게들 또 고집이 세다.

나는 자고로 이렇게 교만하고 고집 센 예술가를 좋아한다. 큰 예술가는 그저 누구보다도 교만해야 한다는 일이 내 지론持論이다.

다행히 이 네 분은 서로들 친하다. 서로 친한 이분들과 친한 나 불초不肖 이상李箱이 보니까 여상如上의 성격의 순차적順次的 차이가 있는 것은 재미있다. 이것은 혹 불행히 나 혼자의 재미에 그칠는지 우려지만 그래도 좀 재미있어야 되겠다.

작품 이외의 이분들의 일을 적확的確히 묘파描破해서 써 내 비교교우학比較交友學을 결정적으로 여실히 하겠다는 비장한 복안腹案이어늘 소설을 쓸 작정이다. 네 분을 각각 주인으로 하는 네 편의 소설이다.

그런데 족보에 없는 비평가 김문집金文輯 선생이 내 소설에 오십구 점이라는 좀 참담한 채점을 해 놓셨다. 오십구 점이면 낙제다. 한 끗만 더 했더면 — 그러니까 서울말로 "낙째 첫찌"다. 나는 참 낙담했습니다. 다시는 소설을 안 쓸 작정입니다 — 는 즉 거짓말이고, 이 경우에 내 어쭙잖은 글이 네 분의 심사心思를 건드린다거나 읽는 이들의 조소嘲笑를 산다거나 하지나 않을까 생각을 하니 아닌 게 아니라 등어리가 꽤 서늘하다.

그렇거든 오십구 점짜리가 그럼 그렇지 하고 그저 눌러 덮어주어야겠고 뜻밖에 제법 되었거든 네 분이 선봉先鋒을 서서 김문집 선생께 좀 잘 좀 말해주셔서 부디 급제及第 좀 시켜 주시기 바랍니다.

김유정 편

이 유정은 겨울이면 모자를 쓰지 않는다. 그러면 탈모脫帽ㄴ가? 그의 그 더벅머리 위에는 참 우글쭈글한 벙거지가 얹혀 있는 것이다. 나는 걸핏하면

"김 형! 그 김 형이 쓰신 모자는 모자가 아닙니다."

"김 형! (이 김 형이라는 호칭인즉은 이상을 가리키는 말이다) 거 어떡허시는 말씀입니까."

"거 벙거지, 벙거지요."

"벙거지! 벙거지! 옳습니다."

태원泰遠도 회남懷南도 유정의 모자 자격을 인정하지 않는다. 벙거지라고밖에! 엔간해서 술이 잘 안 취하는데 취하기만 하면 딴 사람이 되고 만다. 그것은 무엇을 보고 아느냐 하면—

보통으루 주먹을 쥐이고 쓱 둘째 손가락만 쪽 펴면 사람 가리키는 신호가 되는데 이래 가지고는 그 벙거지 차양遮陽 밑을 우벼파면서 나사못 박는 흉내를 내는 것이다. 허릴없이 젓먹이 곤지곤지 형용形容에 틀림없다.

창문사彰文社에서 내가 집무랍시고 하는 중에 떠억 나를 찾아온다. 와

서는 내 집무 책상 앞에 마주앉는다. 앉아서는 바윗덩어리처럼 말이 없다. 낸들 또 무슨 그리 신통한 이야기가 있으리요. 그저 서로 벙벙히 앉았는 동안에 나는 나대로 교정 등속 일을 한다. 가지가지 부호를 써서 내가 교정을 보고 있노라면 그는 불쑥

"김 형! 거 지금 그 표는 어떡허라는 표구요" 이런다. 그럼 나는 기가 막혀서

"이거요, 글짜가 곤두섰으니 바루 놓으란 표지요" 하고 나서는 또 그만이다. 이렇게 평소의 유정은 뚱보다. 이런 양반이 그 곤지곤지만 시작되면 통성通姓 다시 해야 한다.

그날 나도 초저녁에 술을 좀 먹고 곤해서 한참 자는데 별안간 대문을 뚜드리는 소리가 요란하다. 한 시나 가까웠는데—하고 눈을 비비며 나가보니까 유정이 B군과 S군과 작반作伴해 와서 이 야단이 아닌가. 유정은 연해 성히 곤지곤지 중이다. 나는 일견에 "익키! 이건 곤지곤지구나" 하고 내심 벌써 각오한 바가 있자니까 나가잔다.

"김 형! 이 유정이가 오늘 술, 좀, 먹었읍니다. 김 형! 우리 또 한잔 허십시다."

"아따 그러십시다그려."

이래서 나도 내 벙거지를 쓰고 나섰다.

나는 단박에 취해 버려서 역시 그 비장의 가요를 기탄없이 내뽑은가 싶다. 이렇게 밤이 늦었는데 가무음곡歌舞音曲으로써 가구街衢를 소란케 하는 것은 법규상 안 된다. 그래 주파酒婆가 이러니 저러니 좀 했더니 S군과 B군은 불온하기 짝이 없는 언사로 주파를 탄압하면, 유정은 또 주

파를 의미 깊게 흘낏, 한 번 흘겨보더니

"김 형! 우리 소리합시다"

하고 그 척 척 붙어 올라올 것 같은 끈적끈적한 목소리로 강원도아리랑 팔만구암자를 내뽑는다. 이 유정의 강원도아리랑은 바야흐로 천하일품의 경지다.

나는 소독저消毒箸까락으로 추탕鰍湯 보시깃전을 갈기면서 장단을 맞춰 좋아하는데 가만히 보니까 한쪽에서 S군과 B군이 불화不和다. 취중 문학담文學談이 자연 아마 그리된 모양인데 부전부전[1]하게 유정裕貞이 또 거기가 한몫 끼이는 것이다. 나는 술들이나 먹지 저 왜들 저러누, 하고 서서보고만 있자니까 유정이 예의 그 벙거지를 떡 벗어 던지더니 두루마기 마고자 저고리를 차례로 벗어젖히고는 S군과 맞달라붙는 것이 아닌가.

싸움의 테마는 아마 춘원의 문학적 가치 운운이던 모양인데 어쨌든 피차 어지간히들 취중이라 문학은 저리 집어치우고 인제 문제는 체력이다. 빰도 치고 제법 태껸도들 한다. S군은 이리 비철 저리 비철 하면서 유정의 착의일식着衣一式을 주워들고 바—로 뜯어말린답시고 한가운데 가 끼여서 꾸기적 꾸기적 하는데 가는 발길 오는 발길에 이래저래 피해가 많은 꼴이다.

놀란 것은 주파와 나다.

주파는 술은 더 못 팔아도 좋으니 이 분들을 좀 밖으로 모셔 내라는 애원이다. 나는 B군과 협력해서 가까스로 용사들을 밖으로 끌고 나오기

1 부전부전 : 남의 사정은 돌보지 아니하고 자기가 하고 싶은 일에 나서는 모양.

는 나왔으나 이번에는 자동차가 줄다서 왕래하는 대로 한복판에서들 활약이다. 구경꾼이 금시로 모여든다. 용사들의 사기는 백열화白熱化한다.

나는 선불리 좀 뜯어말리는 체하다가 얼떨결에 벙거지 벗어진 것이 당장 용사들의 군용화에 유린蹂躪을 당하고 말았다. 그만 나는 어이가 없어서 전선주에 가 기대서서 이 만화漫畵를 서서히 감상하자니까—

B군은 이건 또 언제 어디서 획득했는지 모를 오합五合들이 술병을 거꾸로 쥐고 육모방망이 내휘두르듯하면서 중재중仲裁中인데 여전히 피해가 많다. B군은 이윽고 그 술병을 한 번 허공에 한층 높이 내휘두르더니 그 우렁찬 목소리로 산명곡응山鳴谷應하라고 최후의 대갈일성大喝一聲을 시험해도 전황戰況은 여전하다. B군은 그만 화가 벌컥 난 모양이다. 그 술병을 지면 위에다 내던지고 가로대

"네놈들을 내 한꺼번에 죽이겠다"

고 결의의 빛을 표시하더니 좌충우돌로 동에 번쩍 서에 번쩍 S군, 유정의 분간이 없이 막 구타하기 시작이다.

이 광경을 본 나도 놀랐거니와 더욱 놀란 것은 전사 두 사람이다. 여태껏 싸움 말리는 역할을 하느라고 하던 B군이 별안간 이처럼 태도를 표변하니 교전交戰하던 양인兩人이 놀라지 않을 수가 없다.

B군은 위선 유정의 턱 밑을 주먹으로 공격했다. 경악한 유정은 방어의 자세를 취하면서 한쪽으로 비키니까 B군은 이번에는 S군을 걷어찼다. S군은 눈이 뚱그래서 이 역亦 한켠으로 비키면서 이건 또 무슨 생각으로

"너! 유정이! 뎀벼라."

"오냐! S! 너! 나헌테 좀 맞어봐라"

하면서 원래의 적이 다시금 달라붙으니까 B군은 그냥 두 사람을 얼러서 걷어차면서 주먹비를 내리우는 것이다. 두 사람은 일제히 공격을 B군에게로 모아가지고 쉽사리 B군을 격퇴한 다음 이어 본전本戰을 계속 중에 B군은 이번에는 S군의 불두덩을 걷어찼다. 노발대발한 S군은 B군을 향하여 맹렬한 일축一蹴을 수행하니까 이 틈을 타서 유정은 S군에게 이 또한 그만 못지않은 일축을 결행한다. 이러면 B군은 또 선수船首를 돌려 유정을 겨누어 거룩한 일축을 발사한다. 유정은 S군을, S군은 B군을, B군은 유정을, 유정은 S군을, S군은 —

이것은 그냥 상상만으로도 족히 포복절도할 절경임에 틀림없다. 나는 그만 내 벙거지가 여지없이 파멸한 것은 활연豁然히 잊어버리고 웃음보가 곧 터질 지경인 것을 억지로 참고 있자니까 사람은 점점 꼬여드는데 이 진무류珍無類의 혼전은 언제가 끝날는지 자못 묘연杳然하다.

이때 옆골목으로부터 순행巡行하던 경관이 칼소리를 내이면서 나왔다. 나와서 가만히 보니까 이건 싸움은 싸움인 모양인데 대체 누가 누구하고 싸우는 것인지 종을 잡을 수가 없는 것이다.

경관도 기가 막혀서

"이게 날이 너무 춥드니 실진失眞들을 한 게로군" 하는 모양으로 뒷짐을 지고 서서 한참이나 원망한 끝에 대갈 일성

"가에렛."[2]

나는 이 추운 날 유치장에를 들어갔다가는 큰일이겠으므로

2 가에렛 : 돌아가!

"곧 집으로 데리구 가겠읍니다. 용서하십쇼. 술들이 몹시 취해 그렇습니다" 하고 고두백배叩頭百拜한 것이다.

경관의 두번째 "가에렛" 소리에 겨우 이 삼국지는 아마 종식하였던가 한다.

이 이야기를 듣고 태원이 "거 횡광리일橫光利一[3]이 기계같소그려" 하였다(물론 이 세 동무는 그 이튿날은 언제 그런 일 있었더냐는 듯이 계속하여 정다왔다).

유정은 폐가 거의 결단이 나다시피 못쓰게 되었다. 그가 웃통 벗은 것을 보았는데 기구崎嶇한 유신瘐身이 나와 비슷하다. 늘

"김 형이 그저 두 달만 약주를 끊었으면 건강해지실 텐데" 해도 막 무가내하無可奈何더니 지난 칠월달부터 마음을 돌려 정릉리貞陵里 어느 절간에 숨어 정양 중靜養中이라니, 추풍이 점기漸起에 건강한 유정을 맞을 생각을 하면 나도 독자도 함께 기쁘다.

『청색지』, 1939.5.

---

3 요코미쯔 리이츠(1898~1947). 일본의 소설가. 대표작으로 「문장」, 「기계」 등이 있다.

실화失花*

이상

1

사람이

비밀이 없다는 것은 재산 없는 것처럼 가난하고 허전한 일이다.

2#

꿈—꿈이면 좋겠다. 그러나 나는 자는 것이 아니다. 누운 것도 아니다.

---

* 李箱 사후에 발표된 「失花」는 한 장소에서 두 개의 공간을 동시에 의식하는 심리주의 소설이다. 전체 9장으로 구성, 1장의 경구는 9장의 마지막 구절에서 반복 확인된다. 대체로 짝수는 12월 23~24일 동경에서, 홀수는 10월 23~25일 서울에서 있었던 일을 병치시키고 있다.
1인칭 화자는 2, 4장에서 친구 C군의 집에서 C양의 이야기를 들으며 C의 얼굴에 겹쳐진, 그를 배신한 아내 연이의 얼굴과 연이의 정부 얼굴을 본다(3장과 5장). 6, 8, 9장은 동경의 거리다. 문우인 정지용과 박태원을 비롯한 서구 시인들, 음악가를 떠올리고(6장) 서울을 떠나올 때 찾아간 친구 유정의 모습(7장)을 떠올린다. 시인 김기림을 만나고, 정지용의 「말 1」과 「카페 프란스」의 싯구는 8, 9장의 배경이 되면서 배신당한 남자, 동시에 식민지 지식인 청년의 가난과 병고, 방황을 그려낸 것이 「失花」다. 작품 속 유정(兪政)은 김유정(金裕貞)이다.

\# #2는 12월 23일, 동경 C군의 집, C군의 아내인 C양이 책을 읽어주고 있다.

앉아서는 나는 듣는다.(12월 23일)

"언더—더 워치—시계 아래서 말이에요—파이브 타운스—다섯 개의 동리洞里란 말이지요—이 청년은 요 세상에서 담배를 제일 좋아합니다—기다랗게 꾸브러진 파이프에다가 향기가 아주 높은 담배를 피워 빽—빽—연기를 풍기고 앉았는 것이 무엇보다도 낙이었답니다."

(내야말로 동경 와서 쓸데없이 담배만 늘었지. 울화가 푹—치밀을 때 저—폐까지 쭉—연기나 들이키지 않고 이 발광할 것 같은 심정을 억제하는 도리가 없다.)

"연애를 했어요! 고상한 취미—우아한 성격—이런 것이 좋았다는 여자의 유서예요—죽기는 왜 죽어—선생님—저 같으면 죽지 않겠습니다—죽도록 사랑할 수 있나요—있다지요—그렇지만 저는 모르겠어요."

(나는 일찌기 어리석었더니라. 모르고 연姸이와 죽기를 약속했더니라. 죽도록 사랑했건만 면회가 끝난 뒤 대략 20분이나 30분만 지나면 연이는 내가 '설마'하고만 여기던 S의 품안에 있었다.)

"그렇지만 선생님 그 남자의 성격이 참 좋아요—담배도 좋고 목소리도 좋고—이 소설을 읽으면 그 남자의 음성이 꼭—웅얼웅얼 들려는 것 같아요. 이 남자가 같이 죽자면 그때 당해서는 잘 모르겠지만 지금 생각 같아서는 저도 죽을 수 있을 것 같아요. 선생님 사람이 정말 죽을 수 있도록 사랑할 수 있나요? 있다면 저도 그런 연애 한번 해 보고 싶어요."

(그러나 철부지 C양이여. 연이는 약속한 지 두 주일 되는 날 죽지 말고 우리 살자고 그럽디다. 속았다. 속기 시작한 것은 그때부터다. 나는 어리석게도 살 수 있을 것을 믿었지. 그뿐인가 연이는 나를 사랑하느라고까지.)

"공과功課는 여기까지밖에 안 했어요—청년이 마지막에는—멀리 여행을 간다나 봐요 모든 것을 잊어 버리려고."

(여기는 동경이다. 나는 어쩔 작정으로 여기 왔나? 적빈赤貧이 여세如洗—꼭또[1]—가 그랬느니라—재주 없는 예술가야 부질없이 네 빈곤을 내세우지 말라고—아—내게 빈곤을 팔아먹는 재주 외에 무슨 기능이 남아 있누. 여기는 신전구神田區 신보정神保町, 내가 어려서 제전帝展, 이과二科에 하가키[2] 주문하던 바로 게가 예다. 나는 여기서 지금 앓는다.)

"선생님! 이 여자를 좋아하십니까—좋아하시지요—좋아요—아름다운 죽음이라고 생각해요—그렇게까지 사랑을 받은—남자는 행복되지요—네—선생님—선생님 선생님."

(선생님 이상 턱에 입 언저리에 아—수염 숱하게도 났다. 좋게도 자랐다.)

"선생님—뭘—그렇게 생각하십니까—네—담배가 다 탔는데—아이—파이프에 불이 붙으면 어떻게 합니까—눈을 좀—뜨세요. 이야기는—끝났습니다. 네—무슨 생각 그렇게 하셨나요."

(아—참 고운 목소리도 다 있지. 10리나 먼—밖에서 들려오는—값비싼 시계소리처럼 부드럽고 정확하게 윤택이 있고—피아니시모—꿈인가. 한 시간 동안이나 나는 스토리—보다는 목소리를 들었다. 한 시간—한 시간같이 길었지만 10분—나는 졸았나? 아니 나는 스토리—를 다 외운다. 나는 자지 않았다. 그 흐르는 듯한 연연한 목소리가

---

1 장 콕토(Jean Cocteau, 1889~1963) : 프랑스 작가, 영화감독. 시집 『알라딘의 램프』, 극본 〈에펠탑의 신랑 신부〉, 소설 「Le Potomak」 외 다수.

2 하가키 : 엽서

내 감관感官을 얼싸안고 목소리가 잤다.)

꿈—꿈이면 좋겠다. 그러나 나는 잔 것도 아니요 또 누웠던 것도 아니다.

3#

파이프에 불이 붙으면?

끄면 그만이지. 그러나 S는 껄껄—아니 빙그레 웃으면서 나를 타이른다.

"상! 연이와 헤어지게. 헤어지는 게 좋을 것 같으니. 상이 연이와 부부? 라는 것이 내 눈에는 똑 부러 그러는 것 같아서 못 보겠네."

"거 어째서 그렇다는 건가."

이 S는, 아니 연이는 일찌기 S의 것이었다. 오늘 나는 S와 더불어 담배를 피우면서 마주 앉아 담소談笑할 수 있다. 그러면 S와 나 두 사람은 친우였던가.

"상! 자네 '에피그램(ERIGRAM)'[3]이라는 글 내 읽었지. 한 번— 허허—한 번. 상! 상의 서푼짜리 우월감이 내게는 우숴 죽겠다는 걸세. 한 번? 한 번—허허—한 번."

"그러면 (나는 실신할 만치 놀랜다) 한 번 이상以上— 몇 번. S! 몇 번인가."

"그저 한 번 이상以上이라고만 알아 두게나그려."

꿈—꿈이면 좋겠다. 그러나 10월 23일부터 10월 24일까지 나는 자지 않았다. 꿈은 없다.

#3은 10월 23일 서울, 연이와 함께했던 일들을 떠올린다.

3 에피그램 : 경구(警句), 또는 2행이나 4행으로 된 풍자시.

(천사天使는 — 어디를 가도 천사는 없다. 천사들은 다 결혼해 버렸기 때문에다.)

23일 밤 열시부터 나는 가지가지 재주를 다 피워가면서 연이를 고문했다.

24일 동이 훤—하게 터올 때쯤에야 연이는 겨우 입을 열었다. 아— 장구한 시간!

"첫 번 — 말해라."

"인천 어느 여관."

"그건 안다. 둘째번 — 말해라."

"……"

"말해라."

"N빌딩 S의 사무실."

"셋째번 — 말해라."

"……"

"말해라."

"동소문東小門 밖 음벽정飮碧亭."

"넷째번 — 말해라."

"……"

"말해라."

"……"

"말해라."

머리맡 책상 설합 속에는 서슬이 퍼런 내 면도칼이 있다. 경동맥頸動脈을 따면 — 요물妖物은 선혈이 댓줄기 뻗치듯하면서 급사하리라. 그러나 —

나는 일찌감치 면도를 하고 손톱을 깎고 옷은 갈아입고 그리고 예년例年 10월 24일경에는 사체가 며칠만이면 썩기 시작하는지 곰곰 생각하면서 모자를 쓰고 인사하듯 다시 벗어 들고 그리고 방—연이와 반년 침식寢食을 같이하던 냄새 나는 방을 휘—둘러 살피자니까 하나 사다 놓네 놓네 하고 기어이 뜻을 이루지 못한 금붕어도—이 방에는 가을이 이렇게 짙었건만 국화 한 송이 장식이었다.

4[#]

그러나 C양의 방에는 지금—고향에서는 스케이트를 지친다는데—국화 두 송이가 참 싱싱하다.

이 방에는 C군과 C양이 산다. 나는 C양더러 '부인'이라고 그랬더니 C양은 성을 냈다. 그러나 C군에게 물어보면 C양은 '아내'란다. 나는 이 두 사람 중의 누구라고 정하지 않고 내 동경 생활이 하도 적막寂寞해서 지금 이 방에 놀러 왔다.

언더 — 더 워치 — 시계 아래서의 렉튜어[4]는 끝났는데 C군은 조선 곰방대를 피우고 나는 눈을 뜨지 않는다. C양의 목소리는 꿈같다. 인토내이션[5]이 없다. 흐르는 것같이 끊임없으면서 아주 조용하다.

나는 그만 가야겠다.

"선생님 (이것은 실로 이상 옹을 지적하는 참담한 인칭대명사다) 왜

#4는 12월 23일 동경, C군의 집, C양과 함께 있다. C양을 보면서 서울에 두고 온 연이를 생각한다.

4 렉튜어(lecture) : 강의.

5 인토내이션(inttonation) : 억양.

그러세요—이 방이 기분이 나쁘세요? (기분? 기분이란 말은 필시 조선말은 아니리라) 더 놀다 가세요—아직 주무실 시간도 멀었는데 가서 뭐하세요? 네? 얘기나 하세요."

나는 잠시 그 계간류수溪間流水 같은 목소리의 주인 C양의 얼굴을 들여다본다. C군이 범과 같이 건강하니까 C양은 혈색이 없이 입술조차 파르스레하다. 이 오사게(おさげ)[6] 땋아 늘어뜨린 여자의 머리 모양을 한 소녀는 내일 학교에 간다. 가서 언더—더 워취의 계속을 배운다.

사람이—

비밀이 없다는 것은 재산 없는 것처럼 가난하고 허전한 일이다.

강사는 C양의 입술이 C양이 좀 회蛔배를 앓는다는 이유 외의 또 무슨 이유로 조렇게 파르스레한가를 아마 모르리라.

강사는 맹랑한 질문 때문에 잠깐 얼굴을 붉혔다가 다시 제 지위의 현격懸隔히 높은 것을 느끼고 그리고 외쳤다.

"쪼구만 것들이 무얼 안다고—"

그러나 연이는 히힝 하고 코웃음을 쳤다. 모르기는 왜 몰라—연이는 지금 방년芳年이 20, 열여섯 살 때 즉 연이가 여고 때 수신修身과 체조體操를 배우는 여가에 간단한 속옷을 찢었다. 그리고 나서 수신과 체조는 여가에 가끔 하였다.

여섯—일곱—여덟—아홉—열—

다섯해—개 꼬리도 3년만 묻어 두면 황모黃毛가 된다든가 안 된다든가 원—

6 오사게 : 땋아 늘인 머리.

수신 시간에는 학감 선생님, 할팽割烹[7] 시간에는 올드미스 선생님, 국문 시간에는 곰보딱지 선생님—

"선생님 선생님—이 귀염성스럽게 생긴 연이가 엊저녁에 무엇을 했는지 알아내면 용하지."

흑판 위에는 '요조숙녀窈窕淑女'라는 액額의 흑색이 림리淋漓하다.

"선생님 선생님—제 입술이 왜 요렇게 파르스레한지 알아 맞추신다면 참 용하지."

연이는 음벽정에 가던 날도 R영문과에 재학중이다. 전날 밤에는 나와 만나서 사랑과 장래를 맹서하고 그 이튿날 낮에는 기싱[8]과 호—손[9]을 배우고 밤에는 S와 같이 음벽정에 가서 옷을 벗었고 그 이튿날은 월요일이기 때문에 나와 같이 같은 동소문 밖으로 놀러가서 베—제Baiser[10]했다. S도 K교수도 나도 연이가 엊저녁에 무엇을 했는지 모른다. S도 K교수도 나도 바보요 연이만이 홀로 눈가리고 야웅하는 데 희대의 천재다.

연이는 N빌딩에서 나오기 전에 WC라는 데를 잠깐 들르지 않으면 안 되었다. 나오면 남대문통南大門通 50간대로 GO STOP의 인파.

"여보시오 여보시오, 이 연이가 조 2층 바른 편에서부터 둘째 S씨의 사무실 안에서 지금 무엇을 하고 나왔는지 알아 맞추면 용하지."

그때에도 연이의 살결에서는 능금과 같은 신선한 생광生光이 나는 법

7 할팽 : 음식 조리, 요리.

8 기싱(George Robert Gissing, 1857~1903) : 영국 소설가 겸 수필가. 대표작 『이상주의자』, 『Minna』, 『깨달은 자의 아내』.

9 호손(Nathaniel Hawthorn, 1804~1864) : 미국 작가. 대표작 『주홍글씨』, 『일곱 박공의 집』 등.

10 베—제(baiser) : 입맞춤. 키스의 프랑스어.

이다. 그러나 불쌍한 이상李箱 선생님에게는 이 복잡한 교통을 향하여 빈정거릴 아무런 비밀의 재료도 없으니 내가 재산 없는 것보다도 더 가난하고 싱겁다.

"C양! 내일도 학교에 가셔야 할 테니까 일찍 주무셔야지요."

나는 부득부득 가야겠다고 우긴다. C양은 그럼 이 꽃 한 송이 가져다가 방에다 꽂아 놓으란다.

"선생님 방은 아주 살풍경殺風景이라지요?"

내 방에는 화병도 없다. 그러나 나는 두 송이 가운데 흰 것을 달래서 왼편 깃에다가 꽂았다. 꽂고 나는 밖으로 나왔다.

5#

국화 한 송이도 없는 방안을 휘—한 번 둘러보았다. 잘—하면 나는 이 추악한 방을 다시 보지 않아도 좋을 수—도 있을까 싶었기 때문에 내 눈에는 눈물도 고일밖에—

나는 썼다 벗은 모자를 다시 쓰고 나니까 그만하면 내 연이에게 대한 인사도 별로 유루遺漏 없이 다 된 것 같았다.

연이는 내 뒤를 서너 발자국 따라왔든가 싶다. 그러나 나는 예년 10월 24일경에는 사체死體가 며칠 만이면 상하기 시작하는지 그것이 더 급했다.

"상! 어디 가세요?"

#5는 C양이 준 흰국화꽃을 보면서 10월 24일 서울을 떠올린다.

나는 얼떨결에 되는 대로

"동경."

물론 이것은 허담虛談이다. 그러나 연이는 나를 만류하지 않는다. 나는 밖으로 나갔다.

나왔으니, 자—어디로 어떻게 가서 무엇을 해야 되누.

해가 서산에 지기 전에 나는 2~3일 내로는 반드시 썩기 시작해야 할 한 개 '사체死體'가 되어야만 하겠는데, 도리는?

도리는 막연하다. 나는 10년 긴—세월을 두고 세수할 때마다 자살을 생각하여 왔다. 그러나 나는 결심하는 방법도 결행하는 방법도 아무것도 모르는 채다.

나는 온갖 유행약流行藥을 암송하여 보았다.

그리고 나서는 인도교, 변전소, 화신상회 옥상, 경원선京元線, 이런 것들도 생각해 보았다.

나는 그렇다고—정말 이 온갖 명사의 나열은 가소롭다—아직 웃을 수는 없다.

웃을 수는 없다. 해가 저물었다. 급하다. 나는 어딘지도 모를 교외에 있다. 나는 어쨌든 시내로 들어가야만 할 것 같았다. 시내—사람들은 여전히 그 알아볼 수 없는 낯짝들을 쳐들고 와글와글 야단이다. 가등街燈이 안개 속에서 축축해 한다. 영경英京 륜돈倫敦[10]이 이렇다지—

---

10 영경 륜돈: 영국 수도 런던.

#6은 12월 24일 동경의 심야, 밤거리를 방황한다.

6[#]

NAUKA사社가 있는 신보정神保町 영란동鈴蘭洞에는 고본古本 야시夜市가 선다. 섣달 대목 — 이 영란동도 곱게 장식되었다. 이슬비에 젖은 아스팔트를 이리 디디고 저리 디디고 저녁 안 먹은 내 발길은 자못 창량蹌踉[11]하였다. 그러나 나는 최후의 20전을 던져 타임스판 상용영어 4천 자라는 서적을 샀다. 4천 자 —

4천 자면 참 많은 수효다. 이 해양海洋만 한 외국어를 겨드랑에 낀 나는 섣불리 배고파할 수도 없다. 아 — 나는 배부르다.

진따 — (옛날 활동사진 상설관常設館에서 사용하는 취주악대吹奏樂隊) 진동야의 진따가 슬프다.

진따는 전원 네 사람으로 조직되었다. 대목의 한몫을 보려는 소백화점의 번영을 위하여 이 네 사람은 크라리넷과 코넷과 북과 소고小鼓를 가지고 선조 유신維新 당초當初에 부르던 유행가를 연주한다. 그것은 슬프다 못해 기가 막히는 가각풍경街角風景이다. 왜? 이 네 사람은 네 사람이 다 묘령의 여성들이더니라. 그들은 똑같은 진홍색 군복과 군모와 '꼭구마'[12]를 장식하였더니라.

아스팔트는 젖었다. 영란동 좌우에 매달린 그 영란꽃 모양 가등街燈도 젖었다. 크라리넷 소리도 — 눈물에 — 젖었다. 그리고 내 머리에는 안개가 자욱이 끼었다.

영경 륜돈이 이렇다지?

"이상!은 무슨 생각을 그렇게 하십니까?"

---

11 창량(蹌踉) : 걷기에 휘청거리다.

12 꼭구마 → 꼬꼬마 : 군졸의 머리에 곶던 붉은 털.

남자의 목소리가 내 어깨를 쳤다. 법정대학 Y군, 인생보다는 연극이 재미있다는 이다. 왜? 인생은 귀찮고 연극은 실없으니까.

"집에 갔더니 안 계시길래!"

"죄송합니다."

"엠프레스[13]에 가십시다."

"좋―지요."

〈ADVENTURE IN MANHATAN〉[14]에서 진 아서[15]가 커피 한잔 맛있게 먹더라. 크림을 타 먹으면 소설가 구보仇甫[16] 씨가 그랬다―쥐 오줌내가 난다고. 그러나 나는 조엘 맥크리[17] 만큼은 맛있게 먹을 수 있었으니―

MOZART의 41번은 「목성木星」이다. 나는 몰래 모차르트의 환술幻術을 투시透視하려고 애를 쓰지만 공복空腹으로 하여 저으기 어지럽다.

"신숙新宿[18] 가십시다."

"신숙이라?"

"NOVA[19]에 가십시다."

"가십시다 가십시다."

마담은 루파시카.[20] 노봐는 에스페란토. 헌팅을 얹은 놈의 심장을 아까부터 벌레가 연해 파먹어 들어간다. 그러면 시인 지용芝溶이여! 이상은

13 동경에 있는 커피숍 상호.

14 ADVENTURE IN MANHATAN : 1936년 개봉한 영화 제목.

15 진 아더(Jean Arthur, 1900~1991) : 〈ADVENTURE IN MANHATAN〉의 여자 주연 배우.

16 구보 박태원(朴泰遠, 1909~1986) : 소설가, 구인회원. 대표작으로 『천변풍경』, 『소설가 구보씨의 일일』이 있다.

17 조엘 맥크리(Joel McCrea, 1905~1990) : 〈ADVENTURE IN MANHATAN〉의 남자 주연 배우.

18 동경에 있는 번화가. 유흥가.

19 에스페란트어로 '우리'라는 의미. 동경 신주쿠에 있던 맥주홀의 상호.

20 러시아인이 입는 두꺼운 웃옷.

물론 자작子爵의 아들도 아무 것도 아니겠습니다그려!

12월의 맥주는 선뜩선뜩하다. 밤이나 낮이나 감방은 어둡다는 이것은 고리키[21]의 '나그네' 구슬픈 노래, 이 노래를 나는 모른다.

7[#]

밤이나 낮이나 그의 마음은 한없이 어두우리라. 그러나 유정兪政[22]아! 너무 슬퍼 마라. 너에게는 따로 할 일이 있느니라.

이런 지비紙碑가 붙어 있는 책상 앞이 유정에게 있어서는 생사의 기로다. 이 칼날 같이 슨 한 지점에 그는 앉지도 서지도 못하면서 오직 내가 오기를 기다렸다고 울고 있다.

"각혈咯血이 여전하십니까?"

"네 — 그저 그날이 그날 같습니다."

"치질痔疾이 여전하십니까?"

"네 — 그저 그날이 그날 같습니다."

안개 속을 헤매던 내가 불현드키 나를 위하여는 마코 — 두 갑, 그를 위하여는 배 십 전어치를, 사가지고 여기 유정을 찾은 것이다. 그러나 그의 유령 같은 풍모를 도회韜晦하기 위하여 장식된 무성한 화병花甁에서까지 석탄산石炭酸 내음새가 나는 것을 지각하였을 때는 나는 내가 무엇하러 여기 왔나를 추억해 볼 기력조차도 없어진 뒤였다.

---

21 막심 고리끼(Maxim Gorky, 1858~1936) : 러시아의 작가. 대표작으로 『유년시대』, 『사람들 속에서』, 『나의 대학』, 『어머니』가 있다.

#7은 10월 24일 서울, 결핵환자인 친구 유정을 방문하여, 작별을 고한다.

22 김유정의 이름 '裕貞'을 동일음인 '兪政'으로 표기.

"신념을 빼앗긴 것은 건강이 없어진 것처럼 죽음의 꼬임을 받기 마치 쉬운 경우더군요."

"이상 형! 형은 오늘이야 그것을 빼앗기셨읍니까? 인제 — 겨우 — 오늘이야 — 겨우 — 인제."

유정! 유정만 싫다지 않으면 나는 오늘밤으로 치뤄 버리고 말 작정이었다. 한 개 요물에게 부상負傷해서 죽는 것이 아니라 27세를 일기로 하는 불우不遇의 천재가 되기 위하여 죽는 것이다.

유정과 이상 — 이 신성불가침의 찬란한 정사情死 — 이 너무나 엄청난 거짓을 어떻게 다 주체를 할 작정인지.

"그렇지만 나는 임종할 때 유언까지도 거짓말을 해 줄 결심입니다."

"이것 좀 보십시오" 하고 풀어 헤치는 유정의 젖가슴은 초롱草籠보다도 앙상하다. 그 앙상한 가슴이 부풀었다 구겼다 하면서 단말마의 호흡이 서글프다.

"명월明月의 희망이 이글이글 끓습니다."

유정은 운다. 울 수 있는 외의 그는 온갖 표정을 다 망각하여 버렸기 때문이다.

"유 형! 저는 내일 아침 차로 동경 가겠습니다."

"……"

"또 뵈옵기 어려울걸요."

"……"

그를 찾은 것을 몇 번이고 후회하면서 나는 유정을 하직하였다. 거리는 늦었다. 방에서는 연이가 나대신 내 밥상을 지키고 앉아서 아직도 수없이 지니고 있는 비밀을 만지작만지작하고 있었다. 내 손은 연이 빰을 때리지는 않고 내일 아침을 위하여 짐을 꾸렸다.

"연이! 연이는 야웅의 천재요. 나는 오늘 불우의 천재라는 것이 되려다가 그나마도 못 되고 도루 돌아왔소. 이렇게 이렇게! 응?"

8#

나는 버티다 못해 조그만 종이 조각에다 이렇게 적어 그놈에게 주었다.

"자네도 야웅의 천잰가? 암만해도 천잰가 싶으이. 나는 졌네. 이렇게 내가 먼저 지껄였다는 것부터가 패배를 의미하지."

일고휘장一高徽章[23]이다. HANDSOMENBOY[24] — 해협 오전 2시의 망토를 두르고 내 곁에 가 버티고 앉아서 동動치 않기를 한 시간(이상?)

나는 그 동안 풍선처럼 잠자코 있었다. 온갖 재주를 다 피워서 이 미목수려眉目秀麗한 천재로 하여금 먼저 입을 열도록 갈팡질팡했건만 급기해하에 나는 졌다. 지고 말았다.

"당신의 텁석부리는 말馬을 연상시키는구려. 그러면 말아! 다락 같은 말아! 귀하는 점잖기도 하다만은 또 귀하는 왜 그리 슬퍼 보이오? 네?"

(이놈은 무례한 놈이다.)

"슬퍼? 응 — 슬플밖에 — 20세기를 생활하는 데 19세기의 도덕성밖에는 없으니 나는 영원한 절름발이로다. 슬퍼야지 — 만일 슬프지 않다

#8은 12월 24일 동경의 빠.

23 일고휘장(一高徽章) : 제일고보의 뱃지.

24 여기에서 말하는 핸섬보이는 구인회원 출신의 시인 김기림이다. 김기림(1908~?)은 1930년 니혼대학 졸업 후 조선일보사 기자 역임, 구인회원이 되었고 1936년 재차 도일, 도호쿠대학에 입학했는데 이때 이상과 만난 듯하다.

면 — 나는 억지로라도 슬퍼해야지 — 슬픈 포우즈라도 해 보여야지 — 왜 안죽느냐고? 헤행! 내게는 남에게 자살을 권유하는 버릇밖에 없다. 나는 안 죽지. 이따가 죽을 것만 같이 그렇게 중속衆俗을 속여 주기만 하는 거야. 아 — 그러나 인제는 다 틀렸다. 봐라. 내 팔. 피골皮骨이 상접相接. 아야아야. 웃어야 할 터인데 근육이 없다. 울려야 근육이 없다. 나는 형해形骸다. 나 — 라는 정체는 누가 잉크 짓는 약으로 지워 버렸다. 나는 오직 내 — 흔적일 따름이다."

NOVA의 웨이트레스 나미코는 아부라에[25]라는 재주를 가진 노라[26]의 따님 콜론타이[27]의 누이동생이시다. 미술가 나미코 씨와 극작가 Y군은 4차원 세계의 테마를 불란서佛蘭西 말로 회화會話한다.

불란서 말의 리듬은 C양의 언더 — 더 워치 강의처럼 애매하다. 나는 하도 답답해서 그만 울어버리기로 했다. 눈물이 좔좔 쏟아진다. 나미코가 나를 달랜다.

"너는 뭐냐? 나미코? 너는 엊저녁에 어떤 마치아이[28]에서 방석을 비고 15분 동안 — 아니 아니 어떤 빌딩에서 아까 너는 걸상에 포개 앉았었느냐 말해라 — 헤헤 — 음벽정? N빌딩 바른 편에서부터 둘째 S의 사무실? (아 — 이 주책 없는 이상아 동경에는 그런 것은 없읍네) 계집의 얼굴이란 다마네기다. 암만 벗겨 보려무나. 마지막에 아주 없어질지언정 정체는 안 내놓느니."

---

25 아부라에(あぶらえ) : 유화.

26 노라 : 입센의 '인형의 집'의 여주인공. 자신이 다만 남편의 인형에 불과하다는 사실을 인식한 후 여성으로서의 정체성을 찾기 위한 각성을 시도하던 여성.

27 콜론타이(Kollontai, Aleksandra Mikhailovna, 1872~1952) : 구소련의 여성정치운동가, 작가.

28 마치아이(待合) : 대기실 혹은 대합실.

신숙新宿의 오전 1시 — 나는 연애보다도 우선 담배를 한 대 피우고 싶었다.

9#

12월 23일 아침 나는 신보정神保町 누옥陋屋 속에서 공복空腹으로 하여 발열하였다. 발열로 하여 기침하면서 두 벌 편지는 받았다.

"저를 진정으로 사랑하시거든 오늘로라도 돌아와주십시오. 밤에도 자지 않고 저는 형을 기다리고 있읍니다. 유정."

"이 편지 받는 대로 곧 돌아오세요. 서울에서는 따뜻한 방과 당신의 사랑하는 연이가 기다리고 있읍니다. 연 서書."

이날 저녁에 내 부질없는 향수鄕愁를 꾸짖는 것처럼 C양은 나에게 백국白菊 한 송이를 주었느니라. 그러나 오전 1시 신숙역新宿驛 폼에서 비칠거리는 이상의 옷깃에 백국白菊은 간 데 없다. 어느 장화長靴가 짓밟았을까. 그러나 — 검정 외투에 조화를 단, 댄서 한 사람. 나는 이국종異國種 강아지올씨다. 그러면 당신께서는 또 무슨 방석과 걸상의 비밀을 그 농화장濃化粧 그늘에 지니고 계시나이까?

사람이 — 비밀 하나도 없다는 것이 참 재산 없는 것보다도 더 가난하외다그려! 나를 좀 보시지요?

『문장』, 1939.3.

#9는 12월 24일 신새벽, 동경에서, 12월 23일 아침에 유정이 보내온 편지 귀절을 떠올린다.

우울

안회남*

김 군[1]이 돈 10원만 취해달라고 하였을 때 나는 정말 어떻게 할 도리가 없었다. 내가 어느 상사 회사에 취직이 되자 할머님께서 돈 얼마를 어머님께 맡기시고 추수를 가시면서 그동안에 김장을 해놓으라고 분부를 하셨는데 그 돈이 얼마나 되는지 집안사람들이 짜고는 나에게는 절대 비밀히 하므로 알 수가 없었지만 취직된 것을 구실로 하여 나중에 25원으로 갚기를 맹서하고서 어머님께 돈 20원을 취하여서는 우선 양복을 해 입었었다. 그리하여 나는 어머님께 김장값 보충하시라고 드릴 25원과 양복값 선금 주고 나머지 30원 이것을 월부 10원씩 끄기로 하였으니까 첫 월급에서 나는 모두 35원을 갚아야만 할 것이었는데 동무들이 한 떼 두 떼 몰려와서는 두 턱을 내라 한턱을 내라 하는 바람에 모

* 안회남(安懷南, 1909~?) : 소설가. 본명은 필승, 부친은 신소설작가 안국선. 김유정과는 휘문고보 시절의 동창, 김유정이 공식문단 등단에 일조했다. 신변소설 「소년과 기생」, 「우울」, 「고향」 등을 썼고 40년대 이후로 「탁류를 헤치고」, 「농민의 비애」와 같이 사회성이 짙은 소설을 썼다. 김유정의 실생활이나 실명을 소설화한 것으로 「우울」, 「고향」, 「겸허-김유정전」 등이 있다.

1 안회남의 「우울」에 등장하는 김 군은 김유정이다. 김유정이 신당동에 살 때의 궁핍한 삶의 모습이 안회남의 붓을 통해 그려지고 있다. 김 군의 조카로 나오는 여학생은 김유정의 형님 김유근의 딸, 진수를 가리킨다.

두 외상 술값으로 들어가고는 월급이라고 쥐꼬리만치 남아 나왔던 것이다. 월급 이외에 빈약한 것이나마 원고료라는 것을 나는 수입으로 칠 수가 있는데 이것은 동무들이 으레 같이 술 먹어버려야 할 것으로 믿고 달려드는 터이요 나 역시 그러한 마음과 기분을 가지고 있는 바이므로 참 아무 실속 없는 수입인 데다가 달려드는 것은 술동무들뿐만이 아니라 나의 안해도 그 한 사람이어서 서로 약속을 하길 원고료를 받으면 조금도 덜하지 않는 2할을 나는 안해에게 주고 안해는 2할에서 한 푼이라도 더 받으려고 덤벼드는 법이 없기로 하였기 때문에 나는 원고료만 들어오면 그놈을 모조리 술값으로 지출하고는 그 2할, 가령 10원 하면 일금 2원정을 안해에게 빚으로 지고는 쪼들려 지내는 것이다. 이러한 짓이 자꾸 도수가 많아갈수록 할머님, 어머님, 안해의 웃음이 슬며시 나무라는 말, 다시 짜증으로 빛이 변한 다음 또 화증으로 옮아가는 것에 대하여는 나도 대단히 곤란한 바를 느끼게 되어 어떻게 정신을 좀 차려야겠다 하는 판에, 멀리 전라남도 광주로 시집을 간 누이동생에게서 편지가 왔는데 읽어보니 오빠 일평생 잊지를 않을 터이니 돈 20원만 변통하여 달라는 사연이었다. 나는 현재 간신히 그저 호구나 해갈 만한 천량은 집에 있어 생활에 대한 걱정은 없는 터이지마는 내 동생의 시가는 몰락하여 지금 아주 간구하게 지내는 것이다. 내가 봄에 결혼을 할 때 동생은 시집간 지 7년 만에 서울엘 올라왔다. 남편이 관청엘 다녀 얼마 안 되는 월급으로 근근 살아가고 있는 처지에 오빠의 옷감을 한 30원어치나 해왔고 어린아이들과 오는 노비가 얼마였을 터인데 필연코 그때 빚을 얻었겠지, 아마 내 혼인 때 무리하게 쓴 돈으로 인하여 지금 더욱 큰 곤란을 겪고 있는 것이나 아닌가 생각되었다. 어머님을 모시고 아버님 산소에 성묘를 가면 옛날에 돌아가신 아버님은 오히려 가까이 계시고 근 천 리나 되는 곳으로 출가하여 고생스런 살림을 하고 있는 누이동생이 혼자 우리 식구 속에서 보다 멀리 떨어져간 것 같아서 섭섭하였고 어머님은 딸의 못 사는 것을 염려하여 산소 앞에 엎드려 더욱 우시곤 하였던 것이다. 그가 상경하는 날 나는 그립고 반가운 마음에 영등포역까지 마중을 나갔었다. 어렸을 때엔 그렇게 삭막스럽기만 하던 오빠도 크니까 제법 할 노릇을 하는구나 동생은 나의 우애에 따뜻해지며 든든한 마음을 먹었었을 것이다. 지금에도 내가 돈 20원을 만들어서 보내주면 그들은 얼마나 좋아하며, 그까짓 돈 몇 푼으로 그렇다는 것이 아니라 우애 애정 그것으로 인하여 세상이 얼마나 아름다웁게 보일 것이며 또한 행복을 느끼랴. 내가 술 먹는 데 그토록 헤펐다는 생각을 하면 할수록 이번 돈은 어떻게든지 해서 동생에게 보내주길 작정하였던 것이다. 어떻게 다른 도리는 없고 하여 나는 나의 팔촌형님뻘이 되는 고리 대금업을 하고 있는 사람을 찾아가서 이자까지 붙여 차용 증서를 써주고는 돈 50원을 얻어다가 모자라는 월급에다 보태서 썼다.

- 동생에게 20원을 보내다.
- 어머님께 이자 5원 합하여 25원.
- 양복 값 한 달치 10원.
- 문명당 책값 8원 50전.

이러고 보니 나의 주머니 속에는 담뱃가루만 남았고 일금 50원 정과 그 이자가 얼마 감쪽같이 빚을 지고 말았던 것이다. 이외에도 나는 장인님 생신날을 까맣게 잊어버리고 있다가는 별안간 할 수가 없어서 동료에게 건너편 백화점의 구매권을 얻어다가는 목도리와 장갑을 사다드리는 등 손님 오는 대로 과자와 실과를 외상으로 마음 놓고 들여다 대접을 하고는 지불 유예를 하는 등 곤란이 막심이었다. 그래서 나는 지금 김 군의 돈 10원만 청하는 말을 듣고는 한참 동안이나 묵묵히 궁리를 해보았다. 사실은 바로 엊그저께도 역시 한 동무가 와서 그는 아직 학교엘 다니고 있는 청년이었는데 내년 봄에 졸업을 하면 취직하는 데도 관계가 있는 것이고 꼭 지금 담임선생에게 선물을 사보내겠으니 돈 5원만 취하라는 것이었다. 월급에서 제해 나간 20원이나 넘는 아래층 음식 값을 말하며 돈이 없다고 하니까 그러면 구매권을 얻어내라고 하길래, 사실은 나도 모자라서 동무에게 꾸어다 겨우 장인 목도리와 장갑을 사다드렸는데 회사에 같이 있는 동료들이라야 모두 생활에 궁한 그야말로 월급쟁이들이니 돈 한 푼 변통할 길이 없는 것이요, 그들도 구매권으로 사는 사람들이니까 두 번씩 어떻게 할 수가 없다고 이르고는 나의 외상 대는 청요리집에서 저녁과 술만 먹고는 헤어졌던 것이다. 그 동무는 가빈한 사람으로 지금 학교엘 다니는 것도 아마 그의 재주를 애석하는 몇몇 친지들이 뒤를 대어 공부를 하는 모양이었는데 내가 겨우 고만한 것을 못 도와주고는 쓸데없는 술을 먹여 보냈구나 몹시 우울하였던 것이다. 돈으로도 그렇거니와 김 군도 그 동무처럼 백화점 같은 델 가서 직접 물건을 사는 것이라고 하여도 그것조차 구매권을 못 얻을 형편인지라 대관절 무엇을 하겠느냐고 물었더니 그는 대답 대신 입맛만 쩍쩍 다시었다. 그와 나와의 친밀한 교분을 생각한다면 돈 10원이 문제가 아니었다. 그는 훌륭한 소설가이니까 아무 때구 자기의 기쁜 일 서러운 일 모든 것을 아름다운 붓끝으로 그리어내겠지마는 현재 그는 너무도 불행하다는 것을 나는 잘 알고 있으며 그를 위하여 10원뿐 아니라 그 몇 배의 것이라도 도와줄 의무가 나에게 있는 것이라고 믿는 것이다. 우리가 어렸을 적 그의 집안이 오늘 같지 않고 아직 부유하였을 때에는 양친이 다 계신 나에게 비하여 그에게는 아버님 어머님 두 분을 다 일찍 여의었다는 것이 불행이었고 내가 결혼을 하였을 때 연애 문제에 있어서는 늘 동무를 위하여 피차 도와오던 그에게는 나와 반대의 비애가 있었고 지금에 이르러서는 가운이 몰락하고 인제 호구하기에도 어렵게 된 것이 무엇보다도 그의 큰 불행이며 건강치도 못하고 게다가 무서운 폐병까지를 겸하여 신음하는 것을 볼 때 나는 어쩔 수도 없는 감개가 떠오르는 것이다. 우리 집에는 할머님 앞에 20여 년이나 심부름을 하며 집안일을 보살펴오는 그분의 생질, 나에게 아저씨뻘 되는 분이 있는데, 언젠가 나는 이 분을 사이에 놓고 누구에게서 돈을 얻어 쓴 것을 생각해내고는 김 군에게 며칠만 참아보라고 말하였다. 나는 근래에 시력이 점점 손상하여가고 안경의 도수가 말이 안 되게 틀리는데 나에게는 사실 이것같이 두려운 것이 없어 이왕 한 20원쯤 말을 해가지고는 김 군에게 10원을 준 다음 나머지로 눈을 더욱 상하게 않는 안경을 맞추리라 생각하였던 것이다. 그러나 어느 날이었다. 아침에 누가 왔다기에 나가보니 두 사람의 신문 배달부, 나는 고만 월급날에도 못 주고 밀어온 신문 값을 까맣게 잊어버리고 있었던 것이다. 한 사람은 오늘 작정해놓은 액수를 못 채우면 신문사에서 내쫓기니까 선생님을 다시 못 뵈옵는다고 야단이었고 한 사람은 오늘 아침밥도 못 끓이고 왔다고 졸라대므로, 그럼 아저씨께 돈을 20원에서 좀 더 말을 해가지고 아주 신문 값도 송두리째 끊어주어야겠다고 생각을 하고는 2, 3일만 참으라는 말로 그들을 돌려보내었다. 그리고 무심코 대문 안엘 들어서다가 행랑

방에서 나오는 아저씨와 마주치고는 깜짝 놀래었던 것이다. 전부터 이야기로는 아저씨와 행랑어멈과의 사이가 어떻다느니 못 들은 바 아니요, 또 나중에 키워서 기생을 시키겠다고 지금 어느 보통학교엘 다니게 하는 어멈의 딸년이 있는데 그 아이가 언젠가 안에 들어와서는 샌님이 우리 방에 계셔요 하면서 이상스러운 표정을 하는 것을 못 본 바 아니나, 원래 나의 성격이 좀 느리고 대범한 편이라 그런 것도 대수롭지 않게 흐지부지 여겨왔었다. 그러나 오늘 아침 간은 일을 내 눈으로 딱 당하고 나니까 참을 수 없는 분노가 일어났던 것이다. 어멈은 지금 무슨 병에 걸려서 기동도 못하고 누워 앓고 있는데 그러면 아저씨가 그 방엘 들어간 것은 꼭 그들 두 사람의 불의한 짓을 증거하는 것이 못 되는 아무가 알아도 괜찮은 평범한 일이 있던가, 혹은 내가 밖에서 배달부와 이야기하는 것을 못 들었을 리가 없는데 이것은 아주 전부터 계속하여 내려온 일로 인제는 소문도 퍼지고 나에게까지 공공연하게 하는 행동인 것인가 생각하였다. 아범은 종로 인력거부에서 낮이나 밤이나 인력거를 끌고 있는데 말을 들으면 그는 첩을 얻었다는 것이었다. 언젠가 나는 밤에 술이 몹시 취하여 집으로 오는 길 아범에게 들려서 그의 인력거를 타고 오다가 이 말 저 말 나온 끝에 서방님은, 내가 이렇게 피땀을 흘리며 벌어서 그까짓 년이나 그까짓 놈을 손톱만치라도 줄 줄 아세요. 싼나무만 대어주는 것도 딸새끼 하나 때문이죠 하면서 자기 처자를 원수처럼 저주하는 것을 들은 일이 있었다. 그년이라고 한 것은 어멈을 그놈이라고 한 것은 장성한 그의 아들인데 이 녀석이 사실 못난 친구가 되어 저 벌어서 저나 알았지 이십 내외의 녀석으로 한 푼이 생겨도 술, 두 푼이 생겨도 술 또 부모에게 하는 것은 그야말로 패자의 짓이었다.

한번은 근처 양화점으로 구두를 찾으러 나갔더니 그 주인이 인사를 하며 제씨 안녕하시냐고 하길래, 삼대독자인 내가 동생이 있을 리 없는지라 연유를 알아보았더니 이 아범의 아들 녀석이 돌아다니며 나의 동생 노릇을 해먹은 것이었다. 어서 어떻게 하였는지 말쑥한 신사복에다 차리고 다니며 무슨 권투 구락부엘 다니겠다느니, 계집애를 데리고 시흥으로 술장사를 하러 가겠다느니, 그러다가는 그 잘난 행랑 세간을 아무것이나 들고 나가곤 하는 인물이었다. 생긴 품이 그러하니까 길거리 같은 데서도 나를 만나 해라를 받거나 한 것을 아마 그렇게 꾸며댔던 모양이었다. 사실 어멈이 그렇게 몹시 심하게 앓아야 그들 부자는 약 한 첩은커녕 와보는 법도 요새는 없었다. 그러니까 어멈도 다른 남자에게 정을 두게 되었나 생각도 되는 것이나 아저씨가 어느 때 아범에게 무슨 심부름시킬 때의 아범의 태도를 나는 기억하게 되는 것이다. 그 반대가 아닌가. 소문대로의 아저씨와 어멈의 사이를 아범도 알고 그렇기 때문에 그도 첩을 얻었고 나에게 그러한 말을 하였고 자기에게도 사랑이 없는 것이요, 그 자식 역시 천품이 악한 외에도 어미의 그러한 행동을 보면 자식으로서도 남편에게 지지 않는 자포가 생길 것이다. 모두 그러한 연유로 하여 그도 집안에 대하여서 그토록 포악한 것이며, 빈약한 가정이나마 그것을 파괴한 죄는 오로지 안채 샌님께 있는 것이 아닌가 나는 아무래도 이렇게 생각이 드는 것이었다. 그 후 김 군은 약속한 날짜대로 나를 찾아주었으나 나는 물론 아저씨에게 돈 이야기를 하지 못하였던 것이다. 그보다도 먼저 아범과 함께 술이라도 몇 잔씩 나눈 다음 그의 실토를 듣고는 일이 내가 생각한 바와 같다면은 절대로 아저씨를 우리 집에서 거처하게는 않겠다는 마음이 들었다. 아저씨는 옛날 한국 시대 우리 할아버님의 힘으로 무슨 벼슬인가를 하였다는 분으로 그 후 20여 년을 오늘날까지 우리 집에 붙어 있는 것은 그 소위 벼슬을 살 때 자기네 고향 사람들에게 상서롭지 못한 일을 하였기 때문에 그것이 마음에 찔려 그 고향의 집엘 못 간다는 말도 있는 것이다. 내가 어렸을 적 고모님 한 분이 어린아이를 낳다가 돌아가시었는데 그때 할머님은 퍽도 우시었다. 그 할머님을 위로해드린다고 집 뒷곁에다가 침모의 남편 최 서방이 으리으리한 금강산을 쌓아놓았었던 것이 생각나는데, 얼마 안 되어 그 최 서방이 고만 미쳐버렸던 것이었고 그 원인은 역시 아저씨와 침모가 어쨌다는 까닭이 있었던 것이다. 날이 갈수록 어멈의 병세는 점점 더하여가는 꼴인데 그래도 아범은 사람이란 저 죽을 때가 되면 죽는 법이라고 하면서 약 한 첩 안 써주고, 만약 어멈이 죽는다면 그것은 아저씨 때문이요 옛날 최 서방이 미쳐난 것도 그렇지마는 그 후 병들어 죽은 침모도 꼭 지금의 어멈마냥으로 안방에서 떠들며 하는 말에 좇아 퉁퉁 붓는 병이었었는데, 이렇게 남의 살림을 망쳐놓고 사람을 퉁퉁 붓게 하여 죽이는 그 비인간에게서 아무리 내가 동무를 사랑한다 해도 그 돈을 얻어다주랴 싶어서 김 군이 오는 대로 하루만 참아라 이틀만 더 참아라 했지 나는 사실 어떻게 할 도리가 없었다. 내게서 돈이 나오면 하려고 했었는지 김 군은 요새 머리도 깎지 못하고 푸수수 모자도 몇 해가 지난 것을 그대로 눌러 쓰고 있었다. 그 행색이 초라하였던 것으로 하여 요 전날 어느 병원엘 가서 푸대접 받은 것을 그가 이야기하였을 때, 그 때가 쪼르르 흐르는 두루마기 다 해어진 구두, 사실 저 모양으로 그가 종로 바닥엘 돌아다닐 때 누가 우리 문단의 유명한 인물로 짐작이나 하랴 나는 생각하면서 자고 이래 모든 천재들이 가난과 불행에 대한 일화를 마음으로 헤어보았었다. 그가 병이 중하여감에도 돈이 없어 약을 쓰지 못하였다. 어느 한의 한 분이 약값은 받지 않을 터이니 약을 얼마든지 쓰라고 말하였으나 남의 귀중한 약을 돈도 안 주고 갖다 쓰려니 그 미안한 생각을 하느라고 더욱 병에 좋지 못한 것 같아서 그도 못한다고 그는 말하였었다. 학교엘 다니는 조카딸이 있는데 그 아이 월사금 때문에 걱정이라고 하길래, 아하 참 그전에 우리의 심부름을 해주던 계집애가 있었는데 그 아이가 인제는 커다란 색시가 되었겠구나 생각하며, 요새 호화로운 것을 좋아하는 여학생들 속에서 월사금도 내지를 못해서 고개를 떨어뜨리고 있는 소녀의 모양을 그리어보았다. 나도 광주에 있는 조카딸년이 무척 귀엽다. 서울로 데려다가 내가 공부를 시킬까도 생각하였었고 건너편 백화점엘 산보하다가는 비스켓 한 상자와 좋은 양복 한 벌을 고년에게 보내주어야겠다 마음도 먹었으나, 그것을 이제껏 시행 못한 것이 가슴에 걸리는데 월사금 못 대주는 김 군의 심정이야 어떠랴 상상하였다. 그러면서 왜 술은 그렇게 먹는 겐고 나는 자문하여도 보았으나, 예를 들면 요 전번 학교엘 다니는 친구에게 들어줄 청을 못 들어준 미안으로 한잔 마신 것같이 그것도 사실은 어떻게 할 수 없이 미묘하게 되는 일이 거의인 것이다. 나는 요새도 슬쩍하면 아래층 식당엘 가서 김 군에게 대접을 한다. 이번 아저씨에게서 돈을 못 만들어주면 다음 월급 때에서나 그에게 돌려줄 수 있을 텐데 자꾸 이렇게 동무에게 대접을 하면 월급이 외상 요리값으로 다 나가서 결국엔 그에게 돈도 못하여주게 된다. 그렇건만 우리들은 서로 만나면 한잔 들게 한잔 먹세 하는 것을 폐치 못하는 것이다. 언제나 우리를 내리누르고 있는 묵직한 우울 그 까닭인 것이다. 아저씨가 계속하여 밤이면 몰래 이슥하여서 행랑방엘 우울이 드나드는 것을 나는 건넌방에 누워서 귀를 기울여 알았고, 아무때든 기회만 있으면 그이를 우리 집에서 나가게 해야겠다는 결심을 인제서는 가지게 되었으므로 그이에게 돈 이야기하는 것은 단념하였으며, 내가 자꾸 까닭도 없이 밀어가는 것을 김 군은 해주기가 싫어서 그러나 보다 하고 행여 오해를 할까 염려가 되는데다가, 요새 우리 집에서는 안해의 해산달이 닥쳐오므로 애아비가 될 텐데 인제 술은 딱 끊고 그 돈으로 어린애 저금을 해주어라 베이비 드레스를 하나 사오너라 미역과 왕새우를 사오너라 어린애 포대기감을 사오너라 융을 몇 자만 사오너라 야단이므로, 뭐 월급과 원고료를 가지고는 예산이 글렀고 이번에도 팔촌형에게 가서 또 한 번 차용 증서를 쓸까보다 하였다. 이 팔촌형님은 한때는 위대한 예술가가 되겠다고 동경 무슨 미술 학교를 졸업하고 나와서는 그림을 그릴 만한 좋은 모델이 없다고 밤낮 모델모델 하며 다니더니 어언간 그는 고리 대금업자로 변하여 가지고는 이 세상은 돈이 제일이다 하면서 언제나 돈돈 하고 다니는 것이었다. 하루 사이에 바쁘게 일을 보고 있는데 아범이 찾아와서 서방님 황송하지만 돈 5원만 돌려주시면 죽어도 은혜를 잊지 않겠습니다하기에 나는 복잡한 생각이 있어서 한마디로 그러라고 대답을 하였다. 들으니 아범의 첩은 여자일망정 술을 잘 먹는다는데 세상이 귀찮으니 그 술 잘 먹는 첩과 막걸리라도 먹으려고 하는 겐가 그렇지 않으면 신음하고 누워 있는 안해의 약을 써주려 함인가, 하여간 나는 이 아범의 청만은 거절할 수가 없다고 믿었다. 이러고 보면 나는 아저씨에게 돈을 말하려고 했었는데 아범에게 대하여는 어떻게 큰 희생이라도 해야만 될 그 아저씨가 되려 나에게서 돈을 가져가는 것이 되지 않나 생각하였다. 아범을 시켜서 인력거로 팔촌형님을 아래층 식당에다 모시어놓고는 말 아닌 고리로 나는 빚을 얻었다. 그이는 이렇게 해서 큰 부호가 되겠다고 말을 하는데 그의 성격과 행동을 미루어서 사실 더는 못 되고 한 천 석 그저 10만 원 재산쯤은 모을 인물이라고 생각하였다. 밤낮 모델모델 하며 머리 지진 양장 미인을 좇아다니는 것보다는 예술과는 인연이 있을 리 없는 그 자신을 위하여 그야말로 전도 유망하게 길을 잡아들었다고 나는 속으로 웃었다.

- 양복값 10원 갚아주다.
- 할머님 어머님께 저고리 한 감씩 5원.
- 안해에게 그냥 쓰라고 일금 1원정.
- 뱃속에 있는 아이를 위하여 융 5원어치와 베이비 드레스 두 벌에 3원.
- 신문값 두 군데 5원.
- 책값이 7원.
- 가게 외상값 8원.
- 아범에게 5원을 주다.

대략 이렇게 나누어주고는 신당리 사는 김 군을 찾아갔다. 대문을 나설 때 아파 죽겠다고 어멈은 소리소리 질렀다. 주머니 속에 돈은 있고 자비한 마음으로 저 어멈을 내가 병원에다 입원을 시켜서 살려줄까 하였으나 나에게도 그런 여자는 괘씸하게 생각이 되었다. 그렇게 하려면 정말로 아범의 속을 다져보고 아저씨는 절대로 우리 집에서 내어쫓고 어멈은 병원으로 몰아 넣어야겠다 속심을 먹었다. 전차를 타고 문밖을 지나 김 군을 찾아갈 때 언덕 위에 즐비하게 늘어선 함석지붕 거적담의 신당리 풍경을 보고는 참 빈촌이로구나 하였다. 날이 음산하고 저녁의 쓸쓸한 기운이 더욱 마음에 우울하였다. 어쩌면 밤에 눈이 오실른지도 모르는데 어린아이들이 빨갛게 언 손가락을 혹혹 불며 인제서 장작 한 단을 사가지고 가는 것을 보았다. 호호 노인이 우들우들 떨며 쌀 한 봉지를 들고 가는 것도 만났다. 그날 밤 과연 눈이 내리는데 그의 병에 해로울 줄은 번히 알면서도 우리는 세상 이야기를 주고받으며 우울하여 술을 마시며 돌아다녔다. 그가 기침을 몹시 할 때면 이 귀하고 재주 있고 유망한 친구 하나를 죽이고 말지나 않을까 나는 속으로 답답하여 못 견디었다. 그에게는 오직 글쓰는 재주밖에 없고 또 그것으로 일평생의 목적과 사업으로 삼는데 글 써가지고 그 수입으로는 생활도 안 되는 터에 도저히 약을 쓴다거나 전지요양을 한다거나 하여 병을 고치게 할 것이 못 되는 것이다. 벗에게 약속한 것을 행하고 집으로 돌아오니 광주 누이동생에게서 미납 우편이 와 있었다. 뜯어보니 매부가 고만 실직을 하였는데 오직 하소연할 데는 오빠밖에 없다는 것이었다. 나는 거나하게 취한 마음과 눈으로 가엾은 그들의 정상을 그리어보았다. 조카딸년에게 과자와 양복을 선사하지 못한 대신 돈으로 보내주리라 하였다. 그리고 나는 이달에도 월급 타고 빚을 졌고 눈이 점점 나빠가는데 안경도 또 다음 기회로 밀게 되었구나 옷을 벗으며 생각하였다. 어떻게 하든지 동생의 식구만은 돌아가신 아버님을 대신하여 내가 살려야겠다 하면서 나도 모르게 입으로 돈돈 하며 팔촌형의 흉내를 내보았다.

『중앙』, 1936.4.

겸허謙虛

김유정 전

안회남

유정이는 세상이 다 아는 바와 같이, 폐병으로 해서 서른 살을 채 못 살고 세상을 떠났다. 그러나 그의 이러한 불행은 그가 병상에 눕기 벌써 오래전부터 작정되었었던 것이라고 나에게는 생각된다. 즉 그것은 우연적인 것이 아니라, 피치 못할 운명이었다고 —

며칠 전 유정이의 유고遺稿를 정리하다가, 그의 중학 2학년 때의 일기 속에서 다음과 같은 의미의 문자를 발견하였다.

> 아아, 나는 영광이다. 영광이다. 오늘 학교에서 '호강나게'[1]를 하며 신체를 단련했다. 그런데 나도 모르는 사이에 호강이 나의 가슴 위에 와서 떨어졌다. 잠깐 아찔했다. 그러나 그것뿐으로 나는 쇳덩이로 가슴을 맞았는데도 아무렇지도 않았다. 나의 몸은 아버님의 피요, 어머님의 살이요, 우리 조상의 뼈다. 나는 건강하다. 호강으로 가슴을 맞고도 아무렇지 않다. 아아, 영광이다. 영광이다.

1 호강나게(砲丸投げ) : 포환던지기.

그와 나와는 같은 학교를 1학년부터 함께 다녔으나, 친하여지기는 3학년 시대서 비롯하였으니까, 그 전 일은 소상하지 못하다. 아무리 감격하기 쉬운 소년의 마음이었기로서니, 그 무지한 쇳덩이로 가슴을 얻어맞고, 그것을 영광이다 영광이다 하고 외쳤음은 무슨 까닭이었을까 —

유정과 내가 가깝게 된 연유는 언젠가 수필 속에서도 이야기한 일이 있거니와, 서로 똑같이 잘 학교를 빠지는 것 때문이었다. 내가 유정을 주목하기 시작하고, 유정이 또한 나를 주목하기 시작했던 모양이다. 어느 날 그가 우리 집엘 찾아왔고, 다음에 내가 그의 집엘 가고 했다.

책보를 하나씩 끼고 아침 나란히 서서 학교엘 가며 우리의 걸음은 될 수 있는 대로 느리었다. 그리고 학교 이외의 딴 방향으로 갈 수 있는 지점에 이르러서는 두 소년 중 한 사람의 입으로부터 기어이

"얘, 오늘도 늦었겠다" 하면, 또 유정이나 내 대답이

"글쎄 벌써 출석부를 불렀겠지" 하고는 누구든지 제 임의로 옆 상점집에 걸려 있는 시계를 들여다보고 와서는

"어이구 벌써 10분이나 지났는데?" 하는 것이었다. 이것들은 물론 오늘도 학교를 베어 때리자는 의논이었고, 이렇게 해서 샛길로 빠져 취운정으로 혹은 남산공원으로 달아났었으며, 어린 마음에 그때는 학교를 결석하는 것만도 무서운 죄 같아서 둘이서는 각각 가슴속에서 두방망이질을 하는 것이었으나, 그러나 유정은 옆에 내가 있으므로 하여서, 나는 옆에 유정이가 있으므로 하여서 모두 어지간히 활발한 소년일 수 있었던 것이다.

우리 학교는 꽤 큰 건물이고, 게다가 붉은 벽돌집이어서 남산 같은 데 올라서면 빤히 내려다보였다.

"지금 무슨 시간일까?"

"영어 시간이겠지."

"어디 봐라."

학과 시간표를 펴서, 가령 11시쯤 된 경우라면 그 시간을 짚어보는 것이다.

"에이 대수 시간인데?"

"집어쳐라 그건."

깨끗하고 넓은 공원 마당에서 우리는 한바탕 땅재주를 넘고,

"다음은?"

또다시 시간표를 내보고,

"역사!"

"그래!"

양명한 날 햇빛에 곱게 내려다보이는 학교에 마주 앉아 역사 공부를 한다고 하면서는 결국 활동사진 이야기로 끝을 막고

"뚜—" 하고 오정이 불면

"점심시간이다." 떠들며 벤또를 내어 게 눈 감추듯 먹어 치우고 그러면서 속으로는 인제 벤또를 먹어 없애었으니까, 집엘 들어가도 학교 갔다 왔다는 표시가 된다 안심하고 그리고 저녁이 되면 어슬렁어슬렁 거리로 내려온 것이었다.

우리는 수학여행도 즐기지 않았다. 여행 시즌이 되어 선생님과 동무들이 다 명승고적을 찾아 떠난 후 텅 빈 그 학교와 넓은 마당에 단 둘이서 제 마음껏 시시덕거리며 뛰어 노는 며칠 동안을 우리는 1년 중 가장 좋은 명절로 쳤던 것이다. 그러나 이러한 우리의 행동이 내 자신은 모

르나, 유정에게 있어서만은 결단코 불량적인 경향이 아니었다. 우선 학교를 빠지는 것만 해도 베어 때린다는 사실은 동일하나, 나는 그래도 어느 정도의 자유가 있어 결석하는 것이었고, 유정은 반대로 너무 속박을 받아, 말하자면 조금이라도 자유를 얻어 보려는 행동이 거기까지에 미친 것이라고 볼 수 있는 것이다.

산에서 거리로 내려와 여기저기 붙어 있는 포스터 구경도 하고 책사엘 들러 책도 뒤적거리다가 먼저 우리 집으로 들어오는데, 이것은 함께 결석을 하고 나서 유정이 나를 바래다주어 나의 무사함을 알기 위함이요, 인제 나는 또한 공범자의 의리로써 유정을 그의 집까지 전송할 참인 것이다.

유정은 우리 집에 와서 항용 궁둥이가 무거웠다. 그때 유정의 가정은 몰락해가면서도 근 30칸이나 되는 집에 들어 있었는데, 습하고 음침한 냉기가 도는 그의 집을 나는 우선 외양부터 좋아하지 않았지만, 유정은 그것뿐만 아니라 내면적으로 더욱 우울한 사정이 있었던 모양이다.

"밥 먹구 가거라" 하면 유정은 우리 집안식구들을 꺼려서 그랬던지 질색을 하며 펄쩍 일어나 나갔다. 그러나 지금 생각하면 그는 분명히 그때 자기 집엘 돌아가기 싫어하였다. 속으로는 권하는 대로 그냥 우리 집에 앉아서 얼마나 평화스럽게 같이 저녁을 먹고 싶어했었으랴 —

하루 그를 집에까지 데려다주고, 유정이 난관을 무사히 통과하나, 나는 중문간에 기대어 서서 귀를 대고 안마당의 기척을 엿듣고 있었다. 가만히.

"이놈 유정아."

"이놈 유정아."

별안간 이렇게 호통을 치는 소리가 들리어왔다. 날마다 밤마다 술취하는 유정의 형님, 그의 백 씨가 팔을 걷고 식식거리며 대청 위에 섰고, 그 앞에 조그마한 유정이 엎디어 있는 꼴을 나는 넉넉히 짐작할 수 있었다.

"네 이놈 칼을 받을 테냐?"

"네 이놈 주먹을 받을 테냐?"

물론 가엾은 유정은 굳이 칼을 사양하고 주먹을 받았다. 일찍이 어린 그가 운동장에서 놀다가 커다란 쇳덩어리에 가슴을 얻어맞고도 오히려 "영광이다, 영광이다, 아무 일 없다" 하고 외치며 일기에까지 기록하여 둔 것은 항상 이러한 위협에 쪼들려 지낸 탓이 아니었던가 한다. 그가 나를 동무하여 함께 학교를 베어 때리기 비롯한 것도, 이를테면 한 개 투쟁의 형식이요, 반항의 형식이었으며, 자기 자신을 위하여 즐겁고 아름다운 시간을 가져보려는 자연한 노력이었다.

유정이 제 육체를 어루만지며,

"나의 몸은 아버님의 피요, 어머님의 살이며, 우리 조상의 뼈다."

이렇게 부르짖는 모양이 눈에 선하다. 그는 가정과 혈육에 대하여 한편 증오하는 감정이 불 일 듯하면서도, 일변으로는 거기 끝없는 애정을 가졌던 모양이다. 그것은 방탕하여 정신이 없는 형님을 위로 모셨으나, 양친께서는 그가 어릴 때 일찍이 돌아가 아버님과 어머님의 사랑을 맛보지 못한 까닭이리라.

그는 어머님의 한 장 사진을 어느 때는 책상 위에 모셔놓고 그 앞에서 책을 읽었고, 어느 때는 몸에 지니고 다니며, 이따금씩 내어보았다.

"필승아, 우리 어머니 사진!"

언젠가 그가 사진을 나에게 수줍은 표정으로 보여주었을 때, 내가 한참 그것을 들여다보고 있으려니까, 유정은

"우리 어머니 미인이지?" 하고 물었다. 딴은 보아하니 그의 어머님의 사진은 삼십 전후 아주 젊은 시절에 박은 것으로, 웬만치 장성한 남자이면 제 마음대로 외람한 생각을 품을 수 있을 그런 것이었다.

"우리 어머니 참 예쁘다."

얼굴이 발개지며 이렇게 말하던 그의 자태를 지금도 잊을 수 없다. 유정은 어머님을 존경하는 나머지 어머님을 천하에 드문 미인으로 우상화하여 부지불식간 노력했던 것 같다. 왜 그러냐 하면 그때서부터 우리에게는 젊고 아름다운 여자가 제일이었으니까 —

그러나 칼이냐, 주먹이냐, 그 둘 중에서 하나를 취하여야만 할 유정이 밤낮으로 어머님 초상 앞에서 꿇어 빌고 빌었으나, 옛날에 돌아가신 어머님이 따뜻한 손을 내밀어 가엾은 유정의 머리를 한 번인들 쓰다듬어 줄리 만무였으며, 유정도 또한 그것을 꿈엔들 바랐었으랴. 그것은 오직 기도하는 정성뿐이었으니, 자기를 희생하는 데서 오는 스스로의 만족이다. 나는 이것을 그의 후년의 연애와 관련하여 생각하고 싶다.

남이 손가락질하며 비웃을 만치 그가 그렇게 많이 비참한 외쪽 사랑의 슬픔을 겪으면서도 겉으로 태연자약했던 것은 어머님을 존경하는 마음, 어머님을 예쁘다고 하는 생각, 어머님을 그리워하는 정성, 이것이 그대로 자기가 연모하는 상대편 여자에게까지 연장하여 그저 꿇어 엎드리고, 그저 미화하고, 그저 모든 것을 바치려는 태도를 취하게 된 것이리라 믿는다. 유정은 어머님에게 대한 사랑에 있어서나 애인에게 대한 사랑에 있어서나 그 보수를 채 상상하지 않고, 우선 정열이 불탓

던 것이다.

그가 맨 처음으로 연애한 이성은 한 유명한 기생이었다. 물론 짝사랑이다. 그 시절의 유정은 점잖은 집안의 처녀들을 퍽 경멸하고 싫어하였는데 이것도 그의 가정에 대한 울분의 폭발이었으며, 그렇기 때문에 자연 사랑의 대상을 그와 대치적 세계의 화류 방면에서 구하게 된 것이라고 생각한다. 이것이 그에게 있어서 가장 큰 비참한 일이다.

유정이는 그때 이십을 조금 넘은 때였고, 기생은 적어도 그보다 5, 6세는 위였을 것이다. 그러니까 유정이가 지니고 있는 단 한 장의 젊은 시절에 박은 어머님 사진과 이 기생의 사진과는 두 여인네가 서로 나이로 보아 비슷한 관계에 있었을 것이다. 기생에게 남자 동생이 있었는데, 그 사람은 유정보다도 오히려 한 살을 더 먹었는가 그랬다. 될 이치가 없는 일이다.

"저 그거 누님께 전해드리셨에요?"

"네 어젯밤에."

"그래 뭐라세요?"

"암말도 안하세요."

"네!"

"낼 알어다 드리죠."

"감사합니다."

유정과 기생 오라비와는 이런 말을 가끔 주고받고 했었다.

그때만 해도 유정이는 상당한 집안의 도련님이신지라, 어떻게 형님 눈을 피하여서 기생에게 값 많은 선물도 보내고, 또 그 오라비에게 돈도 빼앗기고 했던 모양이다. 이를테면 유정의 애인(이런 투의 나의 말

솜씨가 불손한 것일까?)이 출연을 하는 연주회에는 꼭 그가 출석하였고, 또 노래를 부르는 방송에는 으레 귀를 기울였으며 때로는 요정에서 제법 그 늙은 기생과 더불어 주연을 같이하였다. 그러나 그러한 좌석에는 의식적으로 나를 피하여 함께 술잔을 나누지 않았는데, 아마 까다로운 회남의 비평과 충고가 두렵고 귀찮은 때문이었을 것이다. 그리하여 그는 그때 전문학교 시절의 발랄한 몸이면서도, 새로운 세대의 새 이지의 감동력도 없이 그저 우울하고 초조하고 비판적이어서 무슨 남도소리를 한답시고

"문경의 새재는 으응으으" 어쩌고저쩌고 하다가

"오대야 구부구부 눈물이다."

뭐 한숨이 절로 나온다고 하면서 이따금 당치도 않은 목청을 뽑고 했다. 이러한 일면을 모르는 사람은 인간 유정의 아름다운 점으로 보나, 나는 좋지 않게 여긴다. 그 기생이 남도소리의 명창이었던 것이다.

유정의 순심과 정열에만은 머리를 숙일 만하다. 젊은 유정과 그 일류 기생과의 관계는 위에 이야기한 그 정도에 멈추었을 뿐, 유정은 연애로써 완전히 실패할밖에 도리가 없을 운명을 내포한 그대로, 사실 그대로 자기의 사랑이 짝사랑에 떨어지고 말았으나, 끝끝내 애인을 숭앙하고 미화하고 모든 것을 바치려는 노력을 버리지 않았다.

그 뒤 유정의 집안이 급속도로 아주 몰락하면서, 기생 아씨는 저보다는 나 어린 유정을 좀더 얕잡아보았고, 초라한 유정을 더욱 박대하였고, 사랑이니 애인이니 정열이니 생명을 바치느니 당신을 위하여 사느니 죽느니 그렇게 오랜 동안을 두고 눅진하게 덤벼드는 유정을 일층 귀찮게 여겼던 것이다. 그 시절의 유정의 일기와 편지가 일부분 내 손으로

지금 보관되어 있는데 읽어보면, 그것은 유정의 헛된 꿈이었으며, 꿈이라도 그의 무서운 악몽일 것이다. 뿐만 아니라, 연애의 대상이었던 그 기생의 사진도 서너 장이 나에게 있는데, 내 눈엔 뭐 예쁠 것도 없다. 커녕 전일을 되풀이하여 보면, 그 여자에게 손톱만치라도 존경하는 마음을 가질 수 없는 것은 이미 옛 사람이 된 친우 유정군을 위하여 심히 미안한 일이다.

그의 집 재산은 한 5, 60만 원, 그러니까 그때 법제대로 불러서 6,000석이나 되는 것을 그의 백 씨가 모두 탕진하여 버렸다.

"유정아, 어떤 이가 느이 아주머니냐?"

"퍼렁 치마 입은 이냐? 회색 치마 입은 이냐?"

"아 저기 저 흰 저고리 입고 섰는 이?"

언젠가 나는 유정이의 방에서 몰래 안채를 들여다보다가 할 수 없이 이렇게 유정더러 물어봤던 것이다. 그의 집에는 유정이 아주머니라고 부르는 여인네가 수없이 많은 것 같아, 나는 그의 형수인 정말 아주머니를 알아내기까지 사실 오래 걸렸다. 묻는 나도 얼굴을 찡그렸지만, 대답하는 그도 얼굴을 찡그렸다. 경향 각지의 딴 곳에도 첩이 있었는지 그것은 내 알지 못했고, 또 알아 무엇하리오마는, 하여간 이 한 집안에도 그의 백 씨의 요샛말로 제2 부인 제3 부인이 득실득실했었다. 한때는 돈을 끼얹다시피 하고, 취하여 10원짜리 따위로 코를 풀어버리면 옆에서 시중을 들고 섰던 기생들이 집어넣고 집어넣고 했다는 소문까지 있는데,

"못났다!"

이런 욕을 유정 듣는 데서 한 일도 있는 성싶다.

그러나 유정의 형님이 결단코 악인은 아니었다. 말하자면 변인이고 어떻게 보면 좀 정신에 이상이 있는 사람이 아닌가도 생각된다.

"너 이놈 유정아, 칼을 받을 테냐. 주먹을 받을 테냐. 둘 중에 하나 받아라."

유정이 어릴 때 부모도 일찍 여읜 그 아우에게 이렇게 한 것을 생각하면 잔인한 짓이나 가산을 모두 없앤 후 장성한 유정과 인제는 술친구가 되어 대취한 후이면,

"너 이놈 유정아, 형님이 주는 술잔을 받아라."

"술잔을 받아라" 하고 대성질호한 것을 합하여 생각하면 거기에는 전자와 후자 서로 일맥상통한 것이 있어 호쾌한 인정미가 떠돈다.

유정의 집이 아주 몰락해서 제각기 뿔뿔이 헤어지고 셋방살이를 하게 되었을 때 나는 나 역시 나대로 결혼 문제로 하여 조모님과 충돌이 되어가지고 한 분 어머님과 함께 유각골에다 단칸방을 얻어, 그 속에서 게으른 생활을 하였다. 나의 연애와 결혼에 대한 이야기는 나의 수많은 소위 신변소설身邊小說과 수필로 인하여 이미 세상이 다 알고 그 속에는 유정의 중요한 에피소드도 한몫 보여진다.

어떤 날 방에 누워 이슥토록 책을 읽으려니까,

"필승아."

"필승아."

부르는 소리가 나길래, 나가보매 유정이었는데.

"저 우리 형님 모시고 왔다" 하였다. 딴은 그의 뒤에 내가 늘 호랑이같이 무서워하던 그의 백 씨가 서 있었다. 나를 보더니,

"어허, 필승이 하 하 하 하 하……."

"나도 사람일세."

"허허 우리 술이나 한잔 들지, 하하."

그 분이 나중에는 유정과 나를 만나면 언제나 "허허", "하하" 소리뿐이었다. 그때 우리 세 사람은 모두 검정빛 두루마기를 입고 머리는 언제든지 더부룩하고 그리고 일제히 팔짱들을 끼고 선술집으로 돌아다녔는데, 당장 궁하니까 그저 '뼈다귀집'이니 '순대집'이니 '빈대떡집'이니 하고 싸고 헐한 데로만 일상 찾아들었다. 가난이 쭉 흘렀다.

그 당시의 유정의 숙소인 유정의 누님댁으로 가서 대문을 손끝으로 밀어보아, 그것이 걸려 있으며 나는 안심을 하고

"유정아" 소리쳤고 그러면 또 유정이는

"그래" 하며 대답이 끝나기 무섭게 일어나 나와 문을 열었다. 그러면 유정이가 그렇게 민첩하고 바지런해서 그랬느냐 하면 그런 것이 아니다. 퍽 느렸다. 그의 방안엘 들어가보면, 이부자리도 걷지 않고 있는 때가 예사요, 책 · 신문지 · 장기판 · 담뱃갑 · 재떨이 등으로 지저분하고 어디서 그렇게 큼직한 요강을 구하였는지 어떻든지 간에 그 놈을 방 한가운데다 놓아두고는, 이따금씩 "칵", "칵" 하며 가래를 뱉는 것은 물론 오줌을 누고 나서도 내 앞에서는 그것을 구석으로 밀어놓는 일 없이 태연하였다. 게다가 동쪽으로 난 단 하나의 들창을 그렇게까지 햇빛이 싫었는지 검정 보자기로 들씌워서 방안을 어둠침침하게 만들어놓은 후 인제는 또 담배만 들고 피워 연기가 하나 자욱한 것이다.

내가 가면 으레

"장기 둘까?" 하고는 한참 서로 장야 군야 하는데, 그때만 잠깐 들창의 검정 보를 제쳐놓는다.

누님댁이라고는 했지만, 식구는 누님과 유정 두 사람뿐으로 안방 건넌방 하나씩 갈라 썼다. 유정 말에 의하면, 그 누님은 조혼早婚의 풍습에 희생을 당하여 나 어려 출가를 했다가 남편과 서로 화합하지 않아 갈라섰다는 것이었다. 그러나 내가 딴 눈치로 미루어 짐작하게 된 것은 애당초 이 여인의 시가 편에서는 유정이네의 누거만 재산에 정략결혼을 했다가 어벌쩡거려봤지만 유정이 형님의

"칼을 받을 테냐, 주먹을 받을 테냐" 하는 그 파괴주의에 고만 찔끔해서 물러섰고, 이리하여 그 집에서는 며느리를 학대하고 안해를 못 살게 굴었던 것이 아닌가 한다.

"너 이년 그렇게 도도한 년이 느이 집에 있는 돈 좀 가져오렴. 돈 가져와—" 하고 무슨 충돌이 있을 때마다 그 시어머니가 이런 호통을 쳤다 한다.

출가녀는 외인이라, 유정 누님은 친가가 아직 부자집 이름을 들을 때부터서도 고생을 했었던 모양이다. 시가에서 나와 혈혈단신 여자의 섬약한 몸으로 상경하여가지고는 별별 고생을 다했고, 어느 피복 공장엘 10여 년이나 다녔다. 이러한 생활을 해서 그런지, 몹시 히스테릭하였다. 유정에게도 좋을 때는 싹싹하게 잘했지만 한번 바가지가 시작이 되면

"너는 이놈아 젊은 놈이 뭐하는 거냐?"

"방 속하구 하구 있는 꼴이란 아이구 지긋지긋해."

"나가거라. 나가. 이놈아."

"친정이라고 느이가 나한테 헌 게 뭐냐?"

이러한 푸념이 늘 되풀이 되었고, 공장엘 갔다 와서는 집안을 달달 뒤져 무엇이 없어졌다 무엇이 없어졌다 야단을 치며,

"그래 이놈아 넌 집두 못 보니?"

"그지 같은 거래도 난 피땀을 흘려 모아 논 것이다."

"제발 대문이나 걸고 있거라."

"그 어떤 놈하구 붙어 앉아서는 밤낮 무슨 의논이냐? 날 잡아먹자는 공론이냐. 잡아먹어라, 잡아먹어" 하며 야단이었는데 '그 어떤놈'이라고 한 것은 물론 이 안회남 씨를 빗대놓고 해댄 욕이다. 그것은 그렇고 알지 못할 일은 내가 무엇 때문에 자기를 잡아먹겠다고 유정과 함께 공론을 했었으랴.

그러나 또 한 번 히스테리 증세의 특유한 변덕이 일어나면,

"유정아, 술 먹고 싶으냐? 받아올까?"

"안 선생도 계신대!"

"돼지 다리나 하나 사구."

"그럼, 쇠불알이나 사다 궈주랴?"

아주 이렇게 반하도록 달래서 사실 나도 유정과 같이 여러 번 술과 고기를 얻어먹었다. 그런데 이토록 대접을 다했음에도 불구하고 유정과 나는 그 괴악하고 난잡한 방 속에서 종일 무엇을 쑤군거렸다가, 장야 군야나 했다가, 담배나 피우고 앉은 자리에서 장독만큼한 요강에다 오줌이나 누고, 그러고는 누가 집엘 찾아왔다 가는지 무슨 물건이 없어지는지 눈꼽만치도 아랑곳하지를 않았으므로 유정이 욕을 먹는 것은 여반장이요, 나로 치더라도, '안 선생'이 단박에 '그 어떤 놈'으로 떨어지기나 일쑤고, 또 그 폭풍우가 지나가면 약주니 저육이니 우랑(소의 불알)이니 하여 술상이 융숭하매, 그것은 유정 누님 말마따나 너희들이 날 잡아먹으려고 하는구나 하는 발악에 언뜻 생각하면 그럴싸하게 들어맞

는 것도 같은 일이었다.

그러나 젊은 여자가 손아래 남동생과 그 동무를 대접하면서 맛있는 고기가 많은데, 왜 하필 쇠불알을 사다가 구워주느냐 말이다. 우랑이 몸에 좋다고는 하지만…….

그뿐만 아니라, 먹는 유정이 편도 그 외에 여러 가지 괴상한 음식을 찾았었다고 기억한다. 가령 강원도 춘천 자기 고향땅엘 갔다가 오면,

"필승이 너 살무사 먹어봤니?"

하고, 내가 얼굴을 찌푸리며,

"징그럽다" 소리치면 "치" "치" 하면서

"그걸 잡어선 산 채로 좋은 약주에다 넣고 뚜껑을 딱 덮어두었다가, 한 달 후에 먹어봐 어떤가. 살무사가 다 녹아버리고 뼈만 앙상하다 너 고놈만 집어버리고 나면 약주술 위에 하얀 동전만 한 기름 덩이가 동실 동실 뜨는데, 그게 여간 보하지 않거든."

어쩌니저쩌니 떠들었다.

'쇠불알만 구워 먹고, 살무사만 삶어 먹고, 몸 보한 사람이 왜 그렇게 일찍 세상을 떠났는지!'

나는 그러한 때 유정의 얼굴을 물끄러미 바라봤었다. 여태껏 내가 대하지 못했던 유정의 일면을 비로소 발견하고, 그리고 그 유정이는 그의 형님과 외양도 비슷하게 생겼으려니와, 어디인지 내면적으로도 동일한 데가 있는 것 같고, 또 그 집안 혈통이 모두 한편 야생적이요 원시적인 듯하여서…….

유정의 아버님 어머님 산소가 춘천에 모셔 있었고, 서울 외에 거기에도 집이 있을 때,

"너 꺽지 아니?"

"너 쏘가리 아니?" 하면서 춘천의 산수山水를 자랑하고, 그 속에서 나는 천어川漁를 칭찬하여

"참 좋지!"

하다가, 나를 보고 꼭 한번 오라고 했다. 그러나

"가마!"

"오너라!"

"가마!"

"오너라!"

했었을 뿐 내가 그다지 유정과 친밀한 벗이면서도, 정작은 한 번도 춘천엘 가보지 못했던 것은 무슨 까닭이었을까. 지금 생각하니 어떤 곡절이 있었던 성싶다.

내가 개벽사開闢社에 있었을 임시 춘천 출생의 차상찬車相瓚 씨에게서 이야기를 들어,

생각했던 것보다 유정의 집이 더 큰 부자였던 것,

그의 집안이 퍽 유명한 양반인 것,

옛날 양반의 세력으로 재물을 모은 것

이런 사실을 알았다.

"그러니까 유정이 할아버지 때……."

"그 할머니가 더 유명하지."

"할머니가요?"

"암 별 이야기가 많지."

"그러니까 양반 세력으로……."

"그저 함부로 잡어다 주리를 틀구 볼기를 때리구 해서, 그 큰 재산을 모았으니까."

"아하!"

유정이가 짝사랑하는 기생과 더불어 술 먹는 좌석에는 나를 교묘하게 땄던 것과 같이 겉으로는 인사로 오너라 오너라 했지만, 친한 친구였으므로, 그 눈이 더욱 무서워 혹 무슨 자기 집안의 암흑면이 들추어질까 겁내어 내가 춘천으로 방문할 기회를 일부러 피하였던 것이 아닌가 한다.

각설, 누님댁에 거처할 때 히스테리가 심한 누님의 구박으로 그렇게 게으르던 유정이도 할 수 없이 누님이 공장엘 간 후면 나와서 대문을 걸고 누님이 돌아오면 열고 했으며, 당시 유정의 밥값으로 하는 사무라고는 사실 이것뿐이었다. 그래서 나도 그를 찾으려면 그의 누님의 출근시간 전후로 가서(심심하고 급하니까) 대문을 꾹 찔러보고 걸렸으면 마음 놓고

"유정아" 하고 불렀던 것이다.

장기 두고 지껄이고 하다가, 속이 출출하면 누님이 윗목에다 차려 놓고 간 밥상을 잡아당겨 나와 둘이서 먹는데 밥 먹고 나서는 흔히 나를 보고, 유정은

"필승이 너 물 좀 떠와."

물까지 떠다바치라는 것이다.

"요거 어린애가 왜 이래?" 하고 내가 반대를 하면 그는 단박에 슬픈 표정을 하면서

"몸이 아퍼 그래."

"가슴이 뜨끔뜨끔해" 말하며 손으로 가슴을 어루만졌다. 그러나 그때는 저도 불우하고 나도 불우했다. 그러하였기 까닭에 동무의 사정을 모르고 서로 각각 자기의 불행을 과장하고 싶어하고, 그 불행으로 말미암아 남의 존경을 받을 것같이 착각하고 될 수 있는 대로 동무의 불행은 거짓말이라고 시의猜疑하고, 그러던 시절이었다. 아마 이런 것은 누구나 다 한 번씩 경험해보았으리라. 그리하여 나는 커단 소리로

"가슴이 괜히 왜 아프냐? 이불도 개키고 창문도 열고 그러렴. 좀 얼른 나가 물 떠와." 이렇게 그를 공격하였다. 지금 생각하면 그러한 조그만 일까지 아아 안됐다 미안하다 가엾다 뉘우쳐지는 것이다.

조금 후 우리 두 사람은 서로 정반대가 되는 처지를 가졌다. 유정은 몸이 쇠약해지고 병들어 눕게 되었으나, 나는 건강하였고, 그는 실연하였으나, 나는 끝끝내 할머님의 허락을 얻어 결혼에 성공하였으며, 유정은 아무 것도 없이 빈손을 털었으나, 나는 가정 문제의 해결로써 할아버님 때부터 내려온 약간의 유산까지를 받게 되었다.

(그뿐인가. 나는 이렇게 그의 이야기를 쓰고 있는데 그는 이미 세상을 떠난 지 오래다!)

내가 검정 두루마기를 벗어놓고 좋은 양복을 입으며 다닐 때 유정은 아직도 때가 조르르 흐르는 남루를 걸치고 나타났다. 언젠가 한번은 찾아와서 머리가 더부룩하고 옷이 더러워서 어느 병원엘 갔다가 간호부에게 푸대접을 받았다구 하소연하였다. (어느새 그는 병원 출입이 잦았다!) 그때 쑥 들어간 두 눈에 비창하면서도 유순한 표정을 짓던 것이 지금도 잊어버려지지 않는다. 이런 비유를 말하는 것은, 내 고인에게 대하여 죄됨이 많을지나 그것은 흡사히 충실하고 착한 개, 또는 약하고

순한 토끼, 이와 같은 동물이 불시에 변을 당할 때 짓는 종류의 것이라고 생각한다. 유정은 그처럼 겸손하였고, 그처럼 선량하였다.

사직동 시대에도 한번 아침에 가니까

"필승아, 사람들 참 나뻐!"

"왜?"

하고 반문하니까, 그는 그때도 위에 말한 그런 표정을 지으면서

"동네 여편네들이 문을 열어놓으면 뭘 훔쳐가!"

하는 것이었다. 그것은 꼭 사람들이 악하다는 것을 이제야 알겠다는 것과 딴은 남의 물건을 도적하여가는 사람도 정말 있구나 하고 놀라는 모양이었다. 그러니까 누님의 바가지는 점점 더 심하여지고 그는 거기에 머리를 숙일 수밖에…….

우리는 간호부를 좋아하고, 존경하였던 듯싶다. '백의의 천사'니 뭐니 하는 통속적 문자를 유치하게 그대로 외우고 습용하여 그들을 그렇게 우러러보았다. 그러한 유정의 천사가 머리가 더부룩하고 의복이 더럽다고 유정을 모욕하고 푸대접했을 때 그의 놀라움은 어떠했으랴.

하여간 유정은 점점 불행하였고, 따라서 세상을 더욱 허무하게 보는 듯하였다. 그는 이때부터 심신이 함께 허덕거리는 불안·피로·초조의 상태에 쌓였고, 무엇이든지 자기 일생을 기억할 만한 것을 붙잡아보려고 일층 애쓰지 않았던가 한다. 내가 어느 상사 회사商社會社에 잠시 취직하여 있을 적에 어느 날 한 여사무원이 나의 방으로 들어오며

"안 선생님 좀 보세요" 하고 여러 사람들이 죽 둘러앉아 있는데도 불구하고, 매우 당황하게 부름으로, 나 역시 놀라 나가보았다.

"이리로 오세요."

그 여자의 뒤를 따라가보니까, 거기에는 머리가 더부룩하고 얼굴이 창백하고 그리고 여전히 땟국이 족 흐르는 검정 두루마기를 입은 유정이 초조하게 서 있는 것이 아닌가.

"웬일이냐 너?" 하니까, 그는 빙그레 웃으며 손을 내밀었다. 악수를 하면서 유정의 눈치를 살피고 여사무원 양의 눈치를 살피는 동안, 나는 모든 것을 짐작할 수가 있어

"제가 나중 이야기하죠."

"들어가 계십쇼." 이렇게 말하며 여성에게 대한 예의를 다한 후, 유정만을 데리고 아래층 식당으로 내려왔던 것이다. 그 여사무원은 젊고 아름다웠다. 얼굴에 도회적都會的인 세련된 매력이 넘쳤다. 게다가 문학을 사랑하는 모양으로 한번 로버트 브라우닝에 대하여 이야기한 것이 인연으로, 나와는 가끔 점심 시간 같은 때 만나서 서로 담화를 하고 헤어졌다.

당시 유정은 나를 매일같이 찾아왔는데, 그때 공교히 그 여자가 우리 옆을 지나면, 나는 유정의 옆구리를 꾹 찌르고

"어떠냐 예쁘지?"

"문학을 좋아하는 여자야!"

이렇게 농담을 했는데, 그는 아마 이것을 그냥 웃어버리지 않았던 모양이다. 그래서 급기야는 물에 빠진 사람이 지푸라기라도 잡으려고 하는 노력처럼, 그냥 무턱대고 덤벼들었던 것 같다. 그는 오직 정열이라는 것만 믿고 기적이라도 이룰 것처럼 꿈을 갖는 것이다. 그러나 어느 누가 그의 남루한 꼴 외에 이 같은 그의 순진한 심중을 들여다 볼 수 있었을까보냐. 유정은 결국 좀 더 깊이 물속으로 빠져들어간 형편으로 되

었고, 그리고 그에게 있어서 모든 것은 한낱 지푸라기에 시종하고 말았던 것이다.

날마다 동무를 찾아가서 지껄이고 오던 집으로 이번엔 불쑥 동무가 아니라, 그 동무가 늘 칭찬을 하는 아름다운 여성을 방문하는 이런 것 외에도 이와 연결하여 이야기할 몇 가지 일을 생각해낼 수 있다. 아름다운 이성을 우리의 주위에서 발견하면 나는 곧잘 그에게 향하여

"유정아, 너 연애해라." 이런 말을 했는데, 그런 때에도 유정은 물론 이것을 껄껄 웃고 말아버리지 못했다. 당장에는 아무렇지도 않은 표정이었으나, 이 한마디를 그는 마음속 깊이 새겨두는 모양이었다. 아니 어느 때나 너무 외롭고 너무 불행하고 너무 빈약한 그에게는

"사랑하라!" 하는 따뜻한 말이면, 그의 귀에 스치자마자, 그냥 그의 심장에 가서 저절로 새겨지는 것이었으리라.

"어떠냐 예쁘지?"

"유정아 너 연애해라!"

내가 이런 말을 가끔 그에게 하여 번민하는 유정으로 하여금 더욱 번민하게 한 것도 지금 생각하니, 나도 그 당시 그것을 단지 농담으로써만 빈정거린 것이 아니라, 유정이 너무 낙망하고 인생을 허무하게 바라보려고 할 때 '사랑'이면 어느 때나 불타는 그임을 잘 아는 나인지라, 그에게 새로운 용기를 북돋아주기 위하여 내 무의식적으로 자연 그런 말을 하게 된 것이 아니었던가 한다.

"인류의 역사는 투쟁의 기록이다."

한참 좌익 사상이 범람할 임시 누가 이런 말을 하자, 옆에 있던 유정은 "그러나 그것은 사랑의 투쟁의 기록이다" 하고 이렇게 대답한 일이 있

다. 이 유정의 말이 옳고 그른 건 차치하고, 이 말과 그의 한 생애를 함께 생각하여볼 때엔 유정이야 그 전부가 그냥 사랑의 투쟁의 기록이 아닌가 하는 것이다.

어째서 그는 그렇게 불행하기만 하였는가.

안석영安夕影 씨는 일찍이 유정을 가리켜 문인 중 제일의 미남자라 일컬었고, 나중에는 패가하였을망정, 그는 그래도 명문이요 거부의 대가집 도련님이었었으며, 후에는 문명을 날린 재인이기도 한데, 무슨 때문에 일생을 통해 그의 연애가 그렇게 비참하게만 마쳐졌는지 모를 일이다.

유정은 스스로 곧잘

"운명이다!"

"모든 것이 운명이다!" 하고 외쳤었다.

"나는 일평생 내 힘으로 할 수 없는 무슨 커다란 그림자에게 눌려 지냈다." 이런 말도 했었다. 운명이나 그림자나 모두 자기의 소위 팔자라는 것을 지칭하여 말한 것으로, 그렇게 불행했던 그였고 보매 그의 입으로 이러한 말이 나오는 것을 나는 뭐라고 흉볼 수 없다.

병상에 누웠을 때 그는 더욱 이러한 운명론적인 각오를 가졌다. 자기 자신뿐만 아니라, 집안 식구의 전부, 집안 식구뿐만 아니라, 자기 자신까지 숙명적으로 결단코 행복스럽지 못할 것이라고 생각하였으며, 그것을 옛날 할아버지 할머니 때의 과거와 연결하여 나에게 누설한 바 있는 것이다.

"춘천 우리 고향에서는 우리 집안이 망하는 것을 좋아한다."

어느 때 유정은 이런 말을 나에게 했다. 나도 또한 차상찬 씨에게서 얻은 지식을 내대어 그에게 이야기한 듯하다.

유정의 할아버지 시대에 양반 세력에 눌리어 재물을 빼앗기고 갖은 곤욕을 다 당했던 이곳 백성들이 아직껏 원한을 잊지 않고 유정의 집안을 저주한다는 것이었다.

그래서 그런지 유정의 집안은 너무나 비참하게 몰락한 것은 둘째고 그 집 사람으로서 하나라도 불운을 느끼지 않게 하는 이는 없다. 유정 전대의 일은 내 자세히 모르나, 하여간 유정은 조실부모했다. 그리고 그 여러 남매 중 형님은 먼저 말한 대로 거의 정신병자이고, 큰누님은 심한 히스테리에 걸린 이로 갖은 고생을 다한 여자다.

"허허", "하하" 소리를 치면서, 내 두루마기 자락을 붙들고

"나도 사람일세!" 애원하듯 하던 그의 백 씨의 모양과 한바탕 들볶고 나서는

"쇠불알 사다 궈주랴?" 하던 그 누님의 꼴이 다시 생각나다.

그 외에 아주 미쳐서 나중에 우물 속에 빠져 죽은 누님이 하나 있고, 유정의 바로 아래 누이동생은 처녀의 몸으로 이화여고梨花女高에 재학해 있다가 실진했다. 이 처녀가 시름시름하기 시작할 적에 유정 형님은 계집애가 바람이 났다고 오해를 하구는

"너 연애할려구 그렇게 나돌아다니지?" 하면서 머리를 강제로 잘라 까까중을 만들어놓았다고 한다.

지금이나 단발이다. 그때만 해도 기다랗게 치렁치렁한 머리가 처녀들의 자랑이거늘, 머리를 잘리운 색시는 약하고 병든 마음에다 더욱 그것으로 하여 격분하고 원통하여 고만 쉽사리 실진했던 것이 아닌가 생각된다. 머리를 부둥켜안고 울던 처녀의 모양을 나는 몇 번 봤다.

유정이 죽기 전에 한 번 형님의 뺨을 쳤다. 위의 일 한 가지만 가지고

봐도 그 분은 아우에게라도 족히 얻어 맞아야 마땅하다는 것을 유정인들 왜 몰랐으랴. 바로 현덕玄德 씨가 그를 문병하러 갔을 때인데, 유정이 현덕에게 향하여

"현 형, 제가 형님을 칩니다. 보세요" 하고 한 번 힘대로 형의 뺨을 때렸다 한다. 무엇 때문에 그랬는지.

형님의 아들 즉 유정의 조카가 세 살 먹었을 때에 술 취하여 들어오는 그 아버지는 아기를 안아다 우물 속에 집어 던졌다고 한다. '우는 소리 듣기 싫다고!' 다행히 구조된 아기는 크게 장성한 오늘날 아버지를 아버지로 대접하지 않으려 한다. 상상할 수도 없는 비극이다.

유정이 고향 춘천에서 동리에다 강당을 지어놓고 마을의 빈한한 집 아이들 수십 명을 모집하여 글을 가르친 일이 있다. 월사금도 받지 않고 오히려 아이들에게 책값과 학용품대를 주어 공부를 시킨 것이다. 물론 강당도 유정이 제 돈을 들여 지었다. 그러니까 그의 조부 때 한 일과는 정반대의 일인데, 유정은 이렇게 착하고 좋은 일을 고향땅 백성들에게 베풂으로써 조금이라도 선조의 죄악을 씻으려 했던 것이며, 사람들의 눈총을 피하려 했었음일까.

언젠가 유정이 가장 기쁜 얼굴로 춘천 자기 동리에 사는 사람들은 모두 자기만을 존경한다는 이야기를 했고

"무슨 날에 모여서 술을 먹게 되어도 술잔을 제일 먼저 나한테 가져오니까" 하며 웃은 일이 있다. 그리고 다음에 동리 구장에게로 차례가 간다는 것이었다. 그랬을 게다.

이 사업이 무슨 일로 계속을 못하게 됨에, 그때부터서 유정은 문학을 하기 시작했다. 그전에도 그는 나의 권고로 몇 개 작품을 써봤다. 내가

개벽사에 있을 때 유정은 춘천 산골에 파묻혀 지내면서 「산골 나그네」, 「총각과 맹꽁이」, 「흙을 등지고」 등을 써 보내어, 각각 『제일선第一線』, 『신여성新女性』 등의 잡지에 발표되었다. 「산골 나그네」가 처녀작이고 「흙을 등지고」서가 세 번째의 작품인데, 『제일선』이 막 폐간된 끝이라, 이것을 발표할 수가 없어 나는 같이 있던 이석훈 형께 맡기었는데, 당시 유정이 아직 이름이 서지 못한 까닭으로 하여, 이석훈 형의 특별한 진력도 보람 없이 원고가 각 신문과 잡지사의 편집자 책상 위만 뻥뻥 돌다가 다시 나의 수중으로 들어왔다.

유정이 이것을 「따라지 목숨」이라는 이름으로 다시 개작한 것을 그해 세모에 『조선일보』 신춘문예 현상모집에다 그와 의논하고 내 손으로 보내었다. 이것이 1등 당선을 하여 그의 출세작이 된 유명한 「소낙비」이다.

이후 유정이 정말 혜성적으로 우리 문단에 나타나 눈부신 활동을 한 것은 누구나 잘 안다. 「만무방」, 「떡」, 「봄 · 봄」, 「따라지」 등 명편을 내놓아 사실 그는 짤막한 동안에 불후의 업적을 이루었다. 유정의 작가적 위치를 따져본다든지 그의 문학적 가치를 검토하여 본다든지 하자면 말이 얼마든지 길어질 터이고, 또 나의 의견은 세평과 많이 어긋나는 일이 있을 게나, 여기서는 그것을 고만둔다.

하여간 유정은 물에 빠져 허덕거리는 불행한 인물이었고, 모든 것은 또한 그에게 대하여 아무 가치 없는 지푸라기이고 말았는데, 오직 이 문학 한 가지만은 그렇지 않았다. 이를테면 그의 잘 쓰는 문자대로 금광의 노다지이다. 그렇기 때문에 유정은 이 노다지를 발견한 후로부터서는 전력을 기울여 그것을 발굴해내기에 힘썼다. 가정과 연애와 사업

온갖 것을 잃은 그는 이 문학 한 가지에 다 있는 대로의 모든 열정을 바쳤던 것이다. 그가 목숨이 끊어지기 최후까지 문학을 위하여 성실하게 분투하고 병상에 누워 붉은 피를 입으로 토하면서도 오히려 붓대를 쥐고 작품을 낳아놓기에 머리를 짠 것을 생각하면, 사실 눈물 겨웁다. 문자 그대로 비장한 모양이 내 눈에 어른거린다.

그러나 그는 끝끝내 슬프기만 하다. 문학에다 자기의 정열과 재주를 기울인 지 몇 해 못 되어 그는 세상을 떠났다. 유정의 형제 남매가 모두들 불행한 것처럼 그도 할아버지 때의 죄악을 저주하는 원한에 희생됨인가. 그 집안에서 유일의 인물인데, 삼십을 다 못 살고 죽었다. 그러한 점으로 생각하여 나가면

'유정이 그저 살아 있드라면!'

그렇더라도 그는 결단코 행복스럽지 못했을 것같이 생각된다. 상상도 할 수 없는 다른 불행이 그를 엄습하지 않았을까.

"운명."

"나를 꽉 누르고 어떻게 할 수 없게 하는 그 그림자" 하고 탄식하던 유정은 참 가엾다. 그러나 지금 내가 어느 생각을 한 가지 하고 있는 것처럼, 그는 자기의 운명의 모양을 잘 보아 안다 할 수 있을른지. 유정이 문학을 하려니까, 애처럽게 폐병에 걸리었다고 보겠지만, 유정의 병은 유정의 문학보다 훨씬 먼저 있던 것이 아닌가 하는 것이다. 연애에 실패하고, 사업에 실패하고, 마지막으로 문학에 정열을 쏟아놓으려니까, 병과 죽음이 눌러 덮었다는 것보다 병과 죽음의 그림자에 벌써부터 엄습을 당하여 있는 그가 그 속에서 괜히 허덕지덕 사랑이다, 농촌 교육이다, 예술이다 하고 앙탈을 했던 것이 아닐러냐. 즉 그것은 유정이 병

상에 눕기 이미 오래전서부터 작정되었던 것이요, 우연적인 것이 아니라, 피치 못할 운명적이었던 것이라고 생각된다.

유정이가 사직정에서 누님과 같이 살 때 게으를 대로 게으르고, 점심 먹은 후 나에게 물까지 떠오라고 하면서

"몸이 아퍼 그래" 하고 의아한 표정을 짓던 그때부터서 병이 비롯되고 그의 운명은 벌써 작정되었던 것이 아닌가.

아니 어릴 적 일기를 보면, 먼저 이야기한 대로 유정이 중학 2학년 때에 운동장에서 놀다가 큰 쇠뭉치로 가슴을 맞았다 한다. 그때 골병이 들고, 그 가슴이 더쳐서 차차 폐병으로 악화해간 것이 아닐른지. 그러면 술 취한 형님에게 항상 쪼들려 지내던 소년이

> 아아, 나는 영광이다. 영광이다. 오늘 학교에서 호강나게를 하며 신체를 단련했다. 그런데 나도 모르는 사이에 호강이 나의 가슴 위에 와서 떨어졌다. 잠깐 아찔했다. 그러나 그것뿐으로 나는 쇳덩이로 가슴을 맞았는데도 아무렇지도 않았다. 나의 몸은 어버님의 피요 어머님의 살이요 우리 조상의 뼈다. 나는 건강하다. 호강으로 가슴을 맞고도 아무렇지 않다. 아아, 영광이다. 영광이다.

이렇게 흥분하여 일기를 적어놓고, 아무 것도 겁내지 않은 자신을 가지며, 그리고 또 거기에 무한 감격하여 기뻐하던 바로 그때가 정말은 유정의 일생을 슬프게 운명적으로 결정하고, 캄캄한 죽음의 그림자를 내리기 시작한 때가 아닌가.

나는 유정이가 어느 달 무슨 날에 별세를 했는지 벌써 잊어버리고 모른다. 그가 살았을 때에도 나는 그에게 잘하지 못했는데, 그가 간 후에

도 이렇게 잘못이 많다. 그러나 빼빼 말랐던 그의 모양, 나를 붙들고 통곡을 하던 꼴, 그것은 잊으려야 잊을 수 없이 늘 내 눈에 가득하다. 그리고 유정이는 숨이 끊어지기 전 바로 몇 시간 전에도 나에게 마지막 편지를 열 장이나 가깝게 썼는데, 그 속에

"필승아, 네가 나를 살려다구!" 한 이런 말이 있다. 이것이 항상 나의 가슴을 찌른다.

하루 그의 글을 받아 보고, 그때 그가 정양을 가 있는 광주廣州로 가서 보려고 대문 밖을 나서는데, 마악 현덕 씨가 들어오며 아무소리도 않고 나의 손을 꼭 쥐었다. 유정이 영원히 눈을 감고 그의 조카 영수永壽군이 바로 서울로 모시어다 화장을 하고는 유골을 곱게 빻아 한강에다 띄워 버렸다는 것이다.

'벌써?'

'그래, 유정이가 가루가 되었단 말인가!'

'아니, 어디 가루인들 있느냐. 물 물 퍼런 한강 물…….'

유정이 죽고, 그리고 인생은 그렇게 허무하구나 느끼던 그때 감정을 어떻게 표현할 수 없다. 영수 군도 그의 어버님이나 아저씨인 유정에게 지지 않을 만한 기이한 인물이라는 것을 여기 부언하여둔다.

그렇게 해서 유정은 죽은 후에 무덤도 없다. 그를 생각하고 어디다 머리를 숙일 수도 없으며, 그를 위하여 한 묶음 향기로운 꽃을 사더라도 그것을 어디다 놓을지 모른다. 그의 육체적인 것이 세상에 남아 있는 것이라고는 그가 일찍이 어느 여성에게 보내었던 한 장 혈서이다. 이것도 지금 내가 보관하여 가지고 있는데, 언제 이것이나 깨끗한 땅에다 파묻어주고, 그것을

'유정지묘裕貞之墓'라고 하겠다.

그가 광주로 떠나던 날 현덕 씨와 그의 계씨인 현재덕玄在德 씨와, 나 세 사람이서 자동차부로 나와 그를 작별하였다. 그것으로 유정과 영원히 이별이 될 줄 누가 알았으랴. 그날 아침 유정의 밥상에서 나는 현덕 씨와 함께 약주술을 받아다 먹었다. 우리가 서로 "카—" 소리를 내며 몇 잔 하려니까, 조깃국에다 밥을 말아 먹고 있던 유정이 우리를 물끄러미 바라보더니

"필승아, 나도 한 잔 먹으까?" 하였다. 그것이 바로 그가 광주로 내려가 세상을 떠나기 며칠 전이다. 나는 그때

"예이, 먹지 마라" 하고 그에게 술을 안 주었다. 그렇게 갈 줄 알았다면 마지막으로 그 좋아하는 술이나 한잔 주었을걸, 서로 정답게 술잔을 나누어 볼 것을……

정인택鄭人澤, 김환태金煥泰, 이상李箱 제형諸兄과 함께 나를 찾아와 술을 조르던 생각이 난다. 그때도 피차 궁한 시절이었다. 우리들 중에 누가 원고를 쓴 사람이 있으면 고료를 받아다 같이 점심 먹기, 외투를 벗어서 술 먹기 그런 때마다 유정은 기분을 못 이기어 늘 앞잡이로 나섰었다. 무교정 우리 집 골목 어귀에 날마다 모여 서서 우울하고 초라한 표정을 짓던 것이 꿈같이 흘러갔다. 그리고 거기다 유정의 일을 붙이어 생각하면 안타까웁다.

어느 날 병상에 누워 있는 그에게서 엽서가 와 찾아가보니까, 유정이 내 귀에다 입을 대고 이상 형의 걱정을 하면서

"혹시 자살을 할지도 모른다. 네가 눈치 좀 떠보렴" 하길래, 놀래어 자세히 알아보니, 이상 홀로 유정을 방문하여와서 우리 두 사람 사정이

딱하기 흡사하니, 이 세상 더 살면 뭐 그리 신통하고 뾰족한 게 있겠소, 둘이서 같이 죽어버립시다, 하더라고…….

그러나 유정은 살고 싶었다. 그는 끝끝내 죽으려 하지 않았다. 그래서 유정이 싫다고 하니까 이상은 무안을 당해 표연히 돌아갔다는 것이다. 유정의 말을 듣고 이상을 만나보니까, 그는 껄껄 웃으며

"안 형, 제가 동경 가서 일곱 가지 외국어를 배워가지고 오겠습니다" 하며 그 시커먼 아래턱을 손바닥으로 비비는 것이었다.

그러던 유정이 이상보다 먼저 죽었다. 살려고 버둥버둥 애를 쓰던 유정도 나중에는 각오를 했던 모양이다. 그의 머리맡 벽 위에는 어느 사이에 '겸허謙虛' 두 글자의 좌우명이 붙어 있었다. 나는 이것에 대하여 유정 자신의 설명을 들은 일이 없다. 그러나 송장이 다 된 유정의 머리맡에서 이 두 글자를 보았을 때 그때처럼 나의 가슴이 무거운 때는 없었고, 지금에도 그것을 되풀이하면 여전히 암담하다.

아아, 멍하니 크게 뜬 그의 눈동자, 다른 사람이 아니고 유정이가 자기의 죽음을 알고, 그것을 각오하였다는 것은 참 불쌍하다. 그리고 모든 것을 단념하고, 자기를 극도로 낮추어 세상의 온갖 것에 머리를 숙이고 무릎을 꿇으려는 그 겸손한 마음이여. 그것은 정말 옳고 착하고 아름다운 태도이다. 유정이 야윈 손으로 떨리는 붓으로 이 '겸허' 두 글자를 마지막 힘을 다하여 써서 머리맡에 붙이고, 조용히 눈을 감아버린 것은 그대로 한 숭고한 종교의 세계이다. 다른 것은 내 존경하지 않더라도, 이것 한 가지에만은 나도 머리를 수그린다. 유정이 가고 한 10여 일인가 있다가 이상이 동경에서 별세하였다. 기묘한 우연이다.

유정이 총각으로만 있다가 죽은 줄 알았는데, 나중에 그가 결혼했었

다는 것이 발견되었다. 나도 까맣게 모르고 있다가, 그가 작고한 후에서야 영수 군에게서 들어 알았다. 그러면 어째서 유정이 나에게까지 그것을 감추었는지 내가 결혼한 날의 유정 일기를 보면, 그는 나를 퍽 행복스러운 사람이라고 말한 후, 자기는 도저히 그런 행복을 꿈꿀 수도 없다고 하고

'나는 영원히 결혼하지 않으리라. 나는 문학과 함께 살련다. 그것이 나의 애인이요, 안해이다.'

이러한 의미의 것을 적어놓았는데, 한 여자와 연애 없이 그냥 결혼한 것을 그는 부끄러이 생각하여 나에게 알리지 않았던 게 아닌가 추측된다. 어느 때든지 항상 잘 한 사람의 이성을 연애하며 정열을 쏟아놓던 그로써는 자기가 사랑하는 여인은 딴 곳에 있고 조금도 사랑함 없는 다른 여인을 아내로 위한다는 것이 무슨 치욕같이 생각되고, 거짓인 것처럼 느끼게 되었으리라.

즉 유정은 자신 없는 일을 하여본 셈이다. 마음에 꺼림하고 만족하지 못하였을 게다. 그러면 또 그는 왜 이러한 결혼을 했을까. 그 무슨 저항할 수 없는 그림자의 압박을 당하여 끝끝내 불행하기만 한 유정이 마지막으로 운명에게 향하여 두 눈을 딱 감고 뽑아본 제비가 아니었던지. 그것도 유정이 약하고 비참하고 아쉽고 하여 된 한 개 불행을 더 초래하는 슬픈 일이었으리라. 지금 생각하면 유정이 병상에 누워서도, 가끔

'필승아, 모든 것은 내가 잘못했다. 내가 나쁘다. 모두 나의 죄악이다. 인제 너에게 길다란 이야기를 하여 용서를 빌 때가 있다.'

이러한 글발을 써 보내어 나를 의아하게 만들었었는데, 아마 이것을 두고 그런 것인 성싶다. 어느 때 내가 갔을 때 나를 붙잡고 대성통곡을 한

것도 자기의 병과 앞으로 닥쳐올 죽음을 서러워하여 운 것보다 나에게까지 숨기고 있는 그 말 못할 사정을 슬퍼하여 그랬던 것이로구나 생각된다. 가엾은 일이다.

끝으로 유정을 위하여 한 가지 더 변명을 할 것이 있다. 그것은 유정이 자기의 사진이 어느 여성잡지에 났을 때 같이 게재된 한 여인에게 대면도 않고 사랑한다는 편지를 하고, 또 상대편에게 아무 답장이 없건만, 오랫동안 계속하여 외쪽사랑을 하여왔다는 일이다. 물론 유치하고 우스운 일이다. 그러나 나는 그냥 그렇게만 치우지 않고 조금 세상 사람들과 의견을 달리한다.

유정이 어느 여자를 사랑한다는 것은 지적한 바와 같이, 육욕의 야심이 있어 그럼보다는 우선 감격하고 그 상대자에게 최고의 호의를 표시하는 봉사하려는 마음이다. 아무 것도 없던 유정이 혜성적으로 문단에 진출하여 세상이 그를 유망한 작가로 대우하고 사진을 여성잡지에다 커다랗게 내어주었을 때, 어찌 그의 가슴이 뛰지 않았으랴. 그는 한 장 어머님의 사진과 잡지의 자기 사진을 책상 위에 나란히 놓고 감격하였으리라. 그가 어느 여자의 사진을 연애하였다는 것은 실로, 이 어머님의 사진에서 출발한 것이 아닌가. 다시 말하면 남이 유치하다고 웃을 그런 연애가 있게 된 것은 그에게 어머님의 사진밖에 없는 쓸쓸한 고적에서 추출된 것이다. 어머님의 사진과 자기의 사진 그 사이에 있는 한 아름답고 젊은 이성의 사진에까지 그 감격과 호의가 똑같이 갔을 것을 혈혈고종한 그로서는 자연스러운 일이다.

그는 어린아이와 같이 단순하다. 사진에 대한 호의를 숨기지 않았다. 그대로 상대자에게 그것을 알리었다. 흡사히 어머님의 사진에다 대고

"우리 어머니가 제일이다."

"우리 어머니가 예쁘다"

하고 어느 정도로 우상화하는 심리와 같다. 그리고 불행하게 상대편에서 그것을 헐하게 오해하였는지 아무 답장도 오지 않았을 때, 유정은 자기의 애정이 절대로 거짓말이 아니라는 것을 증명하기 위하여 끝끝내 짝사랑을 계속한 것이다. 사진을 보고 호의 가졌다가, 답장이 없으니까 고만두는 따위의 그런 경박한 사람은 아니라는 것을 상대편에게 가르치는 동시에 그보다 이상으로 자기의 야심에다 대고 일러주기 위하여 꾸준히 그 감정을 그대로 지속하여 편지를 하고 한 것이라고 해석한다.

유정은 무슨 까닭으로 그러한 일에까지 변절하기를 싫어했을까. 그것도 몹시 청렴하고 양심적이기 때문이었을 것이다.

'연애는 고집이다.'

나는 어느 때 이러한 생각을 한 때가 있다. 유정이 바로 그러한 예가 아닌가 한다. 한 번도 대면한 일이 없이 시작한 그대로 사진만 가지고 오랫동안 짝사랑을 계속한 그의 최후의 플라토닉한 연애는 전부 유정의 고집에서 나온 것이라고 믿는다.

유정이 남기고 간 것, 많은 유고와 연애편지 쓰다 둔 것과 일기·좌우명·사진·책 이런 것들을 전부 내가 맡아서 보관하여 가지고 있는데, 한 가지 없어진 것이 있다. 그것은 다만 한 장 있던 그의 어머님 사진이다. 어디로 갔는지 아무리 찾아보고 기생 사진까지 다른 것은 전부 내 손에 있는데, 이것만은 당최 보이지 않는다. 그에게는 노래하신 어머님이 없었다.

"우리 어머니 예쁘다!" 하고 나에게 자랑을 하던 젊으신 어머님이 있을 뿐이다. 그 사진을 유정이 가슴속에다 꼭 안고 그리운 어머님 품을 저 나라로 찾아간 것이 아닌가. '겸허' 그러한 태도로 세상의 모든 것과 인연을 끊으면서 온갖 것을 내어던졌으나, 그 어머님 사진 한 장만은 가슴에 품고 눈을 감은 것 같다. 그래서 그 사진은 유정의 몸과 함께 타버리고 영원히 없는 것이 아닌가. 나는 그의 유품 속에서 그것을 찾아내려고 애썼으나, 인제는 고만두련다. 유정을 위하여 나의 추측과 같이 꼭 그렇게 그와 함께 사라졌다고 믿는다.

(1939.7.14)

『문장』, 1939.10.

유정 생존시 지인의 글

병고작가 원조운동의 변

김유정 군의 관한

김문집*

金裕貞君은 조선문단서 내가 자신을 가지고 추상推賞할 수 있는 유일의 신진작가다. 조선에 돌아와서 한글 예술을 감상하기 시작하여 제일 먼저 내 눈에 뜨인 작품의 하나가 있었으니 그가 곧 「안해」라는 단편이요, 이 「안해」의 작자가 미지의 신진新進 김유정 군이었다.

그 후 얼마 가지 않아서 중앙일보사 주최의 소위 획기적 문단 대좌담회가 장안 모 요정에서 열렸을 적에 과연 사계斯界의 명성明星 효장曉將이 한 자리에 다 모인 그 자리에서 나는 조금도 주저치 않고 벽두劈頭로 군을 추천한 것이었다. 그때 나는 군의 작품 하나로써 그의 예술을 대략 다음과 같이 평가했다. 즉 「안해」의 작자는 소위 문호를 꿈꿀 작자는 못된다. 그러나 농후한 독자성을 향유한 희귀한 존재로서의 그의 앞길을 축복할 수는 있다. 이 작품 하나로써 추측컨대 군은 깊은 문학적 교양이라거나 장구한 작가 수업을 축적한 친구는 아니다. 그에게는 스케일의

* 김문집(金文輯, 1907~?) 문학비평가. 일본 와세다중학, 마쓰야마고등학교 松山高等學校. 도쿄제국대학 문과를 중퇴. 저서로 비평집 『비평문학』, 창작집으로 『아리랑고개』가 있다.

큼도 없고 근대적 지성의 풍족을 들 수도 없고 제작상의 골骨도 아직 체득치 못한 작가로 관찰되며 따라서 명공名工의 계획을 세워서 그를 조종하는 기능을 발견하기도 아직 어려운 작가다. 그러나 일반 조선문학에 있어서 가장 내가 부족을 느끼는 체취(또는 個體香)를 고맙게도 이 작가는 넘칠 만큼 가지고 있다. 그의 전통적 조선어휘의 풍부한 언어구사의 개인적 묘미와는 소위 조선의 중견, 대가들이라도 따를 수 없는 성질의 그것이니 이러한 사상들을 아울러 고찰할 때 우리는 그의 예술을 조선문학에서 없지 못할 일개 요소로서 이를 상당히 높이 평가할 의무를 가지는 동시에 앞으로 군의 성장을 조장하는 권리를 가지지 않으면 안 될 것이다.

너무나 조황粗荒했으나마 동석同席의 속기록이 동지同誌 신년호에 발표된 이후로 나는 일층 더한 주의로써 김 군의 활동과 노력을 방관한 바 있었다. 과연 군은 나의 기대를 어기지 않고 뒤를 이어 가상嘉賞할 작품들을 산출해 주었다. 단시일에 뚜렷한 성장은 물론 바랄 수 없었으나 그래도 그가 지속하는 그의 개성미는 언제나 나를 즐겁게 해주었던 것이다.

일찍이 그는 나를 찾았으나 나는 그를 만나는 기회를 얻지 못하였다. 그러다가 모일 나는 조광사朝光社에서 병적으로 겸손해 보이는 특이한 어떤 인물 하나를 유심하게 관시했다. 그는 질소한 한복을 입은 원기없는 미남자였다. 그 무성하고도 일종 조화를 갖춘 두발頭髮 풍경으로써 나는 그가 구파에 속하는 우울의 시인인가 하는 인상을 얻었었다.

대감 앞에 나온 죄인과 같은 공손한 태도로 편집실에서 무슨 소관所關을 마치더니 그는 묵묵한 얼굴로 혼자 돌아가는 것이었다. 일보一步 함咸

군[1]에게 도대체 "저거 누구요?" 물으니 그게 다름 아닌 김유정 군이라 한다. 나는 말없이 고개만 끄덕였다.

그 후 김 군은 또 한 번 나를 찾았으나 역시 만나지 못하였다. 그때는 벌써 나는 그를 별로 만나고 싶지 않았다. 멀리 두고 보는 것이 더 흥취興趣와 맛이 있으리라고 느껴졌기 때문이다.

그러나 어느 날 우리는 도상途上에서 서로 만나 인사를 바꾸지 않으면 안 되는 아름다운 운명을 호흡했다. 예술에 관한 이야기를 해 보니 「안해」에서 촉취觸取한 나의 순수 추측과 조금도 틀림이 없는 친구였다.

그는 막걸리를 잘 먹는다는 말은 들었으나 그날도 퍽 술이 먹고 싶은 모양이었다. 나는 막걸리를 처음으로 입에 대어 보았으나 도저히 미상味賞할 자격이 없음을 알고 그를 남촌 어떤 집에 안내해서 가장 고가高價한 양주를 먹는 한대로 대접했다. 초견의 두 친구가 일석一席에 십년지기가 된 것은 물론이나 나중에는 서로 의식을 상실하는 지경에까지 이르렀다.

이렇게 알고부터 7, 8월을 경과한 어떤 날이다(그동안 나는 기회 있는 대로 공석에서나 지상에서나 그의 예술을 옹호해온 것은 주지의 사실이다).

어떤 친구의 초대로 재미있는 하루 저녁을 따뜻한 가정에서 보내고 예의 쓸쓸한 독신 독방 (일종의 감옥을 의미하지만)으로 돌아와 보니 오랫동안 소식이 없던 김유정 군으로부터의 인편 편지 한 통이 다른 우편물에 섞여서 책상 위에 쌓여 있었다. 불길의 예감…… 나는 불현듯이 군의 봉투를 먼저 뜯었다. 미지근한 눈물 한 줄기를 안피에 감촉했을 적에는 내

1 함대훈(1896~1949) : 소설가, 신극운동가. 대표작은 「폭풍전야」, 「순정해협」, 「밤주막」.

눈이 벌써 밤 새로 한 시를 가리키는 시계를 보고 있었다. 방금도 자동차로 내렸으니 전차가 있을 도리 없고 또 충신정이 서울인지 강원도인지 그것조차 모르는 나는 그날 밤은 어쩌는 수도 없어서 홀로 베개를 안고 그의 인생과 조선 작가의 경제 상태의 호개의 일 상징물로서의 군의 존재를 곰곰이 생각했다. 나는 너무나 서러웠다. 제3기의 중환重患에 빠져 의식衣食을 결缺하는 채 요동도 못 하고 약 한 번 못 쓰고 누워 있다는 그의 인생이 기막히게 불쌍하기도 했거니와 이놈의 조선사회와 이놈의 문단은 이처럼 몰정한沒情漢들의 퇴적뿐이란 말인가? 돈 있는 집 자식이 죽게 되면 별별 위문객이 다 날아 들어오고 당천축唐天竺의 '견무품見舞品'[2]이 둘 곳 없이 뭉치뭉치 들어오건만 빈사瀕死의 청년예술가 김유정 군에게는 이처럼 …… 나는 의분을 느꼈다기보다 이가 갈려서 잠을 이루지 못하는 채 동녘이 밝아 왔다.

조급히 조반을 바친 나는 준비한 과실 한 상자를 들고 안국동 파출소로 달려갔다. 충신정忠信町이 서울임에는 틀림이 없었다.

반년 만에 보아하니 그야말로 꼴불견이었다. 형수와 두 조카와 네 식구가 사는 그 방 한 칸에 누워 있는 초봉발超蓬髮의 김유정 선생은 정히 내월 저녁에 승천할 아편쟁이였다. キビが悪い[3]라는 일본말은 이 찰나에 쓰려고 만들어진 말인지 모른다. 내 안면 신경은 긴장의 도를 넘어 위압에 가까운 일종 엄숙을 띄웠을 것이다.

원한의 침묵이 깨뜨려지자 창백 그것의 화신인 괴물 유정 상像에게

2 당천축은 중국과 인도, 여기에서는 먼 해외 이역 지역으로부터 들어오는 귀중품과 명품들을 의미.

3 키미가와루이. 낌새가 좋지 않다. 불길하다.

맹서 아닌 맹서의 대사를 중얼거리는 것이었다.

— 김 군! 안심하게! 만약 자네가 내 인간을 믿거든 자네를 위안해 줄 사회가 조선에도 있을 것을 믿어주게. 결코 문단을 한탄치 말게. 여지껏 자네 소식을 몰랐던 나를 원망해 주게……

물론 나는 어떤 적은 플랜을 세우고 있었던 것이다.

유정의 셋방을 나오는 그 순간(10월 18일 오전 8시)부터 20일간이 내가 표제表題한 이 운동을 위하여 전적으로 소탕한 시일이다.(原題'病苦作家 救濟運動의 辯')

원래 나는 약지 못한 위인이라 한번 정의情誼를 느끼면 물과 불을 가리지 않고 뛰어들어가는 어리석은 사내이기 때문에 처세상 실패와 손해가 많은 대신에 약은 신사 또는 눈 밝은 소시민 씨로서는 상상도 못할 황홀한 유열愉悅을 경험하는 수가 많다. 이번 일도 그의 하나로서 실패와 손해가 적지 않으나 통쾌를 만끽한 적도 적지 않았다.

'모록耄碌'의 작은 인쇄소에서 없는 활자를 제 발로 가서 사와선 제 손으로 판을 짜서 전후 네 시간 만추晩秋에 팥죽 같은 땀을 흘리면서 '무아몽중無我夢中'으로 왕복 엽서를 인쇄해 내던 일을 생각하면 다시 더할 수 없는 '삶의 보람'이었다고 느껴진다.

시작한 동기는 물론 조선문학의 아름다운 자원의 하나인 유정 군을 살려야 되겠다는 느낌에 있었지마는 한번 일을 시작하면 '일' 그 자체에 열중해져서 유정이야 죽든 살든 가속도적 정열로 그 일을 하지 않고는 못 견딘다는 것이 '백치의 능동적 정력가'로 자처하는 나의 기질이다. 이 기질로 말미암아 이번 일에 당하여 나에게 모종 성격미를 느낀 이도 있을지 모르나 경우에 따라 나에게 불쾌와 의혹을 느낀 친구도 한둘은 있었을 것을 모르는 내가 아니다. 여기에 사실인즉 나의 지식인적 비애가 있기는 하나— 전후 2차, 일구一口 오십 전 단위의 동정금을 모으는 인쇄물을 발송하는 데 당하여 나는 자주 만나는 유진오, 이태준의 두 친구 외에는 한 사람에게도 승낙을 받은 적도 말한 일도 없이(이 일은 재래의 문단회합과는 성질이 다름에도 불구하고) 재래의 습관에 따라 그때 인쇄소에서 내 머리에 먼저 떠오르는 십여 명의 문단 친구의 이름을 죽 내려 적어서 발기인에 올리고는 무슨 욕을 얻어먹어도 좋다는 만용적蠻勇的 각오 아래서 순전히 독단적으로 활동한 결과 별항別項과 같은 금품을 모아 완전히 이를 적빈작가赤貧作家 김유정 군에게 보내게 된 것이었다.

부언하거니와 적은 돈을 모으기 위해서 비경리가非經理家인 나는 20일 동안 70원이란 엄청난 사재私財를 소비했다. 물론 자변自辨이다. 인쇄비니 엽서대니 전차임이니 하는 것은 불과 17, 8원이다. 몸소 당해보지 않으면 모를 돈이 빠안한 그 돈보다 훨씬 더 많이 드는 것이었다. 내 몸이 하나요 내 발이 둘인 한 나는 도저히 나 혼자의 육체로서는 해내지 못하겠었다. 그렇다고 해서 조력해 줄 친구가 문단에 있느냐 하면 절대로 없었다. 비록 있다 할지라도 그가 기계와 같이 내 명령을 절대 복종치 않는 한 독재주의자인 나로서는 같이 일을 하지 못한다는 사정이 있었다.

그래서 나는 내 주위에 있는 많은 실업청년 가운데서 두 사람, 때로는 세 사람씩을 택해서 최저의 생활비를 공급하여 수족手足과 같이 구사

驅使하는 임시비서(?)로 채용한 것이었으나 20일간의 그 비용이 상당한 총계에 올랐다. 내 손으로 길러서 모국 문단에 등장시킨 그 군의 당선을 진심으로 축하하기 위해서 때마침 돈 한 푼 없어서 성급하게도 신고 있던 구두를 일금 50전에 동경 전당에 넣어 축전을 친 것은 5년 전 춘삼월의 일이지마는 서로 알게 된 지 불과 몇 달의 이利도 득得도 없는 이 김유정 군을 위해서 양복 두 벌을 서울 전당에 넣은 것은 이번 가을 10월의 일이다.

왜 그런 어리석은 일을 했나? 성격 문제뿐만이 아니다. 나의 タテマエ[4]에 따르면 이는 결코 한 작가 김유정군의 문제가 아니고 전 조선문단의 문제라고 또한 내게는 느껴졌기 때문이다.

조선작가는 왜 이처럼 빈궁한가? 가장 고귀한 조선의 산물이 조선의 예술임이 틀림없는데 그를 생산하는 이 땅 문인들은 왜 이처럼 보수報酬가 없는가? 원고지의 보수가 그렇다면 문학인을 구조하는 기관이 왜 이처럼 없는가? 문화사업에 유의有意한 자산가로서 문학과 문단의 인식이 그처럼 부족하다면 그러면 문단 내부에서의 상호부조의 정신까지도 과연 이 땅 서울 바닥에는 전연 없는가? 진실로 나는 그것이 알고 싶었다.

사실인즉 나는 앞으로 어떤 일을 하나 시작해 볼 야심을 품고 대외적인 그 일의 전제 운동으로서 우선 대내적으로 소규모의 '小手調べ'[5]를 이 기회에 시행해 본 것이었다.

해본 결과 나는 크게 안심했다. 나뿐만이 아니라 모두들 나와 뜻을 같이하고 있다는 것을 이번 일로써 알게 되었다. 문학인의 생활과 그

4 다테마에 : 법칙, 원칙.
5 코테시라베 : 사전 연습.

복리를 도모해야 되겠다는 마음은 너나 할 것 없이 모두들 충분히 갖고 있으면서 다만 나와 같은 어리석은 활동가, 약지 못한 정열의 총각이 문단에 그리 많지 못하기 때문에 서로 눈치만 보고 있다가 해가 지고 해가 넘어가도 40도 채 못 돼서 노쇠대가老衰大家가 되고 향불을 피우고 …… 그렇지 않으면 폐병이나 장질부사로 지레 죽어 버리고들 하고 마는 모양이다. 이 어찌 우울치 않으리오. 어떻든 '만무쓰 레 — 레 겔트 뻬차 — 렌'이란 독일 이언俚言도 있지만 나는 적은 대상으로써 조선 문단의 앞날을 낙관하는 근거를 발견하는 화학실험에 있어서 의외의 좋은 반응을 간취한 것이니 이 위에 더할 수확이 있을 것인가.

재래 조선 문단서 하지 않았던 장난은 무엇이든지 다 한다고 나를 농삼아 욕하는 친구도 있다. 과연 이무영[6] 군 결혼 문단 축하 오찬회같은 것도 나의 소위 장난의 범례로 들 것이다마는 그의 인식 부족의 도는 쌀값 올리려고 태전위산太田胃散 먹는다는 것과 백중伯仲할 것이다. 그 오찬회는 가께우동 한 그릇 나눌 수 없는 처지로 장가가는 이군과 나와의 우정이 물론 기조를 지었을 것이기는 하다. 그러나 결코 그것만은 아니었다. 내가 본 조선문단은 너무나 살풍경이다. 내일모레 죽을 영양부족의 감화원感化院 수용 아동 모양으로 밉고도 불쌍한 꼴을 하고 있다. 좀 더 꽃다울 수 없나? 좀 더 윤택과 화락和樂과 자양滋養이 있을 수 없나? 좀 더 심태心態에 여유가 있을 수 없을까? 또는 좀 더 동업적 혈족의식血族意識이 있을 수 없을까? 그리고 그렇게 우리는 좀 더 경제적으로도 좋은 조건 아래 위함을 받을 수 없을까? 등등의 안타까운 의욕에서 나온

6 이무영(1908~1960) 소설가. 대표작으로는 「제1과 제1장」·「흙의 노예」 등이 있다.

나로서는 지극히 자연스런 행위였다.

순결한 동기에서 시작한 일로써 후회해야 될 결과를 맺은 사실을 나는 아직 경험한 적이 없다. 오찬회에서도 나는 충분히 성공의 축배를 맘으로 올렸다.

원컨대 일반 조선 지식인은 허심탄회함이 있거라! 아무것도 하지도 않고 할 능력도 없으면서 못 된 시누이 모양으로 꼬작 꼬작 욕이나 하고 흠품이나 하고…… 위지왈謂之 曰 망국지종亡國之種이요, 인간의 クツ[7]요, 영원의 삼류 문청이요, 또 무엇이요…… 그런 친구들이다.

과거엔 몰라도 적어도 앞으로는 요따위 열등배劣等輩는 묵살 이하의 방식으로 화원花園으로서의 문단 왕국으로부터 적출摘出할 노력과 자신을 충분 향유할 것을 이 기회에 말해 둔다.

인간은, 더구나 교양인은 진정한 의미의 귀족이어야 한다. 무슨 작爵이니 몇 위位니 하는 그따위 아니꼬운 귀족 말고 인간으로서 아름다운 갈대란 의미의 귀족, 사내면 사내자식다운 사내, 계집이면 계집다운 계집, 가치로서의 미의식, 미의식으로서의 예술, 예술로서의 성격, 이 성과 격을 완전히 소화해서 순화된 개체가 귀족으로서의 사내요 계집이다.

사람들이 좀 더 무사기無邪氣해라. 이 말을 피상적으로 미득味得해서는 안 된다. 일체의 용기와 성의와 정력이 이 무사기無邪氣에서 발현되는 것이다.

그반하고 이번 일에 찬동贊同하셔서 불과 얼마씩의 금품들이나마 동정을 표해주신 제씨諸氏에게 끝없는 감사와 축복을 올린다. 아직 면식이 넓

7 쿠즈 : 쓰레기.

지 못한 유정 군의 일이라 이 중에는 아니 동정자同情者의 태반이 유정 군과는 면식이 없는 이요 군의 이름조차 몰랐던 이가 삼분의 일 이상이다.

이 얼마나 감사한 일인 동시에 나로서는 과한 영광이리오.

끝으로 이번 일에 김 군과는 미지未知의 사이인 한도漢圖의 이선근李瑄根[8] 씨로부터 모종 편의를 받게 된 것을 이 자리에서 사례해 두고 싶다. 또 하나는 이 운동 초두初頭에서 인간적으로나 문학적으로나 나의 가장 사랑하는 벗인 상허尙虛 이 군이 위급한 중병에 걸렸으므로 크게 정신적 타격을 받는 동시에 거기에 얼마간 정력을 분용分用치 아니치 못하게 된 사적 사정이 있었기 때문에, 작가로서는 보다 작은 존재라 할지라도 유정 군의 건은 대문단적大文壇的 운동이라는 성질상 전력을 경주傾注치 않을 수 없었음에도 불구하고, 뜻과 같은 활동을 다하지 못하였다는 사실은 (나로서의 당연사이면서도) 적지 않게 유감으로 느껴지는 바이다.

하여튼 내 사랑하는 두 친구가 마신魔神을 극복한 장쾌壯快를 목견目見하고, 이제야 나는 미루어 오던 대구행을 단행한 것인데 벌써 추억편에 편입된 이 이야기를 아무런 구속 없이 자유롭게 피로披露할 기회를 얻은 것은 나의 작은 기쁨의 하나이다.

그리고 유정 군으로부터 문단에 올리는 사례의 언사言詞가 왔으니 같이 발표한다.

(11월 하순, 대구에서)

8 이선근(1905~1983) : 언론인, 역사학자, 서울대 교수. 저서로는 『조선 최근세사』가 있다.

문단에 올리는 말씀

평상 폐결핵으로 무수히 신음하옵다가 이즈막에는 객증(客症) 치(痔)까지 병발하여 장근 넉 달 동안을 기거불능(起居不能)으로 중도(重倒)되어 있어온 바 원래 변변치 못하여 호구지방에 생소한 저의 일이오라 병고 간군(艱窘) 양난에 몰리어 세궁력진(勢窮力盡)한 폐구(癈軀)로 간두에서 진퇴가 아득하옵더니 천행히도 여러 선생님의 돈후하신 하념(下念)과 및 벗들의 적성(赤誠)이 있어 재생의 길을 얻었삽거늘 그 은혜 무얼로 다 말씀 드리올지 감사무지에 황송한 마음 이를데 없아와 금후로는 명심불망하옵고 다시 앓지 않기로 하겠아오니 이렇게 문단을 불안스레 만들고 가외 여러 선생님께 심려를 시키어 드린 저의 죄고(罪辜)를 두루두루 해용(海容)하여 주시기 복망복망하옵나이다.

병자(丙子) 10월 31일

김유정 재배

『조선문학』 3-1, 1937.1.

추모

김유정의 예술과 그의 인간비밀

요절한 김유정군을 조弔함

김문집

고 김유정 군은 조선의 사랑이다. 조선의 피도 아니고 넋도 아니고 오로지 사랑이었다. 한배[1] 계셔서 그의 가장 사랑하는 자식을 찾으실진대 유정은 머뭇머뭇하면서 고개를 숙인 채 임의 무릎 앞으로 이끌려가지 않으면 안 될 것이다. 잃은 고기가 더 커보인다는 격일지는 모른다. 그러나 기왕 잃은 고기가 애써 더 적게 볼 필요는 아예 없을 것이다.

이런 말 하면 좀 무엇하게 들리겠지마는 사실 나는 김유정 군을 인간적으로는 잘 모르는 사나이다. 과장해서 말한다면 사적으로는 나는 군과 가장 깊은 인연을—그도 꼭 한번 맺었다는 것은 주지의 사실이다. 마는 그 외에는 개인적으로 그다지 친하지도 못했거니와 이렇다는 교제도 없었다. 따라서 나는 군의 인간적 사실에는 그의 동창이요 친우인 안회남 군에 비하면 전연무지라 해도 과언이 아닐 것이다. 다만 나는 현하 조선문단의 가장 아름다운 신진작가요 근대 조선문학 수립 이래

1 한배, 한배검 : 대종교에서 '단군'을 높이 부르는 명칭.

의 드물게 보는 조선언어의 전통미를 살린 작가로서의 김유정 군을 두고 두고 사랑했던 것뿐이다.

망자를 두고 또 이런 고백을 하는 것은 선비의 덕이 아니겠지마는 예술가로서의 군은 감각이 일찍 이를 간파했음을 나 역시 간파했기 때문에 아무런 괴로움 없이 공개하거니와 나는 인간 김유정을 그리 좋아하지 않았었다. 만약 그가 악인이었으면 또 혹 나는 그에게 매력을 더 느꼈을는지는 모른다. 그러면 김 군은 선인善人이었기 때문에 강한 매력은 느끼지 못했나 하면 그도 아니다. 그는 물론 선인이다. 과하다시피 선량한 백성이다. 그러나 그에게는 아직 때 벗지 못한 우울이 숙명적으로 그의 위인爲人을 의장衣裝시키고 있었다. 숙명적으로 의장한 우울이면 그 우울은 선천적으로 때 벗은 우울이라야 할 것이다. 그럼에도 불구하고 그의 우울은 나의 인간적 취미를 흡족하게 어필하지 못한 것을 보면 거기에는 필시 어떤 부자연이 성분成分되어 있지 않았을 것인가, 하는 이 의문이 사실인즉 나를 괴롭게 하는 군의 souvenir[2]이며 또 이 안타까운 "수브닐", 이 실상은 오늘의 나로 하여금 군의 인간을 재론케 하는데 주요한 모멘트를 지은 것이다.

여기서 나는 "그러면 네 취미는 어떤 취미냐?" 하는 반성을 접수치 아니치 못한다. 이에 대해서 나는 그 답변의 필요를 느끼지 않는다는 인식상의 취미를 향락하고 싶은 자이나 나의 이 현기衒氣는 유정 군의 우울과는 대척적對蹠的인 현기형식衒氣形式이라 이 형식 아래서 나는 고故

2 '회상', '추억'을 뜻하는 불어.

군의 인간상의 비면秘面에 저촉코자 하는 바이다.

(3월 30일 오전 0시 30분)

군은 강원도 춘천 산. 휘문徽文을 아마 마치지 못한 채 연전延專과 보전普專에 1, 2개월씩 다녀 보았으나 가세家勢가 경쇠傾衰했다기보다 재미가 없어서 일여一如히 집어치우고 방랑과 직업을 섞어 맛보았으니 "소낙비"가 조선일보에 일등으로 당선했을 적에는 군의 직업은 실로 '금광쟁이 뒷잽이'였다. 금광쟁이 따라 다니면서 밥도 얻어먹고 술도 얻어먹고 등기소 심부름도 하고… 아마 그렇게 하고 돌아다닌 모양이다. 그 君의 집안은 어떠했느냐 하면 춘천서도 손꼽는 가문으로 수삼천석 추수를 했다 한다. 아버지와 형이 가산탕진의 경쟁을 한 것은 군의 소년시대의 일이었다.

삼십 세를 일기로 영면永眠의 침실을 찾아 군이 광주廣州로 떠나기는 아마 열흘도 못 되는 최근의 일이겠지마는 그때까지 군이 와병臥病한 동대문 안 충신정忠信町의 셋방은 사실인즉 행방불명의 탕자(군의 형)가 남긴 근실勤實한 한 아들이 그의 경건한 어머니(유정의 형수)와 수줍은 누이(유정의 조카)와를 적수단신赤手單身으로 호구糊口시켜온 원한의 소굴이었던 것이다.

이러한 최하층의 생활을 전전하는 동안 군의 문명은 욱승旭昇의 세勢로 문단을 휘황輝煌케 한 것이었으나 이 꽃다운 이면에는 그러나 생활문제 이외의 크나큰 다른 문제 하나가 포장되어 있었음을 우둔한 나는 군이 죽기까지 모르고 있었던 것이다.

제4기적 중환重患에 빠진 군을 구출코자 하여 내가 문단을 총동원시켜 한 마당의 연극을 했을 적의 군의 뜨거운 심회心懷는 오호! 이제야 나를 괴롭게 하는 바 있구나! 진실로 군을 죽인 자는 내가 몰랐던 군 자신의 비밀이었다.

비록 귀공자의 형용은 하고 태어났으나 군은 원래부터가 포류蒲柳의 질質[3]은 아니었다. 그를 폐병으로 몰아간 것은 그의 술의 탓이요. 우리의 선량한 유정으로 하여금 그만큼 술을 요구케 한 것은 그의 청춘의 특권이었다. 청춘의 특권? 비꼬인 군의 특권은 그의 일대一代의 실연失戀이었다.

내가 남의 사정도 모르고 단지 내 자신의 문학애와 인간적 정열로써 군의 존재를 적어도 정치적으로는 가장 꽃답게 인식케 한 그 운동을 선언했을 적은 군의 사랑의 대상이 약혼했던 모군과 신혼생활을 전개한 지 벌써 일개월이나 — 아니 꼭 한 달쯤 되는 바로 그때의 일이었다. 그 얼마나 괴로웠을 것인가!

이같이 파혼破魂의 김 군은 폭주暴酒로써 제 자신에게 도전했다. 단시일 내에 그의 폐는 초년급에서 삼년급으로 진급했다. 그리고 그의 우울은 숙명화했다. 그 우울을 운위하기 전에 군을 위하여 어떤 글 한 절을 삽입하자.

— 일찍 그는 나를 찾았으나 나는 그를 만나는 기회를 얻지 못하였다. 그러다가 모일 나는 조광사서 병적으로 겸손해 보이는 특이한 어떤 인물 하나를 유심하게 관시했다. 그는 질소한 한복을 입은 원기 없는 미남자였다. 그 무성하고도 일종 조

3 포류의 질 : 부들과 버드나무. 이들은 바람에 쉽게 흔들린다는 공통점을 갖고 있다.

화를 이룬 두발 풍경으로써 나는 그가 구파에 속하는 우울의 시인인가 하는 인상을 얻었다.

대감 앞에 나온 죄인과도 같은 공손한 태도로 편집실에서 무슨 용건을 마치더니 그는 묵묵한 얼굴로 혼자 돌아가는 것이었으니 그가 곧 김유정 군이었다.

그 후 군은 또 한번 나를 찾았으나 역시 만나지 못하였다. 그때는 벌써 나는 그를 별로 만나고 싶지 않았다. 멀리 두고 보는 것이 더 흥미와 맛이 있을 것 같이 느껴졌기 때문이다. 그러나 어느 날 우리는 도상에서 우연히 만나 인사를 바꾸지 않으면 아니 되는 아름다운 운명을 호흡했다. 예술에 관한 이야기를 하여보니 「안해」에서 촉취한 나의 순수추측과 조금도 틀림없는 친구였다.

오랫동안 소식 없던 김유정 군으로부터 편지가 왔다. 불길의 예감! …… 나는 불현듯이 군의 봉투를 먼저 뜯었다.

— 미지근한 눈물 한줄기를 안면에 감촉했을 적에는 내 눈이 (…중략…) — 나는 그날 밤은 어쩌는 수도 없어서 홀로 베개를 안고 그의 인생과 조선작가의 경제상태의 호개의 일상징물로서의 군의 존재를 곰곰이 생각했다. 나는 너무나 서러웠다. 제3기의 중환에 빠져 의식을 결하는 채 움직이지도 못하고 약 한 번 못 쓰고 누워 있다는 그의 조선작가적 운명이 (…중략…) 돈 있는 집 자식이 죽게 되면 위문객이 다 날아들어오고 당천축의 '위문품'이 둘 곳 없이 뭉치뭉치 뛰어들어 오건만 빈사의 청년예술가 김유정에게는 이처럼……? 나는 의분을 느꼈다기보다 이가 갈려서 잠을 이루지 못하는 채 — 동녘이 밝아 왔다. 운운 —

부자연하게 느끼어졌던 군의 Souvenir — 김 군! 나는 내 일류의 현기형식衒氣形式을 다하기 위하여 역시 그를 표현치 않으리라! 왜냐하면 그 부자연은 혹은 자연을 피안彼岸한 부자연인지도 모르기 때문이다. 그러나 군아! 나의 이 망단妄斷만은 허용하라. 무슨 망단을? — 그 여자가 자네의 '베아트리이체'가 되기에는 자네 예술은 너무나 순결했다. — 라고 하는 것은 또한 자네가 그 비밀을 사수한 인간적 사정에의 나의 측면적 투찰透察이기도 하다. 나의 이 표현의 진의를 아무도 아는 이가 없을 것을 희망하면서 또 다시 나는 나 자신에게 한 옴큼의 '여유'를 장치裝置하는 양심과 인간애의 소유자일 것을 요구치 아니치 못한다. 그리고 또 연거푸 나는 나 자신에게 다음과 같은 한 개의 기본적인 가설假設을 설치設置치 아니치 못하는 의무를 진 자임을 고백하는 것은 망우亡友의 권리이기도 전에 나의 기쁨이 아니면 안 될 것이다. 즉 군이 장서長逝하기 십여 일 전 우연한 일로 그의 비밀을 촉취觸取해낸 나의 자신 있는 제육감第六感은 계획적으로 그 비밀의 상대 여인을 지적해 내던 군의 장서 익일翌日의 그 순간에 있어서는 우연히도 고장disorder의 상태에 있었는지도 모른다. — 라는 가설.

어느 잡지에는 다음과 같은 군의 처참한 결혼 플랜이 발표되었다.

나는 숙명적으로 사람을 싫어합니다. 사람을 무서워한다는 것이 좀 적절할는지 모릅니다. 그 버릇이 결국에는 말 없는 우울을 낳았습니다. 그리고 상당한 폐결핵입니다. 최근에는 매일같이 피를 토합니다.

나와 똑같이 우울한, 그리고 나와 똑같이 피를 토하는 그런 여성이 있다면 한번 만나고 싶습니다. 나는 그를 한없이 존경하겠습니다. 왜냐하면 나는 나 자신이 무언가를 그 여성에게 배울 수 있으리라고 기대하기 때문입니다.

이렇게 되면 이건 연애가 아닐지도 모릅니다. 단순히 서로 이해할 수 있는 한 동무라 하겠습니다. 그리고 나에게 그런 특권이 있다면 나는 그를 사랑하겠습니다. 결혼까지 이르게 된다면 더욱 감사할 일입니다.

그러면 그다음에는

이 몸이 죽어 죽어 무엇이 될고 하니

봉래산 제일봉에 낙락장송 되었다가

백설이 만건곤할 제 독야청청하리라

그 봉래산이 어딜는지 그 위에 초가삼간 집을 짓고 한번 살고 싶습니다. 많이도 싫습니다. 단 사흘만 깨끗이 살아보고 싶습니다.

그러나 한 가지 큰 의문입니다. 서로 사람을 싫어하는 사람끼리 모이어 결혼생활이 될는지 모릅니다. 안 된다면 그대로 좋습니다.

뼈에서 우러나서 드디어 종교화한 그의 자폭自爆 — 이 자폭 가운데서 오히려 '영원의 여성'을 자폭치 아니치 못한 그의 종교 — 이 자폭의 종교의 진실을 군은 우울이란 용어로써 표현했던 것이다. 내가 말한 군의 우울과는 스스로 그 형태 감정을 달리함은 물론이다.

그의 죽음은 진실로 진실로 아름답도다! 적빈赤貧과 병마와 실연과 고독—. 그의 삶이 슬프면 슬플수록 그의 죽음은 아름다웁고 그의 죽음이 아름다우면 아름다울수록 그의 예술을 고전화한다. 현대 조선문학에서 고전을 찾는다면 나는 확실한 견해 아래서 군의 작품집을 솔선해서 출판할 것이다. 그 견해는 다음 장 예술편藝術篇에서 구경하겠지마는 만약 그와 동종의 운명자運命者인 나도향의 예술을 유정에 대치代置한다면 도향은 스스로 다섯보를 뒷걸음치는 겸허謙虛를 유정에게 보일 것이다. 그러나 물론 그 당시의 나도향의 문단 지위는 금일의 김유정의 문단 지위에 비比는 아니다. 이 논리의 타당성은 그만큼 금일에 조선문학은 전체적으로 성장했다는 소식을 전하는 데서 찾을 수 있다.

지위란 말이 났으니 말이지 실상 나는 유정의 문단 지위를 규정하고 싶지 않은 자이다. 군은 진달래 같은 작가다. 진달래의 지위는 모란, 국화, 백합화의 지위보다 낮다는 법이 어디 있는가? 진달래, 아름다운 조선 꽃이 진달래런가. 과연 군의 죽음은 또한 진달래의 그것과 같이 고상결백高尙潔白도 하였다. '고상결백'을 정화한 배달말이 '애처롭다'라는 말이 아닐까.

애처로운 김유정! 지극히 애처로와야 할 그 군의 비밀이 근본적으로는 한없이 애처로왔으면서도 애처롭지 못한 지엽枝葉을 부치副次하였다는 데에 그 비밀의 자조적自嘲的 비통성悲痛性이 있었고 이 어긋난 비통성에 자기 유전遺傳이 작용하는 마당에서 또한 그의 우울의 부자연이 표상되었던 것이라고 내게는 해석되니 — 군아! 이 역시 나의 망단일까? 황천서 만나도 아마 군은 별대답만은 하지 않으리마는 —

— 유정아! 너의 죽음을 안 지 사흘이나 나는 아직 너 없는 너의 셋방을 찾지 않았구나! 사실인즉 한평생 나는 그 방을 찾지 않기로 결심했다. 자네가 지극히 좋아한 내 선물은 '희망'이란 그림이었다. 하루는 이십사 시간을 그 그림을 쳐다보았다는 자네 신세가 서러웠으리라! 애처로와라. 이제야 희망조차 희망할 수 없는 그 방이기 때문에 나는 그 방을 찾지 않으련다.

복받쳐 할 말 못하겠으니 여기서 나는 담배 한 대를 빨고 평가로서의 나 자신을 회복하는 순서를 갖겠다.

작년 여름 어떤 해변에서 군의 죽음을 몽상치도 못하고 읊은 어떤 평론에는 다음과 같은 유정의 조調가 있으니 이같은 경우에 그 일절을 대용代用함은 나의 평가적 신사도가 아니면 아닐 것이다.

— 여기에 작품 「안해」와 「산골」이 있다. 이것을 자료하여 나는 그의 예술의 특질을 정관靜觀하겠다.

일언이폐지하면 그의 예술은 그의 고통에 역비례逆比例해서 즐거웠었다. 나는 그의 문장의 즐거움을 새로이 즐기지 않을 수 없다. 과연 나는 그 비통한 군의 문장예술의 즐거움을 즐겁게 하는 그 재주를 사랑한다. 유정은 소설이 무엇인지를 모르는 소설가다. 입체적 구성도 없고 플로트도 없고 '고츠骨'도 없고 트릭도 없을뿐더러 문학의 교양조차 없다면 없는 작가다. 그럼에도 불구하고 유정의 소설만큼 나를 매혹하는 소설은 외국 문단의 신인 중에도 없다. 애기 젖 빠는 본능으로 유정은 소설을 쓴다.

그의 전통 언어미학의 범람성汎濫性은 염상섭과 호일대好一對이나 염씨의 언어가 순서울 중류 문화계급의 말인 데 대해서 김 군은 병문말에 가까운 순서울 토종말을 득의得意로 한다. 지금 전기 작품에서 양자兩者의 언어 취미를 비교해 보자.

> — 틈틈이 쫓아와서는 은근히 들볶기도 하고 달래보기도 하는 이 남자 사무원이 옆에서 콧살을 찌긋해 보일제 남희는 눈을 흡떠보고는 외면을 해버린다.(염 씨의 「청춘항로」의 일절)

— 계집이 낯짝이 이뻐 맛이냐, 제길할, 황소같은 아들만 줄대 잘 빠쳐놓으면 고만이지. (…중략…) 에미가 낯짝 글렀다고 이 자식까지 더러운 법은 없으렸다. 이 바루 우리 똘똘이를 보아도 좀 똑똑하고 깨끗이 생겼느냐. 비록 먹고도 대구 또 달라고 부라퀴처럼 덤비기는 할망정 참 이놈이야말로 나에게는 아버지보담 할아버지보담도 아주 말할 수 없이 끔찍한 보물이다.(유정의 「안해」의 일절)

정련精鍊된 점에 있어서는 역시 대선배에게 일시一時를 양讓치 아니치 못하지만 순진성純眞性에 있어서는 우리의 신진군新進君이 승점勝點을 취할 것같다.

군의 작품 중 나는 「산골」을 가장 높이 평가한다. 작년 팔월호 『조선문단』 지에 발표된 것이다. 예와 같이 이 작품은 구성요소로 플로트도 계획도 없는 소설 이전적以前的 소설이다. 그러면서도 「산골」 이외의 예술적 흥취를 느끼게 하는 작품을 나는 아직 조선문학에서 찾지 못한 자이다.

이 비논리적 논리에 사실인즉 김 군의 천분天分이 있는 동시에 그의 위기가 내포되어 있기는 하다. 젊은 작가에게 있기 쉬운 '무라'가 전연 없는 그의 문장에는 또한 농후한 개성과 전통미가 홍수를 이루고 있을 뿐더러 일종 '수줍은 고전미'(이런 형용을 허용하라?)까지 느낀다 함은 나의 과찬일까.

내가 만약 대학의 조선어 강좌를 맡게 되면 먼저 이 작품을 교과의 하나로 선택할 것이다. 그러한 의미 아래서 임의의 일절을 여기에 소개함도 무의미는 아닐 것 같다.

— 산기슭으로 나리니 앞에 큰 내가 놓여 있고 골고루 널려 박힌 험상궂은 웅퉁 바위 틈으로 물은 우람스리 부닥치며 콸콸 흘러나리매 정신이 다 아찔하여 이뿐이는 조심스리 바위를 골라 디디며 이쪽으로 건너왔으나 아무리 생각하여도 같이 멀리 도망가자던 도련님이 저 서울로 혼자만 삐죽 달아난 것은 그 속이 알 수 없고 사나이 맘이 설사 변하다 하더래도 잣나무 밑에서 눈물까지 머금고 조르시던 그 도련님이 이제와 싹도 없이 변하시다니 이야 신의 조화가 아니면 안 될 것이다.

운운 — 이 얼마나 치밀하고도 정취적情趣的인 스타일이냐. 만약 이 문장으로 "춘향전"이 쓰이었다면 그때의 "춘향전"은 조선의 인도가 될 것이다. (영국에 있어서는 사옹沙翁[4]과 인도와의 교환 일화 —) 근간의 군의 센텐스는 퍽 짧으나 이 당시의 그것은 매우 길다. 이는 그의 가슴의 건강의 반영이다. 하늘은 우리의 김유정 군으로 하여금 건강을 회복케 할지어다.

아까 나는 군의 위기를 말했다. 그는 다름이 아니라 작가로서의 군은 어느 때까지 이 소설 이전적 미묘소설微妙小說을 계속할 것인가 하는 의문이다. 그의 성장에 따라 조만간 탈피해야 될 것만은 사실이니 탈피한 군은 과연 어떤 면모로서 우리 앞에 나타날 것인가 하는 '의문의 기대'다. 이에 대해서 나는 개인적으로도 의견을 공급한 바 있었거니와 그를 논하는 다음 기회에서 세론細論하겠다. 운운 —

이상은 그 일절이다. 이 세론의 약속을 이행할 필요를 당분간은 느끼지 않을 정도로 나는 그의 그 인간을 그려 보였다.

---

4 셰익스피어를 가리킨다.

유정 군! 그대는 죽었으나 그대는 영원히 살았다.

(4월 1일 오후 11시 8분)

『조광』 3-5, 1937.5.

김유정의 비련을 공개비판함

김문집

조선의 가장 슬프고 또 아름다웠던 작가 김유정 군이 죽은 지 어언 3년이 지났다.

병고의 군을 구원코자 나 초라한 힘으로 문단을 격하여 금품을 모으기에 이 한 몸을 바쳤던 그 시절의 기억이 어제 같은데 벌써 나는 두 달 전에 고故 군君의 2주기를 제사하는 눈물겨운 하룻밤을 나 혼자의 여숙旅宿에서 가졌었다.

유정의 그때의 조선과 오늘의 조선! 불과 3년간 조선의 역사는 일 세기를 거친 관觀이 있구나. 이 3년간 동안의 질서가 어떻게 뒤바뀌고 세계의 풍운風雲이 바야흐로 인류의 문화사를 어떻게 재편찬再編纂할 것을 약속하고 있다는 것을 모르는 채 영원의 나그네로 떠나간 군은 — 그러기에 그는 벌써 하나의 고전이 아니면 아닌 것이다.

고전화한 그 김유정 군에게는 실인즉 말 못하게도 참혹하고 또한 거룩한 숨은 사랑이 있었다는 것을 알고 『여성』사에서 나를 잡아 거듭 거듭 부탁하기를 이 연애를 공개하여 만천하 여성에게 교훈적인 비판을 해달라는 것이다. 하고 보니 비록 시대는 이같이 어지럽게 뒤바뀌어졌을지라도 그의 인간적 존재가 이미 고전으로 등록되었다면, 그의 숨은 사랑을 이제 새로이 한번 들추어 풀어 보는 것도 결코 의의 없는 주문은 아닌 것 같다.

그러나 원래 나는 연애의 경험도 견식도 없는 한 젊은 사나이이기 때문에 교훈적인 비판은커녕 내 개인의 감상을 공개할 자격조차 없음을 알고 이리저리 회피했으나 편집 사정이 이렇게 되고 보니 어차피 한 마디 중얼대지 않고는 면할 도리가 없게끔 된 것이다. 그러니까 독자 제자는 이 글을 연애 교과서의 일절로 보지 말고 차茶 시간의 한 토막 잡담으로 알고 읽어 주기 바란다.

나는 뜻하지 않고 죽은 지 3년밖에 안 되는 김유정 군을 역사상의 고전적 인물로 받들어 올렸지마는 군의 연애는 그야말로 에누리 없는 하나의 고전으로 보지 않고는 해석할 수 없을 만큼 그만큼 시대를 초월한 영원의 그 무엇이었다.

아마 여러분 중에도 도대체 김유정이라 어떤 사람인가를 먼저 알고 싶어하는 분도 계실 것이다.

심히 아름다운 여인으로서의 김유정 또는 김유정의 그 아름다운 문학에 관해서는 과거 여러번 문단계의 지상紙上에서 논평한 일이 있기도 하니 두고 그의 사회적 위인 자태에 대해서 한 마디 간단하게 소개한다면 군은 강원도 춘천서 손꼽히는 명문호가名門豪家에서 태어난 미남자로서 어려서 부모와 재산을 잃고 탕자蕩子요 부랑자浮浪者인 그 형 밑에서 고생고생으로 여기 저기 전문학교까지 몇 달씩 다녀 보았으나 나중에는 다 집어치우고 천애의 고아가 되어 오랫동안 원한의 청춘을 방랑하다가 타고난 문학적 천분을 속이지 못해서 드디어 혜성의 형용이 부족다 싶어

문명을 일세에 높이다가 폐병을 얻어 삼십을 일기로 애처롭게도 요절한 조선문학사상의 지보至寶의 하나이다.

세상에 진실하고 겸손한 사람이 많되 김유정만 한 사람은 드물고, 세상에 불쌍한 사람이 많되 유정만큼 불쌍한 사람도 드물었다. 군과 반년밖에 더 사귀지 못한 내 지식으로써라도 그의 인간애사人間哀史를 기록한다면 족히 3, 4편의 장편소설을 이룰 지경이니 이 짧은 원고 토막에서나 어찌 군의 그 슬프고 억울하고 또한 성스러운 인생의 만분 일인들을 전할 수가 있으랴.

천하의 명창 박녹주朴綠珠가 옛날 무명 시대의 김유정 군의 사랑의 대상이었다면 아마도 놀라지 않을 사람이 없을 것이다. 연전年前 나는 대구 모 요정料亭에서 그때 마침 명창대회로 내연來演한 박녹주를 초청해서 하룻밤 호유豪遊한 일이 있었다. 이 역시 천하의 명창인 오태석吳太石이 동도同道한지라 그날 밤 동 요정 객실에 불려온 기생 30여 명은 일제히 내 방으로 몰리어 왔으니 박녹주 덕에 나도 평생 큰 놀임을 한번 해본 것이 아니라 사실인즉 김유정 덕에 30명 기생을 무료로 한 방에 모아 본 셈이다 라고 하는 것은 군이 죽은 작후의 모 일 나는 군의 친우인 모 군으로부터 유정이 녹주를 연애했다는 기문奇聞을 듣고 기회 있으면 한번 녹주를 찾아가든지 해서 그 진상을 좀 이야기 듣고자 했던 것인데 마침 내가 대구서 어떤 돈을 쥐었던 그때에 녹주가 왔다기에 천재일우千載一遇라 나는 요정 주인과 특약하고 곧 교섭을 시작한 결과 하루 저녁 그를 독점하기에 성공한 것이었다.

30명 개평기생은 오태석의 가야금병창에 맡기고 나는 대大 박녹주 여사를 구석으로 모셔 와서 한 잔 먹은 기세로 대뜸 "자네 김유정이란

소설작가를 아는가?……”고 물었다. 하니까 약간 얼굴에 미소로운 긴장을 띄우면서 답하는 말이

“그이가 죽었다지요?”

이 어조에서 벌써 나는 여사를 초청한 것이 허사虛事가 아니었다는 것을 알고 기뻐하는 동시에 초면의 박녹주가 조선서는 제일류의 여류교양인인 것을 직감하였다. 혹 그는 ‘소리’ 외에는 한글도 모르는 무식자인지 아닌지 내 알 바 못된다. …… 그 말 한 마디에 윤색潤色된 무형의 화성학적和聲學的 감정에서 나는 이 여자가 인간으로서 제일류의 교양을 선천적으로 쌓은 사람인 것을 직감할 수가 있었다.

만약 그때의 녹주가 “그까짓 자식 나는 모른다”는 기색을 저도 모르게 언어의 어느 일면에 비추었더라면 나는 유정을 위하여 크게 슬퍼했을 것이다. “군아! 어쩌면 이런 악녀惡女를 사모했던가” 라고.

나는 녹주의 “그이가 죽었다지요”라는 그 한 마디의 표현 감정과 언어 분위기에서 대략 다음과 같은 내용을 느껴 얻을 수가 있었다. 즉 나는 (녹주) 조카뻘밖에 안 되는 유정이란 그때의 소년을 잘 모른다. 그러나 유정은 지극히 순정스러이 나를 사모한 것 같았다. 자꾸 편지질을 하기에 한편 귀엽기도 했고 너무 엉터리가 있어서 다소 귀찮기도 했다. 죽었다는 소식을 듣고 퍽 원망스러웠으나 그만큼이라도 문명을 날리고 갔으니 그것만이라도 고맙고 느꺼운 일이다. 아, 인생이 일장춘몽일진대 이 자리의 내 몸, 어찌 꿈 아님을 보장하리. 그래 보아하니 그대는 유정 씨의 친구이시구려. 이제서 원망한들 무삼하리오. 한 잔 술로써 인생된 불행이나 한탄 합시다 —

확실히 나는 이만한 감정을 그 한 마디 말의 음율에서 인상印象해냈

다. 나는 별로 더 깊이 파고 들어가서 캐기가 싫었다. 기다리고 있으리려니까 과연 여사의 입으로부터 다음과 같은 한 마디가 저절로 울리어 나왔다.

"하루 한 번씩 편지를 받은 일이 있어요." 나는 길게 숨을 뽑아 쉬고는 혼잣말처럼 중얼거렸다.

"참 야박野薄하고 불쌍한 친구였습니다."

가야금과 30명의 군화群花로써 입추의 여지도 없는 그 방 한구석에서 외로이 나는 고故 군君의 고독을 자작自酌으로써 위로하였다.

어려서부터 고독지옥孤獨地獄을 헤매고 다녔던 군은 자연 보통 이상으로 사랑을 추구하였다. 죽을 때까지 군은 순차로 꽤 여러 여성을 사모했다.

그러나 일여히 군의 연애는 신성했고 정신적이었다. 육체 일원주의一元主義요, 물질만능주의인 오늘의 세태에 처한 청년으로서 군은 확실히 하나의 기적적奇蹟的인 연애의 실천자이었다.

내가 조사한 것만 해도 군은 그의 젊은 일생을 통하여 5, 6인의 짝사랑의 대상을 남기었으나 그중에도 전기 박녹주의 사랑은 군의 소년 시대의 대표적 연애이며 다음에 말할 박○○에의 짝사랑은 드디어 군을 죽음으로 몰아 넣었을 만큼 군의 일생을 통해서 대표적 연애였다. 내가 「여성」 독자에게 비판적으로 소개코자 하는 바는 보다 더 후자에 있음은 물론이다.

그 주인공 ○○[1]는 지금은 아이의 어머니가 된 현숙한 처이지마는 그

---

1 박봉자를 가리킨다. 박봉자는 시인 박용철의 누이동생으로 이화여전을 졸업했다. 김유정과 같은 구인회원인 비평가 김환태의 부인이다. 김유정이 잡지의 같은 페이지에서 글

당시는 모 여전을 나와서 오랫동안 어떤 정신사업에 종사하고 있던 순량한 노처녀였다. 이 여성을 어느 잡지 기사에서 알고 우리의 가엾은 김유정은 크게 느낀 바 있어 드디어 그에게 사랑을 구하는 운명을 지은 것이었다.

가정적으로나 정신적으로나 육체적으로나 너무나 고독한 처지에 있었던 유정은 미모는 아니나마 지상에서 본 이 소박한 여성을 하늘이 정해준 자기 인생의 구세주로 믿고 이에 생령을 다 기울여서 기도를 올리기 시작한 것이다.

그는 단식하고 목욕하여 몸과 마음을 한없이 깨끗게 해서 미지의 그 처녀에게 보낼 글월을 장만하였다. 그는 하얀 도화지로써 제 손으로 봉투를 만들고 종이로써 편지를 만들어선 글자 한 자에 5분간씩 시간을 들여 활자보다 더 정묘한 서법으로 피땀을 흘려가면서 때로는 철야 수일徹夜數日하여 겨우 편지 한 장을 창조해낸다. 유정의 이 구애서한求愛書翰이야말로 문자 그대로의 그의 생명의 조각이 아니면 아닌 것이다. 천하무쌍天下無雙의 러브레터를 찾는다면 나는 주저치 않고 유정의 편지를 추천한다.

내용은 어떠냐 하면 거기는 "아이 러브 유" 하는 류의 문구는 냄새도 맡을 수 없는 지극히 순박하고 성스럽고 또한 평범한 그것이었다. 군은 미견未見의 그 사랑의 대상에게 처음부터 끝까지 반드시 "○선생님" 이라고 불렀다. 그리고 저 자신을 가장 겸허한 위치에 두고 마치 소녀가

을 올린 인연으로 박봉자를 알게 된 것이 1936년 4월말에서 5월 초, 이후 김유정은 지속적으로 박봉자에게 일방적인 편지 공세를 펼친다. 그러나 박봉자는 같은 해 6월 1일 김환태와 결혼하고 곧이어 임신했다. 김문집은 박봉자에게 일어난 자세한 개인사들을 잘 모르는 관계로 전후사정을 돌아보지 않고 일방적으로 박봉자를 비난하고 있다.

성모마리아에 대하듯이 지성과 존경을 다하여 맑고 높은 정열의 최선을 경주한 것이다. 이리하여 한 장 편지를 쓰고 나면 으레히 군의 체중은 몇 백 그람씩 줄어들어 갔다.

이런 편지를 몇 달에 걸쳐 선후 31통을 써서 그 중 30통이 발송되었다는 것이 그의 사후 비장秘藏의 그의 일기장에서 알리어졌다. (보내지 않고 둔 한 통은 내가 지금 보물과 같이 보관하고 있다.) 군은 이 30통의 자기 서간문을 횅하게 다 외우고 있었다. 어느 달 어느 날치는 이러이러 — 하고 어느 날 밤에 띄운 것은 이러이러하다는 것을 첫 자부터 끝 자까지 다 외우고 있었다는 것이다. 천하의 기연인奇戀人이 아닐 수 없다. 그만큼 그는 그의 성모마리아 박○○ 선생을 소중하게 느꼈다. 31통 편지 전문에는 물론 여하한 종류의 불순과 불결의 요소도 없었다. 거의 30세가 된 현대 청년이라고는 도저히 생각할 수 없을 만큼 성동聖童의 모습을 오로지 한 것이었다.

이 지성에 대해서 상대 성처녀로부터 돌아온 반향은 무엇일까? 놀라지 말지어다. 오직 "무無" 그것뿐이었다.

대관절 편지를 한 번이라도 했었는지 안 했었는지 그것조차 알 길이 없었다. 석불石佛한테 전보 친 것과 마찬가지로 어떻다는 소식이 전혀 없었으니 간장肝腸 탈 노릇이 아닐 수 없다. 무교육한 구습 가정의 규중소녀閨中少女라면 모르거니와 신교육을 받을 대로 받고도 매일 종로 네거리를 활동하고 다니는 30 노처녀, 아무리 남자한테 무관심하다 할지라도 그에게 날아들어온 편지가 일개 불량 소년의 발작적 작난이 아닌 것쯤은 일견해서 모를 바 아니었을 것이다. 하물며, 직업상 신문 잡지를 늘 살피었을 그가 봉투 이면에 당당히 전히 바 모 정 모 번지 김유정 재배란 이 소설가 김유정의 이름을 몰랐을 리 만무했음에랴. 그도 한두 번으로 끝났다면 그만일지 모르나 피를 토해 가면서 1년을 하루같이 성의로써 그같이 존귀하게 그를 모셔 올린 데 대하여 만약 자기에게는 그 사랑을 받을 수 없는 주관적 또는 객관적 사정이 있었으면 한 번쯤은 그의 오빠를 통해서라도 한 마디 거절의 인사를 보내는 것이 인정이 아니며 숙녀의 예의가 아니었을까? 하물며 그 오빠는 유정과 인사는 없었을망정 문단에 이름을 둔 시인의 한 사람이었음에 있어서랴.

연인의 얼굴을 한 번 보지도 못하고 그같이 열렬히 사랑하다가 죽고 만 김유정도 보통 사내는 아니거니와 그를 죽이기까지 무구무신경無垢無神經했다는 근 30의 신여성 박◯◯도 보통 처녀는 아닌 것 같다. 이를테면 둘이 다 고전적인 인간이면서도 이 두 고전 간에 상이相異는 전자 김군이 희대의 가련한 성동聖童인 데 대해서 후자 박 양은 적어도 유정에 관한 한 그는 백지에 가까운 희세稀世의 순녀純女란 판단을 면할 수 없다. 30통의 편지를 받았으니 마음에 없으면 응당 귀찮기도 했을 것이다. 보통 같으면 그 편지 받기가 귀찮아서라도 한 마디 호의는 고마우나 사정이 불허하니 단념해 달라, 라는 뜻을 전달해서 자기의 입장을 명시했을 것이다. 열 장, 스무 장 해도 답이 오지 않으니 유정은 점점 더 낭만적으로 상대자를 그리게 되어 "옳지, 마음으로는 완전히 내 사랑을 받으면서도 원체 수줍고 심각한 처녀의 위인과 입장이라 감히 답을 못하는가보다!" 하고 그의 정열과 번민은 높아갈 뿐이었으니 이는 피차간에 비극이요. 또한 희극이었다.

가엾은 김유정! 만약 군이 한번이라도 ◯◯란 노처녀의 얼굴을 보았더라면 군은 그 자리에서 환멸을 느끼고 그를 단념했을 것이다. 그러나 사랑의 신은 끝까지 유정에게 잔인하였다. 어떻게 생각하면 실물을 못 보고 죽은 유정이 혹은 행복이었을지도 모르나 하여튼 군은 환상상幻想上에서 연애를 창작한 것이다. 실재 인간을 떠나서 그는 하나의 성스러운 여인을 그렸던 것이다. 허나 결국 이 연애로 말미암아 죽은 것을 보면 그의 성녀 창작은 결코 유희가 아니었던 것만 증명할 수가 있다.

문단서는 아직까지도 김유정을 단순히 폐병으로 죽은 줄 알고 있다. 죽기까지는 나도 그렇게 알고 있었다. 그러나 그의 부고를 받은 수일 후 우연히 나는 춘원 선생 댁에서 이런 저런 이야기를 하는 동안에 유정의 죽음에 숨은 로맨스가 엉키어 있었음을 직감하였다. 선생은 결코 저만의 소식을 전하지 않았다. 그러나 나의 직감은 군의 로맨스의 상대자가 누군가까지를 지적해 낼 수가 있었다.

○○와 ○군과의 약혼을 어느 잡지 소식란에서 안 유정은 그날부터 공중에 쌓은 연애를 일조에 파괴하는 동시에 생명을 조각한 예의 그 편지를 중지했다 함은 말할 필요도 없거니와 한 가지 말할 필요가 있는 것은 진실로 중지한 그날부터 유정은 술로써 이내 청춘을 불사르기 시작했다는 것이다.

허무! 고통! 불면, 자조, 허무, 허무 — 적빈의 군은 피를 짜서 팔아서라도 막걸리를 사 마시었다. 친구를 만나면 반드시 술을 강요하였다. 나도 군의 이면사정은 전연 모르고 몇 번 없이 술을 받아댔다. 당연 건강은 날로 날로 좀먹어 들어갔다. 박○○양과 모군과의 결혼식이 시내 모 예배당에서 거행되던 날 낙백落魄의 예술가 김유정 군은 결핵성 치질을 겸한 폐병 제3기의 중환重患을 충신정忠信町어느 셋방에 혼자 앓고 있었다. 결핵균이 충만한 이 좁은 방에는 거만巨萬의 재산을 낭비하고 행방불명이 된 지 오랜 군의 형의 부인과 부인의 소산인 두 조카와 전부 네 식구가 비통한 그날 그날을 보내고 있었던 것이다. 이 세상에 지옥이 있다면 그때의 유정의 방이 바로 그것이었을 것이다. 구원을 구하는 유정의 서신을 받고 비로소 나는 오래 소식이 없던 군을 충신정으로 찾았었다. 내가 문단을 총동원시켜 금품을 모집했다는 것은 처음으로 찾아간 이날부터 약 20일간에 전개된 — 나로서는 평생 잊지 못할 눈물겨운 그 시절의 일이다. 나는 수백 원의 돈을 군에게 전달할 수가 있었으나 구더기 끓듯 끓는 채귀債鬼들 앞에는 탄 들에 물방울 떨어뜨리기나 마찬가지였다.

폐병쟁이 송장치기가 싫다고 나중에도 집주인으로부터 쫓겨난 김유정은 제4기적 중환태의 몸을 버스에 실어서 가난한 먼 일가를 찾아 광주廣州로 내려갔다. 그때 동행한 사람이 아마 군의 죽마고우인 안회남과 그리고 박◯◯에의 연정을 알린 유일무이의 심우 현덕玄德군(유정 사후에 신진작가로 등장한)과의 두 사람이 아니었을까 하고 기억한다.

나도 모르게 광주로 내려간 지 얼마 후에 유정은 시체가 되어 영구차로 서울로 돌아왔으나 머무를 곳이 없어서 그 길로 바로 화장장으로 몰아갔다. 일대一代 청년예술가 김유정 군은 한 웅큼의 뼈가 재로 변하였으나 이 뼛가루를 용납할 한 평의 토지를 세상은 군에게 허락치 않았다.

화장장에서 나온 골분의 김유정은 한강수 깊은 물에 둥둥 소리없이 떠내려갔다.

세상에 빈貧한 예술가가 많았지마는 죽어서 강물에 떠내려갔다는 예는 아직 듣지 못했다. 무덤 없는 김유정! 한이 있기로서 이 위에 더한 한이 있을까?

한강을 지날 때마다 나는 여기에 김유정의 원혼이 떠돌거니 하고 부지중에 합장하는 수가 많다. 그는 연애만이 낭만적이 아니고 죽음까지도 낭만적이었다. 허나 그 어찌 뼈아픈 낭만이었으랴! 과연 이만큼 뼈아픈 리얼리즘이 이 세상에는 없을 것이다.

박녹주와 박○○, 일은 기생이요 일은 위지謂之 신여성이다. 한 기생이 말없이 소년 김유정의 예술혼을 북돋았는 데 대해서 고등교육을 받은 한 신여성이 말없이 성장한 동 군을 한강수 깊은 물속으로 몰아넣었다 하면 교육의 의의가 어디 있으며 기생이 천하다는 근거가 어디 있는가?

유정아! 총각혼신 김유정 군아! 노도 소리 없이 언제까지나 그 강을 떠내려 가려무나. 한번은 녹주, ○○가 둥둥, 소리를 높이 하여 서쪽 바다 넓은 황해에서 너를 대하는 날이 있으리니. 그는 모某 지誌에 이런 글을 쓴 일이 있다.

> 나는 숙명적으로 사람을 싫어합니다. 사람을 무서워 한다는 거이 더 적절할는지도 모릅니다. 그 버릇이 결국에는 말 없는 우울을 낳았습니다. (…중략…) 그러면 다음에는 이 몸이 죽어 죽어 무엇이 될고 하니 봉래산 제일봉에 낙낙장송되었다가 백설이 만건곤할제 독야 청청 하리라,의 그 봉래산 제일봉이 어딜는지 그 위에 초가삼간 집을 짓고 살아보고 싶습니다. 많이도 싫습니다. 단 사흘만 깨끗이 살아보고 싶습니다. 단 사흘만 깨끗이 살아보고 싶습니다. 운운

이 1절을 보아도 군이 생전 얼마나 고적한 인간이었는가를 알 수가 있다. 말해 두거니와 유정은 최후의 그 실연으로써 폐병에 걸린 것은 아니고 "낙낙장송"의 이 노래를 쓸 적부터 벌써 상당한 객혈이 있기는

했던 것이다. 다만 그의 실연은 그로 하여금 그의 남은 생명을 몇 분지 일로 단축시킨 것뿐인 것이다.

박태원, 이석훈, 고 이상 군들도 유정의 친한 동무들이나 군이 죽은 후 이들 한 다스의 그의 우인들이 한결같이 내게 말하는 공통된 말이 하나 있었다.

"한번 장가 못 보내고 죽인 것이 무엇보다 분하다."

허나 나는 군이 장가 못 가고 죽은 것을 더 고귀하게 평가하며 공동묘지에 묻히지 않고 한강물에 떠내려간 그의 유골을 더 꽃다운 장례로 여기고 여기면서도 기실 두고두고 눈물 뿌린 나였다. 그러니 아마도 내 팔자가 그때 비로소 나는 눈물을 씻고 유정과 더불어 나 자신의 장래를 위하여 일장一場의 엄숙한 송경誦經을 올리는 것이었다.

『여성』 4-8, 1939.8.

유정과 나

이석훈*

탕! 소리 뒤 수초시數秒時 여름밤 하늘에 한순간 찬란한 생명을 자랑하고 꺼지는 '불꽃' — 유정의 일생은 그것과도 같은 감을 준다.

유정은 문자 그대로 혜성처럼 문단에 나타났다가 꺼졌다. 그 출현이 장하고 감도 또한 '화희花火'적이다. 언젠가 어떤 석상에서 여운형呂運亨 선생이 큰 소리로 역설한 바 찬란한 저녁노을 같은 '영광스런 죽음'을 나는 유정 군의 최후에서 본다. 죽음의 최종의 일순까지 창작의 붓을 들고 그 악전고투한 장한 유정! 배수의 진을 치고 최후의 피 한 방울까지 싸움에 바친 스파르타의 용사적인 비장하나 그러나 영광스런 최후다.

여기서 나는 김 군의 죽음을 찬송하려는 것은 아니나 군의 부보訃報를 앞에 놓고 나는 이 글을 쓰기 조히 부끄러운 생각이 든다. 유정이 죽기

* 이석훈(李石薰, 1908.1.27~1950?) : 소설가 평북 정주 출신. 평양고등보통학교를 거쳐 일본 와세다고등학원(早稻田高等學院) 문과를 거쳐 와세다대학 노문과에서 수학. 신문사와 잡지사 기자, 방송국의 방송인 등을 전전하면서 작가생활. 안회남과 더불어 김유정의 문단 등단은 물론 이후 생활하는 데 도움을 주려고 애를 썼다. 대표작으로 「광인기」, 「이주민열차」, 「방랑아」, 「유랑」 등이 있다.

전에 아니 군이 설마 그렇게도 빨리 죽음을 재촉할 줄은 꿈엔들 생각지 않은 바이라 연여年餘를 두고 부대껴오는 나의 신변사건이 안정되면 그동안 소홀했던 우정을 진사陳謝코자 했더니 이제는 모든 것이 허사요 영원히 갚을 길이 없이 되었다. 사실 나는 일 년 동안 서울서는 어떤 사건 때문에 방方 선생에게까지 걱정을 끼치며 쩔쩔 매느라고 눈코 뜰새 없다가 반半 자포자기적으로 서울을 '도망'한 것이었다. 때문에 서울 친구들에게 몰인정한 자로 책망을 듣는 것도 당연한 귀결이지만 내 편에서 보면 우정에 충실할 수 없었을 만큼 정신상의 타격을 받은 액년厄年이었던 것이다.

나는 아직도 마음의 고통을 깨끗이 청산치 못하고 있는 터에 지금 뜻밖에 군의 부보를 받으니 정말 몇천 길 함정 속으로 떨어지는 듯한 아득한 느낌을 금할 수 없다.

군과 옅지 않은 교우는 어언 육칠 개 성상星霜. 소화 육년 신춘? 내 자신 편집의 한 몫을 보고 있던 『제일선』지에 가작 「산골 나그네」를 발표한 군은 이미 문단에 '데뷔—'한 셈이었으나 구안지부具眼之夫가 적고 포용성이 적은 문단은 군을 알아주지 않았다. 2, 3년 동안은 불우하였다. 이 사이 회남과 더불어 군을 출세(?)케 하려고 다소의 노勞를 취取한 것은 우정의 당연한 소위所爲나 군과 관련한 가장 유쾌한 기억의 하나이다.

이 2, 3년래 군의 천분天分의 당연한 소치所致인 혜성적 출현은 지금 생각하면 죽음을 재촉하는 '히바요'적'ひばよ'的 정력의 소비이었다. 동경이나 구미문단 같으면 그만한 신진작가면 당당히 생활의 유족을 꾀할 수 있을 것인데 불행히 이 땅에서는 다못 빈궁과 냉시冷視만이 최연最然

히 존재할 뿐이었다. 이것이 유정 한 사람의 일 같지 않아서 더한층 뼈저린 비애를 금치 못하며 암연해지는 것이다.

유정의 죽음은 값 있고 귀중한 죽음이다! 나로서는 좋은 문우의 한 사람을 잃었을 뿐 아니라 조선의 재주 있는 젊은이를 또 하나 잃었으니 애석한 일이다.

『조광』 5, 1937.

유정의 영전에 바치는 최후의 고백

이석훈

유정과 교우 6, 7개 성상, 초로草露 같은 인생이더라니 그야말로 꿈결 같다.

○

처음 회남의 소개로 군을 알자, 나는 곧 군의 소박하고 순후淳厚한 인간미에 반했고, 다음, 채만식, 안회남과 함께 편집을 맡아보던 개벽사開闢社의 『제일선』지에 회남을 통하여 투고한 「산골 나그네」를 활자화하기 전에 읽고 군의 문학적 소질에 반해 버렸다. 본래 유정을 가장 잘 이해하고 있던 회남이, 기회 있을 적마다, 나더러 입에 침을 발라가며 유정을 추찬推讚하여 마지 않았는데, 사실 나 역亦 이 한 편을 읽은 뒤부터, 회남과 같이 유정 추찬병에 걸리고 만 것이다. 과연 「산골 나그네」에서 보이는 고운 시정과 어휘 풍부한 간결한 문장, 비범한 인간적 통찰, 득묘한 수법 등에, 나는 무던히 탄복하였던 것을 지금껏 잊지 않는다. '예이츠'나 '싱'[1]의 애란문학愛蘭文學을 읽은 듯한 신선하고 심각한 감명이,

그 후 불변치 않는 유정에의 애착과 우정을 맺어준 것이다. 그때의 감상을 솔직하게 군더러 말했더니 대단히 기뻐하면서도 그저 부끄러울 뿐이라고 겸손해하는 것이었다. 겸양은 군의 천부의 미덕이었다.

○

군은 대단한 침묵가였었다. 그러면서도 점점 친해지자 자기의 흉중을 솔직하게 고백하기를 꺼리지 않았다. 나의 졸작 「이주민 열차」에 대해서도 그 결점과 장처를 말하고 그걸 읽고 나를 좋아하게 되었다고 하였다. 또 「애증愛憎」을 읽고, 그 수법을 추구하라고 몇 번이나 격려해 주기도 하였다. 또 군은 문단에서의 목표가 이태준 씨였는지, 혹은 평가들이 많이 떠들기 때문에 그의 작품을 더 주의를 했는지는 모르되, 가끔 흥분한 어조로 그걸 뭘 잘했었다고들 야단이야 제길! 이렇게 코웃음칠 때도 있었다. 이태준이도 무서울 것 없다 이런 기세가, 그 말 속에 엿보이었다. 연전 『조광』에 이 씨의 「까마귀」가 발표되자 몇몇 평가가 호평을 했을 때도, 유정은 역시 흥분한 어조로 비난하는 것이었다. 사랑하는 폐환자를 위해서 활로 까마귀를 쏜다는 등의 이야기는, 먼 고대소설과 다름이 없는 통속소설적이다. 현실성 그것도 고대소설적 현실성은 있지만 '금일의 문학'이 요구하는 현대성은 없다. 이런 것이 무슨 현대소설이냐. 그 점을 똑바로 지적하는 평가는 슬플사 우리 문단에는 한 사람도 없구려. 유정의 비난은 대략 이런 내용이었다. 나는 이 씨의 「까마귀」를 읽어보지 않

1 존 밀링턴 싱(John Millington Synge, 1871~1909) : 아일랜드의 시인, 극작가.

았으므로 잘 알 수 없지만 군의 논리는 정당하다고 동감한 것이었다. 사실, 우리 문단에는 존경할 만한 구안具眼의 평가가 심히 드물다. 얼마 전에 최재서崔載瑞 씨 한 분이 겨우 리얼리티에서 한 걸음 나아가 현대성 모더니티—를 금일의 문학에서 요구한 것을 논했을 뿐이었다. 유정의 비평의 안식은, 제로라고 뽐내는 여러 비평가보다 몇 걸음 앞섰던 것이다.

이와 같이 유정은 항상 어디서나 ○○한 ○○을 잃지 않으면서도 나와 단둘이 이야기할 때는, 가끔 흥분한 어조로 남의 작품을 비평하고는 하였다. 그러나 군의 이러한 비평은 대개 이태준 씨에 한했던 것을 보면 문단에서는 이 씨를 제일 관심하고 있었던 듯하다.

○

이 2, 3년래. 지금 생각하면 요절하려고 그랬는지 모르나, 군의 활약은 혜성적이었다. 그러나 「산골 나그네」 등을 발표한 뒤 2, 3년은 군의 존재는 신인으로도 취급되지 않았을 만큼 불우하여, 회남과 더불어 군의 작품을 여기저기 발표케 하려고 원고를 옆에 끼고 다니며 암약한 일도 있었다. 어떤 편집자는 작품은 읽지도 않고 덮어놓고 신인이 돼서 좀 체 지면의 여유가 없다고 발표해주기를 꺼렸다. 주요섭朱耀燮 씨도 『신동아』에 있을 때 군의 「흙을 등지고」란 작품을 가져다 맡겼더니 5, 6개월이 되도록 내어주지를 않길래, 나는 약간 속으로 분개하여 전화를 걸고 돌려달래서 보니까, 표지에다 영자로 '좋다'라고 주서朱書는 해 놓았었다. 유정도 적지 않게 낙망하였었다. 그래 나는 잠자코 우울해 앉아 있는 유정을 보고 새삼스레 현상 응모도 쑥스런 짓이지만 할 수 없으니 그거라도 해보자 권하였다. 결국 톡톡히 화풀이를 할 셈으로 조선, 중앙, 동아 세 신문에 모두 응모를 하기로 하였다. 전기 「흙을 등지고」는 짤막하게 줄여서 조선일보에 보냈는데 혹 「따라지」였었는 듯도 하다. 틀림없이 1등으로 뽑혀 「소낙비」라 개제되어 발표되었었고, 다른 두 신문에도 모두 입선이 되어 겨우 문단의 주목을 이끌게 된 것이었다. 이것이 불과 2년 전의 일이다. 이래 유정은 그동안 써 두었던 작품을 '저날리즘'의 요구에 응하여 속속 발표하는 한편 열심히 정진한 것이었다. 군의 6, 7년간의 소업所業은 양으로도 결코 적은 것이 아니지만 질에 있어서는 평범한 작가의 2, 30년의 소업, 아니 그 이상의 가치를 주장할런지도 모른다. 앞으로 군이 30년만 더 살아 주었던들! 슬픈 일이다.

○

유정은 그렇게 많은 작품을 발표하면서도 생활은 극도로 빈궁하였다. 본래 수천 석 하는 강원도 춘천지방의 토호土豪의 차남인 군은 조금도 빈고貧苦란 것은 모르고 자란 것이다. 그러나 겨우 철들기 시작했을까 말까 했을 때에 몰락의 비애를 경험하고, 이래 6, 7년간, 생활의 근거를 잃고 방랑하다가, 문단에 활약케 되었으나 너무나 많은 노력에 비하여 들어오는 것이 적었다. 작년 봄, 내가 서울 있을 때, 군은 나한테 놀러 오기만 하면 입버릇처럼 직업을 구해달라는 청을 진지한 표정으로 되풀이하곤 하였다. 그래 여기저기 수소문하다가 도렴정都染町에 있는 어떤 사립학교에 교원 자리가 하나 나서 알아 봤더니 월급이 20원야라! 한다. 거기 교직자 보고 훌륭한 신진소설간데 50원만 내라고 졸랐더니 두 눈이 휘둥그래지며 행랑방 자식들의 핏돈 거두어서 하는 학원인데 그걸 몇몇이서 나누어 먹는다는 기막힌 사정이었다. 좌우간 유정을 만나서 그거라도 해보겠느냐 했더니 이야기를 듣고 난 뒤 거 어디 비참해서 하겠소. 병이나 더치겠소. 이러면서 쓸쓸히 웃다가 쿨럭쿨럭하는 것이었다. 얼마 후 내 아내가 다니다가 맹장염으로 퇴직한 계동 모 사립학교에 말했더니 거기선 또 훈도訓導 자격이 있어야 한다는 것이었다. 이 밖에도 몇 군데 알아봤지만 죄다 틀어졌다. 직업과는 원수의 팔잔걸요. 제ㅡ길. 유정은 이렇게 중얼거린 다음 영영 나더러 구직타령을 안 했다. 내가 농담 삼아서 유정을 부잣집 사위로 중매해얄 텐데ㅡ하면 빙그레 웃으며 정말 하나 구해보슈 내 덕입죠 하였다. 겉으론 웃음의 말에 지나지 않았지만 기실 나는 혼잣궁리로 정말 그런 자리가 없을까, 유정의 병은 돈이 없이는 못 고칠 텐데 한 것이었다. 결국 이도 저도 안 돼, 졸아들기만 하는 건강을 밑천으로 그저 부지런히 원고나 많이 쓰라고 권하는 수밖에 도리가 없었다. 그래 하루는 방송국으로 놀러온 유정을 데리고 밖에 나와, 광화문통 어떤 음식점으로 가서 우선 『신동아』 편집자 이무영 씨를 전화로 불러내다가 점심을 한턱 쓰며 유정을 소개하였다. 무영, 유정의 작품 좀 실어주슈 했더니 무영은 어떻게 생각했음인지 딴뚜만하고 '예ㅡ쓰, 오어, 노'를 대답하지 않았다. 그 후 오늘날까지 유정의 작품을 『신동아』에서는 볼 수 없었다. 나는 고야니[2] 내 면목뿐만 아니라 유정의 면목까지 상케 한 듯하여 불쾌하고 또 내심 일종의 반발심 적개심까지 느끼었던 것이다. 물론 유정의 글이라고 모든

2 고야니 : 괜히, 공연히에 해당되는 평안도식 발음

잡지에서 다 실으란 법은 없지마는, 모처럼 청 대었던 것이 통치 않음에 대한 불쾌이었으며, 경멸되는 듯한 데 대한 반발적 적개심이었던 것이다. 유정군 자신도 적지않이 자존심을 상한 양 여러 번 웅절거리는 것을 들었다. (그러나 무영이여! 지난날 그 한때에 그랬을 뿐, 지금은 아무렇지도 않으니 조금도 거슬리게 생각지 말라!)

○

유정에게 대해서 꼭 한 번 섭섭하게 생각한 일이 있었다. 군이 평소 나에게 진심을 허했고 나 역시 군을 위하여 진심껏 애쓰던 터에 '구인회'에 가입할 때 나더러 일언반구의 이야기도 없었다. 우리는 별개의 모임을 갖자는 이야기가 있던 차다. 더군다나 군은 '구인회'의 누구누구를 인간적으로나 예술에 있어서까지 공격하기를 주저치 않았던 것이다. 첫째로 나는 군에게서 우정의 배반을 당하는 것 같아서 섭섭했고, 둘째로는 군의 행위가 위선적으로 보이어 불쾌를 느꼈다. 그러나 군은 상당히 폐환이 깊었으므로 '환자이니'하는 관용한 마음으로 아무 말도 하지 않았다. 아무 말도 말자니 속으로 더욱 거북하였었다. 군이 '구인회'에 가입한 이래, 나의 태도에 혹 변화가 있었다고 만일 느꼈었다면, 그것은 전혀 군에 대한 우정과 신뢰에 한때 환멸을 느꼈기 때문임을 군의 영전에 최후로 고백한다. 더군다나 나는 일신상의 모종의 사건으로 인하야 서울을 도망해 오다시피 떠나왔다. 차려야 할 인사도 못 차리고 벗이고 뭐고, 극히 가까운 사람에게까지도 실례를 범하였다. 나의 정신상의 반자포자기적 반점班点이 태양에 흑점처럼 좀먹고 있었던 까닭이다.

○

유정의 병이 나아서 다시 문단에 화려한 활약을 전개해 주기를 나는 속으로 기원하고 있었고 또 내가 상처만 쾌유되면 유정을 찾아서 모든 것을 고백하고 나의 소원疏遠을 진사陳謝하려 했던 것이다. 이것이 거짓 없는 양심적 충정이다! 그러나 이미 때는 늦었다. 모든 것이 허사다. 군을 위하여 공연한 사람을 원망했던 일도, 이도 저도 다! 이미 과거지사요 허무지사다! 그러나 다못 군의 혜성적 소업 군의 문단적 출세를 위하여 벗의 한 사람으로 다소간의 노勞를 취할 수 있었던 것은 군과 관련하여 가장 유쾌한 추억의 하나이다.

○

심훈沈薰 죽고, 운정雲汀[3]이 가고, 또 이제 반년도 못돼 유정이 사라지다. 이딴 가난하고 냉혹한 문단은 너무나 무자비하게도 문학지사를 쉬이 죽이는구나! 그러나 존귀한 죽음! 영광스런 죽음이다! 친애하는 유정! 길이 잘 가거라!

정축 4월 1일 새벽

『백광』, 1937.5.

---

3 김정진(金井鎭, 1886~1936) : 희곡작가. 호는 운정. 도쿄 고등상업학교에서 2년 수학. 시마무라 호게쓰(島村抱月)의 문하생으로 있으면서 3년간에 걸쳐 연극 수업. 대표작으로 「전변(轉變)」, 「잔설」, 「약수풍경」, 「기적 불 때」, 「십오 분 간」, 「찬 웃음」 등이 있다.

유정의 면모 편편片片

이석훈

유정이 죽은 지도 어언 3년이 된다. 3년이나 되건만 죽어가는 유정을 한 번도 들여다보지 못한 나의 태정怠情에 대한 참회가 그를 생각할 적마다 마음 아프게 한다. 유정이 병상에서 괴로운 마지막 숨을 거두며 얼마나 나를 원망하였으랴? 그러나 그는 나에게 편지할 적마다 병이 위중하다든가 죽게 됐다든가 하는 말은 한마디도 하지 않았었다. 내게 그런 하소연을 했자 소용이 없다 하였음인지? 혹은 죽음을 각오하고 이미 죽는 이상에는 태연히 죽으리라 동무에게 '폐' 끼치지 않고 깨끗이 죽으리라 했었는지도 알 수 없다. 고결하고 순진하고 겸허한 인간 유정이었으므로 아마 그랬으리라는 것은 상상하기 어렵지 않다. 그것이 유정의 생각이었다 하더라도 나는 나로서 우정을 기울여야 하겠거늘 그가 병상에서 기동을 못하게 된 뒤로 나는 한 번도 그의 병상을 찾지 못했다. 그때 바로 어떤 사건으로 나 자신 위기에 직면해 있어서 나 이외의 것을 생각할 여유가 없었다고 유정의 영전에 변명한대도 내 한은 씻어질 것 같지 않다.

○

유정이 살았을 때 일을 이것저것 회상해 본다.

그때 나와 유정은 사직동 한구석에서 앞뒷집에 살고 있었다. 유정의 누님은 바로 내가 살고 있는 집 뒤에 조그만 기와집 한 채를 사고 있었는데 그 집에 유정은 기류寄留하고 있었다. 매부 되는 이는 충청도 땅에 금광을 하러 가고 없고 그의 누님 혼자만 살고 있었다. 내가 보기에 생활이 그리 유족하지 못한 것 같았다. 혹 군의 매부 되는 이가 작은 집이라도 하고 있어서 큰댁은 살뜰하게 돌보지 않았던지도 모른다. 나는 그 매부란 이를 본 적이 없다. 유정은 본디 입이 무거운 사람이므로 이러한 내정內情까지는 토파하지 않았지만 내게는 그렇게밖에 생각되지 않았었다. 유정도 한때는 매부의 광산에 금金 잡으러 가 있었다. 나는 저녁을 먹은 뒤 개천 골목을 지나 그의 집을 찾는 것이 예例가 되어 있었다. 그도 가끔 우리 집에 왔다. 유정이 있는 방은 키 낮은 대문 옆 마루 건넛방인데 서편으로 개폐할 수 없는 작은 영창이 있었고 두꺼운 조선종이로 봉해 두었었다. 나는 '씨ㅅ자'를 붙여

"유정 씨이!"

하고 찾을라치면

"네, 어서 오십쇼"

하는 유정의 심중한 목소리가 창고 안에서 들려오듯이 그 조선종이의 작은 영창을 통해 온다. 또 어떤 때 유정이 없을 때는 유정의 우울을 띤 커다란 눈과 똑같은 눈을 가진 누님이 웃음은 벌써 잊었다는 양 한 핏기 없이 창백하고 싸늘한 얼굴을 대문 틈으로 엿보이며

"밖에 나갔습니다"

하고 말 적게 대답한다. 흰 편이 많으면서도 소 눈처럼 검은 인상을 주는 커다란 눈으로 나를 힐끗 쳐다보고 무표정하다. 나는 더 말해 볼 용기를 잃고 말없이 돌아서 온다. 결코 불친절하거나 귀찮게 여기는 빛은 없었으나 어딘지 쓸쓸한 인생의 중하重荷에 이지러져서 모든 기쁨을 잃은 듯한 하염없는 표정을 나는 지금껏 잊을 수 없다.

○

유정이 지내기 어려워함을 보다 못하여 나는 하루는 그에게 용처 벌이로 우선 '하모니카' 방송을 권하였다. 그때 나는 방송국에 있으면서 연예의 1부와 어린이 시간을 맡아보고 있었으므로 그렇게 권한 것이다. 유정이 '하모니카'의 명수였었던 것은 세상에 별로 알려지지 않았으나 그는 중학교 시대에 수년간이나 '하모니카' 공부(?)에 힘써 남의 지도도 받고 '레코드'로도 열심히 배웠다는 것이다. 그래서 상당히 본격적으로 웬만한 곡은 단번에 불어 치웠다.

나의 권에 대하여 유정은 숨이 차서(그때 이미 폐환이 시작된 것이다) 독주獨奏는 못하겠으니 나와 둘이서 2중주를 하자는 것이었다. 그래 어디 그럼 연습해 보자하고 내가 베이스를 불기로 하여 하모니카를 산다(그에게는 낡은 것이 있었다) 악보를 구해온다 야단이었다. 어떤 날 저녁 그 조그만 영창이 서쪽으로 향한 어두침침한 방에서 2중주 연습을 시작하였다. 〈키스메트〉니 〈오리엔탈 댄스〉니 〈아를르의 여자〉니 헨델의 〈라르고〉니 하여튼 꽤 어려운 곡들을 골라서 이것저것 불어본다. 그러나 나는 중학 시대에 조금 불다 놓은 지 오래서 단 두 절을 정확하게 따라갈 수 없고 유정은 숨이 차서 쩔쩔맨다. 이래서 '하모니카' 2중주는 방송까지 이르지 못하고 팽개쳐 버리고 말았다. '하모니카' 명수 유정의 이름도 결국 세상에 드러나지 못하고 만 셈이다. 이번에 방향을 돌려 역시 용처 벌이나 될까 해서 어린이 시간에 이야기 방송을 시켰다. 이야기 방송만은 선선히 응낙했다. 입이 무겁고 말더듬인 유정이 '마이크' 앞에 앉더니 아주 능청스럽게 잘한다. 야담野談이나 고담식古談式이어서 나는 방송실을 벌겋게 상기돼 나오는 그를 보고 이번엔 야담을 청해야겠어 하고 둘이 껄껄 웃었다. 이야기 방송도 가명으로 했기 때문에 유정의 화술이 얼마나 능하다는 것도 드러나지 않고 말았다.

○

그는 위에서도 말했거니와 여니 때는 대단히 입이 무겁고 말더듬이지만 방송을 할 때와 술 먹은 뒤 — 술좌석에선 아주 능변이요 달변이었다. 시골 오입장이(술 먹으면 시골 오입장이적 풍모로 변한다)적 어조로 가끔 내지어內地語를 섞어가며 좌석을 번쩍 들었다 놓는다. 단 누가 대구對句를 해줘야 말이지 나처럼 술 먹을 줄 모르는 사람과 단둘이서는 역시 말이 없다. 유정을 떠들게 하는 좋은 상대자는 회남이오 지금 미국 유학중인 상엽想葉이다. 상엽은 주사酒邪가 있어서 유정과 처음 인사한 그 자리에서 이놈 저놈하고 떠들다가 나중에는 "너 같은 놈과는 절교다" 하는 바람에 유정이 잠시 어리둥절했다가

"임마 (유정은 술 먹으면 이렇게 말을 한다) 으째서 절교냐?"

하고 대든다. 그러나 삐득삐득 웃는 얼굴이다. 우뚝하고 크게 잘 생긴 코끝을 버득버득 움직인다. 당나귀를 연상케 한다. 우리 성미 같으면 농의 말이라도

"절교하가스문 하러마 새끼!"

이러고 말 텐데 유정은 끝까지 겸허한 호인이었다.

○

한 번은 유정, 회남, 상엽, 그리고 나 넷이서 화신和信 뒤 선술집에 가서 잔뜩들 취해 가지고 나올 때 딴 손님의 우산을 들고 나왔다. 술 먹으면 망나니가 되는 상엽이(제 것인 줄 잘못 알았는지 장난으로 그랬는지 모르나) 들고 나온 것이었다. 화신 골목까지 이르렀을 때 젊은이 5, 6명이 와르르 따라 나오며 그걸 구실로 싸움을 건다. 나는 워낙 사교성 없는 성격이라 이거 또 '미식축구 시합'을 아닌 밤중에 하게 되는가 보다 하고 뒤에서 구두끈을 얼른 단단히 매고 형세를 보고 섰노라니까 '시골 오입쟁이' 유정이 쑥 나서며 "노형들" 어쩌구 저쩌구 그럴듯한 수작으로 우산을 돌려주고 험악한 판국을 엄불러서 무사하게 하였다. 술 먹으면 능변이 되는 유정의 덕택으로 창피를 면한 것이었다.

○

벚꽃이 폈다 질 무렵인데 유정은 낡은 검정 솜 주의周衣를 입고 낡아빠진 소프트를 뒤 꼭대기에 부치고 방송국으로 찾아 왔다. 며칠째 두고

만나면 걱정으로 이야기하는 그의 취직 토론이 또 벌어졌다. 내가 이번엔 모처에 말해보자 하니까 그는 빼륵빼득 웃으면서 "자 그럼 내 운수점이나 한번 쳐 봅시다." 그러더니 10전 백동화 한 푼을 꺼냈다. 던져서 '10전'이라 쓴 쪽이 나타나면 되고 그 반면 즉 '대일본'이라 쓴 쪽이 위이면 안 되는 것으로 작정하고 유정은 그 10전짜리를 방안 높이 던졌다. 돈은 뱅글뱅글 공중에서 돌면서 올라 솟았다가 바닥에 달랑 떨어져서 한구석으로 굴러가 머물렀다. 얼른 주어보니 '10전' 쪽이 위이었다.

"됐다."

유정도

"어 취직이 되는 가부다." 그러면서 우리 둘은 한참 동안 껄껄 웃었다.

그러나 이 돈점도 맞지 않았다. 유정은 원고 벌이에 나머지 정력마저 소모해 버리고 그해 겨울 드디어 죽음의 길을 재촉하고 있었던 것이다.

이런 일 저런 일이 어제처럼 생각되나 유정은 이미 간 지 3년이나 되고 나는 부질없는 추억의 글을 여기 되풀이하고 있다. 유정의 죽은 영혼이나마 위로할 수 있을는지?

『조광』 5-12, 1939.12.

억噫, 유정 김 군

정인택*

가장 외로운 사람 유정이 혼자서 '슬퍼 마라, 슬퍼 마라,' 자계自戒하다가 외롭게 죽고 말았다.

지금부터 삼 년 전 봄

불면증에 울고 있던 유정에게는 아침 여덟 시라도 첫새벽이다. 그러나 그는 하루도 그것을 어기지 않고 몇 달을 두고 그 이른 기침시간起寢時間을 꾸준히 지켜왔다. 대님도 안 매고 세수도 안 하고 그는 한 손으로 더벅머리의 비듬을 떨며 떨며, 혼자서 사직공원을 거닌다. 그렇게 하여 그는 좀먹어가는 폐에 새로운 생기를 불어넣으려 남 보기에도 애처러운 고단한 노력을 거듭했다.

그때엔 벌써 유정에게는 병마와 싸우는 것은 한 개의 일상사였다. 체관諦觀도 아니고 절망도 아니고, 그것은 그대로도 좋았다. 앞날이 짧으

---

* 정인택(鄭人澤, 1909~1953) : 소설가. 서울출신 경성제일고보를 거쳐 경성제대 예과 중퇴. 소설가 박태원(朴泰遠) · 윤태영(尹泰榮) · 이상(李箱) · 김유정과 가까웠다. 대표작으로「나그네 두 사람」,「촉루」,「준동」,「연연기」 등이 있다.

면 짧은 대로 그대로도 또한 살 길은 얼마든지 있을 것이다.

그 한 길밖에는 있을 수 없는 것을 누구보다도 잘 아는 총명한 유정은 생활에 있어서도 역시 그 한 길밖에 없는 자기의 문학의 완성을 위하여 건강한 사람에게도 지지 않게 공부를 게을리 안 하였다.

모든 것이 너무도 뻔한 일이다.

핏기 없는 얼굴로 삶을 말하고 문학을 말하고, 시대를 말하며, 북받치는 기침에 시달리는 그의 양을 나는 지금 눈앞에 뚜렷하게 그리고 있다.

어떻게 살아야 하고 어떻게 사는 게 옳은가. 그것도 가슴을 조이는 문제이나 사직공원에서 대체 그는 어디로 돌아가나.

유정의 주위엔 유정 외에 아무도 없었다.

일가친척에게도 지지 않는 친한 벗들이 항상 그를 싸고돌고 돼지 순대를 씹고 막걸릿잔을 들 때 그는 잠시 동안 모든 것을 잊고 가냘프게 웃기도 한다. 그러나 꿈이 깨이면 유정의 주위에는 유정 외에 역시 아무도 없다.

병도 병이지만 외로움만은 견딜 수 없다고 — 그렇지만 슬퍼하면 뭘 합니까 — 그는 이렇게 말하고 기침 속에서 책을 읽었다.

자기로선 그렇게 외로웠으나 유정은 그것을 꿈에도 밖에 비치지 않고 과묵한 가운데서 모든 사람을 사랑하려 애썼다.

절망 속에서 자기를 버리지 않는 것도 어려운 일이나 적막한 주위를 따뜻한 사랑의 눈으로 볼 수 있다는 것은 그보다 얼마나 장한 일이냐.

명함에다 "광업 김유정" 이라 박아가지고 '골덴' 양복으로 거리를 활보하던 유정이었고 때 묻은 모자를 비스듬이 얹고 우산을 둘둘 말아 단장 대신 끌고 다니던 야인野人 같은 유정이었으나 만물에 대한 그의 사랑은 변함이 없었고 생활에 대한 진지한 태도도 움직이지 않았다.

허약한 몸으로 현실과 정면을 맞붙어 싸울 수 있었다는 것만으로 유정은 그 잡은 생애를 의의意義 깊게 하였다.

모든 것을 혼자서 가슴 속에 푹 퍼붓고 그는 심신 양면의 이중 삼중의 중압을 능히 견디다 못하여는 드디어 작년 초여름 서울을 버리고 절간으로 도피하였다.

그때 유정이 서울을 버리었다는 말을 전해들었을 때 불길한 예감이 없지도 않았다. 투지를 잃은 유정이면 패배할지도 모른다고 그렇게 혼자 근심했다. 그랬더니 불과 일 년이 다 못가서 그 불길한 예감은 불행히도 적중되고 말았다.

불행한 사람이 너 하나뿐이냐고 스스로 꾸짖으며 "너무 슬퍼말아라, 유정아" 이렇게 책상머리에 써놓고 드디어 유정은 죽고 말았다.

유정! 그대가 남긴 일 그대가 꿈꾼 일 이을 사람 없는 배 아니나 이제 그대의 다정하고 경건한 모습과 태도를 대할 길 없으니 — 다만 한 가지 유한遺恨은 그대와 손을 마주잡고 끝없이 울어보지 못한 일이다.

『매일신보』, 1937.4.3~4.6.

유정과 나

강노향*

아무 때 가도 필경은 한번 가고야 말 그 길이지마는 우리 유정은 너무나 일찍 가고 말았다.

이제 봄빛을 앞에 두고 그와 유명幽明을 달리하는 오늘의 심정은 애도의 정을 넘어 우리 조선 문인의 비참한 생활을 뼈저리게 느끼는 바이다. 무엇보다도 우선 '돈'이 필요하였다. 돈만 있었던들 유정도 지금쯤은 완쾌完快한 몸이 되었을 것이다.

태양도 가고 새 소리도 가고 들리는 휘파람 소리도 지나간 이 황혼에 나는 지난날 유정과의 한 시절을 아득한 내 추억 속에서 더듬어 보기로 하자. 이 또한 고인을 그리는 적막한 정열이 아닐 것이다.

유정과 나는 2년 전 개벽사 편집국에서 회남의 소개로 인사를 나누었다. 그 당시 나는 속간된 『개벽』지를 편집하는 관계로 그에게 소설

---

* 강노향(姜鷺鄕, 1915~1991) : 소설가 영화인, 외교관. 경남 하동군 악양면 출신, 본명姜聖九. 악양보통공립학교를 거쳐 신의주상업학교에서 수학. 개벽사 특파원으로 상해로 감(1933). 이 무렵 상해 대동대학 문학부 중국문학과에서 수학한 것으로 보임. 상해에서 3년 만에 귀국하여 1935년 3월 발행된 『개벽』 신간 마지막 호인 4호의 편집을 맡음. 대표작으로 「청춘소묘」, 「항구의 동쪽」, 「백일몽과 선가」, 「불란서제(佛蘭西祭) 전야」, 「저무는 고향」.

한 편을 부탁한 일이 있었다. 그러나 나는 사社의 경제적 타격으로 말미암아 그에게 응당 지불해야 할 원고료 십 원을 다 못 주었다. 아마 삼 원밖에 더 주지 못 한 것 같다. 들으니 유정은 그 삼 원으로 의사에게 진료를 받았는데 그때 비로소 폐결핵의 선고를 들었다고 — 그 후 계동정 막바지 내 하숙에서 한 번, 방송국에서 한 번, 뒷골목 어떤 조그만 빠에서 한 번, 그리고 내가 건강을 해쳐 개벽 편집을 내던지고 우이동 산골로 정양의 길을 떠나는 그 전날 밤 황금정에 있는 다방 '로렐라이'에서 떠나는 인사를 하고 헤어졌다. 2, 3개월 후 나는 건강을 회복하고 우이동에서 돌아왔다. 어느 비 개인 날이었다. 김환태 군과 나는 종로를 소요하고 있었는데 우연히 유정을 만났다. 나는 그때 벌써 유정의 창백한 얼굴에서 그의 병세를 읽었다. 우리 세 사람은 양주를 마시며 '은묘銀猫'라는 빠에 들어갔다. 김환태 군은 얼근한 김에 칼 부세[1]의 "산 너머 하늘 멀리"를 읊조렸고 유정은 문득 내 성격이 너무나 순정적이라고 말하였다.

그 뒤 작년 이맘때 석훈의 『황혼의 노래』 출판 기념장에서 한 번 만나고 그만이다.

병세의 악화를 여러 번 듣고도 한번 찾아본다는 것이 내 말 못할 사정으로 실행하지 못했다. 사실인즉 나는 그의 창백한 얼굴을 대하는 것보다 홍조가 도는 건강색의 얼굴을 대할 그 생기로운 순간을 즐기려고 한 것이다. 그러나 모두 헛된 기대였다.

이제 유정의 명복을 충심으로 빌며 재작년 여름 우이동 봉황각에서

---

1 칼 부세(Carl Busse, 1872~1918) : 독일의 시인, 소설가, 평론가. 대표작으로는 「산 너머 저쪽」이 있다.

받은 그의 편지 하나를 여기에 공개하기로 하자.

—날이 차차 더워집니다. 더워질수록 저는 더 시골이 무한 그립습니다. 물소리 들리고 온갖 새 지저귀는 저 시골이 그립습니다. 우거진 녹음에 번듯이 누워 한적한 매미의 노래를 귀담아 들으며 먼 푸른 하늘을 이윽히 바라볼 때 저는 가끔 시인이 됩니다. 아마 이 위에 더 큰 행복은 다시 없겠지요. 강 형도 한번 시험해 보십시오. 그런데 여기 하나 주의할 것은 창공을 바라보며 임을 대하듯 경건히 할 것입니다. 그래야 비로소 유다른 행복과 그 무엇인가 알 수 없는 커다란 진리를 깨달으실 것입니다.

(4월 2일 저녁 영도사에서)

『조광』 3-5, 1937.5.

유정과 나

박태원

내가 유정과 처음으로 안 것은 그가 그의 제2작 「총각과 맹꽁이」를 발표한 바로 그 뒤의 일이니까 소화 8년 가을이나 겨울이 아니었던가 한다.

하룻밤 그는 회남과 함께 차옥정茶屋町으로 나를 찾아왔다. 그때 그들은 미취微醉를 띠고 있었으므로 그래 우리가 초면인사를 할 때 그가 술 냄새날 것을 두려워하여 모자 든 손으로 입을 거의 가리고 말하던 것을 나는 지금도 기억하고 있다.

이를테면 그러한 것에도 유정의 성격은 그대로 드러나있었다. 그는 그만큼이나 남에게 대하여 어려워하고 조심스러워했다. 그것은 그러나 그의 타고나온 품성만으로가 아닌 듯싶다.

그는 불행에 익숙하였고 늘 몸에 돈을 지니지 못하였으므로 그래 어느 틈엔가 남에게 대하여 스스로 떳떳하지 못한 사람이 되었던 것인지도 모른다.

우리는 한동안 곧잘 낙랑樂浪에서 차를 같이 먹었다. 그리고 세 시간씩, 네 시간씩 잡담을 하였다. 그는 분명히 다섯 시간씩, 여섯 시간씩이라도 그곳에 있고 싶었음에도 불구하고 문득 내게 말한다.

"박 형. 그만 나실까요?"

그래 나와서 광교廣橋에까지 이르면

"그럼 이제 집으로 가겠습니다. 또 뵙죠."

그리고 그는 종로 쪽으로 향하는 것이었으나 대부분의 경우에 그는 얼마를 망살거리다가 다시 한 바퀴를 휘돌아 낙랑을 찾는 것이었다.

그중에라도 그것을 알고 그를 책망하면 그는 호젓하게 웃고

"하지만 박 형은 너무 지루하지 않아요?" ………

유정은 술을 잘하였다. 그의 병에 술이 크게 해로울 것은 새삼스러히 말할 것도 못 된다. 그러나 그 생활이 외롭고 또 슯었든 유정은 기회 있으면 거의 술에 취하였다.

언제나 가난한 그는 또 곧잘 밤을 도와 원고를 쓴다.

"김 형. 돈도 돈이지만 몸을 아끼셔야지 그렇게 무리를 하면……"

우리는 그러한 말을 하는 것이었으나 그는 몸을 아끼기 전에 위선 그만큼이니 몇 원의 돈이 긴요하였던 것이다.

그러한 유정에게 그는 결코 좋은 벗이 아니었다. 벗이라 일컫기조차 죄스러웁게 그에게 충실치 못하였다. 그러한 내가 이미 그가 없는 이제 일으리 여영 아내를 모르고 가버린 그를, 좀 더 큰 작품을 남길 새도 없이 가버린 그를 애달파하더라도 그게는 히려 가소로운 일이 아닐 것이냐? —

『조광』 3-5, 1937.5.

고 김유정 군과 엽서

박태원

작년 5월 하순의 일이었든가 싶다. 당시 나는 몹시 성치 않은 아내를 위하여 잠시 성북동 미륵당에 방 하나를 빌었다. 옹색하기는 지금이나 그때나 일반이어서 나는 모처럼 문밖에 나간 몸으로도 한가로울 수 없어 쌀과 나무를 얻기 위하여 사흘 밤낮을 도와 "천변풍경川邊風景" 1회분을 초草하였다.

원고를 가지고 문 안으로 들어와 조선일보사 앞에 이르렀을 때 나는 뜻하지 않게 회남과 유정 두 분을 그늘에서 만났다.

"아 박 형. 안녕하셨에요?"

인사할 때에 얼굴에 진정 반가운 빛이 넘치고 이를테면 '수집음'을 품은 젊은 여인과 같이 약간 몸을 꼬기꼬아 하는 것이 지금도 적력的歷하게 내 망막들에 남아 있는 유정의 인상 중의 하나다.

우리는 참말 그때 만난 지 오래였다. 그러나 그들에게는 동행이 또 한 분 있었고 나는 나대로 바빴으므로 우리는 길 위에 선 채 몇 마디 말을 나누고는 그대로 헤어졌다.

그러한 뒤 며칠 지나 일즉이 내게 서신을 보낸 일이 없는 유정에게서 다음과 같은 엽서가 왔다.

날사이 안녕하십니까.

박 형! 혹시 요즘 우울하시지 않으십니까. 조선일보사 앞에서 뵈었을 때 형은 마치 딱한 생각을 하는 사람의 풍모이었습니다. 물론 저의 어리석은 생각에 지나지 않을 게나 만에 일이라도 그럴 리가 없기를 바랍니다.

제가 생각건대 형은 그렇게 크―게 우울하실 필요는 없을 듯싶습니다. 만일 저에게 형이 지니신 그것과 같이 재질이 있고 명망이 있고 전도가 있고 그리고 건강이 있다면 얼마나 행복일런지요. 5, 6월호에서 형의 창작을 못 봄은 너머나 섭섭한 일입니다. 「거리」, 「악마」의 그 다음을 기다립니다.

김유정 재배

그날의 나는 혹은 그가 지적한 바와 같이 우울한 얼굴을 하고 있었을런지도 모른다. 제작 후의 피로가 위선爲先 있었고 또 그 작품은 청탁을 받은 원고가 아니었으므로 그날 즉시 고료를 받아오는 것에 성공할지 못할지 그러한 것이 자못 마음에 걱정이었던 것이다.

그러나 나와 요만한 '우울'이 유정의 마음을 그만치나 애달프게 하여준 것은 나로서 이를테면 한 개의 죄악이다.

물론 나는 그가 말한 바와 같이 남에게 뛰어난 재질이 있지도 못하였고 명망이 있는 것도 아니며 또한 전도가 가히 양양하다고 할 것도 못된다. 그러나 무엇보다도 '건강'이 ― 그가 항상 그만치나 바라고 부러워하여 마지않는 '건강'이 내게는 있다고 그는 생각한 것이 아닌가. 나는 허약하고 또 위장에는 병까지 가지고 있는 몸이나 그의 눈으로 볼 때에 그것은 혹은 부러워하기에 족한 것이었는지도 모른다.

그러한 내가 그만큼이나 행복된 내가 그에게 우울한 얼굴을 보였다는 것이 그에게는 마음에 일종 괘씸하기조차 하였을런지도 모른다.

내가 유정의 부고를 받았을 때 먼저 머리에 떠오른 것은 이때의 일이다.

만만하게 거처할 곳도 없이 늘 빈곤에 쪼들리며 눈을 들어 앞길을 바랄 때 오직 '어둠'만을 보았을 유정 —

한 편의 작품을 낼 때마다 작가적 명성을 더하여 가고 온 문단의 촉망을 한 몸에 받고 있었을 그였으나 그러한 것으로 그는 마음에 '밝음'을 가질 수 있었을까.

더구나 그가 병든 자리에서 신음하면서도 작가적 충동에서보다는 좀 더 현실적 욕구로 하여 잡지사의 요구하는 대로 창작을 수필을 잡문을 써 온 것을 생각하면 우리의 마음은 어둡다.

그의 병은 물론 그리 쉽사리 고칠 수 있는 것은 아니었으나 경제적 여유가 만약 그에게 있었다면 위선 그는 30이란 나이로 세상을 버리지 않어도 좋았을 것이다. 병도 병이려니와 그를 그렇게 요절케 한 것은 이를테면 그의 지나친 '가난'이다.

그가 죽기 수일 전에 약을 구할 돈을 만들려 가장 흥미있는 탐정소설이라도 번역하여 보겠다 하던 말을 내가 전하여 들은 것은 그의 부음을 받은 것과 동시의 일이지만 그가 목숨이 다하는 자리에서까지 그렇게도 돈으로 하여 머리를 괴롭힌 것은 얼마나 문인의 생활이 괴로운 것이 있으랴!

『백광』, 1937.5.

유정과 나

채만식

궂긴 유정을 울면서 나는 그를 부러워한다.

내가 개벽사의 일을 보고 있을 땐데 작품으로 먼저 유정을 알았고 대하기는 그 뒤 안회남군에게서 얼굴만 본 것이 처음이다.

그날 안 군을 찾아가 한담을 하느라니까 생김새며 옷입음새며 순박해 보이는 젊은 사람 하나가 안 군한테 농짓거리를 하면서 떠들고 들어오더니 내가 있는 것을 보고 시무룩하기는 해도 기색이 좋지 않은 게 어쩌면 텃세를 하는 눈치 같았다. 그가 유정이었다.

그러나 실상인즉 유정은 내 얼굴을 알았고 그런데 마침 술이 거나한 판에 허물없는 안 군만 여겨 터덜거리고 들어오다가 초면 인사도 미처 하지 못한 선배(명색)인 내가 있으니까 제딴에는 무렴도 하고 그래 조심을 한다는 것이 신경이 애브노말한 나한테 그러한 인상을 주었던 것이다……고 그 뒤 안 군에게 이야기를 들었다.

과연 그 뒤에 새 채비로 인사를 하고 한 번 만나 두 번 만나 하려니까 세상에 법 없어도 살 사람은 유정이라고 나는 절절히 느꼈다. 공순하되 허식이 아니요 다정하되 그냥 정이요 유정에게 어디 교만이 있으리오. 그는 진실로 톨스토이였었다.(유정의 마지막 일작 「따라지」 중의 한 인물)

나는 유정의 작품들을 존경은 아니했어도 사랑은 했었다. (그것이 도리어 내게는 기쁜 일이었었다.) 그러나 인간 유정은 더 사랑했다. 아니 사랑하고 싶었지만 못한 것은 내가 인간으로 유정만치 "성誠"치 못한 때문이다.

나는 서울을 떠나서야 비로소 병든 유정을 찾았다. 나는 내가 무정했음을 뉘우치고 그에게 빌었다. 병 치료에 대해서 구체적으로 유리하고 비용도 절약되는 방법이 있길래 알려주었더니 그는 바로 회답을 해 주었었다. 꼭 그렇게 해보겠노라고, 그리고 기어코 병을 정복해 보겠노라고, 그리고 약속해 주었었다.

유정은 아깝게 그리고 불쌍하게 굿겼다. 나 같은 명색없는 문단꾼이면 여남은 갖다 주고 도로 물려오고 싶다.

『조광』 3-5, 1937.5.

밥이 사람을 먹다

유정의 궂김을 놓고

채만식

나는 문필의 도술을 부리잼이 아니다. '피사'의 사탑이 확실한 과학이요 요술이 아니듯이 이것도 버젓한 '사실'이다.

폐결핵 제3기의 골골하든 우리 유정이 죽은 것이 바로 그것이다.

유정이 병을 초기에 잡도리해서 낫지 못하고 더치는 대로 할 수 없이 내맡겨 3기까지 이르게 한 것도 가난한 탓이거니와 다시 그를 불시로 죽게 한 것은 더구나 그렇다.

폐를 앓든 사람이 좋은 음식을 먹고 좋은 약을 먹으면서 좋은 곳에 누워 몸과 마음을 다같이 쉬어야 한다는 것은 상식으로 되어 있다.

우리 유정도 그랬어야 할 것이요 또 그리하고 싶었을 것이다.

그러나 그는 그와 아주 반대로 영양이 아니되는 음식을 먹었고 약이라고는 아주 고약한 ××위산을 무시로 푹푹 먹었을 뿐이다. 성한 사람도 병이 날 일이다.

그러면서도 그는 소설이라는 것을 썼다. 소설이라는 독약! 어떤 노력보다도 더 많이 몸이 지치는 소설 쓰기. 폐결핵 3기를 앓던 사람이 소설을 쓰다니 의사가 알고 본다면 그 의사가 먼점 기색을 할 일이다.

유정도 그것이 얼마나 병에 해로운지야 잘 알고 있었다. 그러면서도 그는 소설을 쓰지 아니치 못했던 것이다.

그것은 창작욕도 아니요 자포자기도 아니었다. 그는 창작욕쯤 일어나더래도 누를 수가 있었고 자포자기는커녕 생명에 대해서 굳센 애착을 자신과 한 가지로 가지고 있었다.

유정은 단지 원고료의 수입 때문에 소설을 쓰고 수필을 쓰고 했던 것이다. 원고료! 4백 자 한 장에 대돈 50전야라를 받는 원고료를 바라고 그는 피 섞인 침을 뱉아가면서도 아니 쓰지를 못했던 것이다. 이렇게 해서 쓴 원고의 원고료를 받아가지고 그는 밥을 먹었다. 그러다가 유정은 죽었다.

그러나 이것이 어디 사람이 밥을 먹은 것이냐? 버젓하게[1] 밥이 사람을 잡아먹은 것이지!

도향稻香, 서해曙海, 대섭大燮[2] 다 아깝고 슬픈 죽음들이다. 그러나 유정같이 불쌍하고 한 사무치는 죽음은 없었다. 유정이야 말로 문단의 원통한 희생이다.

지금 조선은 가난하다. 그래서 누구없이 고생들을 하고 비참히 궂기는 사람이 유로 세일 수 없이 많다.

그러나 다 같이 문화의 일부분을 떠맡고 있는 가운데 문단인 같이 고생하는 사람은 없다.

---

1 원전에서는 '버럿하게'로 되어 있으나 '버젓하게'의 오기로 보인다.

2 대섭 : 심훈(沈熏, 1901~1936)의 본명. 앞에 나온 도향과 서해는 각각 나경손과 최학송의 호이다.

문단인은 '홍보興甫'가 아니다. 종족을 표현하는 것은 '나치스적으로 말고' 예술 그 중에도 문학이다. 인류 진화사상 종족이 별립別立되어 있는 그날까지는 한 실재요 따라서 표현이 되어야 할 것이다. 완고한 종족 지상주의자도 귀를 잠깐 빌려 다음 말을 몇 구절 들어라.

폴랜드를 지탱한 자 코사크나 정치가가 아니다. 폴랜드 말로 된 문학밖에 더 있느냐?

그렇건만 작가는 가난하다 못해 피를 토하고 죽지 아니하느냐!

아무리 빈약하더래도 지금 조선의 작가들이 일조에 붓을 꺾고 문학을 버린다면 조선이 적막한 품이야 인구의 반이 줄은 것보다 더하리라는 것을 생각인들 하는 자 있는가 싶지 아니하다.

제2의 유정은 누구며 제3의 유정은 누구뇨? 이름은 나서지 아니해도 시방 착착(?) 준비는 되어가리라! 밥이 사람을 먹을려고.

『백광』, 1937.5.

가신 김유정

이선희李善熙*

김유정 씨 —

크도 적도 않은 몸과 키에 눈 코 입 다 준수하게 생기신 분입니다. 그러나 말씀하실 때면 얼굴 근육에 경련을 일으키는 데가 있어 기이한 표정을 짓습니다. 차림새로 보아 모던 뽀이와는 거리가 멉니다. 검정 두루마기에 옥양목 동정을 넓적하게 달아 입으셨더군요.

처음으로 인사한 여인인 내게 그는 이런 말씀을 팽개치듯 했습니다.

"늘 서울에 계십니까?"

"그저 서울에도 있고 시골에도 있지요. 우리집은 살림은 떠 엎고 다 헤어졌으니까요."

나는 가슴이 뜨끔했습니다. 그 말씀하시는 태도가 너무도 태연한 까닭이었습니다

보통 사람은 이런 이야기를 못하는 법입니다.

"평범한 사람이 아니다."

---

* 이선희(李善熙, 1911~?) : 소설가. 원산루씨여자고등보를 거쳐 이화여자전 문과 수료. 대표작으로 「불야여인-가등(不夜女人-街燈)」, 「계산서」, 「탕자」 등이 있다.

나는 그의 이마를 힐끗 바라보며 이런 생각을 했습니다.

소낙비같이 퍼붓는 그의 작품들은 많은 탄복을 가져오는 모양입니다.

엉뚱하고 숭굴숭굴하고 모질게 써 내는 훌륭한 작품들은 결코 우연이 아니라고 봅니다.

『조광』 3-5, 1937.5.

가신 김유정 씨

모윤숙*

씨氏와 한 번도 대화해 본 일이 없는 소홀한 사이였습니다. 몹시 아프시다 할 때 한번 방문을 도모하였으나 동양의 여인이라 이를 마음속에만 두고 있었습니다.

봄이 활짝 피면 절 근처로 유유히 나와 쉬도록 권하라고 친한 동무에게 일러 주었습니다. 씨가 쓰신 「동백꽃」의 마을이 바로 내 사는 마을 같애서 그 풍경이 근사한 점에서 씨를 늘 연상했습니다. 그러나 「동백꽃」의 마을보다 더 거룩한 마을로 벌써 길이 떠났습니다.

섭섭하다거나 눈물겹다는 말로는 가련한 그 생을 표할 언어가 못 되는 줄 압니다. 산 문인 중 씨의 철학을 아는 이가 누구입니까? 그렇게 많이 헛되이 허비되는 빵부스러기가 그와는 그다지 인연이 멀었다니, 그리고 그것의 최후 형벌이 그를 아주 불살라버린 동기가 되었다면 이도 산 사람으로서는 더 생각해볼 염체가 없는 노릇입니다.

* 모윤숙(毛允淑, 1909~1990) : 시인. 함흥 영생보통학교, 개성 호수돈여자고보를 거쳐 이화여자전문 영문과에서 수학했다. 첫 시집 『빛나는 지역』 출간 이후 『렌의 애가』, 『옥비녀』, 『모윤숙전집』, 『국군은 죽어서 말한다 』 등이 있다.

모든 산 사람, 그 무정한 사람들 속에 나도 한 사람이매 날아간 그의 영혼을 상상하기에도 죄송한 느낌이 듭니다.

창공지蒼空誌에 쓰신 씨의 「연기」를 읽고 나니 문밖에 배달이 편집자의 '고 김유정과 나'라는 제를 봉투에 싼 채 지고 갑니다. 가슴이 싸늘하고 눈앞이 떨렸습니다. 나는 그가 향토 기분이 누구보다도 우월한 작가가 될 것을 믿었습니다.

『조광』 3-5, 1937.5.

김유정을 그리다

서문

박종화朴鍾和

우리나라 문학사상에 독자적인 족적을 남긴 고 김유정 씨의 문학기념비가 그의 출생지인 춘천에 세워진 지가 얼마 되지 않은 지금, 다시 김유정전집이 간행된다는 것은 또 한 번 기뻐해 마지않을 수 없다. 이 두 가지 일은 우리 문단의 사업으로서 해야 할 것을 춘천의 유지들이 김유정기념사업회를 조직하여 이룩한 것이다. 이 일에 관계된 춘천의 관민 여러분들에게 감사해 마지않는다.

한 나라의 문학을 발전시키는 데 있어서 새로운 신인들을 발굴·조장시키는 일도 중요하지만 이미 작고한 작가들의 작품을 완전히 정리해 보는 것은 더욱 중요한 일이 아닐 수 없다. 특히 김유정 씨는 한국적인 어휘가 남달리 풍부했던 작가로서 가난하고 무력한 인간에 대한 이해와 애정이 그의 문학적 특성을 이룬 작가였다. 또한 어떠한 슬픔이나 비극에 대해서도 이를 유머러스하게 다루는 특수한 재능도 가진 작가였다. 이러한 김유정 씨의 산일散逸된 전 작품을 한자리에 모으게 되었다는 것은 우리 문학의 정리와 연구에 큰 공헌이 될 것이다.

이 일을 위하여 그동안 많은 노력을 기울인 김유정기념사업회와 김유정전집 편집위원회 여러분들과 현대문학에 깊은 사의를 표하는 바이다.

1968년 8월

박종화

『김유정전집』, 현대문학사, 1968.

김유정의 생애

김영수金永壽*

그는 1908년 1월 11일(양력 2월 12일 — 편자) 오전 11시 춘성군 신남면 증리春城郡 新南面 甑理[1](실레)에서 부친 김춘식金春植 씨와 모친 심 씨 사이의 팔 남매 중 일곱째로 태어났습니다.

대대로 춘천에서 농사를 영위하던 집안은 가세家勢가 부유하였으므로 서울에 와서 백여 칸 집을 지니고 소위 천 석을 내리지 않는 지주집 살림을 꾸리고 있을 적입니다. 그래서 집안은 시골과 서울, 두 패로 왕래하며 지냈습니다.

맏아들 다음으로 연거푸 딸만 다섯을 낳은 끝에 일곱 번째에 얻은 아들이니 더없이 귀엽게들 여겼습니다. 그뿐더러 재산이 더 많이 생기도록 바라는 마음에서 그의 아명을 '멱서리'라고 불렀습니다. 집안이 넉넉하고 가문도 행세하는 편이겠다, 아들이 둘이나 되겠다, 남부러울 것이 없는 부모는 막내둥이 '멱서리'가 생활의 전부였습니다.

허나 막내둥이는 횟배를 앓기 시작했습니다. 세 살 박이 '멱서리'는

* 김유정의 형님인 김유근의 장남. 김유정보다 5살 아래로, 함께 자랐다.

1 춘성군 신남면은 행정구역 개편으로 현재 춘천시 신동면 증리로 개편되었다.

배가 아프다고 하루에도 몇 번씩 자반뒤집기[2]를 하였습니다. 그럴 때면 집안의 어른 아이, 주인 심부름꾼 할 것 없이 어린아이 따라 한바탕 난리가 벌어지곤 하는 것이었습니다.

이에 아버지는 어린 아들에게 담배를 가르쳤습니다. 아버지가 대에 엽초를 담으면 '멱서리'는 칼표(당시에 좋은 담배였음) 궐련을 손가락 사이에 끼우고 어른이 성냥불을 대어줄 때를 기다리는 것이었습니다. 이래서 '멱서리'는 아무 앞에서나 담배를 피우되 피우는 품이 어른과 같이 익숙했던 것입니다.

그 뿐이랴, '멱서리'에 대해서는 아무나 손찌검은 물론 탓하지도 못할뿐더러 무엇을 하든 상관 말라는 아버지의 분부였습니다.

핏기가 없는 '멱서리'는 말을 더듬었습니다. 말을 하려면 입을 벌리고 한동안 힘을 들이다가 하곤 했습니다. 이것은 휘문고보 2학년 때 눌언교정소訥言校正所에서 고쳐서 그 후는 흥분하는 외에는 말을 더듬지 않았습니다.

애지중지하는 부모의 그늘에서 자라나던 그는 어릴 적부터 장난이 심하지 않았고 거짓말을 모르고 지냈으며 다니며 노는 양이 귀여워서 모든 사람에게 귀염을 받았습니다. '멱서리'를 사랑하던 부모의 뜻을 받드는 것이 되겠으나 부모의 사후에도 방탕한 형은 그를 집안의 누구보다 아끼고 사랑했습니다.

식솔이 근 30명이나 되어도 그는 누구와도 싸우지 않았으며 부모에게 고자질할 줄을 몰랐고 특히 자라면서도 욕을 몰랐습니다. 그의 어머니가

2 몸이 몹시 아플 때에, 몸을 엎치락뒤치락하는 짓.

누이들이 말썽을 부리면 하는 말을 흉내내는 것이 고작이었습니다.

한번은 그의 형수가 청을 안 들어주자 골이 난 그는

"아 아주머니 시에미 똥구녕이래라" 해서 집안을 웃음판으로 만든 일이 있습니다.

1914년 3월 27일 어머니 심 씨가 병사했습니다. 일곱 살 되는 그는 시골(춘천)에서 미처 올라오지 못한 형 대신 상복을 입고 장지葬地인 덕소德沼까지 상제 노릇을 의젓이 했습니다.

그때부터 그는 아버지 품에서 자랐으나 대부분의 시간은 누이들이나 대대로 내려오며 유모였던 '수캐엄마'의 품에서 지냈습니다. 그는 장성해서까지 '수캐엄마'를 많이 따랐습니다. 그러나 어머니의 삼년상이 채 나가기 전에 불행은 또 닥쳐왔습니다.

1916년 5월 21일, 아홉 살 때 아버지마저 여읜 그는 어찌할 바를 몰랐습니다.

부모 생존 시부터 방탕해 마지않던 형은 그해 8월 관철동貫鐵洞으로 이사를 하자 본격적인 난봉을 피우기 시작했습니다.

형은 주야로 음주하는 가운데서 취담일지언정 "우리 유정이"라면서 조실부모한 그를 측은해했습니다. 그리고 어리나 점잖고 재주 있는 것을 자랑했습니다. 형에 따라서 집안 식구들도 자연히 그를 위하게 되었습니다.

그 후 식량이 딸렸을 제 딴 사람들은 양쌀이나 조밥을 주었으나 형은 자기와 같이 따로 지은 쌀밥을 먹게 한 일을 봐도 알 것입니다.

조실부모에서 오는 외로움과 앞뒤를 헤아리지 않는 형의 난봉으로 해서 그는 점차 내성적 성격을 띠게 되었습니다. 허둥지둥 돈을 뿌리며 웃자를 부리는 형과는 달리 그는 어디까지나 심려深慮하고 나이에 비해 침착한 편이었습니다.

당시 그에게 낙이 있다면 영화 구경밖에 없었을 것입니다. 저녁밥을 먹고 있을 양이면 가까이서 나팔소리가 들려옵니다. '우미관優美館'에서 손님을 부르는 나팔소리입니다. 이 소리를 들으면 그냥 참고 배길 수가 없어 뛰쳐나가는 그였습니다. '에데이포로'나 '하리케인 핫지'가 반주에 맞춰서 모험을 하는 동안 세 시간 반의 슬픔과 걱정을 잊고 딴 세계에 젖을 수 있는 것이 큰 기쁨이며 꿈과 같고 어쩌면 그 속에서 희망을 발견할 것 같기도 했습니다. 프로가 바뀌면 그는 네 살 되는 조카를 데리고 으레껏 가는 단골손님이었습니다.

그는 그해부터 집에서 그리 멀지 않은 곳에 있는 글방에 다녔습니다. 1919년 봄까지 4년 동안에 천자문千字文, 계몽편啟蒙篇, 그리고 통감通鑑을 배웠으며 특히 그는 붓글씨를 잘 썼습니다.

한문 공부를 마치고 열세 살에 제동공립보통학교齋洞公立普通學校에 입학해서 이듬해에는 3학년으로 진급하고 4학년 졸업하는데 늘 우등이라 급장이었기 때문에 그의 형도 술 먹고 정신을 못 차리는 가운데서나마 신이 나서 남에게 자랑을 하곤 했습니다.

1923년에 휘문고보에 입학하면서 이름을 김나이金羅伊로 개명했습니다. 이 이름은 2학년까지고 3학년부터는 김유정으로 본시 이름을 사용했습니다.

2, 3학년 때의 일입니다. 하학 후 운동장에서 철봉을 하고 있는 그는 투포환投砲丸하던 자의 실수로 포환에 가슴을 맞고 쓰러졌습니다. 얼마 동안 실신했었는지 확실치는 않으나 그것에 맞고도 죽지 않은 것이 그

에게는 대견했던 모양입니다. 가끔 기회 있을 때마다 그 일을 일기나 다른 글 속에서 뇌까리고 죽음을 넘어선 자신을 불사신인 양 암시를 하고 했습니다.

고보高普시절에 그는 바이올린 배우기, 아령, 야구, 축구, 스케이팅, 권투, 유도, 소설 읽기, 영화 감상으로 일기를 쓸 틈도 없을 정도였습니다.

이때는 관철동에서 동대문 밖 숭인동崇仁洞으로 이사해서 그는 전차로 통학했습니다.

형은 난봉이 절정에 달해서 술과 계집에 빠져 정신없이 가족들을 들볶기 시작했습니다. 아내나 자식은 주정꾼의 매 맞기에 밤잠을 못 잤으나 그만은 털끝 하나 건드리지 않았음은 이상한 노릇입니다. 그는 여기서도 예외였던 것입니다.

그 동생의 입에서 말이 떨어지기가 무섭게 시행해주는 형이었습니다. 운동기구에서 책, 옷, 영화 구경 값에 이르기까지 거역한 일이 없었습니다. 그도 그럴 것이 외양이 준수하고 이목구비가 유달리 훤하게 생긴 그는 일거일동이 점잖고 어떻게 보면 영감처럼 구수하고 그 슬기로움이 향기마냥 몸에서 풍기니 남들이 우러러 칭송하는지라 그의 형인들 싫을 리 없을뿐더러 오히려 흥락興樂해했습니다.

일후에 돈 때문에 형제간의 사이가 멀어지기까지는 그럴 수 없이 그 동생을 위했던 것입니다.

그는 손재주도 있었지만 붓이나 펜글씨를 잘 썼고 그림 그리기도 잘했습니다. 그리고 음악에도 취미가 있었습니다.

숭인동집 동편은 손병희孫秉熙 선생의 저택 '상춘원常春園'이요 남서편은 박영효朴泳孝 씨의 저택이요 북편은 과수원에 인접해 있어 봄이면 기화

요초가 만발하여 봄을 한껏 즐기게 했으며 여름은 피어 흐드러진 푸른 잎이 마음을 충만시켜 주었으며 가을은 그대로 단풍잎이 사춘기에 접어드는 그의 가슴을 설레게 했습니다.

무더운 여름밤이면 술이 취하지 않은 형은 곧잘 20명 가까운 집안식구를 거느리고 앞산 위의 넓은 바위에 올라가 문안市內쪽의 전깃불 구경을 하면서 땀을 들이곤 했습니다.

다정다감했고 끝까지 착했던 '멱서리', 일찍 부모를 여읜 그는 무엇인가 부족한 것을 느꼈습니다. 아무리 배불리 먹고 한껏 호사를 해도 허기증과 허전함을 금치 못하는 그의 심정은 흡사 영원히 놓쳐버린 새를 밤하늘 은하수 속에서 찾는 것이나 진배없었습니다. 그것이 무엇인지 자신도 뚜렷이 모르면서 한 해 두 해 나이는 거침없이 쌓여 갔습니다.

그의 바로 위의 누님을 홍선이라고 불렀습니다. 딴 누님보다 자상하고 마음이 너그러운 홍선 누님은 그에게 있어 어머니 대신으로 큰 힘이 되어 주었습니다. 그녀가 광주廣州 유 씨네로 시집간 후로는 의지할 곳 없는 그에게 있어 집안은 텅 빈 것 같았습니다. 그 후 매형 내외도 그를 다녀가도록 청했지만 그도 기회 있는 대로 광주 누님 집엘 곧잘 들렀습니다. 그래서 자연히 그들 남매지간은 유달리 우애가 두터웠습니다.

이때 그는 한동안 영화 구경은 뜸한 반면 아령과 바이올린 그리고 책읽기에 열심이었습니다. 그는 바이런 시집을 즐겨 들고 다녔습니다. 날마다 저녁나절이면 그가 켜는 가느스름한 바이올린 소리는 듣는 사람의 신경 위에 한 줄기 애절한 선을 그리고 지나갔습니다.

재산은 한도가 있는지라 형의 낭비로 가산은 줄어서 숭인동에서 관훈동寬勳洞, 청진동淸進洞으로 점차 살림을 줄여서 백 칸 집이 삼십 칸으로 전락하고 드디어 1928년 봄에는 실레로 이사하지 않을 수 없게 되었습니다.

그와 그의 조카(형의 아들 영수)를 봉익동鳳翼洞에 사는 삼촌 집에 맡기고 형은 나머지 식솔을 거느리고 춘천 실레로 이사하고 말았습니다. 형이 둘의 식비와 학비를 대준다고는 하지만 군색해서 살림을 줄이고 하향하는 형편이고 보니 말과 같이 못하는 것이 예사였습니다. 슬프다고 한 잔, 즐겁다고 한 잔, 매일 장취長醉하는 형의 일이니 결과는 뻔한 일이었습니다. 그런데 시골에서는 특별한 부업을 경영하지 않고, 먹고 남는 식량을 곳간에 쌓아두지 않는 한 돈이 필요할 때 수시로 쓸 수 있는 것이 아니라 추수 이후 아니면 출납을 못하는 것이어서 서울 삼촌과의 셈도 자연히 해마다 늦가을이 되곤 했습니다.

의사로서 한창 벌어들이는 삼촌의 경제 형편은 저축하며 살아갔지만, 그렇다고 제 집에서처럼 만만치가 않았습니다. 두 번 세 번 달랄 것을 한 번으로 요약하는 수가 비일비재하니 저절로 군색에 빠지기 마련이었습니다.

2, 3학년 때부터 안회남이 매일같이 찾아 왔습니다. 그들은 같은 반이었습니다. 안 씨는 피부 색깔이 검어서 집안 식구들은 그의 이름 대신 '깜둥이'라고 불렀습니다.

매일 밤 찾아오는 '깜둥이'에게 묻어나간 그는 밤 새로 한 시가 넘어야 집으로 돌아왔습니다. 그도 그럴 것이 아침에 일어나면 우선 웃통을 벗어젖히고 아령을 했고 학교에서는 틈틈이 철봉을 하고 하학 후에는 마이루즛뎅 (손을 대지 않고 공중에서 넘는 재주), 물구나무서기, 땅재주, 텀블링을 '깜둥이'와 함께 한바탕 하고 집으로 돌아왔습니다. 그들은 집에 오기 전에 재동 네거리 호떡집에 들르거나 여유가 있으면 설렁탕을 한 그릇 하곤 했지만 날마다 그렇게 할 수는 없었습니다. 집에 와선 밥 한 그릇을 게 눈 감추듯 끝마친 그는 부리나케 집을 뛰쳐나갔습니다.

종묘 앞 박수호의 집 바깥방으로 가는 것이었습니다. 박은 안회남과 내외종간으로 홀어머니의 외아들로서 가슴을 앓는 길이라 그의 어머니는 아들을 끔찍이 위했습니다. 그래서 행랑방 한 칸을 아들에게 내맡겨서 젊은이들의 사랑방이 되게 해주었습니다.

그들은 Y·C·K 하모니카 서클을 만들고 매일 밤 하모니카 연습에 시간 가는 줄을 몰랐습니다. Y·C·K는 김유정의 머리글자입니다. 하모니카밴드를 이끌고 나가자니 그는 눈코 뜰 새 없이 바빴습니다.

이듬해 봄인가 확실히는 기억하지 못하나 '단성사' 개관 몇 주년 기념행사 때 그는 모닝을 입고 '단성사' 무대 위에 섰습니다. 스물한 살의 그의 얼굴은 너무나 해사했고 주체 못하는 정열이 넘쳐흘렀습니다. 그는 하모니카 독주를 했던 것입니다. 그래서 관중들의 박수를 받고 흥분하기도 했습니다.

그 소문을 숙모에게서 옮겨들은 삼촌은 그를 앞에 불러 세워놓고 호되게 꾸짖었습니다.

"얘 유정아, 너 미쳤니? 가문을 생각해서라도 그럴 수가 있느냐 말이다. 신파쟁이 모양으루 극장에서 하모니카 따위를 불다니 …… 얼굴을 못 들구 댕기겠구나."

숭인동 집에서 같이 살고 있을 때 삼촌은 따로 선생을 두고 거문고와 양금[3]을 배웠고 한때는 바이올린도 켜던 그였으니 음악을 이해치 못하는 것이 아니라 하모니카를 애들 장난감으로 보고 극장을 멸시하는 말투였습니다. 그가 하모니카를 택한 것은 간편하고 대중적이며 아무나 불 수 있는 값싼 악기라는 점에서 마음에 들었던 것입니다. 그런 후는 삼촌이 듣는 데서는 하모니카 소리를 일절 내지 않았습니다.

1929년은 그에게 있어 액운의 해였습니다. 그해 늦여름 하기방학이 끝날 무렵 그는 치질을 앓았습니다. 외과의사인 삼촌은 자기가 다니는 적십자병원에서 수술을 해 줬습니다. 그것이 후일 그에게 치명상이 될 줄이야 누가 알았겠습니까?

그로부터 얼마 안 된 가을 어느 날의 일입니다. 그는 비누와 수건을 손에 들고 목간통집으로 접어드는 참이었습니다. 그때 저쪽 여탕 문이 열리면서 목간통에서 갓 나온 얼굴의 젊은 여인이 부랴부랴 나오고 있는 것을 보았습니다. 스물대여섯 되어 보이는 그 여인은 상기된 기름한 얼굴에 머리칼은 아무렇게나 틀어 올렸습니다.

그는 살맞은 사슴처럼 그녀의 뒤를 눈으로 좇으면서 한동안 멍청히 서 있었습니다.

그는 열여덟 살부터 사방에서 사위감으로 탐내는 좋은 자리를 물리치고 당분간 결혼을 않기로 거절해오는 터이더니 이날 이후는 더구나 결혼 문제는 생각 밖이 되고 말았습니다.

그는 다음 날 목간통집 근처에서 서성대다 그녀를 발견하고 뒤를 밟아서 그녀의 집과 남도 기생 박 모라는 것을 알아냈습니다. 그의 작품 「두꺼비」는 그의 심경과 실패에 돌아가는 그의 사랑의 경로를 말해주고 있습니다.

---

3 양금(洋琴) : 치터(zither)의 한 종류. 치터는 평평한 공명 상자에 30~45개의 현이 달려 있는 현악기이다. 때로 피아노를 양금이라 부르기도 한다.

일기나 서한 그리고 취중의 말(그의 조카에게 한)들을 견주어 보건대 그의 사랑은 보통사람으로서는 이해할 수 없는 성질의 것이었습니다. 한편 생각하면 병적인 점이 많아서 어딘가 부족함을 느끼게 됩니다만.

"후리후리한 게 몸맵시가 있나, 길쭉한 얼굴에 말씨조차 정이 우러나지 않는 그런 매력 없는 계집이었어."

이 말은 가끔 만취했을 때의 그의 독백이었습니다. 이렇듯이 자신의 말대로 매력도 없는 그 여인임을 분명코 알고 있으면서 뜨겁게 사랑했던 것입니다.

"그렇지만 남도소리만큼은 잘했지."

그는 술이 얼크레 하면 콧노래식으로 한마디 하는 척 했습니다. 그렇다고 그녀가 남도명창이라서 몸을 내던져가면서 사랑한 것은 아닙니다.

그는 그녀의 몸에서 어머니에게서 느끼는 애정일지도 모를 향수를, 절망과 희망을 동시에 느낀 숙명적인 모순덩어리의 사랑이었다고 생각합니다. 세 살 때 여읜 어머니[4]의 모습을 어렴풋이 떠올려 그가 가지고 있는 어머니 사진과 두 군데서 이루어진 환상을 가슴에 그린 것이었습니다.

그가 가지고 있는 어머니의 사진을 보면 여인으로선 큰 키에 기름한 얼굴하며 벗겨진 이마와 올라간 눈귀가 남자의 상에 가까우며 눈초리의 날카로움이 그 성깔의 팔팔함을, 그리고 꼭 다물어진 얇은 입술이 의지의 굳건함을 엿보게 했습니다. 이렇게 남이 보면 애정은 고사하고 냉엄한 위압감을 느낄 정도의 여인이건만 그는 그분에게서 정열과 샘

4 김유정은 1908년 양력 2월 12일생이고 그 모친은 1914년 3월 27일에 별세했다. 유정이 6살 때이다. 김영수 씨의 착오인 듯하다.

솟듯하는 기쁨을 찾아낸 것입니다.

그분의 친정이 실레에서 작은 고개 둘을 넘는 곳, 동내면 학곡리로서 심 씨 집안의 엄격한 가정교육을 받은 데다 특이한 아버지의 성품을 이어받은 그분의 일이니 짐작이 가고도 남습니다.

누구나의 버릇이겠으나 밤낮으로 어머니를 그리며 찾고, 아무리 찾아도 눈에 띄지 않는 어머니를 비슷한 아무에게서나 느껴보는 젊은이의 일이니 이성에 대한 애정과 혼동되기 쉬운 일이기도 했습니다. 어머니를 여의고부터 '수캐엄마'의 젖을 빨고 만지며 눈을 감고 거기서 어머니를 느끼곤 한 그였습니다. 그래서 그는 가끔 어린 아이를 데린 여인에게서 풍기는 젖내음 속에서 무한한 향수를 달래곤 한 것이었습니다.

그녀를 보기까지는 며칠 밤을 뜬 눈으로 새우며 몸부림치며 그리워하다간 막상 그녀를 대하고는 환멸을 느끼는가 하면 그런 가운데 환희를 찾으려고 애걸복걸하는 그였습니다.

그녀가 없어도 좋았던 사랑이었을지도 모릅니다. 어머니의 모습을 느낄 수 있는 여인이면 누구나 좋았을 테니까요.

그녀가 눈앞에 나타나면 오히려 비탄에 빠지니 없는 편이 훨씬 마음 편한 사랑이었으리라 짐작되며 어느 한편으로 생각하면 더없이 순결한 사랑이 아니었겠는가 느껴집니다. 하여튼 그는 몇 살 위인 그녀를 사랑하게 되면서부터 얼마 동안은 몸을 돌보지 않고 한 생각에만 골똘하여 마지않았습니다.

책상머리에 '소박素朴'이라고 써붙여 놓고 「두꺼비」의 답장없는 편지를 정성껏 썼습니다. 밤낮을 가리지 않고 쓰여진 편지는 수없이 고쳐 써지고 문장은 수없이 닦이어 구절마다 피와 땀이 배었습니다. 원래 그는 정이 넘쳤습니다. 자신이 원하는 것이면 가시밭길도 싫다 하지 않고 찾아나서는 그의 성격은 아무도 가리지 못했습니다.

그의 사후死後 일기책장 사이에 꽂혀 있는 아래와 같은 혈서血書 한 장이 발견되었습니다.

—×× 너를 사랑한다.

아마 손가락을 깨물어 쓴 글씨리라. 힘주어 그어진 획은 꿋꿋하니 억제하는 마음의 굳건함이 보이는 듯했습니다.

그는 그녀를 명월관明月館 또래에서 두어 번 만났으나 목숨을 건 사랑은 고백도 없이 종말을 맺고 말았습니다.

생각컨대 후일 그의 문장이 아름다워진 것은 이때의 영향이 컸을 것이라 가끔 그도 운을 뗀 적이 한 두 번이 아니었습니다. 그의 술은 이때부터 시작되었습니다. 그녀를 만나기 위해서도 그러했거니와 그냥 있을 수 없는 그는 술을 먹어야 했고 그러자니 돈이 필요했습니다.

추수 전에 돈을 부치라니 무리였지만 그런 것을 알 턱이 없는 그의 사정이었습니다. 막다른 골목에 다다른 그는 편지를 여러 번 집에 부쳐도 시골에서는 돈 대신 딴청의 답장만 오니 기가 막혔습니다.

하루는 잡지만 한 편지가 집에 왔습니다. 그의 형은 편지를 뜯었습니다. 봉투 안에는 편지지 한 권이 들어 있고 편지지 한 장 한 장에는 '돈' 자를 크게 한 자씩 쓴 것이었습니다. 형은 대단히 화를 냈습니다. 늦가을에서야 조금 보내주고 초겨울에 서울 와서 조금 주었습니다. 그만한 돈은 호랑이 아가리에 강아지 턱밖에 안 되었습니다.

겨울로 접어들면서 친구들 사품에 끼어 다니며 누구의 술이든 간에 그는 매일 밤마다 폭음을 계속하였습니다. 이루어지지 않는 사랑이며 어려서 일찍 어버이를 잃고 허전함을 의탁할 곳 없는 설움이며 형의 걷잡을 수 없는 방탕으로 인한 가산의 궁핍이 가져오는 가지가지 불행에 대한 생각이 쉴 사이 없이 파도처럼 그에게 밀어닥치곤 했습니다. 그래서 그는 극도로 슬퍼했고 따라서 의기소침하여 그의 생애 중 이때부터 고민이 심각해진 것으로 생각됩니다. 낙심하였다가 뉘우치고 힘을 가다듬어보고 그러다간 낙망의 나락에서 허덕이고 번복하기를 끊이지 않았으나 난관에 굴복함이 없이 꾸준히 뚫고 나가려는 노력을 기울였습니다.

어떤 난관이라도 조용히 참고 견디는 그의 인내력은 대단하여 옆에서 보는 이로 하여금 처절함을 느끼게 했습니다.

겨울에 돈을 가지고 온 형은 사직동에서 여섯 간 짜리 기와집을 그에게 사주고 시집에서 살다가 온 둘째 누이와 함께 살게 했습니다.

두 내외의 잠자리를 감시하여 아들을 며느리방에 들지 못하게 하는 시어머니의 시기심과 박대에 못 이겨서 시집을 뛰쳐나온 그녀는 소격동에 있는 피복공장에 다녔습니다. 그리고 공장살이와 살아가는 데 많은 근심과 불만 때문에 신경질이 대단했습니다.

그는 휘문고보를 졸업하고 연희전문 문과에 적을 두었습니다. 그해 여름방학에 실레에 내려간 그는 새 세계를 발견하였습니다.

사방이 산에 둘러싸인 실레는 그에게 강렬한 인상을 주었습니다. 유록색으로 무르익어가는 산과 유리처럼 맑은 물을 생전 처음 보는 것 같았습니다. 헐벗은 초가집, 헙수룩하게 입고 다니는 마을 사람들, 부드러운 그들의 사투리, 소의 울음소리, 개소리, 갖은 새소리, 그 중에도 꾀꼬리와 뻐꾸기 소리를 들으면 꿈속 같아지는 것이었습니다.

이른 아침에 일어난 그는 앞개울에 나가서 웃통을 훌렁 벗어젖히고 세수를 했습니다. 잎 끝에 이슬이 맺힌 벼잎을 보고 앙징스런 오이덩굴을 보며 집으로 들어옵니다. 처음 보는 낯선 사람들이 모두 친숙해 보이고 산골이 다 잔치집처럼 축복에 넘쳐흐르는 양 기꺼웠습니다.

모시 고이적삼으로 갈아입은 그는 짚신을 신었습니다. 그는 시골에 오면 말할 것도 없고 서울에서도 한복을 즐겨 입었습니다.

조카와 놀러 온 사람들을 데리고 목욕하러 한들로 가곤 했습니다. 한들은 실레에서 오 리쯤 떨어진 곳에 있는 들판입니다. 들 어귀에는 보가 있고 보 어귀에는 길 반이나 되는 깊은 늪이 있어서 동네 목욕터가 되었습니다. 여기서 그는 '클로루(Crawl)'를 연습했습니다. 보 옆에는 꽤 넓은 숲이 우거져서 서늘하게 보였습니다. 그 옆에 봇도랑을 끼고 오막살이 한 채가 있었었습니다.

그의 집에 소작인이며 선대부터 내려오며 주종관계主從關係에 있는 돌쇠네 집이었습니다. 그곳을 지나는 길에 그가 들러서 봉당에 걸터앉아 담배를 피우면 소리없이 내닫는 돌쇠어멈의 낮은 목소리는 은근한 것이었습니다.

"데련님, 볕이 많이 더워유……"

그들이 주고받은 말은 그대로 「산골 나그네」에 나타났습니다. 돌쇠네 모자가 당한 그대로입니다. 집과 인물, 사건이 모두 실화로서 가감없이 표현된 것입니다. 그의 내력을 아는 이들이 그의 작품을 읽었을 때 흔히 느끼는 바 과장誇張이 없는 반면 정확한 관찰과 예리한 표현(문장)임을 깨닫게 되는 것입니다. 작중 인물 거의가 실인물임을 발견할 때 더욱 놀라며 적어도 그 당시의 그의 눈길을 거친 자이면 그의 어느 작품을 보고서도 이것은 누구일게라 추측케 될 것입니다.

그는 영화에서 희극喜劇에 관심이 컸습니다. 하루 로이드[5]보다는 챠리 챠플린[6]을 좋아했고 그보다는 바스다 키튼[7]의 생전 웃지 않고 남을 웃기는 연기를 좋아했습니다.

챠플린의 「황금광 시대」의 한 작품에 아사상태餓死狀態에서 친구가 먹음직한 큰 수탉으로 헛보이는 것이나 구두를 삶아먹는 장면은 그에게 잊히지 않는 인상을 준 것이었습니다.

그는 예술 이외에 아무것도 눈에 띄이지 않았습니다. 사람다운 사람이 되려면 예술을 해야 되고 진실히 삶을 살자면 예술을 내놓고는 아무것도 없다는 그는 조카(영수)에게도 틈있는 대로 권했습니다. 그런 의미에서 그가 조카에게 읽기를 권한 책은 아래와 같았습니다.

「죄와 벌」 …… 도스또예프스키

「가난한 사람들」 …… 도스또예프스키

「귀여운 여인」 …… 체호프

「외투」 …… 고골리

「마리아와 광대」 …… 루이 필립

「홍당무」 …… 르나아르

「아Q정전」 …… 노신

5 로이드 하드(Lloyd, Harold Clayton, 1893~1971) : 무성영화 시대, 채플린, 키튼과 더불어 삼대 희극 배우의 한 사람으로 지칭되다. 출연작으로 〈맹진 로이드〉, 〈호용 로이드〉, 〈우유장수 로이드〉 등이 있다.

6 찰리 채프린(Charles Chaplin, 1889~1977) : 영국 출신의 희극배우, 영화감독, 영화제작자. 〈황금광시대〉, 〈모던 타임스〉, 〈위대한 독재자〉」 등을 남겼다.

7 바스타 키튼(Buster Keaton, 1895~1966) : 미국 출신의 영화감독, 희극배우. 대표작으로 〈일주일〉, 〈우리의 환대〉와 〈셜록 주니어〉, 〈카메라맨〉 등이 있다.

이상은 그가 남에게 권했으며 그 자신 퍽이나 좋아했다는 말도 될 성싶습니다.

「따라지」를 쓰기 며칠 전에 그는 나쓰메 소세키夏目漱石의 「도련님」을 읽었습니다.

1936년 가을의 일입니다. 어느 신문사에서 독촉하는 원고를 방문 밖에 사환을 세워놓고 많은 양의 원고를 순식간에 써서 보낸 일이 있었습니다. 그것이 잡지에 발표됐을 때 읽어본 조카는 빈틈없이 꽉꽉 짜여진 글에 탄복하고 말았습니다. 비상한 정신력을 가진 그는 예술 때문에 좀 더 오래 산 것이 아닌가 생각했던 것입니다.

그가 돌쇠네집에 들렀을 제 이웃집에 '들병이'移動式 酌婦가 왔습니다.

얼마든지 호탕해질 수 있는 그는 술상을 벌였습니다. 그러자 조금 후에 홍천 쪽에서 행금(깡깡이)쟁이가 무거운 걸음으로 그곳에 당도했습니다.

행금쟁이는 기름때에 찌들은 행금과 입에 물은 피리로 구슬픈 곡을 잇달아 켜며 끊일 줄을 몰랐습니다. 처음엔 술 몇 잔으로 돌려보내려 하였으나 행금쟁이도 건달이어서 행금으로 못하는 짓이 없이 잘하므로 같이 놀기로 했습니다.

그는 행금소릴 듣기보다 행금 끝에 달려 있는 새를 보았습니다. 언제 만들어진 것인지 대가리와 몸뚱이는 털이 벗겨져 알몸이고 꼬리에 두세 잎 할미새털인 듯 달고 있는 새는 행금쟁이와 비등한 나이같이 보였습니다. 늙고 헐벗은 새는 새하얗고 저의 쥔이 부르면 열 번이고 스무 번이고 마다않고 '네'하고 대답했습니다. 물론 모두가 행금쟁이가 하는 소리지만.

산골의 여름밤은 금시 밝았습니다. 그러나 그는 쉬지 않고 술을 마셨습니다.

저녁나절 지점으로 심부름 갔던 자가 빈 술통을 도로 지고 오므로 그제사 일어서는 그였습니다.

다음날은 다른 들병이가 왔습니다. 그래서 또 닭을 잡고 술상을 벌였습니다. 그날은 저녁때부터 흐리더니 밤중에 비바람이 대단했습니다. 그는 열어젖힌 방문 밖을 내다보며 강원도 아리랑을 목청 놓아 부르며 흥겨워했습니다.

며칠 후에 오 리 떨어진 물골에 갔습니다. 굽이쳐 내려오는 개울바닥은 온통 고자리 쑤시듯 파헤쳐서 성한 곳이 없었습니다.[8] 파놓은 구덩이에선 벽채와 삼태기를 든 금쟁이들이 두더지처럼 꾸물거리고 있었습니다. 사방에서 모여든 들병이는 한동안 이곳 금전판에서 술을 팔다가 딴 곳으로 자리를 옮기는 것이었습니다. 머무를 줄 모르는 집시처럼. 이들이 이동하는 여로가 실레였습니다. 여기서 본 것과 그 후에 병 휴양차 가 있던 충청도 금광에서 얻은 경험으로 이루어진 것이 「금따는 콩밭」입니다.

하기방학이 얼마 남지 않았을 때의 일입니다. 그는 돗자리와 원고지를 들고 뒷동산으로 올라가서 종일토록 명상에 잠겼습니다. 며칠 후 사흘 밤을 새워서 「산골 나그네」가 쓰여졌습니다.

그는 그의 조카(영수)가 가정형편을 개탄하며 세계 일주를 한다고 신의주에서 상해로 가던 중 여의치 않아 돌아온 것을 보고 부러웠던지

"네가 떠날 때 나한테 말이나 하고 떠나지……" 하며 책망 아닌 책망

8 고자리는 애벌레 구데기. 구데기가 항아리 속 된장이나 배추잎을 쑤셔대 구멍을 만들 듯, 금광쟁이들이 금을 캔다고 개울바닥을 마구 헤집거나 쑤시어 놓은 것을 의미함.

비슷이 비친 일이 있었습니다. 떠나고 싶은 마음은 태산 같으나 침착하고 치밀한 그는 떠나진 못하고 부러워했던 것만은 확실했습니다.

그가 시골에서 그때 제일 즐겼던 일이 있습니다. 집에서 얼마 떨어지지 않은 뒷동산 움푹 들어간 골에는 그의 조상의 산소가 있습니다. 그곳을 외박골이라 부릅니다. 여름밤 달이 휘엉청 밝던 날의 일이었습니다. 저녁 후 그는 외사촌 누이동생과 조카(진수), 식모 아이를 데리고 외박골로 올라갔습니다. 붕긋한 산소 앞에서 그를 가운데 앉혀놓고 둘러앉았습니다. 그때 그는 하모니카를 불었습니다. 하모니카 소리는 맑게 개인 드높은 하늘에 영롱하게 울려 퍼졌습니다. 거기 앉았던 소녀들은 마음이 황홀해짐을 느꼈습니다. 젖빛 안개가 달을 꿈속으로 이끄는 밤, 초록빛 나뭇가지에서 뻐꾸기가 쉬지 않고 울던 그때가 나는 잊혀지지 않았습니다.

그뿐이랴, 물골로 형과 여러 사람이 천렵하러 갔을 때 꺽지와 쏘가리 회를 먹던 일은 끝내 잊지 못해하는 추억의 하나였습니다.

"거무툭툭한 꺽지란 놈을 거꾸로 잡고 초고추장에 꾹 찍어 대가리부터 어썩 씹으면 꼬리로 두 볼을 툭툭 치지……" 하며 서울의 친구들에게 자랑삼아 말하고는 침을 꿀꺽 삼키는 것이었습니다.

1930년은 그에게 기쁨도 있었으나 큰 병을 앓아서 우울한 해이기도 했습니다. 여름방학을 마치고 서울에 간 그는 늑막염을 앓았습니다. 형에게 병 치료비와 생활비를 청구했으나 적은 돈으로 어름어름 때버리고 마는 것이었습니다.

그때 한 집에 살고 있던 매형 정鄭 씨가 운을 떼었습니다. 둘째 누이는 광업소에 기사技師로 있다는 정 씨와 동거생활을 하고 있었습니다.—

기사라는 것이 거짓임이 그 후 자연히 밝혀졌음 —

"아무 때 분가해도 할 것이구 자네두 어린 애가 아니니……"

목적은 분가가 아니라 재산의 분배를 강요하라는 암시였습니다. 그보다 10여 년 연상이요 사회경험도 많은 정 씨가 남도 아닌 처남인 자기를 해롭게 할 리는 만무하리라 단순히 생각했던 그는 정 씨의 말대로 정 씨가 소개하는 법률사무소에 다니며 일을 꾸미기 시작했습니다.

그런 지 얼마 안 되어 법정출두를 통고받은 형은 당황했습니다. 나어린 동생으로 사랑했고 믿어오며 때때로 자신의 낭비를 후회하고 있던 형은 그 동생에게 분배해 줄 재산도 생각하고 있었습니다. — 형 자신의 말로.

그러던 것이 이 일을 당하고 나니 배신했다고 생각키는 동생이 한없이 괘씸했습니다.

이것은 분명 정 씨의 꾀임이 아니고는 그렇게 매정스럽고 대담하게 나올 수 없는 동생이라는 것을 잘 아는 형은 병을 앓고 있는데 돈이 없어서 그러려니 생각했고 집안꼴 되어가는 품과 박朴 모 기생과의 일이 있는 다음의 아물지 않은 상처로 공중에 떠 있는 동생이 무턱대고 허둥지둥 돈을 원하고 있는 것보다 번둥번둥 놀며 지내는 정 씨가 말할 수 없이 미웠습니다.

그래서 형은 그를 실례로 오도록 해서 타협하기로 했습니다. 물론 그러자니 소송은 취하시키고 시골로 내려갔습니다. 소송을 제기하게 된 한 가지 이유도 그럼으로 방탕한 형에게 일침을 주어 개심케 하여 집안 살림을 바로 잡아보자는 데서였더니만큼 형의 애걸하는 편지를 받은 그는 아차 하고 그 짓을 후회한 다음 정 씨와 의논없이 취하했습니다.

난봉 부리는 형의 낭비를 막고 따라서 자신도 득得하자는 속셈뿐인데 법정에서 형제가 가운데 재산을 놓고 서로 다투는 추태를 상상했을 때 그는 몸서리를 쳤습니다. 마음이 약해서가 아니라 그래지질 않도록 착했기 때문입니다.

시골에 내려온 그는 안방에서 그의 형과 마주 앉았습니다. 형은 며칠 전부터 동생을 만나면 잘 타협해서 살아나가도록 할 생각을 먹고 벼르고 있었으나 막상 동생을 대한 형은 마음이 달라져 갔습니다. 알콜중독자의 상태였다고 생각합니다. 술기가 있는 형은 처음부터 빈정대며 고집을 부리고 굽힐 줄을 몰랐습니다.

"어 참, 잘난 양반을 몰라 뵙고 나같은 놈이 공연히 그랬습니다."

애초부터 형은 근 20세나 나이 어린 동생을 넘보고 그의 하는 말에 귀를 기울이려 하지 않았습니다. 그러나 자신의 소신을 굽히지 않는 그는 형에게 잘잘못을 일깨워주고 뉘우침을 권하여 준준히 타일러서 여태까지의 잘못을 다시는 범하지 않도록 말했습니다. 형은 동생이 말을 할수록 엇나가고 말았습니다. 끝내는 형은 불이 이글이글한 화로를 방바닥에 엎어뜨렸습니다.

이후로 그는 형에게 입을 다물고 말았습니다. 형은 그대로 동생과 사이가 뜨고 만 것이었습니다.

그러나 쇠약한 몸은 고쳐야 했습니다. 뱀도 먹고 닭도 먹고 했으나 때로는 술을 더 많이 먹었습니다. 그가 하는 대로 내버려두는 형은 형대로 딴 궁리를 하는 것이었습니다. 집안 형편은 중구난방이 되었습니다. 약과 술을 닥치는 대로 먹어대는 그는 열과 도한이 끊일 줄을 몰랐습니다.

몰이해한 형의 마음이 그의 병을 고쳐주는 데 있지 않고 마지막에 가까워오는 가재의 탕진을 남에게 빼앗기지 않고 혼자서 향락하려면 어떻게 하면 될 것인가, 주위를 경계하며 전전긍긍하는 품이 한 푼도 나올 가망이 없었습니다. 형에게 곤욕을 받으면서 잠결에도 형을 탓하는 조카를 나무랄 만큼 그는 선량했습니다.

그는 모든 것을 체념해버렸습니다. 학교는 단념하고 병은 어떤 일이 있어도 고쳐야겠다고 생각했으나 그것도 처음뿐이요 나중에는 그것마저 되는 대로 하자는 마음이 되어 버렸습니다.

이때 그의 조카(영수)가 마을 사랑방을 얻고 20여 명의 아동을 모아서 동아일보사 '브나로드' 팜플렛을 교재로 야학을 시작했습니다. 며칠 안 되어 집주인은 사랑방을 쓴다 하여 동짓달에 부랴부랴 움을 팠습니다. 제 맘대로 쓴다는 기쁨에서 그와 아이들은 저희들의 놀이터를 즐겁게 이용하였습니다.

아이들에 둘러싸여서 한 때는 시름을 잊고 한 일에 몰두할 수 있었으나 집안에 돌아왔을 때는 심사가 좋지 않았습니다.

그해 겨울에도 철새처럼 들병이들이 실레를 거쳐 갔습니다.

땅거미 때 눈이 푸뜩푸뜩 날렸습니다. 야학을 마쳤을 때 소리없이 쌓인 눈은 발이 푹푹 빠졌습니다. 그는 조카와 젊은 조명희趙明熙 군을 이끌고 아랫마을로 갔습니다. 그는 조카와 조 군을 데리고 술과 담배를 함께 즐겼습니다. 술집은 코다리찌개에 막걸리를 먹느라고 아래 윗칸이 떠들썩했습니다. 빽빽이 들어앉은 사람 사이를 오르내리며 새로 왔다는 들병이가 술을 따라 놓고 아리랑타령을 구성지게 불렀습니다. 눈, 코다리찌개, 막걸리, 아리랑타령, 들병이 이상 다섯 중에서 한 가지가 빠져도 무의미한 것이라고 그는 느꼈을 것입니다.

그는 그날 이후로 그 들병이를 따라 이곳저곳으로 술자리를 옮기며 달포를 지냈습니다. 이제는 이름도 모르는 들병이. 그녀는 돌쟁이 아이가 있어 틈틈이 젖을 빨렸으며 그림자처럼 따라 다니는 노름쟁이 남편이 있었습니다.

그녀의 치마와 몸에서 풍기는 젖내가 그로 하여금 어머니에 대한 향념向念을 일으키게 한 것을 보면 박 모 기생 다음으로 그에게 큰 영향을 주었습니다. 어느 날 그녀와 잠자리를 같이 하던 그는 담배 연기에 숨이 답답해서 눈을 떴습니다. 윗목에 화로를 끼고 앉아서 담배를 피우며 아랫목의 그와 계집을 무심한 얼굴로 내려다보고 있는 들병이의 사내를 그는 본 것입니다. 그는 필연적으로 복수의 행동이 있으리라고 믿고 경계해 마지않았습니다만 사내는 아무렇지 않게 그가 눈을 뜬 것을 발견하자

"일찍두 않은데 가보지……" 하며 그에게는 아랑곳없다는 듯 계집 등 뒤에 붙어 자는 어린 아이를 끌어당기며 중얼대는 것이었습니다.

이런 일이 있은 후 그는 들병이를 다시 보고 생각했습니다.

이때 그가 시골에서 눈에 띄게 달라진 것이 있다면 민주적이었다는 점입니다. 몰락 도정에 있을망정 그의 집안사람들이 다 반상을 가리어 가노家奴를 대하기 짐승처럼 했으나 유독 그는 꼭 존경하는 말로 그들을 대했습니다. 언동이 겸손하고 소박한지라 남녀노소 누구 할 것 없이 쉽게 친근할 수 있었고 의식적으로 그는 그들 속으로 들어가 모든 것을 샅샅이 체험하고 관찰했던 것입니다. 천성이 착한 그는 나쁘게 말해서 어수룩하고 냉철하며 좋게 이야기하면 예지가 넘쳐흘렀습니다. 남을

의심치는 않으려 했으나 부정을 보고 그대로 넘기지 못하는 기질이며 감수성이 예민했습니다. 열하기 쉬운 그는 인내성이 남달리 강하여 밀고 나가는 힘이 황소와 같았습니다.

들병이와의 관계는 위에 말한 것 외에 서너 가지 이야기가 있으나 약하겠습니다.

매일 밤 오한이 나면 도한으로 몸이 물에 빠진 것처럼 흠뻑 젖은 그가 무슨 기운이 있었겠습니까. 병약한 몸으로 술집에서 싸움이 벌어지면 상대방의 다소와 강약을 생각지 않고 나서는 그는 패기가 대단했습니다. 그래서 2, 30명의 많은 사람을 혼자서 대적할 제 조카(영수)와 협조자 조명희 군에게는 배후를 경계시키며 내달아 상대방을 참패케 한 일이 있었습니다. 젊은 혈기라고 하기엔 수긍되지 않는 기백이 있었던 것입니다. 치고받는 그의 동작은 민첩하기 제비와 같았고 굶일 줄 모르는 용맹은 사람들을 감탄케 했습니다.

이듬해 이른 봄, 움에 불이 났습니다. 저녁밥을 먹고 오는 아이들이 거의 모여서 배우기를 시작하려는 참에 불이 난 것입니다. 움막을 드나드는 문 옆에 페치카식으로 만든 아궁이가 과열했던 것입니다. 불은 삽시간에 퍼져서 출입구에 늘어뜨린 거적과 벽둘레의 이엉이 타고 위로 뚫린 들창까지 분간키 어려웠습니다. 연기와 불길 속에서 그는 들창으로 아이들을 내던지고 나서 밖으로 나와 아이들을 세어 보았습니다. 옥이라는 제일 작은 아이가 눈에 띄지 않았습니다.

"옥아! 옥아! 이리 오너라, 이리루."

연기와 불길이 꾸역꾸역 나오는 들창 속에 머리를 틀어박고 고함을 쳤으나 인기척이 없자 그는 들창 구멍으로 뛰어 들어갔습니다. 불과 5,

6초 되었을 때 창구멍으로 의식을 잃은 옥이가 던져지고 곧이어 온통 불에 그을린 그가 기계체조하듯 밖으로 튀어 나왔습니다. 그의 조카나 조명희 군은 아찔함을 느꼈습니다. 그들은 움 속에 아무도 없다고 우겨 댔던 것입니다.

후일에 그가 친구와 술을 먹다 가끔 드잡이를 놓는 것은 건강해서가 아니고 아무리 쇠약한 때라도 그의 칼칼한 성품이 민첩한 행동으로 옮겨진 것이었습니다.

그때가 늦가을일 것입니다. 형은 약간의 토지와 임야를 판다고 내놨습니다.

그는 서울에 갔으나 별 수가 없었습니다. 그의 매형 정 씨는 돈도 없이 그날그날 허송하고 있는 그가 눈에 가시였던지 자기가 알고 있는 모 광업소의 현장 감독으로 그를 충청도로 내려 보냈습니다. 말인즉 병휴양이었지만 약은 고사하고 매일 광부들과 어울려서 술만 먹게 되었습니다. 그곳에서 얻어진 것이 「금따는 콩밭」 외에 아무것도 없었습니다. 몇 달 후에 서울에 돌아온 그는 다시 실레로 갔습니다. 이번의 그는 전일과는 딴판이었습니다.

마을 사랑방에서 야학을 계속하면서 마을 청년들을 모아 농우회라 칭했습니다.

農友會歌

1. 거룩하도다 우리의 집 농우회

   손에 손잡고 장벽 굳게 모이었네.

2. 흙은 주인을 기다린다.

나서라 호미를 들고.

(이하 불명)

그의 작사로 곡은 '러브 인 아이들레스'의 후장後章의 한 구절을 적용한 것이었습니다.

곧이어 노인회와 부인회를 조직코 회합마다 농우회가를 부르게 하고 마을 사람들의 민주 사상 계몽에 전력을 경주했습니다. 이 사업은 중년층의 절대적인 협조를 얻어 순조롭게 진행되었습니다.

겨울에는 공회당 건축기성회가 동민을 동원시켜 설중雪中 벌목을 시작했습니다. 그에 소요되는 일체의 재목은 그가 제공한다는 조건으로였습니다. 꽤 많은 재목을 소비했는데 형이 이에 대하여 일언반사一言半辭 불평을 하지 않은 것은 특기할 만한 일입니다. 열성으로 나선 그들, 그와 조카(영수)와 협력자 조명희 군(일찍 작고 하였음)의 노력으로 늦여름에 낙성되었습니다.

그렇게 되니 동민들은 그의 의도하는 바를 짐작하고 동조하였습니다. 농우회가 목적하는바 도박과 음주를 금하고 기풍氣風을 진작하여 상호 협조하는 정신을 함양하도록 하였습니다. 그래서 마을 술집에는 손님이 없고 싸움하는 자가 줄었습니다. 특히 이웃지간에 억지 쓰는 자가 있으면 회의 압력을 받게 되어 자연히 그 버릇이 없어졌습니다.

집을 지어 곁방살이를 입주시켰습니다. 동네 공동자금으로 저리 금융토록 했습니다. 성냥, 빨래비누, 석유 등 생활필수품을 공동 구입하여 염가로 공급했습니다. 전답을 공동경작하여 단체생활을 체득케 했습니다. 그러는 것을 동민 전체가 다 좋아했던 것은 아닙니다. 개중에는 이해득실 관계로 그런 일을 반대하는 자도 있었습니다.

간이학교簡易學校의 인가가 그의 명의로 이듬해 여름에 도에서 나왔습니다. 그 이름은 금병의숙錦屛義熟으로 정해서 간판까지 걸어 놨었으나 그가 떠난 다음 그의 조카도 서울로 가고 홀로 남은 조명희 군의 힘은 그것을 이끌고 나가기엔 너무나 무력했던지라 공회당만 주인 잃은 흉가집마냥 협수룩히 서 있을 따름이었습니다.

그의 형은 가산의 전부를 내놨습니다. 마침내 그의 집안의 종언은 오고야 말았습니다.

사는 사람은 돈을 몇 번에 견질러줘서 그때마다 형은 그에게 핑계로 넘겼고 최후에 그에게 준 돈이라곤 청산된 금액의 삼십분의 일 정도였습니다.

그것을 주면서 욕심 많은 (아마 정신없는) 형은 자기 아들(영수)도 약간의 돈을 주어 그와 함께 추방하듯하였습니다. 그래도 그는 형을 원망하는 조카를 억누르고 형에 대해서 한마디 말이 없었습니다.

서울에 온 그는 얼마 가지 않아 빈손이 되었습니다. 써 볼 것 없는 적은 돈이었습니다.

이제 형에게는 손을 내밀지 못할 것이며 순순히 주고 싶어도 줄 돈이 없는 형. 욕심 많고 몰인정했던 형은 자신의 몸도 망쳤고 집안의 여러 사람에게 못할 노릇을 많이 했던 것입니다. 생전에 회오를 모른 채 운무 중에서 지내며 그보다 더 오래 살다가 세상을 하직하였습니다.

공장에 다니는 누이에게 신세를 져야 했습니다. 목간값서부터 담배값에 이르기까지 누이의 눈치를 봐야 했습니다. 그보다 매형 정 씨의 압력까지 받아야 하는 신세였습니다. 교활할지언정 착하지 못한 정 씨는 제 자신도 놀고 먹으면서 말끝마다 그를 은근히 꼬집어 뜯는 것이었습니다.

곤궁에 빠져 고생함과 초조 끝에 그의 몸은 점점 쇠약해 갔습니다. 병원(서울시청 위생진단)에서 폐결핵으로 진단하자 그는 조바심이 되고 모든 것이 슬프게 여겨졌습니다. 「연기」, 「따라지」는 이 시절 전후의 일입니다.

드디어 식객인 두 사나이를 거느리고 공장에 다니는 누이는 신경질이 더해가고 빚은 늘어나서 꼼짝할 수 없이 경제상태가 긴박해졌습니다. 그렇게 하자는 정 씨의 말대로 집을 팔기로 했습니다. 집을 판 돈으로 전방을 세얻고 누이는 장사를 시키고 나머지는 약을 사자는 것이었습니다.

그것은 말뿐이고 집 판 돈으로 먼저 술을 사 왔고 그 다음은 정 씨의 군주전부리에 약간 쓰여졌습니다. 군주전부리라는 것은 곡절이 있는 것으로 다음 기회에 밝히겠으므로 이만해두기로 하겠습니다.

그들은 혜화동 어귀 개천가에 방 한 칸에 헛간 한 칸을 얻어서 누이에게 밥장사를 시켰습니다. 노동자를 상대로 하는 장사로 술도 달라면 받아다 주어야 했습니다. 사람들이 농담을 하면 그대로 들어 넘겨야 손님이 끊이지 않는 법입니다. 그런 것을 방에서 쭈그리고 앉아서 하나하나 착념하고 있던 정 씨는 손님이 간 다음 아내에게 화풀이를 하는 것이었습니다. 그것이 시기가 되고 내외 싸움이 되어서 누이를 발길로 걷어차 한 길이 넘는 석축에서 떨어진 적이 있었습니다. 그럴 때 뛰쳐나온 그는 갈 곳이 없었습니다. 산에 올랐다가 거리를 헤매다가 밤이 들면 무거운 몸을 이끌고 그래도 집이라고 들어가는 것이었습니다.

그를 보는 정 씨의 눈초리에는 언제나 가시가 돋치게 마련이었습니다. 밥을 먹고나면 정 씨가 꼬투리 없는 화를 내면서 누이를 들볶습니다. 그러면 그의 마음은 더욱 아파집니다. 누이 내외와 한방을 쓰기란 곤욕이 대단했습니다. 그래서 그는 무슨 핑계를 해서든지 정 씨와 겸상하는 것을 피했습니다.

그런 속에서 끈기 있게 살려는 그는 「소낙비」를 썼습니다. 도서관에 다니며 달포를 고생하고 나선 건강이 심히 나빴습니다. 그해에 「소낙비」가 『조선일보』에 당선이 되자 오래간만에 그의 손에 돈이 들어 왔습니다. 장사를 한다지만 늘 꿇리는 누이를 돕는 뜻에서 급전을 돌려주고 나니 약 살 돈이 모자랐습니다. 그러나 희망에 찬 그는 가슴이 벅찼습니다.

누이의 집에서 정 씨와는 개와 고양이로 마음이 편치않아 하루가 민망한 그였습니다.

형수 혼자서 조카 두 오뉘를 데리고 사는 것을 생각한 그는 신당동으로 그들의 집을 찾아 갔습니다. 형이 시골에서 온 집안 식구를 데리고 서울로 와서 헤쳐놓자 형수와 조카 남매는 셋방을 얻고 있다가 얼마 후 조카가 취직을 했던 것입니다. 조카는 어느 회사에서 적은 월급을 받고 근근히 지내고 있었습니다.

그가 그들과 같이 살기를 원했을 때 조카와 형수는 쾌히 승낙했습니다.

형수와 두 조카는 그의 병 치료에 대단한 관심을 가지고 근심을 해줘서 마음은 편하고 먹고 지내기에는 별 걱정이 안 되었으나 한갓 돈이 없어서 걱정이었습니다. 말인즉 약을 산다고 부지런히 원고를 썼으나 돈을 손에 쥐고나면 그의 마음은 달라졌습니다. 만나는 사람이 술을 사면 먹어야 했고 술이 취하고 보면 한 잔 사지 않고는 못 배기는 그였습니다.

이때부터 벽에는 '겸허謙虛'가 써붙여지기 시작해서 그가 작고할 때까지 변함이 없었습니다.

약을 쓰는 한편으로 부지런히 술을 마시고 취하고 나면 무슨 설움이 그리도 많은지 슬피 울기까지 했습니다. 그러면서 틈틈이 밤을 새워가며 원고를 썼습니다. 물론 돈이 필요해서도 썼겠지만 글쓰는 열은 남의 몇 배 되리라고 생각합니다.

이 무렵에 이상李箱과 친밀하게 지냈습니다. 이상이 그의 집에 올 때는 먹도미(손바닥만 한) 한 마리를 들고 왔습니다. 그것을 중국집에서 찜을 해옵니다. 이 두 사람은 만나면 술이었습니다.

그때 그는 조카를 데리고 서울시청 부근에 있는 낙랑樂浪 파라에 갔습니다. 차茶가 나오고 조금 후에 이상이 나와서 그와 몇 마디하고 안으로 들어갔습니다. 그와 조카가 큰길로 나와서 무교동 쪽으로 몇 발걸음을 옮기자니 뒤에서 이상의 소리가 났습니다. 이렇게 이상은 차 판 돈으로 술을 바꾸어 먹기가 일쑤였습니다. 그들은 뒷골목 선술집을 들르면서 문학적 토론에 밤이 가는 줄을 몰랐습니다.

그가 이상을 좋아한 것은 자기와 같은 폐결핵이었기 때문에 더 했던 것입니다

그의 조카가 회사에서 상여금을 탔을 때 그가 바라던 바 모시 두루마기와 고도방 구두를 맞춰 주었습니다. 그는 자랑삼아 그것을 입고 외출을 했습니다. 그러던 어느날 밤 그는 술에 취해서 물에 빠진 생쥐가 되어 들어왔습니다. 자기의 줏대를 굽히기를 죽기보다 싫어하는 그는 가

끔 친구와 치고받고를 곧잘 했습니다. 병이 들어서 약해질수록 더 용감해지는 그였습니다. 술이 잦으니 몸인들 배겨날 수가 없었습니다.

이번에는 틀림없이 약에 보태어 쓰겠다고 주선해 주는 분의 덕택으로 방송국엘 다녔습니다. 하얀 모시두루마기에 고도방을 신고 퇴색한 회색 중절모를 앞챙을 푹 눌러쓰고 집을 나서는 그는 어딘가 늠름하고 깔끔한 기풍이 풍겼습니다. 남들은 군색한 선비로서 동정하는 기색이었습니다만.

창신동, 신당동, 효제동으로 셋방을 옮겼을 때는 악화된 병도 고칠 겸 술도 피할 겸 청릉에서 오 리쯤 떨어진 산중의 작은 암자로 수양하러 떠났습니다. 매일 규칙적인 생활을 하게 되자 도한과 열이 덜해지고 기침이 덜해서 다행으로 알고 식구들은 기뻐했습니다.

며칠만큼 찬거리를 들고 찾아가는 조카(영수)를 보고 그는 그동안에 지낸 것을 이야기하는 것이었습니다. 그는 점심 후엔 산골물에 목욕을 하고 볕에 달은 너럭바위 위에 누워서 2, 3시간씩 일광욕을 하기를 날마다 계속한다는 것이었습니다.

그러던 8월 하순에 절에서 기별이 왔습니다. 병이 대단하다는 것이었습니다. 조카와 그때 마침 와 있던 광주廣州 매형 유 씨가 달려갔습니다. 볕에 그을은 그의 얼굴에는 낙심과 초조가 엇갈렸습니다. 예전에 수술했던 곳이 아프다는 것이었습니다. 나중에 안 사실이지만 바위 위에 누워서 뒹군 것이 아주 나빴다는 말들이었습니다. 유 씨와 조카는 번갈아가며 그를 업고 정릉 골짜기를 빠져 나왔습니다. 한참 오다 그를 길가에 내려놓고 쉴 참에

"할 수 있으면 우리집에 와서 고치도록 하라"는 광주 매형의 얼굴을

치켜보는 그의 얼굴은 어린 아이의 허식 없는 그것이었습니다.

그의 병은 치루痔漏였습니다. 치질이 심해지니 폐결핵은 여반장이었습니다. 그 당시 폐결핵에 걸리면 불치의 병으로 모두들 단념하고 있었던 것입니다. 남이야 뭐라든 그의 가족들은 그래도 그를 살려보려고 갖은 약을 구해서 써 보았습니다. 그러는 가족들의 심경은 대단한 것이었습니다. 갈수록 병은 뿌리를 깊이 박고 그는 고통으로 해서 글쓰기가 힘이 들었습니다.

그는 여름에 절에 갈 때 깎은 후로 이내 길러진 머리로 방에서 요강에 뒤를 받아내는 형편이었습니다. 그는 그래도 병을 털고 일어나야 했습니다. 그래서 마음을 가다듬은 그는 한 칸 방의 윗목을 칸을 질러 푸른 포장을 치고 촛불을 켜놓고 글을 쓰기로 했습니다. 소설을 못 쓰면 추리소설 번역도 좋았고 「홍길동전」의 약기도 좋았습니다. 돈이 될 것은 무엇이든지 하려고 했습니다.

8월부터 김문집金文輯 씨가 왕래하며 병고문인病苦文人 구제운동救濟運動으로 나온 돈을 전하곤 했습니다.

치질이 심해지자 그는 식사도 적은 돈으로 많은 영양을 취하려고 노력했습니다. 버터에 감자와 우유와 쇠고기와 양파 등으로 수프를 만들어 먹었고 배추쌈을 즐겼습니다. 그가 시골에서 6, 7월경 목화밭 배추를 먹이서 그때부터 좋아했던 것입니다. 가난에 쪼들린 살림에 된장인들 있을 턱이 없었습니다. 그래서 형수는 친정붙이를 찾아서 얻으러 다녔습니다. 한번은 괄시 못할 친척집에 조카(진수)를 된장을 얻으러 보냈다 실패한 일이 있었습니다.

회사에서 돌아온 조카(영수)가 집안이 곤궁해서 구걸에 가까운 생활

을 함을 부끄럽다 비관하는 말을 했을 때 그는

"없어서 구걸하는 것은 부끄럽지 않다"고 말했습니다. 무슨 짓을 해서든지 그는 꼭 병을 털고 일어나야 했습니다. 한번 왔다가 그냥 돌아가기엔 할 일이 너무 많이 남아 있었기 때문입니다.

몹시 수척해가는 그는 원고를 쓰려고 몸부림을 쳤습니다. 한 칸 방 윗목에 작은 책상을 들여 놓을 만큼 포장을 치고 벽은 검은 종이로 발라서 낮이라도 포장을 치고 촛불을 켜놓고 명상에 잠기거나 글을 썼습니다.

그해 가을 이상 부부가 그를 찾아왔습니다.[9] 검정 치마에 흰 저고리를 입은 이상의 부인은 그때 드물게 보는 단발머리를 하고 안경을 쓰고 있었습니다.

"유정 형, 난 일본에 가겠소."

그는 놀랐습니다. 친한 친구 한 사람이 곁에서 떠나가는 섭섭함도 있었지만 행동의 자유를 잃고 앉은 자신을 생각하고 훨훨 떠나는 이상을 부러워했던 것입니다.

"일본에 가서 더 배우고 쓰고 하겠소" 하는 말엔 더 부러워했습니다.

작별 인사를 하고 대문께로 나가는 이상의 뒷모습을 방문 안에서 내다보던 그는 울먹이고 있었습니다.

연전에 그의 조카가 중국에 갔다 왔을 때나 이상이 일본으로 떠날 때나 같이 가고 싶은 마음 금할 수 없었으나 나라 밖에 한 발도 내디뎌 보지 못하고 길섶의 엉겅퀴처럼 하염없이 일생을 마친 그였습니다.

---

9 소설가 이상이 일본으로 가기 전 김유정을 찾아왔을 때는 혼자였다. 김영수 씨가 착각한 것이다.

그 후에 그는 조카(진수)를 보고 여러 번 말했습니다.

"내 병이 낫거든 우리도 일본에 가자" 하며 밤낮으로 별렀던 것입니다.

회색 아니면 검은 무명 두루마기를 입고 사시四時로 쓰고 다니는 회색 중절모를 푹 내려쓰고 아무 데나 나타나는 그는 겸손해서 수줍을지언정 교만하지 않았습니다.

취중토론 끝에 난투하고서도 잠을 자고나면 씻은듯이 잊어버리고 그 친구와 만나면 반가와했습니다. 아무리 다투어도 뒷말이 없고 중상모략을 모르는 그였습니다.

이해 겨우내 그는 최정희崔貞熙 여사의 말을 집안 식구에게 했습니다.

"최정희 여사는 참으로 좋은 분이야"

"작은아버지는 그분의 무엇을 좋아하세요?"

"최 여사는 누구보다도 침착하고……"

그 외에도 최정희 여사의 좋은 점을 쳐들어 존경한다는 말을 했습니다. 그때 병약했던 최 여사를 그가 볼진대 누구에게서보다 동감할 수 있는 여러 점을 발견했으리라 믿습니다. 최 여사의 말을 그는 아래와 같이 끝맺었습니다.

"사람은 누구나 순박하고 거짓이 없어야 되고 침착해야 하며 겸손해야 된다."

김래성金來成의 「청춘산맥」[10]에 있는 말로 그 옛날 박拍이란 동물은 꿈을 먹고 살았다는 것이 있습니다. 그도 박과 같았는지 모릅니다.

사계절 어느 때고 환절기에 접어들면 그는 수필 속에서 한결같이 말

10 김래성 씨의 작품은 『청춘극장』으로 김영수 씨가 착각한 것이다.

했습니다. 여태까지는 속고 속아 이렇게 현실에 부닥쳐 절망 속에 몸을 내던지고 있으나 다음 계절에 틀림없이 금시 발복할 무엇이 올 것이라고. 문밖에 누군가가 큼직한 희망을 한 아름 안고 계절과 함께 다다른 것처럼 굳게 믿고 의심치 않았습니다. 그는 몇 번이고 뇌까리며 진실로 그것을 믿으려고 노력하는 것이었습니다.

그가 회사에서 밤늦게 돌아오는 조카를 기다릴 적도 그와 비슷한 마음이었습니다.

"쟤 진수야, 오빠가 오늘은 무엇을 사가지고 올까?"

환자에게 줄 뭣이든 한 가지라도 사가지고 들어와 버릇한 조카는 빈손이 아닙니다. 캬라멜이나 과자, 그렇지 않으면 실과를 내놓았습니다. 그런데 그는 그것을 먹는 재미보다 기다리는 마음을 즐기는 것이었습니다.

이렇듯이 그는 주위의 절망 상태 속에서 희망을 창조(발견)하려고 애를 썼습니다. — 현실에서 초탈하려고 한 것이겠지요.

이때 그는 「숱밭」(아마 숯밭이 아닐까)을 구상하기 시작했습니다. 벽에 메모를 붙이고 긴긴 겨울밤을 상념에 잠기는 것이었습니다. 그의 말에 의하면 세상이 깜짝 놀랄 만한 굉장히 크고 좋은 장편소설을 쓴다는 것이었습니다. 늦어도 내년 늦여름부터는 시작할 것이라며 자기 병 시중에 시달려 기진맥진한 형수를 위로하는 것이었습니다.

"내가 이놈만 쓰면 아주머니께 기와집 한 채 사드리고 진수하구 나하구는 일본으로 공부하러 갈 테니 그동안만 고생하세요."

두 조카와 형수는 불평은 생념도 않는 사람이나 그는 자신의 속셈을 다짐하는 것이었습니다.

평생 가야 자기의 속이야기, 특히 그 성과를 알 수 없는 계획을 자신만만하게 남에게 말한 전례가 없었던 그의 일이라 그것을 꼭 바라는 마음에서가 아니라 그를 위하는 마음에서 그의 말을 굳게 믿고 병 고치기에 한층 힘을 쏟기로 했습니다.

「솥밭」은 실례를 무대로 청년운동 전후를 줄거리로 마을사람을 총동원시켜 이루지는 것이 아니었겠나 추측이 됩니다. 그것이 이루어지는 날이 남에게는 까마득하게 여겨졌지만 온 집안 식구 네 사람은 글 쓰는 당자가 되어서 그날이 꼭 오도록 얼마나 바랐는지 지금까지 그 마음은 잊혀지지 않고 있는 것입니다.

겨울이 깊어짐에 그는 더 수척해졌습니다. 그가 병이 위중해지자 현덕玄德이 날마다 집에 들러서 대부분의 시간을 그의 말벗으로 지냈습니다. 그는 현덕의 온후한 성품과 거짓 없고 정열이 넘치는 언행에 끌리고 말았습니다. 그들은 서로 친밀하고 존경했습니다. 그가 작고했을 때 누구보다 슬퍼한 사람이 현덕이었습니다. 이상이 일본에 간 다음에 그들은 더 친하게 지냈습니다.

이때부터 그가 광주에 갈 때까지 하루도 빠짐없이 현덕은 그를 찾아와서 그의 병을 근심해 주었습니다. 언젠가 병약했던 현덕은 그를 위해서 부드러운 목청을 가다듬어가며 노래를 불러주기도 했습니다. 현덕의 계씨季氏[11]가 형을 따라와서 놀다가 그림 이야기가 나와서 그의 초상화를 그리기로 했습니다.

4, 5개월간을 깎지 않은 머리는 어깨에 내려왔고 퇴색한 수염은 그를

11 현재덕(玄在德 1912~?) : 현덕(현경윤)의 동생으로 아동문학가이며 아동미술가, 삽화가였음.

딴 사람으로 만들었습니다. 누렇고 창백한 얼굴에는 병색이 완연하며 곤궁과 우울이 찌들어 있었습니다. 그렇지만 반 곱슬머리 속에 드러난 번듯한 이마가 그의 품위를, 큼직하게 찢어진 눈귀와 그 속의 빛나는 안광이 찬란한 꿈을, 꿋꿋한 콧대와 굳게 다물어진 얇고 큰 입술은 끊임없는 인내와 강한 의지를 엿보이고 있었습니다.

그의 초상화는 유화油畫로서 현덕의 계씨가 한 달을 두고 그렸습니다. 캔버스 앞에 동저고리 바람으로 쭈그리고 앉아 있는 그는 무엇을 생각했으며 그의 면상面像은 어떠했는지 군색한 중에 돈을 들여가며 초상화를 그려달라고 그 자신이 현덕에게 청한 것은 무슨 뜻에서였는지 설명하기 어려우나 짐작하고도 남음이 있는 일입니다.

그림이 끝나자 그는 현덕의 계씨와 바둑을 두었습니다. 판은 종이에 그리고 알은 상자 오린 것을 썼습니다. 초심자였으니까 두는 것이 아니라 배우는 것이었습니다.

또 그는 십 원짜리 아코디온을 사서 켜기도 했습니다.

그러던 끝에 그는 아편을 사용하기 시작했습니다. 끝내 계속하기 어려운 형편과 중독 이후의 곤란한 병세를 빤히 알고 있는 그는 사용하는데 조절을 잘 했습니다. 그래서 광주에 가서는 아편을 일절 사용하지 않았습니다. 그만큼 그는 남보다 강한 자제심과 거센 의지력을 가지고 있었던 것입니다. 그의 사후에 보니 밤톨만 한 검은 약이 서울에서 가지고 갔던 그대로 남아 있었습니다.

이때 조카(영수)는 은순銀順이란 색시와 장래를 약속하고 지내는 터로 가끔 집에 찾아 왔습니다. 처음에 그는 은순을 반가이 맞고 흥낙한 마음으로 인사를 했으나 만나는 도가 겹칠수록 그는 은순이를 미워했습니다. 그가 광주에 갈 때는 미워서 못견뎌 했습니다. 외아들을 둔 어머니가 아들을 귀여워하는 나머지 며느리를 미워하는 것이나 같은 심리에서였습니다. 그만큼 그는 조카를 사랑했던 것입니다. 조카가 회사에 가고 없으면 그는 집안 식구 있는 앞에서 어린 아이처럼 엉엉 울었습니다. 침착하고 속이 넓은 그도 편중된 사랑 앞에서는 어쩔 수가 없었던 모양입니다. 그러던 중 어느 날 조카가 회사에서 상여금을 타왔을 때의 일입니다. 그는 외출하는 조카에게 부탁을 했습니다.

"영수야, 이따 들어 올 때 내가 제일 좋아할 것을 사다 다오."

밤중에 돌아온 조카는 주먹만 한 덩어리 초코렛을 사왔습니다. 속으로 실망은 했겠지만 내색을 하지는 않았습니다.

아편을 쓰는 사람에게 아편 이외에 또 무엇이 있겠느냐 생각한 조카는 초코렛을 내놓으며 말없이 한숨을 쉬었습니다.

그때 이상의 부인이 그를 찾아와서 슬픈 얼굴로 이상의 죽음을 전했습니다.[12] 부인의 말을 듣는 그는 눈물을 흘리며 슬퍼했습니다. 부인이 돌아가고 난 후 그는 혼잣말처럼 중얼거리며 한숨을 쉬었습니다.

"아까운 사람이 갔다."

이때의 집안은 참말 빈곤했습니다. 입을 옷과 돈이 될 만한 물건은 모조리 전당포에 들어갔고 성한 사람의 식량은 물론 환자의 음식마저 제대로 댈 수 없는 형편이 되었습니다. 그렇게 좋아하는 호배추쌈도 고추장이 없어 못 먹었습니다.

집안이 말할 수 없이 옹색하게 되자 생각하던 나머지 그는 조카(진수)

12 김유정의 사망일이 1937년 3월 29일, 이상의 사망일은 1937년 4월 17일이다. 김영수 씨가 착각한 부분이다.

를 데리고 광주 매형 유 씨의 집으로 떠나기로 했습니다. 그때 여객 자동차부에는 현덕과 형수 모자가 전송했습니다.

그는 차중에서 조카에게 비스듬히 몸을 의지하고 눈만 감으면 정신 없이 신음소리를 냈습니다.

매형의 집은 과수원을 경영하여 서울 조카보다는 여유가 있었습니다. 매형 내외는 반가이 맞았으나 사돈들은 눈치가 좋을 리가 없었습니다. 집은 넓고 누이가 성가시도록 잘 해 주었으나 그는 부자유스럽고 불편해서 애를 썼습니다.

"빨리 우리 집으로 가야지. 좁아두 우리 집이 제일이야" 하며 조카(진수)와 쑥덕대기도 했습니다. 마음 안정이 안 되는 그는 이튿날 서울 조카에게 편지를 썼습니다. 이번 노는 날 꼭 오라는 편지였습니다. 편지를 부치고 나선 이튿날부터 비탈길을 오르내리는 자동차 엔진소리가 멀리서 들려올 적마다 내다보라고 재촉을 했습니다. 때때로 시간을 물어서 서울에서 오는 막차 시간인 다섯 시가 넘으면 착 가라앉는 그였습니다.

어느 날 바깥마당에서 까치가 울고(이것은 그의 말) 오정 때쯤 서울에서 조카(영수)가 왔습니다. 그럴 수 없이 반가와하는 그를 조카는 눈물을 참으며 지켜보았던 것입니다. 조카는 20여 일에 두 번 가 보았습니다.

그리고 그는 형수에게 명장名狀으로 편지를 썼습니다.

— 아주머니. 여태까지 서울에서 제가 아주머니께 불역하고 화낸 것은 잘못했으니 용서해 주십시오. 후회하고 다시 안 하기로 했습니다. 병이 나아서 이번에 집에 가면 아주머니 고생 안 시켜 드리겠습니다.

이렇게 그는 뉘우치고 용서를 빌고 그리워했고 한편 분발해 마지않았습니다. 며칠 후의 일이었습니다. 그는 누님에게 고기가 먹고 싶다고 했습니다. 누님은 한 냄비 그들먹하게 끓여서 상위에 놔주었습니다. 그것을 그는 뜨는 둥 마는 둥 조카(진수)에게 먹이는 것이었습니다. 멋쩍어서 못 먹는 조카를 누님 모르게 빨리 먹도록 하기 위해서 화까지 냈습니다.

한편으로 그는 여태껏보다 사뭇 큰 넓이의 반자지를 뒤집어 큰 글씨로 '겸허謙虛'를 쓰고 그 밑에는 작은 글씨로

'나에게 계시啓示가 있을 지어다'라고 써서 윗목 벽에 붙여 놨습니다. 이 종이는 그의 사후 다른 유고와 함께 안회남에게 주고 정리를 의뢰했던 것입니다.

그리고 그 옆에는 원고지에 쓴 「숱밭」 구상(메모)을 붙였습니다. 즉 배수의 진을 친 것입니다.

여태까지는 아무리 괴로워도 날마다 세수는 잊지 않았으나 이때부터는 끝내 세수는 고사하고 눈꼽마저 떼지 못하게 한 것은 낙심한 나머지 자포자기한 것 같았으나 그게 아니었습니다.

조카(진수)가 눈꼽이 더덕더덕한 그의 눈에 수건을 댈 양이면 그는 버럭 소리를 질러 화를 내며 타일렀습니다.

"겉에 보이는 눈꼽만 떼면 정한 줄 아느냐? 속에는 그보다 더러운 고름이 꽉 차 있는데……" 하며 무참해하는 조카에게 그는 말하는 것이었습니다.

"사람이란 제 생긴대로 보여야 하는 법, 더 잘 보일 것도 없고 더 못 보일 것도 없는 것이다." 그리고는 또

"이번에 서울 가거든 나하고 일본에 가자. 그래서 둘이서 공부하고

나는 쓰고 하자" 하며 초저녁에 멀쩡하던 그는 한밤중에 항문에 고통을 못이겨서 누님에게 보아 달라고 했습니다. 누님이 봐도 아프기는 매일반으로 별 수 없었습니다. 심한 통증으로 그는 밤을 새웠습니다.

이튿날 새벽 먼동이 터올 무렵 그는 광주 매형 유 씨 내외와 조카(진수)가 지켜보는 가운데 조용히 숨을 거두었습니다.

너무 짧고 한스러운 그의 일생은 가족뿐이 아니라 생전에 그를 아껴주던 여러 사람에게 미진함을 허다히 남겨놓고 1937년 3월 29일 아침 6시 30분, 어둠이 걷혀짐과 함께 그가 짊어졌던 멍에는 벗겨진 것입니다.

슬프고 괴로웠을망정 누구보다 깨끗한 생애를 살다간 그였습니다.

그의 가족들은 그때쯤 산에 흔히 피어나는 진달래꽃을 그에게 비기기를 잘 했습니다.

유해는 가족(그의 형 부자)에 의해 광주에서 서울 서대문밖 화장터로 직행하여 초라하나마 조용한 장례를 치렀던 것입니다.

그가 작고한 지 31주기인 금년은 그의 진갑進甲의 해로서 뜻깊은 바 있으며 김유정문인비가 세워지는 의암衣岩(옷바위)은 그가 실레를 떠나기 며칠 전에 최후로 친지들과 밤고기를 뜨며 내려가다가 다다른 곳입니다. 실레에서 흐르는 시냇물은 옷바위강에 합칩니다. 그곳에 세워지는 그의 비碑는 들어넘길 인연은 아닐 것입니다.

그 유적의 보존과 정확한 이해를 위하여 도움이 될까 생각한 끝에 부실한 제가 감히 이 글을 초抄하여 항간에 와전訛傳된 그의 경력을 정정하려는 것입니다.

연대순이 확실치 않은 것은 사진 설명에 그치고 다음 기회에 상술詳述하기로 하겠습니다.

글 가운데 '그'는 거의 전부가 삼촌을 말한 것입니다.

이 글은 삼촌과 한 방에서 지냈던 저와 어머니(글 속에는 형수)와 누이동생 진수 세 사람이 몇 달을 두고 기억을 더듬은 끝에 모아진 것이며 시일이 긴박하여 대충 추려 쓴 것입니다.

끝으로 김유정문인비건립위원회의 여러분과 김유정전집편집위원회의 여러분, 이에 협조해 주신 여러분께 감사의 말씀을 드립니다.

1968년 4월

금산金山 수영水營에서 김영수 씀

『김유정전집』, 현대문학사, 1968.

녹주 나 너를 사랑한다*

박녹주朴綠珠**

1926년 가을.

내 나이 24세. 잠자는 나의 가슴에 장미 한 송이가 꽂힐 줄이야.

추석이 갓 지난 어느 날이었다. 할멈이 피봉에 꼭 봉한 편지 한 장을 내 앞에 꺼내 놓았다. 겉봉엔 내 이름 석 자가 정성들인 글씨로 씌어 있었다. 발신인은 "봉익동 ○○번지 金裕貞"이라는 사람이었다.

생소한 이름이어서 의아스런 마음으로 흥분 속에 피봉을 뜯었다.

---

* 이 글은 김유정 사후 36년이 지나 박녹주 씨가 기억에 의해 구술한 것을 기자가 정리한 것으로 보인다. 기억에 의한 것이므로 이후 박녹주 씨가 『한국일보』(1974.1)와 『뿌리 깊은 나무』(1976.6)에서 구술한 내용과는 다소 상치된 부분들이 있음을 밝힌다.

** 박녹주(朴綠珠, 1906~1979) 경북 선산 출신. 본명은 박명이(朴命伊). 12세 때 박기홍(朴基洪)의 문하에 들어갔고 이후 송만갑(宋萬甲) 정정렬(丁貞烈)에게 사사했다. 그 뒤에도 김창환(金昌煥), 김정문(金正文), 유성준(劉成俊)에게 배웠다. 1928~30년에는 일본에서 많은 판소리 음반을 취입했다. 1928년 가을 수은동 근처에서, 김유정은 박녹주를 처음 보는 순간 짝사랑에 빠진다. 박녹주에 대한 짝사랑은 김유정의「두꺼비」,「생의 반려」에서 그려진다. 한편 박녹주는 1933년 조선성악연구회(朝鮮聲樂研究會) 결성에 참가, 1936년 동양극장에서 창극 「춘향전」에 출연한다. 박녹주는 1965년 중요무형문화재 제5호인 판소리 예능보유자로 지정, 1972년 이후로는 판소리보존회 이사장으로 활약하였다.

박녹주 선생께.

저는 전문학교에 다니는 김유정입니다. 고향은 강원도 춘천이올시다. 나이는 18세입니다. 그러나 지금은 봉익동 ◯번지에서 살고 있사옵니다. 부모는 모두 돌아가시고 지금은 형님과 누님이 계셔서 저를 돌봐주고 있사옵니다. 박녹주 선생님이여, 저는 당신을 연모합니다. 이렇게 아무것도 모르는 당신에게 당돌하게 편지한 것을 용서하여 주시옵소서.

나는 당신을 연모합니다. 나의 연모의 정을 부디 받아 주시옵소서. 그리하여 당신의 사랑을 받고 싶습니다.

김유정 올림

나는 그가 누군지 그리고 어떻게 생긴 인물인지 전혀 모른다. 특히 전문학교 학생이란 글자가 편지와 나 사이를 멀게 하였다. 내가 기생이라지만 학생이 철모르는 이런 짓을 하다니. 설레임보다는 당황과 분노가 일어났다. 나를 연모하다니 도대체 연모란 무슨 뜻일까. 나를 연모하다니 도대체 연모란 무슨 뜻일까. 나는 편지를 도로 봉해서 그의 앞으로 되부쳤다.

다음날이었다.

놀랍게도 그의 편지는 다시 내게로 돌아왔다. 다음과 같은 사연이 들어 있었다.

돌려보낸 편지를 다시 동봉하여 보내드립니다. 제 편지를 받아주십시오.

그리고 거기에는 나의 사진이 있었다. 나의 음반이 들어 있는 레코드

판에서 뜯어낸 사진이었다. 사진 밑에는,

이것이 당신입니다. 당신을 연모합니다. 저의 사랑을 받아 주시옵소서 — 유정

그 자리에서 편지는 찢어졌다. 사진만은 내가 보관하기로 했다. 이 사건은 내가 유정을 반감과 거리를 갖고 대하게 된 자극제가 되었다.

다음 날.

편지는 또 날아들어 왔다. 내용은 연일 똑같았다.

녹주님에게.

오늘 당신의 목소리를 중앙방송에서 들었습니다. 당신의 목소리는 정말 훌륭합니다…… 당신의 노래를 다 듣고 나자 나의 주위에 있는 사람이 이렇게 말합디다.

"저 년이 기막히게 창을 잘 해 내는군."

왜 당신의 아름다운 목소리를 듣고 사람들은 그렇게 욕을 하는 걸까요. 당신을 칭찬하는 솔직한 표현입니까? 그것에 나는 분노를 느끼면서 그들에게 욕을 했습니다.

녹주, 당신을 연모합니다. 저를 늘 사랑해 주시옵고 답장을 바라나이다.

나는 편지를 다 보고는 정말 망측한 일도 다 있구나 하고 생각했다.

다시 다음날.

녹주님께.

안녕하시옵니까? 어제 당신을 보았습니다. 당신의 모습은 정말 아름답군요. 그

러나 당신의 모습이 정말 잊혀지지 않는 때가 있습니다. 내가 당신을 처음 본 때입니다. 오후 한 시경 수은동 목욕탕에서 당신은 손대야를 들고 나왔습니다. 화장 안 한 얼굴은 창백하게 바랬고 무슨 병이 있는지 무척 수척한 몸이었습니다. 눈에는 수심이 가득 차서, 그러나 무표정한 낯으로 먼 하늘을 바라보았습니다. 흰 저고리에 흰 치마를 휾어 안고는 땅이라도 꺼질까봐 이렇게 찬찬히 걸어 나오시는 것입니까? 이런 당신의 모습은 정말 아름다웠습니다.

그래서 내 마음 속에 별처럼 남아 있는 것입니다.

당신은 화장 안 한 그대로의 모습이 더 아름다운 것 같습니다……

무례하게도 당신에게 이런 이야기를 하는 것은 당신을 항상 연모하고 당신의 지시만을 따르겠다는 저의 마음 때문입니다. 부디 답장을 해주시옵소서.

○월○일 유정 드림.

열흘간, 같은 내용의 편지는 계속 부쳐졌다. 물론 나는 답장을 해주지 않았다.

내심 걱정이 되기도 해서 나는 편지를 기생인 다른 친구에게 보였다. 그 편지를 본 친구들은 서로 보며 재미있다고 웃으면서 그럼 불러다 선을 한 번 보라고 야단이었다.

원채옥이란 친구가 주동이 되어서 일을 벌렸다. 할멈을 시켜서 그를 데려왔다.

원채옥은 다락에 올라가 숨고 나는 안방에 앉아서 그를 맞았다.

그가 성큼 들어올 때 잘 생기고 체격이 좋은 것에 약간의 위압을 느꼈다.

나는 위엄있게 말했다.

"당신이 보낸 편지는 다 읽어 보았습니다. 당신이 왜 열흘 동안이나 계속 편지를 했는지 이유가 궁금해서 불렀습니다."

그는 학생복을 입었고 머리는 짧게 깍은 모습이었다. 무릎을 꿇고 앉았던 그가 상체를 조금 들면서 대답했다.

"편지를 한 건 당신을 연모했기 때문이고 당신이 답장을 해주지 않아서 계속 편지를 한 것입니다."

나는 그가 겁에 질려 말을 잘 못할 줄 알았다. 하나 그는 의외로 자신만만한 목소리로 대답하는 것이었다.

"학생이 오로지 공부에 전념해야지, 딴 생각을 해서 되겠습니까? 더구나 나는 기생의 몸, 학생의 신분으로서 당키나 한 말입니까?"

"학생이 기생을 사랑하지 말라는 법이 어디 있습니다? 법에 있는 말입니까? 몇 항 몇 조에 있습니까. 사랑에는 국경이 없다는 말도 있습니다만."

"어쨌든 그건 말도 안 되는 소리에요. 당신은 아무튼 공부에만 전념해야 돼."

나는 동생을 타이르듯이 말을 낮추었다.

"당신이 나의 마음을 받아줌으로써 나는 더욱 열심히 공부할 수 있습니다. 그렇지 않으면 그릇된 길로 나가게 될지도 모르겠습니다."

그는 두 눈을 부라리며 말했다.

"나는 남동생이 셋이나 있고 또 그들을 부양할 책임이 있어. 일본 대학 다니는 동생도 있고, 또 네 또래만 한 동생이 있는데 내가 어떻게 동생 같은 너를 대하겠어?"

"내가 연모하는데 선생이든 동생이든 무슨 상관이 있습니까? 사랑에는 국경이 없는 법입니다."

그는 꼿꼿이 앉아서 대답했다. 나는 그의 말을 당해 내는 데 진땀을 흘렸다.

"연모가 도대체 무슨 말이오?"

"즉 사랑한다는 말입니다."

"응 그래? 그럼 그런 건 좀 더 있다 생각하도록 하고 공부를 열심히 해서 훌륭한 사람이 되면 그때엔 내가 너를 달리 볼 테니까."

"당신이 날 사랑해 줌으로써만 공부를 잘할 수 있다니까요."

나는 어이가 없어서 유정을 한참 쳐다보다가 말했다.

"넌 틀려먹은 아이야."

그가 정색을 했다.

"어디로 봐서 그렇다는 겁니까?"

나는 그냥 허허 웃음으로 대꾸했다.

"사랑에는 국경이 없습니다."

중얼거리듯 말하며 그는 앉은 채로 벽을 휘둘러보면서 한참 생각하는 시늉이었다.

"제가 가난해서 그럽니까? 당신이 저를 사랑만 해준다면 나랏님 수라상이라도 훔쳐다 드리겠습니다."

그는 심각하게 이렇게 말하곤 눈물이 글썽글썽해졌다.

다락에선 원채옥이 웃음을 참지 못해 발광을 하는 기색이었다.

유정은 벽에 걸린 사진을 쳐다보고 있었다.

"저 사진을 저에게 주십시오."

"안 된다. 어떤 사진인데 주냐."

나는 쌀쌀히 거절했다.

"학생 신분에 무슨 사랑 타령이람."

"나를 사랑해 주면 머리가 정리되어 공부에 전념하기가 더 수월해질 듯싶습니다."

나는 말이 막혔다. 웃으면서

"당치 않은 소리. 그런 소리하지 말고 어서 가거라."

화가 잔뜩 난 그는 벌떡 일어나더니 부리나케 돌아가 버렸다.

원채옥이 다락에서 나와서 깔깔대며 웃었다.

다음날.

편지는 어김없이 또 들어왔다. 나는 편지를 받지 말고 돌려보내라고 하였다.

그랬더니 이번엔 친구를 통해서 직접 집으로 가져다 놓는 것이었다. 편지가 들어오는 대로 꾸겨서 버렸다.

내용은 늘

"사랑합니다. 연모합니다. 사랑해 주십시오. 결혼해 주십시오."

로 일관했다. 나는 그가 공부는 하지 않고 매일 편지만 쓰는 줄로 알고 괘씸하게 여겼다. 아니 그보다도 거의 무관심했다는 말이 더 알맞으리라. 내가 그 당시에 같이 상대했던 사람은 사오십 대가 되는 대감 사업가 들이었다. 그런 탓으로 도저히 나로선 그가 이성으로서 생각되지가 않았던 것이다. 그는 바로 아랫동생 태술과 한동갑이었다.

겨울이었다.

유정이 별안간 우리집을 찾아왔다. 내가 방에 앉아 있는데 유정이 성큼 방안으로 들어섰다. 나는 놀라, 얼른 자리에 앉았다. 유정은 나를 보자 마치 어머니 품에 안기려는 아이처럼 내게 다가왔다.

나는 얼른 소리를 쳤다.

"이게 무슨 짓이오? 거기 앉아 계시오."

그는 눈물을 잔뜩 머금은 얼굴로 어쩔 줄을 모르고 방석 위로 옮겨 앉았다. 그러더니 엉엉 울음을 터뜨리는 것이었다. 그는 한참 동안이나 서럽게 서럽게 울었다.

나는 그가 측은해서 눈물이 솟았지만 모르는 척하고 할멈을 불렀다.

"할머니 목욕 가게 목욕 준비해요."

한창 추울 때라서 목욕하고 싶은 마음은 조금도 없었다. 그러나 별도리가 없었다.

유정은 그렇게 한참이나 앉아서 엉엉 울더니 밖으로 벌떡 일어나 나가 버렸다.

처음부터 이 일을 지켜보던 나의 동생 태술이 너무 측은하고 안 됐던지 그를 자기방으로 데리고 들어가는 모양이었다. 나는 그것조차 말릴 수는 없었다.

그 일을 계기로 유정과 태술은 친해진 모양으로 저희끼리 어울려 쏘다니기도 했다.

가끔 유정이 태술을 핑계대고 동생방에 와서 놀았지만 그것은 그에게나 내게나 퍽 가슴 아픈 일이었다.

내 동생 태술은 나에게

"누나 불쌍해 죽겠어요. 건넌방 누님의 목소리라도 좀 들을까 해서 저렇게 매일 찾아와요. 찾아와선 늘 울고 갑니다. 엉엉 울고 있어요. 불쌍해서 못 보겠어요."

태술은 유정을 동정하면서 틈을 보아 내 방으로 데리고 들어오기도 했다.

1927년 음력 1월 1일.

설날.

유정은 양단 치마저고리 한 감을 선물로 보냈다. 옥색의 최고급품이었다. 나는 그것을 다시 돌려주었다.

그러면 그는 친구를 시켜 다시 그 꾸러미를 내게 보내오는 것이었다. 거기엔 이런 편지가 있었다.

> 녹주, 내가 당신을 사랑하는 것이니까 이것을 보내는 것입니다. 부디 받아 주십시오. — 유정

내가 지쳐 그것을 받을 때까지 그 일은 되풀이되었다.

정월 어느 날.

유정은 내게 또 선물을 보내왔다.

마른신이라고 해서 고무신 대신 신는 것이었다. 공단으로 만든 곤색 고급신이었다.

또 어느 날은 장갑을 사서 보내기도 했다.

흰색 헝겊으로 된 장갑이었다.

그 장갑 안에는 조그만 쪽지가 있었다.

> 이 장갑은 당신이 추울 때 끼라고 사서 보냅니다. 장갑이 꼭 필요할 것을 알고 있습니다. 나는 당신을 영원히 사랑할 것입니다. 당신도 저를 사랑해 주십시오……. 유정

정월 25일.

그날은 나의 생일날이었다. 유정은 어떻게 알았는지 조그만 트레금 반지 하나를 선물로 가져왔다.

나는 할멈에게 그 선물을 주며, 그 학생에게 갖다 주라고 일렀다 — 학생이 돈을 어디서 나서 저런 반지를 살까. 돈도 타서 쓴다면서.

그러다 생각을 바꾸어 그 심부름 온 학생을 들여보내라고 했다.

"이것을 받을 순 없으니 다시 돌려주시오. 그리고 당신도 이런 짓하면 못 쓰오. 그리고 유정학생에게도 제발 이런 짓은 다시 하지 말라고 전해 주시오."

그 학생을 돌려보내고 난 나의 마음은 굉장히 언짢았다.

저녁 때.

그 학생이 다시 그것을 갖고 찾아왔고 거기에는 역시 쪽지가 끼여 있었다.

> 녹주, 이것은 너의 생일 선물로 보낸 것이니 받아라. 만일 이것을 안 받으면 나는 너를 죽이겠다.

글투에선 가슴을 선뜩하게 하는 살의 같은 것마저 번뜩였다. 그 후로도 편지는 계속되었고 때로는 혈서를 써서 보내기도 했다.

누군가 뜯어서 내게 주어서 펴 보면 빨갛게 쓴 혈서가 매일매일 편지 안에 들어 있었다.

"녹주 내 너를 사랑한다."

편지 끝에는 꼭 이렇게 혈서를 썼다. 나는 이 혈서만 보면 진저리를 치고 아궁이에 쑤셔 넣고 넣곤 하였다.

편지는 매일 날아왔다. 그리고 편지 밑에는,

> 내가 너를 사랑하는 것을 제발 알아다오. 네가 나의 사랑을 받아주지 않는다면 나는 너를 죽이고야 말겠다.

그다음부터는 숫제 편지 끝에는 으레 죽이겠다는 협박의 말이 꼭 붙어 있었다.

나는 무서워서 제대로 밖을 다니지 못할 지경에 빠지게 되었다.

1928년 봄 2월 20일경.

수은동 중국요릿집 복혜원에서 중국사람이 찾아왔다.

손님이 중국집에서 기다린다는 것이었다.

철도병원에 있는 의사 김병로 박사는 동생 태술의 병을 자주 돌봐주었고 나의 손님이기도 했다. 그분과 복혜원을 자주 갔었기 때문에 나는 김 박사인 줄만 알고 중국집으로 갔다.

"어떤 손님이오."

내가 묻자 중국사람이

"키가 큰 남자분입니다."

"뭘 들었소?"

"조그만 가방을 든 사람이던데요."

나는 김 박사가 왕진가방을 들고 온 줄로 착각하고 별 의심 없이 2층 방으로 올라갔다.

보이가 안내한 방에는 학생복을 입은 유정이 걸상에 떡 버티고 앉아서 나를 노려보고 있었다.

그를 본 순간 나는 그가 나에게 죽이겠다고 위협하던 생각이 번뜩 스쳤다. 그렇다고 도망친다는 것도 우스운 일 같아서 나는 마음을 잔뜩 도사리고 그의 맞은편 의자에 앉았다.

유정은 나를 뚫어지게 보더니 보이를 불렀다. 보이가 오자

"음식을 정식으로 한 상 차려와."

하고 말했다.

"술은 무엇으로 할까요?"

"술은 배갈과 음…… 포도주를. 그리고 담배는 해태하고 피존으로 가져오시오."

곧 음식이 날라져 왔다. 상이 다 차려지자 유정은 내게 해태(담배)를 권했다.

"당신은 포도주를 마시시오."

"나는 사양하겠소"

라고 말하자 자기는 컵에 배갈을 따라서 한 잔 쭉 들이켰다. 한 잔, 두 잔…… 그는 연실 마셔댔다. 독한 술이 몇 잔 들어갔어도 그의 얼굴은 하나도 빨개지지 않았다. 그러다가 포도주 꼭지를 따는 꼬챙이로 코르크 마개를 따더니 순간 콱! 책상 위에 꼬챙이를 박았다.

내가 놀라고 무서워할 틈도 없이

"내가 포도주를 네게 따라 줄 테니 나랑 결혼하자."

그의 말은 이미 존대가 아니었다. 무서웠지만 나는 동요해선 안 된다고 스스로 타일렀다.

"나는 결혼할 수가 없다."

"어째서 할 수가 없소?"

말투가 거칠기 이를 데 없었다.

"내게 영감이 있는데 어떻게 결혼을 하나."

"그 영감일랑 버리는 것이 좋겠지."

"어떻게 십 년 이상을 산 영감을 하루아침에 버리겠어요."

"그만두렴. 하지만 나는 너하고 결혼해야겠다. 누님과 형님에게 결혼할 승낙도 다 받았고, 준비도 되었고, 너하고 살 재산도 만들어 놓았다."

"어린아이 같은 소리는 그만두고 공부나 잘 해요."

"다 소용없는 일이야. 네가 사랑해 주고 결혼해 주어야 나는 살 수가 있어."

유정은 컵에다 배갈을 다 붓더니 훅 하고 단숨에 마셔버렸다. 그는 술고래였다. 그전부터 나는 그가 폐결핵이란 말을 들은 적이 있는 것 같다.

가만히 생각하니 꼭 그곳에서 죽고 말 것만 같았다.

"네가 성공하면 네가 찾지 말래도 찾을 테니 그때까지 참아."

"네가 날 좋게 만들어다오."

그는 가리마 탄 머리를 휙 뒤로 쓸어넘겼다.

나는 자리를 피하기 위해서

"나 소변 좀 보고 오겠소."

"도망가려구?"

대들 듯이 물었다.

"무슨 죄가 있다고 도망을 친담. 핸드백도 예 있는데."

"그럼 다녀오시오."

나는 밖에 나와서 황금정에 있는 고래관에 전화를 해서 상황이 이러니 나를 좀 불러 달라고 부탁했다.

조금 후 가장假裝 전화를 해주겠다는 약속을 받고 다시 그 방으로 올라갔다.

"소변 봤소?"

"봤습니다."

"결혼을 빨리 승낙해 주시오."

"결혼할 수 없소."

단호히 말했다. 그는 술을 병째로 컵에 따라 줄줄 연거푸 마셔댔다.

"술을 그만두시오."

"네가 내 말을 들어 주면 술도 마시지 않겠다."

그는 엉엉 울어버릴 것 같은 목소리로 대답했다.

조금 있다가 중국 보이가 전화가 왔다고 일러 주었다.

내가 전화를 받으러 일어서자

"무슨 전화?"

"고래관에 미리 예약이 있었는데 당신 때문에 못 갔소. 그래서 재촉 전화가 왔나 봐요. 급한 일이니 빨리 받아 봐야겠소."

"빨리 가봐요."

내가 전화를 받으니 빨리 오라는 것이었다. 자리에 돌아와서 내가 백을 집고

"빨리 가 봐야겠어요."

"뭐요?"

"손님이 지금 곧 오랩니다."

"가지 마시오. 못 갑니다."

그는 일어서더니 내게 다가왔다.

"당신이 이래서 되겠소. 일엔 선후가 있는 법인데. 이런다고 결혼이 되는 게 아니지 않소."

"못 가오."

"당신의 신분을 생각해 봐."

"안 되오."

"그럼 내 갔다 올 테니 여기서 기다려요."

"꼭 가야겠소?"

그는 체념한 듯 물었다.

"그러면 삼십 분만 있어 줘."

나는 그것마저 거절할 수가 없어서 그러기로 하고 도로 앉아 담배를 피워 물었다. 유정은 아무 말도 하지 않았다.

침묵…… 30분이 다 된 것 같아서

"나 가겠습니다"

라고 말했다.

"……나 같으면 못 가겠는데…… 나 같으면 못 가겠는데……"

"그래…… 훗날 만나서 오래 있지."

그 말이 끝나자 유정이 저쪽 테이블로 걸어가더니 예쁜 포장을 하고 리본으로 맨 상자를 내게 주면서

"이것 가져가"

하며 꾸러미를 밀었다.

"이것이 뭐요?"

"그냥 가져가 보면 알아."

"난 못 가져가. 받을 수 없소"

하고 말하며 나가려 하자 그는 문을 딱 막아서며

"안 가져가면 못 가"

라고 달려들었다. 나는 얼결에 그것을 받아들고는 쏜살같이 층계를 내려왔다.

그도 따라 내려와서 내가 층계를 다 내려올 때까지 한참이나 서서 지켜보고 있음을 알았다.

나는 그에게 들어가라고 손짓한 다음 인력거를 얼른 잡아타고 고래관으로 왔다.

고래관에 당도하니까 손님들이 나를 보고 어찌 됐냐고 야단이었다. 좌우간 이 상자에 들어 있는 물건에 대한 궁금증 때문에 나는 손님 앞에서 그 상자를 펴 보았다. 그것은 진고개(명동)에서 산 최고급 과자였다.

그 안에 조그만 쪽지에는

> 녹주에게.
>
> 이 과자는 네가 약을 먹을 때 늘 사탕으로 입가심을 한다기에 사탕 대신 과자를 사서 보내는 것이다. 약을 먹은 후 과자를 꼭 먹어라. 그런 이유로 샀으니까 꼭 그렇게 해야 된다.

라고 씌어 있었다. 나는 그 자리에서 손님들과 과자를 나누어 먹었다.

"나 참 큰일났어요. 그 학생이 자꾸 따라다니면서 죽인다고 하는데

도리가 없어요"
라고 손님들에게 말했다. 손님들도 이미 이 사건들을 익히 알고 있는 터였다.

그날 밤은 꼬박 밤을 새우며 손님들과 놀고 새벽에 몸을 감추어 집에 들어왔다.

유정의 편지가 나를 기다리고 있었다.

> 너는 운명이 좋은 줄 알아라. 나는 밤새도록 고래관 앞에서 너를 기다렸다. 네가 나오면 죽이려고 네 그림자를 찾아도 너를 발견하지 못했다. 아마 네 운명이 축복을 받은 좋은 모양이다.
>
> 만약 나를 만나 주지 않을 때는 너를 죽이고야 말겠다.

편지를 찢어 버리고 동생 태술을 불렀다. 태술은 유정과 친해서 같이 어울려 얘기도 하고 유정을 동정해서 자꾸 그를 자기 방으로 들여놓고, 나와 유정 사이의 보이지 않는 다리 역할을 하고 있었다.

다시는 유정을 집에 데리고 들어오지 말 것이며 그를 끼고돌지도 말아라, 친하지도 말아라, 하고 나는 태술에게 호통을 쳤다.

나는 그날 이후 불안해서 외출을 할 때는 머리치마를 쓰고 케이프(망또)를 두르고 몰래 밖으로 나가곤 했다.

어느 날.

이 부자네 집으로 풍류를 하러 간 일이 있었다. 마침 종로 경찰서 유경부란 이가 거기 있어서 유정과의 얘기를 말했다. 그랬더니, 그는 유정을 협박죄로 경찰에 넣자는 말을 하였다. 나도 그것이 좋겠다고 승낙을 했다. 내일, 수속을 해서 유정을 잡으러 가겠다고 그 경부는 약속해 주었다.

"까딱하면 그 학생 말에 맞아 죽을 것만 같아서 못살겠어요."

그랬더니

"우리나라 보물이 죽어서야 되나, 살려야지"

라고 말했다. 죽는 건 둘째고 불안해서 길을 마음 놓고 다닐 수조차 없었다.

그날, 집에 돌아오니 또 편지가 와 있었다. 나를 이 부자네 집까지 미행했고, 내가 나오면 죽이려고 했는데 다른 사람들 눈 때문에 그렇게 하지 못했다는 내용의 편지였다.

그리고 그 아래엔 빨간 혈서로

"녹주 내 너를 사랑한다"

라고 써 있었다.

나는 소름이 끼치도록 혐오스러워 아궁이에다 불을 질러 넣어버렸다.

다음날, 유 경부를 만났더니

"생각해 봤는데 안 되겠소. 학생 신분이면 구류처분 2주일밖엔 안 됩니다. 2주일 구류처분 후에 만일 더 간악한 감정을 품을지도 모를 일이니 학생을 잡아들이지 않는 것이 좋겠소"

라는 말을 했다.

"녹주야. 너는 유명한 명창이지만 그 젊은 학생은 장래가 어떻게 될지 아느냐. 그러니 그를 한 번만 데리고 자 주면 그가 원을 풀 것이 아니냐"

라고 말했다.

"내게 남편이 있는데 아무리 그 사람을 살린다 해도 그것은 안 됩니다."

"그렇지만, 학생의 장래가 있는데 네가 그렇게 좌절시키면 되겠니? 하룻밤만 데리고 자 주어라."

"데리고 자는 것도 자는 것이지 그 학생도 남잔데, 더욱이나 내 동생하고 친하고 그 또래밖엔 안됐는데 어떻게 그럴 수 있습니까? 그럴 수 없습니다."

나는 그 말이 불쾌해서 다시는 이 씨네 집에는 가지 않았다.

3월이 되었어도 유정의 협박편지는 계속 날아왔다.

그리고 아서원 요릿집에서 손님인 양 가장하고 전화를 걸기도 하고 중국 보이를 시켜 나를 불러내려고 애쓰기도 하였지만 나는 번번이 거절하곤 했다.

내가 청을 거절하면 반드시 다음날 편지에는

> 녹주.
>
> 너를 아서원에서 기다렸는데 나타나지 않았다. 너를 죽일 준비를 하고 있었는데 다행히 운이 좋아 또 살아났구나. 너는 언젠가 내게 죽고 말 것이다. 네 운명이 좋아서 난을 피한 것을 고맙게 느껴라……. 유정

나는 가까운 명월관으로 놀러갈 때도 동생의 보호를 받고 다녀야만 했다.

그때 일은 지금 생각해도 소름이 끼친다. 나는 할 수 없어서 '삼방'이란 곳으로 피난 겸 휴양차 그곳에 약 한 달간 있었다. 집안 형편으로 나는 다시 서울로 돌아왔었다. 내가 돌아온 다음 날 기다렸다는 듯 편

지는 또 날아왔다.

녹주.

나는 너를 찾아 온 장안을 다 헤매었다. 그러나 네가 가 있는 곳은 알아내지 못했구나. 너를 찾기 위해 고래관과 명월관 앞에서 매일 밤새워 너를 찾았다. 어느 곳에서도 너의 자취는 없었다. 나는 너를 사랑한다. 그런고로 내 곁을 떠나 있어선 안 된다. 네가 집으로 돌아왔으니 내 마음이 퍽 기쁘다. 어제 네가 집을 나서는 것을 보았는데 정말 아름답더구나. 너는 나와 결혼해야 한다……. 유정

그는 편지만 보내는 것이 아니라 태술의 방에 와선 늦게까지 놀다 가는 것이었다.

1929년 3월 15일.

집안에 불화가 있어서 나는 자살을 기도했었다. 겨우 일주일 만에 깨어나서 눈을 떠 보니까 머리맡에는 원산서 올라오신 어머니와 의사, 그 옆엔 유정이 떡 버티고 앉아 있었다.

놀랍기도 하고 어이가 없어서 대뜸 물었다.

"여긴 뭣 하러 왔느냐?"

"돌아가시면 시체 찾아가려고 왔습니다."

"당신이 뭔데 시체를 찾아가요?"

"당신 몸은 내 것이니 내가 임자가 아니오? 그러니까 찾아가려고 했소."

방안에 있는 사람들은 웃을 수밖에.

나는 겨우 눈만 떴을 뿐 아직도 채 완전히 정신이 든 상태는 아니었다.

"돌아가시오. 여기가 어딘데 버티고 앉았소? 썩 가시오."

"병의 차도를 좀 보고 가겠습니다. 돌아가시는지 살아 있을는지 보고 가겠습니다."

"살았으니 돌아가요."

그는 꼼짝도 않고 나를 내려다보고 앉아 있었다. 의사가 환자를 생각해서 돌아가는 것이 좋겠다고 권해도 꿈쩍도 안했다.

"내 자유를 막지 마시오."

단호히 그가 말했다.

그는 신문에 내 자살 보도를 읽고 찾아온 것이라고 말하면서 나를 뚫어지게 쳐다보았다. 한편으로는 측은하기까지 하였다. 나는 엉덩이와 발뒤꿈치가 썩어서 계속 입원하고 있어야 할 몸이 되었다.

1930년 봄.

유정과의 마지막 만남은 수화정에서 이루어졌다.

가야 할 때가 온 것이었을까?

수화정으로 이사 온 후론 편지도 날아오지 않았다.

어느 날.

내가 외출했다 돌아오니까 유정이 왔다고 일러주었다. 방문을 열었을 때, 나는 깜짝 놀랐다. 유정이 나의 침대 모서리에 걸터앉아 있었기 때문이었다.

내가 깜짝 놀라는 것을 보자

"왜요? 나를 보면 겁나는 일이라도 있습니까?"

"겁나는 일은 없지만 남 영감하고 사는 집엘 와 있소?"

"걱정하지 마시오. 영감하고 못 살면 나하고 살지요. 걱정할 것 없습니다."

침대에 기대앉으며 말했다.

"정말 넌 못쓰겠구나. 그만하면 맘을 바로잡을 때도 됐으련만……"

"죽어도 이맘은 안 변합니다."

"죽어도 안 변해? …… 정말 안 갈래?"

"가겠습니다. 그러나 말 한마디만 듣고 가겠습니다. 저를 사랑해 주시겠습니까. 안하시겠습니까?"

나는 달래며 말했다.

"그래 영감이 살아야 얼마 못 살 것 같으니까, 그때까지만 기다려라. 갑자기 너랑 살겠다고 헤어질 수도 없지 않느냐. 조금 있다 헤어질 테니 그때 너랑 살도록 하겠다."

"그게 언제쯤 되겠습니까?"

그는 눈을 빛내며 다그쳐 물었다.

"그게 언제쯤 되는지 내 어찌 알겠어. 나가자."

유정과 나는 청계천 야시장으로 걸어 나왔다. 공교롭게도 불빛 속에 영감이 나타났다.

"당신 어디 가오?"

영감이 놀란 표정으로 물었다.

"당신 오는 줄 알고 수박 사러 갑니다."

"빨리 들어와요."

남편도 유정을 알고 있었기 때문에 웃으면서 이렇게 말했다. 유정도 이것을 보았다.

"너 지금 우리 영감을 봤잖아? 이래서 되겠니?"

"나 못 봤어요. 어느 분입니까? 내가 봤더라면 인사 좀 할 걸 그랬네."

유정은 시침을 떼며 이렇게 말했다.

"네가 뭐라고 인사할래?"

"뭐라고 하긴 뭐라고 해요. 이젠 그만 살라고 말하지요."

"넌 이 길로 가면 곧 마음을 바로잡고 공부해서 아무쪼록 훌륭한 사람이 되어야 한다."

유정을 야시장 옆에 세워 두고 근 한 시간 동안이나 말하며 타일렀다.

"후일에 너를 또 한 번 찾을 테니까 참고 기다려라."

"언제쯤 그렇게 해주시겠습니까?"

"두고 봐야 알겠다."

유정은 기분이 침울하고 우울해 보였다. 울 듯 말 듯 목소리는 떨렸고 얼굴은 이그러져 있었다. 유정과 나는 야시장 곁에 한참이나 서 있었고 그는 갈 생각도 않고 우두커니 벽에 기대 있었다. 이 세상에서 그렇게 슬픈 얼굴을 나는 일찍이 본 일이 없다.

그것을 본 내 마음은 아파서 얼른 오지도 못하고 같이 서 있었다.

"이제 가라."

"가겠습니다. 저를 다시 찾을 때까지 기다립니까?"

"그래 그때까지 기다려라."

"그게 얼마나 됩니까?"

그가 또 물었다.

"언젠지 모르지만 남편과 갈려야 하지 않겠니?"

"갈려야 해요? 그럼 얼른 갈리고 나와 결혼해 주세요."

"그래 빨리 가 봐요."

자꾸 갈 것을 권유하자 마지못해 그는 일어섰다. 그리고 고개를 숙이고 걸어가더니 돌아서 나를 한참 쳐다보았고 그리고 떠났다.

잘 가라고 나는 손을 흔들어 주었다.

그것이 마지막이었다.

얼마 후

나는 측근에 의해 유정이 죽었다는 소식을 들었다.

어떤 이는 폐병으로 죽었다 했고 어떤 이는 한강에 빠져서 자살했다고 했다. 내 생각에도 그가 술을 너무 마시니 건강이 나빠졌음을 짐작은 했지만, 그렇게 일찍 죽을 줄 알았으면 한마디 말이라도 좀 다정히 하여 줄걸 하고 후회스럽기조차 했다.

6·25피난지에서 나는 친구 동생을 통해서 『동백꽃』이란 유정의 소설집을 처음 대하였고, 그가 그런 소설가가 되었다는 것을 처음 알았다

가슴이 뭉클해지면서 그에게 너무 쌀쌀히 대한 것이 새삼 죄스럽게 느껴졌다.

얼마 전엔가는 또 춘천에 '김유정 문인비'가 세워졌다는 소식을 들었다. 누군가 나에게 그곳에 가 넋이나마 위로해 주라고 말했을 때도 선뜻 나설 수 없었다.

유정에게 모든 천하의 빛이 함께 하기를 기원하면서 글을 줄인다.

『문학사상』 7, 1973.4.

침묵의 이유*

1936년 5월 『여성』지에 '어떠한 남편 어떠한 부인을 맞이할까'라는 공동제목 아래 당시의 젊은 지식인들에게 자신들의 생각을 말하게 했다. 김유정과 박봉자[1]의 글이 나란히 실렸다. 이후 박봉자는 김유정으로부터 일방적인 편지 테러를 당해야 했고, 1937년 3월 29일 김유정이 사망하자 김문집으로부터 인신공격에 가까운 비난을 받아야 했다. 그로부터 37년이 지나 박봉자가 입을 열었다. 1973년 연말 미국에서 잠시 귀국했을 때 박봉자가 측근에게 다음과 같이 말했다.

> ……김유정의 편지는 30여 통 받았다. 오빠의 손에 의해 먼저 피봉이 찢긴 다음 내가 읽었다. 지금 여성들은 다르겠지만 당시의 아무리 신여성이라 하더라도 김유정 같은 뜨거운 구애에는 침묵을 지킬 도리밖에 더 있었겠는가? 이후 김문집이 나 때문에 김유정의 명이 재촉되었다고 글을 썼는데 나는 불평하고 싶었지만 여러 가지 사정을 참작해서 입을 다물었다.[2]

---

* 이 글은 편자가 1936년 5월호 『여성』지에 나온 김유정과 박봉자의 글, 1974년 7월호 『문학사상』에 실린 박봉자 관련 글과 1988년 발간된 『김환태전집』을 읽고 정리한 것이다.

1 박봉자(朴鳳子, 1909~1988) : 전남 광산 출신, 이화여전 영문과 졸업. 오빠는 시인 박용철(朴龍喆)이고 남편은 문학평론가 김환태. 김환태는 일본 동지사대 예관와 규슈제국대 영문과를 졸업했다. 김환태는 구인회원으로 김유정의 술친구였다. 박봉자와 김환태의 결혼일은 1936년 6월 1일이었다.

그렇다면 1936년 『여성』지 5월호의 공동제목 '어떠한 남편 어떠한 부인을 맞이할까'에서 김유정은 어떤 말을 하였을까.

(…중략…)

나와 똑같이 우울한 그리고 나와 똑같이 피를 토하는 그런 여성이 있다면 한번 만나고 싶습니다. 나는 그를 한없이 존경하겠습니다. 왜냐하면 나는 내 자신이 무엇인가를 그 여성에게 배울 수 있으리라고 기대하기 때문입니다.

이렇게 되면 이건 연애가 아닐지도 모릅니다. 단순히 서로 이해할 수 있는 한 동무라 하겠습니다. 마는 다시 생각건대 이성의 애정이란 여기에서 비로소 출발하는 것이 아닐까 합니다.

그리고 나에게 그런 특권이 있다면 나는 그를 사랑하겠습니다. 결혼까지 이르게 된다면 더욱 감축할 일입니다. (…중략…) 김유정의 글.

다음은 역시 공동제목하에 박봉자가 전한 말이다.

(…중략…)

그래서 그런지 요새 와서는 혹 조용한 틈을 타게 되며는 장래의 내 남편을 그려보는 일도 있지요. 그러나 어릴 적에 동경하던 나무장작개비같이 딱딱한 변호사와 사업가는 다 싫고 이해 많은 문학가라고 생각을 고쳤습니다. 문학가는 세상을 잘 알고 사람을 잘 압니다. (…중략…)

2 문학사상사 자료조사연구실, 『문학사상』 22, 1974.7, 317면.

1936년 5월호 『여성』지에 이 글이 게재되었고, 같은 해 6월 1일 박봉자는 구인회원이며 문학평론가인 김환태와 결혼했다. 김환태는 김유정의 문인친구이며 술친구였다. 박봉자는 결혼 다음 해인 1937년 8월 장남을 출산했다.

한편 김유정의 박봉자에게 보낸 편지 사건 이후 37년 만에 입을 연 박봉자의 말을 게재한 『문학사상』에는 다음과 같은 내용이 첨부되어 있다.

> 수개월에 걸쳐 30통째인가 편지를 부쳤을 때, 김유정은 박봉자가 시집을 가기로 하고 약혼식을 올린 사실을 알게 되었다. 김유정은 **마지막 편지에다 박봉자의 전도를 축복하노라고 밝히며 그간 보낸 편지들을 불태워 달라고 부탁했다.**[3](강조 편자)

현재 김유정 관련 미발표 유고들은 전혀 남아 있지 않다. 그렇다면 김유정이 보냈다는 30통째의 편지 내용은 어디에서 나온 것일까. 김유정은 자신이 박봉자에게 전한 편지 내용을 모두 외우고 있었다고 한다. 그리고 김유정의 모든 유품과 유고는 안회남이 가져갔다고 한다. 안회남의 언급을 통해서 사람들에게 전해진 개략적인 내용일까.

김유정이 박봉자에게 보낸 마지막 편지로 추정되는, 곧 31번째 편지는 1937년 1월10일 「병상의 생각」으로 탈고되었고 『조광』 3월호에 발표되었다. 여기에는 문학사상 자료조사실에서 언급한 내용과 같은 것도 찾을 수 없었다.

---

3 『문학사상』 22, 1974.7, 317면.

김유정 임종하던 날

김진수*

그날 저녁이었에요. 어휴, 얘 진수야, 어이구, 이렇게 아플 수가 있니. 나는 못 살 것 같다. 못 살 것 같다. 자꾸 그러세요. 진수야 어떡하면 좋으냐. 그래서 주사를 또 한 번 놔 드렸에요. 그랬는데두 뭐 그냥 아파서 그날 저녁을 그냥 꼬박 새우셨에요. 새벽 나절엔 치질을 절 보구 보라고 하시네요. 아무리 그동안 수족같이 모셨어두 전 열여덟 어린 여자앤데 도저히 그렇게는 못해 드린대두 화를 내시구, 그럼 넌 삼촌이 죽어두 좋냐구, 그러시면서 떼를 쓰는 거에요. 그래서 고모를 오시게 하려구 문을 여니까 삼촌이 고모를 불러오지 말구 네가 봐 달라는 거옜에요. 그런데 왜 그렇게 삼촌이 무서웠는지 모르겠어요. 아마 돌아가실 때 정 뗀다는 게 그런 건지, 고모 모시러 밖으로 나갈려구 하는데 밖에서 뭐가 잡아땡기는 것 같이 더럭 무서웠에요. 그래서 그냥 방문턱에 앉아 막 울었에요. 그런데두 삼촌은 죽겠다구 막 야단이시면서 고모 불

---

* 김유정의 임종을 그의 고모 부부와 함께 지켰던 증언자 김진수 씨는 김유정의 형님 김유근 씨의 딸이다. 위의 증언은 소설가 전상국 교수가 김유정 평전이자 실명소설인『유정의 사랑』을 퇴고하고 나서 찾아뵈었을 때, 김진수 씨가 전한 내용이다.

러오지 말구 네가 봐 달라시는 거에요. 그래, 안 되겠다 싶어 용기를 내서 밖으로 나가 안채에 있는 고모를 불렀지요.

고모 내외분을 불러다 놓구 나니까 여태 참아 왔던 병이 덜컥 나는 거에요. 고모부가(그렇지요. 유세준 씨가 맞으세요) 넌 몸이 아프니까 고모 방에 가서 있으라구 하세요. 그래 고모 방에 누워 앓고 있는데 고모가 오셔서 삼촌이 지금 자꾸 너를 찾고 있으니 빨리 가 보란 거에요. 그래서 아픈 걸 억지루 참구 달려가 보니까 삼촌이 눈을 감은 채 내 손을 잡으시더니

응 진수!

그러시면서 빙긋 웃는 것 같으셨는데 그게 운명하시는 거였다는군요. 그땐 날이 훤하게 밝아 가지고 아마……

—김진수(74세, 서울 서초동, 1993.4.10)

전상국, 『유정의 사랑』, 고려원, 1993, 320~321면.

김유정 연보

1908 **2월 12일**(1월 11일 음력) 춘천시 신동면 증리에서 아버지 김춘식金春植(1873.11.22~1917.5.23 음력)과 어머니 청송 심 씨(1870~1915.3.18 음력) 사이의 8남매 중(2남 6녀) 중 7째, 차남으로 출생하다. 이들 8남매 중 첫째는 장남 김유근金裕近(1893.8.21~?)이다.

김유정의 본관은 청풍, 김유정은 대동법을 시행한 김육金堉의 10대손이며 청풍 부원군 김우명金佑明의 9대 손. 김우명의 묘소가 춘천시 서면 안보리에 안장되면서(1675) 청풍 김 씨가와 춘천의 인연이 시작되다.

김유정의 5대조 김기순金基恂(1799~1835)이 낙향하여 춘천 실레마을에 자리잡다. 김기순은 김병선金秉善(1818~1878)과 김정선金鼎善 형제를 두었고, 그의 묘는 실레 마을 임좌에 쓰다. 김기순의 아들 김병선은 김익찬金益贊(1845.7.17~1908.11.26)을 낳다. 다시 김익찬은 김춘식金春植(1873~1917)과 김정식金正植을 두다. 김춘식은 김유근과 김유정을 낳다.[1]

11월 26일 유정의 조부 김익찬金益贊(1845.7.17~1908.11.26) 사망. 김춘식이 언제 서울로 이사했는지는 분명치 않으나 부친 김익찬 사망 이후로 추정된다.

1915 **7세** 음력 3월 18일 어머니 청송 심 씨 사망, 이후 김유정은 재동공립학교 입학할 무렵까지 한학과 붓글씨를 익히다.

1917 **9세** 음력 5월 23일 아버지 김춘식 사망. 운니동에서 관철동으로 이사하다.

1 김영기, 「김유정의 가문」, 『김유정문학의 전통성과 근대성』, 한림대 아시아문화연구소, 1997, 13~16면 요약.

1920	**12세**	재동공립보통학교에 입학하다
1921	**13세**	3학년으로 월반하다.
1923	**15세**	재동공립보통학교 졸업. 휘문고등보통학교에 입학, 이름을 김나이金羅伊로 고침. 2학년 때부터 안회남(본명 안필승)과 같은 반으로 친하게 지내다.
1924	**16세**	눌언교정소訥言校正所(말더듬이교정소)에 다니다.
1926	**18세**	휘문고보 4학년으로 진급하지 못하고 유급, 이때 친구 안회남은 자퇴하다. 형 김유근은 가산을 탕진, 살림을 줄여서 백 칸 집이 삼십 칸으로 전락, 숭인동 관훈동 청진동으로 이사 다니다.
1927	**19세**	휘문고보 4학년에 복학. 1년 후배들과 함께 수학해야 하는 것에 무척 부담스러웠을 것으로 보인다.
1928	**20세**	휘문고보 5학년. 형 김유근은 마침내 서울 생활을 포기하고 춘천 실레마을로 이사하다. 김유정은 조카 김영수(김유근의 장남)와 함께 당시 적십자병원 외과의사였던 삼촌(김정식)의 봉익동 집에 얹혀 살게 되다. 이 무렵 치질 발발로 적십자 병원에서 수술 받다. 단성사 개관 몇 주년인가의 기념식전에서 하모니카 독주를 한 것이 삼촌의 귀에 들어가 걱정을 듣다. 휘문고보 5학년인 가을 날 오후 한 시 무렵 '봉익동에서 다녀 나올 때 수은동 근처 목욕탕에서 나오는 한 여인', 박녹주를 첫눈에 보고 반하다. 이후 박녹주에게 지속적인 편지를 쓰기 시작한다. 박녹주와의 만남 이야기는 「생의 반려」에 반영되다.[2]

2 한편, 박녹주는 1926년 가을 김유정의 첫 편지를 받았고 1927년 1월 초하루에는 양단치마

1929 **21세** 휘문고보 5년 졸업(제7회, 통산 21회). 삼촌댁에서 사직동에 살고 있던 둘째누님 유형 집으로 거처를 옮기다. 진학도 하지 않고 직업도 없이 둘째누님에게 얹혀 지내다. 박녹주의 회고록에 의하면 1929년 3월 15일, 그녀가 자살 미수로 병원에 입원했을 때, 김유정이 그녀를 방문했다고[3] 하며, 이 사실은 「두꺼비」 후반부에 반영되다.

1930 **22세** 연희전문 문과 입학, 6월 24일 출석일수 부족으로 제명 처리 되다. 박녹주에 대한 짝사랑을 정리하고 춘천 실레로 와서 방랑생활(아이 딸린 들병이와 한 달 정도 동거생활—「솥」에 반영되다). 조카 김영수, 마을 청년들과 함께 야학운동, 농촌계몽 활동 시작, 늑막염 발발. 안회남의 권고로 소설습작을 시작하다.

1931 **23세** 4월 20일 보성전문학교 법과에 입학, 곧 자퇴(당시 신입생 명단에 김유정 이름이 올라 있다)하다. 실레마을에 야학당을 열다. 농우회, 노인회, 부인회 조직, 〈농우가〉를 작사하다.

감을, 1월 25일에는 트레금반지와 혈서를 받았다고 증언한다. 그리고 1929년 3월15일, 박녹주의 자살미수 사건 이후 병실로 찾아온 김유정을 만났고 1930년 봄 청계천변 야시장에서 김유정과 헤어졌다고 하나 이들도 그 연도와 날짜에 있어서 착오를 일으킨 것 같다(박녹주 「나 너를 사랑한다」, 『문학사상』 7, 1973.4 참고).
박녹주는 김유정 관련, 또 다른 글에서 첫 만남을 1928년 봄, 인사동에 있는 조선극장, 팔도명창대회를 마치고 이때 무대 뒤로 김경중(동아일보 창업주 김성수 씨 부친) 씨와 연희전문생 김유정이 찾아왔다고 증언한다(박녹주, 「여보 도련님, 날 데려가오」, 『뿌리깊은 나무』, 1976.6, 151면). 곧이어 김유정으로부터 조실부모하고 누나와 함께 살고 있는 연희전문 재학중이라는 내용의 편지를 받았다고 한다. 그러나 이들은 모두 과거 50여 년 세월을 기억하는 가운데 나온 착오로 보인다. 유정은 1928년에 고보 재학중이었고 연희전문에 진학한 것은 1930년인 까닭이다. 「두꺼비」에 나온 1인칭 화자가 과목유급을 두려워하며 영어시험 공부를 하는 것을 보면 고보 졸업반 학생으로 보아야 한다. 김유정이 자신을 연희전문학생이라고 한 것은, 정상적으로 졸업한 그의 고보입학동기들이 전문학생이 된 것을 보고, 자신도 전문학생이라고 허풍을 떤 것으로 추정된다.

3 이보형 교수는 박녹주가 1931년 봄 김경주의 배려로 남원에 거주하는 김정문을 찾아가 20여일간 〈홍보가〉를 배우고 귀경, 같은 해 5월 2일 자살 미수 사건이 있었다고 밝힌 바 있다. 박녹주가 『뿌리깊은 나무』에서 밝힌 것과는 또 다른 언급이다. 이보형, 「박녹주 명창의 음악 예술 세계」, 구미문학회, 명창 박녹주 선생 재조명 학술대회, 2000.9.23.

1932	**24세** 야학당을 금병의숙으로 확대, 간이학교로 인가받음. 서울로 가다. **6월 15일** 처녀작 단편 「심청」 탈고하다.
1933	**25세** 사직동에서 누님과 함께 기거. 1933년 악화된 늑막염은 폐결핵으로 진행되어 병원에서 폐결핵 진단을 받다. 이 무렵 소설가 이석훈과 교우관계 맺다. 안회남 이석훈과 함께 개벽사로 가서 『개벽』 편집인인 춘천 출신 차상찬 선생 만나다. **1월 13일** 「산골 나그네」 탈고, 개벽사 관련 잡지 『제일선』 3월호에 발표하다. **8월 6일** 「총각과 맹꽁이」 탈고, 개벽사 계열 잡지 『신여성』 9월호에 발표하다.
1934	**26세** 누님이 사직동 집을 처분, 혜화동 개천가에 셋방을 얻어 밥장사. 매형 정 씨의 소개로 3월경 충남 예산에서 금광 관련 회사에 근무(김문집에 의하면 '금광쟁이 뒷잽이'), 이때 경험이 「노다지」와 「금」에 반영되다. 금광에서 누적된 과음으로 몸을 상해 서울로 가다. 이후 창작에 전념하다. **8월 16일** 「정분」 탈고. **9월 10일** 「만무방」 탈고. **12월 10일** 「애기」 탈고. 「노다지」 탈고. 「소낙비」는 1933년 「따라지 목숨」으로 탈고했다가 1934년 「흙을 등지고」로 원고의 내용과 제목을 고친 것을 안회남이 12월 초순경 『조선일보』 신춘문예에 투고.
1935	**27세** 1월, 『조선일보』 신춘문예에 「소낙비」 1등 당선, 본래 투고 당시 제목은 「흙을 등지고」였지만 「소낙비」로 개제되어 발표되다. 『조선중앙일보』 신춘문예에 「노다지」가 가작으로 당선. 5월경 소설가 이상李箱과 친교를 맺다.

1월 10일 「금」 탈고.

1월 20일 아서원에서 신춘문예현상 1등 축하회의에 참석.

3월 조선일보 3월 6일 수필 「닙히 푸르러 가시든 님이」 발표.

4월 2일 작가에게 보내는 엽서 「강노향전」, 유정 사후 1937년 『조광』 5월호에 게재.

5월 하순 작가에게 보내는 엽서 「박태원 전」 유정 사후 1937년 『백광』 5월호에 게재.

6월 3일 백합원에서 조선문단사가 주최한 문예좌담회 참석.

3월 『개벽』에 「금따는 콩밭」 발표. 『영화시대』에 「금」 발표.

4월 25일 「떡」 탈고. 6월 『중앙』에 「떡」 발표.

7월 『조선일보』 7.17~30에 「만무방」을 연재. 『조선문단』에 「산골」을 발표.

9월 『매일신보』 9.3~14 「솥」을 연재.

10월 『매일신보』 10.22~29 수필 「조선의 집시」 발표. 『신아동』 2호 「홍길동전」 발표.

11월 『조광』에 수필 「나와 귀뚜라미」 발표.

12월 『조광』에 「봄·봄」을 발표. 『사해공론』에 「안해」 발표.

1936 **28세** **2월 10일** 「봄밤」 탈고. 『여성』 4월호에 발표.

3월 24일 「동백꽃」 탈고. 『조광』 5월호에 발표.

4월 8일 「야앵」 탈고. 『조광』 7월호에 발표.

5월 『여성』에 수필 「어떠한 부인을 맞이할까」 발표.

같은 지면에 발표된 박봉자의 글을 읽고 이후 지속적으로 박용자에게 편지 보냄. 그러나 박봉자는 1936년 6월1일 문학평론가이며 구인회원인 김환태와 결혼하다.

『조광』에 수필 「오월의 산골작이」 발표.

5월 15일 「옥토끼」 탈고. 『여성』 7월호에 발표.

5월 20일 「정조」 탈고. 『조광』 10월호에 발표.

6월 『조광』에 수필 「전차가 희극을 낳어」 발표.

7월 정릉에서 5리쯤 떨어져 있는 암자로 정양하러 들어가다.

8월 하순 치루가 위중해서 김영수와 광주 매형 유세준이 번갈아 김유정을 업고 정릉 골짜기를 빠져 나오다(김영수, 「김유정의 생애」 참조).

8월 『여성』에 수필 「길」 발표.

8월~9월 『중앙』에 미완장편소설 「생의 반려」 연재.

10월 『조광』에 「슬픈 이야기」 발표. 『여성』에 수필 「행복을 등진 정열」 발표.

10월 17일 김유정이 문학평론가 김문집에게 자신의 병고를 알리는 편지 보내다.

10월 18일 김문집이 김유정이 형수댁에 얹혀살던 충신정 셋방을 찾아가 만나다. 이후 20일간 김문집은 '병고작가원조' 운동을 벌여 '수백 원의 돈'(김문집, 「김유정의 비련을 공개비판함」 참조)을 전달.

10월 31일 「문단에 올리는 말씀」, 김문집의 '병고작가원조'로 위로금 받은 것에 대한 인사글. 『조선문학』 1937년 1월호에 게재.

11월 『조광』에 수필 「밤이 조금만 짤럿드면」 발표.

1937 **29세** 1월 『여성』에 수필 「강원도 여성」 발표.

1월 10일 서간 「병상의 생각」 탈고. 『조광』 3월호에 발표.

1월 29일~2월 2일 『조선일보』에 「병상영춘기」 발표.

2월 『조광』에 「따라지」, 『여성』에 「땡볕」 발표.

2월 11일 수필 「네가 봄이런가」 되고, 4월호 『여성』에 발표.

2월 하순 조카 진수에 의지하여 경기도 광주군 중부면 상산곡리 100번지, 매형 유세준의 집으로 가서 요양하다.

3월 『창공』에 「연기」 발표.

3월 18일 「필승전」 안회남에게 보내는 편지 .

3월 29일(음력 2월 17일) 오전 6시 30분, 김유정 임종하다. 김유정 임종 당일, 김유정의 유해는 가족(김유근 부자)에 의해 광주에서 서울 서대문구 화장장으로 운구, 화장하여 한강에 뿌려지다(김영수 증언).

4월 16일~21일 『매일신보』에 김유정 번역의 「귀여운 소녀」 연재.

6월~11월 『조광』에 번역소설 「잃어진 보석」 6호에 걸쳐 연재.

1938 ① 김유정 편, 『동백꽃』, 조선문인전집 7, 삼문사, 1938.12.17 발행. 경성부 관훈정 121 삼문사 전집간행부. 발행인 : 고경상. 정가 : 1원 50전.
② 『동백꽃』, 세창서관, 1938.12.17 초판발행. 발행인 : 고경상. 정가 : ? 1940.12.30 재판 발행. 주소 : 경성부 관훈정 121. 발행인 : 고경상. 정가 3원.

1939 김유정 사후, 소설 「두포전」(『소년』, 1939.1~5), 「형」(『광업조선』, 1939.11), 「애기」(『문장』, 1939.12) 발표.

1952 왕문사에서 『동백꽃』(旺文社, 1952.10.25) 발행.

1957 장문사에서 『동백꽃』(장문사, 1957.12.15) 발행.

1968 김유정기념사업회 발족, 『김유정전집』(김유정기념사업회, 현대문학사) 발간. 김유정문인비 건립(한국 최초의 문인비, 춘천 의암호반가에 건립).

1978 김유정기적비 건립(실레마을 금병의숙 터).

1985 김유정문학연구 최초의 박사논문 발표되다. 『김유정의 소설공간』(유인순, 이화여대 박사논문).

1987 『원본김유정전집』(전신재 편, 한림대 출판부) 발간.

1988	『김유정문학연구』(유인순, 강원대 출판부) 발간.
1994	**3월** 문체부 주관 삼월의 문화인물로 김유정 선정(『김유정전집』 상·하, 김유정기념사업회, 1994.3.29 발간), 김유정동상(김유정기념사업회) 춘천문화예술관에 건립.
2002	**8월 6일** 김유정문학촌 개관(초대 촌장 전상국교수 추대).
2004	**12월 1일** 경춘선 신남역의 이름이 '김유정역'으로, 한국 최초 인명이 들어간 역명이 되다.
2008	김유정 탄생 100주년 기념행사 1년 동안 지속되다.
2010	**4월 27일** 김유정학회 설립 발기인대회 개최되다.
2011	**4월 16일** 김유정학회 제1회 김유정 학술연구발표회 및 창립총회 개최, 초대 회장에 유인순 교수가 추대되다.
2021	**김유정학회 현재** 1~3학회장(유인순, 임경순, 이상진)이 역임했거나 역임중, 김유정학회에서는 현재까지 김유정연구 단행본 10권을 발간해 오다.

김유정 작품 목록_소설 작품

작품명	탈고일	발표지	발표일	비고
심청	1932.6.15	중앙	1936.1	
산골나그네	1933.1.13	제1선	1933.3	사해공론 1936.1
총각과 맹꽁이	1933.8.6	신여성	1933.9	조선문단 1936.7
소낙비		조선일보	1935.1.29~2.4	신춘문예당선작
솥(정분)	1934.8.16	매일신보	1935.9.3~9.14	정분 1937.5에 발표
만무방	1934.9.10	조선일보	1935.7.17~7.30	
애기	1934.12.10	문장	1939.12	
노다지		조선중앙일보	1935.3.2~3.9	신춘문예가작
금	1935.1.10	영화시대	1935.3	
금따는 콩밭		개벽	1935.3	
떡	1935.4.25	중앙	1935.6	
산골	1935.6.15	조선문단	1935.7	
홍길동전		신아동	1935.10	
봄·봄		조광	1935.12	
안해	1935.10.15	사해공론	1935.12	
봄과 따라지	1935.11.1	신인문학	1936.1	
따라지	1935.11.3	조광	1937.2	
가을	1935.11.8	사해공론	1936.1	
두꺼비		시와소설	1936.3	
이런음악회		중앙	1936.4	
봄밤	1936.2.10	여성	1936.4	
동백꽃	1936.3.24	조광	1936.5	
야앵	1936.4.8	조광	1936.7	
옥토끼	1936.5.15	여성	1936.7	
생의 반려		중앙	1936.8~9	
정조	1936.5.20	조광	1936.10	
슬픈 이야기		여성	1936.12	
땡볕		여성	1937.2	
연기		창공	1937.3	

작품명	탈고일	발표지	발표일	비고
두포전		소년	1939.1～5	김유정 · 현덕 합작
형		광업조선	1939.11	
귀여운 소녀		매일신보	1937.4.16～21	번역(6회연재)
잃어진 보석		조광	1937.6～11	번역(6회연재)

김유정 작품 목록_수필(서간문 · 일기문 · 작사 포함)

장르	작품명	탈고일	발표지	발표일
수필	잎이 푸르러가시던 님이	1935.2.28	조선일보	1935.3.6
	朝鮮의 집시		매일신보	1935.10.22~29
	나와 귀뚜라미		조광	1935.11
	오월의 산골작이		조광	1936.5
	어떠한 부인을 맞이할까		여성	1936.5
	電車가 喜劇을 낳아		조광	1936.6
	길		여성	1936.8
	행복을 등진 情熱		여성	1936.10
	밤이 조금만 짤렀드면		조광	1936.11
	江原道 女性		여성	1937.1
	病床 迎春記		조선일보	1937.1.29~2.2
	네가 봄이런가		여성	1937.4
편지	강노향전	1935.4.2	조광	1937.5
	박태원전		백광	1937.5
	文壇에 올리는 말씀	1936.10.31	조선문학	1937.1
	病床의 생각	1937.1.10	조광	1937.3
	필승전	1937.3.18	서간문강화	1943
일기	투포환 맞던 날	1924	문장	1939.10
작사	농우회가	1931	김유정전집	1968
동화	세발자전거		목마	1936.6

김유정 관련 참고문헌

강경구, 「심종문 · 김유정 소설의 비교연구」, 『중국어문학』, 영남중국어문학회, 1999.
강미리, 「김유정 소설 문체 연구」, 동국대 석사논문, 2011.
강노향, 「유정과 나」, 『조광』, 1937.5.
강심호, 「김유정문학의 위반의식 연구」, 서울대 석사논문, 2001.
강진호, 「소설로 피어난 비운의 생애－김유정」, 『문화예술』 201, 한국문화예술진흥원, 1996.4.
_____, 「가난에서 건져 올린 해학과 비애」, 『한국문학의 현장을 찾아서』, 문학사상사, 2002.8.
_____, 『한국문학, 그 현장을 찾아서』, 계몽사 단행본사업본부, 1997.
강태근, 「한국 현대문학 연구의 문제점－한국풍자소설을 중심으로」, 『호서문학』 제15집, 호서문학회, 1989.11.
강헌국, 「김유정, 돈을 위해」, 『김유정문학의 감정미학』, 김유정학회, 소명출판, 2018.
고광률, 「김유정 소설연구－매춘 모티프를 중심으로」, 『대전어문학』 12, 대전대 국어국문학회, 1995.2.
곽상순, 「알레아적 놀이 구조의 서사화－김유정의 소설세계」, 『시학과 언어학』, 시학과언어학회, 2005.
곽승숙, 「김유정 소설의 「아내」와 열린 구조」, 『김유정과의 산책』, 김유정학회, 소명출판, 2014.
곽효환, 「김유정, 문화콘텐츠로의 확장」, 김유정문학촌 편, 『김유정문학의 재조명』, 소명출판, 2008.
구인환, 「김유정 소설의 미학－피에로의 曲藝」, 『무애 양주동박사 고희기념 논문집』, 1973.
김열규 외편, 『국문학논문선』 10, 민중서관, 1977; 『한국근대소설연구』, 삼영사, 1977.
_________, 「30년대 한국소설연구－이효석, 이상, 김유정을 중심으로」, 『문교부연구보고서』, 1973.
구자희, 「김유정 소설에 나타난 에코페미니즘」, 『김유정과의 산책』, 김유정학회, 소명출판, 2014.
권영철, 「김유정 소설연구」, 성균관대 석사논문, 1989.
권유화, 「김유정작품연구」, 효성여대 석사논문, 1986.2.
권 은, 「식민지 도시 경성과 김유정의 언어감각」, 『김유정문학 다시 읽기』, 김유정학회, 소명출판. 2019.
권지예, 「피가 되고 살이 된 김유정 소설」, 김유정문학촌편, 『김유정문학의 재조명』, 소명출판, 2008.
권창규, 「농민의 일탈을 둘러싼 화폐 권력과 식민지자본주의－김유정 소설의 향토와 농민 읽기」, 『김유정문학 다시 읽기』, 김유정학회, 소명출판, 2019.
권채린, 「한국 근대문학의 자연표상 연구－이상과 김유정의 문학을 중심으로」, 경희대 박사논문, 2010.
_____, 「김유정문학에 나타난 자연공간의 담론화 양상 연구」, 『국제한인인문학연구』 7, 한인문학회, 2010.
_____, 「김유정 소설의 도시 체험과 환등상(幻燈像)적 양상」, 『현대소설연구』 47, 한국현대소설학회, 2011.8.30.
_____, 「김유정의 「잃어진 보석(寶石)」과 반 다인 소설 번역의 맥락」, 『어문론총』, 한국문학언어학회(구 경북어문학회), 2011년.

_____, 「김유정문학의 향토성 재고(再考) - 30년대 향토 담론과의 비교를 중심으로」, 『현대문학연구』 제41집, 한국문학연구학회, 2010년.
김경순, 「김유정 단편소설 인물의 도덕성 변화분석」, 부산대 석사논문, 1989.8.
김경애, 「「만무방」의 소설구조 연구」, 『비평문학』 31호, 비평문학회, 2009.
김근수, 「실레 마을, 그 문제점」, 『문학사상』, 문학사상사, 1976.4.
김근태, 「김유정 소설의 서술방식과 그 변모 - 서술자를 중심으로」, 숭실대 석사논문, 1987.
_____, 「김유정 소설의 서술방식과 그 변모 - 서술자의 활용문제와 관련하여」, 『숭실어문』 제4집, 숭실대 국어국문학회, 1987.
김근호, 「김유정의 인식지평과 존재의 언어」, 『현대소설연구』 제50호, 한국현대소설학회, 2012,8.
_____, 「김유정 농촌 소설에서 화자의 수사적 역능」, 『김유정과의 만남』, 김유정학회, 소명출판, 2013.
_____, 「김유정 소설에서의 반전과 감정의 정치학」, 『김유정문학의 감정미학』, 김유정학회, 소명출판, 2018.
김남주, 「김유정론」, 『국어국문학연구』 제4집, 이화여대 국어국문학회, 1962.
김남천, 「최근의 창작(2) 사회적 반영의 거부와 춘향전의 哀話적 재현 - 김유정 「산골」」, 『조선중앙일보』, 1935.7.23.
김대환, 「김유정 소설의 작중인물 연구」, 『나랏말쌈』 제8호, 대구대 국어교육과, 1993.
김덕기, 「김유정론」, 연세대 석사논문, 1979.8.
김덕자, 「김유정문학의 반어」, 연세대 석사논문, 1975.
김동석, 「김유정 소설의 구조원리」, 고려대 석사논문, 2000.
김동인, 「選後感(신춘문예 심사평 「노다지」), 『조선중앙일보』, 1935.1.8.
_____, 「삼월의 창작 - 촉망할 신진, 김유정 씨 「금따는 콩밭」」, 『매일신보』, 1935.3.26.
김동환, 「교과서 속의 이야기꾼, 김유정」, 『김유정의 귀환』, 김유정학회, 소명출판, 2012.
_____, 「지배적 비평 용어와 김유정문학」,『김유정문학 다시 읽기』, 김유정학회, 소명출판, 2019.
김명석, 「교과서 속의 「동백꽃」」, 『김유정의 문학광장』, 김유정학회, 소명출판, 2016.
김명숙, 「김유정 소설의 인물연구」. 연세대 석사논문, 1991.12.
_____, 「김유정 소설의 블랙 유머적인 특징」, 『한국학연구』 28, 인하대 한국학연구소, 2012.
김문집, 「病苦作家 救助運動의 辯 - 김유정군의 관한」, 『조선문학』 3-1, 조선문학사, 1937.1.
_____, 「김유정」, 『비평문학』, 青色紙社, 1938.11.
_____, 「故 김유정의 예술과 그의 인간 비밀」, 『조광』, 1937.5; 『김유정전집』,현대문학사, 1968.
_____, 「김유정의 秘戀을 공개비판함」, 『여성』, 1940; 『김유정전집』, 현대문학사, 1968.
김미경, 「김유정작품연구 - 형식적 특징의 변에서」, 전남대 석사논문, 1991.2.
김미선, 「한국 근대소설의 아이러니 연구 - 현진건 · 김유정의 몇몇 단편소설을 중심으로」, 부산대 석사논문, 1987.8.
김미영, 「병상(病床)의 문학, 김유정 소설에 형상화된 육체적 존재로서의 인간」, 『김유정과의 향연』, 김유정학회, 소명출판, 2015.
김미현, 「김유정 소설의 카니발적 구조 연구」, 이화여대 석사논문, 1990.

_____, 「숭고의 탈 경계성 – 김유정 소설의 아내팔기 모티브를 중심으로」, 『한국현대문예비평』, 한국문예비평연구학회, 2012.
김병익, 「땅을 잃어버린 시대의 言語 – 김유정의 문학사적 위치」, 『문학사상』, 1974.7; 「시대와언어 – 김유정론」, 김열규 외편, 『국문학논문선』 11, 민중서관, 1977; 임형택 외편, 『한국근대문학사론』, 한길사,1982.
김상일, 「김유정론」, 『월간문학』, 1969.6.
김상태, 「김유정의 문학적 특성」, 『전북대 논문집』 16집, 인문사회과학편, 1974.
_____, 「생동의 미학」, 『현대한국작가연구』, 민음사, 1976.
_____, 「김유정의 「동백꽃」 – 동백꽃의아이러니」, 이재선 외편, 『한국현대소설작품론』, 문장, 1981.
_____, 「김유정의 문체」, 『문체의 이론과 해석』, 새문사, 1982.
_____, 「김유정과 해학의 미학」, 전광용 외, 『한국현대소설사연구』, 민음사, 1984.
_____, 「김유정의 수필」, 『김유정의 문학광장』, 김유정학회, 소명출판, 2016.
김성수, 「김유정 소설에 나타난 가족의식」, 『진단학보』 82, 1996.12.
김세령, 「1950년대 김유정론 연구」, 『한국문학이론연구』 49권, 한국문학이론학회, 2012; 『김유정과의 만남』, 김유정학회, 소명출판, 2013.
김수남, 「김유정문학에 대한 소설사회학적 시고」, 『인문과학연구』 2, 조선대, 1980.
김수업, 「「봄·봄」의 기법」, 『배달말』 제9집, 배달말학회, 1984.
김순남, 「김유정의 문학적 표정」, 『한양』 57, 한양사, 1966.11.
김순명, 「김유정 소고」, 고려대 석사논문, 1980.
김승종, 「김유정 소설의 '열린 결말'과 이중적 아이러니」, 『김유정과의 산책』, 김유정학회, 소명출판, 2014.
김승환, 「김유정문학연구」, 청주대 석사논문, 1986.2.
_____, 「김유정의 「만무방」에 나타난 공격성」, 『김유정과의 만남』, 김유정학회, 소명출판, 2013.
김애란, 「김유정 소설연구」, 연세대 석사논문, 1987.6.
김양선, 「김유정 소설과 무의식의 한 양상 – 향토의 발견과 섹슈얼리티를 중심으로」, 『김유정문학의 재조명』, 김유정문학촌편, 소명출판, 2008.
김연진, 「김유정 소설의 욕망구조 연구 – 일제 식민통치 논리와의 상동관계를 중심으로」, 연세대 석사논문, 2002.
김영기, 「김유정론」, 『현대문학』, 1967.9.
_____, 「김유정문학의 특성」, 『강원일보』, 1967.11.3.
_____, 「'동백꽃'의 김유정」, 『강원』, 1968.6.
_____, 「김유정문학의 본질」, 『김유정전집』, 현대문학사, 1968.
_____, 「김유정론(1)해학정신의 확장」, 『한국문학과 전토』, 현대문학사, 1973.10.
_____, 「김유정론(2)농민문학과 리얼리즘」, 『한국문학과 전통』, 현대문학사, 1973.10.
_____, 「농민문학론 – 김유정의 경우」, 『현대문학』 226. 현대문학사, 1973.10; 신경림 편, 『농 민문학론』, 온누리, 1983.4.

_____, 「농민과 고향의 발견」, 『한국문학전집』 13(이상 · 김유정), 삼성출판사, 1978.
_____, 「김유정의 동백꽃」, 『태백의 藝脈』, 강원일보사, 1986.
_____, 「김유정의 인간과 문학」, 『문학정신』 20, 문학정신사, 1988.5.
_____, 『김유정－그 문학과 생애』, 지문사, 1992.
_____, 「김유정의 생애와 사상」, 문협 제 33회 문학심포지움 "김유정문학으로 모색 해보는 한국문학의 세계화" 주제발표집, 한국문인협회, 1994.3.29.
_____, 「고향 실제인물 지명 작품등장」, 『월간 태백』, 강원일보사, 1994.3.
_____, 「뿌리뽑힌 만무방의 세계」, 편집위원회편, 『동백꽃 · 소낙비 외』, 하서출판사, 1994.3.
_____, 「김유정의 「동백꽃」의 미학」, 『월간문학』, 월간문학사, 1994.4; 『민족문학의 공간』, 지문사, 2005.6.
_____, 「여성주의 수필론」, 『수필문학』 4, 한국수필학회, 1997.
_____, 「김유정의 가문」, 『김유정문학의 전통성과 근대성』, 한림대 아시아문화연구소, 1997.9.
_____, 「김유정 소설과 브나로드 운동」, 『문예운동』 72, 문예운동사, 2001.12; 『민족문학의 공간』, 지문사, 2005.6.
김영수, 「김유정의 생애」, 김유정기념사업회 편, 『김유정전집』, 현대문학사, 1968.
김영아, 「1930년대 소설에 나타난 카니발리즘의 양상 연구－채만식 · 김유정 · 이상의 소설을 중심으로」, 공주대 박사논문, 2005.
김영택, 「궁핍화 현실과 해학적 위장－「소낙비」의 작품 세계」, 『목원 국어국문학』, 목원대 국어국문학과, 1990.
김영택 · 최종순, 「김유정 소설의 근대적 특성」, 『비교 한국학』 16－2호, 2008.
김영화, 「김유정의 소설연구」, 『어문론집』 제16집, 고려대 국어국문학과, 1975; 김열규 외편, 『국문학논문선』 10, 민중서관,1977.
_____, 「소설사의 확대와 충격－김유정론」, 『제주문학』 4호, 제주대학, 1975.
_____, 「김유정론」, 『현대문학』, 현대문학사, 1976.7.
김예리, 「김유정문학의 웃음과 사랑－김유정문학에 나타난 죽음 충동과 에로스」, 『김유정의 문학산맥』, 김유정학회, 소명출판, 2017.
김용구, 「김유정 소설의 구조」, 『관악어문연구』 제5집, 서울대 국어국문학과, 1980.
_____, 「회기와 순환의 현실의 대립」, 『한국소설의 유형학적 연구』, 국학자료원, 1995.10.
김용성, 「김유정」, 『한국현대문학사탐방』, 현암사, 1984.
김용직, 「反散文的 경향과 토속성－김유정의 소설문체」, 『문학사상』, 문학사상사, 1974.7.
김용진 · 박수현, 「운명 극복 방식으로서의 글쓰기」, 『논문집』 21, 안양과학대, 1999.2.
김우종, 「토속의 리리씨즘(유정)」, 『한국현대소설사』, 선명문화사, 1968.
김원희, 「김유정 단편에 투영된 탈식민주의－소수자와 아이러니의 형상화를 중심으로」, 『현대문학이론연구』 29, 현대문학이론학회, 2006.
_____, 「다성적 경향과 서정성의 조율－김유정 소설 문체의 역동성」, 『현대소설연구』 36호, 한국현대소설학회, 2007.

_____, 「김유정 단편소설의 크로노토프와 식민지 외상의 은유」, 『인문사회과학연구』 12권 2호, 부경대 인문사회과학연구소, 2011.
김유정기념사업회, 『김유정전집』, 현대문학사, 1968.
______________, 『김유정전집』 상 · 하, 김유정기념사업회, 1994.
김유진, 「이상과 김유정의 작품에 나타난 Ego의 연구」, 충남대 석사논문, 1984.2.
김윤식, 「소나기」, 『한국근대문학의 이해』, 일지사, 1973.
_____, 「들병이 사상과 알몸의 시학－김유정문학의 문학사적인한 고찰」, 전신재 편, 『김유정문학의 전통성과 근대성』, 한림대학교 아시아문화연구소, 1997.
김윤식 · 김현, 『한국문학사』, 민음사, 1973.
김윤정(金阭訂), 「김유정 소설연구」, 서울대 석사논문, 1996.2.
____________, 「김유정 소설의 정동연구－연애 · 결혼모티프를 중심으로」, 『김유정문학의 감정 미학』, 김유정학회, 소명출판, 2018.
김윤호, 「김유정 소설연구」, 관동대학 석사논문, 1990.
김은정, 「해학과 아이러니의 미학－김유정론」, 『새로쓰는 한국작가론』, 상허학회편, 백년글사랑, 2002.9.
김은정 · 장도준, 「김유정의 「동백꽃」의 갈등과 소통의 문제」, 『인문과학연구』, 대구카톨릭대 인문과학연구소, 2011.
김인화, 「김유정 소설의 여성인물연구」, 숙명여대 석사논문, 1993.
김인환, 「김유정 소설연구」, 계명대 석사논문, 1986.
김점석, 「프랑스의 사례를 통해 본 문학관 운영 모델 개발과 에코뮈제로의 발전가능성－김유정문학촌과 이효석 문학관을 중심으로」, 한국프랑스학회, 2005년 춘계학술 발표회 요지, 2005.4.
김정동, 「김유정의 「따라지」－하층민들의 하루 살아가기」, 『문학속 우리 도시 기행』, 옛오늘, 2005.3.
김정자, 「技法으로 본 문체－시간착오의 기법을 중심으로」, 『蘭臺 이응백박사 회갑기념 논문집』, 보진재, 1983.
_____, 「김유정 소설의 문체」, 『한국근대소설의 문체론적 연구』, 삼지원, 1985.
_____, 「소설에 나타난 아이러니와 문체」, 『인문논총』 20, 부산대학교, 1981.12.
김정진, 「김유정 소설에 나타난 성의 의미」, 『한국어문학연구』 16, 한국외대 한국어문학연구회, 2002.9.
김정화, 「김유정 신문연재소설의 삽화연구」, 『김유정의 문학광장』, 김유정학회, 소명출판, 2016.
김정훈, 「광대의 미학」, 『동국어문학』 8, 동국대 국어교육과, 1996.12.
김종건, 「1930년대 소설의 공간설정과 작가의식의 상관성 연구－김유정과 이무영을 중심으로」, 『대구어문논총』 15, 우리말글학회, 1997.9.
_____, 「김유정 소설의 공간설정과 작가의식」, 『구인회 소설의 공간설정과 작가의 의식』, 새미, 2004.4.
김종곤, 「김유정연구」, 단국대 석사논문, 1979.12.
_____, 「전통적 맥락에서 본 해학－김유정을 중심으로」, 『국어교육』 42~43합, 한국어교육학회(구 한국어교육연구학회), 1982.
김종구, 「한국소설의 서술시점 연구－김유정과 이상」, 서강대 석사논문, 1975.11.

_____, 「김유정(金裕貞) 소설의 여주인공 연구」, 『한국어어문화』, 한국언어문학회, 1995.
_____, 「김유정 소설의 행위자·초점자·서술자와 서사수준」, 『한남어문학』 21집, 한남어문학회, 1996.
김종성, 「바다울음」(김유정관련 스토리텔링 작품), 『김유정의문학산맥』, 김유정학회, 소명출판, 2017.
김종우·윤학로, 「김유정문학촌과 이효석문학관의 운영현황과 전망」, 『비교문학』 41, 한국비교문학회, 2007.
김종호, 「김유정 소설에 나타난 '들병이'에 대한 일 고찰」, 『한민족어문학』 43, 한민족어문학회, 2003.
_____, 「1930년대 농촌소설의 농민의식 반영양상－김유정론」, 『비평문학』 24, 한국비평문학회, 2006.12.
_____, 「전이를 통한 소설인물의 변모양상－김유정론」, 『비평문학』 25, 한국비평문학회, 2007.4
_____, 「김유정의 고백소설 연구」, 『인문학연구』 18, 경희대학교 인문학연구원, 2010.
김종환, 「김유정연구」, 『논문집』 제28집, 육군제3사관학교, 1989.
김종회, 「김유정 소설의 문화산업적 활용방안 고찰」, 『김유정의 문학산맥』, 김유정학회, 소명출판, 2017.
김주리,「김유정 소설에 나타난 파괴적 신체 고찰」, 『한국문예비평연구』 21, 한국현대문예비평학회, 2006.
_____, 「매저키즘의 관점에서 본 김유정 소설의 의미」, 『한국현대문학연구』 20, 한국현대문학회, 2006.
_____, 「김유정 소설의 육체－괴물」, 『근대소설의 육체』, 한국학술정보, 2009.
김주연, 「유우머와 超越」, 『문학비평론』, 열화당, 1974.
김준현, 「김유정 단편의 "반(半)소유" 모티프와 1930년대 식민수탈 구조의 형상화」, 『현대소설연구』 28, 한국현대소설학회, 2005.
김중신, 「김유정 소설에 나타난 해학의 구현양상」, 『기전어문학』 16집, 수원대 국어국문학회, 2004.
김지원, 「한국적 해학과 풍자의 맥락 조망」, 『해학과 풍자 문학』, 도서출판문장, 1983.
김지혜, 「김유정문학의 교과서 정전화(正典化)연구」, 『김유정과의 만남』, 김유정학회, 소명출판, 2013.
김진석, 「「만무방」의 논고」, 『어문론집』 제23집, 고려대 국어국문학연구회, 1982.9.
김진악, 「김유정의 작품연구」, 고려대 석사논문, 1977.12.
_____, 「김유정 소설의 골계 구조」, 『국어교육』 51~52 합병호, 한국국어교육연구회,1985.
김진옥, 「김유정 작품연구」, 고려대 석사논문, 1977.
김진호, 「문학작품의 텍스트 분석－김유정의 「안해」를 중심으로」, 『한국어학』 7, 한국어학회, 1998.
김창집, 「김유정의 소설연구」, 청주대 석사논문, 1981.
김 철, 「꿈·황금·현실－김유정의 소설에 나타난 物神의 모습」, 『문학과 비평』 제1권 제4호, 탑출판사, 1987.12.
김춘룡, 「김유정 소설의 아이러니 연구」, 부산대 석사논문, 1985.2.
김학심, 「김유정 연구」, 연세대 석사논문, 1980.2.
김한식, 「절망적 현실과 화해로운 삶의 꿈－'구인회와 김유정'」, 『상허학보』 3, 상허학회, 1996.
김화경, 「말더듬이 김유정의 문학적 상상력」, 『현대소설연구』 32호, 한국현대소설학회, 2006.

_____, 「모더니티가 구성한 농촌과 고향」, 『현대소설연구』 제39호, 한국현대소설학회, 2008.
_____, 「김유정문학의 모더니티 재현 양상과 수사전략」, 국민대 박사논문, 2008.
_____, 「김유정문학의 근대자본주의 경험과 재현」, 『김유정의 귀환』, 김유정학회, 소명출판, 2012.
김향기, 「김유정 작품의 일고찰-현실인식과 수용자세를 중심으로」, 『수련어문논집』 17, 수련어문학회, 1990.
김 현, 「김유정 혹은 농촌의 궁핍화 현상」, 김윤식·김현, 『한국현대문학사』, 민음사, 1973.
김현숙, 「김유정 작품의 민족적 논리성」, 이화여대 석사논문, 1974.11.
김현실, 「김유정 작품의 전통성-고전문학과의 비교를 통해서」, 『이화어문론집』 제6집, 이화여대 한국어문학연구소, 1983.
_____, 「'안해'의 해학성에 관한 연구」, 『국어국문학』 115, 국어국문학회, 1995.
김형규, 「식민주의 질서와 농토의 상동성 혹은 거리-농민현상으로 본 김유정 소설의 의미」, 『김유정의 문학광장』, 김유정학회, 소명출판, 2016.
김형민, 「김유정 소설의 서술 주체와 서술 객체-「소낙비」「봄·봄」「가을」을 대상으로」, 『어문 교육논집』 11집, 부산대 사범대 국어교육과, 1991.
_____, 「김유정 소설의 욕망구조로 본 바보형 인물의 유형」, 『南沙 화갑기념논총』, 1992.
_____, 「김유정 소설의 서술상황론적 연구-바보형 인물을 대상으로」, 홍익대 박사논문, 1992.
_____, 「바보형 인물의 유형연구-김유정 소설을 대상으로」, 『어문학교육논집』 13~14호, 부산교육대 한국어문교육학회, 1994.
김혜영, 「김유정 소설에 나타난 욕망의 의미」, 『현대소설연구』 제17호, 한국현대소설학회, 2002.
김혜자, 「김유정문학의 반어」, 연세대 석사논문, 1976.2.
나병철, 「단편소설연구-김유정 소설을 중심으로」, 『현대문학의 연구』, 도서출판 바른글방, 1983.3.
_____, 「김유정 소설의 해학성과 현실인식」, 『비평문학』 8, 한국비평문학회, 1994.9.
_____, 「김유정의 해학소설 연구」, 『전환기의 한국문학』, 두레시대, 1995.10.
나용학, 「「동백꽃」의 구조분석」, 충남대 석사논문, 1986.2.
나은주, 「김유정론-문체적 특징을 중심으로」, 국민대 석사논문, 1996.2.
나수호, 「어둠 속에서 찾는 웃음-김유정과 어스킨 콜드웰의 단편 비교」, 『한국의 웃음 문화』, 김유정 탄생 100주년 기념사업추진위원회편, 소명출판, 2008.
남상규, 「나와 우주의 관계-김유정의 「안해」를 이해하기 위하여」, 『낙산어문』 제2집, 서울대 문리대 국어국문학회, 1970.
노귀남, 「김유정문학세계의 이해」, 『새국어교육』 50, 한국국어교육학회, 1993.
노지승, 「성과 농촌, 근대적 가부장제의 외부」, 『김유정과의 만남』, 김유정학회, 소명출판, 2013.
_____, 「김유정 소설에 드러난 자기 인식과 현실의 메커니즘 그리고 하층민 타자」, 한국현대소설학회 43회 학술연구발표회 발표요지, 2013.5.25.
_____, 「맹목과 위장, 김유정 소설에 나타난 자기(self)의 텍스트화 양상-「두꺼비」와 「생의 반려」를 중심으로」, 『현대소설연구』 54, 한국현대소설학회, 2013.
노화남, 「김유정연구」, 『석우』 5집, 춘천교대, 1969.

노　훈, 「김유정연구」, 청주대 석사논문, 1989.
류종열, 「일제강점기 금 모티프 소설연구」, 『외대어문논집』 13, 부산외대 어학연구소, 1998.
명형대, 「식민지 시대 소설에 나타난 빈궁과 정조」, 『한아사원』, 경남대 사범대학, 1987; 『加羅文化』 5집, 경남대학교 가라문화연구소, 1987.
모윤숙, 「가신 김유정 씨」, 『조광』, 1937.5.
모희준, 「김유정 작품에 나타나는 '죽음'의 양상고찰-단편소설 「노다지」와 「땡볕」을 중심으로」, 『김유정의 문학광장』, 김유정학회, 소명출판, 2016.
문재룡, 「김유정 소설의 구조와 문체」, 성균관대 석사논문, 1983.11.
문창기, 「김유정연구」, 성균관대 석사논문, 1984.8.
문한별, 「계량적 방법론을 통한 김유정 소설 어휘의 통계적 연구」, 『김유정의 문학광장』, 김유정학회, 소명출판, 2016.
문희봉, 「김유정 소설의 실상에 관한 연구-자전적 소설을 중심으로」, 공주사대 석사논문, 1986.
문학사상 자료조사실, 「김유정의 여인-박봉자 여사에의 失戀記」, 『문학사상』, 문학사상사, 1974.7.
_____, 「「두포전」-동화체 소설의 귀중한 문헌」, 『문학사상』, 문학사상사, 1976.9.
박길숙, 「김유정 소설의 여성상 연구」, 수원대 석사논문, 1997.2.
박근예, 「김유정문학의 비평적 수용양상 연구」, 『김유정과의 향연』, 김유정학회, 소명출판, 2015.
박남철(박세현), 「김유정 소설에 나타난 현실과 욕망의 양상」, 『동아시아문화연구』, 한양대 동아시아문화연구소(구 한양대 한국학연구소), 1989.
_____, 「김유정 소설연구」, 한양대 박사논문, 1990.2.
_____, 『김유정 소설 연구』, 인문당, 1990.
_____, 『김유정의 소설세계』, 국학자료원, 1998.4.25.
_____, 「김유정 소설의 인물 유형」, 『동아시아문화연구』, 한양대 동아시아 문화연구소(구 한양대 한국학연구소), 1998.
_____, 「김유정의 전기적 편린-『풍림』과 『조광』의 설문을 중심으로」, 『새국어교육』 75, 한국국어교육학회, 2007.
_____, 「김유정 전기의 몇 가지 표정」, 김유정문학촌 편, 『김유정문학의 재조명』, 소명출판, 2008.
_____, 「김유정역 갑니까」(김유정관련 스토리텔링 작품), 『김유정문학의 감정미학』, 김유정학회, 소명출판, 2018.
박녹주, 「녹주 나 너를 사랑한다」, 『문학사상』 7, 문학사상사, 1973.4.
_____, 「나의 이력서」, 『한국일보』, 1974.1.5~2.28.
_____, 「여보 도련님 날 데려가오-떨이놓고 하는 말」, 『뿌리 깊은 나무』, 뿌리깊은나무사, 1976.6
박문주, 「김유정 소설연구-판소리계 소설과의 관련성 고찰」, 연세대 석사논문, 1986.
박상준, 「반전과 통찰-김유정 도시 배경 소설의 비의」, 『김유정과의 향연』, 김유정학회, 소명출판, 2015.
박선부, 「김유정 소설의 문학적 지평」, 『한국학논집』 제3집, 한양대 한국학연구소, 1983.
박성희, 「김유정 소설의 어휘 연구-농촌 배경 작품을 중심으로」, 『경남어문』 27호, 경남어문학회,

1994.8.
박순만, 「김유정문학의 해학성 고찰」, 조선대 석사논문, 1982.8.
박승인, 「김유정연구」, 단국대 석사논문, 1963.
박양호, 「김유정의 작품세계－문체의 특성을 중심으로」, 문협 제33회 문학심포지움, "김유정문학으로 모색해보는 한국문학의 세계화" 주제발표집, 한국문인협회, 1994.3.29.
박영기, 『김유정과 그의 벗 현덕의 문학연구』, 『김유정문학 콘서트』, 김유정학회, 소명출판, 2020.
박우극, 「김유정연구」, 연세대 석사논문, 1971.9.
박우현, 「김유정 소설 연구」, 경북대 석사논문, 1986.2.
박웅만, 「김유정 소설의 등장인물 연구」, 인하대 석사논문, 1984.2.
박인숙, 「매춘 모티브를 통해 본 김유정 소설연구」, 『한성어문학』 10집, 한성대 국어국문학과, 1991.5.
＿＿＿, 「김유정 소설연구－1930년대 농촌 사회의 형상화 방식을 중심으로」, 연세대 석사논문, 1996.2.
박정규, 「김유정 소설의 재조명」, 고려대 석사논문, 1983.2.
＿＿＿, 「농민소설에 나타난 유토피아 추구의식－1930년대 단편소설을 중심으로」, 『한양언문연구』 제5집, 한양대 한양어문연구회, 1987.
＿＿＿, 「아이러니와 變異된 喪失感의 미학－김유정의 작품세계」, 『호서문학』 제13집, 호서문학회, 1987.
＿＿＿, 「김유정 소설의 시간구조 연구」, 한양대 박사논문, 1991.6.
＿＿＿, 「역사적 상황의 소설적 표출 양상－김유정의 단편소설 『형』의 경우」, 『어문론집』 제30집, 고려대 국어국문학회, 1991.12.
＿＿＿, 『김유정 소설과 시간』, 깊은샘, 1992.
＿＿＿, 「한국문학에 투영된 작가의식; 김유정 소설에 나타난 상실의식」, 『한민족문화연구』, 한민족문화학회, 1999.
＿＿＿, 「봄·봄·봄」(김유정관련 스토리텔링작품), 『김유정의 귀한』, 소명출판, 2012.
＿＿＿, 「손거울 혹은 빛바랜 사진」(김유정관련 스토리텔링작품), 『김유정문학 다시 읽기』, 김유정학회, 소명출판, 2019.
박정남, 「이효석과 김유정 소설에 대한 비교연구」, 연세대 석사논문, 1987.2.
박정백, 「김유정연구」, 단국대 석사논문, 1977.2.
박정숙, 「김유정연구－해학성을 중심으로」, 『문리대논집』 제5집, 효성여대 문리대학생회, 1985.
박정애, 「21세기 따라지」(김유정관련 스토리텔링), 『김유정과의 산책』, 김유정학회, 소명출판. 2014.
박종철, 「김유정의 언어적 특징」, 『강원문화연구』 창간호, 강원대 강원문화연구소, 1981.
박진수, 「「변강쇠가」와 「안해」의 대비연구」, 이화여대 석사논문, 1983.
박진숙, 「김유정과 이태준－자생적 민족지와 보편적 근대구축으로서의 조선어문학」, 『김유정의 문학광장』, 김유정학회, 소명출판, 2016.
박철석, 「한국 리얼리즘 소설연구」, 『대학원 논문집』 16집, 동아대, 1991.
박태상, 「김유정문학의 실재성과 허구성」, 『현대문학』, 현대문학사, 1987.6; 『전통부재시대 의 문학』,

국학자료원. 1993.
박태원, 「유정과 나」, 『조광』, 조선일보사, 1937.5.
_____, 「故김유정군과 葉書」, 『백광』, 백광사, 1937.5.
박헌도, 「김유정 소설연구」, 계명대 석사논문, 1990.
박현선, 「김유정의 인식지평과 존재의 언어」, 『김유정과의 만남』, 김유정학회, 소명출판, 2013.
박혜경, 「김유정 소설 속 여성 인물의 성」, 『김유정과의 산책』, 김유정학회, 소명출판, 2014.
박훈하, 「비동시대성의 동시성과 김유정 소설미학」, 『한국논총』 제34집, 한국문학회, 2003.8.
방민호, 「김유정과 이상-1936~1937」, 『김유정의 문학산맥』, 김유정학회, 소명출판, 2017.
방의겸, 「김유정론」, 『문과대학보』 19호, 중앙대 문과대, 1965.
방인태, 「김유정 소설의 인물유형」, 『鳳竹軒 박붕배 박사 회갑기념논문집』, 배영사. 1986.
배홍득, 「김유정작품연구-시대고를 통해본 인물 유형」, 동아대 석사논문, 1982.2.
백광편집국, 「김유정 씨의 長逝를 삼가 弔喪한다」, 『백광』, 백광사, 1937.5.
백 철, 「김유정 씨의 「이런 음악회」(사월창작평)」, 『조선문학』, 조선문학사, 1936.6.
_____, 「苦難속에 빚은 웃음의 像-김유정의 人間片貌와 그 작품성」, 『문학춘추』, 문학춘추사, 1965.5.
_____, 「현대문학의 분위기-인생파의 문학」, 『국문학전사』, 신구문화사, 1976.
변신원, 「문학 속에 드러난 민족문화의 자취와 외국인에 대한 문학 교육-김유정 소설의 해학적 웃음을 중심으로」, 『외국어로서의 한국어교육』, 연세대학교 언어연구교육원 한국어학당, 2001.
서대석, 「김유정문학과 구비문학」, 『김유정과의 향연』, 김유정학회, 소명출판, 2015.
서동수, 「김유정문학의 유토피아 공동체와 크로포트킨의 상호부조론」, 『김유정의 문학 광장』, 김유정학회, 소명출판, 2016.
서영애, 「김유정 소설연구-1930년대의 세태 풍자소설론의 재검토를 위하여」, 『어문학교육』 제8집, 부산교육대 한국어문교육학회, 1985.
서정록, 「한국적 전통에서 본 김유정의 문학」, 『동대논총』 제1집, 동덕여대, 1969.
_____, 「「불」, 「뽕」, 「떡」에서의 한국적 리얼리티」, 『동대논총』 제4집, 동덕여대, 1974.
_____, 「작품에 투영된 작가의 심층의식-김유정의 Female Complex를 중심으로」, 『동대논총』 제6집, 동덕여대, 1976.
서종택, 「궁핍화시대의 현실과 작품변용-최서해 김유정의 현실수용의 문제」, 『어문론집』 제17집, 고려대 국어국문학과, 1976.
_____, 「최서해 김유정의 세계인식」, 『식민지 시대의 문학연구』, 깊은샘, 1980.
_____, 「궁핍화 현실과 자기방어-김유정의 경우」, 『한국근대소설의 구조』, 시문학사, 1982.
서준섭, 「몰락 농민-유랑인의 삶의 애환과 통념을 넘어선 생존전략 이야기-김유정 소설에 나타 작가의 시선」, 유인순 외, 『김유정과 동시대 문학연구』, 소명출판, 2013.
石山人, 「「동백꽃」 독후감(신간평)」, 『비판』 107호, 1939.3.
석형락, 「김유정 소설에 나타난 신체와 그 의미」, 김유정학회 제 3회 학술연구발표회 발표 요지, 2013.4.20.
_____, 「1930년대 후반 작고 작가 애도문의 서술 양상과 그 의미-김유정과 이상의 죽음에 제출된

애도문을 중심으로」, 『김유정문학 다시 읽기』, 김유정학회, 소명출판, 2019.
성석제, 「김유정, 비참한 풍속에서 피어난 염화미소」, 김유정문학촌편, 『김유정문학의 재조명』, 소명출판, 2008.
손광식, 「김유정의 소설에서 '유랑'과 '정착'의 관계를 해석하는 문제」, 『국제어문』 16, 1995.2.
_____, 「유랑과 정착의 관계형성과 현실인식의 문제－김유정론」, 『반교어문학회』 6, 1995.
손선옥, 「김유정연구」, 성신여사대 석사논문, 1979.2.
손영성, 「김유정문학의 문체연구」, 인하대 석사논문, 1988.8.
손유경, 「취약한 자들의 윤리－김유정과 안회남의 우정을 중심으로」, 『김유정의 문학산맥』, 김유정학회, 소명출판, 2017.
손윤권, 「김유정 소설에 나타난 농촌 노총각의 성과 결혼」, 『김유정과의 만남』, 김유정학회, 소명출판, 2013.
손정수, 「모더니즘의 시선으로 이상의 '김유정' 읽기」, 『구보학보』 16, 구보학회, 2017.
손종업, 「김유정의 소설과 식민지 근대성」, 『어문연구』 107, 어문연구회, 1990.
송경석, 「수수께끼 구조로 본 김유정 소설 연구」, 한양대 석사논문, 1999.
송기섭, 「「동백꽃」과 「봄·봄」의 서사구조」, 『어문연구』 제20집, 어문연구회, 1990.
_____, 「김유정 소설과 「만무방」」, 『현대문학이론연구』, 현대문학이론학회, 2008.
송백헌, 「한국농민문학연구－일제하 문학을 중심을 중심으로」, 중앙대 석사논문, 1972.
송선령, 「김유정 자전소설에 나타난 슬픔의 기능연구」, 『김유정과의 향연』, 김유정학회, 소명출판, 2015.
송영희, 「1930년대 풍자소설 일고－채만식과 김유정의 단편소설을 중심으로 한 대비」, 부산여대 석사논문, 1986.2.
송주현, 「김유정 소설에 나타난 사랑의 의미연구－인물관계와 서사화 과정을 중심으로」, 『김유정문학의 감정미학』, 김유정학회, 소명출판, 2018.
송준호, 「김유정 소설의 상징성」, 『국어문학』, 국어문학회, 2010.
송하섭, 「김유정 작 「동백꽃」의 抒情性論」, 『도솔어문』 제2집, 단국대 인문대학 국어국문학과, 1986.
_____, 「김유정－현실의식 포용의 서정」, 『한국현대소설의 서정성연구』, 단국대 출판부, 1989.
송하춘, 「마적을 꿈꾸다」(김유정관련 스토리텔링 작품), 『김유정과의 만남』, 소명출판, 2013.
송홍엽, 「김유정 소설의 매춘 연구」, 경남대 석사논문, 1996.8.
송효섭, 「김유정 「산골」의 공간수사학」, 『김유정과의 산책』, 김유정학회, 소명출판, 2014.
송희복, 「청감(聽感)의 시학, 생동하는 토착어의 힘－김유정과 이문구를 중심으로」, 『새국어 교육』, 한국국어교육학회, 2007.
신동규, 「모티브의 기능과 의미화－「소나기」를 대상으로 한 시론적 분석」, 서강대 석사논문, 1985.8.
신동숙, 「김유정론－문체적 특질을 중심으로」, 전남대 석사논문, 1990.2.
신동욱, 「김유정고－牧歌와 현실의 차이」, 『현대문학』, 1969.1. // 김시태 편, 『한국현대작가, 작품론』, 이우출판사, 1989.
_____, 「숭고미와 골계미의 양상」, 『창작과 비평』 통권 22호, 1971. // 『한국현대문학론』, 박영사,

1972 초판, 1981 개정증보판.
_____, 『김유정작품집』, 형설출판사, 1977.
_____, 「김유정의 「만무방」」, 『개정증보 한국현대문학론』, 박영사, 1981.
_____, 「김유정론」, 『우리시대의 작가와 모순의 미학』, 개문사, 1982.
_____, 「김유정론」, 서정주·조연현 편, 『현대작가론』, 형설출판사, 1979.
_____, 「김유정 소설연구」, 『1930년대 한국소설연구』, 한샘, 1994.
신동한, 「김유정 소설연구」, 단국대 석사논문, 1984.2.
신망래, 「김유정 소설의 주제 고찰」, 『인천어문학』 제2호, 인천대 국어국문학과, 1986.
신순철, 「김유정 소설연구」, 영남대 석사논문, 1983.12.
_____, 「恨과 유정소설」, 경주실전 논문집』, 1986.3.
_____, 「김유정의 「동백꽃」」, 『한국 현대소설 문학의 이해와 감상』,영남어문학회편, 학문사,1993.
신언철, 「김유정 소설의 문체론적 연구」, 충남대 석사논문, 1972.2.
_____, 「김유정 소설의 기법에 관한 연구」, 『공주교대논총』 제22권 제2호, 1986.
신윤경, 「김유정과 이태준의 단편에 나타난 아이러니 비교 연구」, 고려대 교육대학원 석사논문, 1993.8.
신정숙, 「외로운 청년의 '생의 반려' 찾기-김유정문학(관)에 대한 새로운 모색」, 『김유정문학의 감정미학』, 김유정학회, 소명출판, 2018.
신제원, 「김유정 소설의 가부장적 질서와 폭력에 대한 연구」, 『김유정의 문학산맥』, 김유정학회, 소명출판, 2017.
신종숙, 「김유정론-문체론적 특질을 중심으로」, 전남대 석사논문, 1990.2.
신종한, 「김유정 소설연구」, 단국대 석사논문, 1984.2.
_____, 「김유정 소설의 미학구조 연구」, 『단국대논문집』 25집, 1991.
_____, 「한국근대소설의 판소리 서술양식 수용-채만식·김유정의 소설을 중심으로」, 『단국대 논문집』 27, 1993.6.
신현보, 「김유정 소설연구」, 한남대 석사논문, 1989.
신혜경, 「김유정 소설연구-해학과 풍자를 중심으로」, 서울여대 석사논문, 1998.
심재욱(沈在昱), 「김유정 소설 연구-페미니즘적 관점으로」, 전북대 석사논문, 1997.2.
__________, 「김유정문학의 미학적 정치성 연구」, 『김유정문학 콘서트』, 김유정학회, 소명출판, 2020.
안경호, 「김유정 소설연구-현실인식을 중심으로」, 상지대 석사논문, 1996.2.
안교자, 「김유정론」, 『청파문학』 9집, 숙명여대 국어국문학회, 1970.
안미영, 「김유정 소설의 문명비판연구」, 『현대소설연구』, 한국현대소설학회, 1999.
_____, 「김유정과 소설에 나타난 봄의 수사학」, 『김유정과의 산책』, 김유정학회, 소명출판, 2014.
안숙원, 「소설의 상징구조」, 『서강어문』 제5집, 서강어문학회, 1986.
_____, 「구인회와 바보의 시학」, 『서강어문』 제10집, 서강어문학회, 1994.10.
안재훈, 「한글예술과 김유정의 토속성」, 『문학』 3호, 서울대문리대 문학학회, 1964.

안함광, 「'금따는 콩밧'-김유정 씨작(최근창작평)」, 『조선문단』, 1935.7.
안회남, 「작가 김유정론-그 일주기를 당하야」, 『조선일보』, 1938.3.29~31.
_____, 「겸허-김유정전」, 『문장』, 1939.10.
양문규, 「1930년대 단편소설의 리얼리즘적 성격-박태원·이태준·김유정을 중심으로」, 『인문학보』 17, 강릉대학 인문과학연구소, 1994.
_____, 「한국 근대소설에 나타난 구어전통과 서구의 상호작용」, 『배달말』 38, 배달말학회, 2006.
_____, 「김유정 소설에 나타난 전통과 서구의 상호작용」, 김유정문학촌편, 『김유정문학의 재조명』, 소명출판, 2008.
_____, 「김유정과 리얼리즘·바흐친·탈식민주의」, 『김유정문학 콘서트』, 김유정학회, 소명출판, 2020.
양문모, 「1930년대 소설에 나타난 한국의 사회문제 연구-가족문제를 중심으로」, 「극동사회 복지저널」, 극동대학교 사회복지연구소, 2010.
양세라, 「김유정 소설과 비서술적 음악의 꼴라쥬, 김유정 「봄·봄」-오태석 극작법연구」, 『드라마연구』 제40호, 태학사, 2013.6.
양창욱, 「김유정 소설의 해학미 구조분석-「동백꽃」을 중심으로」, 원광대 석사논문, 1987.
양희이, 「1930년대 소설에 나타난 풍자와 해학의 연구-채만식과 김유정 소실의 경우」, 성균관대 석사논문,1984.6.
엄미옥, 「김유정 소설의 욕망과 서술상황연구」, 숙명여대 석사논문, 1998.
_____, 「'봄·봄'의 OSMU와 스토리텔링 양상연구」, 『김유정문학 다시 읽기』, 김유정학회, 소명출판, 2019.
연남경, 「김유정 소설의 추리서사적 기법」, 『김유정의 귀환』, 김유정학회, 소명출판, 2012.
오성록·심상욱, 「「김유정」과 「겸허-김유정전」 비교연구」, 『동서비교문학저널』 32. 한국 동서비교문학회, 2015.
오양진, 「남녀관계의 불안-김유정의 「동백꽃」과 이상의 「날개」에 나타난 서술과 인간상」, 『상허학보』 29집, 상허학회, 2010.
오윤주, 「유정을 읽다」(김유정관련 스토리텔링 작품), 『김유정문학 콘서트』, 김유정학회, 소명출판, 2020.
오은엽, 「김유정의 「봄·봄」에 나타난 웃음문화와 외국인을 위한 문학교육」, 『김유정과의 산책』, 소명출판, 2014.
_____, 「김유정 소설에 나타난 정념의 기호학적 연구-「金따는 콩밭」 「金」 「노다지」를 중심으로」, 『김유정의 문학광장』, 김유정학회, 소명출판, 2016.
오일환, 「김유정론」, 경희대 석사논문, 1961.3.
오지선, 「김유정론」, 숙명여대 석사논문, 1987.
오태호, 「김유정 소설에 나타난 '연민의 서사' 연구-마사 누스바움의 '감정론'을 중심으로」, 『김유정문학 다시 읽기』, 김유정학회, 소명출판, 2019.
오하근, 「혼돈과 극복의 문학정신」, 『국어국문학회지』 제12권, 원광대 국문학회, 1987.

오현아, 「「동백꽃」의 주제 전개 방식에 대한 고찰」, 유인순 외, 『김유정과 동시대 문학연구』, 소명출판, 2013.
왕문용, 「김유정 소설의 언어」, 『강원문화연구』 제19집, 강원문화연구소, 2000.10.
_____, 「국어교과서에 실린 1920~30년대 소설의 언어 표현문제」, 유인순 외, 『김유정과 동시 대 문학연구』, 소명출판, 2013.
우신영, 「문학교육에서 김유정문학 읽기의 지평과 전망」, 『김유정문학 콘서트』, 김유정학회, 소명출판, 2020.
우찬제, 「불통 시대의 말더듬, 그 문학적 소통 가능성」, 『근대의 안과 밖』, 민음사, 2003.
우한용, 「소설이해의 구조론적 방법-「만무방」」, 『현대소설론』, 현대소설연구회, 평민사, 1994.3.
_____, 「만무방의 기호론적 구조와 해석」, 『국어교육』 83·84 합집, 한국 국어교육연구회, 1994.
_____, 「김유정 소설의 언어미학」, 김유정문학촌편, 『김유정문학의 재조명』, 소명출판, 2008.
_____, 「김유정 소설의 언어의식」, 『김유정과의 만남』. 김유정학회, 소명출판, 2013.
_____, 「찬밥 식은 밥」(김유정관련 스토리텔링작품), 『김유정과의 산책』, 김유정학회, 소명 출판, 2014.
_____, 「나리도꽃-동백꽃에 부쳐」(김유정관련 스토리텔링작품),『김유정과의 향연』, 김유정학회, 소명출판, 2015.
_____, 「마누라에 대한 현상학적 환원 시고」(김유정관련 스토리텔링작품), 『김유정의 문학산맥』, 김유정학회, 소명출판, 2017.
_____, 「유정/무정」(김유정관련 스토리텔링 작품), 『김유정문학의 감징미학』, 김유정학회, 소명출판, 2018.
_____, 「목욕하는 여자」(김유정관련 스토리텔링작품), 『김유정문학 다시 읽기』, 김유정학회, 소명출판, 2019.
유명희, 「들병이와 아라리」, 『한국의 웃음문화』, 김유정탄생 100주년 기념사업추진위원회편, 소명출판, 2008.
유순영, 「김유정과 이효석 소설의 비교연구」, 연세대 석사논문, 1984.2.
유인순, 「김유정 소설의 구조분석」, 이화여대 석사논문, 1980.6.
_____, 「풍자문학론-채만식, 김유정을 중심으로」, 『인문학연구』 18집, 강원대학교, 1983.
_____, 「김유정의 소설공간」, 이화여대 박사논문, 1985.4.
_____, 「「노다지」의 문체연구」, 『강원문화연구』 7집, 강원대 강원문화연구소, 1987.
_____, 『김유정문학연구』, 강원대 출판부, 1988.
_____, 「김유정의 소설공간」, 김상태편, 『한국현대소설론』, 학연사, 1993.3.
_____, 「김유정-그 능청스런 이야기꾼」, 『강원문학』 제21, 한국문인협회 강원도지부, 1994.
_____, 「칼과 모순의 미학-「산골나그네」「소낙비」를 중심으로」, 『월간 태백』, 강원일보사, 1994.3.
_____, 「소설의 시간-「아내」」, 『현대소설론』, 한국현대소설연구회, 평민사, 1993.
_____, 「상처와 열매-김유정문학의 비밀」(발표요지), 강원일보, 1994.3.9.
_____, 「유정의 그물-김유정문학의 심리비평적 연구」, 『인문학연구』 32, 강원대학교, 1994. // 『구

인환교수 정년퇴임기념 논문집』, 1995.4.15.
_____, 「김유정-사랑의 사도, 문학의 순교자」, 『한국소설문학대계』 18, 이상 · 김유정 편, 동아출판사, 1995.5.
_____, 「김유정문학연구사」, 『강원문화연구』 제15집, 강원대 강원문화연구소, 1996. // 전신재 편, 『김유정의 전 통성과 근대성』, 한림대 출판부, 1997.
_____, 「「봄 · 봄」과 함께하는 문학교실」, 『석우 박민일 교수 회갑기념논문집』, 1997.6.
_____, 「「동백꽃」과 함께 하는 문학교실」, 『문학교육학』 창간호, 문학교육학회, 1997.8.
_____, 「김유정과 해외문학」, 『비교문학』 23집, 한국비교문학회, 1998.12.
_____, 「고교 『문학』 교재 소재 소설에 투영된 강원문화」, 『강원문화연구』 19집, 강원대 강원문 화연구소, 2000.10.
_____, 「루쉰과 김유정」, 『중한인문과학연구』 4집, 중한인문과학연구회, 2000.1.
_____, 「근대 韓中 소설에 나타난 여성의 정체성연구」, 『중한인문과학연구』 7집, 중한인문과학 연구회, 2001.12.
_____, 「김유정 실명소설연구」, 『어문학보』 24집, 강원대 국어교육과, 2002.8.30.
_____, 「김유정문학 속의 결핵」, 김상태 편, 『한국현대작가 연구』, 푸른사상, 2002.9.
_____, 『김유정을 찾아가는 길』, 솔과학, 2003.
_____, 「김유정문학의 부싯깃-술 · 노래 · 여자를 중심으로」, 『강원문화연구』 22, 강원대 강원문화연구소, 2003.
_____, 「행복과 등진 열정-김유정의 생애와 문학」, 유인순편, 『동백꽃』, 문학과지성사, 2005.
_____, 「김유정 소설의 우울증」,『현대소설연구』 36호, 한국현대소설학회, 2007.
_____, 「김유정 소설의 웃음 그리고 그 과녁」, 『현대소설연구』 38호, 한국현대소설학회, 2008.
_____, 「「봄 · 봄」의 아바타연구」, 『현대소설연구』 50호, 한국현대소설학회, 2012.8. // 『김유정과의 만남』, 김유정학회, 소명출판, 2013.
_____, 「김유정과 아리랑」, 『국제비교한국학』 20권 2호, 국제비교한국학회, 2012.8. // 『김유정과의 동행』, 소명출판, 2014.
_____, 「들병이 문학연구」, 『김유정과 동시대 문학연구』, 소명출판, 2013.
_____, 『김유정과의 동행』, 소명출판, 2014.
_____, 「김유정문학에 대한 인문지리적 접근」, 『김유정과의 향연』, 김유정학회, 소명출판, 2015.
_____, 「김유정의 아리랑-위안과 소통의 노래」, 『아리랑』, 아리랑 박물관 제3차 아리랑학술대회 발표요지, 2019.12.19.
유종영, 「김유정의 소설연구-반어의 양상과 기능을 중심으로」, 동국대 석사논문, 1982.12.
유종호, 「현대문학 속의 자기 발견-김유정론」, 『한국단편문학대계』, 삼성출판사, 1969.
_____, 「흙에서 솟는 눈물과 웃음-김유정」, 『현대의 문학가 9인』, 신구문화사, 1976.
_____, 「김유정과 이미자의 동백」, 『현대문학』, 현대문학사, 1988.2.
유효경, 「김유정 소설연구」, 성균관대 석사논문, 1986.
윤병로, 「김유정론」, 『현대문학』, 현대문학사, 1960.3. // 『현대작가론』, 이우출판사, 1974.

_____, 「겸허의 인생파」, 『여원』 6권 10호, 여원사, 1960.10.
_____, 「김유정의 해학성과 「땡볕」」, 『한국근대작가 작품연구』, 성균관대 출판부, 1988.
_____, 「1930년대 소설의 연구」, 『대동문화연구』 23집, 성균관대학 대동문화연구원, 1989.
윤영성, 「김유정문학의 문체연구」, 인하대 석사논문, 1988.
윤지관, 「민중의 삶과 시적 리얼리즘－김유정론」, 『세계의 문학』, 민음사, 1988 여름호.
유진오, 「다정했던 30년」, 『문예춘추』 2－5, 문예춘추사, 1965.5.
윤채향, 「김유정 소설의 주제의식연구」, 숙명여대 석사논문, 1994.
윤현이, 「김유정 소설에서 여성인물이 겪는 수난의 양상과 그 의미」, 유인순 외, 『김유정과 동시대 문학연구』, 소명출판, 2013.
_____, 「김유정 소설에 나타난 1930년대 서울의 모습과 의미」, 『김유정과의 산책』, 김유정학회, 소명출판, 2014.
윤홍노, 「한국현대소설의 미학－김유정 「동백꽃」과 선우 휘「불꽃」을 중심으로」, 『국어국문학』 제68－9 합병호, 국어국문학회, 1975.
_____, 「김유정의 소설미학」, 『한국문학의 해석학적 연구』, 일지사, 1976.
_____, 「김유정의 은유에서 길을 묻다」, 『김유정과의 향연』, 김유정학회, 소명출판, 2015.
이강언, 「1930년대 한국 리얼리즘 문학연구－주로 이효석, 김유정, 이기영의 현실수용 방법을 중심으로」, 영남대 석사논문, 1973.2.
_____, 「현실과 이상의 갈등구조－김유정 소설의 구성법」, 『영남어문학』 제7집, 영남대 국어국문학과, 1980. // 『한국근대소설논고』, 형설출판사, 1983.
이 경, 「김유정 소설의 역설성 연구」, 『국어국문학』 29, 국어국문학회, 1992.
_____, 「김유정 소설의 서사적 거리 연구」, 『한국문학논총』 15, 한국문학회, 1994.12.
_____, 『한국근대소설의 근대성 수용양식』, 태학사, 1999.2.
_____, 「자본주의 보다 먼저 온 실패의 예후와 대안적 윤리」, 『김유정과의 만남』, 김유정학회, 소명출판, 2013.
이경분, 「김유정 소설 「봄·봄」과 이건용의 실내희극 오페라 〈봄봄봄〉」, 『낭만음악』 53, 낭만음악사, 2001.12.
이경희, 「김유정론」, 전남대 석사논문, 1969.9.
_____, 「김유정과 채만식의 작품 비교연구」, 연세대 석사논문, 1984.8.
이계보, 「김유정 소설의 등장인물에 대한 고찰」, 『상지대 논문집』 3호, 상지대, 1982.
이광진, 「김유정 단편 「만무방」의 약호화 과정 분석」, 『한겨레어문연구』 1. 한겨레어문학회, 2001.12.
_____, 「김유정 소설문체의 구술적 성격 고찰」, 『어문연구』 125, 한국어문교육연구회, 2005.3.
_____, 「김유정 소설의 서사담론연구」, 강원대 박사논문, 2005.8.
이규정(李揆定), 「이상과 김유정의 문체연구」, 동아대 석사논문, 1970.2.
___________, 「「날개」와 「봄·봄」의 문체론적 비교연구」, 『수연어문론집』 제6호, 부산여대, 1979.
___________, 「김유정 소설에 나타난 눈치문화」, 『김유정문학 콘서트』, 김유정학회, 소명출판, 2020.

이금란, 「김유정의 「봄·봄」 HD TV 〈봄, 봄봄〉의 서사변용연구」, 『김유정의 문학광장』, 김유정학회, 소명출판, 2016.
이난순, 「김유정의 작품에 나타난 사회의식」, 명지대 석사논문, 1983.9.
이대규, 「김유정의 「금따는 콩밭」의 분석 및 해석」, 『어문교육론집』 제11집, 부산대 사대, 1991.
이대범, 「김유정 원작소설의 영화와 양상 연구－영화 〈봄·봄〉과 〈땡볕〉을 중심으로」, 『어문론집』 54, 중앙어문학회, 2013.
이덕화, 「유아독존적인 작가의 자기 파멸」, 『김유정과 동시대 문학연구』, 소명출판, 2013.
_____, 「김유정문학의 타자 윤리학과 서사구조」, 『김유정과의 산책』, 김유정학회, 소명출판, 2014.
_____, 「김유정의 '위대한 사랑'과 글쓰기를 통한 삶의 향유」, 『한국문예비평연구』 43, 한국현대문예비평학회, 2014.
_____, 「초원을 달리다」(김유정관련 스토리텔링작품), 『김유정의 문학광장』, 김유정학회, 소명출판, 2016.
_____, 「하늘 아래 첫 서점」(김유정관련 스토리텔링작품), 『김유정문학의 감정미학』, 김유정학회, 소명출판, 2018.
이동근·황형식, 『한국문학의 풍자와 해학』, 대구대 출판부, 2004.
이동재, 「김유정문학의 재조명」, 『목멱어문』 제1집, 동국대 국어교육회, 1987.
이동주, 「김유정」(실명소설), 『월간문학』, 월간문학사, 1974.1.
이동희, 「김유정의 언어미학」, 『국어교육』 7호, 대구교대, 1979.
이만식, 「김유정 소설의 작중인물연구」, 건국대 교육대학원 석사논문, 1988.
이만영, 「김유정의 「귀여운 少女」역 저본의 발굴과 그 의미－번역 저본의 신자료에 관한 내용을 중심으로」, 『김유정의 문학산맥』, 김유정학회, 소명출판, 2017.
이명렬, 「김유정문학의 전통성연구」, 강원대 석사논문, 1987.
이명복, 「김유정 소설의 문체론적 연구」, 서울대 석사논문, 1974.
이명숙, 「김유정 소설연구－작품을 통해서 본 그의 현실 인식」, 상명여대 석사논문, 1989.2. // 『자하어문론집』 제6·7집, 상명여대 국어교육과, 1990.3.
이명일,「김유정 소설에 나타난 자연」, 성균관대 석사논문, 1984.8.
이명자, 「새 조사에 의한 김유정 작품 목록」, 『문학사상』, 문학사상사, 1974.7.
이미나, 「1930년대 '금광열'과 문학적 형상화 연구」, 『겨레어문학』 55, 겨레어문학회, 2015.
이미림, 「김유정·이효석 소설의 음식과 성 비교 고찰」, 『김유정문학의 감정미학』, 김유정학회, 소명출판, 2018.
이민희, 「김유정의 개작 「홍길동전」 연구」, 유인순 외, 『김유정과 동시대문학연구』, 소명출판, 2013.
이병각, 「김유정론」, 『풍림』 제5집, 풍림사, 1937.5.
이봉구, 「살려고 애쓰던 김유정」, 『현대문학』, 현대문학사, 1963.1.
이 상, 「김유정－소설로 쓴 김유정론」(김유정 실명소설), 『청색지』 5호, 1939.5.
_____, 「실화」(김유정 실명소설), 『문장』, 문장사, 1939.3.
이상금, 「이야기꾼 김유정의 서사기법」, 유인순 외, 『김유정과 동시대문학연구』, 소명출판, 2013.

이상옥, 「김유정연구－빈곤문제를 중심으로」, 이선영 편, 『1930년대 민족문학의 인식』, 한길사, 1990.9.
_____, 「산수유와 생강나무」, 『세계의 문학』, 민음사, 1990 봄호.
_____, 「김유정 연구－빈곤문제를 중심으로」, 『해강 이선영 선생 회갑기념논총』, 한길사, 1990.
이상진, 「문화콘텐츠 '김유정', 다시 이야기하기」, 『김유정의 귀환』, 김유정학회, 소명출판, 2012.
이석훈, 「유정과 나」, 『조광』, 조선일보사, 1937.5.
_____, 「유정의 靈前에 바치는 최후의 고백」, 『백광』, 백광사, 1937.5.
_____, 「유정의 面貌片片」, 『조광』, 조선일보사, 1939.12.
이선영, 「유정의 문학세계」, 『중앙일보』, 1973.3.28.
_____, 「따라지의 비애와 해학－김유정의 작품세계」, 『소나기 외』, 정음사, 1975. // 『상황의 문학』, 민음사, 1976.
_____, 「문학으로 불사른 단명한 생애」(작품및 생애 해설), 한국대표명작 8, 『김유정』, 지학사, 1985.
_____, 「김유정의 체험과 문학세계」, 김일근박사 화갑기념호(華甲紀念號), 『겨레어문학』, 겨레어문학회, 1985.
_____, 「김유정연구」, 「예술논문집」 제24집, 예술원, 1985. // 국학자료간행위원회편, 『국문학 자료 논문집』 속편 제2집, 대제각, 1990.
_____, 「김유정 소설의 민중적 성격」, 『구인환교수 정년퇴임기념논문집』, 1995.4.15.
_____ 편, 「한국의 대표명작」, 『김유정』, 지학사, 1985.8.
_____ 편, 김유정단편선, 『동백꽃』, 창작과비평사, 1995.10.
_____, 「민중문학과 자기인식」, 전신재 편, 『김유정문학의 전통성과 근대성』, 한림대 아시아문화연구소, 1997.
이선희, 「김유정과 나」, 『조광』, 조선일보사, 1937.5.
이성미, 「새 자료로 본 김유정의 생애」, 『문학사상』, 문학사상사, 1974.7.
이소영, 「김유정 소설 언어의 표상 연구」, 『문창어문논집』 50, 문창어문학회, 2013.
이순(李筍), 「김유정문학의 서론적 고찰」, 『어문론총』 제3집, 청주대 국어국문학과, 1984.
_________, 「김유정 소설의 구성원리와 그 유형」, 이화여대 석사논문, 1986.
이승훈, 「김유정－빈 들속에 잠든 한의 실타래」, 『문학사상』, 문학사상사, 1978.11.
이어령, 「해학의 미적범주」, 『사상계』 6－11, 사상계사, 1958.11.
_____ 편, 「김유정」, 『한국작가전기연구』(上), 동화출판사, 1975.
이영성, 「김유정문학 일고찰」, 『국민어문연구』 제1집, 국민대 국어국문학연구회, 1988.
이영화, 「김유정 농민소설연구」, 고려대 석사논문, 1993.8.
이용욱, 「서사 상황으로서의 아이러니 발생의 두 가지 유형연구」, 『한국언어문학』 36, 한국언어문학회, 1996.5.
이익성, 「김유정 소설의 희화적 서정성」, 『한국현대서정소설론』, 태학사, 1995.
_____, 「김유정 도시소설의 근대성」, 『현대문학의 연구』 24, 한국현대문학회, 2008.
이인우, 「김유정단편소설연구－작중인물을 중심으로」, 영남대 석사논문, 1986.2.

이재복, 「김유정 「소낙비」의 담론고찰」, 『한양어문연구』 11, 한양어문화학회, 1993.12.
이재선, 「희화적 감각과 바보열전－김유정의 작품세계의 二面性」, 『문학사상』, 1974.7. // 『한국단편소설연구』, 일조각, 1975.
_____, 「김유정의 해학세계와 농촌」, 『한국현대소설사』, 홍성사, 1979.
_____, 「바보예찬론과 평형적 해소의 작가－김유정론」, 『문학사상』, 문학사상사, 1986.12.
_____, 「바보 예찬과 해소적 놀이」, 『한국문학의 원근법』, 민음사, 1996.
_____, 「바보의 미학과 정치학－김유정 소설의 희극적 인간상」, 『한국의 웃음문화』, 김유정탄생 100주년 기념사업추진위원회편, 소명출판, 2008.
이재인, 「창조적인 작가 김유정」, 『시민인문』, 경기대학교 인문과학연구소, 2001.
이정숙, 「1930년대 소설과 김유정」, 유인순 외, 『김유정과 동시대 문학연구』, 소명출판, 2013.
이종표, 「김유정론」, 『건대학보』 12, 건국대학교, 1962.4.
이주성, 「한국 농민소설 연구－1920~30년대 농민소설을 중심으로」, 『세종어문연구』 2, 세종대, 1987.
이주일, 「김유정연구」, 중앙대 석사논문, 1974.12.
_____, 「김유정 소설의 무대와 구성」, 『상지』 제1집, 상지대학교, 1977.
_____, 「김유정 소설의 문장고찰」, 『논문집』 제1집, 상지대학교, 1980.
_____, 「김유정문학의 향토성과 해학성」, 『국어국문학』 제83호, 국어국문학회, 1980.
_____, 「김유정 소설의 등장인물에 대한 고찰」, 『논문집』 제3집,상지대학교, 1982.
_____, 「향토적 해학과 풍자의 세계－김유정론」, 김용성편, 『한국근대작가연구』, 삼지원, 1985.
_____, 「김유정 소설연구」, 명지대 박사논문, 1991.12.
이주형, 「「소낙비」와 「감자」의 거리－식민지시대 작가의 현실인식의 두 유형」, 『국어교육연구』 제8집, 경북대 사대 국어교육과, 1976. // 김열규 외편, 『국문학론선』 10, 민중서관, 1977. // 『현대소설연구』, 정음문화사, 1986.
이중재, 「김유정문학의 재조명」, 『목멱어문』 제1집, 동국대 국어교육학회, 1987.
이진송, 「김유정 소설의 장소 연구」, 이화여대 석사논문, 2015.
이춘희, 「김유정 소설의 성과 윤리의식연구」, 한국외국어대 석사논문, 1997.2.
이태건, 「바보형 인물에 대한 소고」, 고려대 석사논문, 1984.
이태숙, 「김유정 소설의 근대성과 여성의 신체」, 『김유정문학의 감정미학』, 김유정학회, 소명출판, 2018.
이학주, 「김유정작품을 원천으로 한 〈김유정 아리랑〉 개발」, 『김유정문학 콘서트』, 김유정학회, 소명출판, 2020.
이현주, 「김유정 소설에 나타난 고향의 의미 고찰」, 김유정학회 제2회 학술연구발표회 발표요지, 2012.4.21.
이혜순, 「김유정 소설연구」, 세종대 석사논문, 1990.
이호림, 「유정의 소설에 나타난 여성상연구」, 성균관대 석사논문, 2000.
_____, 「시각적 측면에서 본 30년대 유정소설의 여성상연구」, 『비평문학』 17호, 한국비평문학회,

2003.7.
_____, 「유정소설의 영화적 독해는 가능한가」, 『문학과 문화』, 문학과 문화회, 2003 봄.
_____, 『유정의 소설은 왜 웃긴가』, 리토피아, 2008.
이홍재, 「김유정문학의 전통성연구」, 『한성어문학』 제1집, 한성대 국어국문학과, 1982.
이화진, 「김유정 소설연구」, 성균관대 석사논문, 1991.
임계묵, 「김유정 소설의 인물유형연구」, 충남대 석사논문, 1991.
임무출, 『김유정 어휘사전』, 도서출판 박이정, 2001.3.
임영선, 「해학에서 본 유정문학」, 『목원어문학』 제1집, 목원대학, 1979.
임영환, 「1930년대 한국농촌사회소설연구」, 서울대 박사논문, 1986.2.
임정연, 「김유정 자기서사의 말하기 방식과 슬픔의 윤리」, 『김유정과의 향연』, 김유정학회, 소명출판, 2015.
임종국, 「잘못 인식된 비극성 – 김유정 「솥」」, 『한국문학』, 한국문학사, 1976.9.
_____, 「「솥」의 모델」, 『한국문학의 민중사』, 실천문학사, 1986.
임종수, 「유정문학의 문체론적 연구」, 『어문론집』 14집, 중앙대 국어국문학과, 1979.
임중빈, 「닫친 사회의 캐리커츄어 – 김유정연구(秒)」, 『동아일보』, 1965.1.5~12(4회연재). // 『부정의 문학』, 한얼문고, 1972.
임헌영, 「김유정론」, 『창조』, 창조잡지사, 1972.4. // 김열규 외편, 『국문학논문선』 10, 민중서관, 1977.
_____, 「전통적인 골계와 해학」, 『우리시내의 한국문학』 2, 계몽사, 1991.
임현민, 「김유정 소설 텍스트의 국어교육적 활용에 관한 연구 – 고등학교 국어교과서를 중심으로」, 국민대 석사논문, 2014.
장경탁, 「한국근대소설의 순환구조 – 이효석의 「산협」과 김유정의 「봄·봄」을 중심으로」, 『성대 문학』 제25집.성균관대 국어국문학과, 1987.
장무익, 「웃음 속에 감추어진 눈물의 의미 – 김유정의 소설세계」, 『공사논문집』 23집, 1987.
장백일, 「유정의 작품과 생애」, 『중앙일보』, 1972.3.28.
장병호, 「식민지 시대 매춘체제 소설의 고찰 – 가난과 윤리 문제를 중심으로」, 『청람어문학』 제3집, 청람어문학회, 1990.
장소진, 「김유정의 소설 「소낙비」와 「안해」 연구」, 『한국문학이론과 비평』 11. 한국 문학이론 과 비평학회, 2001.
장수경, 「정념의 관점에서 본 김유정 소설의 미학 – 「봄·봄」「노다지」「소낙비」「가을」을 중심으로」, 『한민족문학연구』 55, 한민족문학연구회, 2016.
_____, 「「만무방」에 나타난 불안과 유랑의 서사」, 『김유정문학의 감정미학』, 김유정학회, 소명출판, 2018.
_____, 「김유정 소설에 나타난 수치심의 양상과 의미 – 「소낙비」「생의 반려」를 중심으로」, 『김유정문학 콘서트』, 김유정학회, 소명출판, 2020.
장양수, 「소설경향의 몇 가지 흐름」, 『현대문학』」, 현대문학사, 1988.8.

장영우, 「반어적 인물의 사회의식 연구」, 『동악어문론집』 23, 동악어문학회, 1988.
장일구, 「소설 텍스트의 연행 해석학 시론-김유정 소설과 최명희 '혼불'의 해석을 중심으로」, 서강대 석사논문, 1993.2
_____, 「「동백꽃」의 갈등인자와 서술상황」, 『서강어문』 12, 서강어문학회, 1996.12.
장현숙, 「김유정문학의 특질고-작중 인물의 도덕의식과 작가의 현실 인식을 중심으로」, 『가천길대논문집』 18, 가천대학교, 1996.2.
장혜련, 「김유정 소설의 대화 양상 연구」, 『김유정의 문학광장』, 김유정학회, 소명출판, 2016.
전규태, 「김유정론」, 『한국문학의 통시적 연구』, 지문사, 1981.
전봉관, 「김유정의 금광체험과 금광소설」, 『김유정의 귀환』, 김유정학회, 소명출판, 2012.
전상국, 「김유정연구」, 경희대 석사논문, 1985.2.
_____, 『유정의 사랑』, 고려원, 1993.
_____, 「김유정 소설의 언어와 문체」, "김유정문학의 재조명", 한림대학교 아시아문화연구소 주최 제9회 학술연구발표회 발표요지, 1994.3.25.
_____, 『『김유정』-시대를 초월한 문학성』, 건국대 출판부, 1995.
_____, 「춘천 아리랑」(김유정관련 스토리텔링 작품), 『김유정문학의 감정미학』, 김유정학회, 소명출판, 2018.
전신재, 「김유정 소설의 판소리 수용」, 『강원문화연구』 제4집, 강원대 강원문화연구소, 1984.
_____, 「김유정 소설의 구비문학 수용」, 『아시아문화』 제2호, 한림대 아시아문화연구소, 1987.
_____ 편, 『원본김유정전집』, 한림대 출판부, 1987.
_____, 「「봄·봄」의 자연표상」, 『춘천문학』 1호, 한국문인협회 춘천지부, 1991.
_____, 「『유정의 사랑』 나타난 사랑의 인식」, 한국문인협회 강원도지회 주최 "김유정 추모 문학의 밤" 강연자료, 1993.11.27.
_____, 「김유정 소설의 정서」, "김유정문학의 재조명", 한림대학교 아시아문화연구소 주최 제9회 학술연구발표회 발표요지, 1994.3.25.
_____, 「김유정 소설 속의 여성들」, 『월간태백』, 강원일보사, 1994.3.
_____ 편, 『김유정의 전통성과 근대성』, 한림대 출판부, 1997.
_____, 「김유정문학 제대로 읽기」, 『당대비평』 3, 생각의 나무, 1998.
_____, 「김유정 소설과 언어의 기능」, 『한말연구』 제6호, 한말연구학회, 2000.6.
_____, 「김유정의 우리말 사랑」, 『한글사랑』, 한글사, 2000 여름호.
_____, 「김유정 소설과 여성의 삶」, 『춘주문화』 17, 춘천문화원, 2002.
_____, 「판소리와 김유정 소설의 언어와 정서」, 김유정문학촌편, 『김유정문학의 재조명』, 소명출판, 2008.
_____, 「김유정 소설의 설화적 성격」, 『김유정의 귀환』, 김유정학회, 소명출판, 2012.
_____, 「속이고 속는 이야기의 두 유형」, 『한국의 웃음문화』, 김유정탄생 100주년 기념사업추진위원회편, 소명출판, 2008.
_____, 「부권 상실에 대응하는 두 가지 방법」, 유인순 외, 『김유정과 동시대문학연구』, 소명출판,

2013.
_____, 「김유정의 '위대한 사랑'」, 『김유정과의 향연』, 김유정학회, 소명출판, 2015.
전영태, 「김유정의 「산골」 - 소설속의 토속미와 서정성의 一例」, 이재선 외편, 『한국현대소설작품론』, 문장, 1981.
전혜자, 「한국현대소설의 배경연구 - 도시와 농촌의 대비」, 숙명여대 박사논문, 1985.12.
전홍남, 「김유정과 성석제의 거리 - 소설에 나타난 해학성을 중심으로」, 『한국언어문학』, 한국언어문학회, 2001.
_____, 「「금따는 콩밭」의 중층성과 문제점」, 『한국언어문학』 49, 한국언어문학회, 2002.
_____, 「김유정 소설의 문학치료학 적용 가능성 고찰」, 『김유정문학 다시 읽기』, 김유정학회, 소명출판, 2019.
정귀선, 「김유정 소설연구」, 건국대 석사논문, 1994.8.
정금영, 「담론 분석을 통한 김유정 소설 연구 - 농촌소재 작품을 중심으로」, 경북대 석사논문, 1997.2.
정덕화, 「김유정의 '위대한 사랑'과 글쓰기를 통한 삶의 향유」, 『한국문예비평연구』 43, 한국 문예비평 연구회, 2014.
정명효, 「김유정 소설에 나타난 현실인식의 해학적 변용 연구」, 국민대 석사논문, 1997.2.
정연희, 「김유정의 「생의 반려」에 나타난 자기 반영적 서술과 아이러니연구」, 『우리문학연구』 43, 우리문학회, 2014.
_____, 「김유정 소설의 실재의 윤리와 윤리의 정치학」, 『현대문학이론연구』 60, 현대문학이론학회, 2015.
_____, 「김유정의 자기 서사에 나타나는 우울과 알레고리연구 - 「두꺼비」「생의 반려」를 중심으 로」, 『국어국문학』 65, 국어국문학회, 2017.
_____, 「김유정 소설의 멜랑콜리 미학과 총체성의 저항」, 『우리문학연구』 56, 우리문학회, 2017.
정영자, 「한국현대소설의 자연관연구」, 『수연어문론집』 제10집, 부산여대 국어과, 1982.
정영호, 「김유정 소설의 아이러니 연구」, 경남대 석사논문, 1991.6.
정인택, 「희! 유정 김 군」, 『매일신보』, 1937.4.3·4.6.
정인환, 「김유정 소설연구」, 계명대 석사논문, 1986.6.
정주아, 「신경증의 기록과 염인증자(厭人症者)의 연서 쓰기 - 김유정문학에 나타난 죽음 충동과 에로스」, 『김유정의 문학광장』, 김유정학회, 소명출판, 2016.
정주현, 「김유정의 문학적 특성 - 작가의식을 중심으로」, 중앙대 석사논문, 1989.
정진석, 「'동백꽃'의 '나'를 믿지 않게 가르치기」, 『김유정의 문학산맥』, 김유정학회, 소명출판, 2017.
정창범, 「김유정론」, 『사상계』, 사상계사, 1955.11.
_____, 「열등인간의 초상 - 김유정론」, 『문학춘추』, 문학춘추사, 1964.12.
정치수, 「김유정문학연구」, 인하대 석사논문, 1988.
정태규, 「이효석과 김유정의 소설의 공간인식에 대한 연구」, 부산대 석사논문, 1989.
정태용, 「김유정론 - 니힐리즘과 문학」, 『예술집단』, 1955.12. // 『현대문학』, 현대문학사, 1958.8.
_____, 「계용묵·김유정·이상의 문학」, 『신한국문학전집』 6, 어문각, 1976.

정하늬, 「京城을 배회하는 지식인 청년과 가장(假裝)의 시선-김유정의 「심청」과 박태원의 「소설가 구보씨의 일일」을 중심으로」, 『김유정의 문학산맥』, 김유정학회, 소명출판, 2017.
정한숙, 「해학의 변이-김유정문학의 본질」, 『인문논총』 제17집, 고려대, 1972. // 『현대한국작가론』, 고려대 출판부, 1976.
_____, 「한국소설기교의 전개」, 『현대한국소설론』, 고려대 출판부, 1977.
_____, 「현대소설의 확립」, 『현대한국문학사』, 고려대 출판부, 1982.
정현기, 「1930년대 한국소설이 감당한 궁핍문제 고찰-염상섭 박영준 김유정 채만식」, 『현상과 인식』, 현상과 인식사, 1982 겨울. // 『한국근대소설의 인물유형』, 인문당, 1983.
_____, 「인간이라는 욕망의 늪-김유정의 「노다지」론」, 『문학사상』, 1978.6. // 『한국근대소설의 인물유형』, 인문당, 1983.
_____, 「김유정 소설의 해학적 특성」, 『노다지-한국문학대표작선』, 문학사상사, 1987.8.
_____, 「김유정의 1930년대식 해학」, 『한국문학의 해석과 평가』, 문학과지성사, 1994.11.
_____, 「김유정 소설의 웃김 이야기법-골계 또는 해학소설의 참 속살에 대한 보살핌」, 김유정탄생 100주년 기념사업추진위원회편, 『한국의 웃음문화』, 소명출판, 2008.
정현숙, 「고전 다시 쓰기의 의미-김유정 · 박태원의 「홍길동전」을 중심으로」, 유인순 외, 『김유정과 동시대 문학연구』, 소명출판, 2013.
_____, 「김유정과 서울」, 『김유정과의 산책』, 김유정학회, 소명출판, 2014.
정호웅, 「전상국의 장편 『유정의 사랑』과 '김유정 평전'」, 『김유정의 문학광장』, 김유정학회, 소명출판, 2016.
조건상, 「김유정과 채만식 소설의 특질-해학과 풍자의 거리」, 『도남학보』 제3집, 도남학회, 1980. // 『한국현대 골계소설연구』, 문학예술사,1985.
_____, 「한국현대골계소설의 전개과정과 그 양상」, 『성대논문집』 제23호, 성균관대, 1983.
조경덕,「유정의 소설 쓰기와 자기 인식」, 『김유정과의 만남』, 김유정학회, 소명출판, 2013.
조남철, 「김유정의 농민소설 연구-춘원의 농민소설과 비교하여」, 『한국방송통신대 논문집』 21, 1996.2.
조남현, 「김유정의 작품 세계」, 『김유정-동백꽃』, 한국대표작 어문특선 소재 해설, 어문각, 1993.
_____, 「김유정 소설과 동시대 소설」, 『김유정의 귀환』, 김유정학회, 소명출판, 2012.
조내희, 「김유정 소설의 시점과 인물」, 『국제어문』 제5집, 국제대 국어국문학과, 1984.
조동일, 「어두운 시대의 상황과 소설-만만치 않은 세상형편」, 『한국문학통사』 제5권, 지식산업사, 1988.
조동길, 「김유정의 창작 동력에 관한 연구」, 『김유정과의 향연』, 김유정학회, 소명출판, 2015.
조두섭, 「김유정 농민 소설의 타자의 존재 방식과 주체 구성의 전략」, 『문예미학』 9, 문예미학회, 2002.
조선일보사, 「신춘문예 단편소설 1등 당선 김유정 씨 약력」, 『조선일보』, 1935.1.3.
조석현, 「김유정 소설의 해학성」, 성균관대 석사논문, 1987.
조성규, 「김유정 소설연구-사회의식을 중심으로」, 성균관대 석사논문, 1989.
조수진, 「한국어교육에서 '해학'의 정서 표현교육 방안-「동백꽃」을 중심으로」, 『김유정문학의 감정미학』, 김유정학회, 소명출판, 2018.
조연현, 『한국현대소설의 이해』, 일지사, 1972.
조영숙, 「김유정 소설과 민담의 연계성」, 서강대 교육대 학원 석사논문, 1995.8.
조영학, 「김유정문학의 전통성 연구」, 인하대 석사논문, 1981.8.
조용만, 「작가 김유정」, 『중앙일보』, 1985.2.8.
_____, 「이상과 김유정의 문학과 우정」, 『신동아』, 동아일보사, 1987.5
_____, 「토속적 미학의 완벽」, 『우리시대의 한국문학』 2, 계몽사, 1991.
조운제, 「암시와 상징의 유우머－김유정의 문학과 한국인의 웃음」, 『문학사상』, 문학사상사, 1974.7.
조진기, 「김유정작품론고」, 『영남어문학』 제2집, 영남대 국어국문학과,1975.
_____, 「김유정 소설과 현실수용」, 『한국현대소설연구』, 학문사, 1984.3.
조춘용, 「김유정론」, 홍익대 석사논문, 1987.
조희문, 「김유정의 소설과영화」, 김유정문학촌편, 『김유정문학의 재조명』, 소명출판, 2008.
_____, 「김유정의 소설과 영화제작에 관한 연구」, 『영화교육연구』, 한국영화교육학회 2008.
주경순, 「김유정연구」, 연세대 석사논문, 1984.2.
주동진, 「김유정 소설연구－인물유형을 중심으로」, 중앙대 대학원, 1991.8.
지미숙, 「채만식과 김유정문학의 풍자성연구」, 강원대 석사논문, 1989.2.
진용성, 「김유정 소설의 국어교육적 활용에 관한 연구－중학교 교과용 도서를 중심으로」, 『김유정의 문학산맥』, 김유정학회, 소명출판, 2017.
차명원, 「김유정문학에 나타난 사회의식 고찰」, 조선대 석사논문, 1985.2.
차은로, 「김유정연구」, 연세대 석사논문, 1984.2.
차희정, 「김유정 소설에 나타난 한탕주의 욕망의 실제－「소낙비」「금따는 콩밭」「만무방」을 중심으로」, 『김유정의 문학산맥』, 김유정학회, 소명출판, 2017.
채만식, 「유정과 나」, 『조광』, 조선일보사, 1937.5.
_____, 「밥이 사람을 먹다－유정의 굳김을 놓고」, 『백광』, 백광사, 1937.5.
채종열, 「김유정 소설의 미의식 연구」, 경희대 석사논문, 1982.2.
천춘화, 「김유정 소설의 폭력의 기억과 서사적 재현」, 『김유정문학 다시 읽기』, 김유정학회, 소명출판, 2019.
최경아, 「김유정 '금 모티브' 소설연구－「노다지」「금」「금따는 콩밭」을 중심으로」, 경기대 석사논문.
최관용, 「김유정 작품속에 나타난 춘천지방의 토속어」, 『강원일보』, 1987.4.1.
최규익, 「채만식과 김유정 소설의 풍자성 연구」, 『우산어문학』 제1집, 상지대 국문과, 1991.8.
최명순, 「김유정 소설에 나타난 가족관계 연구」, 계명대학교 석사논문, 1988.
최미경, 「보편의 수용」, 김유정문학촌편, 『김유정문학의 재조명』, 소명출판, 2008.
최명숙, 「김유정 소설의 명명법과 인물 성격에 관한 연구」, 『김유정과의 향연』, 김유정 학회, 소명출판, 2015.
최민희, 「김유정 소설연구」, 단국대 석사논문, 1989.
최배은, 「김유정의 「두포전」과 동아시아 아기장수 설화」, 『김유정문학 콘서트』, 김유정학회, 소명출판, 2020.
최범섭, 「김유정 작품에 나타난 방언연구」, 『강원어문』, 창간호, 강원대 국어과, 1973.
최병우, 「「만무방」의 서술구조」, 『蘭臺 이응백박사 정년퇴임기념 논문집』, 서울대사범대 국어교육과, 1988.
_____, 「김유정 소설의 다중적 시점에 관한 연구」, 김유정문학촌편, 『김유정문학의 재조명』, 소명출판, 2008.
_____, 「스토리텔링 연구의 성과와 반성－김유정 소설의 스토리텔링 연구와 관련하여」, 『김유정과의 산책』, 김유정학회, 소명출판, 2014.
최선영, 「김유정의 문학작품과 독서토론 교육의 의의」, 『김유정의 문학광장』, 김유정학회, 소명출판, 2016.
최성실, 「수수께끼 풀기와 그 욕망의 중층 구조－김유정 단편소설의 구조 분석을 위한 시론」, 『서강어문』 10, 서강어문학회, 1994.12.
최성윤, 「김유정 소설의 여성 인물과 정조」, 『김유정의 귀환』, 김유정학회, 소명출판, 2012.
_____, 「고교 교과서의 김유정 소설 수용양상 검토」, 『김유정과 동시대문학연구』, 김유정학회, 소명출판, 2013.
_____, 「김유정의 현실 인식과 아이러니의 한 양상」, 『김유정과의 향연』, 김유정학회, 소명출판, 2015.
최수례, 「김유정 소설의 구조적 고찰」, 수도여사대 석사논문, 1978.2.
_____, 「김유정 소설의 반성」, 『현대문학』 279, 현대문학사, 1978.3.
최수정, 「김유정 소설의 발화방식 연구」, 한양대 석사논문, 1991.12.
최원식, 「모더니즘 시대의 이야기꾼－김유정의 재발견을 위하여」, 『민족문학사연구』, 민족문학사학회, 민족문학사연구소, 2010.
_____, 「이야기꾼 이후의 이야기꾼」, 김유정기념사업회편, 『한국의 이야기판 문화』, 소명출판, 2012.
최재서, 「빈곤과 문학」, 『문학과 지성』, 인문사, 1938.
최재창, 「김유정 소설의 현실 수용 양상」, 한국교원대 석사논문, 1993.8.
최창헌, 「소설 속 여주인공에 나타난 性의식의 세 가지 지층」, 유인순 외, 『김유정과 동시대 문학연구』, 소명출판, 2013.
최현숙, 「김유정 소설연구」, 경북대 석사논문, 1992.
최희자, 「김유정작품연구－식민지시대 삶의 양상을 중심으로」, 숙명여대 석사논문, 1989.
표정옥, 「김유정문학연구－놀이적 양상으로 다시 읽기」, 서강대 석사논문, 1996.
_____, 「놀이의 서사시학－1930년대 김유정・이상・채만식의 놀이성을 중심으로」, 서강대 박사 논문, 2003.
_____, 「김유정 소설에 나타난 사회적 엔트로피와 놀이성」, 『현대소설연구』 제21호, 현대소설학회, 2004.
_____, 「상호텍스트성에 의한 소설텍스트 재구성으로써 영상화－김유정 원작과 하명중 감독의 영화 〈땡볕〉을 중심으로」, 『서강인문논총』 21집, 서강대학교, 2007.
_____, 「근대문학(文學)에 나타난 신화적(神話的) 상상력 연구－이효석・이상・김유정 다시읽기」, 『시학과 언어』, 시학과 언어학회, 2007.

_____, 「'비보이를 사랑한 발레리나'와 김유정문학의 축제적 상상력 연구－놀이적 상상력과 축제적 상상력의 상호 연관을 통해」, 『인문과학연구』 9권, 대구가톨릭대 인문과학연구소, 2008.
_____, 「현대 놀이문화와 소통하는 김유정문학의 상상력」, 김유정학회편, 『김유정의 귀환』, 소명출판사, 2012.
_____, 「김유정 소설에 발현되는 아름다움에 대한 삼강적 자의식과 근대적 자의식의 의미작용 연구 「산골」「소낙비」「아내」를 대상으로」, 『김유정과의 산책』, 김유정학회, 소명출판, 2014.
하정일, 「지역·내부 디아스포라·회주의적 상상력－김유정문학에 관한 세 개의 단상」, 『민족문학사연구』 47권, 민족문학사학회, 2011.
하태진, 「김유정 소설의 화자와 발화양식」, 김유정학회 제3회 학술연구발표회 요지, 2013.4.20.
하창환, 「김유정 소설연구－서술구조를 중심으로」, 경남대 석사논문, 1985.
하태석, 「G. 캘러의 작품에 나타난 유우머와 김유정 해학의 기능 비교－「심술장이 판크라츠」와 「따라지」를 중심으로」, 서울대 석사논문, 1991.2.
한계전 외 3인, 「1930년대 한국문학의 비교문학적 연구」, 『비교문학』 14집, 한국비교문학회 1989.12.
한만수, 「김유정 소설의 아이러니 분석」, 동국대 석사논문대학원, 1985.2. // 『동악어문론집』 제21집, 동악어문학회, 1986.10.
_____, 「김유정론의 반성－고통과 웃음의 결합문제를 중심으로」, 『국어국문학논문집』 14, 동국대 국어국문학부, 1988.
_____, 「한국서사문학의 바보인물연구－바보민담, 판소리계 소설,김유정 소설을 중심으로」,동국대 박사논문, 1991.
한명희, 「현대문학사의 복원－문학사 밖의 문인들; 김유정문학의OSMU와 스토리텔링」, 『한국문예비평연구』 27, 한국현대문예비평학회, 2008.
한민주, 「근대 댄디들의 사랑과 성 문제－이상과 김유정을 중심으로」, 『국제어문』 24, 국제어문학회(구 국제어문학연구회), 2001.
한상무, 「반어적 방법과 반어적 비젼－김유정연구」, 「강원대연구논문집」 제9집, 강원대, 1975.
_____, 「소설의 미적 거리와 예술적 형상화－이효석, 김유정의 작품을 대상으로」,「국어교육」 30, 한국국어교육연구회, 1977.2.
_____, 김봉군 외,「김유정론」, 『한국현대작가론』, 민지사, 1984.
_____, 「김유정 소설의 성－가족윤리」, 『어문학보』 제21집, 강원대 국어교육과, 1998.
_____, 『한국근대소설과 이데올로기』, 푸른사상, 2004.
_____, 「김유정 소설에 나타난 강원도 여성성」, 「강원문화연구」 24, 강원문화연구소, 2005.
_____, 『한국 근대소설에 나타난 이데올로기』, 푸른사상, 2007.
_____, 「김유정 소설에 나타난 부부윤리」, 『김유정의 귀환』, 김유정학회, 소명출판, 2012.
_____, 「고상한 여성상 타락한 여성상」, 『김유정과 동시대 문학 연구』, 소명출판, 2013.
_____, 「김유정의 「땡볕」론－시뮬레이션 개념을 중심으로」, 『김유정의 문학광장』, 김유정학회, 소명출판, 2016.

한상훈, 「김유정론 재고」, 『어문론집』 13호, 중앙대 국어국문학과, 1978.
한승옥, 「야곱의 데릴사위 모티프와 김유정의 「봄 · 봄」」, 『김유정과의산책』, 소명출판, 2014.
한용환, 「김유정론의 반성」, 『현대문학』, 1978.3.
_____, 「김유정 소설에서 해학과 골계」, 서종택 · 정덕준 편, 『한국현대소설연구』, 새문사, 1990.5.
한주경, 「김유정 소설연구」, 강원대 석사논문, 1996.2.
한찬수, 「김유정문학론－작품 「봄 · 봄」을 중심으로」, 『서라벌문학』 5호, 서라벌예술대, 1969.
한태석, 「유정의 문학과 인생」, 『동백꽃』, 을유문화사, 1970.
한형구, 「소설로 평전쓰기－배반된 실험에의 의욕」, 『소설과 사상』, 고려원, 1993 겨울호.
한 효, 「김유정론－신진작가론」, 『풍림』 제2호, 1937.1.
허연진, 「김유정 소설연구－대립구조와 문체를 중심으로」, 중앙대 교육대학원 석사논문, 1996.2.
허인일, 「김유정론」, 「先淸語文」 제6집, 서울사대 국어교육과, 1976.
홍경란, 「1930년대 농민소설연구－『흙』 『고향』 「만무방」 「제일과 제일장」을 중심으로」, 연세대 석사논문, 1994.3.
홍경표, 「김유정의 전기소설의 두 텍스트－안회남과 이상의 작품을 중심으로」, 『한국말 글학』 19, 한국말글학회, 2002.
홍기삼, 「김유정문학을 통해 본 토속문학의 세계화－좁은 문학과 넓은 문학」, 문협 제33회 문학심포지움, "김유정문학으로 모색해 보는 한국문학의 세계화" 주제발표집, 한국문인협회, 1994.3.29.
홍병철, 「김유정연구」, 『학해』, 경동고, 1967.1.25.
홍선의, 「김유정연구」, 충남대 석사논문, 1982.2.
홍순애, 「김유정 소설의 半가족주의와 '家'형성 · 존속이데올로기」, 『김유정의 문학광장』, 김유정학회, 소명출판, 2016.
홍순재, 「김유정 소설의 공간구조 연구」, 배재대 석사논문, 1991.2.
홍인영, 「김유정 도시소설의 교육적 가능성 고찰」, 『김유정문학 콘서트』, 김유정학회, 소명출판, 2020.
홍정선, 「김유정 소설의 구조」, 전신재 편, 『김유정문학의 전통성과 근대성』, 한림대학교 아시아문화연구소, 1997.
홍현숙, 「이상과 김유정의 문체 비교연구」, 전남대 석사논문, 1985.2.
홍혜원, 「김유정 소설에 나타난 폭력의 구조와 소설적 진실」, 『김유정의 귀환』, 김유정학회, 소명출판, 2012.
황기성, 「김유정문학연구」, 원광대 석사논문, 1993.
황영규, 「일제말 금광 모티프 소설연구」, 부산외대 석사논문, 1995.
황영미, 「김유정 소설의 영화화에서 시점연구」, 김유정학회 제3회 학술연구발표회 발표 요지, 2013.4.20.
_____, 「명동의 달」(김유정관련 스토리텔링 작품), 『김유정문학 콘서트』, 김유정학회, 소명출판, 2020.
황인봉, 「김유정 소설의 인물 연구」, 한남대 석사논문, 1994.2.
황태묵, 「김유정 소설에 나타난 돈」, 『김유정과의 만남』, 김유정학회, 소명출판, 2013.

김유정학회에서 발표된 김유정 관련 스토리텔링 작품

1. 소설 부분

김종성, 「바다울음」, 김유정학회 편, 『김유정의 문학산맥』, 소명출판, 2017.

박정애, 「따라지 2014」, 김유정학회 편, 『김유정과의 산책』, 소명출판, 2014.

박정규, 「봄·봄·봄」, 김유정학회 편, 『김유정의 귀환』, 소명출판, 2012.

_____, 「손거울 혹은 빛바랜 사진」, 김유정학회 편, 『김유정문학 다시 읽기』, 소명출판, 2019.

송하춘, 「마적을 꿈꾸다」, 김유정학회 편, 『김유정과의 만남』, 소명출판, 2013.

오윤주, 「유정을 읽다」, 김유정학회 편, 『김유정문학 콘서트』, 소명출판, 2020.

우한용, 「찬밥 식은밥－만무방 후지」, 김유정학회 편, 『김유정과의 산책』, 소명출판, 2014.

_____, 「나리도꽃－'동백꽃'에 부쳐」, 김유정학회 편, 『김유정과의 향연』, 소명출판, 2015.

_____, 「마누라에 대한 현상학적 환원 시고」, 김유정학회 편, 『김유정의 문학산맥』, 소명출판, 2017.

_____, 「유정/무정」, 김유정학회 편, 『김유정문학의 감정미학』, 소명출판, 2018.

_____, 「목욕하는 여자」, 김유정학회 편, 『김유정문학 다시 읽기』, 소명출판, 2019.

이덕화, 「초원을 달리다」, 김유정학회 편, 『김유정의 문학광장』, 소명출판, 2016.

_____, 「하늘 아래 첫 서점」, 김유정학회 편, 『김유정문학의 감정미학』, 소명출판, 2018.

전상국, 「춘천 아리랑」, 김유정학회 편, 『김유정문학의 감정미학』, 소명출판, 2018.

황영미, 「명동의 달」, 김유정학회 편, 『김유정문학 콘서트』, 소명출판, 2020.

2. 시 부분

박세현, 「김유정역 갑니까」, 『김유정문학의 감정미학』, 김유정학회, 소명출판, 2018.

책을 엮고 나서

김유정과 나

가을의 정경

가을의 허리가 휘어졌다. 시월 말의 햇살 담은 단풍은 터진 껍질 사이로 드러난 석류알처럼 붉다. 가을 햇살은 초록을 익혀서 황록이나 적황으로 바꾸어 놓았던가. 아니 초록이 세월을 입으면 노랗게, 누렇게, 갈색으로, 붉으스름하게, 발갛게, 빨갛게, 새빨갛게 성숙되는 것일까. 가을의 진면목은 어떻게 파악해야 되는 것일까, 고심하던 때에 「산골 나그네」의 첫 장면을 보았다.

밤이 깊어도 술꾼은 역시 들지 않는다. 메주 뜨는 냄새와 같이 쾨쾨한 냄새로 방안은 괴괴하다. 윗간에서는 쥐들이 찍찍거린다. 홀어머니는 쪽 떨어진 화로를 끼고 앉아서 쓸쓸한 대로 곰곰 생각에 젖는다. 가뜩이나 침침한 반짝 등불이 북쪽 지게문에 뚫린 구멍으로 새드는 바람에 반득이며 빛을 잃는다. 헌 버선짝으로 구멍을 틀어막는다. 그러고 등잔 밑으로 반짇그릇을 끌어당기며 시름없이 바늘을 집어 든다.

산골의 가을은 왜 이리 고적할까! 앞뒤 울타리에서 부수수하고 떨잎은 진다. 바로 그것이 귀밑에서 들리는 듯 나즉나즉 속삭인다. 더욱 몹쓸 건 물소리 골을 휘돌아 맑은 샘은 흘러내리고 야릇하게 음률을 읊는다.

퐁! 퐁! 쪼록 퐁!

바깥에서 신발소리가 자작자작 들린다. 귀가 번쩍 띄어 그는 방문을 가볍게 열어 제친다.

가을 이야기는 보통은 시각으로부터 파악된다. 단풍에 대한 이야기가 그것이다. 그러나 김유정은 시공간 속에 홀로 있는 주체(행위자), 그리고 계절을 연상시키는 후각, 청각, 촉각, 시각, 기억들을 차례로 소환한다. 쾨쾨한 냄새, 괴괴한 침묵, 흔들리는 등잔불, 구멍으로 새어 들어온 바람, 바람에 지는 떨잎 소리, 골을 휘돌아 흐르는 물소리, 신발소리 등이 그것이다. 우리가 갖고 있는 오감五感을 동시적으로 이용해서 가을에 대한 입체적 파악을 한다. 샘물은 흘러내리는 소리뿐만 아니라 그가 지닌 차가움과 매끄러움 달콤함까지를 포함한다. 사람 귀한 늦은 가을밤에 듣는 신발 자작거리는 소리는 그리움과 반가움을 동시에 환기시킨다.

아, 이래서였구나, 스물아홉 젊은 나이에 떠난 사람, 그보다 갑절, 그 이상의 날들을 살아오면서 왜 내가 그에게서 벗어날 수 없었을까 때로 자괴감을 느끼던 때가 없지 않았다. 그러나 가을을 묘사한 그의 작품 서두 부분만을 읽고서, 자신의 모든 기억과 감각기관을 통해 세상을 파악하려 한 한 젊은이의 치명적인 집중력의 결과 앞에 그만 두 손을 들고 만다. 산야의 찬란한 단풍을 보지 않고도, 골을 돌아드는 물소리 하나 만으로도 '더욱 몹쓸 건 물소리'라고, 홀로 지켜야 하는 가을밤의 극심한 고독을 담백하게 표현해 놓은 젊은 작가, 그렇다고 이 작가가 열린 공간에서 펼쳐진 가을의 정경을 묘사하지 않은 것은 아니다.

> "퍽도 쓸쓸하지유?" 하며 손으로 울 밖을 가리킨다. 첫밤 같은 석양판이다. 색동저고리를 떨쳐입고 산들은 거방진 방아소리를 은은히 전한다. 찔그러쿵! 찌러쿵!

'쓸쓸하지유?' 가을에 대한 보편적인 느낌을 순박한 향토적 어조에 실었다. 일면 눈앞에 펼쳐진 가을은 '첫밤 같은 석양판'이다. 석양녘은 울긋불긋한 산야가 마치 색동옷 입고 맞았던 첫날밤의 수줍고도 설레던 기억, 감동의 배경으로 다가선다. 방아소리는 비록 이들에게 주어진 가을이 풍요롭지는 않아도 수확의 계절임을 환기시킨다.

또 다른 가을의 풍경을 묘사한 「가을」에서 해가 막 떨어진 산골은 '영롱한 저녁노을'로 덮여 산봉우리는 '이글이글 끓는 불덩어리'가 되고 '노기 가득 찬 위엄'마저 보여준다. 사기꾼으로 몰린 남자, 재봉의 시선 속에 펼쳐진 저녁노을은 '불덩어리', '노기 가득 찬 위엄'으로 그려진다. 가을에 대한 묘사가 이렇게 간결하면서도 다양하게, 또 작품 속 주인공의 성격과 그들이 처한 상황을 잘 연결한 작품을 어디에서 찾아볼 수 있다는 말인가.

싫어하려 해도 싫어할 수 없었고, 밀쳐내려 해도 밀쳐낼 수도 없었던 작가가 김유정이었다. 그럼에도 불구하고 김유정의 문학을 처음 접해본 것은 아마 고등학교 상급학년 시절이었다. 사실상 김유정의 작품이 처음 고등학교 국어교재에 수록되기는 「동백꽃」이 1989년, 「봄·봄」이 1995

년 순이었다. 그러니 책이 귀하던 시절, 1960년대 후반기에 고교생이었던 우리는 교과서 외의 명작이라는 명목으로 국어 선생님께서 특별히 수업시간에 소개해주신 김유정의 작품 한두 편을 만났을 뿐이었다.

대학 졸업 후 현직에서 교사로 4년 반을 보내고, 신촌에 있는 한 대학교의 대학원에 진학했다.

10 · 26사태 그리고 김유정과 만남

한국에서 문학연구는 전통적 연구방법과 함께 50년대에 미국으로부터 들어온 신비평 연구방법이 큰 영향력을 발휘하고 있었다. 그러나 70년대 후반기로 들어서면서 러시아 형식주의, 신화비평, 현상학적 비평, 구조주의 등이 조심스럽게 문학연구 방법에 도입되기 시작했다.

내가 대학원에 입학했던 무렵 우리 학계에 처음 도입된 구조주의 방법이 조심스럽게 소개되고 있었다. 문학연구 방법론 시간에 롤랑 바르트가 발자크의 소설 『사라진Sarrasine』을 분석, 지금까지 우리가 전혀 생각할 수 없었던 텍스트의 새로운 의미를 찾아내는 과정을 보았다. 문학작품은 읽히는 것이 아니라 씌어져야 하는 것이라고 그는 주장했다. 그런가 하면 그 무렵, 새로운 소설연구 방법의 하나로, 소설 서사 전개에 대한 관심이 높아지고 있었다. 『보바리 부인』에 나타난 카메라 아이Camera eye적인 서술방법에 매력을 느꼈다.

석사학위 논문의 주제를 제출해야 하는 때가 오고 있었다. 새로운 방법론에 의한 논문을 쓰되 누구의 어떤 작품을 대상으로 할 것인가에 대해 고민했다. 이어령 교수께서 박태원의 『천변풍경』을 추천해주셨다. 그러나 당시 이 텍스트는 금서로 분류되어 있었다.

날마다 힘들게 구한 『천변풍경』과 롤랑 바르트의 『사라진*Sarrasine*』과 그의 또 다른 논문들, 프로프, 토도로프의 논문들, 그리고 카메라 아이 관련 논문을 영역판을 가지고 읽어나가기 시작했다.

시월 하순의 어느 날이었다. 습관적으로 이른 새벽에 기상, 서둘러야 했다. 날씨는 청명했다. 그때, 전철 이문역까지는 걸어서 15분 정도 되는 거리에서 살고 있었다. 조간신문으로 하루를 시작하시는 어머니께서 아직 신문이 오지 않았다고, 신문사 지국에 연락을 해야 하나 어쩌나 하시며 안절부절, 어쩔 줄 몰라 하고 계셨다. 전철역 부근 집들에 조기가 걸려 있었다. 이문역 전철 플랫폼에는 배차 시간이 길어지면서 겹겹이 늘어선 사람들이 웅성댔다. 왜냐고 옆 사람에게 물었더니 지난 밤에 무장공비들이 청와대로 쳐들어가 대통령을 시해했다고 전했다.

그제서야 아침부터 쌓여왔던 의문의 퍼즐이 맞추어지기 시작했다. 조간신문이 배달되지 않았던 것, 이문역 부근 골목집마다 걸려 있던 조기들, 갑자기 배차시간 간격이 뜸해진 전철, 줄을 지어 차를 기다리고 있는 사람들의 웅성댐, 김신조 때처럼 무장공비들이 청와대를 습격했다고 했다. 그러나 그들은 모두 잡히고 사태는 일단 진정되었다고도 했다. 집으로 되돌아갈 수도 없고, 일단 학교까지 가기로 했다. 그러나 학교 앞, 한 떼의 무장군인들이 살벌한 표정으로 교문 앞을 막고는 출입을 통제하고 있었다.

학교 교문 앞에 서서 한동안 생각을 정리해야 했다. 전국에 비상계엄령이 내려진 상황이었다. 어떻게 해야 하나. 일단 중앙청 앞으로 가는 버스를 탔다. 그리고 적선동에 있는 문학사상사로 찾아갔다. 전화 연락도 없이 문학사상사 주간실로 들어갔다. 이어령 교수께서 의아한 시선으로 쳐다보셨다. 그리고 곧 눈치를 채시고 말씀하셨다.

"박태원 관련 자료 다 없애 버려!"

"……"

"김유정으로 바꾸어라."

1979년 10월 27일의 일이었다. 세상이 바뀌었다. 대통령 시해자를 잡기는 했다지만 꼭 짚어 말할 수 없는 국가적인 시련의 날이 시작되고 있었다. 결단을 내려야 했다. 내가 춘천 출신임을 알고 계신 이 교수님께서 그 대안으로 제시해 주신 것이 '김유정'이었다. 김유정문학과의 만남은 그렇게 한국의 역사적 사건인 10·26사태로부터 비롯된 것이다.

그렇게 해서 김유정의 작품을 대상으로 힘들게 석사학위 논문(1980)을 썼다. 그런데 다시 박사학위 논문에 김유정을 연구 대상으로 잡지 않을 수 없었다. 석사학위 논문을 쓸 때 30편 남짓한 소설 가운데 7편만을 선정해서 정밀 분석을 해야 했다. 그때 작품 전체를 다루지 못했던 아쉬움이 컸었던 것이다. 작품 분석은 구조주의 방법을 원용하되 이번에는 바슐라르의 『공간의 시학』에 의지하기로 했다. 박사논문에 필요한 참고문헌들 대부분은 당시 우리나라에서는 구하기 힘든 것들이었다. 롤랑 바르트나 토도로프 모두 불어 판본이었다. 마침 미국유학에서 돌아오신 서강대 이태동 교수께서 영역본 『공간의 시학』을 소장하고 계시다는 정보를 얻었다. 이어령 교수께서 이태동 교수께 직접 전화를 걸어주셔서 이태동 교수의 호의로 영역본 책을 복사할 수 있었다.

1980년대 전반은 계엄령과 대학의 휴교 아니면 학생시위로 이어진 날들이었다. 최루탄이 터지는 현장에 나가서 학생들을 지켜보고 있어야 했다.

석사논문이 서구이론과 한국작품 사이의 적용 문제로 괴롭혔다면, 박사논문은 교수로서의 복무시간과 연구자에게 필요한 시간, 그 둘 사이의 불균형 때문에 많이 힘들었다. 그 와중에도 학위논문 「김유정의 소설공간」1985이 나왔다.

김유정문학촌의 추억

강원대 부임1981 이후, 해마다 삼월, 김유정 추모일이 되면, 소설 전공 학생들과 김유정 추모식에 참석했다. 그리고 해마다 봄과 가을 두 차례에 걸쳐 하루 날을 받아 현대문학 전공 학생들과 함께 학교에서 도보로 20리, 김유정의 생가터가 있는 실레마을로 답사를 나갔다. 마을을 돌아보고, 미리 연락해 두었던, 김유정의 금병의숙 시절의 제자분을 모셔서 그분에게 김유정 선생에 대한 회고담을 듣고는 했다. 실레마을 탐방행사는 퇴직하기 직전까지 연례행사로 진행되었다.

2002년 8월 6일, 김유정 생가터에 김유정의 생가를 복원, 그 옆에 김유정기념관도 세우고 '김유정문학촌'도 개관되었다. 초대 문학촌장으로 전상국 교수가 부임하셨다. 그날 나는 김유정 생가 대청마루에 앉아서 찾아온 탐방객들을 상대로 「총각과 맹꽁이」를 만담식으로 풀어나가며 소개했다. 이 작품의 퇴고일이 1933년 8월 6일이었다. 이후 김유정문학촌에서는 다양한 문화행사가 진행되었다. 한림대의 전신재 교수, 그리고 전상국 교수와 나, 세 사람이 자주 모여 행사 내용과 진행에 대해 의논했다. 사람들은 이들 세 사람을 가리켜 김유정의 삼남매라고 불렀다.

문학촌에서는 김유정과 김유정 문학을 알리기 위한 행사가 중점적으로 이루어졌다. 학생과 일반을 위한 백일장이 열리는가 하면 여름에는 문학캠프를 열었다. 문학축제의 많은 프로그램 가운데에서 '김유정 소설 입체낭독'과 '점순이를 찾습니다'는 장수 프로였다. 많은 프로그램들이 세월에 따라 가감되었지만 가장 오래 기억되는 것은 '김유정문학기행열차'였다. 경춘선 열차를 타고 청량리에서 김유정역까지 오는 동안, 김유정과 그의 문학을 소개하는 프로그램이었다. 새벽에 첫차를 타고 청량리로 가서 그곳에서 문학기행열차 참석자를 차에 탑승시키고 2시간 남짓, 열차 안에서 문학강연을 했다. 실레마을에 도착하면, 문학 현장을 돌면서 역시 작품 이야기를 했다. 2003년부터 시작된 문학기행열차는 2010년 경춘선 전철이 개통되면서 중단되었다. 우리나라 최초의 문학기행열차 프로그램을 진행하던 좋은 추억이 내게 남아 있다.

김유정학회 설립

김유정탄생 100주년2008년 기념행사가 한 해 내내 치루어졌다. 100주년 기념행사 진행위원장은 이어령 교수였다. 대대적인 학술행사와 문화행사가 함께 진행되었다. 훗날 노벨문학상 수상 작가가 된 중국의 모옌도 실레마을을 이야기마을로 선포하는 데에 참석했다.

그 이전부터 전상국 문학촌장께서는 내게 김유정 학술단체를 구성해보라고 하셨다. 그러나 엄두가 나지 않았다. 그러다가 100주년 행사를 치루고 보니 김유정학회의 필요성을 절감하게 되었다.

2010년 어느 날, 문득 달력을 보다가 나에게 주어진 날들이 얼마 남지 않았다는 사실을 깨달았다. 전신재, 전상국 두 분 전 교수님께 김유정학회 설립에 대한 계획을 말씀 드렸다. 뒤미처 2010년 3월 13일, 김유정학회 설립의 당위성을 밝히는 초안을 작성해서 두 분께 그 내용을 검토하게 하고, 발기인 모임을 갖자는 데에 의견을 굳혔다. 같은 달 17일 봄내통신 1신을 통해 김유정 관련 논문을 쓴 논자들에게 동참을 호소하는 초안 원고가 이메일로 전송되었고 동참 희망자들이 회신 이메일을 보내왔다.

그리고 2010년 4월 27일 발기인 대회를, 같은 해 10월 8일 김유정문학촌 생가 대청마루에서 김유정학회 제1회 학술세미나가 열렸다. 김유정으로 박사학위를 받은 표정옥, 김화경 선생이 논문을 발표했다. 참석자는 교수 10명, 학생 20여 명이었다.

2011년 4월 16일에 강원대학교에서 김유정학회 제1회 학술연구발표대회 및 창립총회가 열렸다. 서울대 조남현 교수가 기조발제를 해주셨고 이날 발표자는 10명, 교수 및 대학원생 50여 명, 학부생 70여 명이 참석, 성황을 이루었다. 창립총회에서 초대 학회장에 유인순이 추대되었다.

김유정학회에서는 김유정과 그의 작품에 대한 학술적 연구 외에 김유정문학을 바탕으로 한 장르 교체(시, 패러디 소설, 수필, 희곡, 시나리오) 및 매체 교체(무용, 연극, 영화, 오페라, 판소리, 만화, 애니메이션)에도 관심을 갖고 그들에 대한 연구 및 창작 활동을 고무해오고 있다. 지금까지 발표된 학술논문 및 김유정 관련 창작 소설이 포함된 연구 단행본은 9편에 이른다.

2011년 4월 이후, 해마다 학술연구발표회 및 학술세미나가 진행되었다. 그러나 근래 코로나19로 인해 2020년 10월 17일에 온라인으로 발표회가 진행되었다. 올 2021년 10월 16일에도 온라인으로 학술연구 발표회가 진행될 예정이다. 코로나19 이후 우리 모두가 새로운 체험을 하고 있다. 2대 학회장이셨던 임경순 교수가 지난 4년간의 임기를 마치고 제3대 새로운 학회장으로 이상진 교수를 추천, 새 학회장의 인사가 있었다. 새 임원진에 대한 기대가 크다.

김유정 작품집과 『정전김유정전집』

김유정의 사후 김유정의 작품집들이 많이 나왔다.

김유정 최초의 작품집은 1938년 삼문사에서 나온 『동백꽃』이고, 같은 해 세창서관에서 『동백꽃』이 나왔다. 다시 1952년 왕문사에서 『동백꽃』이 발간되었다. 그러나 이들은 김유정의 소설작품 가운데 일부를 수록했을 뿐이다. 본격적인 전집은 1968년 김유정기념사업회와 김유정전집편찬위원회가 주관, 현대문학사가 소설 26편, 수필, 서간문 11편, 김유정 지인들의 글이 포함된 『김유정전집』을 발간한 것이 그것이다. 그리고 1994년에 김유정기념사업회에서 소설 30편, 번역소설 2편, 수필 서간문 15편, 지인들의 글 17편이 포함된 『김유정전집』 상·하권을 발간했다.

한편 전신재 교수는 1987년 소설 31편, 번역소설 2편, 수필·서간 18편, 설문 좌담 기타를 포함하여 『원본김유정전집』을 발간했다. 이후 1997년에 이 책의 보정판을, 다시 2007년에 개정판을 내었다. 이 전집은 공히 1930년대 원전에 충실, 30년대식 한글표기를 따른 것이다. 그러므로 한국문학 전공자가 논문을 쓸 경우에는 반드시 참고해야 하는 문헌이다.

편자는 2005년에 현대어 표기판인 김유정 단편선 『동백꽃』을 문학과지성사에서 발간한 바 있다. 그러나 이것은 김유정의 전체 작품 가운데 단편소설 23편만을 편한 것으로, 나머지 작품들에 대한 아쉬움을 갖고 있었다. 그래서 오래전부터, 춘천 출신이라는 그리고 김유정 전공자라는 입장에서 『정전 김유정 전집』의 편찬을 꿈꾸어왔다. 김유정의 작품을 김유정의 어투를 살리면서 현대식 언어와 표기로 바꾸어 오늘을 살아가는 독자들에게 보여주고 싶었던 것이다.

그러나 1930년대 김유정식 소설 어휘를 현대식 언어와 현대식 표기로 바꾸는 과정에 늘 장애가 나타나고는 했다. 가장 한국적이고 가장 향토적이며 서민적인 생생한 어휘로 작품을 엮어가는 김유정이었기에 그에 어울리는 정확한 통역(?)이 쉽지 않았다. 단어 하나 때문에 머리를 처박고 알듯말듯한 의미 때문에 손톱을 깨물었다. 분명 어린 시절에 들었던, 그리고 친구들과 함께 소통하던 어휘였는데도 말이다.

『정전 김유정 전집』은 그 전체적인 구성에 있어 '김유정이 말한다'와 '김유정을 말한다'로 나누었다. 그리하여 '김유정이 말한다'에서는 김유정의 소설, 수필, 서간, 일기, 설문, 번역소설 들을 배치했다. 소설 가운데는 그동안 모든 전집에서 누락되어 있었던 「홍길동전」을 넣었다.

김유정의 소설 작품의 경우, 김유정은 그의 작품 말미에 창작일자를 밝히고는 했다. 따라서 소설 작품의 배치는 가능한 창작일자의 순서에 따랐다. 창작일자가 밝혀지지 않은 것은 발표일자를 참고해서 이 창작일자와 발표일자 사이의 균형을 맞추어 배치했다. '김유정을 말한다'에서는 이상과 안회남이 쓴 김유정 실명소설들을, 김유정 사후 그를 회고하는 지인들의 글을 넣었고 가외로 박녹주, 박봉자, 김진수의 회고담을 새로 넣었다. 그리고 김유정 소설의 바른 이해를 돕기 위해 김유정 작품의 어휘사전을 넣었다.

『정전 김유정 전집』이 문학 전공자에게는 유용한 자료가 되고 일반 독자에게는 김유정문학을 사랑하는 촉진제가 되어주기를 바랄 뿐이다.

이 책이 나오기까지 김유정문학을 연구하도록 꼭 집어 주셨던 이어령 교수님, 오래전에 고인이 되신 유병석, 김영덕, 전신재 교수님, 지금도 지켜봐 주시는 김상태, 한계전, 전상국, 한상무 교수님께 감사드린다. 또한 재야학자 김영기 선생께도 감사드린다. 김영기 선생은 60년대부터 김유정을 학계 및 대중에게 알리는 데 애쓴 분이다. 마지막으로 귀한 미술작품을 표지화로 쓰도록 배려해주신 이정수 화백, 오영식 선생(근대서지학회장), 소명출판의 관계자 여러분, 그리고 나의 가족들에게 감사드린다.

오래전의 어느 가을날을 회상하며 솔바람마루에서

2021.8.26 유인순